A prisioneira do
tempo

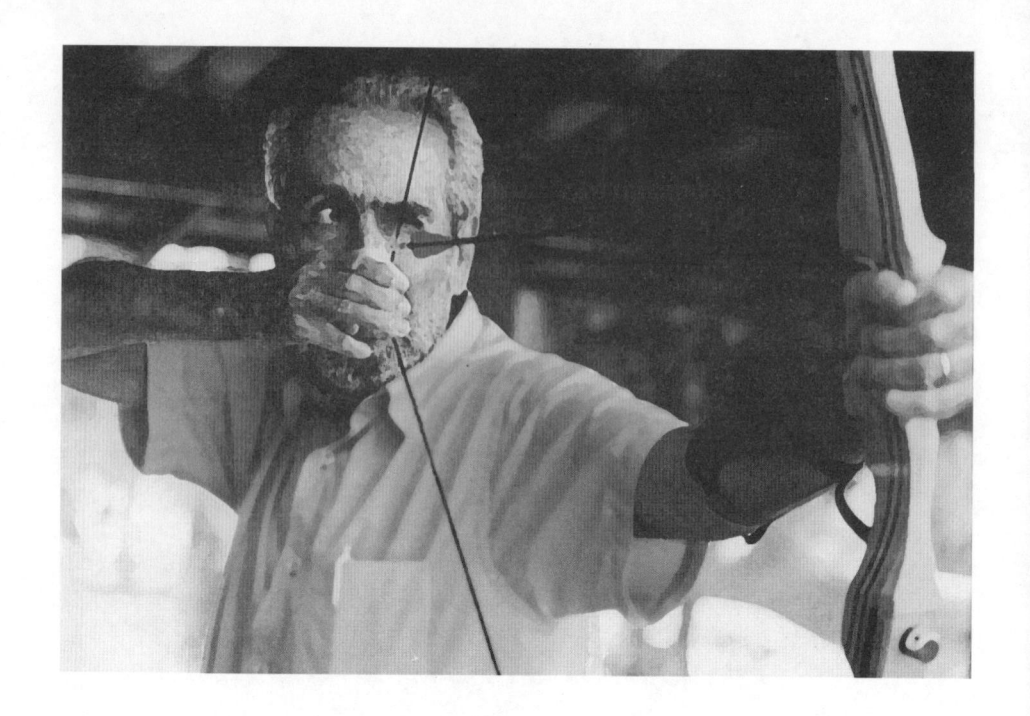

O Arqueiro

GERALDO JORDÃO PEREIRA (1938-2008) começou sua carreira aos 17 anos, quando foi trabalhar com seu pai, o célebre editor José Olympio, publicando obras marcantes como *O menino do dedo verde*, de Maurice Druon, e *Minha vida*, de Charles Chaplin.

Em 1976, fundou a Editora Salamandra com o propósito de formar uma nova geração de leitores e acabou criando um dos catálogos infantis mais premiados do Brasil. Em 1992, fugindo de sua linha editorial, lançou *Muitas vidas, muitos mestres*, de Brian Weiss, livro que deu origem à Editora Sextante.

Fã de histórias de suspense, Geraldo descobriu *O Código Da Vinci* antes mesmo de ele ser lançado nos Estados Unidos. A aposta em ficção, que não era o foco da Sextante, foi certeira: o título se transformou em um dos maiores fenômenos editoriais de todos os tempos.

Mas não foi só aos livros que se dedicou. Com seu desejo de ajudar o próximo, Geraldo desenvolveu diversos projetos sociais que se tornaram sua grande paixão.

Com a missão de publicar histórias empolgantes, tornar os livros cada vez mais acessíveis e despertar o amor pela leitura, a Editora Arqueiro é uma homenagem a esta figura extraordinária, capaz de enxergar mais além, mirar nas coisas verdadeiramente importantes e não perder o idealismo e a esperança diante dos desafios e contratempos da vida.

KATE MORTON

A prisioneira do tempo

ARQUEIRO

Título original: *The Clockmaker's Daughter*

Copyright © 2018 por Kate Morton
Copyright da tradução © 2020 por Editora Arqueiro Ltda.

Todos os direitos reservados. Nenhuma parte deste livro pode ser utilizada ou reproduzida sob quaisquer meios existentes sem autorização por escrito dos editores.

tradução: Rachel Agavino
preparo de originais: Beatriz D'Oliveira
revisão: Luis Américo Costa e Pedro Staite
projeto gráfico e diagramação: Valéria Teixeira
capa: Pan Macmillan UK
imagens de capa: Shutterstock (desenhos); Alex Killian / plainpicture (abrunhos e amoras-pretas); Greta Ivy / Creative Market (ilustrações botânicas)
adaptação de capa: Gustavo Cardozo
impressão e acabamento: Associação Religiosa Imprensa da Fé

CIP-BRASIL. CATALOGAÇÃO NA PUBLICAÇÃO
SINDICATO NACIONAL DOS EDITORES DE LIVROS, RJ

M864p   Morton, Kate
A prisioneira do tempo / Kate Morton; tradução de Rachel Agavino. São Paulo: Arqueiro, 2020.
448 p.; 16 x 23 cm

Tradução de: The clockmaker's daughter
ISBN 978-85-306-0132-4

1. Ficção americana. I. Agavino, Rachel. II. Título.

20-62118

CDD 813
CDU 82-3(73)

Todos os direitos reservados no Brasil por
Editora Arqueiro Ltda.
Rua Funchal, 538 – conjuntos 52 e 54 – Vila Olímpia
04551-060 – São Paulo – SP
Tel.: (11) 3868-4492 – Fax: (11) 3862-5818
E-mail: atendimento@editoraarqueiro.com.br
www.editoraarqueiro.com.br

Para Didee, por ser o tipo de mãe que nos levou para viver no alto de uma montanha e por me dar o melhor conselho sobre escrita que já recebi.

PARTE UM
A BOLSA

I

Nós viemos para Birchwood Manor porque Edward disse que era uma casa mal-assombrada. Não era, não naquela época, mas apenas um homem entediante deixa a verdade atrapalhar uma boa história, e Edward nunca foi entediante. Sua paixão, sua fé cega em tudo que professava, foi uma das coisas pelas quais me apaixonei. Ele tinha o fervor dos pregadores, uma maneira de expressar opiniões como se as gravasse em moedas reluzentes. Sabia atrair pessoas, despertar nelas um entusiasmo que não conheciam, fazendo com que tudo desaparecesse e restassem apenas ele e suas convicções.

Mas Edward não era um pregador.

Eu me lembro dele. Eu me lembro de tudo.

O estúdio com teto de vidro no jardim da casa da mãe dele em Londres, o cheiro de tinta recém-misturada com pigmento, o roçar das cerdas na tela enquanto seu olhar percorria meu corpo. Meus nervos naquele dia estavam à flor da pele. Eu estava ansiosa para impressionar, para passar uma imagem de algo que eu não era, e, enquanto seus olhos esquadrinhavam minha pele, a súplica da Sra. Mack rondava minha mente: "Sua mãe era uma dama de verdade, sua família era importante, não vá esquecer isso. Jogue bem suas cartas e todos os nossos esforços serão recompensados."

Então me empertiguei na cadeira de pau-rosa, naquele primeiro dia na sala caiada atrás do emaranhado de flores rosadas.

A irmã caçula dele me trouxe chá e bolo quando fiquei com fome. A mãe também veio pelo caminho estreito para vê-lo pintar. Ela venerava o filho. Vislumbrava nele a realização das esperanças da família. Membro distinto da Escola de Artes da Academia Real, noivo de uma mulher de certa posição, em breve pai de herdeiros de olhos castanhos.

Moças do meu nível não eram para ele.

A mãe dele se culpava pelo que viria a acontecer, mas teria sido mais fácil impedir o dia de encontrar a noite do que nos manter separados. Ele me chamava de sua musa, seu destino. Disse que soube imediatamente, quando me viu à nebulosa luz das lamparinas a gás do foyer do Teatro Drury Lane.

Eu era sua musa, seu destino. E ele era o meu.

Foi há muito tempo; foi ontem.

Ah, eu me lembro do amor.

Este canto, no meio do lance principal da escada, é o meu favorito.

É uma casa estranha, construída com a intenção de ser confusa. Escadas que viram em ângulos incomuns, cheias de quinas e degraus irregulares; janelas que não se alinham, não importa com quanta atenção se olhe; tábuas de assoalho e painéis de parede com esconderijos criativos.

Neste canto há um calor quase sobrenatural. Todos nós percebemos isso quando chegamos e, nas primeiras semanas de verão, nos revezávamos tentando descobrir a causa.

Levei algum tempo, mas finalmente descobri. Conheço este lugar como a palma da minha mão.

Não era a casa em si, mas a luz, que Edward usava para instigar os outros. Em dias claros, das janelas do sótão pode-se ver desde o rio Tâmisa até as montanhas de Gales. Faixas de violeta e verde, escarpas de calcário que se erguem incertas em direção às nuvens e um ar quente que empresta uma iridescência ao conjunto.

A proposta que ele fazia era esta: no verão, um mês inteiro de pintura e poesia e piqueniques, de histórias e ciência e invenções. De luz, só a enviada pelo céu. Longe de Londres e de olhares indiscretos. Não surpreende que os outros aceitassem com entusiasmo. Edward conseguiria pôr o diabo para rezar, se assim desejasse.

Somente para mim ele confessou sua outra razão para vir para cá. Porque, embora a atratividade da luz fosse real, Edward tinha um segredo.

Viemos a pé da estação ferroviária.

Julho, um dia perfeito de verão. Uma brisa soprava a barra da minha saia. Enquanto caminhávamos, comemos sanduíches que alguém levara. Devíamos formar um grupo e tanto: homens com as gravatas afrouxadas, mulheres com longos cabelos soltos. Risos, provocações, diversão.

Que começo magnífico! Lembro-me do ruído de um riacho próximo e de um pombo arrulhando no alto. Um homem conduzindo um cavalo, uma carroça com um menino sentado sobre fardos de palha, o cheiro de grama recém-cortada... Ah, que saudade desse cheiro! Um bando de gansos gordos nos observou com desdém quando alcançamos o rio, para então grasnarem bravamente depois que passamos.

Tudo era leve, mas não durou muito.

Você já sabe disso, pois não haveria história para contar se o clima ameno houvesse durado. Ninguém está interessado em verões tranquilos e felizes que terminam como começam. Edward me ensinou isso.

O isolamento teve seu papel; esta casa encalhada na margem do rio como um grande navio. O clima também: os dias de calor abrasador, um após outro, e depois a tempestade de verão naquela noite, que nos obrigou a ficar dentro de casa.

O vento soprava e as árvores gemiam, e trovões avançavam ao longo do rio para tomar a casa entre suas garras. Enquanto isso, lá dentro, a conversa se voltou para espíritos e encantamentos. O fogo crepitava na lareira, as chamas das velas bruxuleavam e, na escuridão, naquela atmosfera deliciosa de medo e confissão, algo maligno foi evocado.

Não um fantasma, ah, não, nada disso – o ato infame foi inteiramente humano.

Dois convidados inesperados.

Dois segredos de longa data.

Um tiro no escuro.

A luz se apagou e tudo ficou preto.

O verão havia sido contaminado. As primeiras folhas começaram a cair, apodrecendo nas poças sob as sebes minguadas, e Edward, que amava aquela casa, passou a espreitar seus corredores, aprisionado.

Até que não aguentou mais. Arrumou suas coisas para partir, e não pude detê-lo.

Os outros o seguiram, como sempre faziam.

E eu? Não tive escolha. Fiquei para trás.

CAPÍTULO 1

Verão de 2017

Era a hora do dia favorita de Elodie Winslow. Verão em Londres, e em certo momento, bem no fim da tarde, o sol parecia hesitar em sua passagem pelo céu e a luz se derramava através das pequenas lajotas de vidro diretamente sobre sua mesa. O melhor de tudo era que, como Margot e o Sr. Pendleton já tinham ido embora, o momento era só dela.

O porão da Stratton, Cadwell & Co., sediada em um prédio na Strand, não era um lugar dos mais encantadores, não como a sala de arquivo da New College, onde Elodie havia trabalhado durante as férias no ano em que completara o mestrado. Estava sempre frio – sempre –, de modo que, mesmo durante uma onda de calor como aquela, Elodie precisava usar um cardigã quando estava à sua mesa. Mas até que às vezes, quando as estrelas se alinhavam, o escritório, com seu cheiro de poeira, de coisa velha e das águas do Tâmisa, era quase fascinante.

Na estreita copa atrás da parede de armários, Elodie encheu uma caneca de água fumegante e ligou o cronômetro. Margot achava aquela precisão um exagero, mas Elodie gostava que seu chá ficasse exatamente três minutos e meio em infusão.

Enquanto esperava – grãos de areia caindo na ampulheta –, seus pensamentos retornaram à mensagem de Pippa. Vira a mensagem no celular quando dera um pulinho do outro lado da rua para comprar o sanduíche do almoço: um convite para uma festa que lhe parecia tão tentadora quanto aguardar atendimento num consultório médico. Felizmente, como já tinha planos – visitar o pai em Hampstead para buscar as gravações que ele havia separado para ela –, foi poupada de ter que inventar uma desculpa para não ir.

Dizer não para Pippa era uma tarefa difícil. Afinal, era sua melhor amiga desde o terceiro ano do ensino fundamental, em Pineoaks. Elodie sempre agradecia mentalmente à professora, Srta. Perry, por ter feito as duas se sentarem juntas naquele primeiro dia de aula: Elodie, a Menina Nova, ainda desajeitada com seu uniforme e as tranças tortas feitas pelo pai; e Pippa, com seu sorriso enorme, suas covinhas e mãos que se mexiam sem parar enquanto ela falava.

As duas eram inseparáveis desde então. Ensino fundamental, ensino médio e até depois, quando Elodie foi para a Universidade de Oxford e Pippa, para a Central Saint Martins. Elas se viam menos agora, mas isso era de esperar, pois o mundo das artes era agitado e cheio de eventos sociais, e Pippa enchia o celular de Elodie com um fluxo interminável de convites enquanto ia de um vernissage a outro.

O mundo dos arquivos, ao contrário, não tinha *nada* de agitado. Quer dizer, não no sentido glamouroso de Pippa. Elodie trabalhava longas horas e interagia com diversos seres humanos – eles só não eram vivos. Os primeiros Sr. Stratton e Sr. Cadwell haviam percorrido o mundo em uma época em que o globo estava apenas começando a encolher e a invenção do telefone ainda não havia reduzido a dependência em relação à correspondência escrita. Dessa forma, Elodie passava seus dias conversando com os artefatos empoeirados e envelhecidos de pessoas mortas havia muito, mergulhada na narrativa de uma festa no Expresso do Oriente ou no encontro entre aventureiros vitorianos em busca da Passagem do Noroeste.

Esse envolvimento social através do tempo a deixava muito feliz. Era bem verdade que ela não tinha muitos amigos, não de carne e osso, mas isso não a chateava. Era cansativo, tantos sorrisos, tantas conversas e tantas especulações sobre o clima, e ela sempre saía de um evento social, por mais íntimo que fosse, se sentindo exausta, como se, sem querer, tivesse deixado para trás algumas camadas vitais de si mesma que nunca mais recuperaria.

Elodie tirou o saquinho de chá da água, espremeu-o na pia e acrescentou um pouco de leite.

Levando a caneca, voltou para sua mesa, onde os prismas de luz do sol da tarde começavam seu lento avanço diário, e, enquanto o vapor subia voluptuosamente e suas mãos esquentavam, verificou as tarefas restantes do dia. Ela estava no meio da compilação de um índice sobre o relato do jovem James Stratton acerca de sua viagem de 1893 à costa oeste da África, precisava escrever um artigo para a revista *Stratton, Cadwell & Co. Monthly* e o Sr. Pendleton a havia encarregado de revisar o catálogo da próxima exposição antes de ser impresso.

Só que o cérebro de Elodie estava exausto depois de um dia inteiro tomando decisões sobre palavras e sua ordem nas frases. Foi quando seu olhar recaiu sobre a caixa de papelão no chão, debaixo da mesa. Estava ali desde a tarde de segunda-feira, quando um problema no encanamento nos escritórios do andar de cima exigira a evacuação imediata da antiga chapelaria, um equívoco arquitetônico, de teto baixo, no qual Elodie não se lembrava de ter entrado uma única vez nos dez anos em que trabalhava naquele edifício. Haviam encontrado a caixa nos fundos de uma antiquíssima cômoda com espelho, embaixo de uma pilha de cortinas de brocado empoeiradas. Uma etiqueta manuscrita colada na tampa dizia "Conteúdo da gaveta da escrivaninha do sótão, 1966 – não catalogado".

Encontrar materiais de arquivo na chapelaria desativada, e ainda por cima muitas décadas depois de terem sido entregues, foi inquietante, e a reação do Sr. Pendleton foi previsivelmente explosiva. Ele era um defensor dos procedimentos e, por sorte – Elodie e Margot concordaram mais tarde –, quem quer que tivesse sido o responsável pelo recebimento daquela caixa, em 1966, tinha deixado o emprego havia muito tempo.

O momento não poderia ter sido pior: desde que o consultor de gestão fora enviado para "enxugar os excessos", o Sr. Pendleton estava uma pilha de nervos. Ter seu espaço físico invadido já era bem ruim, mas o insulto de ter sua eficiência questionada passara de todos os limites. "É como se alguém pedisse seu relógio emprestado para lhe dizer a hora", afirmara ele, com desgosto, depois de se reunirem com o consultor certa manhã.

Já que o inesperado aparecimento da caixa quase o deixou apoplético, Elodie – que gostava tanto de desarmonia quanto de desordem – pegou-a imediatamente e a escondeu, determinada a dar um jeito nas coisas.

Nos dias seguintes, ela teve o cuidado de manter a caixa fora de vista para não provocar outra explosão, mas agora, sozinha na sala silenciosa, ajoelhou-se no tapete e a puxou de seu esconderijo...

—✦—

As pontadas de luz repentinas foram um choque, e a bolsa-carteiro, apertada no fundo da caixa, exalou um cheiro estranho. A jornada tinha sido longa e visivelmente cansativa. As bordas estavam desgastadas, as fivelas, manchadas, e um inoportuno cheiro de mofo havia se espalhado em suas profundezas. Quanto à poeira, uma pátina opaca havia se formado na superfície outrora elegante e agora aquele era o tipo de bolsa que as pessoas seguravam com o braço esticado, inclinando a cabeça enquanto avaliavam as possibilidades. Velha demais para ser usada, mas o ar indefinido de qualidade histórica impedia que a descartassem.

Aquela bolsa já havia sido amada, admirada por sua elegância – e, mais importante, por sua função. Tinha sido indispensável para uma pessoa, em uma época em que tais atributos eram muito valorizados. Desde então, havia sido escondida e ignorada, recuperada e desprezada, perdida, encontrada e esquecida.

Agora, porém, um por um, os itens que por décadas ficaram em cima da bolsa estavam sendo retirados, e a bolsa também estava finalmente ressurgindo naquela sala de zumbidos elétricos e tique-taques. De luz amarela difusa, luvas brancas macias e cheiro de papel.

Do outro lado das luvas havia uma mulher: jovem, com braços ligeiramente morenos que levavam a um pescoço delicado, sustentando um rosto emoldurado por cabelos pretos curtos. Ela segurava a bolsa a certa distância do corpo, mas não com aversão.

Seu toque era gentil. A boca formava um biquinho de interesse e os olhos cinzentos se estreitaram, mas logo se arregalaram quando ela observou as bordas costuradas à mão, o fino algodão indiano e as linhas precisas.

Ela passou o polegar suavemente sobre as iniciais na aba da frente, desbotada e triste, e a bolsa sentiu um frisson de prazer. De alguma forma, a atenção da jovem sugeria que aquela jornada inesperadamente longa poderia estar chegando ao fim.

Abra-me, incitou a bolsa. *Olhe aqui dentro.*

Houvera uma época em que a bolsa fora brilhante e nova. Feita sob encomenda pelo próprio Sr. Simms, da W. Simms & Son, fabricante com título de excelência real na Bond Street. As iniciais douradas tinham sido talhadas à mão e seladas a quente com muita pompa; cada rebite prateado e cada fivela foram selecionados, inspecionados e polidos; o couro de boa qualidade fora cortado e costurado com cuidado, oleado e polido com orgulho. Especiarias do Extremo Oriente – cravo, sândalo e açafrão – vindas da perfumaria ao lado penetraram os veios do edifício, infundindo na bolsa uma pitada de lugares distantes.

Abra-me...

Quando a mulher de luvas brancas abriu a fivela prateada, a bolsa prendeu a respiração.

Abra-me, abra-me, abra-me...

Ela levantou a faixa de couro e, pela primeira vez em mais de um século, a luz inundou os cantos escuros da bolsa.

Uma enxurrada de lembranças – fragmentadas, confusas – chegou com a luz: um sino tocando acima da porta da W. Simms & Son; o farfalhar das saias de uma jovem; o bater dos cascos de cavalos; o cheiro de tinta fresca e aguarrás; calor, luxúria, sussurros. Lamparinas a gás em estações ferroviárias; um rio longo e sinuoso; o cheiro de trigo do verão...

As mãos enluvadas se afastaram, levando com elas o conteúdo da bolsa. As velhas sensações, vozes e impressões foram embora, e tudo finalmente ficou vazio e silencioso. Estava acabado.

Elodie depositou o conteúdo no colo e colocou a bolsa de lado. Era uma peça bonita, que não combinava com os outros itens que ela encontrara na caixa: um sortimento banal de material de escritório – furador, frasco de tinta, organizador de madeira para guardar canetas e clipes de papel – e um estojo de óculos de couro de crocodilo, que a etiqueta do fabricante anunciava como "propriedade de L. S-W". Esse detalhe fez Elodie suspeitar que a escrivaninha e tudo que havia dentro dela haviam pertencido a Lesley Stratton-Wood, sobrinha-neta do primeiro James Stratton. A época coincidia – Lesley Stratton-Wood morrera na década de 1960 –, e isso explicaria a entrega da caixa à Stratton, Cadwell & Co.

A bolsa, no entanto, era antiga demais para ter pertencido à Sra. Stratton-Wood (a menos que fosse uma réplica da mais alta qualidade): os itens dentro dela pareciam anteriores ao século XX. Uma olhada preliminar revelou um diário de capa preta e borda lateral marmorizada, com um monograma (E. J. R.); um estojo de latão para canetas, de meados da era vitoriana; e um porta-documentos de couro verde desbotado. À primeira vista, não havia como saber a quem a bolsa pertencera, mas, por baixo da aba frontal do porta-documentos, a etiqueta com o selo dourado dizia "James W. Stratton, Advogado. Londres, 1861".

O porta-documentos parecia vazio, mas, quando Elodie o abriu, um único objeto aguardava lá dentro. Era a foto de uma mulher em uma delicada moldura prateada, tão pequena que cabia em sua mão. Ela era jovem, de cabelos longos, claros mas não louros, uma parte presa em um coque alto e frouxo; seu olhar era resoluto, o queixo levemente erguido, as maçãs do rosto salientes. Seus lábios demonstravam uma inteligente determinação, talvez até com um toque desafiador.

Elodie sentiu uma agitação familiar de ansiedade ao ver os tons sépia, a promessa de uma vida aguardando ser redescoberta. O vestido da mulher era mais folgado do que o esperado para o período. O tecido branco cobrindo os ombros, decote em V. As mangas diáfanas e bufantes, uma delas erguida até o cotovelo. Seu pulso era fino, a mão na cintura acentuando a curva do corpo.

O ambiente retratado na foto era tão incomum quanto a mulher, pois ela não posava em um sofá ou diante de uma cortina cênica, como seria de esperar de um retrato vitoriano. Estava ao ar livre, cercada por densa vegetação, um cenário que sugeria movimento e vida. A luz era difusa, o efeito, inebriante.

Elodie deixou a foto de lado e pegou o diário com o monograma. Ele se abriu revelando grossas páginas cor de creme, de um papel caro feito de algodão; havia algumas frases em caligrafia bonita, mas eram apenas complementos para os muitos esboços em caneta e tinta, representando pessoas, paisagens e outros objetos de interesse. Então não era um diário, mas um caderno de desenho.

Um fragmento de papel diferente, arrancado de algum outro caderno, escorregou de seu esconderijo entre duas folhas. Uma única frase o percorria: *Eu a amo, amo, amo, e, se não puder tê-la, certamente enlouquecerei, pois, quando não estou com ela, temo...*

As palavras saltaram do papel como se tivessem sido ditas em voz alta, mas, quando Elodie virou a página, não encontrou o que seu autor temia.

Ela passou a ponta dos dedos enluvados sobre as letras. Quando erguido contra o último vestígio de sol, o papel revelou suas fibras, e minúsculos pontos de luz indicaram onde a ponta fina da caneta-tinteiro havia perfurado a folha.

Delicadamente, Elodie colocou o pedaço irregular de papel de volta entre as folhas do caderno de desenho.

Embora antiga, a urgência daquela mensagem era inquietante: falava com intensidade sobre assuntos inacabados.

Elodie continuou a folhear cuidadosamente as páginas, cada uma delas repleta de estudos hachurados, com esparsos retratos de perfil esboçados nas margens.

Então parou.

Aquele esboço era mais elaborado que os outros, mais completo. Uma cena num rio, com uma árvore em primeiro plano e uma floresta distante, ao fim de um campo vasto. Atrás de um bosque, do lado direito, via-se a silhueta do telhado de uma casa, com duas cumeeiras, oito chaminés e um cata-vento ornamentado com sol, lua e outros elementos celestes.

Era um desenho finalizado, mas não foi isso que prendeu o olhar de Elodie. Ela teve uma sensação de déjà-vu tão forte que provocou uma pressão física no peito.

Ela conhecia aquele lugar. A lembrança era tão vívida quanto se tivesse estado lá, mas, de alguma forma, Elodie sabia que era um local que visitara apenas em sua mente.

Foi quando as palavras lhe ocorreram, tão claras quanto o canto dos pássaros ao amanhecer: *Descendo a trilha sinuosa e atravessando o prado, para o rio eles foram com seus segredos e sua espada.*

Então lembrou. Era uma história que a mãe lhe contava. Uma história de ninar, fantasiosa e confusa, repleta de heróis, vilões e uma rainha das fadas, ambientada em uma casa no meio da floresta escura contornada por um rio longo e sinuoso.

Só que nunca houvera um livro com ilustrações. A mãe contava a história oralmente, as duas lado a lado em sua cama da infância, no quarto de teto inclinado...

O relógio de parede soou, baixo e premonitório, na sala do Sr. Pendleton, e Elodie olhou para o seu no pulso. Estava atrasada. O tempo havia perdido a forma novamente, sua flecha se desfazendo em pó ao seu redor. Depois de olhar uma última vez a paisagem estranhamente familiar, devolveu para a caixa o caderno e todo o restante, colocou a tampa e a empurrou de volta para debaixo da mesa.

Tinha pegado suas coisas e já estava trancando a porta do departamento para ir embora quando lhe veio o impulso avassalador. Incapaz de resistir, ela voltou correndo até a caixa, pegou o caderno de desenho e o enfiou na bolsa.

CAPÍTULO 2

Elodie pegou o ônibus 24 ao norte de Charing Cross para Hampstead. O metrô teria sido mais rápido, mas ela não andava de metrô. Era gente demais para pouco ar, e Elodie não se sentia bem em espaços apertados. Já estava acostumada com essa aversão, que existia desde a infância, mas que nesse aspecto a atrapalhava; ela adorava a *ideia* do metrô, seu exemplo de empreendimento do século XIX, seus ladrilhos e suas letras vintage, sua história e sua poeira.

O trânsito estava terrivelmente lento, sobretudo perto da Tottenham Court Road, onde a escavação arqueológica do Crossrail havia revelado uma fileira de casas geminadas vitorianas. Era uma das vistas favoritas de Elodie, fornecendo um vislumbre tão real do passado que podia ser tocado. Ela imaginava – como sempre fazia – a vida das pessoas que tinham morado naquelas casas havia tanto tempo, quando parte da área de St. Giles abrigava o Rookery, uma fervilhante região pobre cheia de ruas e fossos tortuosos e imundos, lojas de bebida e apostadores, prostitutas e meninos maltrapilhos pelas ruas; quando Charles Dickens fazia suas caminhadas diárias e os alquimistas trabalhavam nas ruas cheias de esgoto de Seven Dials.

O jovem James Stratton, que, como muitos outros vitorianos, nutria um grande interesse pelo esotérico, registrara em seu diário várias visitas a uma médium e vidente em Covent Garden com quem engatara um longo caso amoroso. Para um banqueiro, James Stratton até que fora um escritor talentoso, e seus diários forneciam visões vibrantes, compassivas e às vezes muito engraçadas da vida na Londres vitoriana. Tinha sido um homem gentil, um homem *bom*, comprometido em melhorar a vida dos pobres e despossuídos. Acreditava, como escreveu aos amigos ao tentar cooptá-los para suas causas filantrópicas, que "a vida e as perspectivas de um ser humano sem dúvida são melhores quando há um lugar decente onde descansar a cabeça".

Profissionalmente, tinha sido respeitado, até apreciado, por seus pares: um convidado vivaz e muito requisitado para jantares, viajado e rico, bem-sucedido em todos os aspectos que importariam a um homem de sua época. No entanto, na vida pessoal era um tipo mais solitário. Casou-se tarde, após vários romances improváveis e breves. Houve uma atriz que fugiu com um inventor italiano, uma modelo artística que engravidou de outro e, em seus 40 e poucos anos, ele desenvolveu uma profunda e permanente afeição por uma de suas criadas, uma moça discreta chamada Molly, a quem concedia pequenas gentilezas frequentes sem jamais declarar seus sentimentos verdadeiros. Parecia a Elodie que ele decidira escolher mulheres que não o tornariam (ou não poderiam torná-lo) feliz.

– Por que ele faria isso? – perguntou Pippa, estranhando, quando Elodie mencionou essa hipótese certa noite, enquanto comiam petiscos e tomavam sangria.

Elodie não sabia dizer ao certo, só tinha certeza de que, embora não houvesse nada declarado na correspondência de Stratton, nenhuma descrição de um amor não correspondido ou confissão de profunda tristeza, ela não podia deixar de sentir algo melancólico sob a superfície agradável de suas palavras; sentia que ele estava sempre buscando algo, mas que sua verdadeira realização permanecera sempre fora de alcance.

Elodie estava acostumada a receber aquele olhar cético de Pippa sempre que dizia esse tipo de coisa. Nunca seria capaz de descrever a intimidade de trabalhar dia após dia entre os artefatos da vida de outra pessoa. Não conseguia entender o desejo moderno que as pessoas tinham de compartilhar seus sentimentos mais íntimos publicamente a todo instante, guardava sua privacidade com cuidado e se valia do conceito francês de *le droit à l'oubli*, o direito ao esquecimento. No entanto, era seu trabalho – mais do que isso, sua paixão – preservar e até reanimar a vida de pessoas que não tinham escolha sobre o assunto. Ela lera os pensamentos mais particulares de James Stratton, anotações em diários escritas sem a perspectiva da posteridade, e ele nunca tinha sequer ouvido o nome dela.

– Claro que você está apaixonada por ele – dizia Pippa sempre que Elodie tentava explicar.

Mas não era amor. Elodie simplesmente admirava James Stratton e se sentia protetora de seu legado. A ele fora garantida uma vida além da vida, e o trabalho de Elodie era fazer com que isso fosse respeitado.

Enquanto a palavra "respeito" tomava forma em sua mente, Elodie pensou no caderno de desenho, ali em sua bolsa, e corou.

O que tinha dado nela?

O pânico se misturou com uma sensação terrível, maravilhosa e culpada de empolgação. Em todos os seus dez anos de trabalho na sala de arquivos da Stratton, Cadwell & Co., ela nunca transgredira com tanta ênfase os decretos estabelecidos pelo Sr. Pendleton. As regras dele eram claras: tirar um artefato do cofre – pior, simplesmente jogá-lo na bolsa e submetê-lo ao sacrilégio de ser transportado em um ônibus londrino do século XXI – estava além da falta de respeito. Era imperdoável.

Mas, enquanto o ônibus 24 contornava a estação Mornington Crescent e começava a subir a Camden High Street, Elodie deu uma rápida olhada ao redor para conferir se alguém a estava observando, pegou o caderno de desenho da bolsa e rapidamente o abriu na página com a ilustração da casa à margem do rio.

Mais uma vez, foi dominada por uma sensação de profunda familiaridade. Ela *conhecia* aquele lugar. Na história que a mãe lhe contava, a casa era literalmente uma passagem para outro mundo. Para Elodie, porém, quando se via aninhada nos braços da mãe, respirando a fragrância exótica de narciso que ela exalava, a própria história era um portal, um encantamento que a tirava do aqui e agora e a levava para a terra da imaginação. Após a morte da mãe, o mundo daquela história se tornou seu lugar secreto. Fosse na hora do almoço na nova escola, nas longas tardes silenciosas em casa ou à noite, quando a escuridão ameaçava sufocá-la, bastava que ela se escondesse e fechasse os olhos para atravessar o rio, enfrentar a floresta e entrar na casa encantada...

O ônibus chegou a South End Green e Elodie parou por um instante na barraca de flores perto da estação do Overground antes de se apressar pela Willow Road rumo a Gainsborough Gardens. O dia ainda estava quente e abafado, e quando ela chegou à porta da casinha do pai – originalmente, a cabana do jardineiro –, sentia-se como se tivesse corrido uma maratona.

– Oi, pai – disse ela enquanto ele lhe dava um beijo. – Trouxe uma coisa para você.

– Ah, querida... – disse ele, olhando com ar de dúvida para o vaso de planta. – Mesmo depois do que aconteceu da última vez?

– Eu acredito em você. Além do mais, a senhora que me vendeu disse que só precisa ser regada duas vezes por ano.

– Santo Deus! Sério? Duas vezes por ano?

– Foi o que ela disse.

– Um milagre.

Apesar do calor, ele tinha feito pato ao molho de laranja, sua especialidade, e os dois comeram juntos à mesa da cozinha, como sempre. Nunca foram o tipo de família que usava a sala de jantar, exceto em ocasiões especiais como Natal ou aniversários, ou quando a mãe de Elodie decidira convidar o violinista americano e sua esposa para o Dia de Ação de Graças.

Enquanto comiam, falaram sobre trabalho: a curadoria de Elodie para a próxima exposição e o coral do pai, as aulas de música que ele estava dando em uma das escolas locais de ensino fundamental. O rosto dele se iluminou ao descrever a garotinha cujo violino tinha quase o tamanho do braço dela e o menino de olhos brilhantes que fora à sala de música por vontade própria para implorar por aulas de violoncelo.

– Os pais dele não ligam muito para música, sabe?

– Deixa eu adivinhar: você e o menino arrumaram um jeito?

– Não tive coragem de dizer não.

Elodie sorriu. O pai tinha coração mole quando se tratava de música e nunca negaria a uma criança a oportunidade de compartilhar seu grande amor. Ele acreditava que a música tinha o poder de mudar a vida das pessoas – "até a mente, Elodie" – e nada o deixava tão empolgado quanto discutir plasticidade cerebral e exames de ressonância magnética que mostravam uma conexão entre música e empatia. Elodie sentia o coração se apertar quando o via assistindo a um concerto: a fascinação total no rosto dele ao lado dela no teatro. Ele já tinha sido músico profissional. "Apenas segundo violinista", dizia ele sempre que surgia o assunto, e nunca deixava de completar, com um traço de reverência na voz: "Não chegava nem perto dela."

Ela. O olhar de Elodie se desviou para a sala de jantar, do outro lado do corredor. De onde estava sentada, apenas as molduras de alguns quadros eram visíveis, mas não precisava fitar a parede para saber exatamente qual imagem estava pendurada em qual lugar. As posições nunca foram alteradas. Era a parede da mãe dela. Ou seja, o mural de Lauren Adler: impressionantes fotografias em preto e branco de uma jovem cheia de vida, com longos cabelos lisos, abraçada a um violoncelo.

Elodie observara as fotografias extensivamente quando criança, portanto estavam impressas em sua mente para sempre. A mãe em várias poses, em apresentações, a concentração afinando seus traços: aquelas maçãs do rosto salientes, o olhar concentrado, seus dedos ágeis em cordas que brilhavam sob as luzes.

– Quer um pouco de pudim?

O pai tinha pegado na geladeira uma sobremesa tremelicante de morango. Elodie de repente notou a idade avançada dele em comparação com as imagens da mãe, cujas juventude e beleza estavam suspensas no âmbar da memória.

Como o clima estava maravilhoso, eles levaram as taças de vinho e a sobremesa para o terraço com vista para o campo. Três irmãos jogavam frisbee, o menor correndo de um lado para outro entre os mais velhos, e ali perto estavam dois adultos sentados juntos, conversando com as cabeças próximas.

O crepúsculo do verão lançava um brilho soporífico. Elodie relutou em estragar o momento, mas, depois de alguns minutos do silêncio tranquilo e agradável em que ela e o pai sempre foram especialistas, arriscou:

– Sabe no que eu estava pensando hoje?

– Em quê?

Ele estava com o queixo sujo de creme.

– Naquela história de ninar de quando eu era pequena… aquela do rio e da casa com o cata-vento de lua e estrelas. Você lembra?

Ele deu um riso de suave surpresa.

– Meu Deus! Isso me faz viajar no tempo. Sim, é claro, você amava essa história. Faz muito tempo que não penso nela. Sempre me perguntei se não era um pouco assustadora para uma criança, mas sua mãe achava que as crianças eram muito mais corajosas do que os adultos pensavam. Ela dizia que a infância era uma época assustadora e que esse tipo de história as ajudava a se sentir menos sozinhas. E você parecia concordar: quando ela estava em turnê, você nunca ficava satisfeita com os livros que eu lia. Eu me sentia rejeitado. Você os escondia de mim, embaixo da cama, e exigia que eu contasse sobre a clareira na floresta escura e a casa mágica na beira do rio.

Elodie sorriu.

– Você não gostava muito das minhas versões – continuou ele. – Batia os pés e protestava: "Não! Não é assim!"

– Poxa...

– Não era culpa sua. Sua mãe era uma contadora de histórias maravilhosa.

Então o pai caiu em um silêncio melancólico, mas Elodie, que geralmente se preocupava em não ultrapassar os limites daquele antigo luto, dessa vez insistiu, com cautela:

– Fico pensando... Será que aquela história é de algum livro?

– Bem que eu queria. Teria me poupado de todo o tempo que passei tentando consolar minha filha inconsolável. Não, era uma história de família. Eu me lembro da sua mãe dizendo que a ouvia quando criança.

– Também sempre achei que fosse isso, mas será que mamãe não se enganou? Talvez a pessoa que contou a ela a história tenha lido em um livro. Um daqueles antigos livros infantis ilustrados.

– Pode ser, talvez. – Ele franziu o cenho. – Mas por que se lembrou disso?

Com uma súbita pontada de nervosismo, Elodie retirou o caderno da bolsa e lhe entregou, aberto no desenho da casa.

– Encontrei isso no trabalho hoje, numa caixa.

– Que lindo... E está claro que foi desenhado por um grande artista... o traço é incrível...

Ele observou mais um pouco antes de lançar um olhar confuso para Elodie.

– Não está vendo, pai? É a casa da história. Uma ilustração exata da casa.

Ele voltou a olhar para o desenho.

– Bem, é *uma* casa. E vejo que há um rio.

– E bosques, e um cata-vento com sol e lua.

– Sim, mas... Querida, ouso dizer que dezenas de casas se encaixariam nessa descrição.

– Com tanta exatidão assim? Fala sério, pai. É a mesma casa. Os detalhes são idênticos. Mais que isso, o artista captou a mesma *sensação* causada pela casa da história. Você não consegue perceber?

O instinto possessivo a tomou de repente e Elodie pegou o caderno de volta. Não conseguia explicar com mais ênfase do que já havia explicado: não sabia como, o que significava nem por que o esboço aparecera nos arquivos do trabalho, mas *sabia* que era a casa da história da mãe.

– Sinto muito, querida.

– Não tem do que se desculpar.

Mesmo ao dizer isso, Elodie sentiu as lágrimas surgindo. Que ridículo! Chorar como uma criança por causa da origem de uma história de ninar. Ela tentou encontrar algum assunto, qualquer um, para mudar o foco da conversa.

– Teve notícias do Tip?
– Ainda não. Mas você sabe como ele é. Não gosta de telefone.
– Vou fazer uma visita a ele no fim de semana.

O silêncio caiu novamente entre eles, mas dessa vez não foi tranquilo nem agradável. Elodie ficou vendo a luz cálida brincar nas folhas das árvores. Não sabia por que estava tão agitada. Mesmo que fosse, de fato, a mesma casa, que diferença faria? Ou o artista fizera esboços para um livro que a mãe dela lera, ou era uma casa de verdade que alguém tinha visto e incluído na história que inventara. Ela sabia que deveria deixar aquilo de lado, pensar em algo agradável e inofensivo para dizer...

– A previsão é de tempo bom – comentou o pai, no mesmo momento em que Elodie exclamou:
– A casa tem oito chaminés, pai! Oito!
– Ah, filha...
– É a casa da história dela. Olhe só as duas cumeeiras...
– Minha querida.
– Pai!
– Tudo isso faz sentido.
– Isso o quê?
– É o casamento.
– Que casamento?
– O seu, claro. – O sorriso dele era gentil. – Momentos importantes da vida sempre trazem o passado de volta. E você sente falta da sua mãe. Eu deveria ter imaginado que sentiria falta dela agora mais do que nunca.
– Não, pai, eu...
– Na verdade, eu queria lhe dar uma coisa. Espere aqui um minuto.

Quando o pai se afastou e desceu a escada de ferro que levava de volta à casa, Elodie suspirou. Com o avental amarrado na cintura e seu pato ao molho de laranja exageradamente doce, ele não era o tipo de pessoa com quem se podia ficar irritada por muito tempo.

Ela notou um melro a observando de uma das chaminés gêmeas e o pássaro a olhou atentamente antes de levantar voo, em resposta a algum comando inaudível. A criança menor no gramado começou a chorar e Elodie pensou no que o pai dissera sobre sua petulância diante de todos os esforços dele para contar a história de ninar: os anos que se estenderam depois do incidente, apenas os dois.

Não devia ter sido fácil.

– Guardei isto para você – disse ele, reaparecendo no topo da escada.

Ela presumira que o pai tivesse ido buscar as fitas que ela pedira que ele separasse, mas o volume que ele trazia era pequeno demais, não muito maior que uma caixa de sapatos.

– Eu sabia que um dia chegaria o momento certo. – Os olhos dele estavam começando a marejar. Ele balançou a cabeça, entregando-lhe a caixa. – Aqui, veja.

Elodie abriu.

Ali dentro havia uma faixa de organza de seda de um tom claro de marfim, com a borda recortada enfeitada com uma fina fita de veludo. Ela soube imediatamente o que era. Muitas vezes havia observado atentamente a fotografia na moldura dourada, no andar de baixo.

– Ela estava tão linda naquele dia... – disse o pai. – Nunca vou esquecer o momento em que ela apareceu à porta da igreja. Eu estava quase convencido de que ela não ia aparecer. Meu irmão ficou implicando sem piedade nos dias anteriores. Ele achava muito engraçado fazer isso, e creio que facilitei as coisas para ele. Eu não conseguia acreditar que ela tivesse dito sim. Tinha certeza de que havia algum mal-entendido, que era bom demais para ser verdade.

Elodie pegou a mão do pai. Fazia 25 anos desde a morte da mãe, mas, para ele, era como se tivesse sido no dia anterior. Elodie tinha apenas 6 anos, mas ainda se lembrava do jeito como ele olhava para ela, de como os dois entrelaçavam os dedos quando caminhavam juntos. Lembrava-se também da batida à porta, das vozes baixas dos policiais, do grito terrível do pai.

– Está ficando tarde – disse ele, dando um tapinha leve no pulso dela. – É melhor você ir para casa, querida. Vamos descer. Também encontrei as fitas que você queria.

Elodie recolocou a tampa na caixa. Ia deixá-lo na pesada companhia de suas lembranças, mas o pai tinha razão: o caminho para casa era longo.

Além disso, Elodie havia aprendido muitos anos antes que não estava à altura da tarefa de curar a tristeza dele.

– Obrigada por guardar o véu para mim – disse ela, dando um beijo no rosto dele e se levantando.

– Ela ficaria orgulhosa de você.

Elodie sorriu, mas, enquanto descia a escada com o pai, se perguntou se era verdade.

Ela morava num apartamento pequeno e simpático, no último andar de um edifício vitoriano em Barnes. A escadaria cheirava a fritura, cortesia da lanchonete de *fish and chips* no térreo, mas apenas um leve traço alcançava o andar de Elodie. O apartamento em si era pouco mais que uma sala, uma cozinha compacta em conceito aberto e uma suíte de formato estranho. A vista, no entanto, fazia o coração de Elodie suspirar.

Uma das janelas do quarto dava para os fundos de uma fileira de pequenos prédios vitorianos: tijolos antigos, janelas com caixilhos brancos e telhados de topo reto com chaminés de terracota. Nas brechas entre os canos de esgoto, dava para ver trechinhos do Tâmisa. Melhor ainda, se ela se sentasse no parapeito, podia ver toda a área ao longo do rio até a curva onde a ponte ferroviária o cruzava.

A janela na parede oposta dava para a rua, em frente a uma casa espelhada do outro lado. O casal que morava ali ainda estava jantando quando Elodie chegou. Eram suecos, ela descobrira, o que parecia explicar não apenas a altura e a beleza dos dois, mas também o exótico hábito de comer depois das dez. Uma luminária que parecia feita de crepe lançava uma luz rosada na bancada da cozinha. Abaixo, a pele deles brilhava.

Elodie abriu as cortinas do quarto, acendeu a luz e tirou o véu da caixa. Não entendia muito de moda, não como Pippa, mas sabia que aquela peça era especial. Vintage por força do tempo, cobiçada pela fama de Lauren Adler, mas preciosa para Elodie porque tinha sido de sua mãe, e restava muito pouco dela. Muito pouco de sua natureza pessoal.

Após um momento de hesitação, ela ergueu o véu e o segurou timidamente no alto da cabeça. Encaixou o pente no lugar e a organza se desenrolou sobre seus ombros. Então abaixou os braços.

Elodie tinha ficado lisonjeada quando Alastair a pedira em casamento. Foi no primeiro aniversário do dia em que se conheceram (apresentados por um rapaz com quem Elodie havia estudado e que agora trabalhava na empresa de Alastair). Ele a levou ao teatro e, depois, para jantar em um restaurante sofisticado do Soho. Enquanto o atendente da chapelaria guardava seus casacos, sussurrou em seu ouvido que a maioria das pessoas levava *semanas* para conseguir uma reserva. O garçom estava servindo a sobremesa quando ele mostrou o anel na caixinha azul-turquesa. Parecia uma cena de filme, e Elodie sentiu como se assistisse à cena de fora: ele com o belo rosto cheio de expectativa, os dentes brancos perfeitos, e ela no vestido novo feito por Pippa um mês antes, por ocasião da festa de comemoração dos 150 anos do Stratton Group, em que ela discursara.

Uma idosa sentada à mesa ao lado comentou com o companheiro:

– Que lindo! Veja: ela está tão apaixonada que ficou vermelha.

E Elodie pensou: *Estou tão apaixonada que fiquei vermelha*. E, quando Alastair ergueu as sobrancelhas, ela se viu sorrindo e dizendo sim.

Lá fora, nas águas escuras do rio, um barco tocou a sirene de neblina. Elodie tirou o véu da cabeça.

Era assim que acontecia, concluiu ela. Era assim que as pessoas ficavam noivas. Haveria um casamento – em seis semanas, de acordo com o convite, no fim do verão, quando, segundo a mãe de Alastair, os jardins de Gloucestershire estavam "em seu auge" – e Elodie seria uma daquelas pessoas casadas que se encontram nos fins de semana para conversar sobre casas, empréstimos bancários e escolas. Pois haveria filhos, como era de esperar, e ela seria a mãe. E não seria como a própria mãe tinha sido, talentosa e brilhante, sedutora e evasiva; seus filhos a procurariam em busca de conselhos e conforto e ela saberia o que fazer e dizer, porque as pessoas pareciam simplesmente saber, não é mesmo?

Elodie colocou a caixa na poltrona de veludo marrom que ficava no canto do quarto.

Depois de um momento de hesitação, resolveu colocá-la debaixo da poltrona.

A mala que trouxera da casa do pai ainda estava perto da porta, onde a deixara.

Elodie imaginara começar as fitas aquela noite, mas de repente se sentiu cansada – muito cansada.

Tomou banho e depois, sentindo-se culpada, apagou a luz e foi deitar. Começaria as fitas no dia seguinte; tinha que começar. A mãe de Alastair, Penelope, já telefonara três vezes desde o café da manhã. Elodie deixara as ligações caírem na caixa postal, mas a qualquer momento seu noivo anunciaria que "mamãe" estava preparando o almoço de domingo e Elodie se veria no banco do passageiro do Rover, sendo transportada pela trilha arborizada até aquela casa enorme em Surrey, onde a inquisição a esperava.

Escolher a música era uma das três tarefas atribuídas a ela. A segunda era visitar o local da recepção, de propriedade da melhor amiga de Penelope, "só para se apresentar, é claro; deixe o resto comigo". A terceira era ficar em contato com Pippa, que se oferecera para desenhar seu vestido. Até agora, Elodie não havia feito nenhuma delas.

Amanhã, prometeu, deixando de lado todos os pensamentos sobre o casamento. *Amanhã*.

Fechou os olhos, ouvindo os sons suaves dos clientes tardios comprando *fish and chips* lá embaixo e, sem aviso prévio, seus pensamentos se voltaram para a outra caixa, a que estava embaixo da sua mesa de trabalho. A fotografia emoldurada da jovem com o olhar resoluto. O desenho da casa.

Mais uma vez aquela sensação estranha, como uma lembrança fugaz, a inquietou. Ela viu o desenho em sua mente e ouviu uma voz que era de sua mãe mas ao mesmo tempo não era: *Descendo a trilha sinuosa e atravessando o prado, para o rio eles foram com seus segredos e sua espada*.

E quando finalmente adormeceu, no exato momento em que perdeu a consciência, a imagem desenhada a caneta em sua mente se dissolveu em árvores banhadas de sol e o Tâmisa salpicado de prata, e um vento cálido roçou seu rosto, em um lugar estranho que ela de alguma forma conhecia como seu lar.

II

Tenho levado uma vida tranquila aqui em Birchwood. Muitos verões se passaram desde o nosso, e eu me tornei uma criatura de hábitos, seguindo os mesmos ritmos suaves dia após dia. Não tenho muita escolha. Quase nunca recebo visitas e, hoje em dia, aqueles que vêm não se demoram. Não sou uma boa anfitriã. Não é fácil viver aqui.

As pessoas, em geral, têm medo de casas antigas, assim como temem os próprios idosos. O Caminho do Tâmisa tornou-se uma preferência local para caminhadas e às vezes, à noite e no início da manhã, as pessoas param e espiam por cima do muro do jardim. Eu as vejo, mas não deixo que me vejam.

Raramente saio de casa. Antigamente eu corria pelo campo, meu coração batendo forte no peito, as faces quentes, meus braços e pernas em movimentos vigorosos, mas isso ficou no passado.

As pessoas dos arredores ouviram rumores sobre mim, e elas apontam e aproximam o rosto para fofocar. "Foi aqui que aconteceu", "Era onde ele morava", dizem. "Você acha que foi ela?"

Mas elas não entram quando o portão está fechado. Ouviram dizer que esta casa é mal-assombrada.

Confesso que prestei pouca atenção quando Clare e Adele falaram sobre espíritos. Eu estava ocupada, com a cabeça em outro lugar. Desde então, lamento minha distração. Esse conhecimento teria sido útil ao longo dos anos, sobretudo quando as "visitas" vêm me chamar.

Tenho uma nova, que acabou de chegar. Primeiro eu a *senti*, como sempre. Uma percepção, uma mudança ligeira mas precisa nas correntes obsoletas que lambem e se instalam nos degraus da escada à noite. Mantive distância e torci para que não me incomodasse enquanto esperava a quietude retornar.

Só que a quietude não retornou. Nem o silêncio. *Ele* – porque agora já o vi – não é barulhento, não como alguns deles são, mas aprendi a ouvir, a saber o que ouvir, e, quando os movimentos assumiram um ritmo regular, entendi que ele pretendia ficar.

Fazia muito tempo que eu não recebia uma visita. Elas me incomodavam, com seus sussurros e batidas, a sensação arrepiante de que minhas coisas, meu espaço, não eram mais meus. Eu cuidava dos meus afazeres, mas as observava, uma após outra, exatamente como Edward teria feito, e com o tempo aprendi a melhor maneira de mandá-las embora. São criaturas simples, afinal, e me tornei experiente em ajudá-las a seguir seu caminho.

Nem todas, veja bem, pois me apeguei a algumas. As Especiais. O pobre soldado triste que gritava no meio da noite, a viúva cujas lágrimas do choro furioso caíam entre as tábuas do piso e, claro, as crianças – a colegial solitária que queria ir para casa, o menininho solene que tentava colar os cacos do coração da mãe. Eu gosto das crianças. Elas são sempre mais perspicazes. Ainda não aprenderam a não ver.

Ainda estou me decidindo sobre esse novo, se podemos ou não viver juntos de maneira pacífica e por quanto tempo. Ele, por sua vez, ainda não me notou. Está muito concentrado nas próprias atividades. A mesma coisa todos os dias: seguir seu caminho pela cozinha da casa anexa, sempre com a bolsa de lona marrom pendurada no ombro.

São todos assim no começo: desatentos, presos no próprio circuito, absorvidos pelo que acreditam que devem fazer. Mas sou paciente. Não tenho muito a fazer além de observar e esperar.

Posso vê-lo agora através da janela, caminhando em direção ao pequeno cemitério da igreja nos limites da vila. Ele para e parece ler as lápides, como se procurasse alguém.

Eu me pergunto quem seria. São tantas pessoas enterradas ali.

Sempre fui curiosa. Meu pai dizia que nasci perguntando. A Sra. Mack dizia que a curiosidade matou o gato e que era apenas questão de tempo até eu ter o mesmo fim.

Veja, agora ele sumiu de vista, ultrapassou o topo da colina, e não sei mais por onde anda, o que carrega dentro da bolsa ou o que pretende fazer aqui.

Talvez eu esteja empolgada. Como falei, já faz um tempo, e pensar em um novo visitante é sempre animador. Afasta minha mente dos pensamentos obsessivos de sempre.

Pensamentos como...

Depois que todos fizeram as malas e partiram, as carruagens correndo como demônios do inferno pela trilha, será que Edward olhou para trás e captou na janela iluminada pelo crepúsculo um vislumbre para substituir seu pesadelo?

Quando voltou para Londres e para seu cavalete, será que pestanejou algumas vezes para afastar minha imagem de sua vista? Será que sonhava comigo durante as longas noites, assim como eu estava sempre pensando nele?

Ele se lembrava então, como eu me lembro agora, da luz das velas tremeluzindo na parede cor de amora?

Há outros. Pensamentos que me proibi de alimentar ainda mais. Pouco adianta me perguntar quando não resta mais ninguém para responder.

Todos se foram. Todos se foram há muito tempo. E as perguntas permanecem minhas. Nós que nunca podem ser desatados. Virados e revirados, esquecidos por todos, menos eu. Pois eu não esqueço nada, por mais que tente.

CAPÍTULO 3

Verão de 2017

O sentimento estranho e inquietante permanecia no dia seguinte, e Elodie passou a viagem de trem para o trabalho anotando tudo de que conseguia se lembrar da história da mãe. Enquanto Londres se turvava do outro lado da janela e um grupo de estudantes no vagão dava risadinhas para a tela do celular, ela apoiou um bloco de notas no joelho e deixou o mundo real desaparecer. Sua caneta percorria a página, mas, conforme o trem se aproximava de Waterloo, seu entusiasmo começou a ceder, seu ritmo diminuindo. Ela olhou o que havia escrito, a história da casa com seu cata-vento celestial, o rio mercurial e as coisas maravilhosas e terríveis que aconteciam na floresta à noite, e se sentiu um pouco envergonhada. Era uma história para crianças, afinal, e ela era uma adulta.

O trem parou na plataforma e Elodie pegou sua bolsa, que deixara no chão ao lado dos pés. Olhou para o caderno de desenho – agora embrulhado em uma toalha de chá de algodão limpa – e foi tomada por uma onda de incerteza quando se lembrou de sua imprudência na tarde anterior, da repentina compulsão para pegá-lo, sua crescente convicção de que o esboço pressagiava algum tipo de mistério. Ela até alimentou a suspeita (graças a Deus tivera o bom senso de não compartilhar isso com o pai!) de que o desenho havia esperado por ela todos aqueles anos.

O celular de Elodie tocou quando ela passava pela igreja St. Mary le Strand e o nome de Penelope apareceu na tela. Sentindo o estômago se revirar, ela pensou que talvez o pai tivesse razão. Talvez fosse o casamento, no fim das contas, e *não* o desenho da casa, que estava despertando aqueles sentimentos estranhos. Ela ignorou a ligação de Penelope, guardando o celular no bolso. Falaria com sua formidável sogra naquela tarde, depois de se encontrar com Pippa e ter algo concreto para relatar.

Pela milésima vez, Elodie desejou que a mãe ainda estivesse viva, para criar certo equilíbrio de forças. Sabia por experiência – e não apenas pelos relatos do pai – que Lauren Adler tinha sido extraordinária. Elodie mergulhara em uma extensa pesquisa quando tinha 17 anos, primeiro na internet e depois indo além, solicitando um passe de leitor na Biblioteca Britânica, coletando todas as reportagens e entrevistas que pudesse encontrar relacionadas à brilhante carreira de Lauren. À noite, no quarto, ela lia todos os artigos, formando o retrato de uma jovem exuberante com um talento impressionante, uma virtuose que tinha domínio completo de seu instrumento. Mas eram as entrevistas que Elodie saboreava, pois ali, entre as aspas, ela descobrira as palavras da mãe. Seus pensamentos, sua voz, seu jeito de falar.

Certa vez Elodie lera um livro, encontrado embaixo da cama em um quarto de hotel na Grécia, sobre uma mulher moribunda que escrevera aos filhos uma série de cartas sobre a vida e sobre como viver, para poder continuar guiando-os de além-túmulo. Mas a mãe de Elodie não tinha recebido qualquer aviso a respeito de sua morte iminente, portanto não havia deixado nenhum conselho sábio para a única filha. As entrevistas eram o mais próximo disso ao alcance de Elodie, que, na adolescência, estudou cada uma delas, decorando-as e sussurrando certas frases para o espelho oval acima da penteadeira. Elas se tornaram versos reverenciados de poesia, sua lista de mandamentos da vida. Porque, diferentemente de Elodie, que lutava contra espinhas e um caso desesperado de insegurança, Lauren Adler, aos 17 anos, era radiante: tão modesta quanto talentosa, ela já tocara no festival The Proms e se tornara a eterna namoradinha musical do país.

Até Penelope, cuja autoconfiança era tão antiga e bem estabelecida como o colar de pérolas perfeitas que usava, falava da mãe de Elodie com uma espécie de reverência nervosa. Ela nunca dizia "sua mãe", era sempre "Lauren Adler": "Lauren Adler tinha um concerto favorito?", "Havia algum salão que Lauren Adler preferisse?". Elodie respondia a esse tipo de pergunta da melhor maneira possível. Não mencionava que muito de seu conhecimento havia sido adquirido em entrevistas que estavam disponíveis gratuitamente, bastava saber onde procurar. O interesse de Penelope era lisonjeiro, e Elodie se apegava a ele. Diante da grandiosa propriedade de Alastair, seus pais de tweed e sarja, o peso da tradição em uma família com paredes cobertas de retratos ancestrais, Elodie precisava de todas as vantagens que pudesse reivindicar.

No início do relacionamento, Alastair mencionara que a mãe era fã de música clássica. Ela tocava na infância, mas desistira quando se tornou debutante. Ele contava histórias que encantavam Elodie, sobre os concertos a que sua mãe o levara quando ele era menino, a emoção da noite de estreia da Orquestra Sinfônica de Londres no Barbican ou da chegada do maestro ao palco no Royal Albert Hall. Eram sempre só os dois, seu momento especial ("Meu pai acha tudo isso meio exagerado. A atividade cultural favorita dele é o rúgbi."). Ainda mantinham a tradição de uma noite "só deles" todos os meses, um concerto seguido de jantar.

Pippa arqueou as sobrancelhas ao saber, principalmente quando Elodie admitiu que nunca havia sido convidada a se juntar a eles, embora não se preocupasse. Tinha certeza de haver lido em algum lugar que homens que tratavam bem a mãe davam os melhores parceiros. Além disso, era bom que, para variar, as pessoas não supusessem que ela era apaixonada por música clássica. Ao longo da vida, tivera a mesma conversa repetidas vezes: estranhos perguntando qual instrumento ela tocava, o olhar de confusão quando ela dizia que não tocava nada. "Nem um pouco?"

Alastair, porém, tinha entendido.

– Não culpo você – dissera ele. – Não faz sentido competir com a perfeição.

E, embora Pippa tivesse se irritado ao ouvir isso ("Você é perfeita sendo você"), Elodie sabia que não foi isso que ele quis dizer – não era uma crítica.

Foi ideia de Penelope incluir uma filmagem de Lauren Adler na cerimônia de casamento. Quando Elodie disse que o pai guardava um conjunto completo de vídeos das apresentações dela e que podia pedir a ele para pegá-las no depósito, Penelope olhara para ela com o que só poderia ser descrito como carinho genuíno. Ela estendeu a mão para tocar a de Elodie (foi a primeira vez que fez isso) e disse:

– Eu a vi tocar uma vez. Ela era deslumbrante, tão focada! Uma técnica da mais alta ordem, mas com aquela qualidade extra que fazia sua música sobressair a todas as outras. Foi terrível quando aconteceu aquilo, simplesmente terrível. Fiquei desolada.

Elodie foi pega de surpresa. A família de Alastair não era muito afetuosa e não abordava assuntos como perda e luto em conversas casuais. Sem dúvida, o momento acabou tão rápido quanto havia começado e Penelope passou a falar amenidades sobre o início da primavera e suas implicações para a Exposição de Flores de Chelsea. Elodie, menos adepta de mudanças tão rápidas de assunto, ficou com uma sensação duradoura do toque da mulher em sua mão, e a lembrança da morte da mãe a entristecera pelo resto do fim de semana.

Lauren Adler estava no banco do carona de um carro conduzido pelo violinista americano em visita à Inglaterra, os dois voltando para Londres depois de uma apresentação em Bath. O restante da orquestra tinha retornado no dia anterior, logo após a apresentação, mas a mãe de Elodie ficara para participar de uma oficina com músicos da região.

– Ela era muito generosa – dissera o pai de Elodie muitas vezes. Frases ensaiadas que faziam parte da ladainha de adoração dos enlutados. – As pessoas não esperavam isso dela, alguém tão impressionante, mas ela adorava música e se esforçava para passar um tempo com outras pessoas que também adoravam. Não importava se eram profissionais ou amadores.

O relatório do médico-legista, acessado por Elodie nos arquivos locais durante seu verão de pesquisa, dizia que o acidente fora causado por uma combinação de cascalho solto na estrada de terra e um erro de direção. Elodie se perguntou por que eles não estavam na rodovia, mas os médicos-legistas não faziam especulações sobre planos de viagem. O motorista fez uma curva fechada rápido demais e o carro perdeu a tração, derrapando pelo acostamento; o impacto jogou Lauren Adler pelo para-brisa, quebrando seu corpo em diversos lugares. Se tivesse sobrevivido, ela nunca mais tocaria violoncelo, fato que Elodie descobrira com as conversas de alguns músicos amigos da mãe, que entreouvira de seu esconderijo atrás do sofá, no velório. A implicação parecia ser que a morte era o menor dos males.

Elodie não via as coisas assim, nem o pai, que havia passado pelas consequências imediatas e pelo funeral, envolto em uma compostura induzida pelo choque, o que de certa forma deixou Elodie mais preocupada do que o mergulho nas águas cinzentas e profundas do desespero que veio depois. Ele achou que estava escondendo sua dor atrás da porta fechada do quarto, mas as velhas paredes de tijolos não eram tão grossas assim. A Sra. Smith, da casa ao lado, sorria com uma compreensão triste ao assumir as tarefas domésticas, servindo ovos cozidos e torradas no jantar todas as noites e contando a Elodie histórias vívidas sobre Londres durante a guerra: sua juventude passada em meio às bombas e à Blitz, e o dia em que o telegrama de bordas pretas chegou com notícias do pai desaparecido.

Assim, a morte da mãe era algo que, em suas lembranças, Elodie jamais conseguia separar totalmente do som de explosivos e do cheiro de enxofre e, em algum nível sensorial profundo, do desejo feroz de uma criança que precisava de uma história.

– Bom dia.

Margot estava com a chaleira no fogo quando Elodie chegou ao trabalho. Pegou a caneca favorita de Elodie, pousou-a ao lado da sua e deixou cair dentro um saquinho de chá.

– Um aviso: ele está furioso hoje. O consultor lhe deu uma lista de "recomendações".

– Ai, meu Deus.

– Pois é.

Elodie levou o chá para a mesa, tomando o cuidado de não chamar a atenção do Sr. Pendleton ao passar por seu escritório. Ela sentia uma afeição colegial por seu velho chefe maluco, mas, quando ele estava de mau humor, tendia a punir os outros injustamente, e Elodie já tinha trabalho suficiente para terminar sem a atribuição gratuita de uma revisão de índice.

Ela não precisava ter se preocupado: o Sr. Pendleton estava bem distraído, olhando furiosamente para algo em seu monitor.

Elodie se sentou à sua mesa e, sem perder um segundo, transferiu o caderno de desenho de dentro da bolsa de volta para a caixa da chapelaria desativada. Tinha sido uma loucura temporária e estava acabada. O melhor agora era catalogar os itens e atribuir-lhes um lugar nos arquivos de uma vez por todas.

Ela calçou as luvas e, em seguida, tirou o furador, a tinta, o organizador de madeira e o estojo de óculos. Até o mais superficial dos olhares revelava que eram itens de escritório de meados do século XX; as iniciais no estojo indicavam que era seguro o suficiente registrá-las como tendo pertencido a Lesley Stratton-Wood. Elodie ficou feliz em relaxar com a rotina de preparar uma lista clara de conteúdo. Ela pegou uma nova caixa de arquivo e empacotou os itens, afixando com cuidado a lista em uma das laterais.

A bolsa era mais interessante. Elodie iniciou uma inspeção meticulosa, observando as bordas desgastadas do couro e uma série de arranhões na parte de trás, mais perto do lado direito; o bordado nas junções era de altíssima qualidade e uma das fivelas apresentava um conjunto de cinco marcas oficiais, sugerindo que era esterlina e de fabricação britânica. Elodie colocou a lupa de monóculo no olho esquerdo e observou mais de perto: sim, havia o leão representando a esterlina, o leopardo de Londres – sem coroa, o que o datava de um período posterior a 1822 –, um "g" minúsculo em fonte inglesa antiga que indicava o ano (uma consulta rápida a seu gráfico da London Date Letters revelou que era 1862), a marca dos impostos mostrando a cabeça da rainha Vitória e, finalmente, a marca do fabricante, um conjunto de iniciais que indicavam "W. S.".

Elodie consultou o diretório, passando o dedo pela lista até chegar a "William Simms". Ela sorriu ao reconhecer. A bolsa havia sido feita por W. Simms & Son, um fabricante sofisticado de artigos de prata e couro com um selo de garantia real e, se Elodie se lembrava bem, uma loja situada na Bond Street.

Satisfatório, mas não era uma história completa, pois as outras marcas na bolsa, os arranhões e os padrões de desgaste eram de igual importância na determinação de seu passado. Eles mostravam que a bolsa, por mais exclusiva que fosse, não era puramente decorativa. Ela havia sido usada, e bem usada, trespassada no ombro do dono – o ombro direito, observou Elodie, enquanto passava os dedos enluvados suavemente pela correia desgastada de modo desigual – e tinha batido habitualmente em sua coxa esquerda. Elodie se imaginou pendurando uma bolsa sobre um ombro e percebeu que seu instinto teria sido colocá-la na outra direção. Havia uma grande chance de o dono da bolsa ser canhoto.

Isso descartava James Stratton, mesmo que seu porta-documentos estivesse dentro da bolsa – as iniciais douradas gravadas na aba de couro da bolsa também o descartavam. "E. J. R." Elodie passou a ponta da luva levemente sobre a letra cursiva E. As mesmas iniciais estavam no caderno de desenho. Parecia razoável supor que fossem da pessoa que fizera os esboços e que aquela bolsa era dessa mesma pessoa. Um artista, então? James Stratton tinha contato com vários artistas conhecidos da época, mas as iniciais não eram imediatamente reconhecíveis. Podia muito bem usar o Google, só que Elodie tinha uma linha ainda mais rápida de informações sobre arte. Ela pegou o celular, respirou fundo ao notar que Penelope havia deixado uma segunda mensagem e depois enviou uma para Pippa:

> Bom dia! Você consegue pensar em algum artista, provavelmente de meados da era vitoriana, com as iniciais EJR??

A resposta foi imediata:

Edward Radcliffe. Hoje tá de pé? Pode ser 11h em vez de 12h? Vou mandar o endereço.

Edward Radcliffe. O nome lhe era vagamente familiar, embora não fosse um dos artistas com quem James Stratton havia mantido correspondência regular. Elodie digitou o nome no Google e clicou na página da Wikipédia. A entrada era curta. Ela passou os olhos na primeira metade, observando que o ano de nascimento de Edward Radcliffe, 1840, coincidia com a idade de James Stratton e que ele havia nascido em Londres, mas passara parte da infância em Wiltshire. Fora o mais velho de três filhos, o único menino, de um homem que parecia um diletante e de uma mulher com pretensões artísticas, e fora criado durante vários anos por seus avós, lorde e lady Radcliffe, enquanto os pais estavam no Extremo Oriente, coletando cerâmica japonesa.

O parágrafo seguinte descrevia um jovem rebelde, de temperamento feroz e talento precoce, descoberto por acaso quando um artista idoso (desconhecido de Elodie, mas evidentemente de alguma fama) tropeçara em seu trabalho e tomara o jovem sob sua proteção. Houve algumas mostras promissoras, um relacionamento inconstante com a Academia Real, uma discussão pública breve, mas ardente, com Dickens após uma crítica ruim e, finalmente, absolvição quando o grande John Ruskin encomendou uma pintura. Parecia que Edward Radcliffe estava no caminho de uma carreira distinta, e Elodie começava a se perguntar por que não estava familiarizada com o trabalho dele quando chegou ao parágrafo final:

> Edward Radcliffe estava noivo da Srta. Frances Brown, filha do proprietário de uma fábrica em Sheffield. No entanto, quando ela foi tragicamente assassinada durante um assalto, na tenra idade de 20 anos, ele se retirou da vida pública. Existem muitos rumores de que Radcliffe estava trabalhando em uma obra-prima na época; mas, nesse caso, nem a pintura nem qualquer trabalho preliminar genuíno jamais viram a luz do dia. Radcliffe se afogou na costa sul de Portugal em 1881, mas seu corpo foi devolvido à Inglaterra para ser enterrado. Embora sua produção artística não tenha sido tão prodigiosa quanto poderia, Radcliffe continua sendo uma figura importante na arte de meados do século XIX por seu papel como membro fundador da Irmandade Magenta.

A Irmandade Magenta. O nome fez soar um alerta distante relacionado ao trabalho e Elodie fez uma anotação para cruzar a referência com o banco de dados da correspondência de Stratton. Ela releu o parágrafo, detendo-se dessa vez na morte violenta e prematura de Frances Brown; na retirada de Radcliffe da vida pública; em sua morte solitária em Portugal. Sua mente costurou elos de causa e efeito entre esses pontos, chegando à imagem de um homem cuja carreira promissora havia sido interrompida por um coração partido e cuja constituição havia sido enfraquecida ao ponto da exaustão física.

Elodie pegou o caderno e virou as folhas até encontrar o fragmento solto que continha o bilhete rabiscado. *Eu a amo, amo, amo e, se não puder tê-la, certamente enlouquecerei, pois, quando não estou com ela, temo...*

Será que existia mesmo um amor tão poderoso que sua perda podia enlouquecer uma pessoa? As pessoas realmente se sentiam assim? Sua mente se desviou para Alastair e ela corou, porque é claro que perdê-lo seria devastador. Mas enlouquecer? Ela podia mesmo se imaginar entrando em um desespero irrecuperável?

E se fosse ela quem morresse? Elodie imaginou seu noivo em um dos imaculados ternos feitos pelo mesmo alfaiate do pai, o rosto suave e bonito que atraía olhares de admiração aonde quer que fosse, a voz avivada pela autoridade herdada. Ele era tão seguro, tão polido e contido, que Elodie não podia imaginá-lo enlouquecendo por nada. Na verdade, era esclarecedor pensar sobre a rapidez e a tranquilidade com que a lacuna criada pela ausência dela poderia ser preenchida. Como a superfície de uma lagoa após a queda de uma pedrinha.

Não como as turbulentas consequências da morte da mãe, a grande emoção e o sofrimento do público, as colunas de jornais que publicavam atraentes fotos em preto e branco de Lauren Adler e usavam palavras como "tragédia", "brilhante" e "estrela cadente".

Talvez Frances Brown também tivesse sido uma pessoa brilhante.

Um pensamento ocorreu a Elodie. O porta-documentos que pertencera a James Stratton ainda estava na bolsa, então ela pegou a foto emoldurada lá dentro.

Aquela era Frances Brown? A idade era mais ou menos a correta, pois aquele rosto não podia pertencer a uma pessoa com mais de 20 anos.

Elodie observou-a de perto, capturada pelo olhar da jovem, sua expressão resoluta. Autocontrole, era isso. Ela era alguém que conhecia a própria mente, o próprio valor. O tipo de mulher sobre quem um jovem artista apaixonado poderia escrever: ... *se não puder tê-la, certamente enlouquecerei...*

Ela digitou "Frances Brown" no Google e uma pesquisa de imagens trouxe várias cópias do mesmo retrato: uma jovem de vestido verde, também bonita, mas de um jeito previsível – não era a pessoa cuja imagem tinha sido capturada por aquela fotografia.

Elodie sentiu uma onda de decepção. Um sentimento familiar. Era o quinhão dos arquivistas, pois eles eram caçadores de tesouros, de certa forma, vasculhando os detritos cotidianos da vida de seus objetos, classificando-os metodicamente, construindo registros, sempre esperando aquela rara descoberta preciosa.

Tinha sido um tiro no escuro: o caderno e a anotação haviam sido encontrados na mesma bolsa do porta-documentos que continha a fotografia, mas não havia conexão aparente além disso. A bolsa e o caderno de desenho pertenciam a Edward Radcliffe, o porta-documentos, a James Stratton. Naquele momento, não havia evidências de que os dois homens tivessem se conhecido.

Elodie pegou a fotografia mais uma vez. A moldura em si era de alta qualidade: prata de lei, com padrões intricados. O porta-documentos de James Stratton tinha a data de 1861 e parecia razoável supor que a fotografia ali dentro pertencia a ele e que havia sido adquirida após esse período. Além disso, a mulher devia ser importante o suficiente para ele ficar com a foto. Mas quem era ela? Um romance secreto? Elodie não achava que tinha encontrado referências reveladoras nos diários ou nas cartas dele.

Olhou novamente para o rosto bonito, procurando pistas. Quanto mais olhava a imagem, maior era a força que ela exercia. A fotografia tinha mais de 100 anos, provavelmente 150, e no entanto a mulher não era marcada pelo tempo. Seu rosto era estranhamente contemporâneo, como se ela pudesse ser uma das garotas nas ruas quentes do verão de Londres, rindo com as amigas e aproveitando o calor do sol na pele nua. Ela era confiante e divertida, encarando o fotógrafo com uma familiaridade quase desconfortável de perceber. Como se Elodie estivesse invadindo um momento íntimo.

– Quem é você? – sussurrou ela. – E quem você era para ele?

Havia algo mais, algo difícil de articular. A mulher na fotografia era *iluminada*: devido ao rosto, claro, com belos traços e a expressão animada, mas também ao estilo da imagem. Os cabelos compridos e desleixados, o vestido romântico, solto e rústico, mas com um toque sedutor no modo como delineava sua cintura e na manga erguida para revelar a pele exposta ao sol. Elodie quase podia sentir a brisa quente vinda do rio roçar o rosto da mulher, levantar seus cabelos e aquecer o algodão branco do vestido. Entretanto, aquela era sua mente lhe pregando peças, pois não havia rio na foto. Era à liberdade da fotografia que ela estava respondendo, sua atmosfera. Aquele era o tipo de vestido que Elodie gostaria de usar em seu casamento...

Seu casamento!

Elodie olhou para o relógio e viu que já eram 10h15. Ela nem respondera à mensagem de Pippa, mas teria que se mexer se pretendia chegar às onze em King's Cross. Pegando o celular e o notebook, o diário e os óculos escuros, Elodie os enfiou na bolsa. Procurou na mesa qualquer coisa que pudesse ter esquecido e, por um capricho, pegou a fotografia emoldurada, a mulher naquele vestido maravilhoso. Com um olhar para onde Margot estava debruçada sobre o arquivo, ela a enrolou na toalha de chá e a enfiou na bolsa.

Atravessando a porta do escritório e subindo as escadas para o dia quente de verão, Elodie começou a digitar sua resposta:

> Às 11 está bom. Saindo agora. Me manda o endereço e já, já nos encontramos.

CAPÍTULO 4

Naquele dia, Pippa estava trabalhando em uma editora na New Wharf Road, montando uma instalação no saguão. Quando Elodie chegou, às 11h15, a amiga estava empoleirada no topo de uma escada muito alta no centro do salão branco contemporâneo, pendurando vestidos longos e outras peças de roupa antigas (saias, calças e espartilhos) no teto alto. O efeito era encantador, como se uma pista de dança de fantasmas marfim tivesse invadido o lugar com a brisa. Vieram à mente de Elodie as palavras de um de seus poemas favoritos de Oscar Wilde:

Pegamos o ritmo dos pés dançantes,
Vagamos pela rua ao luar,
E paramos à casa de prazeres...

E os vimos rodar, etéreos dançarinos,
A seguir o soar de trompete e violino,
Como folhas pretas girando ao vento...

Pippa viu Elodie e soltou uma exclamação com uma régua de madeira presa horizontalmente entre os dentes.

Elodie acenou e prendeu a respiração enquanto a amiga se inclinava para prender uma tira de anágua a um fio de náilon.

Após um momento torturante, Pippa voltou sã e salva ao chão.

– Não vou demorar – disse ela ao homem atrás da mesa enquanto colocava a mochila nas costas. – Só vou tomar um café.

Passaram pela grande porta de vidro e Elodie se pôs a andar ao lado da amiga. Pippa usava uma jardineira escura no estilo dos anos 1940 e o tipo de tênis enorme que os adolescentes adoram usar quando se encontram na lanchonete nas noites de sexta-feira. Os itens não chamavam atenção isoladamente, mas, de alguma forma, o efeito era ampliado em Pippa, de modo que Elodie se sentia um patinho feio em seus jeans e sapatilhas.

Pippa acendeu um cigarro enquanto atravessavam um portão alto trancado (cuja senha, de alguma forma, ela sabia) e contornavam o canal.

– Obrigada por vir mais cedo – disse ela, soltando a fumaça. – Vou ter que trabalhar durante o almoço para terminar. A autora chega hoje à noite para lançar o livro. Eu te mostrei? É *lindo*. Uma americana que descobriu que a tia inglesa que ela conhecia apenas como uma idosa em um asilo tinha sido amante do rei e colecionara um guarda-roupa extraordinário, tudo guardado com naftalina em um depósito em Nova Jersey. Dá para imaginar? A única coisa que minha tia me deixou foi um nariz que faria inveja ao Pinóquio.

Elas atravessaram a rua e a ponte em direção a um restaurante com paredes de vidro adjacente à estação de metrô.

Lá dentro, uma garçonete simpática as acomodou em uma mesa redonda no canto dos fundos.

– Macchiato? – perguntou ela.

– Perfeito. E um...? – disse Pippa.

– *Flat white*, por favor – completou Elodie.

Pippa não perdeu tempo e puxou um álbum de recortes abarrotado de sua bolsa, deixando-o aberto para revelar todo tipo de papel e amostras soltos.

– Olha o que estou pensando – começou ela, antes de dar início a uma descrição entusiasmada de mangas e saias, os prós e contras de peplums, os benefícios dos tecidos naturais, alternando de uma ilustração para outra, sem parar para respirar, até a mesa ficar coberta de páginas de revistas, amostras de tecidos e esboços de croquis. Por fim, ela disse: – Então, o que *você* acha?

– Adorei. Tudo.

Pippa riu.

– Eu sei que é um pouco confuso. Tenho um monte de ideias voando. E você? Tem alguma ideia?

– Tenho um véu.

– Uh-lá-lá.

– Papai o desencavou para mim.

Elodie entregou o celular com a foto que havia tirado naquela manhã.

– É da sua mãe? Que sorte, é lindo. De estilista, tenho certeza.
– Acho que sim. Não tenho certeza de qual.
– Não importa, é lindo. Agora só precisamos garantir que o vestido faça jus.
– Encontrei uma foto de um modelo de que eu gosto.
– Vamos lá, vamos dar uma olhada.

Elodie tirou a toalha da bolsa e puxou a moldura prateada de dentro dela. Pippa arqueou uma sobrancelha, achando graça.

– Admito que estava esperando uma página rasgada da *Vogue*.

Elodie passou a moldura por cima da mesa e esperou, uma agitação nervosa na boca do estômago.

– Uau, ela é linda.
– Encontrei no trabalho. Ela passou os últimos cinquenta anos em uma bolsa de couro no fundo de uma caixa, sob algumas cortinas em um armário embaixo de uma escada.
– Não é à toa que ela parece tão satisfeita por sair. – Pippa olhou com mais atenção para a foto. – O vestido é divino. Tudo é divino. É mais uma cena de arte do que um retrato, algo que Julia Margaret Cameron poderia ter feito. – Ela ergueu os olhos. – Isso tem alguma coisa a ver com a mensagem que você me mandou hoje? Edward Radcliffe?
– Ainda estou tentando descobrir.
– Eu não ficaria surpresa. Esta foto é esteticismo clássico. A expressão envolvente, o vestido solto e a postura fluida. Do início da década de 1860, se eu tivesse que chutar.
– Me lembrou dos pré-rafaelitas.
– Tem relação, definitivamente; e é claro que os artistas da época eram todos inspirados uns pelos outros. Eles eram obcecados por coisas como natureza e verdade, cor, composição e significado da beleza. Mas, enquanto os pré-rafaelitas buscavam realismo e detalhes, os pintores e fotógrafos da Irmandade Magenta eram devotados à sensualidade e ao movimento.
– Tem certo movimento na qualidade da luz, você não acha?
– O fotógrafo ficaria emocionado de ouvir você dizer isso. A luz era a principal preocupação deles: tiraram o nome da irmandade da teoria das cores de Goethe, a interação de claro e escuro, a ideia de que havia uma cor oculta no espectro, entre vermelho e violeta, que fechava o círculo. Lembra que foi no meio de um período em que a ciência e a arte estavam explo-

dindo em todas as direções. Os fotógrafos usavam a tecnologia de uma maneira que nunca tinham utilizado, para manipular a luz e experimentar os tempos de exposição para criar novos efeitos. – Ela fez uma pausa enquanto a garçonete entregava seus cafés. – Edward Radcliffe era muito bem-visto, mas não tão famoso quanto alguns dos outros membros da Irmandade Magenta se tornaram.

– Refresca minha memória?

– Thurston Holmes, Felix e Adele Bernard, todos se conheceram na Academia Real e se uniram em torno de suas ideias antissistema; um grupo íntimo, mas com todas as mentiras, a luxúria e as dissimulações esperadas no mundo da arte do século XIX. Radcliffe era um prodígio, mas morreu jovem. – Pippa voltou sua atenção para a fotografia. – O que faz você pensar que ele pode ter algo a ver com ela?

Elodie explicou sobre a caixa de arquivo e a bolsa com as iniciais de Edward Radcliffe.

– Dentro dela havia um porta-documentos que pertencia a James Stratton; a única coisa dentro dele era essa foto emoldurada.

– E Radcliffe era amigo do seu protagonista?

– Nunca encontrei uma conexão antes – admitiu Elodie. – Essa é uma das coisas estranhas nisso tudo.

Ela tomou um gole de seu *flat white* enquanto decidia se continuava a história. Estava dividida entre dois impulsos opostos: o desejo de contar tudo a Pippa e se basear no conhecimento de história da arte da melhor amiga, e uma sensação estranha que a invadiu quando entregou a fotografia a ela, um impulso quase ciumento de manter a foto, o desenho, tudo para si. Era um impulso inexplicável e pouco digno, então se obrigou a continuar:

– A foto não era o único item dentro da bolsa. Havia um caderno de desenho.

– De que tipo?

– Capa de couro, mais ou menos deste tamanho – ela demonstrou com as mãos –, páginas e páginas de esboços a caneta e tinta, anotações. Acho que pertencia a Edward Radcliffe.

Pippa, que nunca se surpreendia com nada, arfou. Mas se recompôs rapidamente.

– Tinha algo que pudesse ajudar a datar o trabalho?

– Não olhei tudo, não com cuidado, mas o porta-documentos de Stratton foi feito em 1861. Não tenho como saber se estão relacionados, é claro, além de terem ido parar na mesma bolsa por 150 anos.

– Como eram os desenhos? De que eram?

– Pessoas, perfis, paisagens, uma casa. Por quê?

– Havia rumores de um trabalho abandonado. Após a morte da noiva de Radcliffe, ele continuou a pintar, mas não com o mesmo fervor de antes, e passou para temas muito diferentes, até que se afogou, em outro país. Foi tudo muito trágico. A ideia desse "trabalho abandonado", algo a que ele estava se dedicando antes de morrer, se tornou uma espécie de mito nos círculos de história da arte: as pessoas continuam esperando e formulando teorias. De vez em quando, um acadêmico leva a coisa a sério o suficiente para redigir um artigo, embora até agora não haja muitas evidências nesse sentido. É um daqueles rumores tão irresistíveis que se recusam a morrer.

– Você acha que o caderno de desenho pode ter algo a ver com isso?

– É difícil dizer com certeza sem ter visto. Suponho que você não tenha mais surpresas enroladas em toalhas nessa sua bolsa, tem?

Elodie sentiu as bochechas esquentarem.

– Não posso tirar o caderno de desenho do arquivo.

– Bem, por que não passo lá na semana que vem e dou uma olhada?

A barriga de Elodie se apertou de um jeito desagradável.

– É melhor ligar primeiro. O Sr. Pendleton está em pé de guerra.

Pippa bateu as mãos, imperturbável.

– Claro. – Ela se recostou na cadeira. – Enquanto isso, vou começar seu vestido. Já estou imaginando: romântico, lindo. Muito *atual,* de um jeito 1860.

– Nunca fui muito fashion.

– Ei, a nostalgia está na moda, sabia?

Pippa estava sendo carinhosa, mas aquilo a irritou. Elodie *era* uma pessoa nostálgica, mas odiava essa acusação. A palavra tinha péssima fama: as pessoas a usavam como substituta para sentimental, quando não era. O sentimentalismo era ridículo e enjoativo, ao passo que a nostalgia era aguda e dolorida. Descrevia um desejo do tipo mais profundo: a consciência de que a passagem do tempo não podia ser interrompida e não havia como voltar atrás para recuperar um momento ou uma pessoa ou fazer as coisas de maneira diferente.

Claro que Pippa pretendia apenas fazer um comentário leve e bem-humorado, e não fazia ideia, enquanto recolhia seus recortes, que Elodie seguia aquela linha de pensamento. Por que é que estava tão sensível naquele dia? Desde que olhara dentro da bolsa, estava inquieta. Ficava constantemente distraída, como se houvesse algo que deveria estar fazendo e que lhe escapara da mente. Na noite anterior, tivera o sonho de novo: estava na casa do desenho, quando de repente se transformava em uma igreja e ela percebia que estava atrasada para um casamento – o dela – e começava a correr, mas suas pernas não funcionavam direito. Elas ficavam se dobrando como se fossem feitas de barbante. E, quando ela enfim chegava, descobria que não era mais um casamento, era tarde demais, agora era um concerto, e a mãe, com apenas 30 anos, tocava violoncelo no palco.

– Como vão os outros preparativos para o casamento?

– Bem. Estão indo bem. – As palavras saíram de maneira brusca, e Pippa percebeu. A última coisa que Elodie queria era uma conversa profunda que expusesse seu mal-estar, então acrescentou, casualmente: – Se você estiver querendo detalhes, é melhor falar com Penelope. Me disseram que vai ser lindo.

– Só não deixe que ela esqueça de avisar a você onde e quando aparecer.

Elas sorriram, novamente aliadas, e Pippa continuou, com uma educação forçada:

– E como está o noivo?

Pippa e Alastair não haviam se dado bem, o que não era de todo surpreendente, pois Pippa tinha opiniões fortes e uma língua afiada, sem a mínima paciência com gente burra. Não que Alastair fosse burro (Elodie estremeceu com o próprio ato falho mental), só que ele e Pippa não eram nada parecidos. Arrependida de ter sido grosseira, Elodie decidiu ser um pouco desleal para deixar a amiga marcar um ponto:

– Ele parece feliz que a mãe esteja cuidando de tudo.

Pippa sorriu.

– E seu pai?

– Ah, você conhece papai. Ele fica feliz se eu estiver feliz.

– E você está?

Elodie lhe lançou um olhar firme.

– Está bem, está bem – disse Pippa. – Você está feliz.

– Ele me deu as gravações.
– E foi tranquilo?
– Parece que sim. Não falou muito. Acho que concorda com Penelope que vai ser como tê-la na cerimônia.
– Você também acha?

Elodie não queria ter aquela discussão.

– Precisamos de alguma música – respondeu, na defensiva. – Faz sentido manter isso em família.

Pippa fez menção de dizer mais alguma coisa, mas Elodie se adiantou:

– Já te contei que meus pais queimaram a largada no casamento? Eles se casaram em julho e eu nasci em novembro.
– Que indiscreta...
– Você sabe que não ligo para festas. Sempre procuro um lugar para me esconder.

Pippa sorriu.

– Você percebe que vai ter que participar dessa? Que seus convidados vão esperar ver você?
– Por falar em meus convidados, você pode me fazer o favor de confirmar sua presença oficialmente?
– O quê? Pelo correio? Com um selo?
– Aparentemente, é importante. É assim que se faz.
– Bem, se é *assim* que se faz...
– É, sim, e fui informada por fontes confiáveis que meus amigos e parentes estão dando um golpe no sistema. Tip é o próximo da minha lista.
– Tip! Como ele está?
– Vou vê-lo amanhã. Você não quer ir?

Pippa fez cara de decepcionada.

– Tenho um evento numa galeria. Por falar nisso... – Ela fez sinal para a garçonete trazer a conta e puxou da carteira uma nota de 10 libras. Enquanto esperava, indicou a fotografia emoldurada ao lado da xícara vazia de Elodie.
– Vou precisar de uma cópia para começar a pensar no seu vestido.

Elodie foi novamente tomada por aquele impulso estranho e possessivo.

– Não posso emprestar a foto.
– Claro que não. Vou tirar uma foto com o celular.

Ela levantou a moldura, inclinando a imagem para evitar que a própria sombra a escurecesse.

Elodie se sentiu desconfortável, desejando que a amiga terminasse logo, depois voltou a embrulhar a foto na toalha de algodão.

– Quer saber? – disse Pippa, analisando a foto na tela do celular. – Vou mostrar isso para Caroline. Ela fez mestrado sobre Julia Margaret Cameron e Adele Bernard. Aposto que vai saber algo sobre a modelo, talvez até quem tirou a foto.

Caroline era a mentora de Pippa na escola de arte, uma cineasta e fotógrafa conhecida por sua habilidade em encontrar momentos de beleza onde menos se esperava. Suas imagens eram selvagens e atraentes, com muitas árvores finas, casas e paisagens melancólicas. Tinha mais ou menos 60 anos, movimentos ágeis e a energia de uma mulher muito mais nova; não tinha filhos e parecia considerar Pippa uma espécie de filha. Elodie a encontrara algumas vezes, socialmente. Ela tinha cabelos grisalhos impressionantes, cortados retos na altura dos ombros, e era o tipo de mulher cujo autodomínio e cuja autenticidade faziam Elodie parecer desajustada na própria pele.

– Não – disse ela rapidamente. – Não faça isso.

– Por que não?

– Eu só... – Não havia como explicar que a foto tinha sido só dela e agora não era mais sem parecer mesquinha e, francamente, um pouco desequilibrada. – Só quis dizer que... não há necessidade de incomodar Caroline. Ela é tão ocupada...

– Está brincando? Ela ia adorar ver isso.

Elodie conseguiu dar um sorriso fraco e disse a si mesma que seria útil ter a opinião de Caroline. Sentimentos desagradáveis à parte, era seu trabalho descobrir o máximo possível sobre a fotografia e o caderno de desenho. E, se um vínculo genuíno com Radcliffe anunciasse novas informações sobre James Stratton, seria uma coisa muito boa para a equipe do arquivo da Stratton, Cadwell & Co. Novas informações sobre vitorianos famosos não apareciam com frequência.

CAPÍTULO 5

Elodie fez o longo caminho de volta a pé, desviando pela Lamb's Conduit Street porque era uma rua bonita e a caixa de chocolate cinza da vitrine da Persephone sempre a animava. Ela entrou na loja (força do hábito) e foi lá, enquanto folheava os diários de guerra de Vere Hodgson e ouvia uma música dançante da década de 1930, que seu celular começou a tocar.

Era Penelope de novo. Elodie imediatamente teve uma crise de pânico.

Saiu da livraria e atravessou rapidamente a Theobalds Road, depois a High Holborn, passando pelo Lincoln's Inn Fields. Acelerou o passo ao cruzar a Corte Real de Justiça, passou depressa por trás de um ônibus vermelho para atravessar a rua e estava quase correndo pela Strand.

Em vez de voltar direto para o trabalho, onde o Sr. Pendleton estava exatamente com o tipo de humor em que adoraria pegar uma delas fazendo ligações pessoais, desviou por uma alameda de paralelepípedos que descia, íngreme, em direção ao rio e encontrou um banco no Victoria Embankment, bem perto do cais.

Pegou seu caderno e abriu na página em que havia escrito o número de telefone do local da recepção de casamento, em Gloucestershire. Discou e marcou uma visita para o fim de semana seguinte. Sem dar tempo de esfriar seu comprometimento, ligou para Penelope, pediu desculpas por não ter atendido suas ligações e se lançou em um relatório do progresso que havia feito em relação ao local, ao véu, ao vestido e aos vídeos.

Depois de desligar, ficou sentada por alguns minutos. Penelope parecera muito satisfeita, sobretudo quando Elodie contara sobre a mala com as gravações da mãe, agora em sua posse. Ela sugerira que, em vez de passar apenas um clipe dela tocando violoncelo, incluíssem outro no fim da cerimônia. Elodie prometera selecionar três faixas, para que assistissem juntas e então decidissem.

– Melhor separar cinco – dissera Penelope. – Só por precaução.

Então era assim que passaria o fim de semana.

A balsa que transportava turistas para Greenwich saiu do píer e um homem com um boné estampado com a bandeira dos Estados Unidos apontou uma câmera com lente de foco longo para a Agulha de Cleópatra. Um bando de patos apareceu para ocupar o lugar do barco, pousando habilmente na água agitada.

A balsa criou ondulações que rolavam até a margem da maré baixa, enchendo o ar com o cheiro de lama e salmoura, e Elodie pensou em uma descrição que lera no diário de James Stratton sobre o Grande Fedor de 1858. As pessoas não tinham ideia de quanto Londres cheirava mal naquela época. As ruas estavam cobertas de esterco animal, dejetos humanos, vegetais podres e carcaças de animais abatidos. Tudo isso, e muito mais, havia chegado ao rio.

No verão de 1858, o cheiro que vinha do Tâmisa era tão fétido que o Palácio de Westminster teve que ser fechado e aqueles que podiam arcar com a mudança foram evacuados de Londres. O jovem James Stratton havia sido inspirado a formar o Comitê de Limpeza de Londres; ele até publicara um artigo em 1862 em um jornal chamado *Builder*, incitando o progresso. Nos arquivos havia cartas trocadas entre Stratton e Sir Joseph Bazalgette, criador do sistema de esgoto londrino, que foi um dos grandes triunfos da Inglaterra vitoriana, canalizando os excrementos para longe do centro, de modo que não apenas o mau cheiro diminuiu, mas também a incidência de doenças transmitidas pela água foi significativamente reduzida.

Pensar em Stratton fez Elodie se lembrar de que tinha um trabalho para fazer e tarefas a cumprir. Voltou depressa, consciente de quanto tempo se passara desde que tinha saído para encontrar Pippa, e ficou contente ao chegar e descobrir que o Sr. Pendleton tinha sido chamado a alguma reunião e ficaria fora do escritório pelo resto do dia.

Querendo otimizar sua volta ao trabalho, Elodie passou a tarde catalogando os itens restantes da caixa de arquivo perdida. Quanto antes tudo estivesse arquivado e terminado, melhor.

Começou fazendo uma pesquisa por "Radcliffe" no banco de dados e ficou surpresa quando os resultados apresentaram dois itens. Uma das primeiras tarefas que Elodie havia recebido quando começara na empresa fora transferir o sistema de fichas de índice para o computador; ela se orgulhava de ter uma memória quase fotográfica das pessoas e lugares que James Stratton conhecera e não se lembrava de ter encontrado o nome Radcliffe antes.

Curiosa, pegou os documentos correspondentes na sala de arquivos e os levou para sua mesa. O primeiro era uma carta de James Stratton escrita em 1861 ao negociante de arte John Haverstock, com quem pretendia jantar na semana seguinte. No último parágrafo, Stratton expressava o desejo de "descobrir o que você sabe sobre um pintor de que ouvi falar recentemente, Edward Radcliffe. Disseram-me que é um homem de raro talento, embora, tendo tido a oportunidade de vislumbrar amostras de seu trabalho, eu observe que seu 'talento', pelo menos em parte, é uma capacidade de convencer jovens mulheres a revelar mais do que deveriam – tudo em nome da arte, naturalmente".

Até onde Elodie lembrava, James Stratton não possuía nenhuma das pinturas de Radcliffe (embora tenha feito uma anotação para confirmar isso). Portanto, apesar de seu interesse, ele devia ter desistido de adquirir o trabalho do pintor.

A segunda menção ocorreu alguns anos depois, no diário de Stratton de 1867. No fim de uma entrada, ele havia escrito:

> *O pintor, Radcliffe, veio me encontrar hoje à noite. Sua chegada foi inesperada, e era muito tarde. Confesso que tinha adormecido com o livro na mão quando o som da aldrava me acordou com um susto; a pobre Mabel estava deitada e tive que tocar a sineta para chamá-la, a fim de que providenciasse aperitivos. Eu nem precisava ter me incomodado, deveria ter deixado a cansada jovem dormir, pois Radcliffe não se dignou tocar em uma migalha da ceia fornecida. Ao chegar, pôs-se a caminhar de um lado para outro, pisando forte no carpete, muito estressado, e não houve meio de acalmá-lo. Parecia uma fera enlouquecida, os olhos selvagens e os cabelos compridos desgrenhados pelo constante passar dos dedos finos e pálidos. Ele emanava uma energia aprisionada, como um homem possuído. Murmurava enquanto andava, algo incompreensível sobre maldições e destino, um estado realmente*

lamentável e que provocou grande preocupação. Entendo a perda que ele sofreu melhor do que a maioria, mas sua dor é terrível de assistir. É um lembrete do que um coração partido pode fazer às almas mais sensíveis. Confesso que ouvi falar de seu estado arruinado, mas não teria acreditado na descrição se não tivesse visto com os próprios olhos. Decidi fazer o que puder, pois, se eu ajudá-lo a voltar a ser quem era, isso vai equilibrar a balança de alguma maneira. Eu o encorajei a ficar, assegurando-lhe que não era incômodo algum mandar preparar um quarto, mas ele recusou. Pediu apenas que eu guardasse alguns de seus pertences pessoais, e é claro que concordei. Ele estava nervoso ao fazer o pedido, e senti que não tinha vindo me ver com a intenção de deixar seus itens, que a ideia lhe ocorreu no calor do momento. É apenas uma bolsa de couro, contendo somente um caderno de desenho. Eu nunca teria quebrado sua confiança espiando, mas ele insistiu em me mostrar antes de sair. Fez-me jurar que manteria a bolsa e o caderno de desenho seguros, pobre alma. Não o pressionei a respeito de contra quem deveriam ser protegidos, e ele não me respondeu quando perguntei quando voltaria. Apenas me olhou com tristeza, antes de me agradecer pelo jantar que não comeu e partir. Seu semblante infeliz me impressionou, e me impressiona ainda agora, enquanto escrevo este registro sentado junto ao fogo baixo.

O trecho do diário pintava uma imagem melancólica e o "semblante infeliz" descrito também impressionou Elodie. O relato respondia à sua pergunta sobre como James Stratton tinha a bolsa de Edward Radcliffe, mas restava a intrigante pergunta de como Radcliffe o havia conhecido o suficiente, no espaço de seis anos, a ponto de aparecer à sua porta no meio da noite, aterrorizado por seus demônios particulares. Além disso, por que escolhera justamente Stratton para proteger sua bolsa e seu caderno? Elodie incluiu uma anotação para fazer referência cruzada com alguns dos arquivos dos amigos e associados de Stratton a fim de ver se o nome de Radcliffe aparecia neles.

Outra questão era a referência de Stratton a querer "equilibrar a balança". Era uma construção de frase estranha, quase sugerindo que ele havia participado do declínio do homem, o que não fazia sentido algum. Stratton não poderia ser íntimo de Edward Radcliffe: não o mencionara em nenhum dos documentos públicos ou privados do arquivo entre 1861 e 1867. E era fato estabelecido, segundo Pippa e a Wikipédia, que Radcliffe havia caído em desespero após a morte de sua noiva, Frances Brown. O nome não lhe era familiar no contexto dos arquivos de Stratton, mas Elodie fez outra anotação para cruzar a referência com os documentos de seus associados.

Ela abriu um novo formulário de arquivo no computador e digitou uma descrição da bolsa e do caderno de desenho, incluindo um breve resumo da carta e do diário e os detalhes correspondentes da referência do arquivo.

Então se recostou na cadeira e se espreguiçou.

Dois prontos. Faltava um.

A identidade da mulher na foto seria mais difícil. Havia muito pouco com que trabalhar. A moldura era de boa qualidade, mas James Stratton tinha pouquíssimos itens que não fossem. Elodie colocou a lente de aumento e procurou marcas na moldura. Anotou o que viu em um papel, mesmo sabendo que era improvável que apresentasse pistas sobre a mulher e seu relacionamento com James Stratton.

Perguntou-se como a fotografia chegara à bolsa de Radcliffe. Será que fora colocada ali por acidente ou havia algum motivo para isso? Tudo dependia, ela supunha, da identidade da mulher. Era possível, claro, que ela não fosse especial para Stratton e que a moldura na verdade tivesse sido colocada dentro da bolsa pela sobrinha-neta a quem a mesa pertencera – um ato aleatório de armazenamento, em algum momento durante as décadas após a morte de Stratton. Mas era improvável. A maneira como a mulher estava vestida, o estilo e a aparência da foto sugeriam que ambas – a foto e a mulher – eram contemporâneas de Stratton. Muito mais provável que ele mesmo tivesse guardado, até escondido, a fotografia no porta-documentos e a colocado dentro da bolsa.

Elodie terminou de inspecionar a moldura, tomando notas para poder fornecer uma descrição de sua condição na folha de arquivo – um amassado no topo, como se tivesse caído; alguns arranhões leves na parte de trás –, e então voltou sua atenção para a mulher. Mais uma vez a palavra que lhe veio à mente foi "iluminada". Era algo na expressão dela, no caimento de seus cabelos, no brilho em seus olhos...

Elodie percebeu que estava olhando como se esperasse que a mulher se explicasse. Porém, por mais que tentasse, não conseguia encontrar nenhum traço de identificação no rosto, na roupa, até mesmo no fundo da imagem, que lhe sugerisse o rumo a tomar. Embora a fotografia fosse bem-composta, não havia assinatura de estúdio em nenhum dos cantos, e Elodie não estava familiarizada o suficiente com a fotografia vitoriana para saber se alguma outra coisa inerente à imagem poderia dar uma pista sobre sua origem. Talvez a mentora de Pippa, Caroline, pudesse ajudar, afinal.

Ela colocou a moldura em cima da mesa e esfregou as têmporas. A foto seria um desafio, mas ela se recusava a ficar intimidada. A emoção investigativa era uma das melhores partes de seu trabalho, um contrapeso à tarefa satisfatória, porém repetitiva, de criar registros precisos.

– Eu vou te encontrar – disse ela baixinho. – Não tenha dúvida.

– Falando sozinha de novo? – Era Margot, que surgira ao lado da mesa de Elodie, remexendo a bolsa pendurada em seu ombro. – É o primeiro sinal de problema, sabia? – Ela encontrou um pacote de balas de hortelã e o sacudiu, deixando cair algumas na palma da mão de Elodie. – Vai ficar até tarde?

Elodie olhou para o relógio, surpresa ao descobrir que já eram cinco e meia.

– Hoje não.

– Alastair vem buscar você?

– Ele está em Nova York.

– De novo? Você deve morrer de saudade. Não sei o que eu faria sem Gary me esperando em casa.

Elodie concordou que estava com saudade do noivo e Margot deu um sorriso simpático, que se transformou rapidamente em uma alegre despedida. Pegando na bolsa os fones de ouvido neon, ela desbloqueou o iPhone e saiu para o fim de semana.

O escritório voltou ao seu silêncio de papel. A faixa de luz do sol chegara à parede oposta e começava a se aproximar de seu pouso diário sobre a escrivaninha. Elodie quebrou uma das balas de hortelã com os molares e mandou imprimir o arquivo da etiqueta que havia feito para a nova caixa. Começou a arrumar a mesa, uma tarefa que realizava religiosamente nas tardes de sexta-feira, para poder começar a semana seguinte com um ambiente limpo.

Ela não admitiria, sobretudo para Margot, mas havia uma pequena parte de Elodie que ansiava pelas semanas de Alastair em Nova York. Sentia falta dele, claro, mas de alguma forma era um alívio saber que por seis noites inteiras ela poderia ficar em sua casa, em sua cama, com seus livros e sua xícara de chá favorita, sem ter que negociar ou se explicar.

Era verdade o que ele dizia: o apartamento dela era pequeno e havia aquele velho cheiro de gordura na escadaria, ao passo que o dele era grande, com dois banheiros e água quente abundante, e nunca havia necessidade de ouvir a televisão do vizinho através do piso fino. Mas Elodie gostava de seu pequeno apartamento. Sim, havia um truque para fazer com que a pia da cozinha fosse drenada direito, e o chuveiro só liberava um fluxo fraco quando a máquina de lavar estava ligada, mas parecia o tipo de lugar onde havia vidas reais acontecendo. Havia história em seus armários velhos e elegantes, no piso que rangia e no vaso sanitário que ficava em cima de três degraus acarpetados.

Alastair parecia considerar adorável que ela encontrasse conforto em ambientes tão diminutos.

– Você devia ficar na minha casa quando eu estiver fora – ele sempre dizia, sobre o apartamento elegante em Canary Wharf. – Não precisa voltar para o seu covil.

– Eu sou feliz aqui.

– Aqui? Sério?

Eles tiveram uma variação dessa mesma conversa pelo menos quinze vezes e ele sempre guardava seu olhar mais cético para ser usado naquele momento, seu alvo sendo invariavelmente o canto que Elodie havia arrumado com a poltrona de veludo do pai, embaixo de uma prateleira com iluminação suave e cheia de tesouros: a pintura que a Sra. Berry lhe dera de presente em seu aniversário de 30 anos, a caixa encantada que ganhara de Tip quando a mãe morrera, uma fileira de fotos divertidas tiradas com Pippa quando tinham 13 anos, todas emolduradas.

Alastair preferia design dinamarquês de meados do século XX e acreditava que, se um item não pudesse ser comprado na Conran Shop, não havia por que ser exibido. O apartamento de Elodie era aconchegante, ele estava disposto a admitir, mas apenas antes de acrescentar:

– É claro que você terá que abrir mão dele quando nos casarmos. Não podemos colocar o berço no banheiro.

Obviamente, era grosseiro sentir qualquer coisa que não fosse animação diante da ideia de morar em um lugar tão grandioso e elegante, mas Elodie não era uma pessoa muito grandiosa e elegante, e odiava mudanças.

– Não é de admirar – dissera a psicóloga com quem se consultara por um tempo quando estudava em Oxford. – Você perdeu sua mãe. É uma das mudanças mais significativas e assustadoras que uma criança pode enfrentar.

Tal perda, informou com segurança a Dra. Judith Davies ("Pode me chamar de Jude") depois de três meses de sessões semanais na acolhedora sala de sua casa eduardiana, não podia deixar de se incorporar à psique de uma pessoa.

– Você quer dizer que isso vai afetar todas as minhas decisões na vida? – perguntou Elodie.

– Isso mesmo.

– Para sempre?

– Provavelmente.

Ela parou de ver a Dra. Davies ("É Jude") logo depois. Parecia não ter muito sentido, embora ela *sentisse falta* do bule de chá cítrico de menta que aparecia na mesa de madeira arranhada no início de cada sessão.

A psicóloga estava certa: Elodie não aprendeu a lidar melhor com mudanças. Imaginar outras pessoas em *seu* apartamento, pendurando suas fotos nos ganchos que ela martelara na parede, arrumando suas xícaras no peitoril onde ela cultivava seus temperos, apreciando a vista de sua janela, dava a Elodie a mesma sensação de pavor que tinha às vezes nas férias, quando acordava em um quarto estranho, completamente perdida, porque nenhuma de suas pedras de toque estava lá.

Ela ainda não tivera coragem de contar sobre a mudança para sua senhoria. A Sra. Berry tinha 84 anos e crescera na casa de Barnes, quando ainda era uma casa de família e não três apartamentos e meio acima de uma lanchonete. Ela morava, agora, no apartamento atrás da loja.

– Era a sala matinal de minha mãe. – Ela gostava de relembrar depois de um copo ou dois de seu xerez favorito. – Que dama ela era. Uma bela dama. Ah, não no sentido aristocrático, não é isso que quero dizer, era apenas sua natureza. – Quando a Sra. Berry recordava o passado, seus olhos assumiam um brilho especial e ela se tornava menos cuidadosa com as cartas. – Qual é o trunfo? – perguntava ela no início de cada rodada. – Espadas ou paus?

Elodie teria que cancelar o jogo que haviam marcado para aquela noite. Ela prometera a Penelope uma lista de gravações e uma seleção de clipes até segunda-feira. Agora que tinha pegado o ritmo, não podia deixar nada atrapalhar a tarefa de riscar os itens de sua lista.

Desligou o computador e tampou a caneta, alinhando-a contra a parte superior do bloco de anotações. A mesa estava limpa, exceto pela bolsa, o caderno de desenho e a fotografia emoldurada. Os dois primeiros itens podiam ser recolocados na caixa e guardados; o último enfrentaria outro fim de semana em meio à confusão de materiais de escritório dentro da caixa perdida.

Antes de guardar a moldura, Elodie tirou uma foto com o celular, exatamente como Pippa havia feito. Precisaria daquilo se fosse voltar a pensar em seu vestido. Também não faria mal olhar para ele ao lado do véu.

Depois de um momento de hesitação, também tirou uma foto da casa no caderno de desenho. Não porque ainda estivesse se permitindo a ideia de que era, de alguma forma, magicamente, a casa do conto de fadas da mãe. Tirou a foto só porque gostou do desenho. Era bonito e lhe propiciava uma conexão com a mãe e uma ligação com a parte intacta de sua infância.

Então Elodie colocou a bolsa e o caderno de desenho em uma nova caixa de arquivo, colou a etiqueta que imprimira e os guardou na despensa, a caminho da porta e das movimentadas ruas de Londres.

III

A Sra. Mack dizia que o orçamento de um homem carente era cheio de esquemas. Ela dizia esse tipo de coisa sempre que queria que um de nós tentasse uma nova farsa – nós, as crianças que viviam como ratos nos corredores dos quartinhos acima da loja de pássaros na Little White Lion Street.

Tenho pensado na Sra. Mack ultimamente. E em Martin, em Lily e no Capitão. Até em Joe Pálido, que foi a primeira pessoa que amei de verdade (a segunda, se incluir meu pai, e nem sempre incluo).

A Sra. Mack era muito gentil, a seu modo – um modo que incluía muitas surras naqueles que a irritavam e uma língua tão afiada que açoitava. Mas ela era mais justa do que a maioria. A seu modo. Ela era boa para mim; me acolheu quando eu estava desesperada. Acredito até que tenha me amado. Eu a traí no fim, mas só porque foi preciso.

As coisas são diferentes do lado de cá. Os seres humanos são curadores. Cada um lustra suas lembranças favoritas, organizando-as para criar uma narrativa agradável. Alguns acontecimentos são reparados e adornados para exibição; outros são considerados indignos e deixados de lado, arquivados embaixo da terra no transbordante armazém da mente. Lá, com alguma sorte, são prontamente esquecidos. O processo não é desonesto: é a única maneira de as pessoas viverem consigo mesmas e com o peso de suas experiências.

Mas é diferente por aqui.

Eu me lembro de tudo, as memórias formando diferentes quadros, dependendo da ordem em que caem.

O tempo passa de maneira diferente quando estou sozinha na casa; não tenho como contar os anos. Estou ciente de que o sol continua a nascer e a se pôr, e a lua a tomar seu lugar, mas não sinto mais sua passagem. Passado, presente e futuro não têm sentido; estou fora do tempo. Aqui e ali, ali e aqui, simultaneamente.

Meu visitante está comigo há cinco dias da contagem dele. Fiquei surpresa quando chegou, com sua mala arranhada e a bolsa marrom por cima do ombro, que me faz pensar na bolsa de Edward; sobretudo quando as portas da casa foram trancadas naquela noite e ele permaneceu. Faz um bom tempo desde que alguém passou a noite aqui. Desde que a Associação dos Historiadores de Arte abriu a casa ao público, só vi excursionistas de fim de semana com sapatos confortáveis e livros de turismo.

As pessoas da associação colocaram o jovem nos quartos da antiga fábrica de malte, parte da área fechada que um dia foi usada para acomodar um zelador e na qual o público visitante não pode entrar. Não seria possível que ele se instalasse na casa, que agora está disposta como um museu. Móveis antigos, muitos deles da coleção de Edward, comprados junto com a casa, foram "arrumados", com o cuidado de deixar espaço para os turistas passearem nos fins de semana. Cachos de lavanda com laços de veludo foram colocados nos assentos para que ninguém tentasse usá-los para seu propósito original.

Pouco antes de meu relógio bater dez horas, todos os sábados de manhã, um grupo de voluntários chega, posicionando-se pela casa para que haja um em cada cômodo. Eles usam crachás no pescoço, escritos "Guia", e é trabalho deles lembrar as pessoas de não tocarem em nada. Eles são munidos com anedotas históricas parcialmente corretas, de modo que, quando flagram um turista meio disposto, tentam prendê-lo com seu discurso.

Há uma guia em particular, Mildred Manning, que gosta de se sentar em uma cadeira rústica, no topo da escada do sótão, mostrando os dentes no que parece um arremedo sombrio de um sorriso. Nada a deixa mais feliz do que pegar um hóspede incauto largando um panfleto na mesa ao lado dela. Essa infração lhe dá a oportunidade preciosa de entoar que *"nada deve ser colocado nos móveis de Edward Radcliffe".*

Edward a odiaria. Ele não suportava a zelosa superproteção de "coisas". Acreditava que objetos bonitos deveriam ser apreciados, mas não reverenciados. E assim, com Edward em mente, alguns dias, quando o ano está se aproximando do outono, passo minhas tardes em volta dos ombros de Mildred. Nenhuma quantidade de roupa pode aquecer uma pessoa quando chego tão perto assim.

Fiz um inventário preliminar: o cabelo do meu visitante é louro-escuro e sua pele é bronzeada. Suas mãos são calejadas e habilidosas. Não são as mãos delicadas de um pintor. São as mãos de um homem que sabe usar as ferramentas que carrega quando sai em suas rondas diárias.

Ele tem estado muito ocupado desde que chegou. Acorda cedo, antes do nascer do sol, e embora não pareça satisfeito com isso, grunhindo e estreitando os olhos para o celular que fica ao lado da cama para conferir a hora, ainda assim se levanta em vez de continuar deitado. Prepara uma xícara de chá, de maneira rápida e desleixada, depois toma banho e veste sempre as mesmas roupas: uma camiseta e uma calça jeans desbotada, jogadas na noite anterior sobre a cadeira de madeira no canto.

Seja lá o que for, a missão a que se propôs exige que olhe de cara feia para um mapa do terreno da mansão e para uma série de anotações manuscritas. Peguei o hábito de ficar atrás dele, a certa distância, tentando descobrir o que pretende. Mas não adianta. A letra é muito pequena e fraca para ler e não ouso chegar mais perto. Não sei quanto posso me aproximar, pois ainda não nos conhecemos há tempo suficiente. Posso ser uma companhia opressiva e não quero assustá-lo.

Ainda não.

Então espero.

Pelo menos sei o que ele guarda naquela bolsa marrom; ele a desfez na noite passada. É uma câmera, uma câmera de verdade, do tipo que Felix poderia reconhecer, caso se materializasse de repente no aqui e agora.

O que Felix não reconheceria, no entanto, é a maneira como meu visitante é capaz de conectar a câmera a um computador e fazer com que as imagens apareçam, como mágica, na tela. Não há mais necessidade de uma câmara escura ou de fazer soluções de cheiro acre.

Observei na noite passada, enquanto ele percorria imagem após imagem. Fotografias do cemitério; lápides, principalmente. Ninguém que eu conhecesse, mas fiquei hipnotizada mesmo assim. Foi a primeira vez em muitos anos que consegui "deixar" este lugar.

O que as fotos me dizem sobre o propósito dele aqui?, eu me pergunto.

Nem de longe o suficiente.

Agora ele está em algum lugar lá fora; saiu depois do café da manhã. Mas sou paciente, muito mais paciente agora do que antes.

Fico observando da janela da escada, olhando além do castanheiro em direção ao meu velho amigo, o Tâmisa. Não espero que meu jovem volte por aquele caminho: ao contrário de outros que vieram a Birchwood antes, ele não gosta do rio. Ele o observa às vezes, como se observa uma pintura, mas só de longe e sem prazer, acho. Até agora nada de viagens de barco.

Não, eu observo o rio por mim mesma. O Tâmisa fluiu pela minha vida tão seguramente quanto o sangue flui por um corpo. Agora só posso avançar até a parede do celeiro ao norte, o riacho Hafodsted a oeste, o pomar a leste e o bordo-japonês ao sul. Tentei ir mais longe, ao longo dos anos, mas, infelizmente, não consegui. A sensação, se eu ousar, é como uma âncora sendo puxada. Não entendo a física, só sei que é assim.

Meu visitante não é tão jovem quanto pensei de início. É forte e capaz, com a fisicalidade pulsante de um animal domesticado contra a vontade, mas há algo que pesa sobre ele. As dificuldades da vida marcam um homem: meu pai envelheceu uma década nos meses após a morte de minha mãe, quando o senhorio começou a bater à nossa porta e os dois se envolviam em discussões tensas que se tornaram cada vez mais acaloradas ao longo do tempo, até que, por fim, em um dia frio de inverno, o proprietário gritou que tinha sido paciente como um santo, que ele não era uma instituição de caridade e que já era hora de meu pai arranjar um novo lugar.

As dificuldades do meu visitante são de natureza diferente. Ele tem uma fotografia impressa dentro de uma carteira de couro desgastada. Eu o vi pegá-la tarde da noite e examiná-la. A imagem é de duas crianças pequenas, pouco maiores que bebês. Uma delas sorri para a câmera com enorme felicidade, a outra é mais contida.

Pela maneira como ele franze a testa para a fotografia – como esfrega o polegar pela superfície, como se, ao fazer isso, pudesse ampliá-la e ter uma visão mais próxima –, tenho certeza de que são seus filhos.

Então, ontem à noite, ele ligou de seu celular para uma tal de Sarah. Ele tem uma voz calorosa e foi educado, mas vi, pela maneira como apertava a caneta e como passou a mão no cabelo, que estava tenso.

Ele disse:

– Mas isso foi há muito tempo.

E também:

– Você vai ver, eu mudei.

E ainda:

– Não mereço uma segunda chance?

Durante todo o tempo, ele olhou fixamente para a fotografia, alisando o canto superior esquerdo com a ponta dos dedos.

Foi essa conversa que me fez pensar em meu pai. Porque, antes da Sra. Mack e do Capitão, houve meu pai, sempre procurando sua segunda chance. Ele era relojoeiro, um mestre artesão; suas habilidades eram insuperáveis e ele era sempre procurado para consertar os relógios mais elaborados.

– Cada relógio é único – ele me dizia. – E, assim como uma pessoa, sua face, simples ou bonita, é apenas uma máscara para o intricado mecanismo que esconde.

Eu o acompanhei algumas vezes em trabalhos de reparo. Ele me chamava de ajudante, mas na verdade eu não ajudava. Quando ele era conduzido para a biblioteca ou para o escritório, eu invariavelmente era levada para o andar de baixo por uma criada obediente, para uma das vastas cozinhas fumegantes que abasteciam as imponentes casas da Inglaterra. Cada uma tinha uma cozinheira rechonchuda trabalhando em sua casa de máquinas, as bochechas rosadas, a testa suada, mantendo a despensa estocada com geleias doces e pães frescos.

Meu pai dizia que minha mãe havia crescido em uma casa assim. Contava que ela estava sentada na grande janela do andar de cima quando ele chegou para consertar o relógio do pai dela. Seus olhos se encontraram, eles se apaixonaram e depois disso nada pôde mantê-los separados. Os pais dela tentaram, a irmãzinha implorara para que ela ficasse, mas minha mãe era forte e jovem e acostumada a ter suas vontades realizadas, então fugiu. Via de regra, crianças são criaturas literais, e sempre que eu ouvia essa história imaginava minha mãe correndo, suas saias voando atrás dela em um rastro de cetim, enquanto ela fugia do castelo avultante, deixando para trás sua amada irmã e o horror furioso de seus pais autoritários.

Era nisso que eu acreditava.

Meu pai precisava me contar histórias, já que não tive a oportunidade de conhecer minha mãe. Ela fizera 21 anos havia dois dias quando morreu, e eu tinha quatro. Foi a tuberculose que a matou, mas meu pai fez o médico-legista colocar "bronquite" em seu atestado de óbito, pois achou que parecia mais refinado. Ele não precisava ter se incomodado: tendo se casado com meu pai e deixado o seio de sua família nobre, ela foi removida para a grande massa de pessoas comuns cujas histórias não são contadas.

Havia um único retrato, um pequeno desenho, que ele mantinha dentro de um medalhão de ouro e que eu estimava. Quer dizer, até que fomos forçados a nos mudar para o par de quartos frios no beco apertado em um canto do leste de Londres, onde o cheiro do Tâmisa estava sempre no nosso nariz e os gritos de gaivotas e marinheiros se misturavam para formar uma música constante, e o medalhão sumiu com o vendedor de ferro-velho. Não sei para onde foi o retrato. Escorregou através das fendas do tempo e foi para a terra das coisas perdidas.

Meu pai dizia que eu era seu passarinho, e era assim que me chamava. Meu nome verdadeiro era bonito, ele dizia, mas era o nome de uma mulher adulta, o tipo de nome que usava saias longas e seda fina mas não tinha asas para voar.

– E é melhor um nome com asas?

– Ah, sim, acho que sim.

– Então por que você me deu um sem asas?

Ele ficou sério, como sempre ficava quando o assunto era *ela*.

– Você recebeu esse nome em homenagem ao pai da sua mãe. Era importante para ela que você carregasse algo da família dela.

– Mesmo que eles não quisessem me conhecer?

– Mesmo assim – disse ele, com um sorriso, e bagunçou meu cabelo, o que fazia com que me sentisse sempre segura: como se nenhuma privação importasse diante de seu amor.

A oficina do meu pai era um lugar maravilhoso. A grande e alta bancada embaixo da janela era um mar de fontes e rebites, escalas e fios, sinos, pêndulos e ponteiros finos. Eu me esgueirava pela porta para me ajoelhar em um banquinho de madeira e explorar a bancada enquanto ele trabalhava. Eu revirava as engenhocas curiosas e complexas, pressionando de leve as pequenas e frágeis partes com a ponta dos dedos, segurando os diferentes metais sob o feixe de sol que os fazia brilhar. Fazia perguntas e mais perguntas, e ele espiava por cima dos óculos ao responder, mas me fazia prometer não dizer uma palavra a ninguém sobre as coisas que eu observava, pois meu pai não estava apenas consertando relógios: estava trabalhando em uma invenção própria.

Seu Grande Projeto era a criação de um Relógio Misterioso, cuja construção requeria longas sessões em sua bancada de trabalho e frequentes visitas clandestinas ao Tribunal de Chancelaria, onde patentes de invenção eram registradas e emitidas. Meu pai dizia que o Relógio Misterioso, quando fosse terminado, faria nossa fortuna – afinal, que homem de recursos não desejaria um relógio cujo pêndulo parecesse se mover sem um mecanismo?

Eu assentia solenemente quando ele dizia essas coisas – a gravidade com que ele falava exigia isso –, mas, na verdade, ficava igualmente impressionada com os relógios comuns que cobriam as paredes do chão ao teto, seus corações batendo, seus pêndulos balançando, em constante e suave dissonância. Ele me mostrou como dar corda neles, e depois eu parava no centro da sala, olhando para suas telas em desarmonia enquanto eles tiquetaqueavam em coro.

– Mas qual deles mostra a hora *certa*? – eu perguntava.

– Ah, Passarinho... A pergunta correta é: qual deles não mostra?

Não existia hora certa, ele me explicou. O tempo era uma ideia: não tinha fim nem começo; não podia ser visto, ouvido ou cheirado. Poderia ser medido, com certeza, mas não foram encontradas palavras para explicar exatamente o que era. Quanto à hora "certa", era simplesmente uma questão de convenção.

– Você se lembra da mulher na plataforma da estação de trem? – perguntou ele.

Respondi que sim. Eu estava brincando certa manhã, enquanto meu pai consertava o grande relógio em uma estação no oeste de Londres, quando notei uma versão menor pendurada na parede da bilheteria. Parei, e estava olhando entre as duas faces diferentes quando uma mulher apareceu ao meu lado.

– Aquele ali exibe a hora real – explicou ela, apontando para o pequeno mostrador. – E aquele – ela franziu a testa para o relógio que meu pai acabara de consertar – mostra a hora de Londres.

Foi assim que aprendi que, embora eu não pudesse estar em dois lugares ao mesmo tempo, certamente podia estar em um só lugar em dois tempos.

Logo depois, meu pai sugeriu que fizéssemos uma viagem a Greenwich, "a casa do meridiano".

Meridiano de Greenwich. As novas palavras soavam como um encantamento.

– Uma linha que marca o começo do tempo – continuou ele. – Do polo norte ao polo sul, ele divide a Terra ao meio.

Isso soava tão impressionante, minha imaginação infantil era tão vívida, que suponho ser inevitável que a realidade me decepcionasse.

Nossa jornada nos levou ao gramado bem cuidado de um grande palácio de pedra, onde procurei em vão a fenda grande e irregular que eu imaginara na superfície da Terra.

– Ali está – indicou ele, com o braço esticado –, bem na sua frente, uma linha reta. Zero grau de longitude.

– Mas não estou vendo nada. Só... grama.

Ele riu, bagunçou meu cabelo e perguntou se eu queria dar uma olhada pelo telescópio do Observatório Real.

Fizemos a viagem pelo rio até Greenwich várias vezes nos meses anteriores à morte da minha mãe. No barco, meu pai me ensinava a ler – as palavras nos livros, as marés do rio, as expressões no rosto dos nossos companheiros de viagem.

Ele me ensinou a saber que horas eram de acordo com o sol. Os seres humanos sempre foram fascinados pela grande esfera ardente nos céus, disse ele, porque nos dava não apenas calor, mas também luz. O principal desejo da nossa alma.

Luz. Comecei a observá-la nas árvores da primavera, percebendo como tornava translúcidas as delicadas folhas novas. Observei como projetava sombras nas paredes; rebrilhava na superfície da água; fazia filigranas no chão, onde caía por entre grades de ferro forjado. Eu queria tocá-la, aquela ferramenta maravilhosa. Segurá-la na ponta dos dedos, como fazia com os pequenos objetos na bancada do meu pai.

Tornou-se minha missão capturar a luz. Encontrei uma latinha com dobradiças, esvaziei-a e a furei no topo várias vezes com um prego e um dos martelos do meu pai. Levei a engenhoca para o lado de fora, coloquei-a no lugar mais ensolarado que encontrei e esperei até o topo estar queimando. Infelizmente, quando abri a caixa das maravilhas, não havia nenhuma prisioneira cintilante esperando por mim. Era apenas o interior vazio de uma lata velha e enferrujada.

A Sra. Mack dizia que, quando chovia, era tempestade – o que não era um comentário sobre o clima, embora eu tenha demorado um pouco para entender isso, mas uma observação sobre como a desgraça parecia atrair mais desgraças.

Depois que minha mãe morreu, começou a tempestade para mim e meu pai.

Em primeiro lugar, foi o fim das nossas viagens a Greenwich.

Depois, passamos a ver Jeremiah muito mais. Ele e o meu pai eram mais ou menos amigos, cresceram na mesma aldeia. Jeremiah já tinha nos visitado algumas vezes quando minha mãe era viva, pois meu pai o levava como aprendiz em grandes trabalhos de reparo de relógios ferroviários; mas eu sabia, da maneira vaga e instintiva das crianças pequenas, que o homem era uma fonte de tensão entre eles. Lembro-me do meu pai tentando tranquilizá-la, oferecendo garantias como "Ele faz o melhor com o que Deus lhe deu" ou "Ele tem boas intenções" e a lembrando de que, embora Jeremiah tivesse sido abençoado com poucos dons na vida, ele era "um bom companheiro, realmente e sem dúvida muito empreendedor".

A última parte era uma verdade inegável: Jeremiah agarrava qualquer oportunidade que se apresentasse. Ele foi vendedor de ferro-velho, curtidor de couro e certa vez se convenceu de que sua fortuna estava na venda porta a porta de pastilhas aromáticas da Steel, cujos benefícios declarados incluíam um "magnífico vigor masculino".

Depois da morte da minha mãe, quando meu pai começou a cair na fenda escura da tristeza, Jeremiah passou a levá-lo para longos passeios à tarde. Os dois voltavam cambaleantes ao anoitecer, meu pai meio adormecido e caído no ombro do amigo. Jeremiah então dormia no sofá da nossa sala, para nos "ajudar" no dia seguinte.

E nessa época meu pai tinha dias mais longos para preencher. Suas mãos começaram a tremer e ele havia perdido a capacidade de concentração. Recebia menos ofertas de trabalho, o que o deixou amargurado. Jeremiah, porém, estava sempre lá para apoiá-lo. Ele convenceu meu pai de que estava perdendo tempo com reparos; que seu futuro estava em aperfeiçoar o Relógio Misterioso; que, com Jeremiah como seu agente, era certo que fariam fortuna.

Quando o senhorio finalmente chegou ao limite de sua paciência, foi Jeremiah, por meio de seus contatos, quem ajudou meu pai a encontrar quartos em um prédio aninhado nas sombras da torre de St. Anne. Ele parecia conhecer muitas pessoas e sempre tinha uma opinião a dar e um "negócio" para fazer. Foi Jeremiah quem supervisionou a venda das patentes do meu pai e me disse para não me preocupar quando o oficial de justiça começou a bater na nossa porta o tempo todo, reclamando que meu pai lhe devia dinheiro. Ele conhecia um homem que dirigia uma casa de apostas em Limehouse, disse. Meu pai só precisava de um pouco de sorte para se restabelecer.

E quando meu pai começou a passar todas as noites no bar da Narrow Street, arrastando-se para casa à primeira luz do dia, cheirando a tabaco e uísque, para desabar na mesa vazia com seu cachimbo (quando vendeu o que restava de seus latões e rebites para pagar as dívidas do jogo), foi Jeremiah quem balançou a cabeça com tristeza e disse:

– Seu velho tem azar. Nunca conheci um homem com uma estrela mais azarada.

O oficial de justiça continuou a bater, mas meu pai o ignorou. Começou a falar obsessivamente sobre a América. Arrasado como estava, a ideia fazia todo o sentido. Deixaríamos para trás a tristeza e as lembranças infelizes e recomeçaríamos em um novo lugar.

– Lá há terra, Passarinho – disse ele –, e sol para todos. E rios que correm limpos e solo que pode ser lavrado sem medo de desenterrar ossos do passado.

Ele vendeu o último vestido da minha mãe, peça que estava guardando para mim, e reservou passagens baratas para nós dois no navio seguinte para a América. Empacotamos nossos pertences em uma única mala pequena, tão poucos que eram.

A semana em que partiríamos estava fria, nevando pela primeira na estação, e meu pai estava ansioso para que tivéssemos o máximo possível de moedas guardadas para a viagem. Passávamos todos os dias à beira do rio, onde um navio de carga tinha tombado havia pouco, deixando prêmios escondidos na lama para aqueles determinados a encontrá-los. Trabalhamos do amanhecer ao anoitecer, debaixo de chuva, granizo e neve.

Remexer na lama era cansativo, mas certa noite eu estava mais exausta do que o normal. Caí no colchão, encharcada, e não consegui me levantar. A tontura veio de repente, junto com dores que faziam meus ossos parecerem frios e pesados. Meus dentes batiam ao mesmo tempo que minha testa queimava, e tudo começou a escurecer, como se alguém tivesse fechado as cortinas do mundo.

Eu estava meio atordoada, minha percepção tão instável quanto um barquinho de madeira em um mar agitado. Às vezes, ouvia a voz do meu pai e a de Jeremiah, mas eram breves fragmentos seguidos de longas horas entregue às histórias vívidas da minha imaginação, sonhos assombrosos e peculiares.

Minha febre aumentou, criando sombras e monstros difusos no quarto; eles balançavam pelas paredes, arregalando os olhos loucos, estendendo os dedos com garras para pegar minhas roupas de cama. Eu me revirava e me afastava deles, meus lençóis molhados pelo esforço, meus lábios se movendo em encantamentos que pareciam de importância vital.

Palavras perfuravam meus delírios como agulhas quentes, palavras familiares como *médico... febre... América...* que antes tinham significado e importância.

E então ouvi Jeremias dizer:

– Você tem que ir. O oficial de justiça vai voltar e prometeu que dessa vez o colocaria na cadeia ou até coisa pior.

– Mas a menina, meu passarinho... ela não está em condições de viajar.

– Deixe-a aqui. Mande buscá-la quando tiver se estabelecido. Há pessoas que cuidam de crianças por uma pequena gratificação.

Meus pulmões, minha garganta, minha mente ardiam com o esforço para gritar "Não!". Mas eu não saberia dizer se a palavra saiu dos meus lábios.

– Ela depende de mim – disse meu pai.

– Então será muito pior se o juiz decidir que você deve pagar por suas dívidas com a vida.

Eu queria gritar, estender a mão e agarrar meu pai, prendê-lo a mim de modo que nunca nos separássemos. Mas não adiantou. Os monstros me puxaram para baixo novamente e não ouvi mais nada. O dia se dissolveu na noite; meu barco foi mais uma vez empurrado para mares tempestuosos...

E essa é a última coisa de que me lembro.

Quando voltei a mim, era uma manhã brilhante, e o primeiro som nos meus ouvidos foi o de pássaros cantando do lado de fora da janela. Mas não eram os pássaros que cantam a chegada da manhã aqui em Birchwood Manor ou os que faziam ninho embaixo do peitoril da nossa casinha em Fulham. Era uma grande cacofonia de pássaros, centenas deles, gritando e zombando em idiomas estranhos aos meus ouvidos.

Um sino de igreja tocou e reconheci imediatamente o sino de St. Anne, mas de alguma forma estava *diferente* do som que eu conhecia tão bem.

Eu era um marinheiro naufragado que tinha ido parar em uma costa estrangeira.

E então uma voz, a voz de uma mulher que eu não conhecia:

– Ela está acordando.

– Papai – tentei dizer, mas minha garganta estava seca e o que saiu não passava de um som arfante.

– Shhh… pronto – disse a mulher. – Pronto. A Sra. Mack está aqui. Tudo vai ficar bem.

Abri os olhos e encontrei uma grande figura avultando sobre mim.

Atrás dela, vi que minha pequena mala estava em cima de uma mesa perto da janela. Alguém a abrira e minhas roupas estavam agora arrumadas em uma pilha ao lado dela.

– Quem é você? – consegui dizer.

– Ora, eu sou a Sra. Mack, é claro, e esse rapaz aqui é Martin, e aquele ali é o Capitão. – Havia uma nota de impaciência alegre em sua voz.

Olhei em volta, absorvendo rapidamente o ambiente desconhecido e as pessoas estranhas para quem ela estava apontando.

– Papai? – chamei, e comecei a chorar.

– Shhh. Pelo amor de Deus, menina, não há necessidade de chorar. Você sabe muito bem que seu pai foi para a América e mandará buscá-la quando puder. Enquanto isso, ele pediu que eu, a Sra. Mack, cuidasse de você.

– Onde estou?

Ela riu.

– Ora, menina! Você está em casa, é claro. Agora, pare com essa choradeira, ou pode vir um vento e estragar esse seu rosto lindo.

E assim eu nasci duas vezes.

Uma vez para meus pais, em um quartinho na casa da nossa família em Fulham, em uma noite fresca de verão, quando a lua estava cheia, as estrelas brilhavam e o rio era uma cobra de pele cintilante sob a janela.

E uma segunda vez para a Sra. Mack, quando eu tinha 7 anos, em sua casa acima da loja que vendia pássaros e gaiolas, na área de Covent Garden chamada Seven Dials.

CAPÍTULO 6

Verão de 2017

A Sra. Berry estava do lado de fora, em meio a malvas-rosas e esporas, quando Elodie chegou do trabalho. A porta para o jardim, no fim do corredor, estava escancarada e ela viu sua velha senhoria inspecionando as flores. Nunca deixava de se surpreender com como alguém que dependia de óculos de fundo de garrafa para diferenciar entre ouros e copas ainda tinha a visão de um atirador de elite quando se tratava de larvas em suas flores.

Em vez de subir direto, Elodie seguiu pelo corredor, passou pelo relógio do avô da Sra. Berry, ainda contando o tempo de maneira suave e paciente, e parou à porta.

– Você está vencendo a batalha?

– Canalhas – respondeu a Sra. Berry, arrancando uma lagarta verde e gorda de uma folha e segurando-a para a inspeção distante de Elodie. – Pequenos diabinhos sorrateiros e gananciosos... terrivelmente gananciosos. – Ela jogou a agressora em um antigo pote de geleia com um punhado de outras. – Quer uma bebida?

– Adoraria.

Elodie deixou cair sua bolsa no degrau de concreto e foi para o jardim. Um rápido bate-papo de sexta-feira e depois ela começaria com as gravações, como prometera a Penelope.

A Sra. Berry colocou o pote de lagartas na elegante mesa de ferro embaixo da macieira e desapareceu em sua cozinha. Aos 84 anos, ela era excepcionalmente ágil, fato que creditava à sua recusa em obter uma carteira de motorista.

– Máquinas terríveis de poluição. E o tanto que as pessoas cobram por elas! Um horror. Muito melhor andar.

Ela reapareceu trazendo uma bandeja com uma jarra de uma bebida laranja efervescente. A Sra. Berry tinha viajado para a Toscana com seu grupo de aquarela, no ano anterior, e desenvolvera uma queda por Aperol Spritz. Ela encheu um copo generoso para cada uma e passou para Elodie.

– *Salute!*

– Tim-tim.

– Confirmei presença no seu casamento hoje.

– Que ótima notícia! Pelo menos uma pessoa para o meu lado da igreja.

– E tenho pensado mais na minha leitura. Há um adorável poema de Rossetti... Parece um pedaço de tecido Morris, cheio de pavões, frutas e mar calmo...

– Deve ser incrível.

– Mas trivial. Muito trivial para você. Prefiro Tennyson. "Se eu fosse amado, como desejo ser, O que há na grande esfera da Terra, E na gama de males entre a morte e o nascimento, Que eu deveria temer, se fosse amado por você?" – Ela abriu um sorriso beatífico, a pequena mão contra o peito. – Ah, Elodie, quanta verdade! Quanta liberdade! Que alegria ser libertada do medo da vida pelo simples conhecimento do amor.

Elodie se viu assentindo com igual entusiasmo.

– É lindo.

– Não é?

– Há uma pequena questão sobre o que a mãe de Alastair vai pensar de uma leitura de casamento que descreve a vida como uma gama de males entre a morte e o nascimento...

– Ah! E o que ela tem com isso?

– Bem, acho que nada.

– De todo modo, essa não é a questão do poema. A questão é que, não importa que mal aconteça, ser amado é ser protegido.

– Você acha que isso é verdade?

A Sra. Berry sorriu.

– Já lhe contei como conheci meu marido?

Elodie balançou a cabeça. O Sr. Berry morrera antes que ela se mudasse para o apartamento no sótão. Ela vira fotos dele, no entanto; muitas fotos de um homem radiante com óculos e uma coroa de cabelos brancos em torno de uma cabeça lisa. Elas estavam espalhadas pelas paredes e pelos aparadores do apartamento da Sra. Berry.

– Éramos crianças. O nome dele era Bernstein, naquela época. Ele chegou à Inglaterra em um dos trens vindos da Alemanha no início da Segunda

Guerra. O Kindertransport, sabe? Meus pais se inscreveram como família adotiva e em junho de 1939 nos enviaram Tomas. Ainda me lembro da noite em que ele chegou: abrimos a porta e lá estava ele, sozinho, pernas magras e uma mala surrada na mão. Uma coisinha estranha, com cabelos e olhos muito escuros, que não falava uma única palavra em inglês. Sempre muito educado. Ele se sentou à mesa do jantar e encarou o chucrute da minha mãe, depois foi levado para o quarto que tinham arrumado especialmente para ele. Fiquei fascinada, é claro. Pedira muitas vezes um irmão. E havia uma fenda na parede, entre o meu quarto e o dele, um buraco de rato que meu pai nunca tinha conseguido consertar. Eu o espionava, e foi assim que descobri que toda noite ele se deitava na cama que minha mãe havia arrumado, mas, quando a casa ficava escura e silenciosa, ele levava o cobertor e o travesseiro para o armário e dormia lá dentro. Acho que foi isso que me fez amá-lo.

Ela prosseguiu após uma breve pausa:

– Ele tinha uma única fotografia quando chegou, embrulhada com uma carta de seus pais. Depois me contou que sua mãe havia costurado o pequeno embrulho dentro do forro de seu casaco, para que não se perdesse ao longo do caminho. Ele a guardou a vida toda, aquela fotografia. Seus pais vestidos elegantemente e ele, um menino feliz entre os dois, sem ideia do que estava por vir. Os dois morreram em Auschwitz. Descobrimos isso mais tarde. Nós nos casamos assim que completei 16 anos e fomos para a Alemanha juntos. Havia tanta confusão depois da guerra, ainda havia tanto horror por resolver, mesmo naquela época. Ele foi muito corajoso. Fiquei esperando que ele se desse conta de tudo que havia perdido.

"Quando soubemos que não podíamos ter filhos, quando o melhor amigo e sócio dele o enganou e parecia que estávamos à beira da falência, quando descobri um caroço no meu seio... ele sempre foi muito corajoso. Tão *resiliente*, suponho... essa parece ser a palavra *du jour*. Não era que ele não sentisse as coisas... muitas vezes eu o vi chorar... mas ele lidava com a decepção, com as dificuldades e tristezas; ele se levantava e seguia em frente, todas as vezes. E não como um louco que se recusava a reconhecer as adversidades, mas como alguém que aceitava que a vida é inerentemente injusta. Que a única coisa realmente justa é a aleatoriedade de sua injustiça."

Ela encheu os copos de novo.

– Não estou contando tudo isso só para relembrar o passado ou porque goste de contar aos meus amigos histórias tristes em tardes ensolaradas de sexta-feira. Eu só... só queria que você entendesse. Queria que visse que o amor é um bálsamo. O que é compartilhar a vida com alguém, compartilhá-la de verdade, de modo que muito pouco importa fora da certeza de suas paredes. Porque o mundo é muito barulhento, Elodie, e, embora a vida seja cheia de alegrias e maravilhas, também há maldade, tristeza e injustiça.

Elodie não encontrou muito que dizer. Concordar totalmente diante daquela sabedoria conquistada a duras penas soava superficial, e, de fato, que experiência tinha para acrescentar às reflexões de sua amiga de 84 anos? A Sra. Berry não parecia esperar uma resposta. Estava tomando sua bebida, o olhar perdido em um ponto atrás de Elodie, que também se deixou levar pelas próprias reflexões. Percebeu que não tivera notícias de Alastair o dia inteiro. Penelope mencionara ao telefone que ele fizera a reunião com o conselho diretor de Nova York e que tudo correra muito bem. Talvez estivesse com seus colegas de trabalho, comemorando a fusão.

Elodie ainda não sabia direito qual era o ramo da empresa em que Alastair trabalhava. Algo a ver com aquisições. Ele explicara mais de uma vez – lidavam com consolidações, dissera ele, unindo duas entidades de modo que o valor combinado aumentasse –, mas Elodie sempre ficava com o tipo de pergunta que uma criança pensaria em fazer. Em sua linha de trabalho, uma aquisição se referia à entrega e à posse de um objeto. Algo sólido e real que poderia ser mantido nas mãos e que contava uma história através de todas as suas marcas.

– Quando Tomas estava morrendo – prosseguiu a Sra. Berry, retomando o fio de sua história –, bem perto do fim, comecei a me preocupar. Temi que ele estivesse com medo; eu não queria que ele tivesse que partir sozinho. À noite, meus sonhos eram tomados pela imagem daquele menininho, sozinho à nossa porta. Eu não disse nada, mas sempre fomos capazes de ler os pensamentos um do outro, e um dia ele se virou para mim, espontaneamente, e me disse que nunca teve medo de nada na vida desde o dia em que nos conhecemos. – Os olhos dela brilhavam e sua voz estava cheia de admiração. – Você ouviu? Nada na vida tinha o poder de assustá-lo porque ele sabia quanto eu o amava.

Elodie sentiu um nó na garganta.

– Eu queria tê-lo conhecido.

– Eu também queria. Ele ia gostar de você.

A Sra. Berry tomou um grande gole de sua bebida. Um estorninho desceu para pousar na mesa entre elas, olhando atentamente para o pote de lagartas antes de dar um piado alto e voar para um galho de macieira, para uma inspeção mais detalhada. Elodie sorriu e a Sra. Berry riu.

– Que tal ficar para o jantar? – sugeriu ela. – Vou lhe contar uma história mais feliz sobre a época em que Tomas e eu compramos uma fazenda por acidente. Depois, pretendo acabar com você. As cartas já estão embaralhadas e prontas para o jogo.

– Ah, Sra. Berry, eu realmente adoraria, mas hoje não posso.

– Nem as cartas?

– Infelizmente, não. Tenho um prazo a cumprir.

– Mais trabalho? Você trabalha demais, sabia?

– Dessa vez, não. São coisas do casamento.

– Coisas do casamento! Sinceramente, as pessoas complicam muito hoje em dia. Do que mais se precisa além de duas pessoas que se amam e alguém para ouvi-las dizer isso? Se quer minha opinião, até essa última pessoa excede os requisitos. Se eu pudesse voltar no tempo, fugiria para a Toscana e diria os votos para meu Tomas na beira de uma daquelas aldeias medievais, no topo de uma colina, com o sol no rosto e uma coroa de madressilvas no cabelo. E então desfrutaria de uma boa garrafa de Chianti.

– Existe alguma garrafa de Chianti ruim?

– Essa é a minha garota!

―✺―

No andar de cima, Elodie tirou os sapatos e abriu as janelas. As madressilvas do jardim da Sra. Berry haviam crescido vorazmente durante o verão, agarrando-se aos tijolos nos fundos da casa, de modo que sua fragrância subia na brisa quente da tarde para perfumar o apartamento.

Elodie se ajoelhou no chão e abriu a mala de fitas que o pai havia separado para ela. Lembrou que ele havia comprado aquela mala cerca de doze anos antes, quando ela o convencera a fazer um tour de música clássica em Viena. A bolsa já vira dias melhores e era uma escolha desleixada para guardar uma carga tão preciosa. Ninguém jamais teria imaginado que aquela mala guardava o coração dele, o que Elodie imaginava que fosse proposital: tanto melhor para mantê-lo seguro.

Havia pelo menos trinta fitas de vídeo ali dentro, todas rotuladas meticulosamente com a caligrafia cuidadosa do pai, por data, concerto, local e música. Graças à Sra. Berry, Elodie estava de posse do que com certeza era um dos últimos videocassetes de Londres, então o conectou à TV. Ela escolheu uma fita aleatoriamente e a inseriu no aparelho. Um nervoso repentino fez seu estômago embrulhar.

A fita não havia sido rebobinada por completo e a sala se encheu imediatamente de música. Lauren Adler, célebre solista de violoncelo e mãe de Elodie, estava em close na tela. Ela ainda não havia começado, mas abraçava o violoncelo, o pescoço do instrumento entrelaçado ao dela enquanto a orquestra tocava ao fundo. Ela era muito jovem naquele vídeo. Seu queixo estava erguido, os olhos fixos no maestro; cabelos longos caíam sobre os ombros e pelas costas. Ela esperava. As luzes do palco iluminavam um lado de seu rosto, lançando sombras dramáticas no outro. Usava um vestido de cetim preto com alças finas e seus braços (enganosamente fortes) estavam nus. Não usava joias, exceto pela aliança de ouro simples. Seus dedos, apoiados nas cordas, estavam posicionados, prontos.

O maestro apareceu na tela, um homem de gravata-borboleta branca e paletó preto. Ele parou a orquestra e, após alguns segundos de silêncio, acenou para Lauren. Ela respirou fundo e então começou sua dança com o violoncelo.

Entre as muitas matérias que Elodie havia devorado sobre a mãe, um adjetivo aparecera várias vezes: o talento de Adler era "sublime". Todos os críticos concordavam. Ela viera à Terra para tocar violoncelo e cada música, não importava quão famosa fosse, renascia em suas mãos.

O pai de Elodie havia guardado todos os obituários, mas o do *Times* o agradara especialmente e, por isso, fora emoldurado e pendurado na parede entre as fotos dela no palco. Elodie o lera muitas vezes e havia uma passagem que sempre voltava a sua mente: "O talento de Lauren Adler abriu uma fissura na experiência comum, através da qual se puderam vislumbrar pureza, clareza e verdade. Esse foi o presente dela para o público; por meio da música de Lauren Adler, as pessoas experimentaram o que os religiosos chamam de Deus."

A etiqueta na fita dizia que aquela apresentação acontecera no Royal

Albert Hall, em 1987, e que a música era o *Concerto para Violoncelo em Si Menor* de Dvořák, Op. 104. Elodie fez uma anotação.

A mãe estava tocando sozinha agora, e a orquestra – um mar turvo de mulheres com rosto sério e homens com óculos de armação escura – permanecia muito quieta atrás dela. As notas do violoncelo provocaram um arrepio na espinha de Elodie.

Lauren acreditara que uma gravação era uma coisa morta. Ela dera uma entrevista ao *Times* dizendo isso, descrevendo a apresentação ao vivo como o precipício no qual o medo, a expectativa e a alegria se encontravam, uma experiência única compartilhada entre o público e o artista, que perdia toda a potência quando forçada à durabilidade. Mas a gravação era tudo que Elodie tinha. Ela não tinha lembranças da mãe, a violoncelista. Fora levada para vê-la tocar uma ou duas vezes quando criança, e claro que a ouvira ensaiar em casa, mas Elodie não *se lembrava* de ter ouvido a mãe tocar profissionalmente – não era capaz de separar aquela experiência de outros concertos, executados por outros músicos.

Ela nunca teria confessado isso ao pai, que estava convencido de que Elodie carregava essas lembranças; mais do que isso, de que elas eram uma parte intrínseca de sua personalidade.

– Sua mãe tocava para você quando estava grávida – dissera ele inúmeras vezes. – Ela dizia que o batimento cardíaco era a primeira música que uma pessoa ouvia, e que toda criança nascia conhecendo o ritmo da música da mãe.

Ele frequentemente falava com Elodie como se ela compartilhasse suas lembranças.

– Lembra quando ela tocou para a rainha e a plateia aplaudiu de pé por mais de três minutos? Lembra da noite em que ela tocou todas as seis suítes de violoncelo de Bach no festival The Proms?

Elodie não lembrava. Definitivamente não conhecia a mãe.

Ela fechou os olhos. O pai era parte do problema. A dor dele era muito penetrante. Em vez de permitir que o abismo deixado pela morte de Lauren se fechasse – ou mesmo de *ajudar* a fechá-lo –, sua tristeza, sua recusa em superá-la, o mantivera aberto.

Um dia, nas semanas após o acidente, Elodie estava no jardim quando ouviu duas mulheres simpáticas que tinham ido oferecer condolências ao seu pai e estavam voltando para o carro.

– Ainda bem que a menina é tão nova – dissera uma delas à outra enquanto chegavam ao portão. – Vai crescer e esquecer, nunca saberá o que perdeu.

Elas estavam certas, em parte: Elodie realmente havia esquecido. Tinha poucas lembranças próprias para preencher o buraco causado pela morte da mãe. Mas elas também estavam erradas, pois Elodie sabia exatamente o que havia perdido. Não tinha permissão para esquecer.

Ela reabriu os olhos.

Estava escuro lá fora; a noite tinha varrido o crepúsculo. Ali dentro, a tela da televisão vibrava de estática. Elodie não tinha notado quando a música parou.

Ela desceu do assento perto da janela e ejetou a fita, selecionando outra para substituí-la.

Aquela estava rotulada como *Quinteto de Cordas nº 3 em Dó Maior de Mozart, K. 515, Carnegie Hall, 1985*. Elodie ficou observando o preâmbulo por alguns minutos. O vídeo fora gravado em estilo documental, começando com uma introdução biográfica dos cinco jovens músicos – três mulheres e dois homens – se encontrando em Nova York para tocar juntos. Enquanto o narrador falava sobre um de cada vez, a filmagem mostrava a mãe em uma sala de ensaios, rindo com os outros, enquanto um violinista de cabelos encaracolados brincava com seu arco.

Elodie reparou que era o amigo da mãe, o violinista americano que estava dirigindo o carro de Bath para Londres no dia em que ambos morreram. Ela se lembrava vagamente dele: sua família fora jantar uma ou duas vezes em casa, quando estavam de visita em Londres. E, claro, ela vira a foto dele em algumas matérias publicadas após o acidente. Também havia algumas imagens em caixas de fotos soltas que o pai nunca havia conseguido organizar.

Ela o observou por um momento, enquanto a câmera seguia seus movimentos, tentando decidir como se sentia em relação àquele homem que, inconscientemente, lhe tirara a mãe; que permaneceria ligado a Lauren Adler para sempre pelas circunstâncias de suas mortes. Mas só conseguia pensar em como ele parecia incrivelmente novo, como era talentoso e como a Sra. Berry estava certa em dizer que a única justiça da vida era a distribuição cega de injustiças. Afinal, ele também havia deixado uma jovem família.

Lauren estava na tela agora. Era verdade o que todas as colunas de jornal diziam: ela era de tirar o fôlego. Elodie observou o grupo apresentar o concerto, fazendo anotações enquanto considerava se a peça seria uma boa escolha para a cerimônia de casamento e, se fosse, quais partes poderiam ser usadas.

Quando a fita terminou, ela pôs outra.

Estava no meio da apresentação do *Concerto para Violoncelo* de Elgar Op. 85, em 1982, com a Orquestra Sinfônica de Londres, quando o celular tocou. Ela olhou a hora. Era tarde, e sua primeira reação foi ficar com medo de que algo tivesse acontecido com o pai, mas era apenas Pippa.

Elodie se lembrou do lançamento do livro na editora em King's Cross. A amiga devia estar voltando para casa naquele momento e queria conversar durante a caminhada.

Seu polegar hesitou acima da tela do celular, mas a ligação foi encerrada.

Elodie pensou em ligar de volta, depois silenciou o telefone e o jogou no sofá.

Uma gargalhada soou na rua abaixo e Elodie suspirou.

Ainda sentia um pouco da inquietação de seu encontro com Pippa naquela tarde. Elodie adotara uma postura possessiva em relação à foto da mulher vitoriana de vestido branco, mas havia algo mais. Agora, sentada em uma sala cheia do som melancólico das cordas do violoncelo da mãe, ela compreendeu que foi o modo como Pippa perguntou sobre as gravações.

Elas já tinham conversado sobre o assunto, quando Penelope sugerira o uso de clipes de Lauren na cerimônia de casamento. Pippa perguntou então se o pai de Elodie não teria objeções, já que ele mal conseguia falar sobre a esposa sem chorar. Na verdade, Elodie tinha a mesma preocupação, mas ele se mostrara muito satisfeito, ecoando o sentimento de Penelope de que era a opção mais próxima de tê-la na festa.

Naquele dia, porém, quando Elodie disse isso, em vez de deixar o assunto de lado, Pippa forçara ainda mais, perguntando se Elodie concordava.

Agora, vendo Lauren levar Elgar à sua dolorosa conclusão, Elodie se perguntou se Pippa não tinha os próprios motivos. Na amizade delas, Pippa sempre ocupara o espaço mais dinâmico, sendo o centro das atenções, ao passo que Elodie, naturalmente tímida, preferia fazer o papel de coadjuvante. Será que naquele caso, em que Elodie podia reivindicar sua mãe extraordinária, Pippa se ressentia?

No momento em que o pensamento lhe ocorreu, Elodie sentiu vergonha dele. Pippa era uma boa amiga que estava ocupada desenhando e fazendo seu vestido de noiva. Ela nunca fizera nada que sugerisse que invejava Elodie por sua mãe. Na verdade, ela era uma das poucas pessoas que nunca pareceram particularmente interessadas em Lauren Adler. Elodie estava acostumada aos outros fazendo várias perguntas assim que ficavam sabendo da conexão, quase como se, por meio de Elodie, eles pudessem absorver parte do talento e da tragédia que cercara Lauren. Mas não Pippa. Ainda que, ao longo dos anos, ela tivesse perguntado bastante sobre a mãe de Elodie – se sentia falta dela, se tinha muitas lembranças de antes de a mãe morrer –, seu interesse estava limitado ao papel materno da mulher. Era como se a música e a fama, embora interessantes, fossem irrelevantes sob todos os aspectos que importavam.

A gravação de Elgar terminou e Elodie desligou a TV.

Sem Alastair para insistir em um "sono adequado ao fim de semana", ela pretendia acordar cedo e fazer uma longa caminhada pela margem leste do rio. Queria encontrar seu tio-avô Tip antes de a loja abrir.

Ela tomou banho e foi para a cama, fechando os olhos e desejando dormir.

A noite ainda estava quente e ela estava inquieta. A ansiedade circulava no ar como um mosquito tentando dar uma picada.

Elodie se virou, revirou e se virou de novo.

Pensou na Sra. Berry e no seu marido, Tomas, e se perguntou se era verdade que o amor de uma pessoa – e de uma pessoa tão pequena como a Sra. Berry, com um metro e meio de altura e tão magrinha – era conforto suficiente para aliviar os medos de outra.

Elodie tinha medo de muitas coisas. Será que demorava muito, ela se perguntou, para que a certeza do amor de outra pessoa desenvolvesse aquele poder? Será que ela descobriria, em algum ponto, que a certeza do amor de Alastair a tornara destemida?

Ele a *amava* tanto assim? Como poderia saber?

O pai certamente amara sua mãe esse tanto, mas, em vez de ficar corajoso, a perda dela o tornara tímido. Edward Radcliffe também amara com uma profundidade que o tornou vulnerável. *Eu a amo, amo, amo e, se não puder tê-la, certamente enlouquecerei, pois, quando não estou com ela, temo...*

Ela. Elodie pensou na mulher da fotografia. Mas não, aquela era sua obsessão. Não havia nada que ligasse a mulher de vestido branco a Radcliffe; ela aparecera em sua bolsa, sem dúvida, mas a foto estava em uma moldura que pertencia a James Stratton. Não, Radcliffe estava falando sobre Frances Brown, a noiva cuja morte, como se sabia, o levara à própria morte.

Se não puder tê-la... Elodie rolou de costas. Era uma coisa estranha de escrever a respeito da mulher de quem estava noivo. O próprio noivado não significava o contrário? Ela já era dele.

A menos que ele tivesse escrito a mensagem após a morte de Frances, quando estava enfrentando o mesmo abismo de ausência que havia confrontado o pai de Elodie. Será que foi nessa época que Radcliffe também desenhou a casa? Era uma casa de verdade? Ele ficou lá depois da morte da noiva... para se recuperar, talvez?

Os pensamentos de Elodie fervilhavam, pássaros de penas escuras circulando cada vez mais perto uns dos outros.

O pai, a mãe, o casamento, a mulher na foto, a casa no desenho, Edward Radcliffe e sua noiva, a Sra. Berry e o marido, o garotinho alemão sozinho à porta; vida, medo, a inevitabilidade da morte...

Elodie se pegou entrando no temido ciclo de pensamento noturno e parou.

Afastou o lençol e se levantou da cama. Já seguira por aquela estrada vezes suficientes para saber que estava o mais longe possível de pegar no sono. Podia muito bem fazer alguma coisa útil.

As janelas ainda estavam abertas e os sons noturnos da cidade eram um conforto familiar. Do outro lado da rua, estava tudo escuro.

Elodie acendeu uma lâmpada e preparou uma xícara de chá.

Colocou outra fita no videocassete, essa rotulada como *Suíte nº 1 em Sol Maior de Bach, Queen Elizabeth Hall, 1984*, e então se sentou de pernas cruzadas na velha poltrona de veludo.

Enquanto o relógio passava da meia-noite e o novo dia começava, Elodie apertou o play e observou uma jovem bonita, com o mundo a seus pés, caminhar para o palco, levantar a mão para agradecer os aplausos da plateia e depois, pegando seu violoncelo, começar sua mágica.

CAPÍTULO 7

O tio-avô de Elodie morava em um apartamento no andar térreo, no final da Columbia Road. Era excêntrico e meio recluso, mas almoçava na casa deles nos fins de semana quando a mãe dela era viva. Na infância, Elodie o achava um tanto assustador; mesmo naquela época, ele parecia velho, e ela só conseguia reparar em suas grandes sobrancelhas peludas, seus dedos finos como vagens e em como ele ficava agitado quando a conversa do almoço se voltava para assuntos que não lhe interessavam. Mas, ao passo que Elodie poderia levar uma bronca por enfiar a ponta dos dedos na cera quente da vela na mesa e pegar as impressões digitais depois que esfriassem, ninguém dizia uma palavra ao tio-avô Tip, que acumulava silenciosamente uma pilha considerável de cera, organizando-a em padrões elaborados na toalha de linho, antes de perder o interesse e deixá-las de lado.

A mãe de Elodie gostava muito do tio. Era filha única e havia se aproximado dele quando Tip passara um ano na casa da família dela, quando Lauren era criança.

– Ela dizia que ele era diferente dos outros adultos. – Elodie se lembrava do pai falando isso. – Ela dizia que seu tio-avô Tip era como Peter Pan, o garoto que nunca cresceu.

Elodie vislumbrara isso por si mesma após a morte da mãe. Entre todas as condolências dos adultos, vieram Tip e sua caixa encantada de cerâmica, a superfície coberta por uma maravilhosa variedade de conchas e pedras, azulejos quebrados e pedaços de vidro brilhantes – tudo que crianças notavam, mas adultos deixavam passar batido.

– O que é uma caixa encantada? – perguntara Elodie.

– Um pouco de mágica – respondera ele, sem nenhum traço do sorriso indulgente que os adultos geralmente adotavam quando falavam sobre aqueles assuntos. – E esta é só para você. Você tem algum tesouro?

Elodie assentira, pensando no pequeno anel de sinete de ouro que a mãe lhe dera no Natal.

– Bem, agora você tem um lugar para guardá-lo em segurança.

Tinha sido gentil da parte de Tip fazer aquele esforço, procurá-la quando todo mundo estava concentrado na própria dor. Eles não ficaram muito próximos depois disso, mas Elodie nunca havia esquecido a gentileza e esperava que ele fosse ao casamento.

Era uma manhã ensolarada e, enquanto caminhava pela trilha junto ao rio, Elodie se sentia feliz por estar ali. Ela acabara pegando no sono na poltrona de veludo marrom e passou a noite em uma série de sonhos agitados e fragmentados, até acordar com os pássaros ao amanhecer. Agora, ao se aproximar da ponte de Hammersmith, percebeu que ainda não havia esquecido: tinha um torcicolo e um acorde de violoncelo a atormentando.

Um bando de gaivotas sobrevoava um trecho de água ali perto e, nas longínquas casas de barcos, os remadores aproveitavam o bom tempo para sair cedo. Elodie parou em um dos pilares verde-acinzentados da ponte e se apoiou no parapeito para observar o turbilhão do Tâmisa lá embaixo. Foi daquele ponto que o tenente Charles Wood saltou, em 1919, para resgatar uma mulher que estava se afogando. Elodie pensava nele toda vez que atravessava a ponte. A mulher sobreviveu, mas Wood morreu de tétano devido a ferimentos sofridos no resgate. Parecia um destino especialmente cruel, sobreviver ao serviço da Força Aérea Real na Primeira Guerra Mundial apenas para morrer em um ato de bravura em tempos de paz.

Quando ela chegou ao Chelsea Embankment, Londres estava despertando. Elodie caminhou até a ponte ferroviária de Charing Cross e pegou o ônibus da linha 26 em frente à Corte Real de Justiça. Conseguiu se sentar no banco da frente no nível superior – um prazer de infância que ainda a alegrava. O trajeto do ônibus seguia pela Fleet Street até o centro da cidade, passando pelo Old Bailey e pela Catedral de St. Paul, ao longo da Threadneedle Street, antes de virar para o norte em Bishopsgate. Elodie imaginou, como sempre fazia, como deveriam ser as ruas no século XIX, nos tempos de James Stratton.

Elodie saltou na Shoreditch High Street. Debaixo da ponte ferroviária, um grupo de crianças estava tendo uma aula de hip-hop enquanto os pais ficavam em volta, com copos de café para viagem. Ela atravessou a rua principal e depois seguiu por ruas secundárias, virando a esquina para a Columbia Road, onde as lojas começavam a abrir.

A Columbia Road era uma daquelas ruas vibrantes e escondidas, a especialidade de Londres: uma série de pequenos terraços de tijolos com vitrines coloridas de turquesa, amarelo, vermelho, verde e preto, nas quais uma miscelânea de roupas vintage, joias artesanais, tesouros feitos à mão e objetos de bom gosto poderia ser comprada. Aos domingos, quando o mercado de flores abria e o perfume preenchia o ar, era difícil caminhar, por causa da abundância de plantas e da agitação, mas naquele dia, àquela hora, a rua estava quase vazia.

Havia um portão de ferro na lateral do prédio de Tip, atrás do qual um caminho coberto de violetas levava ao jardim dos fundos. Letras pretas e um dedo indicador tinham sido pintados no pilar de tijolos brancos na frente, indicando que o apartamento térreo era acessado por ali. O portão estava destrancado e Elodie entrou. No fim do caminho, nos fundos do jardim, havia um galpão com uma placa entalhada acima da porta onde se lia "O estúdio".

A porta do estúdio estava entreaberta. Elodie a empurrou e foi recebida, como sempre, por uma incrível coleção de objetos intrigantes. Uma bicicleta de corrida azul estava apoiada em uma prensa vitoriana e uma porção de escrivaninhas de madeira se alinhava junto às paredes. Suas superfícies estavam cobertas de engenhocas antiquadas: lâmpadas e relógios, rádios e máquinas de escrever disputando espaço com bandejas de metal cheias de tipografias vintage. Os armários embaixo transbordavam de peças sobressalentes com formas estranhas e ferramentas misteriosas, e nas paredes estava pendurada uma série de pinturas a óleo e ilustrações a caneta que deixaria qualquer loja de arte no chinelo.

– Olá? – chamou ela, entrando. Viu o tio-avô em sua mesa alta, na parte de trás do estúdio. – Oi, Tip.

Ele olhou por cima dos óculos, mas não demonstrou nenhuma surpresa com a chegada da sobrinha-neta.

– Bem na hora. Você poderia me passar o cinzel menor?

Elodie o pegou na parede, aonde ele apontava, e o entregou por cima da bancada.

– Este é melhor – disse ele, fazendo um corte fino. – E então… quais são as novidades? – perguntou, como se Elodie tivesse acabado de sair uma hora antes para fazer compras.

– Vou me casar.
– Casar? Você não tem 10 anos?
– Já sou um pouco mais velha que isso. Estava esperando que você pudesse ir. Mandei um convite.
– Mandou? Eu recebi?
Ele apontou para uma pilha de papéis na ponta da bancada mais próxima da porta. Entre contas de luz e folhetos de agentes imobiliários, Elodie viu o envelope de fio de algodão creme que tinha sido escolhido e endereçado por Penelope. Não havia sido aberto.
– Posso? – perguntou ela, segurando o envelope no alto.
– Você está aqui agora. Pode muito bem me dar as instruções pessoalmente.
Elodie se sentou à bancada, de frente para Tip.
– É no mês que vem, sábado, dia 26. Não precisa fazer nada além de aparecer. Papai disse que pode lhe dar uma carona para ir e voltar.
– Carona?
– Será em um lugar chamado Southrop, uma vila em Cotswolds.
– Southrop. – Tip se concentrou em uma linha que estava prestes a cortar. – Como acabaram escolhendo Southrop?
– A mãe do meu noivo conhece alguém que tem um local para eventos. Na verdade, nunca estive lá, mas vou dar uma olhada no fim de semana que vem. Você conhece?
– É um lugar bonito. Há anos não vou lá. Espero que o progresso não tenha estragado tudo. – Ele afiou a lâmina em uma pedra japonesa, segurando-a contra a luz para inspecionar seu trabalho. – Ainda é aquele mesmo cara? David, Daniel...
– Danny. Não.
– Que pena, eu gostava dele. Tinha ideias interessantes sobre o sistema de saúde, se bem me lembro. Ele ainda está trabalhando naquela tese dele?
– Até onde sei, está, sim.
– Algo a ver com adotar o mesmo sistema que o Peru?
– Brasil.
– Isso aí. E esse novo? Qual o nome dele...?
– Alastair.
– Alastair. Ele também é médico?
– Não, ele trabalha no centro financeiro.

– Em banco?

– Aquisições.

– Ah. – Ele passou um pano macio em sua lâmina. – Mas é um bom sujeito?

– É, sim.

– Gentil?

– Sim.

– Divertido?

– Ele gosta de piadas.

– Bom. É importante escolher alguém que faça você rir. Minha mãe me disse isso, e ela sabia um pouco de tudo. – Tip passou a lâmina por uma curva de sua obra. Ele estava trabalhando em uma paisagem do rio. Elodie via que aquela linha fazia parte do fluxo da água. – Sabe, sua mãe veio me ver antes do casamento dela também. Ficou sentada bem aí, onde você está agora.

– Ela também veio lhe pedir para confirmar presença?

Elodie estava brincando, mas Tip não riu.

– Ela veio falar de você, de certa forma. Tinha acabado de descobrir que estava grávida. – Ele alisou o pedaço de linóleo, espanando um fino fragmento solto pela borda superior. – Foi um momento difícil; ela não estava bem. Fiquei preocupado.

Elodie tinha uma vaga lembrança de lhe dizerem que a mãe sofrera muito de enjoo matinal nos primeiros meses. Segundo o pai, a gravidez de Lauren tinha sido responsável por uma das únicas ocasiões em que ela precisou cancelar uma apresentação.

– Acho que não fui exatamente planejada.

– Devo admitir que não – concordou ele. – Mas você foi amada, o que sem dúvida é mais importante.

Era estranho imaginar a mãe, ainda jovem, mais de trinta anos antes, sentada no mesmo banquinho em que ela estava agora, falando sobre o bebê que se tornaria Elodie. Isso provocou nela uma sensação de proximidade. Não estava acostumada a pensar na mãe como uma semelhante.

– Ela estava preocupada, achando que ter um bebê pudesse acabar com sua carreira?

– É compreensível. Eram outros tempos. E foi complicado. Ela teve sorte que Winston, seu pai, tenha assumido a gravidez.

A maneira como ele falou de seu pai, como se ele tivesse sido recrutado a servir com a chegada dela, deixou Elodie na defensiva.

– Não acho que ele tenha visto isso como um sacrifício. Ele tinha orgulho dela. Não era um homem conservador. Nunca achou que, por ser mulher, ela deveria parar de trabalhar.

Tip a observou por cima dos óculos. Pareceu que ia dizer algo, mas não disse, e um silêncio constrangedor se estabeleceu entre eles.

Elodie tinha uma atitude protetora em relação ao pai. E também com relação a si mesma e à mãe. A situação deles tinha sido singular: Lauren Adler era singular. Mas o pai não era nenhum mártir e não merecia pena. Ele adorava ser professor; dissera muitas vezes que ensinar era sua vocação.

– Papai sempre teve uma visão clara – disse ela. – Ele também era um músico muito bom, mas sabia que o talento dela era de um calibre diferente, que o lugar dela era no palco. Ele era seu maior fã.

Aquilo soou brega quando dito em voz alta, mas Tip riu, e Elodie sentiu a estranha tensão desaparecer.

– Era mesmo. Não vou negar.

– Nem todos podem ser gênios.

Ele deu um sorriso gentil.

– E eu não sei?

– Andei assistindo às gravações das apresentações dela.

– É mesmo?

– Vamos passar algumas durante a cerimônia em vez de ter um organista. Tenho que escolher quais, mas não é fácil.

Tip pousou a lâmina.

– A primeira vez que a ouvi tocar, ela tinha 4 anos. Era Bach. Nessa idade, eu tinha sorte se conseguisse colocar meus sapatos nos pés certos.

Elodie sorriu.

– Para ser justa, sapatos são complicados. – Ela brincou com o canto do convite de casamento apoiado no banco a seu lado. – É estranho assistir aos vídeos. Achei que eu fosse sentir uma conexão... algum tipo de reconhecimento...

– Você era muito nova quando ela morreu.

– Mais velha do que ela era quando você a ouviu tocar Bach. – Elodie balançou a cabeça. – Não, ela era minha mãe. Eu deveria me lembrar de mais coisas.

– Algumas lembranças não são óbvias. Meu pai morreu quando eu tinha 5 anos e não me lembro de muita coisa. Mas mesmo agora, 77 anos depois, não consigo passar por alguém fumando um cachimbo sem ser atingido pela mais forte lembrança de ouvir as teclas da máquina de escrever batendo.

– Ele fumava enquanto digitava?

– Ele fumava enquanto minha mãe digitava.

– É claro. – A bisavó de Elodie fora jornalista.

– Antes da guerra, nas noites em que meu pai não estava trabalhando, os dois se sentavam juntos a uma mesa de madeira redonda, na cozinha. Ele tomava um copo de cerveja e ela, um uísque, e os dois conversavam e riam, e ela trabalhava na matéria que estivesse escrevendo. – Ele deu de ombros. – Não me lembro de nada disso com imagens, como um filme. Muita coisa aconteceu desde então. Mas não consigo sentir o cheiro da fumaça de um cachimbo sem ser tomado por uma sensação visceral de ser pequeno e contente, e saber que minha mãe e meu pai estavam juntos em nossa casa enquanto eu dormia. – Ele olhou para a lâmina. – Você tem lembranças em algum lugar aí dentro. É só uma questão de descobrir como trazê-las à tona.

Elodie pensou a respeito.

– Eu me lembro dela me contando histórias à noite, antes de dormir.

– Aí está.

– Tem uma em particular... que eu lembro muito bem. Pensei que tivesse saído de um livro, mas meu pai disse que ela tinha ouvido a história quando era criança. Na verdade – Elodie se empertigou –, ele disse que era uma história de família, sobre uma floresta e uma casa na curva de um rio...

Tip esfregou as mãos na calça.

– Hora de uma xícara de chá.

Ele foi até a geladeira Kelvinator ali perto e pegou a chaleira salpicada de tinta de cima dela.

– Você já ouviu? Sabe de que história estou falando?

Ele levantou uma caneca vazia e Elodie assentiu.

– Conheço a história – disse Tip, desenrolando um saquinho de chá e depois outro. – Fui eu que contei para sua mãe.

Estava quente no estúdio, mas Elodie sentiu um leve arrepio nos braços.

– Morei com eles por um tempo quando sua mãe era pequena, com a família da minha irmã Beatrice. Eu gostava da sua mãe. Era uma criança inteligente, mesmo sem a música. Minha vida estava muito caótica naquela época... Eu tinha perdido o emprego, meu relacionamento, meu apartamento; mas crianças não se importam com esse tipo de coisa. Eu só queria ficar quieto e sucumbir de uma vez ao desespero, mas ela não permitiu. Ela me seguia pela casa como o fedor mais animado que você pode imaginar. Implorei à minha irmã que a mandasse parar, mas Bea sempre soube das coisas. Contei à sua mãe a história sobre o rio e a floresta para ter um momento livre daquela vozinha alegre, com seus comentários e suas perguntas constantes. – Ele sorriu com carinho. – Fico feliz de pensar que ela contou para você. As histórias precisam ser contadas, senão morrem.

– Era a minha preferida – disse Elodie. – Era real para mim. Eu pensava nela quando minha mãe estava fora e sonhava com ela à noite.

A chaleira começou a chiar.

– Aconteceu o mesmo comigo, quando eu era garoto.

– Foi sua mãe que contou a história para você?

– Não. – Tip pegou uma garrafa de leite na geladeira e serviu um pouco em cada caneca. – Fui evacuado de Londres quando era menino; todos nós fomos: minha mãe, meu irmão, minha irmã e eu. Não oficialmente. Minha mãe organizou tudo. Nossa casa foi bombardeada e ela conseguiu arranjar um lugar para nós no campo. Era uma casa antiga maravilhosa, cheia dos móveis mais incríveis... Parecia até que as pessoas que moravam lá antes tinham saído para dar um passeio e nunca mais voltado.

A mente de Elodie voou para o desenho que encontrara nos arquivos – para sua ideia de que aquela história pudesse ter saído originalmente de um livro ilustrado para o qual o desenho era um rascunho. Uma casa antiga e mobiliada no campo parecia exatamente o tipo de lugar que teria um livro vitoriano jogado em alguma prateleira, esquecido, até um garotinho desenterrá-lo em meados do século seguinte. Ela quase conseguia imaginar o menino Tip o encontrando.

– Foi lá que você leu a história?

– Eu não a li. Não era de um livro.

– Alguém lhe contou? Quem?

Elodie notou apenas uma hesitação mínima antes de ele responder:

– Um amigo.

– Alguém que você conheceu no campo?

– Açúcar?

– Não, obrigada.

Elodie se lembrou da foto que havia tirado com o celular. Enquanto Tip terminava de preparar o chá, ela o pegou, viu que havia outra ligação perdida de Pippa e rolou a tela para a foto do desenho. Então entregou o aparelho quando Tip pousou sua caneca.

Ele arqueou as sobrancelhas e pegou o telefone.

– Onde você conseguiu isto?

Elodie explicou sobre os arquivos, a caixa encontrada embaixo das cortinas da antiga chapelaria, a bolsa.

– Assim que vi o desenho, senti uma onda de familiaridade, como se fosse algum lugar que eu tivesse visitado. Então percebi que era a casa, a da história. – Ela observava o rosto dele. – É, não é?

– É, sim. É também a casa em que minha família e eu moramos durante a guerra.

Elodie sentiu um alívio profundo. Então ela estava certa. *Era* a casa da história. E *era* uma casa de verdade. Seu tio-avô Tip havia morado lá quando menino, durante a guerra, onde uma pessoa das redondezas inventara uma história que capturara sua imaginação e que ele, por sua vez, contara para a sobrinha, muitos anos depois.

– Sabe – disse Tip, ainda analisando o desenho –, sua mãe também veio me perguntar sobre a casa.

– Quando?

– Mais ou menos uma semana antes de morrer. Almoçamos juntos e depois fomos dar um passeio. Quando voltamos para cá, ela me perguntou sobre a casa no campo onde eu tinha ficado durante a Blitz.

– O que ela queria saber?

– A princípio, só queria me ouvir falar sobre ela. Disse que se lembrava de mim contando a história, que a casa tinha tomado proporções mágicas em sua mente. E então me perguntou se eu podia lhe dizer exatamente onde ficava. O endereço, a aldeia mais próxima.

– Ela queria ir lá? Por quê?

– Só sei o que lhe contei. Ela veio me ver, queria saber sobre a casa da história. Nunca mais a vi.

A emoção o deixou irritado e ele moveu o dedo para tirar a foto do desenho da tela do celular. Em vez disso, Tip deslizou a tela, fazendo a imagem rolar para trás. Elodie observou toda a cor sumir do rosto do tio-avô.

– O que foi? – perguntou ela.

– Onde você conseguiu isto? – Ele estava segurando o celular para mostrar a foto que ela havia tirado da mulher vitoriana de vestido branco.

– Encontrei o original no trabalho. Estava com o caderno de desenho. Por quê? Você sabe quem é ela?

Tip não respondeu. Estava olhando para a imagem e não parecia ter ouvido.

– Tio Tip? Você sabe o nome dessa mulher?

Ele ergueu os olhos e seu olhar encontrou o dela, mas toda a abertura tinha desaparecido. Eram os olhos defensivos de uma criança pega mentindo.

– Não seja ridícula – disse ele. – Como eu poderia saber? Nunca a vi na vida.

IV

Falta pouco para o dia nascer e estou sentada no pé da cama do meu visitante. É uma coisa íntima a se fazer, ver outra pessoa dormir. Houve um tempo em que eu poderia ter dito que é o momento em que um ser humano fica mais vulnerável, mas agora sei por experiência própria que não é verdade.

Lembro-me da primeira vez que passei a noite no estúdio de Edward. Ele pintara até bem depois da meia-noite, as velas nas garrafas de vidro verde queimando uma a uma em poças de cera derretida, até que finalmente ficou escuro demais para continuar. Adormecemos juntos nas almofadas que cobriam o chão, perto da fornalha. Acordei antes dele, quando o amanhecer se arrastava suavemente pelo teto de vidro inclinado, e deitei-me de lado com o rosto apoiado na mão, observando seus sonhos deslizarem sob as pálpebras.

Eu me pergunto com que esse jovem sonha. Ontem ele voltou pouco antes do anoitecer e senti a energia na casa mudar de imediato. Ele foi direto para o quarto onde montou acampamento e em um instante eu estava com ele. O homem tirou a camisa em um movimento lento e eu me vi incapaz de desviar o olhar.

Ele é bonito à maneira dos homens que não pensam em ser bonitos. Tem o peito largo e os braços que um homem conquista trabalhando duro e levantando coisas pesadas. Os homens nos cais ao longo do Tâmisa tinham corpos assim.

Houve um tempo em que eu teria saído do recinto ou me virado ao ver um homem desconhecido se despindo; o senso de privacidade é surpreendentemente profundo. Mas meu olhar não pode tirar pedaço dele, então observei.

Ele estava com o pescoço rígido, acho, pois esfregou a palma da mão nele e o inclinou para um lado e para o outro enquanto caminhava para o banheirinho adjacente. A noite continuava quente e úmida e minha atenção permaneceu em sua nuca, onde estava sua mão, e onde a ponta dos cabelos se enrolava.

Sinto falta de tocar.

Sinto falta de ser tocada.

O corpo de Edward não era o de um homem que trabalhava nos cais, mas era mais forte do que se poderia esperar de alguém que passava os dias levantando o pincel para a tela e os olhos para um modelo. Lembro-me dele à luz de velas; em seu estúdio em Londres e aqui, nesta casa, na noite da tempestade.

Meu visitante canta no chuveiro. Não muito bem, mas ele não sabe que tem plateia. Quando eu era criança, em Covent Garden, parava algumas vezes e ouvia os cantores de ópera praticando nos teatros. Até que os gerentes chegavam, agitando os braços e fazendo ameaças, e eu corria de volta para as sombras.

Embora meu visitante tenha deixado a porta aberta, o banheiro é tão pequeno que se encheu de vapor. Quando ele terminou o banho, parou na frente do espelho e limpou o centro dele com a mão. Permaneci a certa distância e, se tivesse respiração, a teria prendido. Uma ou duas vezes, quando a luz era adequada, tive um vislumbre de mim mesma no espelho. O espelho circular na sala de jantar é o melhor – algo a ver com os lados curvos. Poucas vezes fui capaz de fazer os outros me verem também. Não, não *fazê-los*, pois não tenho consciência de ter feito nada de diferente.

Mas meu visitante não me viu. Ele esfregou a mão no queixo com barba por fazer e depois foi pegar suas roupas.

Sinto falta de ter um rosto. E uma voz. Uma voz de verdade, que todo mundo pode ouvir.

O limiar pode ser solitário.

A Sra. Mack morava com um homem conhecido apenas como "o Capitão", que primeiro imaginei que fosse seu marido, mas que no fim descobri que era irmão. O que ela tinha de redonda, ele tinha de magro, e andava mancando devido à perna de madeira que ganhou depois de um confronto com uma carruagem na Fleet Street.

– Preso em uma roda, foi como ficou – disse-me uma das crianças que moravam nas ruas lá perto. – Arrastado por um quilômetro e meio antes de a perna quebrada se soltar.

A perna de madeira era uma engenhoca feita à mão, presa abaixo do joelho com uma série de tiras de couro e fivelas de prata. Fora desenhada por um de seus amigos nas docas, e o Capitão tinha muito orgulho dela, dedicando-lhe muita atenção, polindo as fivelas e encerando as tiras, lixando todas as lascas. De fato, a madeira era tão lisa, as tiras eram tão enceradas que, em mais de uma ocasião, a perna deslizou para fora do lugar, causando grande susto naqueles que não estavam familiarizados com sua situação. Ele era conhecido por tirar a perna do joelho e brandi-la para as pessoas cujas ações o desagradavam.

Eu não era a única criança aos cuidados da Sra. Mack. Além de seus vários outros negócios, que só eram discutidos em voz baixa e linguagem velada, ela tinha um interesse secundário em receber crianças. Toda semana ela publicava um anúncio no jornal que dizia:

PROCURA-SE
Viúva respeitável sem filhos pequenos adota
ou cuida de criança de ambos os sexos.
A anunciante oferece uma casa confortável e cuidados
parentais. Pequena taxa; idade inferior a 10 anos.

TERMOS
Cinco dias por semana, ou adotar definitivamente bebês
com menos de 3 meses pelo valor de £13.

A princípio, não entendi a menção especial a bebês com menos de 3 meses, mas havia uma menina, mais velha do que eu, que sabia um pouco de tudo e me disse que a Sra. Mack já tinha adotado bebês antes. Lily Millington era o nome dessa garota, e ela me contou sobre um bebê chamado David, uma menina chamada Bessie e gêmeos cujos nomes ninguém mais lembrava. Infelizmente, porém, todos ficaram doentes e morreram. Isso me pareceu uma péssima sorte, mas, quando eu disse isso, Lily Millington apenas levantou as sobrancelhas e disse que não se tratava de sorte ou azar.

A Sra. Mack explicou que havia me recebido como um favor a meu pai e a Jeremiah, a quem ela conhecia bem; tinha planos especiais para mim e a certeza de que eu não ia decepcionar. Na verdade, ela disse, olhando-me severamente, meu pai havia garantido que eu era uma boa garota e que seria obediente e o deixaria orgulhoso.

– Você é uma boa garota? – perguntou ela. – Seu pai estava certo quanto a isso?

Eu disse que sim.

Era o seguinte, continuou ela, todos faziam sua parte para pagar as despesas. Qualquer coisa que sobrasse ela mandaria para meu pai, para ajudá-lo em seu recomeço.

– E então ele vai poder mandar me buscar?

– Sim – concordou ela, com um aceno de mão. – Sim, sim. Então ele poderá mandar buscar você.

―⁂―

Lily Millington riu quando eu lhe disse que a Sra. Mack tinha planos especiais para mim.

– Ah, ela vai encontrar alguma coisa para você fazer, sem dúvida, não se engane quanto a *isso*. Ela é muito criativa e exige seu quinhão.

– E depois vou para os Estados Unidos ficar com meu pai.

Lily bagunçava meu cabelo sempre que eu dizia isso, assim como meu pai fazia, o que me deixava ainda mais inclinada a gostar dela.

– Você vai, boneca? – dizia ela. – Que aventura vai ser! – E, quando estava de bom humor: – Você acha que terá espaço para mim na sua mala?

O pai dela não tinha sido "nada de bom", dizia, e Lily estava melhor sem ele. A mãe, no entanto, fora atriz ("É só uma maneira educada de dizer", bufava a Sra. Mack quando ouvia a afirmação), e a própria Lily, quando era menor, participara dos desfiles de Natal.

– Eles nos chamavam de fadinhas de luz. Porque brilhávamos na frente do palco.

Eu conseguia imaginar Lily como uma fada e como atriz, que era o que ela planejava ser.

– Uma agente de artistas, como Eliza Vestris ou Sara Lane – dizia ela, atravessando a cozinha de queixo erguido e braços abertos.

Se a Sra. Mack ouvia tais declarações, sempre jogava um pano molhado pelo recinto e bufava:

– É melhor agenciar esses pratos sujos de volta para as prateleiras da cozinha, se tem amor à vida.

Lily tinha a língua afiada e o temperamento forte, além de um talento especial para provocar a ira da Sra. Mack, mas era engraçada e inteligente e, nas primeiras semanas depois que acordei e me vi no quarto acima da loja de pássaros e gaiolas em Seven Dials, ela foi minha salvação. Lily deixava tudo mais leve. Ela me tornou mais corajosa. Sem ela, acho que não teria sobrevivido à ausência de meu pai, pois estava tão acostumada a ser a filha do relojoeiro que não me reconhecia sem ele.

É uma coisa estranha, porém, o instinto humano de sobrevivência. Enquanto morava naquela casa, tive muitas oportunidades de observar em primeira mão a capacidade das pessoas de suportar o insuportável. E foi assim comigo. Lily Millington me botou debaixo de suas asas e os dias se passaram.

Era verdade o que a Sra. Mack dissera sobre todos na casa trabalharem para pagar suas despesas, mas, devido à natureza de seus "planos especiais", a princípio recebi um breve indulto.

– Um tempo para se ambientar – dissera ela, apontando com a cabeça para o Capitão. – Enquanto coloco as coisas em ordem.

Nesse meio-tempo, eu fazia o possível para ficar fora do caminho dela. Para alguém que acolhia crianças, a Sra. Mack não parecia gostar muito delas, berrando que, se encontrasse uma "no meio do caminho", não pouparia o açoite. Os dias eram longos e havia poucos cantos da casa onde se esconder, por isso comecei a seguir Lily quando ela saía para trabalhar de manhã. Ela não ficou satisfeita a princípio, preocupada que eu a fizesse ser "pega", mas depois suspirou e disse que eu era tão ingênua que seria bom alguém me ensinar as coisas antes que eu me metesse em problemas.

Naquela época, as ruas eram caóticas, com ônibus puxados a cavalo e carruagens coloridas; patos e porcos sendo levados ao mercado Leadenhall; vendedores de todo tipo de comida imaginável – pés de cordeiro, pervincas em conserva, torta de enguia – anunciando suas mercadorias. Mais ao sul, nas sombrias ruas de paralelepípedos de Covent Garden, ficava a praça do mercado, onde verdureiros se alinhavam às dúzias para comprar os melhores morangos do carrinho de entrega, carregadores levavam sobre a cabeça cestas cheias de frutas e legumes, e vendedores ambulantes percorriam a multidão vendendo pássaros e cobras, vassouras e pincéis, Bíblias e baladas, fatias de abacaxi, enfeites de porcelana, réstias de cebolas, bengalas e gansos vivos.

Passei a reconhecer os frequentadores e Lily fez questão de que eles me conhecessem. O meu favorito era o mágico francês que se instalava a cada dois dias num canto do mercado, o mais próximo da Strand. Atrás dele havia uma barraca de fazendeiros onde se compravam os melhores ovos, portanto um fluxo constante de gente passava e ele sempre reunia uma multidão. Ele chamou minha atenção primeiro pela aparência elegante: era alto e esbelto, o efeito acentuado pela cartola preta e pela calça de boca fina; usava paletó e colete, e o bigode se afunilava e enrolava sobre o cavanhaque escuro. Falava pouco, comunicando-se mais com os grandes olhos delineados enquanto fazia moedas desaparecerem da mesa à sua frente e reaparecerem dentro dos gorros e lenços entre sua plateia. Também sabia conjurar carteiras e itens de joalheria de pessoas da multidão, que ficavam igualmente espantadas e indignadas por descobrirem seus objetos de valor nas mãos daquele estranho exótico.

– Viu isso, Lily? – exclamei na primeira vez que o vi puxar uma moeda de trás da orelha de uma criança. – Mágica!

Lily Millington apenas mordeu uma cenoura que conseguira em algum lugar e me disse para olhar com mais atenção na próxima vez.

– Ilusão – disse ela, jogando uma longa trança por cima do ombro. – Mágica é para quem pode pagar, não para gente como nós.

Eu ainda estava tentando entender exatamente o que era "gente como nós" e com que Lily Millington e os outros trabalhavam. Eles eram bons, suponho, e essa é a questão. Eu sabia apenas que exigia longas horas, ocasiões em que eu era instruída a esperar enquanto Lily se misturava brevemente com a multidão e, às vezes, uma fuga apressada – de quem, eu não sabia – através de um emaranhado de ruas.

Alguns dias, porém, eram diferentes. Assim que saíamos da casa da Sra. Mack, Lily ficava mais alerta do que o habitual, como um gato magro que não gosta de carinho. Nessas ocasiões, ela encontrava um lugar para mim no mercado e me fazia prometer esperar por ela.

– Não vá a lugar algum, está ouvindo? E não fale com ninguém. Lily volta para buscar você em breve.

Para onde ela ia, eu não sabia, só que ela sempre demorava mais do que o normal e muitas vezes voltava com uma expressão sombria e reservada.

Foi exatamente em um desses dias que fui abordada pelo homem de casaco preto. Eu estava esperando pelo que me parecia uma eternidade e, cada vez mais cansada, tinha saído do local onde Lily me deixara e me agachado contra uma parede de tijolos. Eu observava uma vendedora de rosas e só percebi a presença do homem de casaco preto quando ele já estava assomando sobre mim. Sua voz me assustou:

– Ora, ora, o que temos aqui? – Ele estendeu a mão para segurar meu queixo com força e virou meu rosto para si, estreitando os olhos enquanto fazia sua inspeção. – Qual é o seu nome, garota? Quem é seu pai?

Eu estava prestes a responder quando Lily apareceu, como um raio de luz, para se pôr entre nós.

– Aí está você – disse ela, agarrando meu braço com seus dedos fortes e finos. – Eu te procurei em todos os cantos. Mamãe está esperando estes ovos. Vamos logo levá-los para casa.

Antes que eu tivesse tempo sequer de fungar, Lily me puxou e começamos a ziguezaguear pelos becos.

Ela só parou pouco antes de Seven Dials e me virou para encará-la, suas bochechas vermelhas.

– Você disse alguma coisa para ele? – perguntou. – Para aquele homem?

Fiz que não com a cabeça.

– Tem certeza?

– Ele queria saber meu nome.

– Você disse?

Balancei a cabeça mais uma vez.

Lily Millington colocou as mãos nos meus ombros, que ainda estavam pesados pelo esforço de correr tanto, tão rápido.

– Nunca diga a ninguém seu verdadeiro nome, você me ouviu, Passarinho? *Nunca*. E certamente não para ele.

– Por que não?

– Porque não é seguro. Não aqui. Nas ruas, a única maneira de se manter segura é sendo outra pessoa.

– Como uma ilusão?

– Exatamente.

Então ela me explicou sobre o reformatório, pois era de onde o homem de casaco preto vinha.

– Se descobrirem a verdade, trancarão você, Passarinho, e nunca mais vão te deixar sair. Eles farão você trabalhar até seus dedos sangrarem e a açoitarão por qualquer falha. A Sra. Mack tem seus momentos, mas coisas muito piores podem nos acontecer. Ouvi falar de uma garota que levou uma surra. Ela deixou uma mancha de terra no chão e eles tiraram suas roupas e bateram nela com uma vassoura. Outro rapaz foi amarrado em um saco e pendurado nas vigas porque fez xixi na cama.

Meus olhos começaram a arder com lágrimas e o rosto de Lily assumiu um ar mais gentil.

– Calma, calma. Não precisa abrir a torneira, ou eu mesma vou ter que bater em você. Mas me prometa solenemente que nunca dirá a ninguém seu verdadeiro nome.

Jurei que não diria e ela enfim pareceu satisfeita.

– Ótimo. – Ela assentiu. – Então vamos para casa.

Viramos a esquina para a Little White Lion Street e, quando a loja de pássaros e gaiolas surgiu, Lily disse:

– Mais uma coisa, já que estamos fazendo acordos. Você não deve tagarelar para a Sra. Mack que eu te deixei sozinha, certo?

Prometi que não falaria.

– Ela tem "planos especiais" para você e cortaria minha cabeça se soubesse o que ando fazendo.

– O que você anda fazendo, Lily?

Ela me encarou fixamente por alguns segundos, então se inclinou em direção a minha orelha, o bastante para eu sentir o cheiro de sua transpiração.

– Estou economizando – sussurrou. – É bom trabalhar para a Sra. Mack, mas você nunca vai se libertar se não ganhar um pouco para si.

– Você está vendendo coisas, Lily? – perguntei, um tanto na dúvida porque ela não carregava frutas, peixes ou flores, como os outros vendedores.

– De certa maneira.

Nunca me disse mais do que isso, e nunca pensei em perguntar. A Sra. Mack dizia que Lily Millington tinha "a língua grande", mas a boca de Lily podia ser um túmulo quando lhe convinha.

Nunca tive a chance de perguntar muita coisa, de qualquer maneira. Só conhecia Lily havia seis semanas quando ela foi morta por um marinheiro de cara cheia de uísque que não concordou com o preço que ela estava cobrando pelos serviços. Não ignoro a ironia de saber tão pouco sobre uma garota a quem me apeguei por toda a eternidade. No entanto, ela é preciosa para mim, Lily Millington, pois me deu seu nome: a coisa mais valiosa que ela tinha para oferecer.

Embora não tivesse um tostão furado, a Sra. Mack tinha um jeito que podia ser descrito quase como arrogante. Havia uma narrativa permanente em sua casa de que a família já fora destinada a uma Vida Melhor e perdera a oportunidade devido a um Cruel Infortúnio, algumas gerações antes.

E assim, como convinha a uma mulher de linhagem tão ilustre, ela mantinha um cômodo na frente da casa que chamava de "sala de estar" e no qual despejava qualquer dinheiro extra que conseguisse. Almofadas coloridas e móveis de mogno, borboletas bordadas em um fundo de veludo, frascos exibindo esquilos de taxidermia, imagens autografadas da família real e uma coleção de objetos de cristal com rachaduras muito sutis.

Era um lugar sagrado, onde as crianças certamente não podiam entrar, a menos que fossem especificamente convidadas, o que nunca acontecia. De fato, além da Sra. Mack, as duas únicas pessoas autorizadas a entrar no santuário eram o Capitão e Martin. E o cachorro da Sra. Mack, é claro, um cão de caça de raça estrangeira que ela chamava de Grendel, porque ouvira a palavra em algum poema e gostara. A Sra. Mack adorava aquele cão com o tipo de afeto que eu não me lembro de tê-la visto dedicar a um ser humano.

Depois de Grendel, o carinho da Sra. Mack recaía sobre Martin, seu filho, que tinha 10 anos quando fui morar com eles, aos 7, em sua casa na Little White Lion Street. Martin era grande para a idade – não apenas alto, mas imponente, sua presença parecendo ocupar mais espaço do que deveria. Era um garoto de pouca inteligência e ainda menos bondade que, no entanto, fora dotado de muita astúcia, um atributo que se provou uma bênção naqueles tempo e lugar específicos, assim como, ouso dizer, se provaria agora.

Ao longo dos anos, tive muitas chances de me perguntar se Martin poderia ter sido uma pessoa diferente caso se encontrasse em outra situação. Se tivesse nascido na família de Joe Pálido, por exemplo, teria se tornado um cavalheiro de gostos refinados e comportamento adequado? A resposta, tenho quase certeza, é sim, pois ele teria aprendido as maneiras e a máscara necessárias para sobreviver, e até prosperar, em qualquer posição que a sociedade determinasse. Esta era a habilidade predominante de Martin: uma capacidade inata de ver em que direção o vento soprava e içar sua vela de acordo.

A concepção dele aparentemente fora imaculada, pois nunca mencionavam um pai. A Sra. Mack só se referia a ele, com orgulho, como "meu garoto, Martin". O fato de que eram mãe e filho ficava nítido no nariz de cada um, mas, ao passo que a Sra. Mack era uma mulher de grande otimismo, Martin tendia sempre à visão negativa da vida. Ele só focava nas perdas e não podia receber um presente sem se preocupar com as alternativas de que agora seria obrigado a abrir mão. Outra característica, é preciso dizer, que lhe servia bem em nosso grupo particular de Londres.

Eu estava na casa deles acima da loja de pássaros havia dois meses, e Lily Millington tinha morrido havia duas semanas, quando certa noite, depois do jantar, fui convidada para visitar a sala de estar.

Me aproximei muito preocupada, pois àquela altura já tinha visto o que acontecia com crianças que desagradavam à Sra. Mack. A porta estava entreaberta e pus o olho contra a brecha, como havia testemunhado Martin fazer quando a Sra. Mack estava entretendo um de seus "parceiros de negócios".

O Capitão estava parado junto à janela com vista para a rua, entoando um de seus assuntos favoritos, as épicas neblinas do inverno de 1840: "Tudo ficou totalmente branco; navios, como fantasmas, colidindo no meio do Tâmisa." Grendel estava deitado junto ao sofá; Martin estava recurvado, roendo as unhas, em um banquinho de três pernas; e a Sra. Mack, finalmente vi, estava acomodada em sua poltrona junto ao fogo. Por algum tempo, ela passou as noites em um projeto secreto de costura, dizendo a qualquer um que perguntasse para cuidar da própria vida "ou então cuidarei dela para você". O projeto, dava para ver, estava sobre seu colo agora.

Devo ter me encostado na porta, pois ela se abriu com um rangido alto.

– Aí está você – disse a Sra. Mack, lançando um olhar perspicaz para Martin e o Capitão. – Pequenos espiões e suas orelhas grandes. – Ela arrastou a agulha pelo tecido com um último floreio triunfante e, em seguida, cortou a linha com os dentes e prendeu a ponta. – Venha, vamos dar uma olhada em você.

Corri para o lado dela e a Sra. Mack desenrolou o objeto em seu colo, sacudindo-o para me mostrar um vestido mais bonito do que qualquer outro que eu tivesse usado desde que as roupas que minha mãe tão cuidadosamente costurara tinham ficado pequenas.

– Vire-se, menina, braços para cima. Vamos ver como fica.

A Sra. Mack abriu o botão no alto da minha bata e depois a puxou pelos meus braços e minha cabeça. Não estava frio, mas um arrepio percorreu meu corpo quando o vestido fino deslizou em mim.

Eu não entendia o que estava acontecendo – por que eu estava recebendo um presente tão extravagante e bonito –, mas sabia que não deveria perguntar. Minúsculos botões de pérola serpenteavam pelas costas até minha nuca e uma faixa larga de fita de cetim azul-claro foi amarrada em volta da minha cintura.

Eu prestava atenção na Sra. Mack atrás de mim, sua respiração quente e penosa, inspirando e expirando, enquanto ela se dedicava a colocar todo o conjunto direito. Quando terminou, me virou de frente para ela e disse para a sala:

– Que tal?

– Sim, ela é bonita – disse o Capitão, tossindo com o cachimbo na boca. – E com essa voz suave... nunca tivemos uma assim antes. Ela é uma da-minha perfeita.

– Não, ainda não é – respondeu a Sra. Mack, satisfeita. – Mas com um pouco de polimento, algumas lições de etiqueta e um ou dois cachos no cabelo, pode muito bem se passar por uma. Ela não parece uma pintura, Martin?

Encontrei o olhar de Martin, mas não gostei da maneira como ele me encarava.

– E os bolsos? – perguntou a Sra. Mack. – Você encontrou os bolsos?

Deslizei as mãos pelos lados da saia, meus dedos encontrando as aberturas. Eles eram fundos – na verdade, eu não alcançava até o fim a menos que sacrificasse meus braços. Era como carregar bolsas costuradas dentro da anágua do vestido.

Fiquei perplexa, mas evidentemente tudo estava conforme o planejado, pois a Sra. Mack riu baixinho e trocou um olhar com os outros.

– Pronto – disse ela, com uma satisfação felina. – Está vendo isso? Está vendo?

– Sim, estou vendo – respondeu o Capitão. – Muito bem, Sra. Mack. Muito bem. Ela parece autêntica e ninguém vai suspeitar de nada. Prevejo um grande golpe de sorte. Quem não quer ajudar a garotinha que se perdeu?

※

Meu visitante finalmente se mexe.

Acho que nunca tive um visitante tão relutante em acordar e começar o dia como este. Nem mesmo Juliet, que se agarrava aos últimos minutos de sono enquanto seus filhos já estavam de pé e correndo, antes que eles enfim a arrastassem para fora da cama.

Vou me aproximar da cabeceira da cama e ver se isso ajuda. É bom que eu saiba. Alguns são insensíveis e posso passar colada neles sem fazê-los estremecer. Outros me notam sem o menor estímulo, como meu amiguinho do tempo das bombas e dos aviões, que me lembrava tanto Joe Pálido.

Então, um teste. Vou mexer a cama bem devagar e ver o que acontece.

O que acontece é o seguinte:

Ele estremece, faz uma careta e sai da cama, praguejando contra a janela aberta, como se tentasse punir a brisa.

Sensível. E é bom saber; terei que contornar isso.

Esse fato torna minha tarefa mais difícil, mas de alguma forma fico satisfeita. Minha vaidade ainda persiste. É sempre bom ser notada.

Ele tira os tampões de ouvido que usa para dormir e vai ao banheiro.

A fotografia das duas menininhas encontrou um novo posto na prateleira acima da pequena pia e, depois que ele termina de se barbear, faz uma pausa e pega a imagem. Ele poderia ser perdoado por qualquer coisa, com o olhar que cruza seu rosto enquanto olha a foto.

Eu o ouvi falando novamente com Sarah na noite anterior. Não estava tão paciente quanto antes, e disse:

– Isso foi há muito tempo, muita água já passou. – E então, baixando a voz para um tom lento e calmo que, de algum modo, era pior do que se ele tivesse gritado: – Mas, Sarah, as garotas nem sabem quem eu sou.

Evidentemente, ele a convenceu de alguma coisa, pois combinaram se encontrar para almoçar na quinta-feira.

Após o telefonema, ele pareceu inquieto, como se não tivesse pretendido obter aquela vitória. Levou uma garrafa de cerveja para o lado de fora, até uma das mesas de piquenique que a Associação dos Historiadores de Arte arrumara na clareira gramada perto da macieira, com vista para o riacho Hafodsted. Aos sábados, a área se enche de visitantes tentando não derramar as bandejas de chá, biscoitos e sanduíches comprados na cafeteria, que agora ocupa o antigo celeiro onde as colegiais organizavam suas apresentações. Durante a semana, porém, tudo é silencioso, e ele era uma figura solitária, com os ombros tensos e curvados enquanto bebia a cerveja e observava o rio cinza ao longe.

Ele me lembrou Leonard, em outro verão, há muito tempo, quando Lucy estava prestes a entregar a casa e sua administração à associação. Leonard tinha o costume de se sentar naquele mesmo lugar, o chapéu inclinado sobre um dos olhos e um cigarro permanentemente entre os lábios. Ele carregava uma bolsa em vez de uma mala, organizada de maneira cuidadosa, com tudo que achava necessário. Tinha sido soldado, o que explicava muita coisa.

Meu jovem está indo à cozinha agora ferver água para a xícara de chá matinal. Ele vai andar rápido demais e derrubar um pouco de chá no banco e se xingar, mas sem maldade, e então tomará alguns goles longos, deixando o resto esfriar em sua caneca esquecida no peitoril da janela enquanto ele toma banho.

Quero saber por que ele está aqui; o que faz com a pá e se as fotografias estão relacionadas à sua tarefa. Quando ele sair novamente, com sua pá e seu estojo marrom para a câmera, vou esperar. Mas estou ficando menos paciente, menos satisfeita em observar.

Algo, em algum lugar, mudou. Posso sentir, assim como sentia quando o tempo estava virando. Sinto uma mudança na pressão atmosférica.

Eu me sinto *conectada*.

Como se algo ou alguém lá fora tivesse acionado um botão e, embora eu não saiba o que esperar, estivesse chegando.

CAPÍTULO 8

Verão de 2017

Elodie estava sentada à janela de seu apartamento, usando o véu da mãe e observando o rio se mover silenciosamente em direção ao mar. Era uma daquelas tardes raras e perfeitas, quando o ar é impregnado com o cheiro de algodão limpo e grama cortada e mil lembranças da infância brilham à luz remanescente. Mas Elodie não estava pensando na infância.

Ainda não havia sinal de Pippa na High Street. Fazia uma hora desde que ela ligara, e Elodie não conseguira se concentrar em mais nada desde então. A amiga se recusara a entrar em detalhes por telefone, dizendo apenas que era importante, que tinha algo para dar a Elodie. Seu tom era urgente, quase sem fôlego, o que era quase tão incomum quanto sua sugestão de visitar Barnes em uma noite de sábado.

Mas nada parecia normal naquele fim de semana. Nada estivera normal desde que Elodie encontrara a caixa de arquivo no trabalho e desenterrara o caderno de desenho e a fotografia.

A mulher de vestido branco. Tip afirmou categoricamente que não a conhecia, calando-se ao ser pressionado por Elodie. Ele a botou para fora do estúdio o mais rápido que pôde, murmurando que estava atrasado para abrir sua loja e que, sim, sim, claro que iria ao casamento. Mas sua reação fora inconfundível. Ele tinha reconhecido a mulher na foto. E, o mais importante, embora Elodie ainda não tivesse certeza de como, o reconhecimento dele ligava os dois itens, pois Tip também conhecia a casa no desenho. Ele morou lá quando menino.

Após ser expulsa, Elodie foi direto para a Strand e o trabalho. Ela digitou o código de fim de semana da porta e entrou. Estava escuro e ainda mais frio do que de costume no porão, mas Elodie não demorou muito. Ela pegou a fotografia emoldurada na caixa embaixo da mesa e o caderno de desenho dos arquivos e foi embora. Dessa vez, não se sentiu nem um pouco culpada. De alguma forma que ainda não conseguia explicar, a foto e o caderno de desenho lhe pertenciam. Ela estivera destinada a encontrá-los.

Ela pegou a foto naquele momento, segurando-a na palma da mão, e a mulher a encarou com aquele ar rebelde, quase um desafio. *Encontre-me*, parecia dizer. *Descubra quem eu sou.* Elodie virou a moldura nas mãos, passando a ponta dos dedos pelos arranhões finos como teias de aranha na prata. Tinha marcas em ambos os lados, quase iguais, como se um alfinete ou outro objeto afiado tivesse sido usado para gravá-las de propósito.

Elodie apoiou a moldura no peitoril à sua frente, como imaginava que James Stratton tivesse feito, no passado.

Stratton, Radcliffe, a mulher de branco... Todos estavam conectados, mas como?

A mãe de Elodie, a família de Tip sendo evacuada, o amigo que lhe contara a história da casa no Tâmisa...

O olhar de Elodie se desviou de novo para a curva do rio. Estava levemente ciente de todas as vezes em que fizera a mesma coisa. O rio era um grande transportador silencioso de desejos e esperanças, de botas velhas e peças de prata, de lembranças. Uma lhe ocorreu de repente: um dia quente, quando ela ainda era uma garotinha, a brisa roçando sua pele, os pais e um piquenique na margem do rio...

Ela deslizou a ponta dos dedos pelas vieiras de marfim do véu, lisas sob seu toque. Supôs que a mãe poderia ter feito a mesma coisa, trinta anos antes, talvez enquanto esperava do lado de fora da igreja e se preparava para ir em direção ao noivo. Que música tocara quando Lauren Adler caminhara para o altar? Elodie não sabia; nunca tinha pensado em perguntar.

Passara a tarde toda assistindo aos vídeos, parando apenas quando Pippa ligou, de modo que sua mente agora estava inundada com melodias de violoncelo.

– Vai ser como se ela estivesse lá – dissera Penelope. – A opção mais próxima, já que não pode ter sua mãe a seu lado.

Mas a sensação não era nem um pouco essa. Elodie via isso agora.

Se estivesse viva, sua mãe seria uma mulher de quase 60 anos. Não seria jovem e cheia de frescor, com um sorriso e uma risada de menina. Seus cabelos estariam ficando grisalhos, a pele, flácida. A vida teria deixado suas marcas nela, no corpo e na alma, e a exuberância e a emoção que saíam dos vídeos teriam se abrandado. As pessoas ainda sussurrariam palavras como *gênio* e *extraordinária* quando a vissem, mas não baixariam a voz depois para acrescentar aquela grande lupa: *tragédia*.

Era nisso que Pippa estava pensando quando perguntou se Elodie concordava em reproduzir os vídeos de Lauren no casamento. Não estava com ciúmes nem sendo cruel. Estava pensando na amiga, percebendo antes de Elodie que não seria como ter a mãe ao lado, e sim como ter Lauren Adler subindo ao palco primeiro, violoncelo na mão, lançando uma grande sombra sobre a filha.

O interfone tocou e Elodie se levantou de um pulo.

– Alô?

– Oi, sou eu.

Ela apertou o botão para abrir o portão lá embaixo e foi recebê-la à porta. Os familiares sons da rua na tarde de sábado e o leve aroma de peixe frito pairavam na brisa enquanto ela esperava por Pippa, que subia as escadas.

—⁂—

Pippa estava sem fôlego quando chegou.

– Meu Deus, essa escada me deixa com fome. Lindo véu.

– Obrigada. Ainda estou decidindo. Quer uma xícara de chá?

– Uma taça, por favor – respondeu Pippa, passando uma garrafa de vinho para a amiga.

Elodie tirou o véu da cabeça e o colocou sobre a ponta do sofá. Em seguida, serviu duas taças de pinot noir e as levou até Pippa, que estava empoleirada na janela. Ela tinha pegado a fotografia emoldurada e a observava. Elodie entregou-lhe a bebida.

– E aí?

A expectativa dizimara qualquer conversa fiada.

– E aí... – Pippa pousou a foto e focou em Elodie – que encontrei Caroline ontem à noite, na festa. Mostrei a ela a foto no meu celular e ela achou que a mulher era familiar. Não conseguiu identificá-la de imediato, mas confirmou que o estilo da foto definitivamente sugeria que era da década de 1860. Mais especificamente, como tínhamos pensado, dos fotógrafos associados aos pré-rafaelitas e à Irmandade Magenta. Ela disse que precisava ver o original para datar com mais precisão, mas que o papel fotográfico pode dar alguma pista sobre a identidade do fotógrafo. Então mencionei Radcliffe... A essa altura, eu estava pensando no caderno de desenho que você disse que tinha encontrado com a foto, e se isso talvez nos desse uma dica sobre uma pintura perdida... então Caroline disse que tinha vários livros sobre a Irmandade Magenta e que eu podia ficar à vontade para pegá-los emprestados.

– E...?

Pippa vasculhou sua bolsa e pegou um livro velho com uma sobrecapa surrada. Elodie tentou não estremecer quando a amiga o abriu, fazendo a lombada estalar, e passou rapidamente pelas páginas amareladas e empoeiradas.

– Elodie, olhe – disse, chegando a uma página ilustrada e apunhalando-a com o indicador. – É ela. A mulher da foto.

A página estava mofada nas bordas, mas a pintura no centro ainda se encontrava intacta. A legenda dizia *Bela Adormecida* e citava o nome do artista, Edward Radcliffe. A mulher na pintura estava deitada em um fantástico caramanchão de folhas e botões de flores só esperando pela chance de se abrir. Havia pássaros e insetos entre os galhos trançados; longos cabelos ruivos caíam em ondas ao redor do rosto adormecido, que era glorioso em repouso. Os olhos dela estavam fechados, mas as feições de seu rosto – os malares elegantes e os lábios arqueados – eram inconfundíveis.

– Ela era modelo dele – sussurrou Elodie.

– Sua modelo, sua musa e, de acordo com este livro – Pippa virou as páginas ansiosamente para chegar a um capítulo posterior –, sua amante.

– Amante de Radcliffe? Qual era o nome dela?

– Pelo que li hoje de manhã, parece que isso era meio que um mistério. Ela usava um nome falso para posar. Diz aqui que era conhecida como Lily Millington.

– Por que ela usaria um nome falso?

Pippa deu de ombros.

– Ela podia vir de uma família respeitável que não aprovava aquilo ou talvez fosse uma atriz com um nome artístico. Muitas atrizes também posavam.

– O que aconteceu com ela? Aqui diz alguma coisa?

– Não tive tempo de ler, mas dei uma folheada. O autor começa dizendo que é difícil saber ao certo, uma vez que até o nome verdadeiro dela permanece um mistério, mas então ele relata uma nova teoria de que ela partiu o coração de Radcliffe roubando algumas joias, uma herança de família, e fugindo para os Estados Unidos com outro homem.

Elodie se lembrou do artigo que tinha lido na Wikipédia, sobre o assalto em que a noiva de Edward Radcliffe fora morta. Ela compartilhou rapidamente o que sabia com Pippa e disse:

– Você acha que foi o mesmo roubo? Que essa mulher, a modelo dele, estava envolvida de alguma forma?

– Não faço ideia. É possível, embora eu não goste de levar as teorias de maneira muito literal. Fiz uma pesquisa rápida no sistema on-line de arquivamento de periódicos e encontrei algumas críticas apontando que o autor confiava em uma única fonte não identificada para muitas de suas novas informações. O que é útil é a pintura da nossa mulher de branco; agora estabelecemos com certeza que ela e Radcliffe se conheciam.

Elodie assentiu, mas estava pensando na página solta do caderno de desenho, nas linhas rabiscadas sobre amor, medo e loucura. Será que aquelas frases desesperadas foram escritas por Radcliffe depois que a mulher de branco, sua modelo "Lily Millington", desapareceu da vida dele? Foi ela que partiu seu coração fugindo para os Estados Unidos com o tesouro de sua família, e não sua noiva de rosto bonito? E quanto a Stratton? Qual era a relação dele com a mulher? Porque foi ele quem guardou a foto emoldurada, mantendo-a em segurança na bolsa que pertencera a Edward Radcliffe.

Pippa foi à bancada da cozinha pegar a garrafa de vinho e encheu de novo as taças.

– Elodie, tem outra coisa que eu queria lhe mostrar.

– Outro livro?

– Não, não é um livro. – Ela se sentou, com uma hesitação estranha e artificial que deixou Elodie em alerta. – Falei para Caroline que estava perguntando tudo aquilo por sua causa, pelas coisas nos seus arquivos. Ela sempre gostou de você.

Pippa estava sendo gentil. Caroline mal conhecia Elodie.

– Comentei que estava fazendo seu vestido e começamos a conversar sobre o casamento, as gravações, a música e como deve ser para você assistir a todas as apresentações da sua mãe, e então Caroline ficou muito quieta. Primeiro fiquei preocupada de ter dito algo que a ofendeu, mas depois ela se desculpou, pediu licença e foi buscar algo no estúdio.

– O quê?

Pippa remexeu novamente dentro da mochila e puxou uma pasta fina de plástico com um cartão dentro.

– Uma de suas fotografias. Elodie… é uma foto da sua mãe.

– Caroline conheceu minha mãe?

– Não, ela tirou a foto por acaso. Disse que não tinha ideia de quem eles eram, na época.

– Eles?

Pippa abriu a boca, como se fosse explicar, mas evidentemente mudou de ideia e apenas entregou a pasta a Elodie.

A fotografia era maior que o normal, com as bordas ásperas e as marcas de corte indicando que havia sido impressa de um negativo. Era uma imagem em preto e branco, de duas pessoas, um homem e uma mulher, concentrados em uma conversa. Estavam sentados juntos em um lugar bonito ao ar livre, com muitas heras e a ponta de um edifício de pedra ao fundo. Havia uma toalha de piquenique, uma cesta e restos de comida que sugeriam um almoço. A mulher usava uma saia comprida e sandálias e estava sentada com as pernas cruzadas, inclinada para a frente, apoiando o cotovelo em um joelho e com o rosto parcialmente voltado para o homem a seu lado. Seu queixo estava erguido e o início de um sorriso parecia se insinuar nos cantos da boca. Um raio de luz do sol atravessara uma brecha na folhagem para banhar a cena. A imagem era linda.

– Ela a tirou em julho de 1992 – disse Pippa.

Elodie não disse nada. Ambas sabiam a importância daquela data. A mãe de Elodie morrera naquele mês. Ela falecera em um acidente de carro, com o violinista americano, voltando de uma apresentação em Bath. No entanto, ali estava ela, sentada com ele em um bosque em algum lugar, apenas algumas semanas – ou dias? – antes do acontecido.

– Caroline disse que é uma de suas fotografias favoritas. A luz, as expressões no rosto deles, o cenário.

– Como ela… Onde foi isso?

– No campo, em algum lugar perto de Oxford; ela saiu para passear um dia, fez uma curva e os viu. Ela disse que não pensou duas vezes, simplesmente levantou a câmera e capturou o momento.

A maioria das perguntas que queria fazer só ocorreria a Elodie mais tarde. Por enquanto, estava muito distraída com aquela nova imagem da mãe, que não parecia uma celebridade, mas uma jovem em meio a uma conversa íntima. Elodie queria absorver todos os detalhes. Estudar a barra da saia da mãe, onde a brisa a colava contra o tornozelo nu, a maneira como a fina corrente do relógio pendia de seu pulso, a elegante fluidez da mão enquanto gesticulava para o violinista.

Isso a lembrou de outra imagem, uma foto de família que encontrara em casa quando tinha 18 anos. Ela estava prestes a se formar e o editor do jornal da escola planejava publicar fotos de infância de toda a turma ao lado dos retratos escolares. O pai não era um homem organizado e décadas de fotos em seus envelopes da Kodak haviam sido armazenadas dentro de algumas caixas na parte inferior do guarda-louça. Em um dia chuvoso de inverno, ele sempre dizia, ia pegá-las e organizá-las em álbuns.

Do fundo de uma caixa, Elodie havia tirado uma série de fotografias quadradas e amareladas mostrando um grupo de jovens rindo em torno de uma mesa de jantar coberta por velas e garrafas de vinho. Uma faixa de ano-novo estava pendurada acima deles. Ela passou as fotos, observando com carinho a gola alta e as calças boca de sino do pai, a cintura fina e o sorriso enigmático da mãe. Então ela chegou a uma foto na qual o pai não estava – atrás da câmera, talvez? Era a mesma cena, mas a mãe agora estava sentada ao lado de um homem de olhos escuros com um jeito sério, o violinista, os dois entretidos em uma conversa. Também naquela foto, a mão esquerda da mãe estava borrada, em movimento. Ela sempre falara com as mãos. Quando criança, Elodie pensava nelas como pequenos pássaros delicados tecendo os pensamentos dela e flutuando em harmonia.

Elodie soube imediatamente quando viu a foto. Uma compreensão profunda, humana e intuitiva. A eletricidade entre sua mãe e aquele homem não poderia ter sido mais clara se um cabo tivesse sido passado ligando-os. Elodie não disse nada ao pai, que já havia perdido tantas coisas, mas aquilo a afetou; e vários meses depois, enquanto assistiam a um filme juntos, um filme francês no qual a infidelidade era o tema central, Elodie fez um comentário afiado sobre a mulher traidora. Saíra mais agudo e acalorado do que soara em sua cabeça; tinha sido um desafio – ela estava magoada por ele e irritada com ele, e com a mãe também. Mas o pai não mordera a isca.

– A vida é longa – foi tudo que ele disse, com a voz calma. Não tirou os olhos do filme. – Ser humano não é fácil.

Elodie então pensou que era improvável, levando em conta a fama da mãe (e também a de Caroline), que uma fotografia tão impressionante quanto aquela nunca tivesse sido publicada, principalmente se, como Pippa disse, Caroline a considerava uma de suas favoritas. Ela disse isso à amiga.

– Perguntei a Caroline. Ela me disse que revelou o filme alguns dias depois de tirar a foto e que na mesma hora adorou a imagem da sua mãe. Mesmo enquanto ainda estava na bandeja de soluções, ela podia ver que era uma daquelas raras capturas mágicas em que os assuntos, a composição, a luz, tudo está em harmonia. Só que naquela mesma noite ela ligou a TV e viu a cobertura do funeral da sua mãe. Até aquele momento, ela não tinha feito a conexão, mas eles colocaram uma foto da sua mãe na tela e Caroline disse que sentiu um calafrio quando a reconheceu, ainda mais ao saber que ele também estava no carro. Ela tinha visto os dois logo antes...

– Pippa abriu um leve sorriso, como se pedisse desculpas.

– Ela não publicou a foto por causa do acidente?

– Ela disse que não parecia correto, dadas as circunstâncias. E também por sua causa.

– Por minha causa?

– A cobertura da imprensa incluía imagens suas. Caroline disse que viu você segurando a mão do seu pai, entrando na igreja, e soube que não podia publicar a foto.

Elodie olhou novamente para os dois jovens no bosque coberto de hera. O joelho da mãe tocando o dele, a intimidade da cena, a tranquilidade na postura dos dois. Elodie se perguntou se Caroline também percebera a verdadeira natureza daquele relacionamento. Se isso explicava, em parte, sua decisão de guardar a imagem para si.

– Ela disse que pensou muito em você ao longo dos anos e no que tinha acontecido com você. Ela sentia uma conexão, por causa do que aconteceu... como se, ao tirar a foto, preservando aquele momento particular entre eles, ela se tornasse parte da história. Ao ficar sabendo que você e eu éramos amigas, quando você foi ver minha apresentação de arte do último ano, ela me contou que o desejo de te conhecer foi irresistível.

– Foi por isso que ela jantou com a gente naquela noite?

– Eu não sabia na época.

Foi uma surpresa quando Pippa mencionou que Caroline ia se juntar a eles. A princípio, Elodie ficara intimidada com a presença daquela talentosa artista de quem Pippa falava tanto e com tanta frequência, mas os modos de Caroline a deixaram à vontade. Mais do que isso, sua ternura era sedutora. Ela fizera perguntas sobre James Stratton e manutenção de arquivos, o tipo de pergunta que fazia parecer que realmente estava interessada. E ela ria – uma risada animada e musical que fez Elodie se sentir mais inteligente e divertida do que era.

– Ela quis me conhecer por causa da minha mãe?

– Bem, sim, mas não exatamente. Caroline gosta de jovens; ela se interessa por eles e se inspira neles. É por isso que dá aulas. Mas com você havia mais coisa. Ela se sentia ligada a você, por causa do que viu naquele dia e de tudo que aconteceu depois. Ela queria falar sobre a foto desde que vocês se conheceram.

– Por que ela não falou?

– Ela ficou preocupada de passar dos limites. Que você se chateasse. Mas quando falei de você dessa vez, do seu casamento, das gravações dos concertos, da sua mãe... ela me perguntou o que eu achava.

Elodie observou a imagem novamente. Pippa disse que Caroline revelara a foto apenas alguns dias depois de tirá-la, e que então o funeral da mãe foi noticiado. No entanto, ali estava ela, almoçando com o violinista americano. Eles se apresentaram em Bath no dia 15 de julho e morreram no dia seguinte. Parecia provável que aquela fotografia tivesse sido tirada no caminho de volta a Londres, quando pararam para almoçar em algum lugar do trajeto. Isso explicava por que eles estavam dirigindo por estradas secundárias em vez da autoestrada.

– Eu disse a Caroline que achava que você ia gostar de ter essa foto.

Elodie *tinha* gostado. A mãe tinha sido muito fotografada, mas aquela foto, percebeu, fora a última. Ela gostava do fato de que não era uma imagem posada em uma sessão de fotos. A mãe parecia muito jovem – mais nova que Elodie agora. A câmera de Caroline a capturara em um momento íntimo, quando ela não era Lauren Adler; não havia um violoncelo à vista.

– Eu gostei – disse ela. – Agradeça a Caroline por mim.

– Claro.

– E obrigada a você também.

Pippa sorriu.

– Pelo livro também... sem falar de você ter trazido tudo até aqui. Eu sei que é uma caminhada.

– Sim, bem, no fim das contas acho que vou sentir falta daqui. Mesmo que seja a meio caminho da Cornualha. Como sua senhoria recebeu a notícia?

Elodie levantou a garrafa de vinho.

– Completo?

– Ai, meu Deus. Você ainda não contou.

– Não consegui. Não queria chateá-la antes do casamento. Ela tem se dedicado tanto à escolha da leitura.

– Você sabe que ela vai descobrir quando a lua de mel terminar e você não voltar, não é?

– Eu sei. E me sinto péssima.

– Quanto tempo resta de contrato?

– Dois meses.

– Então, você está pensando…?

– Em continuar em completa negação e torcer para que algo me ocorra até lá.

– Um ótimo plano.

– A segunda opção é renovar o contrato e aparecer duas vezes por semana para pegar minha correspondência. Posso subir algumas vezes e me sentar bem aqui. Posso até deixar meus móveis, minha cadeira velha e esfarrapada, minha coleção estranha de xícaras de chá.

Pippa sorriu com simpatia.

– Talvez Alastair mude de ideia.

– Talvez.

Elodie encheu a taça da amiga. Não estava a fim de ter outra conversa sobre Alastair; elas invariavelmente se transformavam em inquisições que deixavam Elodie se sentindo pressionada. Pippa não entendia o que era compromisso.

– Quer saber? Estou com fome. Quer comer alguma coisa?

– Claro – disse Pippa, em um acordo tácito para deixar o assunto de lado. – Agora que você tocou no assunto, estou com vontade de comer peixe com batatas fritas.

CAPÍTULO 9

Elodie tinha planejado passar o domingo assistindo a mais gravações para entregar a lista prometida a Penelope, mas na noite anterior, em algum momento entre a primeira e a segunda garrafa de vinho, ela tomou uma decisão. Não entraria no altar com um vídeo de Lauren Adler tocando violoncelo. Não importava quanto Penelope (e Alastair?) adorasse a ideia, Elodie ficava desconfortável ao se imaginar vestida de noiva, caminhando em direção a uma tela grande exibindo a apresentação da mãe. Era um pouco estranho, não era?

– Sim! – dissera Pippa enquanto descansavam à beira do rio, terminando o peixe com batatas fritas e vendo o sol se pôr além do horizonte. – Eu nem sabia que você gostava de música clássica.

O que era verdade. Elodie preferia jazz.

Então, quando os primeiros sinos da manhã de domingo ecoaram pelas janelas abertas, Elodie colocou as fitas de vídeo de volta na mala do pai e se sentou na poltrona de veludo. A nova fotografia da mãe estava apoiada na prateleira de tesouros, entre a aquarela de Montepulciano da Sra. Berry e a caixa encantada de Tip, e os pensamentos de Elodie começaram a formar uma lista de coisas que ela queria perguntar ao tio-avô – sobre a mãe, a casa no desenho e o violinista também. Enquanto isso, mergulharia no livro de Caroline e descobriria o máximo que pudesse sobre a mulher na fotografia. Quando abriu o livro no colo, teve uma sensação imensamente satisfatória de estar voltando para casa, como se aquilo, naquele momento, fosse exatamente o que deveria estar fazendo.

Edward Radcliffe: sua vida e seus amores. O título era um pouco extravagante, mas o livro foi publicado originalmente em 1931 e não se podia julgá-lo pelos padrões contemporâneos. Havia uma fotografia do autor, Dr. Leonard Gilbert, na orelha, uma imagem em preto e branco de um jovem sério, de terno claro. Era difícil adivinhar a idade dele.

O livro era dividido em oito capítulos: os dois primeiros relatavam a infância de Radcliffe, os antecedentes de sua família, seu interesse por contos folclóricos e suas primeiras habilidades artísticas. Também destacava seu afeto particular por casas e postulava que os temas "lar" e "espaços fechados", em sua arte, poderiam ser o resultado de sua criação fragmentada. Os dois capítulos seguintes descreviam a formação da Irmandade Magenta, analisando seus outros membros e descrevendo as primeiras realizações de Radcliffe na Academia Real. O quinto capítulo dava uma guinada para o lado pessoal, detalhando seu relacionamento com Frances Brown e seu posterior envolvimento; o sexto enfim chegava à modelo conhecida como Lily Millington e ao período da vida de Radcliffe durante o qual ele criou seus trabalhos mais extraordinários.

Ia contra seus princípios, mas Elodie não resistiu a começar pelo capítulo 6, mergulhando no relato de Leonard Gilbert sobre um encontro casual em Londres entre Edward Radcliffe e a mulher cujo rosto e cuja postura o inspirariam a criar algumas das obras de arte mais impressionantes do movimento estético – uma mulher por quem Gilbert afirmava que o artista se apaixonaria perdidamente. Ele comparou Lily Millington à Dama Negra dos sonetos de Shakespeare, mencionando o mistério acerca de sua verdadeira identidade.

Como Pippa avisara, muitas das informações, principalmente as de natureza biográfica, provinham de uma única "fonte anônima", uma mulher local que "tinha uma relação próxima com a família Radcliffe". A fonte, segundo Gilbert, tinha sido especialmente próxima da irmã mais nova de Radcliffe, Lucy, e dera informações importantes sobre a infância do artista e os acontecimentos do verão de 1862, durante o qual sua noiva foi baleada e morta e Lily Millington desapareceu. Gilbert conhecera a mulher ao visitar a aldeia de Birchwood para concluir sua tese de doutorado; ele havia conduzido uma série de entrevistas com ela entre 1928 e 1930.

Embora o retrato íntimo que Gilbert fizera de Radcliffe e sua modelo devesse ter sido amplamente imaginado – exagerado, se Elodie fosse generosa –, o trabalho era rico em detalhes e nuances. Gilbert escreveu com perspicácia e cuidado, tecendo uma história que deu vida ao casal, culminando em seu último verão juntos em Birchwood Manor. O tom era comovente de um jeito incomum, e Elodie refletia sobre o motivo disso quando percebeu que a resposta era simples: Leonard Gilbert, autor, se apaixonara por Lily

Millington. A maneira como a descrevia era tão atraente que Elodie percebeu que também não podia deixar de se sentir fascinada por aquela mulher brilhante e bela. Nas mãos de Gilbert, ela era encantadora. Cada palavra acariciava sua personagem, desde a descrição inicial de uma jovem cuja "chama ardia intensamente" até a virada emocionante, quando o capítulo chegava ao fim.

Pois, no capítulo 7, o livro contava a derrocada de Radcliffe, e Gilbert foi contra a sabedoria popular ao propor sua nova teoria: que o declínio do artista não era o resultado da morte de sua noiva, mas da perda de seu grande amor e musa, Lily Millington. Com base em informações obtidas de relatórios policiais "nunca antes vistos", Gilbert postulou uma teoria de que a modelo fora cúmplice do assalto em que Frances Brown foi morta a tiros, fugindo depois com o invasor para os Estados Unidos, levando consigo um pingente que era herança da família Radcliffe.

Gilbert afirmava que a história oficial havia sido moldada ao longo dos anos pelos Radcliffe – cuja influência na aldeia se estendia à polícia local – e pelos Brown, que tinham mútuo interesse em apagar todas as menções e lembranças da "mulher que roubara o coração de Edward Radcliffe". Visando à posteridade, ambas as famílias preferiram a tragédia ao escândalo, por isso era muito mais palatável a narrativa oficial de que um ladrão desconhecido invadira a mansão para roubar o colar, matando Frances Brown e deixando arrasado seu apaixonado noivo... Foi feita uma busca pelo pingente, mas, além de algumas denúncias falsas, nenhum traço dele foi encontrado.

Comparada com o restante do livro de Gilbert, a teoria sobre a perfídia de Lily Millington foi apresentada em um tom quase mecânico, o texto baseado fortemente em citações diretas das anotações do caso que Gilbert havia encontrado nos arquivos da polícia. Como pesquisadora, Elodie entendia a relutância de Gilbert em creditar tal traição à mulher a que ele dera vida no capítulo anterior. Agora, parecia que dois aspectos do mesmo homem estavam em batalha: o acadêmico ambicioso de posse de uma nova teoria inebriante e o escritor que passara a sentir grande afeição por uma personagem a que dedicara tanto tempo. E ainda havia aquele rosto. Elodie refletiu sobre como a mulher na fotografia na moldura de prata não saía de sua cabeça. Mesmo se lembrando severamente dos perigos e dos poderes inerentes à beleza, Elodie sabia que também estava resistindo à ideia de que a mulher de branco pudesse ser capaz de uma duplicidade tão impressionante.

Apesar da relutância em aceitar de todo a ideia de que Lily Millington estivesse envolvida no desaparecimento do pingente, Gilbert entrou em alguns detalhes sobre a joia, pois descobriu que o diamante que ela continha não era comum. A pedra de 23 quilates era um diamante azul tão raro e valioso que tinha o próprio nome: o Radcliffe Blue. A linhagem do diamante podia ser rastreada até Maria Antonieta, para quem a notável pedra fora colocada em um pingente; e ainda antes, ao mercenário John Hawkwood, que obteve a gema durante uma incursão em Florença, no século XIV, e não suportara se separar dela, indo para o leito de morte, segundo um relatório, "carregado de honra e riquezas"; e, voltando ainda mais no tempo, até a Índia do século X, onde se dizia – apocrifamente, na opinião de Gilbert – que a pedra havia sido arrancada da parede de um templo hindu por um caixeiro-viajante. Em todo caso, quando caiu nas mãos da família Radcliffe, em 1816, a pedra foi encravada em uma caixa de filigrana de ouro e posta em uma fina corrente para ser usada no pescoço. Espetacular, mas de valor proibitivo: durante o meio século em que esteve em poder da família Radcliffe, o diamante foi mantido quase exclusivamente no cofre da família na empresa de seguro Lloyd's, em Londres.

Elodie não estava particularmente interessada na história do Radcliffe Blue, mas a linha seguinte a fez se empertigar. De acordo com Gilbert, Edward Radcliffe havia pegado o pingente "emprestado" do cofre, em junho de 1862, para que sua modelo pudesse usá-lo em um grande trabalho que ele planejava concluir durante o verão. Aquela, então, devia ser a pintura inacabada que passara a ser estimada pelos amantes da arte e pelos acadêmicos com desejo mitológico.

A segunda metade do capítulo 7 era dedicada à possibilidade de que tal pintura, concluída ou inacabada, existisse em algum lugar. Gilbert postulou várias teorias baseadas em sua pesquisa sobre a obra artística de Edward Radcliffe, mas, em conclusão, reconheceu que, sem provas, tudo não passava de especulação. Pois, embora houvesse vagas referências a uma obra de arte abandonada, em correspondências trocadas pelos outros membros da Irmandade Magenta, nada do próprio Radcliffe fora descoberto.

Elodie olhou para o caderno de desenho que encontrara nos arquivos. Seria aquela a prova pela qual Leonard Gilbert ansiava? Será que a confirmação pela qual o mundo da arte ansiava estivera o tempo todo em uma bolsa de couro na casa do grande restaurador vitoriano James Stratton? O pensamento levou Elodie de volta a Stratton, pois agora sabia que Lily Millington era o elo que faltava entre os dois homens. Stratton conhecia a mulher o suficiente para guardar sua fotografia; Radcliffe estava apaixonado por ela. Os dois homens não pareciam se conhecer muito bem, e ainda assim foi a Stratton que Radcliffe recorreu no meio da noite quando o desespero ameaçou dominá-lo. Parecia que também tinha sido a Stratton que Radcliffe confiara os planos para seu grande trabalho. Mas por quê? Descobrir a verdadeira identidade de Lily Millington era fundamental. O nome não era familiar, mas Elodie fez uma anotação para verificar o banco de dados da Stratton em busca de qualquer menção.

No último capítulo do livro, Gilbert voltava a atenção ao interesse de Edward Radcliffe por casas – especialmente seu amor pela casa de campo a que ele se referia em correspondências como sua "casa encantada... em sua própria curva do rio" – e permitia que sua história se entrelaçasse com a de seu pesquisado. Pois Gilbert também passara um verão morando na "casa encantada" de Radcliffe, seguindo seus passos enquanto trabalhava para concluir a tese de doutorado.

Leonard Gilbert, soldado reformado, que havia sofrido as próprias perdas nos campos de batalha franceses da Grande Guerra, escreveu em tom melancólico sobre os efeitos da expatriação, mas terminava o livro com uma nota de esperança. Ele meditava sobre seu anseio por um "lar" e sobre o que significava encontrar-se finalmente em um lugar confortável, depois de tanto tempo em locais inóspitos. Ele confiou em um dos contemporâneos de Radcliffe, o maior vitoriano de todos, Charles Dickens, para transmitir o poder ao mesmo tempo enorme e simples de "lar": "Lar é um nome, uma palavra, e das fortes; mais forte do que um mágico jamais falou, ou um espírito respondeu..." Para Edward Radcliffe, segundo Gilbert escrevera, esse lugar era Birchwood Manor.

Elodie releu a frase. A casa tinha nome. Ela digitou no mecanismo de busca do celular, prendeu a respiração e lá estava. Uma fotografia, uma descrição, um endereço. A casa ficava na divisa entre Oxfordshire e Berkshire, no vale de White Horse. Ela escolheu um link e soube que a casa fora concedida à Associação dos Historiadores de Arte, em 1928, por Lucy Radcliffe, para ser usada como dormitório para estudantes. Quando os custos de manutenção se tornaram muito altos, surgiu a ideia de montá-la como museu para celebrar a arte de Edward Radcliffe e o tremendo florescimento da criatividade que ocorreu sob a égide da Irmandade Magenta, mas o investimento necessário não veio de uma hora para outra. Foram necessários anos para captar os recursos e, finalmente, em 1980, uma generosa doação de um benfeitor anônimo permitiu que a Associação concluísse seus planos. O museu ainda existia; era aberto ao público aos sábados.

A mão de Elodie tremia enquanto ela rolava para a parte inferior da página e observava as instruções para chegar a Birchwood Manor. Havia outra foto da casa, tirada de um ângulo diferente, e Elodie a ampliou, para preencher a tela. Seu olhar percorreu o jardim, a fachada de tijolos, as janelas da água-furtada no telhado íngreme, e então ela prendeu a respiração...

Naquele momento, a imagem sumiu da tela, substituída por uma chamada. Era internacional – Alastair –, mas, antes que se desse conta do que estava fazendo, Elodie tocou na tela para recusar, desligando para retornar à foto da casa. Ela deu zoom, e ali estava, exatamente como ela sabia que estaria: o cata-vento astrológico.

Radcliffe desenhara a própria casa, na curva do rio, que, por sua vez, era a casa da história que a mãe lhe contara, a casa para a qual Tip havia se mudado durante a Segunda Guerra Mundial. A família de Elodie de alguma forma estava ligada a Radcliffe e a um mistério que caíra em seu colo no trabalho. Não fazia nenhum sentido, e ainda assim havia mais coisas naquela conexão, pois Tip, embora não estivesse disposto a admitir, reconhecera a fotografia de Lily Millington, a mulher de branco.

Elodie pegou a fotografia emoldurada. Quem era aquela mulher? Qual era o seu verdadeiro nome e o que havia acontecido com ela? Por razões que não sabia explicar, Elodie foi tomada por uma necessidade apaixonada, quase desesperada, de descobrir.

Passou o dedo suavemente pela borda da moldura, sobre os arranhões finos. Ao fazê-lo, notou que a parte de trás da moldura, da qual o suporte se projetava, não era completamente plana. Ela aproximou o porta-retratos do rosto, de modo a olhar diretamente o plano horizontal; sim, havia uma curva convexa bem suave. Elodie pressionou de leve com a ponta dos dedos. Era imaginação sua ou a parte de trás era ligeiramente acolchoada?

Com o coração começando a bater mais rápido e o instinto afiado de uma caçadora de tesouros, mesmo sabendo que era absolutamente contra as regras adulterar os arquivos, Elodie procurou uma forma de abrir a moldura sem causar danos. Puxou a fita velha que fora usada para selar o suporte e ele se levantou, preso não mais pela cola, mas por hábito. Ali, apertado embaixo da moldura, havia um pedaço de papel dobrado em quatro. Elodie o abriu e percebeu imediatamente que era velho – muito velho.

Era uma carta, escrita em letra cursiva, que começava assim: *Meu querido, primeiro e único, J., o que tenho para lhe contar agora é o meu segredo mais íntimo...* Elodie perdeu o fôlego, pois ali, finalmente, estava a voz de sua mulher de branco. A atenção dela deslizou para o final da página, onde a carta estava assinada com um par de iniciais inclinadas: *Com gratidão e amor eterno, sua PB.*

PARTE DOIS
OS ESPECIAIS

V

Antes da chegada deste novo visitante e de a Associação dos Historiadores de Arte abrir seu museu, houve um longo período em que ninguém morou nesta casa. Eu tinha que me contentar com crianças aparecendo em algumas tardes dos dias de semana e escalando as janelas do térreo para impressionar os amigos. Às vezes, quando eu estava de bom humor, até batia uma porta ou sacudia uma janela, fazendo-as gritar e sair correndo.

Mas senti falta da companhia de um visitante de verdade. Houve alguns ao longo do século, e uns poucos e preciosos a quem amei. No lugar deles, agora sou forçada a suportar a ignomínia de um dilúvio semanal de fofoqueiros e funcionários dissecando alegremente meu passado. Os turistas, por sua vez, falam muito sobre Edward, embora o chamem de "Radcliffe" ou "Edward Julius Radcliffe", o que o faz parecer velho e mofado. As pessoas se esquecem de como ele era jovem quando morou nesta casa. Ele tinha acabado de completar seu vigésimo segundo aniversário quando decidimos sair de Londres. Elas falam em tom sério e respeitoso sobre arte e olham pelas janelas, gesticulam em direção ao rio e dizem coisas como: "Esta é a vista que inspirou as pinturas do Alto Tâmisa."

Também há muito interesse em Fanny. Ela se tornou uma heroína trágica, por mais inacreditável que isso seja para quem a conheceu em vida. As pessoas especulam sobre onde "aquilo" aconteceu. As notícias dos jornais nunca foram claras, cada uma contradizendo as outras. E, embora houvesse mais gente na casa naquele dia, seus relatos eram imprecisos e a história conseguiu enterrar os detalhes. Eu mesma não vi acontecer – não estava na sala –, mas pude ler os relatórios da polícia por causa de uma peculiaridade histórica. Um dos meus visitantes anteriores, Leonard, obteve belas cópias e passamos muitas noites tranquilas debruçados juntos sobre elas. Obras de ficção completa, é claro, mas era assim que as coisas eram feitas naquela época. Talvez ainda sejam.

O retrato que Edward pintou de Fanny, com o vestido de veludo verde e uma esmeralda em forma de coração em seu decote pálido, foi trazido pela associação quando começaram a abrir a casa para turistas. Está pendurado na parede do quarto do primeiro andar, de frente para a janela com vista para o pomar e a alameda que corre em direção ao cemitério da aldeia. Às vezes me pergunto o que Fanny acharia disso. Ela se agitava com facilidade e não gostava da ideia de um quarto com vista para as lápides.

– É apenas um tipo diferente de sono. – Posso ouvir Edward dizendo, na tentativa de acalmá-la. – Nada mais que isso. Apenas o longo sono dos mortos.

Às vezes as pessoas param diante do retrato de Fanny, comparando-o com a imagem menor impressa no folheto turístico; fazem comentários sobre seu rosto bonito, sua vida privilegiada, seu fim trágico; especulam sobre as teorias a respeito do que aconteceu naquele dia. Acima de tudo, balançam a cabeça e suspiram em uma lamentação satisfeita; afinal, pensar na tragédia de outra pessoa é um dos passatempos mais deliciosos. Elas se perguntam sobre o pai de Fanny e seu dinheiro, seu noivo de coração partido, a carta que ela recebeu de Thurston Holmes na semana anterior à sua morte. Disso eu sei: ser assassinada é se tornar eternamente interessante (a menos, é claro, que você seja uma órfã de 10 anos da Little White Lion Street; nesse caso, ser assassinada é simplesmente morrer).

Os turistas também falam, é claro, do Radcliffe Blue. Eles se perguntam, com olhos arregalados e vozes animadas, onde o pingente pode ter ido parar.

– As coisas não desaparecem assim – dizem.

Às vezes até falam de mim. Mais uma vez, tenho que agradecer a Leonard, meu jovem soldado, porque foi ele quem escreveu o livro que me apresentou pela primeira vez como amante de Edward. Até aquele momento, eu era simplesmente uma de suas modelos. Há exemplares do livro à venda na loja de suvenires e, de vez em quando, vislumbro o rosto de Leonard na contracapa e me lembro de seu tempo na casa, os gritos de "Tommy" na calada da noite.

Os turistas que andam pela casa aos sábados, com os braços atrás das costas e expressões deliberadas de aprendizado, se referem a mim como Lily Millington, o que é compreensível, dada a maneira como as coisas aconteceram. Alguns até se perguntam de onde eu vim, para onde fui, quem eu realmente era. Fico inclinada a gostar desses, apesar de suas especulações erradas. É bom ser levada em conta.

Não importa quantas vezes eu ouça o nome "Lily Millington" na voz de estranhos, é sempre uma surpresa. Tentei sussurrar meu nome verdadeiro perto de suas orelhas, mas apenas alguns me ouviram, como meu amiguinho de cabelos lisos caindo nos olhos. Não é de surpreender: as crianças são mais perspicazes que os adultos, em todos os aspectos importantes.

A Sra. Mack dizia que quem procura fofoca ouve coisas ruins sobre si mesmo. Ela falava muito, mas nisso tinha razão. Sou lembrada como uma ladra. Uma impostora. Uma golpista, despudorada.

E fui todas essas coisas, e muito mais, em diferentes momentos. Mas há uma coisa de que eles me acusam que não é justa. Não fui uma assassina. Não disparei a arma que matou a pobre Fanny Brown.

Meu visitante atual está aqui há uma semana e meia. No sábado ele saiu de casa o mais cedo possível – se eu pudesse, faria o mesmo –, e nos dias seguintes continuou com a mesma rotina da semana anterior. Comecei a ficar desesperada para saber o que está tramando, pois ele não é comunicativo como alguns dos outros eram: nunca deixa papéis por aí, dos quais posso colher respostas, nem me recompensa tendo conversas longas e informativas.

Mas então, hoje à noite, finalmente, um telefonema. O resultado é que agora eu sei por que ele está aqui. Também sei o nome dele. É Jack – Jack Rolands.

Ele passou o dia inteiro fora de casa, como de costume, depois de sair de manhã com a pá e a bolsa da câmera. Quando voltou, pude ver imediatamente que havia mudado. Para começar, levou sua pá até a torneira do lado da casinha e a lavou. Evidentemente, não ocorreria mais escavação.

Havia algo diferente em sua atitude também. Um relaxamento nas articulações, um ar de resolução. Ele entrou e cozinhou uma posta de peixe para o jantar, o que foi bastante atípico, tendo até agora se mostrado mais do tipo que come sopa enlatada.

A sugestão de uma comemoração me deixou ainda mais *en garde*. *Ele terminou o que veio fazer*, pensei. E então, como se para provar que eu estava certa, veio a ligação.

Jack estava esperando por ela, pelo visto. Olhou para o celular algumas vezes enquanto jantava, como se checasse a hora, e, quando finalmente atendeu, já sabia quem era do outro lado.

De início fiquei preocupada que fosse Sarah ligando para cancelar o almoço do dia seguinte, mas não; era uma mulher chamada Rosalind Wheeler, telefonando de Sydney, e a conversa não tinha nada a ver com aquelas duas garotinhas na fotografia de Jack.

Ouvi de onde estava sentada, na bancada da cozinha, e foi assim que o escutei falar um nome que conheço bem.

A conversa até aquele momento tinha sido uma troca breve e artificial de amenidades, e então Jack, que não me parece o tipo que mede palavras, disse:

– Olha, sinto muito decepcioná-la. Passei dez dias verificando os lugares da sua lista. A pedra não está lá.

Há apenas uma pedra relacionada a Edward e sua família, então eu soube imediatamente o que ele estava procurando. Confesso que fiquei um pouco frustrada. É tudo tão previsível. Mas todos os seres humanos são, na maioria das vezes. Eles não podem evitar. E não tenho moral para julgar um caçador de tesouros.

No entanto, fiquei interessada por Jack ter pensado em procurar o Radcliffe Blue aqui em Birchwood. Eu já sabia, de ouvir os excursionistas do museu, que o diamante não fora esquecido – de fato, uma lenda surgira em torno de seu paradeiro –, mas Jack foi a única pessoa que veio procurá-lo *aqui*. Desde que as primeiras reportagens foram impressas, a opinião geral é de que o pingente foi em 1862 para os Estados Unidos, onde seu rastro desapareceu rapidamente. Leonard avivou ainda mais essa ideia, propondo que fui *eu* quem tirou o diamante desta casa. Ele estava errado, é claro, e no fundo tenho certeza de que ele sabia disso. Foram os relatórios policiais que o influenciaram – as entrevistas curiosas e malucas realizadas nos dias após a morte de Fanny. Ainda assim. Pensei que tínhamos nos entendido, ele e eu.

O fato de Jack ter vindo a Birchwood (enviado por essa mulher, essa Sra. Wheeler) para procurar o Radcliffe Blue me intrigou, e eu estava pensando nisso quando ele disse:

– Parece que você está me pedindo para invadir a casa.

Então meus outros pensamentos sumiram.

– Eu sei quanto isso significa para você – continuou ele –, mas não vou invadir. As pessoas que administram este lugar deixaram muito claro que minha acomodação é condicional.

Na minha ânsia, acabei me aproximando demais sem perceber. Jack estremeceu abruptamente e deixou o celular em cima da mesa enquanto ia fechar a janela; ele deve ter pressionado um botão no aparelho, porque de repente eu também pude ouvir o outro lado da conversa. A voz de uma mulher madura, com sotaque americano:

– Sr. Rolands, paguei para você realizar um trabalho.

– E verifiquei todos os lugares da sua lista: a floresta, a curva do rio, a colina na clareira... todos os locais mencionados nas cartas de Ada Lovegrove para seus pais.

Ada Lovegrove.

Fazia muito tempo que eu não ouvia seu nome. Confesso ter sentido uma onda de profunda emoção. Quem era aquela mulher do outro lado do telefone? Essa americana ligando de Sydney. E o que ela estava fazendo com as antigas cartas de Ada Lovegrove?

Jack continuou:

– A pedra não estava lá. Sinto muito.

– Eu lhe disse, quando nos encontramos, Sr. Rolands, que se a lista não desse resultados eu o avisaria sobre o plano B.

– Você não falou nada sobre invadir um museu.

– É uma questão de grande urgência para mim. Como você sabe, eu teria ido pessoalmente, se minha condição não me impedisse de voar.

– Olha, me desculpe, mas...

– Tenho certeza de que não preciso lembrá-lo de que só pagarei a segunda metade do serviço se você fizer a entrega.

– Mesmo assim...

– Vou lhe enviar mais instruções por e-mail.

– E eu vou lá no sábado, quando o local estiver aberto, para dar uma olhada. Não antes.

Ela não desligou satisfeita, mas Jack estava irredutível. Ele é imperturbável. O que é uma boa qualidade, mas que me deixa inexplicavelmente ansiosa para fazê-lo tremer. Só um pouco. Temo ter desenvolvido um lado bastante perverso; sem dúvida, uma consequência do tédio e de sua gêmea miserável, a frustração. Uma consequência de também conhecer Edward, para quem a efervescência era beleza e cujo etos era tão passionalmente defendido que era impossível não se comover.

Fui tomada por uma grande agitação após o telefonema. Quando Jack pegou a câmera e começou a transferir imagens para o computador, eu me afastei, sozinha, para o canto quente onde a escada faz a curva, querendo refletir sobre o que tudo isso significa.

De certa forma, a causa da minha perturbação era clara. A menção a Ada Lovegrove, depois de tanto tempo, foi surpreendente. Trouxe uma série de lembranças e também perguntas. Havia uma lógica na ligação de Ada com o Blue; o momento, no entanto, era um mistério. Por que agora, mais de cem anos depois que ela passou seu breve tempo nesta casa?

Mas também havia outra camada na minha angústia. Menos aparente. Mais pessoal, que não tinha a ver com Ada. Percebi que se tratava da recusa de Jack em fazer o que Rosalind Wheeler lhe pedira. Minha agitação não era por causa da Sra. Wheeler, mas por entender que Jack acreditava ter terminado a tarefa que veio executar aqui. Essa tarefa não tinha relação com as duas garotinhas da fotografia, nas quais ele tem um interesse tão grande, portanto ele pretende partir.

Não quero que ele vá.

Pelo contrário, quero muito que ele fique; que entre na minha casa. Não no sábado, com todos os outros, mas sozinho.

Afinal, é a *minha* casa, não a deles. Mais do que isso, é meu lar. Eu os deixei usá-la, de má vontade, porque o objetivo é uma homenagem a Edward, que merecia muito mais. Mas é minha e receberei meus visitantes, se assim desejar.

Faz muito tempo que não recebo um.

Então desci as escadas, de volta para os aposentos dos caseiros, onde Jack e eu estamos sentados juntos agora – ele na contemplação silenciosa de suas fotografias, eu na contemplação inquieta dele.

Ele olha de uma imagem para outra e eu observo as pequenas mudanças em seus traços. Tudo está silencioso e parado. Posso ouvir meu relógio batendo dentro de casa, o relógio que Edward me deu pouco antes de virmos para cá naquele verão. "Vou amar você por toda a eternidade", prometeu ele na noite em que decidimos onde pendurá-lo.

Há uma porta na parede atrás de Jack que leva à cozinha da casa. Lá se encontra a estreita passagem para a escada secundária que serpenteia até o segundo andar. Há uma janela no meio da subida, larga o suficiente para se sentar e descansar. Lembro-me de um dia em julho, o ar perfumado passando pelo vidro para acariciar meu pescoço nu; as mangas de Edward puxadas até o meio dos antebraços; as costas de sua mão roçando minha face...

Jack parou de digitar. Está sentado imóvel, como se tentasse ouvir uma melodia distante. Depois de um momento, ele volta sua atenção para a tela.

Lembro-me da maneira como os olhos de Edward procuraram os meus; o modo como meu coração batia rápido; as palavras que ele sussurrou em meu ouvido, seu hálito quente na minha pele...

Jack para outra vez e olha para a porta na parede atrás dele.

De repente eu entendo. E me aproximo.

Entre, sussurro.

Ele está com a testa ligeiramente franzida agora, o cotovelo em cima da mesa, o queixo na mão. Está olhando para a porta.

Entre na minha casa.

Ele vai e para junto à porta, apoiando a palma da mão na superfície. Sua expressão é perplexa, como a de alguém que tenta entender um problema aritmético que apresentou uma solução inesperada.

Estou bem ao lado dele.

Abra a porta...

Mas ele não abre. Está se afastando. Saindo da sala.

Eu o sigo, desejando que ele volte, mas, em vez disso, Jack vai até a velha mala que guarda suas roupas e a revira até encontrar um pequeno kit preto de ferramentas. Ele se levanta, olha para o objeto, sopesa-o delicadamente, como se tentasse adivinhar seu peso. Está avaliando mais do que o kit, percebo, até que, por fim, cerrando a mandíbula com ar resoluto, ele se vira.

Ele está vindo!

Há um alarme de um lado da porta, instalado pela associação depois que se mostrou difícil manter um zelador, que é acionado todo sábado à tarde, quando o museu fecha até a semana seguinte. Observo avidamente enquanto, de alguma forma, com uma ferramenta extraída do seu kit, Jack consegue desativá-lo. Ele então arromba a fechadura tão silenciosamente que penso na mesma hora no Capitão, que ficaria muito impressionado. A porta se abre e, antes que eu perceba, Jack entra.

Está escuro na minha casa e ele não trouxe lanterna; a única luz é a do luar, derramando prata pelas janelas. Ele atravessa a cozinha e entra no corredor, onde para. Dá uma volta lenta, analisando. E então sobe as escadas até o topo, o sótão, onde mais uma vez se detém.

Então refaz seu caminho e volta para a casa anexa.

Eu queria que ele ficasse para ver mais. Mas meu humor é amenizado pela expressão pensativa em seu rosto quando ele sai. Tenho a sensação, nascida de uma longa experiência, de que ele voltará. As pessoas tendem a voltar, uma vez que eu me interesse por elas.

Então eu o deixo ir e permaneço sozinha no escuro da minha casa enquanto ele tranca novamente a porta do outro lado.

Sempre admirei homens que sabem arrombar uma fechadura. Mulheres também, aliás. A culpa é da minha criação: a Sra. Mack, que sabia muito sobre a vida e ainda mais sobre negócios, dizia que, ao se deparar com uma fechadura, era sensato presumir que havia algo interessante do outro lado. Eu mesma, porém, nunca fui uma arrombadora, não oficialmente. A Sra. Mack administrava um negócio muito mais complexo e acreditava que a diversificação era fundamental; ou, como ela preferia dizer, em palavras que poderiam ter sido gravadas em sua lápide, havia mais de uma maneira de esfolar um gato.

Eu era uma boa ladra. Como a Sra. Mack previra, era o truque perfeito: as pessoas esperavam que meninos de rua sujos as roubassem e ficavam alertas caso uma criança assim aparecesse. Mas garotinhas limpas com vestidos bonitos e cachos acobreados na altura dos ombros estavam acima de qualquer suspeita. Minha chegada à casa dela permitiu que o negócio da Sra. Mack fosse além dos limites da Leicester Square, entrando em Mayfair a oeste e em Lincoln Inn Fields e Bloomsbury ao norte.

Essa expansão deixou o Capitão esfregando as mãos de alegria.

– É lá que estão todos os homens de valor – dizia ele –, os bolsos transbordando de espólios prontos para a colheita.

A Garotinha Perdida era um esquema bastante simples, que envolvia nada mais do que eu ficar parada com um olhar de preocupação no rosto. Lágrimas de medo eram úteis, mas não essenciais, e, como exigiam um gasto a mais de energia e não podiam ser revertidas facilmente se eu concluísse que o peixe errado havia mordido a isca, eu as usava com moderação. Não demorei muito tempo a desenvolver um sexto sentido para saber quem valia o esforço.

Quando o tipo certo de cavalheiro se aproximava – e algum sempre se aproximava – perguntando onde eu morava e por que estava sozinha, eu contava a ele minha triste história e dava um endereço adequadamente respeitável – embora não tão elevado a ponto de arriscar que o reconhecessem. Depois permitia que o sujeito me colocasse em um táxi. Não era difícil deslizar minha mão para dentro do bolso dele enquanto o cavalheiro estava tentando ajudar. Existe um senso muito útil de importância que domina aqueles que estão dando assistência a alguém; ele tende a embotar o julgamento da pessoa e deixá-la tola para todo o resto.

Mas a Garotinha Perdida exigia que eu ficasse muito tempo de pé em algum lugar, o que eu achava chato, e, nos meses de inverno, era frio, úmido e desagradável. Logo percebi que havia outra maneira de obter o mesmo lucro de uma posição de relativo conforto. Também resolvia o problema do que fazer se o Cavalheiro Prestativo insistisse em me acompanhar até minha "casa". A Sra. Mack apreciava a engenhosidade: ela era uma golpista nata e se iluminava quando era apresentada a um novo esquema. Ela também se mostrara talentosa com agulha e linha. Então, quando contei minha ideia, ela logo conseguiu comprar um par de delicadas luvas brancas e alterá-las para atender ao meu objetivo.

Assim nasceu a Pequena Passageira, uma jovem tímida, pois seu trabalho era o oposto do da Garotinha Perdida. Ao passo que a Garotinha Perdida procurava chamar atenção, a Pequena Passageira desejava evitá-la. Era uma viajante frequente nos ônibus, sentada calmamente contra a janela, suas delicadas luvas de pelica dobradas timidamente no colo. Sendo pequena, limpa e inocente, ela era a escolha natural de parceiro de assento para uma dama viajando sozinha. Mas, uma vez que a dama relaxasse durante a viagem, conversando distraída ou olhando a vista, com um livro ou com um ramalhete de flores, as mãos da Pequena Passageira – até então escondidas – se aproximavam por entre as volumosas dobras das saias até encontrarem um bolso ou uma bolsa. Ainda me lembro da sensação de deslizar a mão pela saia da moça bonita, o frescor da seda, o toque suave e rápido da ponta dos dedos, enquanto o tempo todo minhas falsas luvas de pelica estavam no colo, acima de qualquer suspeita.

Com alguns dos motoristas de ônibus, era possível conseguir um assento para o dia inteiro por um preço baixo. Nos dias em que o condutor não podia ser comprado, a Garotinha Perdida repetia seu papel, desolada e assustada em alguma rua abastada.

Aprendi muito sobre as pessoas durante esse tempo. Coisas como:

1. O privilégio torna as pessoas, especialmente as mulheres, confiantes. Elas não são preparadas para a possibilidade de alguém lhes querer mal.
2. Nada é tão certo quanto o fato de que um cavalheiro gosta de ser visto prestando ajuda.
3. A arte da ilusão é saber exatamente o que as pessoas esperam ver e depois garantir que vejam isso.

O mágico francês em Covent Garden me ajudou com essa última, pois eu tinha feito o que Lily Millington ordenara e o observara com atenção até saber exatamente como ele fazia as moedas aparecerem.

Também aprendi que, se o pior acontecesse e alguém gritasse "Pega ladrão!" atrás de mim, Londres era minha maior aliada. Para uma criança pequena que conhecia as ruas, o barulho e a multidão proporcionavam a cobertura perfeita; era fácil desaparecer entre a floresta de pernas em movimento, principalmente quando se tinha amigos. Outra coisa que eu devia a Lily Millington. Havia o homem com o carrinho de sanduíches com quem eu sempre podia contar para batê-lo contra as canelas de um policial inconveniente; o tocador de realejo cuja engenhoca tinha o estranho hábito de rolar para bloquear o caminho do meu perseguidor; e, é claro, o mágico francês, que, junto com suas moedas, tinha a habilidade de aparecer com a carteira certa na hora certa, deixando meu caçador indignado enquanto eu me afastava, em liberdade.

Então eu era uma ladra. Uma boa ladra. Ganhando meu sustento.

Desde que voltasse todos os dias com alguns espólios, a Sra. Mack e o Capitão ficavam felizes. Ela me disse muitas vezes que minha mãe tinha sido uma dama de verdade, que as mulheres de quem eu roubava não eram melhores do que eu, que era certo que eu tivesse alguns luxos na mão. Suponho que ela quisesse impedir que qualquer traço de culpa surgisse em minha consciência.

Ela não precisava ter se incomodado. Todos nós fazemos coisas na vida das quais nos arrependemos; roubar ninharias dos ricos não está no topo da minha lista.

Fiquei inquieta depois que Jack saiu da minha casa ontem à noite. Ele também dormiu mal, se resignando por fim a acordar à luz violeta do amanhecer. É o dia de seu encontro com Sarah e ele está pronto há horas. Ele fez questão de se arrumar melhor e as roupas parecem desconfortáveis.

Ele se preparou com certo cuidado. Notei que parou para esfregar uma mancha imaginária na manga e passou mais tempo do que o normal na frente do espelho; ele se barbeou e até passou uma escova nos cabelos molhados. Nunca o vi fazer isso antes.

Quando terminou, ficou parado por um momento, como se avaliasse o próprio reflexo. Vi seus olhos se moverem no espelho e por uma fração de segundo pensei que estivesse olhando para mim. Meu coração parou um instante, antes que eu percebesse que ele estava olhando para a fotografia das duas meninas. Ele estendeu a mão para tocar o rosto de cada uma com o polegar.

A princípio, presumi que seu nervosismo era devido ao encontro de hoje e, sem dúvida, em sua maior parte era mesmo. Mas agora me pergunto se pode haver mais alguma coisa.

Ele preparou sua xícara de chá, derramando metade, como de costume, e então, com uma torrada na mão, foi ao computador na mesinha redonda no meio da sala. Dois novos e-mails tinham chegado à noite, um de Rosalind Wheeler, como prometido (ameaçado), que parecia incluir uma lista bastante extensa e algum tipo de esboço. A reação de Jack foi enfiar uma pequena engenhoca preta na lateral do computador e pressionar alguns botões antes de remover o objeto e colocá-lo no bolso.

Não sei se o que ele leu no e-mail de Rosalind Wheeler foi o que o fez voltar à minha casa hoje de manhã. Aproximei-me depois que ele se afastou da mesa e vi que o assunto dizia "Instruções extras: notas de Ada Lovegrove", mas não pude ler mais nada porque o e-mail anterior estava aberto, um anúncio para assinar a revista *New Yorker*.

O que quer que tenha sido, logo depois de verificar o computador, ele pegou seu kit de ferramentas e abriu a porta da minha casa outra vez.

Está aqui comigo agora.

Não fez muita coisa desde que chegou; há pouca determinação em seus movimentos. Ele está na sala Mulberry, encostado na grande mesa de mogno que fica em frente à janela. A vista dá para o castanheiro no meio do quintal e para o celeiro do campo mais além. Mas o foco de Jack está em algo ainda mais distante, o rio, e ele tem aquela expressão perturbada no rosto de novo. Ele pisca quando me aproximo e seu olhar muda para o prado, o celeiro.

Lembro-me de me deitar com Edward no andar superior do celeiro, naquele verão, vendo o sol entrar pelas frestas entre as telhas enquanto ele sussurrava todos os lugares do mundo que gostaria de visitar.

Foi nesta mesma sala, na espreguiçadeira perto da lareira, que Edward me contou os detalhes de seu plano de pintar a rainha das fadas; foi aqui que ele sorriu e enfiou a mão no bolso do casaco, retirando a caixa de veludo preto e revelando o tesouro ali dentro. Ainda sinto o leve toque de seus dedos quando prendeu aquela pedra azul fria no meu pescoço.

Talvez Jack esteja apenas procurando distração – uma maneira de passar os minutos antes da hora de partir; certamente está pensando em seu encontro com Sarah, pois olha para o meu relógio a intervalos regulares, para verificar as horas. Quando, enfim, é a hora certa, ele bate em retirada, saindo da minha casa, trancando a porta da cozinha e reprogramando o alarme, quase antes que eu possa alcançá-lo.

Vou atrás dele até o portão, onde o vejo entrar no carro e partir.

Espero que ele não demore muito.

Por enquanto, vou voltar para a casa anexa. Talvez haja algo mais de Rosalind Wheeler no e-mail. Eu gostaria de saber como ela obteve as cartas de Ada Lovegrove.

Pobre Ada. A infância é a época mais cruel. Um tempo de extremos, em que um dia se pode navegar despreocupado entre estrelas prateadas e, no dia seguinte, mergulhar na floresta sombria do desespero.

Depois que Fanny morreu e a polícia terminou a investigação, os outros deixaram Birchwood Manor e tudo ficou em silêncio por um longo período. A casa descansou. Vinte anos se passaram até que Lucy retornasse. Foi assim que eu soube que Edward tinha morrido e deixado esta casa, sua posse mais amada, para a irmã mais nova.

Foi típico de Edward fazer isso, pois ele adorava as irmãs, e o amor era recíproco. Eu sei por que ele escolheu Lucy, no entanto. Ele deve ter pensado que Clare saberia se virar, arrumando um bom casamento ou convencendo alguém a cuidar dela, mas Lucy era diferente. Nunca esquecerei meu primeiro vislumbre dela, aquele rosto pálido e vigilante na janela do segundo andar da casa de tijolos escuros em Hampstead, quando Edward me levou até lá, para o estúdio no jardim da mãe.

Ela sempre será aquela criança para mim: a garota que, eu sabia, odiava as restrições de Londres, mas que floresceu assim que foi solta no campo, livre para explorar, cavar e coletar tanto quanto desejasse. Tenho uma lembrança muito clara dela quando chegamos à casa naquele verão, a caminhada da estação ferroviária, Lucy ficando para trás porque seu baú estava cheio de livros preciosos e ela se recusara a enviá-lo na carruagem com os outros.

Que surpresa foi vê-la quando ela apareceu para inspecionar a casa. A pequena Lucy se transformara em uma mulher austera e séria. Tinha 33 anos, não era mais jovem, pelos padrões da época, mas ainda era Lucy, vestindo uma saia longa e prática, de um tom feio de verde-oliva, além de um chapéu horroroso que me fez sentir uma onda avassaladora de carinho. Debaixo dele, seus cabelos já estavam se soltando (ela nunca conseguia manter um grampo no lugar) e suas botas estavam cheias de lama.

Lucy não viu todos os quartos, e nem precisava; conhecia a casa e seus segredos tão bem quanto eu. Só foi até a cozinha antes de apertar a mão do advogado e dizer a ele que podia ir.

– Mas, Srta. Radcliffe – uma pitada de perplexidade temperava as palavras dele –, não gostaria que eu lhe mostrasse a propriedade?

– Não será necessário, Sr. Matthews.

Ela esperou, observando-o desaparecer a caminho da carruagem, depois voltou para a cozinha e ficou muito quieta. Eu me aproximei bastante dela, lendo as linhas finas que agora marcavam seu rosto. Por trás delas, vi a pequena Lucy que conhecia, pois as pessoas não mudam. Elas permanecem, à medida que envelhecem, as mesmas que eram quando jovens, apenas mais fracas e tristes. Eu só queria abraçá-la. Lucy, que sempre foi minha aliada.

De repente, ela ergueu os olhos, como se estivesse olhando diretamente para mim. Ou através de mim. Algo perturbou sua contemplação e ela passou por mim, atravessando o corredor e subindo as escadas.

Eu me perguntei se ela pretendia morar aqui em Birchwood Manor. Esperava, contra todas as probabilidades, que ela ficasse. E então as entregas começaram a chegar: primeiro a caixa de madeira, seguida pelas mesas e cadeiras e por pequenas camas de ferro. Quadros-negros e bandejas de giz e, por fim, uma mulher de aparência severa chamada Thornfield, cujo crachá dizia "Vice-diretora".

Uma escola. Fiquei satisfeita ao saber disso. A pequena Lucy sempre buscou conhecimento. Edward teria ficado feliz, pois estava sempre parando na rua, me arrastando com ele para uma ou outra livraria, a fim de escolher um novo livro para Lucy. A curiosidade dela era insaciável.

Às vezes ainda consigo ouvir aquelas alunas. Vozes fracas e distantes, cantando, discutindo, rindo, chorando em seus travesseiros, implorando para que a mãe ou o pai mudassem de ideia, que voltassem para buscá-las. Suas vozes ficaram presas na trama da casa.

Durante os anos em que morei com a Sra. Mack, Martin e o Capitão, eu ansiava que meu pai voltasse para me buscar, mas não chorava. A carta deixada com a Sra. Mack tinha sido muito clara: eu deveria ser corajosa, instruíra meu pai, e fazer o possível para ser boa; deveria ajudar na casa e ser útil; deveria fazer o que a Sra. Mack mandasse, pois ela tinha toda a sua confiança e era alguém com quem se podia contar para proteger meus interesses.

– Quando ele vai voltar? – perguntei.

– Ele mandará buscá-la quando tiver se estabelecido.

Há uma ferida que nunca se cura no coração de uma criança abandonada. É algo que reconheci em Edward – e às vezes me pergunto se foi isso que nos uniu, a princípio. Pois é claro que ele também fora abandonado quando menino. Ele e as irmãs foram deixados com seus avós rigorosos, enquanto a mãe e o pai viajavam pelo mundo.

É algo que reconheci também em Ada Lovegrove.

Tenho pensado nela com frequência ao longo dos anos. A crueldade das crianças. O sofrimento dela. Aquele dia no rio.

Há tanto tempo, e ainda assim parece que foi ontem. Mal preciso me esforçar para conseguir revê-la no sótão, sentada de pernas cruzadas na cama, lágrimas quentes de raiva nas bochechas, rabiscando mais rápido do que a caneta permitia, pedindo aos pais que, por favor, por favor, voltassem para buscá-la.

CAPÍTULO 10

Verão de 1899

Ada Lovegrove tinha um pai alto e rico e uma mãe elegante e inteligente, e odiava os dois na mesma medida. O ódio era recente – até o dia 25 de abril, ela os adorava –, mas nem por isso menos profundo. Um feriado, eles disseram, uma pequena viagem de volta à Inglaterra. Ah, Ada querida, você vai adorar Londres – os teatros e as Casas do Parlamento! E espere só até ver como o campo é verde e agradável no verão! Como é tranquilo e florido, cheio de madressilvas e prímulas, trilhas estreitas e sebes...

Aquelas palavras estranhas, ditas com um ar sonhador que Ada não compreendia e no qual não confiava, ela analisara com o interesse desapaixonado de um arqueólogo montando a imagem de uma civilização distante. Ela nascera em Bombaim, e a Índia fazia parte dela tanto quanto o nariz em seu rosto e as sardas que o cobriam. Ela não reconhecia palavras como "agradável", "tranquilo" e "estreitas": seu mundo era vasto, agitado e ardente. Era um lugar de beleza indescritível – de flores brilhantes no terraço e fragrâncias doces e suaves na calada da noite –, mas também de crueldade mercurial. Era seu lar.

A mãe dera a notícia sobre a viagem em uma tarde de março, enquanto Ada jantava. Estava comendo na biblioteca porque a mãe e o pai iam oferecer um jantar naquela noite e a grande mesa de mogno (enviada de Londres) estava sendo arrumada. A biblioteca era cheia de livros (também enviados de Londres) cujas lombadas estavam impressas com nomes como Dickens, Brontë e Keats, e na extremidade da mesa repousava o livro didático que a mãe usava quando estudavam *A tempestade*, de Shakespeare. O calor fizera seu cabelo grudar na testa e uma mosca preguiçosa dava voltas ao redor da sala, seu zumbido uma ameaça vã.

Ada estava pensando nos personagens Caliban e Próspero, tentando entender por que a mãe franzira a testa em reprovação quando ela disse que sentia pena de Caliban, e então as palavras "pequena viagem de volta à Inglaterra" acabaram com a sua concentração.

Enquanto as cortinas de renda bloqueavam uma brisa quente e úmida, Ada perguntou:
– Quanto tempo vai demorar para chegar lá?
– Muito menos tempo do que era necessário antes de o canal ser aberto. Tínhamos que ir de trem, sabia?
O trem parecia melhor para Ada, que não sabia nadar.
– O que vamos fazer lá?
– Todo tipo de coisa. Visitar parentes e amigos, apreciar as vistas. Estou ansiosa para lhe mostrar os lugares que conheci quando menina, as galerias e os parques, o palácio e os jardins.
– Temos jardins aqui.
– Sim, temos.
– E um palácio.
– Não com um rei e uma rainha morando nele.
– Quanto tempo vamos ficar?
– O suficiente para fazer o que é preciso ser feito, nem um instante a mais ou a menos.

Essa resposta, que não era realmente uma resposta, não era típica da mãe, que geralmente era ótima em responder às muitas perguntas de Ada, mas a menina não teve tempo de esclarecer aquela reticência.
– Agora vá – disse a mãe, fazendo um movimento com os dedos elegantes. – Seu pai chegará do clube a qualquer momento e eu ainda tenho que arrumar as flores. Lorde Curzon está vindo, como você sabe, e tudo deve estar perfeito.

Então Ada foi para o terraço, onde ficou dando estrelinhas lentamente, vendo o mundo mudar como um caleidoscópio, de roxo para laranja, à medida que os resedás se revezavam com os hibiscos. O jardineiro estava varrendo o gramado e seu ajudante limpava as cadeiras de cana na ampla varanda.

Normalmente, dar estrelas era uma das coisas que Ada mais gostava de fazer, mas naquela tarde isso não aqueceu seu coração. Em vez de apreciar a maneira como o mundo girava ao seu redor, ela se sentiu tonta, até enjoada. Depois de um tempo, sentou-se na beirada da varanda, perto dos lírios-aranhas.

O pai de Ada era um homem importante. A mansão deles ficava no topo de uma colina no centro de Bombaim, um ponto privilegiado do qual Ada podia ver toda a paisagem dos Jardins Suspensos até onde o mar da Arábia chegava à costa. Ela estava ocupada despetalando longos tentáculos brancos de um enorme lírio-aranha, respirando seu doce perfume, quando sua *aaya*, Shashi, a encontrou.

– Aí está você, *pilla* – disse Shashi em um inglês cuidadoso. – Venha... Sua mãe quer que busquemos algumas frutas extras para a sobremesa.

Ada se levantou e pegou a mão estendida de Shashi.

Geralmente ela adorava as tarefas do mercado – havia um homem com uma barraquinha de comida que sempre lhe dava um *chakkali* a mais para mordiscar enquanto ela seguia Shashi e sua enorme cesta a todos os vários vendedores de frutas, legumes e verduras –, mas naquele dia, à sombra do preocupante anúncio da mãe, ela arrastou os calcanhares enquanto caminhavam juntas colina abaixo.

Nuvens carregadas estavam se acumulando a leste, e Ada torceu para que chovesse. Uma chuva grandiosa e pesada, bem na hora que as carruagens estivessem chegando com os convidados de seus pais. Ela suspirou profundamente enquanto repassava cada linha da proposta inesperada da mãe, procurando as palavras em busca de um significado oculto. Inglaterra. A terra longínqua da infância de seus pais, o reino da misteriosa e lendária "Avó", a terra natal de um povo que o pai de Shashi chamava de bestalhões...

Shashi passou a falar em punjabi:

– Você está muito calada, *pilla*. Não se engane, meus ouvidos estão adorando o sossego, mas não posso deixar de me perguntar: o gato comeu sua língua?

Ada ainda não havia terminado suas reflexões, mas se ouviu tagarelando um relatório da conversa com a mãe. Ela respirou fundo quando terminou.

– E eu não quero ir!

– Que mulinha teimosa! Toda essa confusão por causa de uma viagem de volta para casa?

– É a casa *deles*, não a minha. Não quero ir de jeito nenhum para a Inglaterra e pretendo dizer isso à mamãe assim que voltarmos do mercado.

– Mas, *pilla*... – O sol poente se equilibrava no horizonte e lançava ouro no mar, que o levava à costa em ondas. – Você vai visitar uma *ilha*.

Shashi era sábia, pois, embora Ada não tivesse nenhum interesse pela "Inglaterra", tinha enorme empolgação com ilhas e havia esquecido, em sua irritação, que a Inglaterra ficava em uma, no meio do mar do Norte: uma ilha em forma de ampulheta, de tom rosado, que ia até o topo do mapa. Havia um globo no escritório de seu pai, uma grande esfera cor de creme em um suporte de mogno escuro, que Ada girava às vezes, quando lhe era permitido entrar naqueles domínios com cheiro de charuto, porque fazia um ruído maravilhoso, como um gigantesco bando de cigarras. Ela avistou a ilha chamada Grã-Bretanha e comentou com o pai que não parecia muito "grã" para ela. Ele riu quando a filha disse isso e falou que os olhos podiam enganar.

– Dentro dessa pequena ilha – disse ele, com uma pitada de orgulho que deixou Ada inexplicavelmente irritada – está o motor que move o mundo.

– Sim, bem – concedeu ela naquele momento, para Shashi –, uma ilha é uma coisa boa, imagino. Mas a Grã-Bretanha é uma ilha de bestalhões!

– *Pilla!* – Shashi abafou uma risada. – Você não deve dizer essas coisas... com certeza não perto dos seus pais.

– Meus pais são bestalhões! – As bochechas de Ada coraram.

O delicioso risco e a irreverência de se referir a seus digníssimos pais de tal maneira foram uma faísca que acendeu uma chama, e Ada sentiu sua determinação de ficar mal-humorada começar a ceder. Um riso surpreendente ameaçou irromper. Ela pegou a mão livre da *aaya* e a apertou com força.

– Mas você tem que ir comigo, Shashi.

– Estarei aqui quando você voltar.

– Não. Vou sentir muito sua falta. Você tem que ir conosco. Mamãe e papai vão concordar.

Shashi balançou a cabeça de leve.

– Não posso ir para a Inglaterra com você, *pilla*. Eu murcharia como uma flor arrancada. Meu lugar é aqui.

– Bem, meu lugar também é aqui.

Elas haviam chegado à base da colina e à linha de palmeiras que crescia ao longo da costa. Os *dhows* balançavam suavemente no mar plano, com as velas recolhidas, enquanto os parses de manto branco se reuniam na costa para iniciar suas orações ao pôr do sol. Ada parou de andar e olhou para o oceano dourado, o sol poente ainda quente em seu rosto. Foi tomada por um sentimento que não sabia nomear, mas que era extraordinariamente maravilhoso e doloroso ao mesmo tempo. Ela repetiu, de modo mais suave agora:

– Meu lugar também é aqui, Shashi.

Shashi sorriu com afeto, mas não disse mais nada. Isso, por si só, era estranho, e Ada ficou perturbada com o silêncio de sua *aaya*. No espaço de uma tarde, parecia que o mundo havia se inclinado e tudo saíra do eixo. Todos os adultos de sua vida haviam se quebrado, como relógios até então confiáveis que tivessem começado a mostrar a hora errada.

Ela tivera esse sentimento muitas vezes nos últimos tempos. Ada se perguntou se tinha alguma coisa a ver com ter completado 8 anos recentemente. Talvez aquele fosse o caminho da vida adulta?

A brisa trouxe consigo o aroma de sal e frutas maduras, e um mendigo cego ergueu sua caneca enquanto elas passavam. Shashi deixou cair uma moeda para ele e Ada adotou uma nova tática, dizendo com alegria:

– Eles não podem me obrigar a ir.

– Eles podem, sim.

– Não seria justo.

– Não seria?

– Nem um pouco.

– Você se lembra da história do "Casamento do rato"?

– Claro.

– Foi justo que o rato que não tinha feito nada de errado terminasse com nada além de um traseiro chamuscado?

– Não!

– E quanto a "A péssima barganha do urso"? Foi justo que o pobre urso fizesse tudo que lhe pediram, mas acabasse sem *khichri* e sem peras?

– Claro que não!

– Pois então.

Ada franziu a testa. Nunca lhe ocorrera que tantas histórias que Shashi lhe contara tivessem a moral de que a vida não era justa.

– Aquele urso era *bevkuph*! Estúpido. Se eu fosse ele, teria punido a esposa do lenhador.

– Muito estúpido – concordou Shashi –, e eu sei que você teria.

– Ela era mentirosa.

– Era.

– E gulosa.

– Hum, por falar em gulosos...

Elas tinham chegado à orla do movimentado mercado e Shashi pegou Ada pela mão, levando-a em direção à sua barraca de comida favorita.

– Parece que precisamos alimentar esse seu biquinho. Não quero ouvir reclamações enquanto escolho as frutas.

Era difícil ficar zangada com um *chakkali* quente, fresco e salgado na mão, com as canções dos parses vindas da água, com velas e flores de hibisco flutuando no mar e espalhadas pelas bancas do mercado, em um mundo que tinha ficado laranja e violeta com o crepúsculo. De fato, Ada se sentia tão feliz que já quase não conseguia se lembrar de por que estava tão irritada. Seus pais queriam levá-la em uma pequena viagem para visitar uma ilha. Só isso.

A mamãe pedira que as frutas fossem levadas depressa, então não tinham tanto tempo quanto de costume para Shashi passar por todas as barracas escolhendo os *melhores* mamões e melões, e Ada ainda estava lambendo os restos de seu *chakkali* quando começaram o caminho de volta para casa.

– Você vai me contar a história da princesa Aubergine?

– De novo?

– É a minha favorita.

Na verdade, Ada gostava de todas as histórias de Shashi. Mesmo se Shashi resolvesse apenas ler um dos artigos diplomáticos de seu pai, ela gostaria. O que ela realmente amava era se deitar com Shashi, cujo nome significava "lua", enquanto a última luz do dia se dissolvia em estrelas no céu noturno, ouvindo o som encantador da voz de sua *aaya*, o ritmo suave e suspirado das palavras em punjabi com as quais ela tecia seus contos.

– Por favor, Shashi.

– Talvez.

– Por favor!

– Muito bem. Se você me ajudar a levar as frutas até o topo da colina, hoje à noite eu conto a história da princesa Aubergine e seu truque inteligente contra a rainha perversa.

– Que tal agora, enquanto caminhamos?

– *Bāndara!* – exclamou Shashi, fingindo dar um peteleco na orelha de Ada. – Sua macaquinha! O que você pensa que eu sou para me pedir uma coisa dessas?

Ada sorriu. Valeu a pena a tentativa, mesmo sabendo que Shashi diria não. Ada conhecia as regras. Os melhores contadores de histórias só falavam no escuro. Muitas vezes, deitadas juntas à noite, quando fazia calor demais para dormir, lado a lado na plataforma no topo da casa, com a janela aberta, Shashi havia contado a Ada sobre sua infância no Punjab.

– Quando eu tinha a sua idade – dizia ela –, não havia histórias entre o nascer e o pôr do sol, pois havia trabalho a ser feito. Uma vida de prazeres como a sua não era para mim! Eu ficava ocupada o dia inteiro fazendo bolos de esterco, para ter o que queimar à noite, enquanto minha mãe ficava sentada à sua roca de fiar e meu pai e meus irmãos guiavam os bois nos campos. Na aldeia, sempre havia trabalho a ser feito.

Ada havia recebido aquele pequeno sermão muitas vezes antes e, embora soubesse que ela pretendia apenas destacar a ociosidade e a indulgência da vida da menina, não se importava: havia uma mágica na forma como Shashi falava sobre sua casa que tornava aqueles relatos tão maravilhosos quanto suas histórias de "Muito tempo atrás…".

– Tudo bem, então – disse Ada, pegando a cesta menor e a prendendo no braço. – De noite. Mas, se eu chegar em casa antes, você vai me contar a história da princesa Aubergine duas vezes!

– Macaquinha!

Ada começou a correr e Shashi deu um grito atrás dela. Correram juntas, as duas rindo muito, e quando Ada olhou de soslaio para o rosto de sua *aaya*, observando seus amáveis olhos e seu sorriso largo, soube que nunca havia amado tanto alguém. Se perguntassem a Ada "O que é tudo na sua vida?" (como a rainha má perguntou à princesa Aubergine, para descobrir sua fraqueza), ela teria que confessar que era Shashi.

Então, naquela tarde quente em Bombaim, o mau humor de Ada Lovegrove desapareceu com o sol. E, quando ela e Shashi chegaram à casa, o terraço já estava limpo, com luz de velas tremulando em frascos de vidro ao longo da varanda, o cheiro de grama recém-cortada na brisa quente da noite e o som do piano flutuando pelas janelas abertas. Ada experimentou uma sensação de completude tão avassaladora que deixou cair sua cesta de frutas e correu para dentro para dizer à mãe que, sim, ela concordava em acompanhá-los na viagem à Inglaterra.

Mas os pais de Ada não foram sinceros.

Depois de uma tortuosa viagem pelo canal de Suez, durante a qual Ada passou o tempo todo debruçada na amurada vomitando ou deitada com um pano úmido na testa, eles passaram uma semana em Londres e outra em viagem por Gloucestershire – a mãe comentando de forma quase delirante a glória da primavera e como eles viram pouco das "estações" na Índia –, antes de chegarem a uma casa de duas águas, na curva do curso superior do Tâmisa.

As nuvens começaram a escurecer enquanto a carruagem seguia para o sul através da aldeia de Burford e, quando o veículo fez uma curva na estrada antes de Lechlade, a chuva começou a cair. Ada tinha o rosto encostado na janela da carruagem, observando os campos úmidos e se perguntando o que fazia as cores daquele país parecerem ter sido lavadas com leite. Enquanto isso, seus pais estavam estranhamente silenciosos desde que se despediram de lady Turner, sua anfitriã, mas isso foi algo que Ada só notou depois, ao parar para refletir.

Eles passaram por um campo verde triangular no meio de uma pequena aldeia e por uma taberna chamada The Swan. Quando chegaram a uma igreja de pedra com um cemitério, a estrada se transformou em uma trilha sinuosa, com acostamentos que davam em precipícios, tornando a jornada extremamente sacolejante.

Quando chegaram ao fim da estrada, a carruagem passou entre dois portões de ferro abertos em um alto muro de pedra. Uma estrutura em forma de celeiro ficava de um lado, com vista para um trecho de gramado muito verde que corria até uma linha de salgueiros mais além.

Os cavalos pararam e o cocheiro saltou lá de cima para abrir a porta para a mãe. Ele ergueu um grande guarda-chuva preto e a ajudou a sair da carruagem.

– Birchwood Manor, senhora – disse ele com voz severa.

Os pais de Ada tinham passado muito tempo contando a ela sobre as pessoas e os lugares que veriam quando estivessem na Inglaterra, mas ela não conseguia se lembrar de terem mencionado amigos que moravam em uma casa chamada Birchwood Manor.

Seguiram um caminho de paralelepípedos ladeado por roseiras e, quando chegaram à porta da frente, encontraram uma mulher de ombros curvados, como se tivesse passado a vida toda se apressando para chegar aonde quer que estivesse indo. O nome dela, segundo anunciou, era Srta. Thornfield.

Ada notou com certa curiosidade quanto ela era diferente das outras damas que visitaram durante a semana, com o rosto limpo e o penteado severo, antes de perceber que aquela mulher, embora não usasse uniforme, devia ser a governanta.

Os pais de Ada foram meticulosamente educados – mamãe sempre lembrava a Ada que uma verdadeira dama tratava os empregados com respeito – e a menina seguiu o exemplo. Ela sorriu e abafou um bocejo apertando os lábios. Com alguma sorte, seriam levados até a dona da casa, que serviria chá e uma fatia de bolo (algo que, ela tinha que admitir, os ingleses faziam muito bem), e eles seguiriam seu caminho dentro de uma hora.

A Srta. Thornfield os guiou por uma passagem sombria, através de dois corredores e passando por uma escada, para chegar a uma sala que chamou de "biblioteca". Um sofá e duas poltronas gastas estavam no centro do cômodo, e prateleiras cheias de livros e outros *objets d'art* cobriam as paredes. Da janela ao fundo da sala via-se um jardim com um castanheiro no centro; além dele, um prado com um celeiro de pedra. A chuva já tinha parado e uma luz fraca estava rompendo as nuvens: nem a chuva era de verdade na Inglaterra.

Foi naquele momento que os procedimentos tomaram um rumo inesperado: Ada foi instruída a esperar enquanto seus pais tomavam chá em outro lugar.

Ela franziu a testa para a mãe quando eles saíram – era sempre prudente manifestar sua desaprovação –, mas na verdade não se importou com a exclusão. Durante aquela viagem em família para a Inglaterra, Ada descobrira que os adultos podiam ser companhias bastante entediantes e, de relance, a biblioteca era cheia de curiosidades que seriam muito mais agradáveis de explorar sem um acompanhante falando para não tocar em nada.

Assim que os adultos se foram, ela começou sua inspeção, puxando livros das prateleiras, levantando as tampas de vasos de aparência estranha e *bonbonnières* delicadas, investigando molduras penduradas que incluíam coleções de penas, flores e samambaias prensadas e cuidadosas anotações cursivas em tinta preta. Finalmente, chegou a uma vitrine que abrigava várias pedras de tamanhos diferentes. Havia uma fechadura, mas Ada ficou agradavelmente surpresa ao descobrir que destravava com facilidade e ela conseguiu alcançar o interior, virando as pedras uma a uma, observando as marcações curiosas, até perceber que não eram pedras, mas fósseis. Lera sobre fósseis no exemplar da *New Illustrated Natural History* de Wood, que o pai havia encomendado de Londres no seu sétimo aniversário. Eles eram exemplares remanescentes de antigas formas de vida, algumas não mais existentes. A mãe lera para Ada um livro do Sr. Charles Darwin durante as aulas em Bombaim, por isso ela sabia tudo sobre a transmutação de espécies.

Na prateleira de vidro embaixo dos fósseis, havia outra rocha, menor e mais ou menos triangular. Era cinza-escura e lisa, sem nenhuma das marcas espirais dos fósseis. Havia um buraco preciso em um canto e pequenas gravuras lineares, a maioria paralela, nas laterais. Ada pegou-a e a virou cuidadosamente nas mãos. Era fria e segurá-la dava uma sensação estranha.

– Você sabe o que é isso?

Ada arquejou, tentando não deixar a pedra cair com o susto.

Então se virou, procurando a dona da voz.

Não havia ninguém no sofá ou nas cadeiras e a porta ainda estava fechada. Um movimento em sua visão periférica fez a menina virar a cabeça bruscamente. Em um canto à esquerda da lareira apareceu uma mulher que Ada não havia notado ao entrar na sala.

– Eu não tinha intenção de tocar – disse ela, fechando os dedos com mais força em torno da pedra lisa.

– Por que não? Eu acharia esses tesouros irresistíveis. E você não me respondeu: sabe o que é isso?

Ada balançou a cabeça, mesmo que a mãe sempre lhe dissesse que era falta de educação fazer isso.

A mulher se aproximou para pegar a pedra. De perto, Ada percebeu que ela era mais jovem do que aparentara – talvez da idade da mãe –, embora não se parecesse com sua mãe em nenhum outro aspecto. Sua saia, por exemplo, tinha a bainha tão suja quanto ficava a de Ada quando brincava no galinheiro atrás da horta, em Bombaim. Os grampos em seu cabelo tinham sido presos às pressas também, e não pela criada de uma dama, pois se soltavam em muitos lugares, e ela não usava ruge nem pó no nariz notavelmente sardento.

– É um amuleto – explicou a mulher, acomodando a pedra na palma de sua mão em concha. – Milhares de anos atrás, alguém deve ter usado no pescoço, para proteção. É para isso que serve este buraco. – Ela dobrou o dedo mínimo para alcançar o mais longe possível. – Para algum tipo de fio, que apodreceu há muito tempo.

– Proteção contra quê? – perguntou Ada.
– Contra o mal. Em todas as suas muitas formas.

Ada sabia quando os adultos eram sinceros; era um de seus poderes especiais. Aquela mulher, quem quer que fosse, acreditava no que estava dizendo.

– Onde se encontra uma coisa dessas?
– Eu o encontrei há anos, na floresta nos arredores da casa. – A mulher colocou a pedra de volta na prateleira dentro do armário de vidro, retirou uma chave do bolso e a girou na fechadura. – Embora alguns digam que é o amuleto que encontra seu dono. Que a Terra sabe quando e com quem compartilhar seus segredos. – Ela encarou Ada. – Você é a garota da Índia, suponho.

Ada respondeu que sim, que tinha vindo de Bombaim para visitar a Inglaterra.

– Bombaim... – A mulher pareceu saborear a palavra enquanto a pronunciava. – Conte-me. Como é o cheiro do mar em Bombaim? A areia do mar da Arábia é granulosa ou pedregosa? E a luz, é mesmo muito mais brilhante que a nossa?

Ela gesticulou para que se sentassem e Ada obedeceu, respondendo àquelas perguntas e a outras mais com a cautela de uma criança que não estava acostumada a adultos demonstrando interesse genuíno. A mulher, agora a seu lado no sofá, ouvia com atenção e emitia pequenos murmúrios ocasionais, sinalizando surpresa ou satisfação, às vezes uma mistura de ambas. Por fim, ela disse:

– Sim, bom. Obrigada. Vou me lembrar de tudo que você me disse, senhorita...?

– Lovegrove. Ada Lovegrove.

A mulher estendeu a mão e Ada a apertou como se fossem duas mulheres adultas que se encontraram na rua.

– Prazer em conhecê-la, Srta. Lovegrove. Meu nome é Lucy Radcliffe e esta é minha...

Naquele momento a porta se abriu e a mãe de Ada entrou na sala com a onda de efervescência que carregava aonde quer que fosse. O pai de Ada e a Srta. Thornfield vinham logo atrás, e a menina ficou de pé, pronta para sair.

– Não, querida – disse a mãe, com um sorriso –, você deve passar a tarde aqui.

Ada fez uma careta.

– Sozinha?

A mãe riu.

– Ah, querida, você não está sozinha. Tem a Srta. Thornfield e a Srta. Radcliffe, e olhe todas essas garotas adoráveis atrás de você.

Ada olhou por cima do ombro, pela janela, e, como se pegando a deixa, uma série de garotas – inglesas, com longos cachos louros amarrados com fitas – apareceu no jardim. Estavam caminhando em direção à casa em pequenos grupos, rindo e conversando, algumas carregando cavaletes e conjuntos de pintura.

Toda a experiência foi tão inesperada e inexplicável que, mesmo então, Ada não conseguiu entender exatamente que tipo de lugar era aquele. Mais tarde, depois de terminar de se amaldiçoar pela estupidez, uma pequena voz de legítima defesa ecoaria para lembrá-la de que tinha apenas 8 anos e nenhuma experiência com escolas; de fato, *nada* em sua vida poderia tê-la preparado para o que seus pais tinham armado.

Naquele momento, ela apenas permitiu que a mãe lhe desse um abraço de despedida – mais uma inesperada reviravolta em um dia completamente estranho. Recebeu do pai um tapinha firme no ombro, seguido por uma advertência para fazer o melhor possível, e depois observou os dois se virarem, de braços dados, e passarem juntos pela porta e pelos corredores até onde a carruagem estava esperando.

―⁂―

No fim, foi a Srta. Thornfield quem contou a ela. Ada correu atrás dos pais, pensando em perguntar um pouco mais sobre o que exatamente eles esperavam que ela fizesse à tarde, mas a Srta. Thornfield a segurou pelo pulso.

– Bem-vinda, Srta. Lovegrove – disse ela, com um sorriso tenso –, à Escola para Moças da Srta. Radcliffe.

Escola. Moças. Bem-vinda. Ada gostava de palavras (ela as colecionava), mas aquelas a atingiram como tijolos.

Em seguida, veio o pânico, e ela esqueceu as boas maneiras que a mãe sempre a lembrava de usar. Chamou a Srta. Thornfield de mentirosa e estúpida; disse que ela era uma velha perversa; talvez até tivesse gritado "*Bevkuph!*" a plenos pulmões.

Então soltou seu braço e se lançou pela casa como um guepardo, passando pelas outras garotas e disparando pelos corredores, até bater de frente com uma menina alta de cabelos dourados que gritou. Ada sibilou entre dentes, empurrou a garota maior para o lado e continuou correndo, atravessando a porta da frente e seguindo por todo o caminho até a entrada onde a carruagem a havia deixado com os pais, uma hora antes.

A carruagem já tinha sumido e Ada soltou um grito furioso de frustração. O que tudo aquilo significava? A mãe dissera que ela ficaria aquela tarde, mas a Srta. Thornfield dera a entender que ela deveria ficar ali, naquela escola, por... por quanto tempo?

Mais do que uma tarde.

Ada passou as horas seguintes andando ao longo do rio, arrancando juncos pelas raízes e depois rasgando a grama alta que ladeava a margem. Ela observou a casa horrível a distância, odiando-a com todas as suas forças. Derramou lágrimas quentes e raivosas quando pensou em Shashi.

Apenas quando o sol começou a se pôr, e após perceber que estava sozinha no meio de um bosque escuro, Ada começou a voltar pelo prado, contornando o muro de pedra que cercava a casa para chegar ao portão da frente. Ela se sentou de pernas cruzadas no chão, num ponto onde podia ficar de olho na estrada que levava à aldeia. Dessa forma, conseguiria ver a carruagem assim que ela voltasse a Birchwood Manor. Viu a luz mudar de amarela para menos amarela e seu coração doeu ao imaginar as cicatrizes irregulares que as palmeiras desenhavam no horizonte roxo e laranja de sua casa, os cheiros pungentes e a confusão, os hinos que os parses oravam.

Estava quase escuro quando sentiu uma presença atrás dela.

– Venha, Srta. Lovegrove. – A Srta. Thornfield saiu das sombras. – O jantar está sendo servido. Não seria bom ficar com fome na sua primeira noite.

– Vou jantar com minha mãe e meu pai quando eles voltarem – respondeu Ada. – Eles voltarão para me buscar.

– Não. Eles não voltarão. Não esta noite. Como tentei explicar, eles a deixaram aqui para estudar.

– Não quero ficar aqui.

– Mesmo assim.

– Não vou ficar.

– Srta. Lovegrove...

– Quero ir para casa!

– Você *está* em casa e quanto antes começar a aceitar esse fato, melhor. – Então a Srta. Thornfield se empertigou e pareceu se esticar toda, até erguer os ombros encurvados, de modo que Ada pensou em um jacaré retesando suas escamas. – Então, vamos tentar de novo? O jantar está sendo servido, e não importa qual seja o costume no subcontinente, Srta. Lovegrove, mas garanto que *aqui* não o servimos duas vezes.

CAPÍTULO 11

E ali estava ela, 63 dias depois, agachada em um espaço secreto escuro e com cheiro de mofo, no forro entre as paredes do corredor do primeiro andar da Escola para Moças da Srta. Radcliffe. Seus pais, pelo que ela sabia, estavam de volta a Bombaim, embora ela não tivesse recebido as notícias diretamente, porque, como a Srta. Thornfield havia explicado, eles queriam dar tempo para Ada "se acomodar" antes de enviar qualquer correspondência.

– É muita consideração da parte deles – dissera a Srta. Thornfield. – Eles não queriam lhe dar motivo para se aborrecer.

Ada encostou a orelha no painel de madeira e fechou os olhos. Já estava escuro, mas o ato de fechá-los ajudava a aguçar os outros sentidos. Às vezes ela se achava capaz de ouvir até as ranhuras na madeira. "Ranhuras" rimava com "aventuras" e era uma distração agradável pensar nelas desse jeito. Ela quase acreditava que as ranhuras naquela parede lhe revelavam segredos em uma voz adorável, que a fazia se sentir melhor.

Naquele momento, do lado de fora do corredor, ecoaram duas vozes de verdade, abafadas, e os olhos de Ada se abriram.

– Mas eu a vi seguir por aqui.

– Não é possível.

– Eu vi.

– É mesmo? Cadê ela, então? Desapareceu?

Houve uma pausa e depois uma resposta petulante:

– Eu a *vi* seguir por aqui. Eu *sei* disso. Ela *deve* estar aqui em algum lugar, é só esperar.

Encolhida em seu esconderijo, Ada soltou o ar baixinho. Seu pé estava dormente; ela estava parada na mesma posição fazia pelo menos 25 minutos, mas, se havia uma coisa em que ela era boa – em vez de costurar, tocar piano, pintar e quase tudo mais que tentavam lhe ensinar naquela escola *bevkuph* –, era em ser teimosa. Shashi sempre a chamava de "pequena *khacara*" – pequena mula. Aquelas garotas podiam esperar quanto quisessem no corredor; Ada simplesmente esperaria mais.

Suas perseguidoras se chamavam Charlotte Rogers e May Hawkins. Eram mais velhas que Ada, tinham 12 anos, e uma delas, Charlotte, era particularmente alta para a idade. Era filha de um parlamentar, e May era filha de um proeminente industrial. Ada nunca convivera muito com outras crianças, mas aprendia rápido e era uma excelente observadora, e não demorou a perceber que na Escola para Moças da Srta. Radcliffe havia um grupinho de meninas grandes que comandava as coisas e esperava obediência das menores.

Mas Ada não estava acostumada a fazer o que outras crianças mandavam e seu forte senso de justiça a tornava incapaz de assumir uma obediência cega. Então, quando Charlotte Rogers exigiu que ela lhe desse as fitas novas que a mãe lhe comprara em Londres, Ada negou. Ela gostava das fitas e preferia ficar com elas, muito obrigada. Quando as duas garotas a encurralaram na escada e lhe disseram para ficar quieta enquanto May Hawkins testava até onde seu dedo dobrava para trás, Ada pisou com força no pé de May e gritou:

– Solte meu dedo agora!

Quando elas relataram (falsamente) à vice-diretora que tinha sido Ada quem entrara às escondidas na despensa e abrira os novos potes de geleia, Ada se apressou em declarar que não, ela não era a culpada, acrescentando que, na verdade, fora Charlotte Rogers quem se esgueirara pelo corredor depois do anoitecer; ela tinha visto com os próprios olhos.

Nada disso melhorara sua imagem com Charlotte Rogers e May Hawkins, era verdade, mas a inimizade delas era mais antiga que isso; vinha desde o início. Pois, quando Ada fugiu da biblioteca esperando alcançar seus pais, foi em Charlotte que ela esbarrou no corredor. Charlotte foi pega de surpresa e deu um grito tão assustado que fez com que as outras garotas – até as mais novas – rissem e zombassem dela. O fato de Ada ter reclamado na cara dela não ajudava em nada.

– Ali está ela, a gatinha indiana selvagem – dissera Charlotte quando se encontraram de novo.

Seus caminhos se cruzaram no jardim principal, Ada sentada sozinha embaixo do jovem bordo-japonês perto do muro e Charlotte no meio de um bando risonho de garotas de laços nos cabelos.

Um sorriso radiante e voraz se abriu no belo rosto de Charlotte quando ela chamou a atenção do grupo para Ada.

– Era dela que eu estava falando, meninas. Os pais a trouxeram da Índia na esperança de que ela pudesse se tornar civilizada. – Uma delas riu, e Charlotte, animada, arregalou os olhos azuis e frios. – Quero que saiba que todas nós estamos aqui para ajudá-la, Ada, então, se precisar de alguma coisa, é só falar. Pensando bem, há um banheiro lá dentro, mas você pode ficar à vontade para cavar um buraco aqui mesmo, se isso a deixar mais confortável.

Todas as garotas riram e os olhos de Ada arderam de mágoa e raiva. Uma imagem lhe veio à mente, de surpresa: o rosto de Shashi iluminado pelo sol quando estavam deitadas no terraço, em Bombaim, seu sorriso largo e brilhante enquanto contava histórias de sua infância no Punjab e implicava com Ada por sua vida de privilégios na mansão. Inexplicavelmente, quando Charlotte zombava da Índia, era como se estivesse zombando pessoalmente de Shashi; e como se fizesse Ada ser cúmplice disso.

Em desafio, Ada estava determinada a não dar às outras o prazer de uma reação; afastava todos os pensamentos sobre Shashi e sua dolorosa saudade de casa e olhava para a frente, fingindo não vê-las. Depois de um tempo, diante das provocações persistentes, ela começou a contar a si mesma uma história, em um punjabi suave, como se não tivesse nenhuma preocupação no mundo. Charlotte não gostou disso; seu sorriso alegre sumiu e, mesmo quando ordenou que as outras se afastassem com ela, encarou Ada com uma careta perplexa, como se a menina fosse um problema que precisava ser resolvido. Um potro que deveria ser domado.

Charlotte estava certa em uma coisa: os pais de Ada a haviam deixado naquela escola com a expectativa equivocada de que ela se transformasse magicamente em uma estudante inglesa. Mas, embora Ada estivesse familiarizada com um banheiro, ela não era uma "dama" e não tinha intenção de se transformar em uma. Nunca dominara a costura, fazia muitas perguntas que não tinham respostas prontas e sua habilidade com o piano era inexistente. Na Índia, enquanto a mãe tocava lindamente, as melodias flutuando da biblioteca sob a brisa quente, Ada só conseguia atormentar as teclas de tal forma que até o pai – em geral disposto a apreciar cada erro seu – se encolhia para proteger os ouvidos.

A maioria das lições era, portanto, um sofrimento. As únicas matérias com que Ada de fato sentia um ligeiro prazer eram as duas ensinadas pela

Srta. Radcliffe: ciências e geografia. Ada também se inscrevera na Sociedade de História Natural da Srta. Radcliffe, da qual era a única participante além de uma garota chamada Meg, que não parecia ter mais do que dois neurônios e se contentava em vaguear cantarolando baladas românticas e colecionando flores de trevo para criar coroas elaboradas.

Para Ada, porém, a Sociedade de História Natural era a única coisa que aplacava o fato de ter sido abandonada em Birchwood Manor. Todos os sábados de manhã e às quintas-feiras à tarde, a Srta. Radcliffe as conduzia em uma caminhada enérgica pelo campo, às vezes por horas seguidas, através de prados lamacentos e riachos, colinas e bosques. Algumas vezes elas iam de bicicleta até mais longe, até Uffington, para ver o White Horse, ou até Barbury, para escalar o forte da Idade do Ferro, ou mesmo, de vez em quando, até os círculos de pedra de Avebury. Elas se tornaram especialistas em detectar as cavidades redondas que a Srta. Radcliffe chamava de "lagoas de orvalho": tinham sido feitas por povos pré-históricos, explicara a mulher, para garantir que sempre tivessem água suficiente. Segundo a Srta. Radcliffe, havia sinais de comunidades antigas em todos os lugares, bastava saber observar.

Até os bosques atrás da escola estavam cheios de segredos do passado: a Srta. Radcliffe as levara além da clareira, até uma pequena colina que chamava de "monte do dragão".

– Existe a possibilidade de que este local tenha sido um cemitério anglo-saxão – dissera ela, explicando que o lugar recebera aquele nome porque os anglo-saxões acreditavam que os dragões vigiavam seus tesouros. – É claro que os celtas teriam discordado. Chamariam de monte de fadas e diriam que, embaixo dele, ficava a entrada para a terra das fadas.

Ada pensara então no amuleto da biblioteca e perguntara se tinha sido ali que a Srta. Radcliffe encontrara seu encantamento de proteção.

– Não muito longe daqui – respondeu a Srta. Radcliffe. – Realmente não foi longe daqui.

Para Ada, ser membro da Sociedade de História Natural era como ser uma detetive, procurando pistas e resolvendo mistérios. Todas as relíquias que desenterravam vinham com uma história, uma vida secreta encerrada muito antes de o objeto chegar a suas mãos. Tornou-se um tipo de jogo inventar a história mais emocionante (embora plausível, pois eram cientistas, e não escritoras de ficção) para cada descoberta.

A Srta. Radcliffe sempre as deixava ficar com seus tesouros. Ela era irredutível quanto a isso: a terra revelava seus segredos na hora certa, gostava de dizer, e sempre para a pessoa escolhida.

– E o rio? – perguntou Ada em uma manhã de sábado, quando suas aventuras as levaram para a beira da água.

Estava pensando em uma história que Shashi havia lhe contado, sobre uma enchente que chegou a sua aldeia e levou seus preciosos pertences, na infância. Percebeu tarde demais sua indelicadeza, pois já tinha ouvido falar que o irmão da Srta. Radcliffe havia morrido afogado.

– Os rios são diferentes – disse a diretora por fim, com a voz firme, mas o rosto sob as sardas mais pálido do que o habitual. – Os rios estão sempre em movimento. Eles levam seus segredos e mistérios para o mar.

A própria Srta. Radcliffe era um mistério. Para uma mulher que colocara seu nome em uma escola que se propunha a transformar garotas em damas civilizadas, ela mesma não era bem uma "dama". Ah, tinha todas as "boas maneiras" sobre as quais a mãe gostava de falar – não mastigava de boca aberta nem arrotava à mesa –, mas, em outros aspectos, era muito mais parecida com o pai: o passo firme quando estavam ao ar livre, a vontade de falar sobre assuntos como política e religião, a insistência em que todos deveriam se esforçar para obter conhecimento e exigir melhores informações. Ela passava a maior parte do tempo a céu aberto e não se importava com a moda, sempre se vestindo exatamente da mesma maneira: botas abotoadas de couro escuro e um traje verde, com a saia longa sempre coberta de lama na bainha. Também tinha uma grande cesta trançada, que fazia a menina se lembrar de Shashi, e a carregava para onde quer que fosse. Porém, ao passo que Shashi enchia sua cesta com frutas e legumes, a da Srta. Radcliffe era usada para carregar paus, pedras, ovos, penas de pássaros e todo tipo de objeto natural que despertasse seu interesse.

Ada não era a única a notar as excentricidades da Srta. Radcliffe. A escola era dela, e ainda assim – além de fazer ocasionais discursos ferozes e suplicantes sobre o dever de "vocês, meninas" aprenderem o máximo possível, e dar a advertência geral de que "o tempo é seu bem mais precioso, meninas, e ninguém é mais tolo do que aqueles que o desperdiçam" – ela deixava as questões de administração e disciplina a cargo da vice-diretora, a Srta. Thornfield. Entre as outras garotas, havia rumores de que ela era uma bruxa. Para começar, havia todas aquelas amostras de plantas e coisas estranhas, sem mencionar a sala em que as guardava. Era uma pequena câmara ao lado de seu quarto, onde as alunas eram proibidas de entrar, sob risco de morte.

– É onde ela faz seus feitiços – insistia Angelica Barry. – Já a ouvi cantando e entoando conjuros.

E Meredith Sykes jurava que olhara pela fresta da porta um dia e, entre as pedras e fósseis, vira um crânio humano em cima da escrivaninha.

Uma coisa era certa: a Srta. Radcliffe amava sua casa. As únicas vezes em que levantava a voz eram para punir alguma garota pega escorregando nos corrimãos ou chutando os rodapés. Em uma das caminhadas por Wiltshire, as conversas se voltaram para solidão e lugares especiais, e a Srta. Radcliffe explicara a Ada que Birchwood Manor já pertencera a seu irmão; que ele havia morrido muitos anos antes; e que, embora ela ainda tivesse mais saudade dele do que de qualquer outra coisa que já houvesse perdido, se sentia perto do irmão quando estava em sua casa.

– Ele era um artista – dissera Meg um dia, do nada, erguendo os olhos do colar de trevos que estava fazendo –, o irmão da Srta. Radcliffe. Um artista famoso, mas sua noiva foi morta com um rifle e depois ele enlouqueceu de sofrimento.

Naquele momento, tendo seu devaneio interrompido pela proximidade de suas perseguidoras, Ada se mexeu com cuidado em seu esconderijo dentro da parede, atenta para não fazer qualquer ruído. Não sabia muito sobre amantes ou noivos, mas sabia como doía ficar longe de um ente querido e sentia muita pena da Srta. Radcliffe. Ada concluiu que a perda do irmão explicava a expressão de profunda infelicidade que às vezes surgia no rosto de sua diretora quando ela achava que não havia ninguém olhando.

Como se, de alguma forma, ela tivesse lido os pensamentos de Ada, uma voz familiar surgiu do outro lado do painel da parede:

– Meninas, o que vocês estão fazendo aqui no corredor? Sabem o que a Srta. Thornfield pensa sobre sair às escondidas.

– Sim, Srta. Radcliffe – responderam elas em coro.

– Não consigo imaginar o interesse de vocês neste lugar.

– Nenhum, Srta. Radcliffe.

– Espero que não estejam arrastando esses tacos de hóquei pela minha parede.

– Não, Srta. Radcliffe.

– Muito bem, então vão, e considerarei não mencionar essa infração à Srta. Thornfield para a lista de castigo dela.

Ada ouviu os passos delas se afastando e se permitiu um pequeno suspiro de alívio.

– Agora sai você também, menina – disse a Srta. Radcliffe, batendo suavemente na parede. – Também deve estar perdendo alguma aula.

Ada tocou a trava escondida e soltou o painel, abrindo a porta. A Srta. Radcliffe já havia desaparecido de vista e Ada saiu depressa do esconderijo, maravilhando-se mais uma vez com como o painel da parede deslizava de volta ao lugar, sem nenhuma brecha aparente. A menos que alguém soubesse que existia, seria impossível adivinhar.

Foi a Srta. Radcliffe quem lhe mostrou a câmara secreta. Certa tarde, quando Ada deveria estar na aula de costura, ela pegou a menina se escondendo atrás das grossas cortinas de brocado da biblioteca e a convidou para ir ao escritório, onde teriam "uma conversinha". Ada havia se preparado para ouvir um sermão, mas, em vez disso, a Srta. Radcliffe a mandara se sentar onde quisesse e dissera:

– Eu tinha mais ou menos a sua idade quando vim a esta casa pela primeira vez. Meu irmão e seus amigos eram adultos e ocupados demais com outras coisas para se interessarem por mim. Eu tinha passe livre, como dizem, e sendo um tanto quanto... – ela hesitou – *inquisitiva*, acabei explorando um pouco mais do que se poderia esperar.

A casa era muito antiga, continuou ela, tinha centenas de anos e fora construída em uma época em que certas pessoas tinham bons motivos para procurar se esconder. Ela convidou Ada a segui-la e, enquanto todas as outras meninas estavam cantando "Ode to Joy", de Beethoven, no andar de baixo, a Srta. Radcliffe lhe revelou o esconderijo.

– Não sei você, Srta. Lovegrove, mas houve momentos em minha vida em que senti uma necessidade muito forte de desaparecer.

Ada estava agora correndo para a escadaria principal. Em vez de descer para a aula de música, subiu e entrou no cômodo com a sinalização "Sótão Leste", que dividia com outra interna, Margaret Worthington.

Não tinha muito tempo; a aula logo terminaria e as outras meninas seriam liberadas. Ada se ajoelhou no chão, puxando a colcha de linho que rodeava sua cama. A mala ainda estava lá, exatamente onde a deixara, e ela a pegou com cuidado.

Levantou a tampa e a coisinha peluda piscou para ela, abrindo a boca em um miado silencioso e enfático.

Ela pegou o gatinho em uma das mãos e lhe deu um abraço apertado.

– Pronto, pequenino – sussurrou contra o ponto macio entre as orelhas dele. – Não se preocupe, estou aqui.

O gato afofou seu vestido com as patinhas macias e começou uma cantoria indignada de fome e necessidades. Ada sorriu e procurou no bolso fundo do vestido de avental que a mãe lhe comprara na Harrods, pegando o pote de sardinha que havia roubado mais cedo da cozinha.

Enquanto o animal esticava as pernas, percorrendo o perímetro do quarto como se fosse uma planície de savana, Ada destampou o pote e retirou um único peixe escorregadio. Segurando-o, chamou baixinho:

– Aqui, Bilī. Aqui, gatinho.

Bilī caminhou em sua direção, devorando a sardinha oferecida e todas as outras, até que o pote estivesse vazio. Em seguida, ele miou de modo melancólico até Ada pousar o pote e deixá-lo lamber delicadamente o caldo que sobrara.

– Seu gulosinho – disse ela, com profunda admiração. – Você está com o focinho todo molhado.

Uma semana antes, Ada salvara a vida de Bilī. Ela estava evitando Charlotte e May e se pegou atravessando o prado além da casa, até onde a curva do rio contornava o bosque e desaparecia de vista.

Ouvira barulhos do outro lado das árvores que a lembraram da época de festivais em Bombaim, então seguira o rio para oeste e se deparara com um acampamento cigano na clareira à frente. Havia carroças e fogueiras, cavalos, cães e crianças empinando uma pipa com uma longa rabiola de fitas coloridas.

Ela notou um garoto esfarrapado seguindo sozinho em direção ao rio. Ele tinha um saco no ombro e assobiava uma música que ela quase reconhecia. Curiosa, Ada o seguiu. Ela se agachou atrás de uma árvore e viu quando ele começou a pegar as coisas do saco, uma a uma, e a mergulhá-las no rio. A princípio, pensou que ele estivesse limpando pequenas peças de roupa, assim como vira pessoas fazendo em Dhobi Ghat. Foi só quando ouviu o primeiro miado que ela percebeu que não eram roupas que ele estava tirando do saco e que o menino não estava limpando nada.

– Ei! Você! O que pensa que está fazendo? – gritou ela, correndo para o lado dele.

O garoto a encarou, seu choque tão nítido quanto a sujeira em seu rosto. A voz de Ada estava trêmula:

– Perguntei o que você pensa que está fazendo!

– Acabando com o sofrimento deles. Como me mandaram.

– Seu garoto horrível e cruel! Seu covarde! Seu grande bandido!

O garoto ergueu as sobrancelhas e Ada ficou irritada ao perceber que ele parecia se divertir com a intensidade de sua raiva. Sem dizer uma palavra, ele enfiou a mão no saco e pegou o último gatinho, segurando-o pela nuca com um aperto indelicado.

– *Assassino!* – sibilou ela.

– Meu pai vai *me* matar se eu não fizer o que ele mandou.

– Me dê esse gatinho agora mesmo.

O garoto deu de ombros e largou o gatinho inconsciente nas mãos de Ada antes de jogar o saco vazio por cima do ombro e voltar para o acampamento.

Ada pensou muito nos irmãos e irmãs de Bilī desde aquele dia. Às vezes, ela acordava no meio da noite, incapaz de apagar da mente a imagem de seus focinhos submersos e corpos sem vida, jogados e levados pela corrente do rio que os carregava para o mar.

Naquele instante, Bilī soltou um grunhido de desgosto quando Ada o abraçou um pouco forte demais.

Houve um barulho de passos na escada e Ada enfiou o gatinho rapidamente de volta na mala, deixando cair a tampa mas se certificando de deixar uma fenda para que ele tivesse ar. Não era a solução ideal, mas serviria por ora. A Srta. Thornfield, previsivelmente, não tolerava animais de estimação.

A porta se abriu ao mesmo tempo que Ada se levantava. A colcha, ela notou, ainda estava erguida, mas não havia tempo para ajeitá-la.

Charlotte Rogers estava parada à porta.

Ela sorriu para Ada, mas a menina sabia que não deveria retribuir o sorriso. Permaneceu *en garde*.

– Aí está você – disse Charlotte docemente. – Você foi um peixinho escorregadio hoje!

Por uma fração de segundo, consciente do pote de sardinha vazio no bolso, Ada pensou que Charlotte, de alguma forma, tivesse adivinhado seu segredo. Mas a garota mais velha continuou:

– Só vim entregar uma mensagem... Receio ser portadora de más notícias. A Srta. Thornfield sabe que você faltou à aula de música e me pediu para levá-la até ela para receber seu castigo. – Ela sorriu com simpatia simulada. – Você se sairia muito melhor aqui se aprendesse a seguir as regras, Ada. A regra número um é que eu sempre ganho. – Ela se virou para sair, hesitou e depois olhou para trás. – Melhor arrumar sua cama. Eu não gostaria de ter que dizer à Srta. Thornfield que você é desleixada.

Os punhos de Ada estavam cerrados com tanta força enquanto descia as escadas rumo ao escritório da Srta. Thornfield que levou horas para que as marcas das unhas sumissem da palma de suas mãos. Tinha ficado claro que ela não ia vencer uma guerra contra Charlotte Rogers e May Hawkins simplesmente as ignorando ou evitando. Nunca desistiriam, o que significava que teria que revidar, e de maneira que fizesse as garotas a deixarem em paz de uma vez por todas.

Ela quase nem ouviu o sermão da Srta. Thornfield sobre atraso e, quando a punição foi proferida – uma quinzena de tarefas extras de costura ajudando as figurinistas do concerto de fim do semestre em vez de frequentar a Sociedade de História Natural –, Ada estava distraída demais para protestar.

Ela remexeu as peças do quebra-cabeça a tarde toda, trocando-as, tentando forçá-las a fazer sentido, mas foi só muito mais tarde naquela noite, enquanto Margaret, sua colega de quarto, roncava baixinho do outro lado do cômodo e Bilī ronronava em seus braços, que a ideia finalmente lhe ocorreu.

Quando chegou, foi nítida como se alguém tivesse entrado no quarto na ponta dos pés até parar ao lado de sua cama, se ajoelhado e a sussurrado em seu ouvido.

Ada sorriu no escuro: o plano era perfeito e muito simples. E o melhor era que, graças a Charlotte Rogers, ela recebera os meios perfeitos para executá-lo.

CAPÍTULO 12

O concerto de fim do semestre era uma tradição na Escola para Moças da Srta. Radcliffe, e, como tal, os ensaios começavam na primeira semana de aulas. A Srta. Byatt, a magra e nervosa professora de teatro e dramaturgia, realizava uma série de audições, limitando o espetáculo a um grupo seleto de quinze apresentações, incluindo atos musicais, recitais de poesia e solilóquios dramáticos.

Ada deveria aparecer no papel estático e silencioso de Ratinho Nº 2, como parte de uma cena da pantomima de *Cinderela*; Charlotte Rogers, sendo prima em segundo grau da artista de teatro Ellen Terry, era considerada (pelo menos por si mesma) uma formidável atriz shakespeariana e, portanto, fazia três participações no espetáculo: recitava um soneto, apresentava o monólogo "Sai, mancha maldita!", de Lady Macbeth, e cantava uma canção que sua amiga May Hawkins acompanhava ao piano.

Devido ao tamanho restrito dos dois salões da casa, era costume apresentar o espetáculo no celeiro que ficava ao fim da trilha para carruagens. Nos dias que antecediam o show, cada garota ficava responsável por carregar cadeiras da casa e organizá-las em fileiras. Aquelas que não tiveram a sorte de ser selecionadas para o elenco eram automaticamente designadas para tarefas de gerenciamento de palco, incluindo a montagem de um tablado elevado e a suspensão de cortinas cenográficas nas vigas.

À luz da punição proferida pela Srta. Thornfield, Ada estava especialmente ocupada, sendo obrigada a se juntar ao círculo de costura cujos membros estavam fazendo os retoques finais nos figurinos das meninas. A ocupação não era um dom natural; Ada era péssima em costura, certamente incapaz de fazer as fileiras de pespontos bem-acabados necessárias para juntar dois pedaços de tecido. Ela, no entanto, se mostrou especialista em aparar fios soltos e assim recebeu uma pequena tesoura de prata e a tarefa de "arrumar as bordas".

– Ela é a primeira a chegar a cada encontro e mal tira os olhos da costura, tamanho é o comprometimento com o trabalho – relatou a costureira-chefe à Srta. Thornfield, ao que a vice-diretora deu um sorriso discreto e disse:

– Muito bom ouvir isso.

Quando chegou o dia da apresentação, toda a escola estava agitada. As aulas da tarde foram canceladas para que fizéssemos um ensaio geral; o espetáculo estava programado para começar às quatro em ponto.

Dois minutos antes da hora, Valerie Miller, que havia feito uma audição (sem sucesso) com uma versão de "My Wild Irish Rose" tocada com sinos de vacas, recebeu um aceno da Srta. Thornfield e começou a soar um de seus sinos para alertar o público de que o espetáculo estava prestes a começar. A maioria das meninas e alguns de seus pais, mães e irmãos, além de membros proeminentes da comunidade, já estavam reunidos. Mas o sino acabou com a conversa e, naquele momento, as luzes no corredor se apagaram e as cortinas negras caíram, lançando a plateia na escuridão e permitindo que os holofotes do palco assumissem o controle.

Uma a uma, as artistas assumiram seus lugares sob o brilho do centro do palco, cantando e recitando com todas as suas forças, para a calorosa apreciação do público. O programa não era curto, porém, e depois da primeira hora a multidão começou a se agitar. Quando Charlotte Rogers apareceu no palco pela terceira vez, as crianças mais novas estavam começando a se remexer e a bocejar, com a barriga roncando.

Charlotte, sempre profissional, não se intimidou. Ela plantou os pés com firmeza e piscou para a plateia de modo encantador. Seus cabelos dourados caíam em cachos, uma mecha grossa por cima de cada ombro, e, atrás do piano, May Hawkins esperava um sinal para começar a tocar, com a mais profunda admiração estampada no rosto.

A atenção de Ada, no entanto, estava na roupa de Charlotte: um conjunto de saia e blusa bastante adulto – inspirado, claro, em um dos figurinos usados recentemente por Ellen Terry – que a fazia parecer mais velha.

Do seu assento no salão escuro, Ada observou a garota com cuidado, como se apenas o poder de seu olhar pudesse mover a matéria. Estava nervosa – muito mais do que quando interpretou o Ratinho Nº 2. Suas mãos estavam cerradas e úmidas.

Aconteceu quando Charlotte atingiu a nota mais alta, que ela passara o mês quase todo treinando para alcançar. Talvez tenha sido a grande inspiração de ar necessária para atingir o dó maior, ou o modo como ela estendeu os braços para chamar a multidão. De qualquer forma, quando Charlotte alcançou a nota, sua saia caiu.

Não foi devagar. A saia caiu de repente, de uma só vez, formando uma poça de linho e renda branca no chão em torno de seus delicados tornozelos.

Foi mil vezes melhor do que qualquer coisa que Ada ousara imaginar.

Como ela havia aparado alguns pontos na cintura de Charlotte, esperava que a roupa escorregasse o suficiente para causar agitação e distração, mas nunca, nem em um milhão de anos, imaginou aquilo. O jeito como a saia caiu! A sincronização excepcional em que desabou completamente, quase como se uma força invisível, controlada pela mente da própria Ada, tivesse invadido o salão e, ao receber um comando silencioso, puxado a saia...

Foi de longe a coisa mais engraçada que Ada viu em muitos meses. E, a julgar pela estrondosa explosão de gargalhadas desenfreadas que encheu o celeiro, erguendo-se e ecoando entre as vigas, as outras garotas pensavam o mesmo.

Enquanto Charlotte, de rosto corado, cantava os últimos versos e a multidão continuava com aplausos arrebatadores, Ada percebeu que, pela primeira vez desde que chegara a Birchwood Manor, se sentia quase feliz.

Segundo a tradição, a ceia depois do espetáculo era sempre mais descontraída do que os jantares regulares da escola, e até a Srta. Thornfield, que em geral considerava muito impróprio se divertir em qualquer evento escolar, foi levada a fazer a apresentação anual dos prêmios "Boa Companheira". Esses prêmios consistiam em uma série de títulos divertidos, nomeados e votados pelas alunas, com o objetivo de reforçar o ar de celebração e alegria que tomava o corpo discente quando o ano letivo chegava ao fim.

Para muitas das meninas, aquele era o último jantar do semestre. Apenas algumas poucas estudantes – aquelas que não tinham como ir para casa de trem ou carruagem, ou cujos pais tinham viajado e não conseguiram ninguém para ficar com as filhas – permaneceriam durante as férias. Ada era uma delas.

Aquele fato a deixou mais desanimada do que normalmente estaria depois do incrível sucesso do espetáculo, e ela estava sentada em silêncio, terminando sua segunda porção de manjar branco e revirando o prêmio de "Miss Linha de Ouro" que tinha recebido por seus "serviços de costura" (impresso antes do desastre com o figurino, supunha-se), enquanto as outras garotas conversavam alegremente sobre as férias de verão, quando a correspondência diária chegou.

Ada estava tão acostumada a não receber nada do correio que teve que ser cutucada duas vezes pela garota a seu lado quando seu nome foi chamado. Perto da professora, a garota incumbida da correspondência segurava uma caixa grande.

Ada se levantou, ansiosa por reivindicá-la, quase tropeçando de tanta pressa.

Começou a desamarrar o fio assim que chegou à mesa, sacando sua pequena tesoura de fio de prata para soltar os últimos nós.

Dentro do pacote havia uma linda caixa decorada, que na mesma hora Ada identificou como o novo lar perfeito para Bilī; dentro havia um envelope grosso que devia conter uma carta da mãe, um novo chapéu de sol, dois vestidos e um pacote menor que fez o coração de Ada dar um pulo. Ela imediatamente reconheceu a letra de Shashi no cartão. "*Pilla*", escrevera ela, continuando em punjabi: "Uma coisinha para lembrá-la de casa enquanto convive com os bestalhões."

Ada rasgou o embrulho e encontrou um livrinho de couro preto. Não havia nada escrito, mas páginas e páginas de flores prensadas: hibisco laranja, resedá lilás, flor de maracujá roxa, lírio-aranha branco, caliandra vermelha. Todas elas, Ada sabia, tinham vindo de seu quintal e, por um instante, ela voltou a Bombaim. Sentiu o ar abafado em seu rosto, o cheiro inebriante do verão, ouviu as canções de oração enquanto o sol se punha sobre o oceano.

Ada estava tão imersa que não notou Charlotte se aproximando até lançar uma sombra sobre a mesa.

Ela ergueu os olhos, observando a expressão séria de Charlotte. Como sempre, May Hawkins estava servindo de *aide-de-camp*, e a chegada das duas fez tudo ficar em silêncio. Por instinto, Ada fechou o livro de flores de Shashi e o colocou debaixo do papel de embrulho.

– Imagino que você viu o que aconteceu durante a apresentação – disse Charlotte.

– Terrível – disse Ada. – Foi um grande azar.

Charlotte deu um sorriso sombrio.
– Sempre acreditei que uma pessoa faz a própria sorte.
Ada não tinha o que responder. Concordar parecia indelicado.
– Espero ter mais sorte no futuro. – Ela estendeu a mão. – Trégua?
Ada olhou a mão estendida antes de finalmente apertá-la.
– Trégua.
Eles apertaram as mãos solenemente e, quando Charlotte abriu um pequeno sorriso, Ada pensou por um momento e depois se permitiu retribuir.

―✧―

E assim, embora não se imaginasse esperando com entusiasmo pelo piquenique, à luz de sua recente reconciliação com Charlotte Rogers, Ada se pegou ansiosa pelo dia. Haveria jogo de peteca com raquetes, lançamento de argolas e pula-cordas, e algumas das meninas mais velhas tinham conseguido convencer a Srta. Radcliffe a emprestar o barquinho a remo de madeira, que geralmente era mantido no celeiro atrás da casa. O jardineiro o examinara na semana anterior e, depois de fazer alguns pequenos reparos, declarou que o barco estava pronto para o rio.

O dia amanheceu quente e claro. A neblina se dissipou, de modo que, ao meio-dia, o céu estava com um tom profundo de azul e o jardim brilhava. Na margem do rio, uma série de toalhas de mesa estava estendida ao longo de um trecho de grama sob dois salgueiros e as professoras já descansavam sobre elas, aproveitando o dia. Algumas tinham levado grandes guarda-sóis brancos, enquanto outras usavam chapéu, e vários cestos contendo o almoço estavam dispostos ao redor delas, à sombra. Seguindo as instruções da Srta. Radcliffe, o jardineiro tinha levado uma única mesa de madeira da casa, que agora estava coberta por uma toalha de renda, com um vaso de delicadas rosas cor-de-rosa e amarelas, jarros de limonada gelada e um bule de porcelana, além de copos variados, xícaras e pires.

Shashi sempre implicara com Ada por ser gulosa, mas era verdade, ela amava e esperava ansiosamente pelas refeições. Felizmente, o piquenique não decepcionou. Ela se sentou perto da Srta. Radcliffe, que comia belos sanduíches de queijo enquanto apontava para as árvores e contava sobre a primeira vez que vira Birchwood Manor – quando seu irmão, Edward, os fizera caminhar da estação ferroviária de Swindon e eles percorreram todo o caminho pela floresta antes de finalmente saírem e darem de cara com a casa, como uma visão diante deles.

Ada ouvia com atenção. Ela ansiava por histórias, e a Srta. Radcliffe não costumava ser tão expansiva. Até então, apenas uma vez falara daquela maneira; estavam voltando de uma de suas caminhadas com a Sociedade de História Natural quando Birchwood apareceu de repente, como um grande navio contra o céu que escurecia. Uma das janelas superiores capturava os últimos raios de sol, brilhando com um tom alaranjado, e do nada surgiu uma história sobre crianças mágicas e uma rainha das fadas. Encantada, Ada havia implorado a ela que contasse outra, mas a Srta. Radcliffe havia se recusado. Dissera que era a única história que conhecia.

Um jogo de cabra-cega estava começando na grama aquecida pelo sol, para além da área de piquenique. Indigo Harding tinha um lenço branco amarrado sobre os olhos; um grupo de seis ou sete meninas a girava, contando cada volta. Quando chegaram ao número dez, todas se espalharam, formando um círculo amplo, e Indigo, tonta, cambaleando e rindo, começou a procurá-las, de braços estendidos. Ada não tinha exatamente a intenção de participar, mas caminhou naquela direção e, antes que se desse conta, estava em meio ao grupo, desviando dos braços de Indigo e gritando provocações divertidas.

Todo mundo teve uma vez como cabra-cega e, por fim, o lenço foi entregue a Ada. Seu prazer desapareceu, imediatamente substituído pela apreensão. O jogo consistia em confiança, e ela mal conhecia aquelas garotas; havia um rio ali perto e ela tinha medo da água. Esses pensamentos fragmentados e muitos outros passaram por sua mente no espaço de um instante, e então ela cruzou olhares com May Hawkins e a garota assentiu, como se entendesse. "Trégua", haviam concordado na noite anterior; agora, Ada percebeu, era hora de pôr o acordo à prova.

Ela ficou parada enquanto o lenço era amarrado em volta de sua cabeça e depois permitiu que as outras a girassem, contando lentamente de um a dez. A cabeça de Ada rodava e ela não pôde deixar de rir sozinha enquanto tentava manter o equilíbrio e caminhava em direção às outras. Ela agitava as mãos, ouvindo suas vozes; o ar estava quente e denso entre seus dedos; ouvia grilos cricrilando de modo desafiador na grama seca e, em algum lugar atrás dela, um peixe pulou na água, mergulhando com um ruído alto. Por fim, a ponta de seus dedos roçou o rosto de alguém e o riso se seguiu.

Ada puxou a venda dos olhos. Havia uma linha de suor em seu lábio superior e seu pescoço estava rígido com a tensão. Piscando com a luz repentina, ela sentiu uma estranha onda de triunfo e alívio.

– Vamos – disse May, aparecendo de repente ao lado dela. – Pensei em algo divertido para fazer.

―∽―

Charlotte já estava sentada no barco quando May e Ada chegaram ao rio. Seu rosto se iluminou com um sorriso quando as viu, então gesticulou para que se juntassem a ela.

– Estou esperando há séculos.

– Desculpe – respondeu May –, estávamos brincando de cabra-cega.

– Não importa, vamos!

Ada parou e balançou a cabeça.

– Não sei nadar.

– Nem eu – disse May, estreitando os olhos para o sol. – Quem falou em nadar?

– De qualquer forma, é raso aqui – disse Charlotte. – Vamos só subir um pouco o rio e depois voltar. Está um dia tão bonito.

Ada percebeu que Charlotte falava a verdade: os juncos balançavam logo abaixo da superfície; a água não era funda.

Charlotte levantou um pequeno saco de papel.

– Eu trouxe doces.

May sorriu, pulou para o barco, que estava ancorado contra um simples píer de madeira, e sentou-se no banco do meio.

Ada olhou desejosa para a sacola de doces, para as duas garotas sorridentes, as manchas brilhantes de luz do sol na superfície do rio; ouviu Shashi lhe dizendo para não ter medo, que muitas pessoas acabavam não vivendo plenamente por causa do medo...

– Vamos lá! – chamou May. – Vamos perder a nossa vez.

Então Ada decidiu ir com elas. Correu para a ponta do píer e deixou May ajudá-la a descer para o banco de trás.

– O que eu faço?

– Não precisa fazer nada, só ficar sentada – disse Charlotte, desatando a corda. – Nós fazemos o resto.

Ada ficou feliz com isso. Sinceramente, estava ocupada demais se segurando com toda a força ao banco para fazer qualquer outra coisa. Estava ciente do balanço sutil do barco quando a menina mais velha pegou o remo e as empurrou para longe do píer. Ela agarrou as laterais com força, os nós dos dedos ficando brancos.

E então estavam flutuando. E foi *quase* divertido. Ela nem ficou enjoada.

– É claro que não – disse Charlotte, rindo, quando Ada fez o comentário. – Aqui não é o mar.

A menina mais velha remava e elas avançaram lentamente pelo rio. Uma pata seguida por nove patinhos nadava na direção delas; pássaros cantavam nos salgueiros nas margens; um cavalo relinchou no campo. As outras meninas se tornaram pontinhos cada vez menores. Por fim, o barco fez uma curva e elas se viram sozinhas.

O acampamento cigano ficava um pouco mais adiante. Ada se perguntou se elas avançariam tanto rio acima. Talvez fossem até a barragem St. John's Lock.

Mas, quando estavam se aproximando da borda do bosque, Charlotte parou de remar.

– Já chega. Meus braços estão cansados. – Ela estendeu a sacola de papel. – Doce?

May pegou uma bala de cevada e depois passou a sacola para Ada, que escolheu uma de menta, preta e branca.

A correnteza do rio não era forte e, em vez de começar a voltar lentamente rio abaixo, o barco ficou parado. Embora elas não estivessem mais vendo a área do piquenique, Ada enxergava, além dos campos, os dois frontões nos fundos da escola. Ela pensou na descrição que a Srta. Radcliffe fizera de Birchwood Manor como uma "visão" e percebeu que um pouco do carinho de sua professora pela casa estava começando a contagiá-la.

– É uma pena termos começado com o pé esquerdo – disse Charlotte, quebrando o silêncio. – Eu só queria ajudá-la, Ada. Sei como é difícil ser a garota nova.

Ada, chupando sua bala, assentiu.

– Mas você nunca ouve e parece que nunca aprende.

Embora Charlotte ainda estivesse sorrindo, Ada teve um repentino e desagradável sobressalto de mau presságio. Na outra ponta do barco, a garota mais velha pegou uma coisa debaixo do banco.

Era a caixa de *découpage* enviada da Índia.

Quando Ada se empertigou, Charlotte tirou a tampa e enfiou a mão na caixa, retirando a pequena bola de pelo.

– Ele é muito bonzinho, admito. Mas animais de estimação não são permitidos na escola da Srta. Radcliffe, Ada.

Ela se levantou e o barco começou a balançar.

– Me dá ele.

– Você vai se meter em uma grande encrenca se não me deixar ajudar.

– Me dá ele.

– O que você acha que a Srta. Thornfield vai dizer quando eu contar a ela?

– Me dá ele!

– Acho que ela não entendeu – disse May Hawkins.

– Não – concordou Charlotte. – Que pena. Vou ter que ensinar a ela.

Ela deslizou para a ponta do banco e esticou o braço de modo que Bilī quase tocasse a água. Ele era uma coisinha pequena na mão dela, agitando as patas traseiras com medo enquanto procurava se estabilizar, tentando desesperadamente subir de volta para a segurança.

– Eu avisei, Ada. Regra número um: eu sempre ganho.

Ada deu outro passo e o barco balançou com mais força. Tinha que salvá-lo.

Ela quase perdeu o equilíbrio, mas não se sentou. Precisava ser corajosa.

May estava segurando suas pernas agora, tentando impedi-la de avançar.

– Hora de dizer adeus – falou Charlotte.

– Não! – Ada se libertou do aperto de May e se lançou na direção da outra garota.

O barco balançou violentamente e Ada caiu com um baque pesado no fundo de tábuas.

Charlotte ainda segurava Bilī sobre a água e Ada se levantou aos tropeços. Tentou avançar de novo e caiu outra vez, só que não nas tábuas.

A água estava muito mais fria do que imaginara. Ela ofegou, tentando respirar, agitando as mãos e abrindo a boca, sua visão embaçada.

Não conseguia ficar na superfície. Não conseguia gritar por ajuda. Começou a entrar em pânico.

Ela afundou, afundou, afundou, agitando os braços e as pernas, a boca cheia de água, os pulmões começando a arder.

Tudo era diferente ali embaixo. O mundo parecia diferente. E estava ficando mais escuro. O sol era um minúsculo disco prateado além da superfície, mas Ada estava afundando cada vez mais, como uma garota no espaço, cercada por estrelas que deslizavam entre seus dedos quando tentava alcançá-las.

Através da água sedosa, entre os juncos macios, ela viu Shashi no terraço, com um sorriso largo e branco, e a mãe na mesa da biblioteca, e o pai em seu escritório com o globo giratório. *Tique, tique, tique*, ele fazia quando girava, *tique, tique, tique*...

Ela ia comer um *chakkali* quando chegassem ao mercado.

Mas onde estava Shashi? Ela se fora. Velas bruxuleando...

Ada estava perdida.

Mas não estava sozinha. Havia alguém na água com ela, tinha certeza disso. Não conseguia ver quem era, mas sabia que havia alguém ali. Uma sombra... uma sensação...

A última coisa que Ada sentiu foi seu corpo atingindo o fundo do rio, seus braços e pernas batendo contra as rochas e ervas escorregadias enquanto seus pulmões se expandiam mais que o corpo, abrindo caminho pela sua garganta e enchendo a cabeça.

E então aconteceu a coisa mais estranha: enquanto seu cérebro ardia, ela viu algo à sua frente, uma luz azul brilhante, uma joia, uma lua, e ela soube, de alguma forma, que, se esticasse a mão e a pegasse, a luz azul brilhante lhe mostraria o caminho.

VI

Algo muito interessante aconteceu. Hoje à tarde tivemos outra visita. Jack passou a manhã na casa anexa, debruçado sobre uma pilha de papéis que trouxe consigo quando chegou na noite passada. Dei uma olhada nos papéis quando ele foi colocar uma torta no forno para o almoço e vi que reproduziam o conteúdo do e-mail enviado por Rosalind Wheeler. Na maior parte, são textos, mas um parece ser um mapa. Uma planta baixa, mais exatamente, desenhada à mão e que corresponde à disposição da casa, provavelmente produzida pela misteriosa Sra. Wheeler. Suspeito que, combinado com as anotações, o mapa seja projetado para levar Jack ao Radcliffe Blue.

Ele voltou a entrar na casa pouco antes do meio-dia e passei uma boa hora com ele tentando entender a planta, encarando-a e medindo passos ao longo dos comprimentos de cada cômodo, parando de vez em quando para fazer um pequeno ajuste com sua caneta.

Era por volta de uma hora quando bateram à porta. Ele ficou surpreso, mas eu não, pois já havia notado a mulher esbelta e elegante parada ao fim da trilha que contorna o muro da casa. Ela estava olhando para Birchwood Manor de braços cruzados e havia algo em seu porte que me fez pensar se já a tinha visto antes. Não tinha. Eu soube disso quando ela se aproximou: nunca esqueço um rosto (nunca esqueço nada; não mais).

É comum pessoas pararem na calçada e olharem a casa – pessoas com cães e botas enlameadas, livros de turismo e dedos apontados –, então não havia nada de estranho nisso. Mas se aventurar no jardim e bater à porta não é comum.

Jack, apesar da surpresa inicial, não se deixou perturbar, olhando através da janela da cozinha e depois avançando com aquele seu caminhar pesado e decidido pelo corredor em direção à porta, abrindo-a com a força costumeira. Ele está de mau humor desde que voltou do encontro com Sarah ontem. Não zangado, mas triste e frustrado. Naturalmente, estou muito curiosa a respeito do que aconteceu, mas até agora ele não me revelou nada.

Fez apenas uma ligação ontem à noite, para o pai; eles estavam comemorando algum tipo de aniversário, porque Jack disse:

– Faz 25 anos hoje. Difícil de acreditar, não é?

– Ah – disse a mulher, surpresa, quando ele abriu a porta. – Oi... Na verdade eu não... Pensei que o museu ficasse fechado durante a semana.

– E mesmo assim você bateu.

– Sim.

– Força do hábito?

– Acho que sim. – Ela se recompôs e buscou na bolsa para pegar um cartão cor de marfim, estendendo a mão pequena e delicada para apresentá-lo a Jack. – Meu nome é Elodie Winslow. Sou arquivista da Stratton, Cadwell & Co., em Londres. Cuido dos arquivos de James William Stratton.

Foi minha vez, então, de ficar surpresa, e posso garantir que isso não acontece com frequência. Embora Jack haver pronunciado o nome de Ada Lovegrove na outra noite tenha me dado um alerta sobre meu passado estar retornando, por um momento fiquei impactada. Havia anos que não ouvia o nome dele e não tinha motivos para pensar que voltaria a ouvi-lo.

– Nunca ouvi falar dele – disse Jack, virando o cartão. – Deveria ter ouvido?

– Na verdade, não. Ele era um reformista na era vitoriana, tentando melhorar a situação dos pobres, esse tipo de coisa. Você é o responsável pelo museu?

Ela parecia hesitante, e não era para menos. Jack não se parece muito com os guias que geralmente abrem a porta derramando o cumprimento ensaiado sobre os visitantes, não importa quantas vezes tenham feito isso antes.

– De certa forma, sim. Sou a única pessoa aqui.

Ela não pareceu convencida, mas disse:

– Sei que vocês não costumam abrir às sextas-feiras, mas vim de Londres. Eu não esperava encontrar ninguém aqui. Estava só olhando por cima do muro, mas...

– Você quer dar uma olhada na casa?

– Você não se importaria?

Convide-a para entrar.

Após um momento de reflexão, Jack se afastou e gesticulou com seu jeito enfático para que ela entrasse, depois fechou a porta rapidamente atrás dela.

A moça entrou no corredor escuro e olhou em volta, como a maioria das pessoas, inclinando-se para ver uma das fotografias emolduradas que a Associação dos Historiadores de Arte pendurou nas paredes.

Alguns dias, quando preciso de diversão, assombro o hall de entrada, aproveitando os comentários reverentes feitos por certo tipo de visitante, enquanto postulam sobre os eventos por trás da foto. "Foi nessa época, é claro", entoa o homem mais velho e bem-vestido, "que a Irmandade Magenta se engajou em um debate feroz com relação ao valor artístico da fotografia, imaginando se poderia de fato ser considerada mais como ciência do que como arte". Ao que o companheiro sofredor a seu lado responde invariavelmente: "Ah, entendi."

– Fique à vontade – disse Jack. – Mas com cuidado.

Ela sorriu.

– Não se preocupe. Sou arquivista. Passo a vida cuidando de coisas preciosas.

– Só me dê licença um minuto... Pus uma torta no forno e, pelo cheiro, está queimando.

Ele logo se afastou em direção à cozinha da casa anexa e eu o deixei proferindo seus palavrões para seguir nossa visitante.

Ela caminhou de cômodo em cômodo no primeiro andar, com uma expressão enigmática no rosto. Apenas uma vez parou e reprimiu um pequeno arrepio, olhando por cima do ombro como se sentisse que talvez não estivesse sozinha.

No segundo andar, ela hesitou diante da janela com vista para o bosque, vislumbrando o rio, antes de subir as escadas até o sótão. Colocou a bolsa na mesa de Mildred Manning, o que me fez gostar dela imediatamente, e então tirou de lá de dentro algo que me assustou. Era um dos cadernos de desenho de Edward. Eu teria reconhecido em qualquer lugar. O choque foi quase físico. Mais do que tudo, eu queria agarrá-la pelos pulsos e implorar que me dissesse tudo: quem ela é e como conseguiu o caderno de Edward? Ela mencionara James William Stratton, uma empresa chamada Stratton, Cadwell & Co. e uma coleção de arquivos. Fora ali que o caderno de desenho ficara guardado todo aquele tempo? Mas como? Os dois homens não se conheciam; até onde sei, nunca se encontraram.

Depois de folhear as páginas do caderno – depressa, como se já tivesse feito isso muitas vezes e soubesse exatamente o que estava procurando –, parou em uma ilustração e a aproximou dos olhos para observar. Então foi até a janela com vista para o prado e ficou na ponta dos pés, esticando o pescoço para ver.

O caderno de desenho ainda estava aberto em cima da mesa e corri para ele.

Era o que Edward usava no verão de 1862. Eu havia me sentado ao lado enquanto ele desenhava aquelas linhas exatas naquele pedaço de papel: estudos para a pintura que tinha planejado, algo em que ele pensava havia anos. Nas páginas seguintes, eu sabia, estavam seus esboços da clareira na floresta, o monte das fadas e uma pedra à beira do rio, e, no canto inferior de uma página, em linhas soltas e rabiscadas, o coração e o navio em alto-mar que havia rascunhado enquanto falávamos animadamente de nossos planos.

Eu só queria poder virar aquelas páginas, ver os outros desenhos, *tocar* a lembrança daqueles dias. Mas, infelizmente, depois de muita experimentação ao longo dos anos, tive que aceitar que minhas habilidades nesse sentido são limitadas. Posso fazer uma porta ou uma janela bater, posso puxar a saia frouxa de uma estudante desagradável, mas, quando se trata de manipulações mais refinadas – puxar um fio ou virar uma página –, não tenho o controle necessário.

Preciso saber o que a trouxe a esta casa hoje. Ela é simplesmente uma amante da arte ou há mais coisa aí? Já é bastante notável que, após tantos anos, eu tenha ao mesmo tempo um visitante que menciona o nome de Ada Lovegrove e outra falando de James Stratton; mas que essa visitante tenha o caderno de desenho de Edward do verão de 1862 é muito estranho. Não posso deixar de pensar que haja alguma trama invisível se desenrolando.

Meu jovem Jack também ficou curioso, à sua maneira, porque, quando ela desceu as escadas e enfiou a cabeça pela porta da cozinha da casa anexa para agradecer, ele ergueu os olhos do prato enegrecido que estava raspando na pia e perguntou:

– Encontrou o que estava procurando?

Então ela deu a mais irritante das não respostas:

– Você foi muito gentil. Muito obrigada por me deixar entrar na sexta--feira.

Nem uma dica de qual era seu objetivo.

– Você vai ficar aqui perto? – perguntou ele enquanto ela descia o corredor em direção à porta da frente. – Ou vai voltar para Londres agora?

– Tenho um quarto reservado no The Swan... a taberna no final da rua. Só para o fim de semana.

Eu me aproximei e concentrei todas as minhas forças em enviar a ele uma mensagem. *Convide-a para ficar. Convide-a para voltar.*

– Fique à vontade para aparecer quando quiser – disse ele, com uma breve expressão confusa. – Estou aqui todos os dias.

– Talvez eu volte mesmo.

Foi, como dizem (quando precisam dizer, porque lhes foi negado o desejo de seu coração), melhor do que nada.

A visita foi breve, mas a perturbação permaneceu na casa a tarde toda. Isso me deixou perplexa e agitada, e assim, enquanto Jack continuava com a inspeção – ele está no corredor no primeiro andar agora, passando a mão levemente pela parede –, eu me retirei para o meu canto na curva da escada, onde me distraí ruminando os velhos tempos.

Pensei principalmente em Joe Pálido e na manhã em que nos conhecemos.

Pois, embora eu fosse uma boa ladra, não estava isenta de cometer erros. Normalmente, eram inconsequentes e fáceis de resolver: escolhia a vítima errada, era forçada a fugir de um policial, escolhia uma carteira apenas para encontrá-la tão vazia quanto palavras levianas. Em uma ocasião, porém, quando eu tinha 12 anos, cometi um erro com consequências mais graves.

Era uma daquelas manhãs de Londres em que o sol não sobe, apenas faz a neblina mudar de cor, do preto para o estanho até o cinza-amarelado metálico. O ar estava denso com a fumaça das fábricas e o cheiro oleoso subindo do rio; estava assim havia dias e eu tivera uma semana fraca. Havia poucas senhoras bonitas dispostas a andar sozinhas em Londres quando a névoa sombria chegava.

Naquela manhã, levei a Pequena Passageira ao ônibus que circulava entre o Regent's Park e Holborn, na esperança de encontrar a esposa ou a filha de um advogado voltando de seu passeio matinal pelo parque. O plano foi bom, mas minha técnica não, pois estava distraída com uma conversa que tivera com a Sra. Mack na noite anterior.

Embora tivesse uma disposição otimista, a Sra. Mack tinha uma imagem a zelar, portanto sempre ficava mais feliz quando tinha do que reclamar.

Um de seus lamentos frequentes, devido à despesa de me manter em vestidos finos, era que eu crescia como uma erva daninha:

– Mal termino de afrouxar as costuras ou descer as bainhas e preciso começar tudo de novo! – Daquela vez, no entanto, o comentário não parou por aí: – O Capitão e eu estávamos conversando que talvez seja hora de fazermos algumas mudanças no seu trabalho. Você está ficando velha demais para ser uma Garotinha Perdida. Não vai demorar muito e os Cavalheiros Prestativos terão outras ideias sobre como gostariam de "ajudar" uma garota bonita como você. Mais ainda, como você poderia ajudá-los.

Eu não queria mudanças no meu trabalho e com certeza não gostava da insinuação da Sra. Mack quanto ao tipo de "ajuda" que poderia dar aos cavalheiros. Já tinha começado a perceber uma mudança na maneira como os frequentadores do Anchor and Whistle me olhavam quando era enviada lá para arrastar o Capitão para casa, para o jantar, e sabia o suficiente a ponto de perceber que tinha a ver com o "belo par de botões" que a Sra. Mack notara enquanto me media para os últimos ajustes.

Martin também começou a me observar mais de perto. Ficava pelo corredor, do lado de fora do meu quarto, e quando eu me vestia, pela manhã, o buraco da fechadura por onde a luz deveria vazar ficava escuro. Era quase impossível escapar dos olhos dele. Seu papel no empreendimento da mãe sempre fora vigiar as coisas – para garantir que nenhuma das crianças arrumasse problemas –, mas aquilo era diferente.

Então, enquanto andava no ônibus naquela manhã e enfiava a mão no bolso da dama ao meu lado, sentindo sua bolsa na ponta dos dedos, não estava tão concentrada quanto deveria. Eu estava repassando a declaração preocupante da Sra. Mack, avaliando suas implicações e me perguntando pela milésima vez por que meu pai ainda não tinha mandado me buscar. Mais ou menos uma vez por mês, Jeremiah chegava para pegar com a Sra. Mack o dinheiro a ser enviado para os Estados Unidos e a Sra. Mack lia para mim a carta mais recente do meu pai. Mas, sempre que eu perguntava se ele havia me instruído a comprar uma passagem, ela dizia que ainda não estava na hora.

Assim, fui descuidada e só me dei conta de que a dama pretendia saltar do ônibus ao sentir um puxão na minha mão quando ela se levantou, levando consigo meu braço em seu bolso. E então o grito:

– Ora, sua pequena ladra!

Ao longo dos anos, eu me preparei para aquela cena. Já havia passado por isso muitas vezes na minha cabeça. Deveria ter fingido inocência, arregalado os olhos e fingido que era tudo um mal-entendido, talvez até produzido algumas lágrimas dignas de pena. Mas fui pega de surpresa. Hesitei por uma fração de segundo a mais do que deveria. Tudo que ouvia era a voz da Sra. Mack lembrando-me de que acusar era comprovar, para quem detinha o poder de julgamento. Contra aquela senhora com seu chapéu chique, suas boas maneiras e sua sensibilidade ferida, eu não era nada.

O motorista estava vindo em minha direção; um cavalheiro, dois assentos à frente, ficou de pé. Olhei por cima do ombro e vi que havia um caminho relativamente desimpedido em direção à porta traseira, então corri.

Eu era uma boa corredora, mas, por um golpe de azar, um policial novato fazendo ronda nas proximidades ouviu a comoção, me viu sair correndo e, com um entusiasmo vigoroso, começou a me seguir.

– Pare! Ladra! – gritou, brandindo o bastão acima da cabeça.

Não era a primeira vez que eu era perseguida por um policial, mas naquela manhã em particular o nevoeiro me confundiu e acabei indo demais na direção norte. Não podia contar com qualquer um dos meus amigos na fuga. Como Lily Millington havia avisado, arriscar-se a ser pega na minha idade era flertar com uma passagem só de ida para o reformatório, então não tinha escolha a não ser correr o máximo possível para a segurança de Covent Garden.

Meu coração batia forte enquanto eu corria pela Red Lion Square. O policial estava acima do peso, mas mesmo assim era um adulto e mais rápido do que eu. A High Holborn estava com tráfego pesado, o que me animou: eu poderia escapar me esquivando e correndo entre os veículos. Mas, infelizmente, quando cheguei ao outro lado e olhei para trás, ele ainda estava lá, e mais perto.

Entrei num beco estreito e imediatamente percebi minha loucura: do outro lado estava o Lincoln's Inn Fields, com sua ampla planície verde oferecendo lugar nenhum para eu me esconder. Sem opções e com ele quase me alcançando, vislumbrei uma pista sinuosa nos fundos da imponente fileira de casas reformadas, uma escada serpenteando pelos tijolos da casa mais próxima.

Com uma onda de exaltação, julguei que seria mais rápida que o policial se fizesse a perseguição sair do chão.

Comecei a subir, degrau por degrau, o mais rápido que pude. A escada tremeu sob meus pés quando meu perseguidor subiu atrás de mim, suas botas pesadas batendo nos degraus de metal. Fui subindo cada vez mais, passando por uma, duas, três fileiras de janelas. E, quando cheguei ao ponto mais alto onde a escada me levaria, subi pelas telhas de ardósia do telhado.

Segui meu caminho ao longo da calha, com os braços abertos para manter o equilíbrio, e, quando uma casa deu lugar à seguinte, pulei a divisória entre elas e passei pelas chaminés. Estava certa ao supor que teria uma vantagem na altura, pois, embora ele ainda estivesse atrás de mim, eu tinha ganhado uma pequena margem para respirar.

Meu alívio durou pouco. Eu já estava bem avançada na fileira de casas, mas, quando cheguei ao outro lado, não havia mais lugar para onde ir.

Assim que percebi isso, eu vi! A janela de um quarto de cobertura estava entreaberta. Não pensei duas vezes: forcei para abrir ainda mais e deslizei por baixo.

Caí com força no chão, mas não havia um segundo livre para admitir uma lesão. Corri para me encolher sob o amplo peitoril, apertando-me contra a parede, agachada. Minha pulsação estava tão acelerada que eu tinha certeza de que o policial seria capaz de ouvi-la. Precisava silenciá-la para poder escutá-lo passar, pois só assim saberia que era seguro sair novamente e voltar para casa.

Foi um alívio tão abençoado encontrar a janela aberta que eu não tinha pensado nem por um momento sobre o tipo de quarto em que eu estava pulando. No entanto, quando comecei a recuperar o fôlego, virei a cabeça para fazer uma análise e vi que estava no quarto de uma criança. Isso não seria um grande problema por si só, porém a criança em questão estava na cama e olhando diretamente para mim.

Ele era a criatura mais branca que eu já tinha visto. Mais ou menos da minha idade, com um rosto pálido e cabelos cor de palha apoiados em enormes travesseiros brancos de penas, os braços de cera apoiados frouxamente sobre os lisos lençóis de linho. Tentei dar um sorriso tranquilizador e abri a boca para falar, então percebi que não havia nada que eu pudesse dizer ou fazer para tornar aquele momento normal; além do mais, o policial nos alcançaria a qualquer momento e, na verdade, seria melhor se nenhum de nós dissesse nada.

Levei o dedo aos lábios para implorar ao garoto que ficasse quieto, ciente de que ele tinha meu destino em suas mãos, e então ele falou:

– Se você chegar mais perto... – ele pronunciava as vogais de um jeito nítido e agudo que cortou o ar denso do quarto – vou chamar meu pai e, antes que você possa pensar em pedir desculpas, estará em um navio de carga para a Austrália.

Deportação devia ser a única coisa pior do que o reformatório, e eu tentava encontrar as palavras para lhe explicar como eu havia chegado ao seu quarto através de uma janela do terraço quando ouvi outra voz, o tom áspero e constrangido de um homem acima de mim na janela dizendo:

– Peço desculpas, senhor... jovem mestre... Eu estava perseguindo uma garota, sabe? Uma jovem fugindo de mim.

– Uma jovem? No telhado? Ficou maluco?

– De jeito nenhum, jovem mestre, ela subiu, como um macaco, direto da escada...

– Você espera que eu acredite que uma garota correu mais que você?

– Bem, ah, é... sim, senhor.

– De você, um homem adulto?

Uma ligeira pausa.

– Sim, senhor.

– Saia agora mesmo da janela do meu quarto ou gritarei a plenos pulmões. Você sabe quem é meu pai?

– Sim, senhor, mas eu... Veja bem, senhor, havia uma garota...

– Agora... mesmo!

– Senhor. Sim, senhor. Muito bem, senhor.

Houve um barulho no telhado, depois o som de algo pesado deslizando ao longo das telhas e, em seguida, um uivo decrescente.

O garoto voltou sua atenção para mim.

Pela minha experiência, quando não havia nada a dizer, era melhor não dizer nada, então esperei para ver para que lado o vento sopraria. Ele me olhou com ar interrogativo antes de enfim dizer:

– Oi.

– Oi.

Agora que o policial tinha ido embora, parecia haver pouco sentido em permanecer agachada, então fiquei de pé. Foi minha primeira chance de olhar direito para o quarto, e não tenho vergonha de dizer que fiquei obviamente impressionada.

Eu nunca tinha visto nada assim. O quarto era uma enfermaria, com um teto inclinado e prateleiras que ocupavam toda a altura das paredes e sobre as quais havia um exemplar de todos os brinquedos imagináveis. Soldados e pinos de boliche de madeira, bolas, morcegos e bolinhas de gude, uma extraordinária locomotiva com vagões repletos de bonecos, uma arca com pares de cada animal do mundo, um conjunto de piões em tamanhos variados, um tambor vermelho e branco, uma caixa-surpresa e um cavalo de balanço no canto, mantendo um olho frio nas coisas. Um teatro de marionetes. Uma elaborada casa de bonecas, tão alta quanto eu. Um aro e um bastão giratórios que tinham a aparência brilhante de objetos que nunca haviam sido usados.

Enquanto eu fazia a inspeção, meus olhos pousaram em uma bandeja no pé da cama. Estava com o tipo de comida que eu vislumbrara através das janelas em Mayfair mas nunca tivera a esperança de provar. Meu estômago se contraiu e talvez o menino tenha me notado olhando, porque disse:

– Você me faria um grande favor se comesse um pouco. Eles estão sempre tentando me alimentar, mesmo que eu diga que quase nunca tenho fome.

Ele não precisou falar duas vezes.

A comida na bandeja ainda estava quente e eu comi tudo com gratidão, empoleirada na beirada de sua cama macia. Estava muito ocupada comendo para falar e, como ele não estava inclinado a fazer nenhuma das duas coisas, nós nos observamos cautelosamente.

Quando terminei, limpei delicadamente a boca com o guardanapo, como a Sra. Mack sempre fazia, e sorri com cautela.

– Por que você está na cama?

– Eu não estou bem.

– O que você tem?

– Parece haver certo grau de incerteza quanto a isso.

– Você vai morrer?

Ele ponderou a pergunta.

– É possível. Embora ainda não tenha chegado a esse ponto, o que considero positivo.

Balancei a cabeça em concordância, mas também como uma forma de incentivo. Não conhecia aquele garoto estranho e pálido, mas fiquei feliz de pensar que ele não estava à beira da morte.

– Mas que grosseria da minha parte – disse ele. – Perdoe-me. Não costumo receber muitos convidados. – Ele estendeu a mão. – Recebi o nome do meu pai, é claro, mas você pode me chamar apenas de Joe. E você é...?

Quando apertei a mão dele, pensei em Lily Millington. Inventar um nome era de longe a coisa mais sensata a se fazer, e ainda não sei por que lhe disse a verdade. Um desejo irreprimível brotou no fundo do meu estômago e depois subiu, crescendo em ritmo e solidez, até que não consegui mais resistir.

– Recebi o nome do pai da minha mãe – falei. – Mas meus amigos me chamam de Passarinho.

– Então também vou chamar, pois você apareceu no peitoril da minha janela como um pássaro.

– Obrigada por me dar cobertura.

– Não há de quê. Várias vezes fiquei pensando, deitado aqui sem muito mais o que olhar, em por que os construtores desperdiçaram tanto material fazendo o peitoril tão largo. Vejo agora que eles eram mais sábios do que eu pensava.

Ele sorriu para mim e eu sorri de volta.

Na mesa ao lado de Joe havia algo que eu nunca tinha visto. Eu me senti encorajada por sua gentileza e peguei o objeto. Era um disco com pedaços de barbante presos a dois lados opostos; em uma face do disco estava desenhado um canário e, na outra, uma gaiola de metal.

– O que é isto?

Ele fez um gesto para que eu lhe entregasse.

– Chama-se taumatrópio.

Ele segurou um dos barbantes e depois girou o disco para que ele se enrolasse com força. Segurando os dois fios, ele os esticou para que o disco começasse a girar rapidamente. Bati palmas, encantada, quando o pássaro subitamente voou para dentro da gaiola.

– Mágica – disse ele.

– Uma ilusão – corrigi.

– Sim. Isso mesmo. É um truque. Mas é bonito.

Com uma última olhada para o taumatrópio, agradeci o almoço e disse que tinha que ir.

– Não – disse ele rapidamente, balançando a cabeça. – Eu a proíbo.

A resposta foi tão inesperada que não consegui pensar em nada para dizer. Tive que me esforçar para não rir: aquele garoto pálido acamado achava que podia me proibir de alguma coisa. Isso também me entristeceu, porque em três palavras ele se expôs com muita clareza, tanto em seus desejos quanto em suas limitações.

Talvez ele também tenha vislumbrado o absurdo de sua ordem, pois seu tom perdeu a bravata e ele continuou, quase desesperado:

– Por favor, fique mais um pouco.

– Vou arrumar problemas se ficar fora até depois do anoitecer.

– Há muito tempo até o pôr do sol... pelo menos duas horas.

– Mas não fiz meu trabalho. Não ganhei nada hoje.

Joe Pálido ficou confuso e perguntou a que tipo de trabalho eu me referia. Estava falando de trabalho escolar? E, se fosse, onde estavam meus livros, a lousa e onde eu pretendia encontrar minha tutora? Eu disse a ele que não estava me referindo a trabalhos escolares, que nunca tinha ido à escola, e expliquei sobre minha rotina nos ônibus, as luvas e os vestidos de bolsos fundos.

Ele ouviu o relato com olhos arregalados e depois me pediu para mostrar as luvas. Sentei-me mais perto dele na beira da cama, puxei-as do bolso e as coloquei no meu colo, fazendo o papel da jovem dama no ônibus.

– Você vê que minhas mãos estão aqui – falei, indicando as luvas com a cabeça, ao que ele concordou. – No entanto, o que é isto?

Ele arquejou, porque, sem parecer mudar de posição, deslizei minha mão verdadeira sob as cobertas para fazer cócegas em seu joelho.

– É assim que funciona – falei, pulando da cama e alisando as saias.

– Mas... isso é maravilhoso – disse ele, um rápido sorriso se espalhando pelo rosto e deixando-o, por um instante, com uma aparência vivaz. – E você faz isso todos os dias?

Eu estava na janela agora, examinando o caminho até lá embaixo.

– Quase sempre. Às vezes, apenas finjo estar perdida e depois pego a carteira do cavalheiro que me ajudar.

– E as coisas que você pega... bolsas, joias... você as entrega em casa para sua mãe?

– Minha mãe morreu.

– Ah, você é órfã – disse ele com reverência. – Já li livros sobre órfãos.

– Não, não sou órfã. Meu pai está longe por um tempo, mas vai mandar me buscar assim que se estabelecer.

Eu me empoleirei no parapeito.

– Não vá – disse o garoto. – Ainda não.

– Preciso ir.

– Então venha novamente... por favor. Diga que sim.

Hesitei. Concordar, eu sabia, seria tolice: não era uma área em que uma jovem sem acompanhante passasse despercebida por muito tempo, e o policial no fim da rua me conhecia agora. Ele podia não ter tido a chance de ver meu rosto, mas já havia me perseguido e da próxima vez eu podia não ter tanta sorte. Mas aquela comida... eu nunca tinha provado nada parecido. E aquelas prateleiras de brinquedos e maravilhas...

– Pegue isto – disse Joe Pálido, estendendo o taumatrópio em minha direção. – É seu. E na próxima vez que vier, prometo, mostrarei algo muito, muito melhor.

E foi assim que conheci Joe Pálido e ele se tornou meu segredo, tão certamente quanto me tornei o dele.

Houve uma mudança no temperamento da casa. Alguma coisa importante aconteceu enquanto eu pensava em meu velho amigo Joe Pálido. De fato, Jack está no corredor, com uma expressão muito satisfeita. Não demoro muito para perceber por quê. Ele está diante do esconderijo, com o painel aberto.

Ele sai em um trote, imagino que para pegar sua lanterna no quarto. Apesar de dizer a Rosalind Wheeler que não entraria na casa antes de sábado, entendo as exigências da curiosidade e não tenho dúvida de que ele tem planos de vasculhar cada centímetro do esconderijo, cada sulco dentro das tábuas, na esperança de encontrar o diamante. Não encontrará. Não está lá. Mas as verdades não devem ser todas ditas ao mesmo tempo. Não fará mal a ele procurar. Gosto mais de Jack quando a frustração o faz baixar a bola.

Vou deixá-lo com sua investigação e esperar por ele na casa anexa. Tenho outras coisas em que pensar, como a visita de Elodie Winslow. Havia algo familiar em seu comportamento. Não pude identificar o que era, no começo, mas depois percebi. Quando ela entrou na casa, enquanto andava pelos cômodos, soltou um suspiro que ninguém além de mim seria capaz de detectar, e vi em seu rosto um olhar de satisfação que parecia quase completude. Isso me lembrou de Edward. Era o mesmo ar que ele tinha quando chegamos a esta casa pela primeira vez.

Mas Edward tinha um motivo para aquele apego tão forte. Criou laços com este lugar quando ainda era garoto, naquela noite aterrorizante nos campos aqui perto. Por que Elodie Winslow está aqui? Qual é a sua conexão com Birchwood Manor?

Espero que ela volte. Desejo isso com um fervor que não sinto há anos. Começo a entender, enfim, como nosso primeiro encontro deve ter sido para Joe Pálido, quando ele prometeu me mostrar algo maravilhoso se eu simplesmente concordasse em voltar. Ficamos desesperados por visitantes quando perdemos nosso poder de fazer visitas.

Depois de Edward, Joe Pálido é a pessoa de quem mais sinto falta neste meu limbo. Pensava muito nele, me perguntando o que lhe teria acontecido, pois era uma pessoa especial. Ele já estava doente havia algum tempo quando o conheci, e sua vida de isolamento naquele quarto de tesouros intocados o tornara muito mais interessado no mundo além de sua janela do que a maioria das pessoas era. Tudo que Joe Pálido sabia foi aprendido nos livros e, portanto, muitas vezes ele não entendia como as coisas funcionavam. Ele não entendeu quando lhe contei sobre os aposentos úmidos que eu dividira com meu pai à sombra de St. Anne; o banheiro comunal e a velha desdentada que o limpava em troca de sobras de cinzas; o que acontecera com Lily Millington, talvez a parte mais triste de todas. Ele queria saber por que as pessoas escolhiam viver daquela maneira e estava sempre me pedindo para contar histórias sobre a Londres que eu conhecia, os becos de Covent Garden, as áreas escuras de comércio debaixo das pontes ao longo do Tâmisa, as crianças sem pais. Ele queria ouvir especialmente sobre os bebês que iam morar com a Sra. Mack, e seus olhos se enchiam de lágrimas quando eu lhe contava sobre aqueles infelizes pequeninos que não eram fortes o suficiente para este mundo.

Eu me pergunto o que ele pensou quando desapareci por completo de sua vida. Será que me procurou? Não imediatamente, mas em algum momento, quando se passou mais tempo do que poderia ser explicado pela lógica? Será que duvidara e questionara ou acreditara no pior? Joe Pálido, nascido em 1844, tinha a mesma idade que eu; se tivesse vivido até a velhice, teria 87 anos quando o livro de Leonard foi publicado. Sendo um leitor tão voraz – lemos juntos muitas vezes, lá em cima, no seu quarto no sótão, sentados lado a lado em seu ninho de linho branco –, ele sempre sabia o que estava sendo lançado e quando; também era amante da arte, uma paixão herdada do pai, cuja casa em Lincoln's Inn Fields era cheia de Turners. Sim, tenho certeza de que Joe Pálido teria lido o livro de Leonard. O que teria achado de suas teorias?, eu me pergunto. Teria acreditado que eu era uma ladra de joias infiel que fugiu para ter uma vida melhor na América?

Joe Pálido certamente sabia que eu era capaz de roubar. Ele me conhecia melhor do que Edward, em alguns aspectos. Afinal, havíamos nos conhecido quando eu estava fugindo de um policial e desde o início ele me enchera de perguntas sobre a Sra. Mack e seu empreendimento, deliciando-se com minhas histórias da Garotinha Perdida e da Pequena Passageira. E, com o passar do tempo, da Moça do Teatro, incentivando-me a lhe contar meus relatos, como se descrevessem grandes feitos.

Joe Pálido também sabia que eu tinha decidido que, se meu pai não mandasse me buscar, eu viajaria para a América e o encontraria. Pois, embora Jeremiah entregasse relatórios regulares, parado com ares de importância no salão da Sra. Mack enquanto ela lia cartas nas quais meu pai descrevia seus esforços para se estabelecer e me incentivava a ouvir e obedecer à Sra. Mack, sempre me preocupei que houvesse algo que eles não estavam me contando; pois, se a nova vida de meu pai estava progredindo como suas cartas diziam, por que ele continuava insistindo que eu ainda não deveria me juntar a ele?

Mas Joe Pálido também sabia que eu amava Edward. De fato, foi ele quem percebeu primeiro. Ainda me lembro da noite, na inauguração da exposição da Academia Real, em 1861, em que Edward me convidou para ver a pintura de *La Belle* revelada e depois fui à janela de Joe Pálido. Desde então, tive muito tempo para refletir sobre as palavras de Joe depois de eu ter feito meu relato.

– Você está apaixonada – dissera ele –, pois o amor é exatamente assim. É como o levantar de uma máscara, como a revelação do seu eu verdadeiro ao outro, e a aceitação forçada, a terrível constatação, de que a pessoa pode nunca se sentir da mesma forma.

Ele era sábio em relação ao amor, para um garoto que quase nunca deixava o sótão. A mãe sempre o encorajava a participar dos bailes da sociedade, para que pudesse conhecer as jovens debutantes de Londres, e muitas vezes, quando eu me despedia dele, o deixava vestindo seu terno preto e branco para ir a um jantar ou outro. Eu pensava nele enquanto corria de volta pelas vielas em direção a Covent Garden, meu amigo pálido e elegante com seu coração gentil, que se tornara alto e bonito nos cinco anos desde que nos conhecêramos, e nos imaginava como se vistos de cima, vivendo nossas vidas paralelas na mesma grande cidade.

Suponho que Joe Pálido tenha conhecido uma mulher em um desses bailes, uma bela dama por quem se apaixonou tão completamente como eu me apaixonei por Edward e que talvez não lhe correspondesse, porque suas palavras naquela noite foram perfeitas.

Ele nunca teve a chance de me contar quem era. Na última vez que vi Joe, tínhamos 18 anos. Fui à sua janela para informá-lo de que havia concordado em ir com Edward a Birchwood Manor no verão. Não revelei nada dos meus planos; nem sequer me despedi direito. Não achei que precisasse, não naquele momento. Achei que haveria mais tempo. Imagino que as pessoas sempre achem.

Jack está de volta à casa anexa e a minha casa está em paz outra vez, recuperando o fôlego após um dia de atividades incomuns. Fazia muito tempo que ninguém se aventurava dentro do esconderijo.

Ele está desanimado, mas não porque não conseguiu encontrar a pedra. A ausência da joia envolverá outro telefonema para Rosalind Wheeler, o que não será agradável, pois ela não ficará feliz. Mas a busca pelo Radcliffe Blue é apenas um trabalho para Jack, ele não tem nenhuma conexão pessoal além da curiosidade que conduz sua busca. Seu humor está relacionado, tenho certeza, ao encontro com Sarah, a respeito das duas meninas.

Anseio saber o que aconteceu entre eles. Isso me dá algo em que focar além das minhas próprias lembranças e do tempo infinito e inútil.

Ele deixou de lado as anotações e a planta da Sra. Wheeler e pegou sua câmera. Notei um padrão em Jack. Quando algo o perturba, ele pega a câmera e olha através da lente, apontando-a para coisas – qualquer coisa –, brincando com a abertura e o foco e aproximando o zoom antes de recolhê-lo novamente. Às vezes ele dispara o obturador; mais frequentemente, porém, não o faz. Pouco a pouco, seu equilíbrio é restaurado e a câmera desaparece.

Hoje, no entanto, ele não se recupera com tanta facilidade. Coloca a câmera na bolsa e pendura a alça no ombro. Ele pretende sair para tirar mais fotos.

Vou esperar por ele no meu canto favorito na curva da escada. Gosto de olhar o Tâmisa entre as árvores, além do prado. O rio é tranquilo aqui de cima; apenas os barcos do canal passam de um lado para outro, arrastando atrás deles a fraca pluma de fumaça de carvão. Pode-se ouvir o ruído de uma linha de pesca afundando, os pés de um pato chegando à superfície, às vezes risos, no verão, se o dia estiver quente o suficiente para nadar.

O que eu disse antes não era de todo verdade – que nunca consegui avançar até o rio. Houve uma vez, apenas uma. Não mencionei isso porque ainda não consigo explicar. Mas, na tarde em que Ada Lovegrove caiu do barco, eu estava lá, no rio, vendo-a afundar.

Edward dizia que o rio tinha uma memória primitiva de tudo que já aconteceu. Ocorre-me que esta casa também é desse jeito. Lembra, assim como eu. Lembra-se de tudo.

Tais pensamentos me trazem de volta a Leonard.

Ele foi soldado, mas era estudante quando chegou a Birchwood Manor, trabalhando em uma dissertação sobre Edward, seus papéis espalhados pela mesa na sala Mulberry, no primeiro andar. Foi com ele que descobri muito do que aconteceu depois que Fanny morreu. Entre suas anotações de pesquisa, havia cartas e artigos de jornal, além de alguns relatórios policiais. Que sensação estranha foi ler o nome "Lily Millington" lá entre os outros. Thurston Holmes, Felix e Adele Bernard, Frances Brown, Edward, Clare e Lucy Radcliffe.

Eu vi os policiais investigando a morte de Fanny. Observei enquanto vasculhavam os quartos, revirando as roupas de Adele e despindo as paredes do quarto escuro de Felix. Eu estava lá quando o mais baixo dos dois homens embolsou uma fotografia de Clare com sua calcinha de renda, enfiando-a dentro do casaco. Eu também estava lá quando eles limparam o estúdio de Edward, pegando tudo que pudesse lançar luz sobre mim...

Leonard tinha um cachorro que dormia na poltrona enquanto ele trabalhava. Um grande animal peludo, com patas enlameadas e uma expressão sofredora. Gosto de animais: eles costumam ter consciência de mim, ao passo que as pessoas não têm; eles fazem com que eu me sinta apreciada. É incrível o valor que um pouco de reconhecimento tem para alguém que se acostumou a ser ignorado.

Ele trouxe uma vitrola e tocava músicas tarde da noite, mantendo um cachimbo de vidro na mesa de cabeceira, um objeto que reconheci das noites do meu pai na alcova chinesa de Limehouse. Uma mulher, Kitty, vinha visitá-lo de vez em quando, e nessas ocasiões ele escondia o cachimbo.

Eu o observava dormir algumas vezes, assim como observo Jack agora. Ele tinha hábitos militares, como o velho major conhecido da Sra. Mack e do Capitão, que esbofeteava uma garota sem hesitar mas não aceitava se deitar sem polir as botas e alinhá-las com cuidado para o dia seguinte.

Leonard não era violento, mas seus pesadelos eram sombrios. Muito organizado, calmo e educado durante o dia, mas com sonhos do tipo mais desolador. Ele tremia durante o sono, estremecia e gritava com uma voz crua de medo.

– Tom – chamava. – Tommy.

Eu me perguntava sobre Tommy. Leonard chorava por ele como o faria por um filho perdido.

Nas noites em que ele fumava o cachimbo de vidro e caía em um sono lânguido no qual Tommy não o encontrava, eu me sentava na quietude da casa escura e pensava no meu pai, por quanto tempo esperei que ele voltasse.

E, quando Leonard não usava o cachimbo, eu ficava com ele. Entendo o desespero; então, naquelas noites, eu me ajoelhava e sussurrava no ouvido daquele jovem:

– Está tudo bem. Fique em paz. Tommy diz que está tudo bem.

Tom... Tommy... Ainda ouço o nome dele nas noites em que o vento sopra forte no rio e as tábuas do assoalho rangem.

CAPÍTULO 13

Verão de 1928

Era o dia mais quente até então e Leonard havia decidido, quando acordou, que ia nadar. Vinha caminhando pela margem toda manhã e, às vezes, também nas longas tardes, antes de a claridade desaparecer de repente, como um holofote sendo apagado.

O Tâmisa ali tinha um caráter muito diferente do tirano largo e lamacento que fervilhava por Londres. Era gracioso, hábil e especialmente suave. Ele rolava sobre pedras e roçava suas margens, a água tão clara que se podiam ver os juncos balançando lá no fundo, em sua cama estreita. O rio ali era fêmea, ele decidiu. Apesar de toda a sua transparência iluminada pelo sol, havia certos pontos nos quais era repentinamente insondável.

Uma longa temporada de seca que durara até junho lhe dera amplas oportunidades para explorar, e Leonard descobrira uma curva particularmente convidativa uns três quilômetros rio acima, antes da ponte Lechlade Halfpenny. Um grupo de crianças havia montado um acampamento de verão em um campo logo além, mas um bosque de bétulas dava privacidade àquela curva.

Naquele momento, ele estava sentado com as costas apoiadas no tronco de um salgueiro, desejando ter terminado os reparos que planejava fazer no velho barco a remo que encontrara no celeiro atrás da casa. O dia estava perfeitamente tranquilo e Leonard não conseguia pensar em nada mais agradável do que ficar deitado naquele barco e deixá-lo carregá-lo rio abaixo.

Ao longe, um garoto de uns 11 anos, com pernas compridas e magras e joelhos protuberantes, corria sob a sombra de uma árvore em direção ao tronco de outra. Ele atravessou a clareira ensolarada agitando seus braços como um moinho de vento, por puro prazer, um sorriso largo iluminando seu rosto.

Por uma fração de segundo, Leonard se lembrou da alegria fluida de ser jovem, rápido e livre.

– Corra comigo, Lenny, corra! – Ele ainda ouvia isso às vezes, quando o vento soprava de certa maneira ou um pássaro voava lá em cima. – Corra comigo, Lenny.

O garoto não tinha visto Leonard. Ele e seus companheiros estavam em uma missão de pegar gravetos, de comprimentos semelhantes a espadas, e carregá-los para outro garoto na barraca de chita, que então inspecionava as ofertas, admitindo algumas e negando outras com um gesto de cabeça. Para os olhos adultos de Leonard, não havia nada naquele garoto que o destacasse como líder. Ele talvez fosse um pouco mais alto do que os outros, talvez um pouco mais velho, mas as crianças tinham uma capacidade instintiva de discernir poder.

Leonard se dava bem com crianças. Com elas, não havia a dissimulação que os adultos usavam para facilitar o caminho. Elas diziam o que pensavam e descreviam o que enxergavam e, quando discordavam, brigavam e depois faziam as pazes. Ele e Tom tinham sido assim.

Uma bola de tênis voou, vinda do nada, aterrissando com um baque suave e rolando pela grama em direção à beira do rio. O cão correu atrás dela e depois trotou de volta para largar o presente aos pés de seu dono. Leonard aceitou a oferta encharcada, sopesando-a na palma da mão brevemente antes de jogá-la de volta na direção de onde viera.

O sol agora estava quente. Ele tirou a camisa e a calça e, apenas de cueca, foi até a beira da água. Molhou a ponta do pé enquanto uma família de patos passava.

Sem se dar tempo para mudar de ideia, Leonard mergulhou.

A água fria da manhã arrepiou sua pele. Ele manteve os olhos abertos enquanto nadava mais fundo, mais fundo, mais fundo, o mais fundo que podia, estendendo a mão para agarrar o chão lodoso. Ele esperou e começou a contar. Tom sorriu de volta para ele por entre o monte de juncos escorregadios.

Leonard não se lembrava de um tempo antes de Tom. A diferença de idade entre os dois era de apenas treze meses. A mãe deles tinha perdido uma filha antes de Leonard, uma menina chamada June, que sofrera de escarlatina aos 2 anos, e não estava disposta a ser pega desprevenida de novo. Ele a ouviu confessar à tia, certa tarde, durante o chá, que teria tido dez filhos se os "problemas femininos" não a houvessem impedido.

– Você tem um herdeiro e um reserva – dissera a tia com seu pragmatismo costumeiro. – Já está ótimo.

Por anos, Leonard se perguntara se era o herdeiro e se isso era bom ou ruim.

Tom era o mais novo, embora fosse mais forte que Leonard. Quando tinham 5 e 4 anos, Tom era o mais alto dos dois. Também era mais largo, com ombros fortes (como os de um nadador, o pai dizia, com um empolgado orgulho masculino), e uma personalidade encantadora, carismática, que atraía as pessoas. Leonard, por outro lado, era mais reservado. Sua mãe gostava de dizer que percebera suas personalidades no momento em que eles foram colocados em seus braços, recém-nascidos.

– Você se encolheu todo e enfiou o queixo no peito, como se estivesse tentando fugir do mundo. Tom, no entanto... cerrou os punhos, ergueu o queixo e fez um biquinho, como se dissesse: "Venha me pegar!"

Os pulmões de Leonard ardiam, mas ele permaneceu submerso. Encontrou o olhar risonho do irmão enquanto um cardume nadava entre eles. Continuou contando.

As mulheres sempre gostavam de Tom. Ele era bonito – até Leonard admitia –, só que havia algo mais. Ele tinha um jeito diferente. Era engraçado e generoso e, quando ria, era como se o céu se abrisse e o sol brilhasse diretamente em sua pele. Leonard, com bastante tempo para refletir sobre isso desde então, havia concluído que Tom tinha uma honestidade inata à qual as pessoas reagiam. Mesmo quando estava bravo ou zangado, havia uma veracidade em sua emoção que atraía as pessoas.

A pulsação de Leonard estava martelando em seus ouvidos agora; havia se expandido para preencher todo o crânio, e ele não aguentava mais. Deu impulso no fundo e disparou de volta através da água em direção ao brilho lá em cima, arquejando profundamente quando rompeu a superfície. Ele estreitou os olhos quando o mundo ficou branco por um instante e depois boiou de costas para recuperar o fôlego.

Leonard flutuava de braços e pernas abertos, o sol agradavelmente quente em sua barriga. Foram 93 segundos. Ele ainda estava muito aquém do recorde de Tom, conquistado durante o verão de 1913, mas tentaria de novo no dia seguinte. Uma cotovia cantava ali perto e Leonard fechou os olhos. A água o envolvia suavemente. Os meninos gritavam ao longe, alegres, loucos com o verão.

Leonard nadou devagar de volta à margem. Era mais um dia, exatamente como o anterior.

Hora pars vitae. Seu professor de latim o fizera escrever. *Toda hora faz parte da vida.*

Serius est quam cogitas, dizia o relógio de sol na França. Uma construção modesta no jardim de uma igrejinha onde a unidade de Leonard havia se abrigado, desgastada, durante uma retirada lamacenta. *É mais tarde do que você pensa.*

―⁂―

― Vamos, Cão.

O cachorro se levantou e Leonard percebeu novamente o extraordinário dom do animal para o otimismo. Ele aparecera na primeira noite de Leonard em Birchwood Manor, havia quase um mês, e eles se adotaram de comum acordo. Difícil saber que tipo de cachorro ele era: grande, marrom, um rabo forte e peludo com vida própria.

Eles voltaram para a casa, a camisa de Leonard úmida onde tocava sua pele. Um par de pipas de rabiola vermelha pairava como um truque de mágica no ar acima de um campo de trigo, e Leonard teve uma repentina lembrança. Uma enorme mansão em ruínas na qual ficaram certa noite na França, destruída de um lado, mas intacta do outro. Havia um relógio preto e branco no corredor, um relógio de pé que soava ainda mais alto à noite, contando os minutos que restavam, embora ele não soubesse para quê. Parecia nunca haver um fim.

Um dos homens havia encontrado um violino no segundo andar, em uma sala empoeirada com livros e outros prazeres dos tempos de paz, e o levara até o jardim e começara a tocar uma canção comovente que Leonard conhecia vagamente. A guerra, por sua natureza, era surreal: acontecimentos tão chocantes que nunca poderiam se tornar normais e ainda mais chocantes quando, inevitavelmente, se tornavam. Dia após dia de dissonância, com a velha realidade e a nova sentando lado a lado, enquanto homens que apenas meses antes eram tipógrafos, sapateiros e balconistas se viam recarregando as armas e se esquivando como ratos em trincheiras encharcadas.

Na mente de Leonard, em todo aquele período de quatro anos, não houvera ironia maior que aquela tarde que passou ouvindo violino em um jardim de verão, enquanto a menos de um quilômetro de distância bombas explodiam e homens morriam. Havia falcões circulando alto no céu:

falcões-peregrinos, bem acima dos acontecimentos em terra. Eles não se comoviam com o que estava acontecendo nos campos lá embaixo. A lama, o sangue, a matança, o desperdício sem sentido. Eles tinham a memória longa dos pássaros; já tinham visto tudo aquilo antes.

Os humanos também podiam olhar em retrospectiva agora. Só foi preciso uma guerra. Outra ironia: que a fotografia aérea desenvolvida para ajudar os bombardeiros a causar a máxima destruição estivesse agora sendo usada pelos cartógrafos para preservar a preciosa geografia da terra abaixo.

Guerras eram úteis, ao que parecia. Um velho amigo de escola de Leonard, Anthony Baxter, dissera isso alguns meses antes. A necessidade era a mãe da invenção e não havia nada tão motivador quanto a necessidade de sobreviver. Anthony trabalhava em manufatura – algum tipo de material novo que substituía o vidro. Havia muito dinheiro a ganhar, continuara ele, as bochechas coradas pela cerveja e a ganância, se um sujeito se permitisse pensar de forma criativa.

Leonard desprezava dinheiro. Quer dizer, desprezava a busca por possuí-lo. Em sua opinião, o único ponto positivo da guerra era a percepção de quão pouco um homem realmente precisava para sobreviver. Quão pouco o resto importava. Todos aqueles relógios de pé abandonados; pessoas que simplesmente fecharam as portas de suas mansões e fugiram com suas famílias em busca de segurança. O que era real, ele sabia agora, era o solo sob os pés de um homem. A terra, o mundo natural, do qual se podia extrair todo o necessário, e no qual eram preservadas as impressões de todos os homens, mulheres e crianças que já viveram.

Antes de chegar a Birchwood Manor, Leonard havia comprado alguns mapas da Stanfords, publicados pela Ordnance Survey, que demarcavam a área de Oxfordshire, Wiltshire e Berkshire. Era possível distinguir estradas romanas gravadas no gesso por passos milenares, círculos nas plantações onde antes ficavam valas cercadas, cristas paralelas feitas por arados medievais. Recuando ainda mais, podiam-se ver as redes capilares dos recintos mortuários neolíticos; marcas deixadas durante a última Era do Gelo.

A terra era o museu definitivo, registrando e apresentando uma narrativa do tempo, e naquela área, Ridgeway – o gesso da planície de Salisbury, o Cerne Abbas Giant, o Uffington White Horse –, era particularmente acessível. O gesso era mais resistente do que a argila; tinha uma memória melhor. Leonard conhecia o gesso. Um de seus trabalhos na França fora escavar um túnel sob o campo de batalha. Ele havia treinado em Larkhill, em Wiltshire, aprendera a construir postos de escuta e passara horas sentado com um estetoscópio pressionado contra a terra fria. E então, conversando com os neozelandeses, cavou um posto de verdade sob a cidade de Arras. Semanas a fio no escuro; velas acesas e um balde se tornaram braseiros no trecho mais frio do inverno.

Leonard conhecia o gesso.

A Grã-Bretanha era uma ilha antiga, um lugar de fantasmas, e cada hectare podia reivindicar ser uma área de legado especial, mas aquela parte era especialmente rica. Camadas de habitação humana podiam ser vislumbradas dentro da mesma parcela de terra: pré-história, Idade do Ferro, Idade Média; e agora também a técnica de escavação de túneis da Grande Guerra. O Tâmisa serpenteava no meio do mapa, subindo como uma série de nascentes em Cotswolds e se alargando à medida que avançava. Escondida em uma bifurcação feita por um braço fino, ficava a aldeia de Birchwood. Não muito longe, em uma cordilheira, corria uma trilha, mais reta do que a natureza costumava traçar. Leonard lera Alfred Watkins e o relato de William Henry Black para a Associação Arqueológica Britânica de Hereford, especulando que aquelas "grandes linhas geométricas" ligavam monumentos neolíticos por toda a Grã-Bretanha e Europa Ocidental. Eles eram os velhos caminhos, forjados há milhares de anos, mágicos, poderosos, sagrados.

O passado misterioso e místico foi o que atraiu Edward Radcliffe e os outros para a área durante o verão de 1862. Também foi parte do motivo da compra da casa por Radcliffe, a princípio. Leonard lera o manifesto várias vezes e também as cartas que o artista escrevera a seu amigo e colega de arte Thurston Holmes. Ao contrário de Radcliffe, que havia caído em relativa obscuridade após a morte da noiva, a lembrança de seu trabalho mantida apenas por um pequeno grupo de entusiastas devotados, Holmes continuou a pintar e desfrutar da vida pública até os 70 anos. Morrera recentemente, deixando sua correspondência e diários para a posteridade, e Leonard havia feito várias viagens à Universidade de York, passando semanas vasculhando-os em busca de algo que pudesse lançar uma nova luz sobre a conexão de Edward Radcliffe com a casa em Birchwood.

Em uma carta enviada em janeiro de 1861, Radcliffe escrevera:

Comprei uma casa. Uma casa bastante encantadora, que, embora não seja grande, tem proporções elegantes. Aninha-se, como um pássaro humilde e digno, em sua própria curva do rio, à beira de um bosque junto de uma aldeia pequena, mas perfeitamente formada. E, Thurston, há mais. Porém não contarei aqui: esperarei até nosso próximo encontro, dizendo apenas que há algo mais na casa que me atrai, algo antigo e essencial, e não inteiramente deste mundo. Ela esperava por mim havia muito tempo, pois minha nova casa e eu não somos estranhos um ao outro.

Radcliffe não dera mais detalhes ali, e embora Leonard soubesse, de pesquisas posteriores, que ele tinha morado naquela área por algum tempo quando menino, havia algum mistério sobre o que precisamente o levara à casa e quando: Radcliffe fizera algumas referências veladas, em duas ocasiões, a uma experiência de infância que "mudara sua vida" e o "assombrava", mas até então Leonard não tinha sido capaz de determinar sua verdadeira natureza. De todo modo, algo acontecera; Radcliffe não estava disposto a discutir o assunto e o evento teve um papel importante em sua obsessão por Birchwood Manor – e sua compra. Em dezembro de 1860, ele vendeu todas as pinturas que possuía e fez um acordo com um benfeitor para fornecer seis pinturas em troca das 200 libras de que ainda precisava. De posse do valor da compra, assinou o contrato e, enfim, Birchwood Manor e seus hectares vizinhos eram dele.

Cão soltou um latido de animação e Leonard seguiu seu olhar. Esperava ver um grupo de patos ou gansos, mas, em vez disso, havia um casal caminhando na direção deles, um homem e uma mulher. Amantes, isso estava claro.

Leonard observou o homem rindo de algo que a mulher dissera. O som cobriu os outros ruídos da manhã e lhe rendeu uma cotovelada nas costelas.

A mulher sorria e Leonard se pegou sorrindo fracamente também enquanto olhava para eles. Pareciam tão alegres e perfeitos, seus contornos muito nítidos. Andavam como se tivessem o direito supremo de existir no mundo; como se não duvidassem nem por um segundo de que pertenciam àquele lugar, àquele momento.

Leonard sabia que, em comparação, era magro e pálido, e sua deficiência o deixava tímido. Ele não sabia se aguentaria uma alegre troca de "bom dia"; não tinha certeza se seria capaz de pronunciar as palavras ou se um simples aceno de cabeça bastaria. Ele nunca se sentira particularmente à vontade em situações sociais, mesmo antes de ser esvaziado pela guerra.

Havia um graveto no chão, um belo pedaço de madeira clara, e Leonard o pegou, sopesando-o na mão.

– Ei, Cão, vamos lá, garoto, pegue.

Leonard jogou o graveto pelo campo e Cão partiu em uma perseguição animada, esquecendo o homem e a mulher.

Virando as costas para o rio, Leonard o seguiu. Os picos dos frontões gêmeos de Birchwood Manor eram visíveis acima dos salgueiros que ladeavam o riacho Hafodsted, e Leonard notou que uma das janelas do sótão refletia o sol de tal modo que suas vidraças pareciam acesas.

Quando foi para Oxford, aos 18 anos, Leonard não imaginou nem por um segundo que acabaria concentrando sua pesquisa em Radcliffe e em uma casa de 400 anos em um canto esquecido do país. Porém muito do que aconteceu nos quinze anos seguintes foi além da imaginação juvenil de Leonard. Verdade fosse dita, em 1913 ele não esperava muita coisa de seus estudos. Foi para Oxford porque era um garoto inteligente de certa classe; não houve muito mais motivos que isso. Ele optou por estudar história na faculdade Christ Church porque gostava do gramado e do grande edifício de pedra que dava para o campo. Foi durante uma aula introdutória no primeiro ano que conheceu o professor Harris e descobriu a arte moderna.

O que havia sido uma escolha aleatória se transformou rapidamente em paixão. Leonard se iluminou com a coragem e o efeito do *Nu descendo uma escada, nº 2,* de Marcel Duchamp, com o confronto fragmentário de *As senhoritas d'Avignon,* de Picasso; leu Marinetti até altas horas e viajou a Londres para ver a exposição de Umberto Boccioni na Galeria Doré. A ironia do *ready-made,* a roda de bicicleta de Duchamp em seu banquinho foram uma revelação, e Leonard ficou cheio de otimismo. Ele ansiava por inovação, adorava velocidade e invenção, adotou novas ideias sobre espaço e tempo e sua representação; sentia-se surfando uma onda gigante e planando para o futuro.

Mas 1914 se seguiu e certa noite seu irmão foi visitá-lo na faculdade. Eles tinham planos de jantar na cidade, mas Tom sugeriu uma caminhada no campo antes. Era verão, fazia calor e ainda estava claro, e Tom ficou nostálgico, conversando rapidamente sobre o passado, a infância deles, de modo que Leonard soube de imediato que algo estava errado. Então, quando eles se sentaram à mesa do restaurante:

– Eu me alistei.

Com essas três palavras, a guerra, que vinha se anunciando nas manchetes dos jornais, subitamente estava no salão com eles.

Leonard não queria ir. Ao contrário de Tom, não buscava aventura, não daquele tipo. Ele teve que lutar para sentir o mínimo senso de dever. Não era problema dele se um louco armado em Sarajevo não gostava de um arquiduque austríaco com um chapéu de penas. Leonard não dissera isso a ninguém, inclusive à mãe e ao pai, que estavam cheios de orgulho do novo uniforme de Tom, mas não pôde deixar de pensar que era um terrível inconveniente que a guerra começasse justo quando ele havia descoberto sua paixão.

Mas era assim.

Ele refletiu.

Quanto tempo poderia durar?

Seria uma breve interrupção, uma nova experiência que apenas alimentaria sua capacidade de perceber o mundo de diferentes pontos de vista? Ele seria capaz de estudar de perto a mecanização e a modernidade...

Não fazia sentido pensar nos motivos. Tom estava de partida para a França e Leonard também foi.

Cinco anos depois, voltou para um país e um mundo que não conhecia mais.

CAPÍTULO 14

Londres depois da guerra foi um choque. A história rira por último e Leonard se deparou com mudanças e progressos em uma escala que nunca poderia ter previsto. Não apenas no mundo, mas também nas pessoas. Surgiam pessoas de rosto largo, que ele não reconhecia, ansiosas para dançar e celebrar, para rir como cabras, para se livrar dos cabelos compridos e dos velhos hábitos e de qualquer outra coisa que as ligasse ao passado e ao longo sofrimento da guerra.

Leonard alugou um quarto no alto de um prédio perto da Holloway Road. Havia um porco no pequeno quintal dos fundos e um túnel ferroviário nas profundezas da terra abaixo. Ele tinha visto o porco ao fazer a visita, mas só soube dos trens depois de pagar o primeiro mês inteiro e estar sentado com um copo de cerveja e um cigarro na mesinha de madeira ao lado de sua cama. O sol estava se pondo – sempre um momento de agitação para Leonard, quando nem a luz era confiável – e ele achou que o local estivesse sendo bombardeado, que havia um erro terrível e que a guerra não havia acabado. Mas tinha sido apenas o trem. Em pânico, derrubou a cerveja de cima da mesa e, em resposta, ganhou da mulher do quarto de baixo uma batida forte com o cabo de vassoura no teto.

Leonard tentou se ajustar aos novos tempos, mas, em vez de ficar descontraído e despreocupado, ele se via apenas desenraizado. Todo mundo bebia demais, mas, enquanto os outros se divertiam, Leonard se tornava sentimental. Era convidado para um clube à noite e chegava com a melhor das intenções: usava um terno novo e se forçava a se manter animado, ouvir e assentir, até sorrir algumas vezes. Invariavelmente, porém, em algum momento da noite, tendo-se deixado levar por uma conversa, Leonard se ouvia falando dos amigos que havia perdido, de como eles ainda apareciam no silêncio da sua cama ou no espelho, quando ele se barbeava, às vezes até na meia-luz da rua à noite, onde ouvia suas botas atrás dele.

No barulho do clube, ele via as outras pessoas da mesa o encarando de soslaio quando falava assim, dando-lhe as costas com indignação, como se não entendessem por que ele havia estragado a diversão delas. Mesmo quando não falava dos amigos perdidos, faltava a Leonard o dom da conversa fiada. Ele era muito sério. Muito direto. O mundo era uma bolha agora, fina e brilhante, e todo mundo havia encontrado o caminho para dentro dela. Mas Leonard era muito pesado para a bolha. Era um homem fora de época: velho demais para ser um dos jovens espirituosos e jovem demais para se encaixar entre os bêbados desesperados que ladeavam o rio. Ele não sentia conexão com nada nem ninguém.

Certa tarde, parado na ponte de Charing Cross enquanto os barcos e as pessoas iam e voltavam, ele esbarrou com seu antigo professor, que estava a caminho da Galeria Nacional. O professor Harris convidou Leonard para se juntar a ele e depois falou amigavelmente sobre arte, vida e pessoas que ambos conheciam, enquanto Leonard ouvia e assentia, repassando as anedotas em sua mente como relíquias vagamente divertidas. Quando fizeram a curva para as salas renascentistas e o professor sugeriu que Leonard pensasse em retomar seus estudos, as palavras soaram como em uma língua estrangeira. Mesmo que Leonard conseguisse voltar aos prédios inquietantemente bonitos de Oxford, o modernismo estava morto: Boccioni havia sido assassinado em 1916 e os críticos franceses estavam reivindicando agora um "retorno à ordem". A juventude e a vitalidade do movimento haviam desaparecido com as de Leonard e agora estavam enterradas entre os ossos e a lama.

Mas ele precisava fazer alguma coisa. Londres era rápida e barulhenta demais, e cresceu em Leonard uma urgência para escapar dali. Ele a sentiu aumentar como a pressão antes de uma tempestade: seus tímpanos doíam; suas pernas ficaram inquietas. Ele acordava suando à noite, enquanto os trens noturnos estremeciam a cabeceira da cama e a mulher magra e maquiada no quarto de baixo batia a porta após algum cliente barulhento sair. As finas garras sombrias do pânico envolviam sua garganta e ele rezava para que apertassem mais e terminassem o trabalho. Ele se via traçando em sua mente os caminhos que havia percorrido quando criança – que ele e Tom haviam seguido juntos, por cima do muro de tijolos do quintal, através dos arbustos, ao longo da trilha que sumia ao atravessar o prado em direção à floresta. "Corra comigo, Lenny." Ele ouvia essas palavras cada vez mais, porém, quando se virava, via apenas homens velhos em bares, meninos jovens nas esquinas e gatos de rua magrelos que o seguiam com seus olhos de vidro.

Antes do fim do contrato, ele colocou dois meses de aluguel no copo em cima da mesa e deixou seu quarto, saindo de Londres em um dos trens que passavam ruidosamente pelas janelinhas da vida de outras pessoas. A casa de sua família era menor do que ele se lembrava, estava mais acabada, embora o cheiro fosse o mesmo, e isso não era ruim. A mãe arrumou seu quarto da infância, mas não fez nada em relação à cama vazia na parede oposta. Inúmeras conversas pairavam nos cantos, silenciosas durante o dia mas barulhentas à noite, de modo que Leonard às vezes se sentava e acendia a lâmpada, certo de que pegaria o irmão sorrindo para ele da outra cama. Ele ouvia as molas embaixo do colchão rangendo no escuro com a lembrança de Tom se revirando enquanto dormia.

Seus velhos brinquedos e livros ainda estavam na prateleira – o conjunto de soldados de madeira, o pião, a caixa gasta de Cobras e Escadas; e Leonard releu *A máquina do tempo*, de H. G. Wells. Era sua história favorita aos 13 anos; a de Tom também. Naquela época, todos os seus sonhos eram sobre o futuro, os dois fantasiavam avançar no tempo para ver que maravilhas haveria à frente. Agora, porém, Leonard se via sempre olhando para trás. Às vezes, simplesmente se sentava com o livro nas mãos, maravilhado com sua solidez e sua forma. Que objeto digno era um livro, quase nobre em seu propósito.

Algumas noites, ele pegava o jogo de Cobras e Escadas. Eles sempre jogavam com os mesmos pinos. Leonard usava uma pedra cinza perfeitamente arredondada que encontrara quando a mãe e o pai os levaram para a praia, em Salcombe. Tom usava uma moeda de prata dada a ele por um velho que o menino ajudara a se levantar de uma queda na rua. Eles levavam seus pinos da sorte a sério, cada um insistindo que o seu era o melhor, mas Leonard se lembrava de invejar o de Tom, porque nove em cada dez vezes o irmão vencia o jogo. Tom sempre foi o mais sortudo dos dois. Exceto, claro, na única vez em que isso foi realmente importante.

Um dia, no início de 1924, as pernas de Leonard estavam especialmente agitadas. Ele colocou um frasco com um pouco de água na bolsa de viagem e saiu para passear como fazia sempre, mas, quando a escuridão começou a cair, não se virou e voltou para casa; em vez disso, continuou andando. Não sabia para onde estava indo e não se importava. Por fim, dormiu onde caiu, em campo aberto, a meia-lua brilhando acima no céu sem nuvens. E quando uma cotovia o acordou, à primeira luz, ele juntou suas coisas e partiu novamente. Atravessou Dorset andando e seguiu para Devon, encontrando e seguindo as trilhas de Dartmoor, conversando com seus fantasmas. Começou a notar quantos tons de verde havia nas camadas de folhagem nas árvores acima dele, o modo como os fios de grama desbotavam perto da terra.

A barba cresceu e sua pele ficou bronzeada. Ele ganhou bolhas nos calcanhares e nos dedos dos pés, que endureceram até parecerem os pés de outro homem, um homem melhor. Ele se tornou especialista em escolher um pedaço de pau como bengala. Aprendeu a acender o fogo e criou calos nos dedos. Aceitava os trabalhos que apareciam: trabalhos avulsos que não exigiam compromisso e não criavam nenhuma conexão, e, quando terminava a tarefa, recebia seu pagamento escasso e continuava andando. Às vezes encontrava pessoas, estranhos seguindo pelo mesmo caminho, e trocavam um aceno de cabeça. Em raras ocasiões, falava com um colega de viagem em algum bar do interior, surpreendendo-se com o som da própria voz.

Foi em um desses bares que ele viu pela primeira vez uma fotografia da Inglaterra tirada do ar. Era hora do almoço no sábado e o bar estava cheio; um homem estava sentado sozinho em uma das mesas de madeira na varanda, uma bicicleta preta empoeirada recostada ao lado e um boné de couro de ciclismo ainda na cabeça. Ele estava debruçado sobre uma grande fotografia impressa, fazendo anotações, e a princípio não notou que Leonard o observava. Ele franziu a testa ao notar, movendo-se instintivamente para cobrir seu trabalho com o braço, parecendo prestes a atacar Leonard, mas então algo em sua expressão mudou e Leonard soube que tinha sido reconhecido. Não que eles se conhecessem; nunca tinham se encontrado. Mas estavam todos marcados de alguma maneira, depois do que tinham vivido, depois do que viram e fizeram.

O homem se chamava Crawford e servira no Royal Flying Corps. Depois, fora contratado pela Ordnance Survey e agora estava viajando pelos condados de Wiltshire e Dorset, mapeando sítios arqueológicos; já identificara vários até então desconhecidos. Leonard sempre preferia ouvir a falar e se consolou com as coisas que Crawford lhe disse. Elas confirmavam várias noções vagas e incompletas que Leonard vinha entretendo sobre o tempo e sua maleabilidade. As fotografias de Crawford reuniam tempo e espaço em uma única imagem, mostrando o passado coexistindo com o presente.

Leonard percebeu que sentia uma conexão maior com os povos antigos – que seguiram os mesmos caminhos que ele seguia agora – do que com os jovens animados dançando nas noites de Londres. Enquanto caminhava, tinha uma sensação de pertencimento; de uma maneira essencial, ele sabia que era da terra, e a cada passo extraía mais solidez. *Pertencimento*. A palavra surgiu em sua mente e, quando ele retomou sua viagem naquela tarde, encontrou os pés se movendo ao ritmo das sílabas.

Foi mais tarde naquele dia, quando Leonard estava decidindo onde montar acampamento para a noite, que um pensamento lhe ocorreu, uma lembrança distante do seu primeiro ano de História em Oxford: um artigo que lera sobre um movimento vitoriano que incluía um artista chamado Edward Radcliffe. Embora houvesse vários artistas na autodenominada Irmandade Magenta, Radcliffe havia sido memorável devido à história trágica associada a ele: o assassinato de sua jovem noiva e sua subsequente derrocada. Mesmo assim, o grupo não havia despertado o interesse de Leonard na época: ele ficava entediado com os vitorianos. Ressentia-se de suas certezas e zombava de suas rendas negras empoeiradas e seus cômodos atravancados. Como todos os modernistas, como todas as crianças, ele procurara se definir desafiando a imponente estatura de granito do Sistema.

Mas a aula de Introdução à História da Arte do professor Harris era completa e, portanto, eles foram obrigados a ler o artigo. Em certo ponto, ele fazia referência a um "manifesto" escrito em 1861 por Edward Radcliffe e intitulado "A arte de pertencer", no qual o artista exultava sobre a conexão que percebia entre seres humanos e lugares; entre lugares e arte. "A terra não esquece", Leonard se lembrava de ter lido. "O lugar é uma porta pela qual se atravessa o tempo." O artigo mencionava uma casa em particular pela qual o artista ficara obcecado e na qual acreditava ter encontrado o próprio "pertencimento". Para Leonard, aos 18 anos, as reflexões de Radcliffe sobre lugar, passado e pertencimento pareciam estranhas e sem graça. Naquele momento, porém, uma década depois, ele não conseguia afastar aquelas palavras de sua cabeça.

Quando finalmente voltou para a casa dos pais, Leonard estava mais magro do que antes e mais cabeludo; sua pele ficara curtida e suas roupas se desgastaram. Ele esperava que a mãe recuasse ou gritasse horrorizada devido ao seu estado e ordenasse que ele subisse para se lavar. Mas ela não fez nada disso. Abriu a porta e, depois de um momento de surpresa, largou a toalha de chá no chão, envolvendo-o em seus braços com tanta força que ele pensou que racharia suas costelas.

Ela o levou para dentro, em silêncio, até a cadeira do pai, e pegou um balde de água morna e sabão. Tirou as botas velhas e as meias que haviam se colado à pele dele e começou a lavar seus pés. Não fazia aquilo desde que ele era bem pequeno, e lágrimas silenciosas corriam por suas faces. A mulher inclinou a cabeça e Leonard percebeu, como se pela primeira vez, seus cabelos grisalhos, sua textura alterada. Por cima do ombro dela havia uma coleção de fotografias de família lado a lado na mesa envolta em rendas: Tom e Leonard em seus trajes militares, os dois garotinhos de bermuda e boné, bebês com gorro de malha. Vários uniformes ao longo do tempo. A água estava tão quente, a gentileza tão pura e inesperada, e Leonard tão sem prática em receber tais coisas, que ele percebeu que estava chorando também.

Eles tomaram uma xícara de chá juntos e a mãe perguntou o que ele estivera fazendo nos últimos meses.

– Andando – disse Leonard.

– Andando – repetiu ela. – E você se divertiu?

Leonard disse que sim.

Um pouco nervosa, ela disse:

– Recebi uma ligação outro dia. Alguém que você conhecia.

O professor de Leonard o havia localizado usando seus antigos registros da faculdade. Harris havia inscrito um dos artigos de Leonard em uma competição na universidade e ele recebera uma pequena bolsa, o suficiente para comprar um novo par de botas e alguns mapas na Stanfords. Com o troco, ele comprou uma passagem de trem. Leonard chegou a sentir uma conexão familiar com Radcliffe durante sua caminhada e então foi a York para ler os papéis de Thurston Holmes. Pareceu-lhe que algo devia ter acontecido para fazer com que um jovem – com apenas uns 20 anos, na época – escrevesse com tanto entusiasmo sobre lugar e pertencimento, para fazê-lo se apaixonar de todo o coração por uma casa. Certamente apenas um homem que se considerava um forasteiro pensaria daquela maneira.

Leonard não deu muita sorte. O arquivo de Holmes continha muitas cartas de Radcliffe, mas nenhuma do período em que estava interessado. Era extremamente frustrante, mas também curioso. Ao longo de 1859, 1860 e 1861, Radcliffe e Holmes haviam se correspondido regularmente, suas longas cartas deixando claro que os dois se viam muito e tinham seu pensamento e sua arte estimulados um pelo outro. Mas Radcliffe se mostrou reticente em escrever mais sobre a casa e, depois de uma carta breve na qual solicitou a devolução de uma tinta emprestada em janeiro de 1862, parecia haver apenas correspondências ocasionais e superficiais entre eles.

Era possível, claro, que não houvesse mistério: que os dois simplesmente tivessem se afastado, ou que tivessem mantido contato mas as cartas mais significativas tivessem se perdido em uma lareira de inverno, em um sistema ruim de arquivamento, em um surto febril de limpeza, na primavera. Não havia como saber, e Leonard não passou muito tempo pensando nisso. De todo modo, era evidente que, em meados de 1862, eles eram íntimos o suficiente para passarem o verão juntos, com os outros membros da Irmandade Magenta – Felix e Adele Bernard – e a irmã de Edward, Clare, que estava posando para Thurston Holmes na casa de Radcliffe em Birchwood.

E, embora não tivesse encontrado exatamente o que procurava, Leonard não deixou os arquivos de mãos vazias. Ele encontrou uma porta e, do outro lado, estava um grupo de jovens de mais de meio século antes que havia atravessado o tempo e o levado de volta com eles.

Era o carisma de Edward Radcliffe que saltava mais vividamente das cartas. Sua energia e franqueza, sua vontade de aproveitar a vida e tudo que ela oferecia, o caráter inclusivo de sua arte, sua prontidão para crescer, transmutar e capturar experiências eram claros. Cada linha de cada carta pulsava com juventude, potencial e sensualidade, e Leonard conseguia imaginar o estado de *déshabillé* doméstico em que Radcliffe vivia, sua posição à beira da pobreza artística, de modo tão nítido quanto se tivesse vivenciado aquilo. Ele entendia a intimidade e a tranquilidade dos dois, a camaradagem que outros achavam clichê e sedutora; eles eram uma verdadeira irmandade. Era como Leonard se sentia em relação a Tom, quase uma posse, como se eles fossem feitos da mesma matéria e, portanto, fossem a mesma pessoa. Isso lhes permitia discutir, brigar e depois rir caídos no chão, ofegantes, com um se inclinando para matar um mosquito na perna do outro como faria na própria perna. Leonard percebeu também o modo como aqueles homens, assim como irmãos, eram estimulados pela competição, cada um trabalhando febrilmente para criar obras que deixariam uma marca indelével no Sistema. Cada um buscando atrair os elogios de John Ruskin, a resplandecente crítica de Charles Dickens, o patrocínio de um cavalheiro de posses.

Era algo inebriante, e ler as cartas dos jovens, o alegre florescimento da criatividade e suas tentativas de colocar pensamentos e ideias em palavras, pareceu reanimar uma parte profunda e esquecida de Leonard. Depois de deixar a biblioteca em York, continuou lendo, andando e pensando, refletindo sobre o propósito da arte, a importância do lugar, a fluidez do tempo. E Edward Radcliffe se entranhou cada vez mais nele, de modo que um dia se viu de volta à universidade, batendo à porta do professor Harris.

O grande celeiro perto da casa surgiu à vista e Cão saiu correndo, atravessando a água fria do riacho Hafodsted, antecipando o café da manhã que imaginava receber quando voltassem. Para um intruso, ele tinha muita esperança na bondade de estranhos. Não que eles ainda fossem estranhos.

A camisa de Leonard estava quase seca agora, enquanto ele deixava o campo iluminado pelo sol e pulava um tronco caído. Ele cruzou o gramado para chegar à trilha de terra rodeando o muro de pedra que envolvia o jardim da casa. Era difícil imaginar que aquela tivesse sido uma via movimentada, por onde carruagens chegavam e cavalos reluzentes trotavam com impaciência, ansiosos por um pouco de água e um descanso após a longa jornada desde Londres. Agora eram apenas Leonard, Cão e o zumbido das abelhas matutinas.

O portão de ferro estava destrancado, como ele o deixara, sua tinta verde desbotada assumindo a cor das folhas de lavanda. Gavinhas de jasmim cresciam ao longo do muro de pedra e, por cima do arco, pequenas flores cor-de-rosa e brancas caíam em cachos, com sua fragrância inebriante.

Leonard se beliscou, como fazia a cada vez que se aproximava da casa: Birchwood Manor, orgulho e alegria de Edward Radcliffe. Realmente tinha sido um extraordinário golpe de sorte. Quase imediatamente depois de sua candidatura ao doutorado ter sido aceita, Leonard se viu, pela primeira vez, no lugar certo na hora certa: uma mulher chamada Lucy Radcliffe procurara a Associação dos Historiadores de Arte e anunciara que estava considerando deixar para eles um presente significativo. A casa ficara para a

Srta. Radcliffe após a morte de Edward e ela morava lá desde então. Agora, porém, com pouco mais de 80 anos, ela havia decidido procurar um lugar com menos escadas e cantos, e desejava doar a casa como parte de um legado em nome do irmão. Imaginava um lugar onde estudantes que perseguissem os mesmos interesses que ele pudessem trabalhar; um refúgio para artistas explorando noções de verdade e beleza, de luz, lugar e lar. O advogado dela sugerira que, antes de se comprometer com essa ideia, ela fizesse um teste.

Leonard lera sobre a nova bolsa residencial no *Cherwell* e começara a trabalhar imediatamente em sua candidatura. Alguns meses depois de enviar sua carta e seu currículo, ele recebeu a notícia de que ganhara a bolsa: uma resposta manuscrita chegou, convidando-o a morar em Birchwood Manor por um período de três meses durante o verão de 1928. Ele hesitou por um instante à menção da falta de eletricidade e da dependência de velas e lanternas, mas afastou os pensamentos sobre túneis sombrios de gesso na França, dizendo a si mesmo que seria verão e ele não precisaria enfrentar a escuridão. Viveria de acordo com o relógio da natureza. *Ad occasum tendimus omnes*, lera uma vez em uma lápide cinzenta em Dorset. *Estamos todos viajando para o pôr do sol.*

Leonard havia chegado com a predisposição de amar o lugar, mas a realidade, como muito raramente acontecia em sua experiência, era infinitamente melhor. Ele chegara da aldeia, e não do rio, descendo a estrada sinuosa que levava à casa, deixando para trás a fileira de chalés nos arredores da vila e caminhando sozinho por um bom tempo em meio a campos pontilhados de vacas entediadas e bezerros curiosos.

Os primeiros sinais da casa em si foram o muro, com 2,5 metros de altura, e os dois frontões do telhado de ardósia cinza, visíveis logo além. Leonard notou com satisfação o modo como as telhas imitavam a natureza: retângulos minúsculos e arrumados na cumeeira, ganhando tamanho à medida que desciam em direção à calha, exatamente como penas niveladas ao longo de uma asa. Então ali estava o digno pássaro de Radcliffe, pousado em sua curva do rio.

Ele encontrou a chave em um pequeno buraco atrás de uma pedra solta no muro, exatamente como dizia a carta de admissão. Não havia mais ninguém lá naquele dia e Leonard se perguntou por um instante quem havia colocado a chave de prata naquele esconderijo.

Ele girou a maçaneta do portão e ficou parado vendo-o se abrir para uma cena que parecia perfeita demais para ser real. Um jardim efusivo crescia entre o caminho de lajes e a casa, dedaleiras balançando com a brisa, margaridas e violetas roçando as bordas de pedra do piso. Os jasmins que cobriam o muro do jardim se espalhavam também pela frente da casa, cercando as janelas panorâmicas para se enredar com as vorazes flores vermelhas da trepadeira de madressilva que escalava o telhado do alpendre da entrada. O jardim estava cheio de insetos e pássaros, o que fazia a casa parecer tranquila e silenciosa, como a casa da Bela Adormecida. Leonard sentiu, ao dar o primeiro passo portão adentro, como se estivesse voltando no tempo. Quase podia ver Radcliffe e seus amigos com suas tintas e seus cavaletes montados no gramado, além da amoreira silvestre...

Naquela manhã, porém, Leonard não teve tempo para imaginar fantasmas do passado. Quando chegou ao portão, havia uma pessoa de verdade parada junto à porta, encostada casualmente contra uma das colunas que sustentavam o telhado do alpendre. Ela estava vestindo uma camisa dele, notou, e quase mais nada, fumando um cigarro enquanto olhava para o bordo-japonês no muro do outro lado.

Ela devia tê-lo ouvido, pois se virou e suas feições mudaram. Um leve sorriso curvou seus lábios e ela ergueu a mão para acenar.

Ele retribuiu o gesto.

– Achei que você precisasse estar em Londres ao meio-dia.

– Tentando se livrar de mim? – Ela fechou um olho enquanto tragava o cigarro. – Ah, certo. Você está esperando companhia. Sua velha amiga. Quer que eu saia de cena antes que ela chegue? Eu não ficaria surpresa se essa fosse uma das regras da casa: nada de convidados passando a noite.

– Ela não vem aqui. Vamos nos encontrar na casa dela.

– Devo ficar com ciúmes? – Ela riu, mas o som deixou Leonard triste.

Kitty não era ciumenta, ela estava brincando; ela brincava muito. Kitty não amava Leonard e ele nunca se permitia pensar o contrário, nem mesmo nas noites em que ela se agarrava a ele com tanta força que doía.

Ele a beijou no rosto quando chegou à porta e ela retribuiu com um sorrisinho desarmado. Eles se conheciam havia muito tempo; desde crianças, quando ela tinha 16 anos e ele, 17. A Feira de Páscoa de 1913. Ela usava um vestido azul-claro, ele lembrava, e carregava uma pequena bolsa de cetim. Uma fita se soltara de algum lugar e caíra no chão. Ela não tinha percebido e ninguém mais viu; depois de um momento de hesitação, Leonard se abaixou para pegá-la. Eram todos novos demais naquela época.

– Fica para o café da manhã? – perguntou ele. – Cão quer ovos.

Ela o seguiu até a cozinha, que pareceu escura em comparação com a luz intensa da manhã lá fora.

– Nervosa demais para comer. Vou tomar só uma xícara de chá e vou embora.

Leonard pegou os fósforos na lata na prateleira atrás do fogão.

– Não sei como você consegue ficar aqui sozinho.

– É tranquilo.

Leonard acendeu o queimador e mexeu alguns ovos enquanto a chaleira fervia.

– Conte novamente onde aconteceu, Lenny.

Leonard suspirou. Desejou nunca ter contado a ela sobre Frances Brown. Não sabia o que dera nele, só que era muito incomum que lhe perguntassem sobre seu trabalho, e estar ali em Birchwood Manor tornara tudo muito mais real. Kitty se iluminara quando ele mencionou o ladrão de joias que invadiu a casa certo dia e matou a noiva de Radcliffe.

– Assassinato? – Ela arquejara. – Que horror!

Naquele momento, ela dissera:

– Olhei na sala de estar, mas não encontrei nenhum sinal.

Leonard não queria mais falar de assassinato ou de seus sinais – não agora, não com Kitty.

– Pode me passar a manteiga?

Ela passou.

– Houve uma grande investigação policial? Como o ladrão desapareceu sem deixar rastros? Um diamante tão raro quanto esse não foi reconhecido quando reapareceu?

– Você sabe tanto quanto eu, Kit.

Na verdade, Leonard estava curioso sobre o Radcliffe Blue. Era verdade o que Kitty dissera: a gema no pingente era tão valiosa e rara que teria sido reconhecida instantaneamente por qualquer pessoa no ramo de joalheria; para manter sua descoberta e uma eventual venda em segredo, seria preciso uma quantidade enorme de subterfúgios. E pedras preciosas não desapareceriam assim: mesmo que tivesse sido cortada em diamantes menores, tinha que estar em algum lugar. Além disso, os rumores eram de que tinha sido o roubo do Blue que levara a noiva de Radcliffe a ser baleada, e fora a morte de Fanny Brown, por sua vez, que arrasara o espírito de Radcliffe e o levara a uma longa derrocada, e tudo aquilo interessava a Leonard, até porque ele começava a desenvolver certas dúvidas sobre a teoria.

Enquanto Leonard cozinhava, Kitty remexeu nos outros objetos em cima da mesa de madeira no centro do cômodo. Depois de um tempo, ela desapareceu; voltou com a bolsa na mão quando Leonard estava arrumando tudo em uma bandeja para levar para o lado de fora.

Eles se sentaram juntos nas cadeiras junto à mesa de ferro sob a macieira.

Kitty já estava vestida com as próprias roupas. Um terninho elegante que a fazia parecer mais velha. Tinha uma entrevista de emprego, para o cargo de datilógrafa em uma agência de seguros em Holborn. Iria a pé para Lechlade, onde havia providenciado para que um dos amigos do pai a buscasse de carro.

Ela teria que se mudar para Londres se conseguisse o emprego. Leonard esperava que sim. Era sua quarta entrevista em quatro semanas.

– ...talvez não seja sua velha amiga, mas tem alguém.

Leonard ergueu os olhos. Kitty ficava tagarela quando estava nervosa, e ele não estava prestando atenção.

– Eu sei que você conheceu alguém. Você tem andado distraído... mais do que o normal. Então... quem é ela, Lenny?

– Do que você está falando?

– De uma mulher. Ouvi você falando enquanto dormia.

Leonard sentiu o rosto esquentar.

– Você está corando.

– Não estou.

– E está sendo evasivo.

– Estou ocupado, só isso.

– Se você diz... – Kitty pegou a cigarreira e acendeu um cigarro, então soprou fumaça e depois acenou com a mão direita, distraidamente. Leonard notou o anel de ouro fino que ela usava captando a luz. – Você já desejou poder ver o futuro?

– Não.

– Nunca?

Cão cutucou o joelho de Leonard e deixou cair uma bola a seus pés. Até onde ele sabia, Cão não tinha bola. Uma daquelas crianças à beira do rio ficaria decepcionada mais tarde.

Leonard pegou-a e a arremessou longe, observando enquanto Cão passava por entre as flores silvestres e samambaias em direção à margem do riacho Hafodsted.

Não havia mais ninguém – não como Kitty pensava –, e ainda assim Leonard não podia negar que algo estranho estava acontecendo com ele. Naquele mês desde que chegara a Birchwood, andava tendo sonhos muito vívidos. Eram intensos desde o início, misturas vibrantes sobre pintura e pigmentos, natureza e beleza. Então ele acordava e, por uma fração de segundo, tinha certeza de que vislumbrara respostas importantes para as questões mais profundas da vida. Só que em algum momento os sonhos começaram a mudar e ele passou a ver uma mulher. Não uma mulher qualquer, mas uma das modelos das pinturas de Radcliffe. Nos sonhos, ela falava com ele; contou-lhe coisas, como se ele fosse uma mistura de Radcliffe e de si mesmo, coisas que ele nem sempre conseguia lembrar quando acordava.

Era por estar ali, claro, naquele mesmo lugar em que Radcliffe investira tanta paixão e criatividade, um lugar que ele imortalizara em seus escritos; era natural que Leonard, já com uma inclinação obsessiva, se pegasse entrando na pele do outro homem, vendo o mundo através dos olhos de Radcliffe, principalmente quando se rendia ao sono.

Porém ele nunca contaria isso a Kitty: imaginava como seria essa conversa. *Bem, Kitty, parece que me apaixonei por uma mulher chamada Lily Millington. Nunca a encontrei ou falei com ela. Provavelmente ela está morta, ou ao menos extraordinariamente velha; e pode muito bem ser uma ladra internacional de diamantes. Mas não consigo parar de pensar nela e à noite ela vem a mim quando estou dormindo.* Leonard sabia exatamente o que Kitty diria sobre isso: que ele não estava sonhando, mas tendo alucinações, e que já era hora de parar.

Kitty não escondia suas opiniões sobre o cachimbo. Não importava quantas vezes ele explicasse que o ópio era a única maneira de entorpecer os terrores noturnos: as trincheiras frias e úmidas, o cheiro e o barulho, as explosões ensurdecedoras que arrebatavam o crânio de homens diante de Leonard, que, desamparado, via seus amigos, seu irmão, atravessarem a fumaça e a lama em direção à morte. Se a mulher da pintura tirava Tom de seus sonhos... bem, que mal havia nisso?

Kitty já estava de pé, com a bolsa no ombro, e Leonard se sentiu mal de repente, por ela ter percorrido todo aquele caminho. Mesmo que ele não tivesse pedido ou esperado que ela o fizesse, eles estavam unidos, os dois, e deveria cuidar dela.

– Quer que eu a leve até Lechlade?
– Não se preocupe. Depois eu conto como foi.
– Tem certeza?
– Sempre.
– Bom, tudo bem, boa sor...
– Não diga isso.
– Merda, então.

Ela sorriu, mas o sorriso não se refletiu nos olhos, que estavam carregados de coisas não ditas.

Ele a observou seguir pelo caminho em direção ao celeiro.

Em um minuto ou dois, ela chegaria à estrada que atravessava a aldeia até a Lechlade Road. Desapareceria de vista, até a próxima vez.

Ele disse a si mesmo para falar de uma vez, pelo bem de ambos, para terminar de uma vez por todas. Disse a si mesmo que a libertaria; era errado o que estava fazendo, prendendo-a assim.

– Kitty?

Ela se virou, uma sobrancelha erguida em resposta.

Leonard engoliu sua coragem.

– Você vai se sair bem. Muita merda para você.

CAPÍTULO 15

A reunião daquela tarde com a "velha amiga" de Leonard havia sido marcada para as quatro horas, ou a "hora do chá", como ela insistia em chamar. Seus modos remetiam a uma infância privilegiada em que a "hora do chá" significava sanduíches de pepino e bolo Battenberg e era um marcador natural da vida cotidiana, como o nascer e o pôr do sol.

Depois de passar o resto do dia estudando suas anotações para garantir que teria uma lista clara de perguntas, Leonard saiu bem antes da hora, em parte porque estava empolgado e em parte porque queria seguir o longo caminho pelo cemitério da aldeia, no final da estrada.

Leonard havia tropeçado na lápide por acidente, duas semanas antes. Estava voltando de uma longa caminhada pelo campo e Cão saiu correndo quando se aproximaram da estrada da aldeia, enfiando-se debaixo de uma brecha na cerca de estacas para farejar a hera que crescia entre os túmulos. Leonard o seguira até o cemitério, atraído pela modesta beleza do edifício de pedra aninhado em meio à vegetação.

Havia uma estrutura menor, coberta por uma trepadeira, na margem sul, com um banco de mármore embaixo, e Leonard ficou ali por um tempo contemplando a forma agradável da igreja do século XII, enquanto esperava que Cão terminasse de explorar. A lápide, por acaso, estava bem na sua frente, e o nome familiar – Edward Julius Radcliffe –, esculpido em uma fonte simples e elegante, lhe saltara aos olhos.

Leonard começara a visitar o local quase todo dia. Em se tratando de locais de descanso, decidira que aquele era bom. Calmo e bonito, perto da casa que Radcliffe amara. Havia um enorme consolo nisso. Ele consultou o relógio quando avistou o cemitério. Eram apenas três e meia; havia tempo de sobra para ficar alguns minutos ali antes de dar a volta e seguir para o chalé do outro lado da aldeia. "A aldeia" era um exagero: Birchwood consistia em pouco mais de três ruas tranquilas partindo de um gramado verde triangular.

Ele seguiu o caminho familiar para o túmulo de Radcliffe e se sentou no banco de mármore. Cão, que vinha atrás, cheirou os poucos pontos ao redor da sepultura onde o chão estava levemente revolvido. Não encontrando nada que lhe interessasse, ele inclinou a cabeça na direção de um barulho no mato e saiu para investigar.

Na lápide de Radcliffe, em texto menor sob seu nome, estava escrito: *Aqui jaz alguém que buscou a verdade e a luz e via beleza em todas as coisas, 1840-1881.* Leonard se viu encarando, como costumava fazer, o traço entre as datas. Dentro daquela marca havia toda a vida de um homem: sua infância, seus amores, suas perdas e seus medos, todos reduzidos a uma única linha cinzelada em um pedaço de pedra em um tranquilo pátio de igreja no fim de uma estrada rural. Leonard não tinha certeza se o pensamento era reconfortante ou angustiante; sua opinião mudava, dependendo do dia.

Tom havia sido enterrado em um cemitério na França, perto de uma cidade em que nunca pisara quando vivo. Leonard vira a carta enviada à mãe e ao pai e se maravilhara com a maneira como o comandante de Tom fizera tudo parecer tão corajoso e honrado, a morte em serviço sendo um sacrifício terrível, porém nobre. Ele supunha que era uma questão de prática. Deus sabia que aqueles oficiais haviam escrito muitas cartas, tornaram-se especialistas em garantir que não trairiam um indício sequer de caos ou horror, e certamente nenhuma insinuação de desperdício. Incrível como havia pouco desperdício oficial na guerra, como havia poucos erros.

Leonard leu a carta duas vezes quando a mãe lhe mostrou. Ela tirava grande conforto daquilo, mas, sob as palavras suaves de condolências, Leonard podia ouvir o coral doentio de gritos de dor e medo, chamando por suas mães, suas infâncias, suas casas. Não havia lugar mais longe de casa do que o campo de batalha, e não havia saudade maior que a do soldado enfrentando a morte.

Leonard estava sentado naquele mesmo local, outro dia, pensando em Tom, Kitty e Edward Radcliffe, quando conheceu sua "velha amiga". Já era tarde e ele a notou de imediato porque era a única outra pessoa no cemitério. Ela chegou com um pequeno ramo de flores e as levou ao túmulo de Radcliffe. Leonard assistiu com interesse, perguntando-se se ela conhecera o homem ou era simplesmente uma admiradora de sua arte.

Seu rosto estava marcado pela idade, e seus cabelos, brancos e muito finos, estavam presos em um coque na nuca. Ela estava vestida com o tipo de roupa que alguém poderia usar para fazer um safári na África. Ficou em silêncio, apoiada em uma delicada bengala de cabo de prata, os ombros curvados em uma comunhão muda. Havia certa reverência em sua postura, que, aos olhos de Leonard, ia além da de uma admiradora. Depois de um tempo, quando ela se abaixou para soltar uma erva daninha das pedras ao redor do túmulo, Leonard teve certeza de que devia ser parente ou amiga.

A oportunidade de falar com alguém que conhecera Edward Radcliffe foi tentadora. Material fresco era o santo graal do pesquisador, sobretudo em casos de assuntos históricos, nos quais a chance de tropeçar em algo novo geralmente era quase nula.

Ele se aproximou com cuidado para não assustá-la e, quando estava perto o suficiente para ser ouvido, disse:

– Bom dia.

Ela ergueu os olhos depressa, seus movimentos e modos como os de um pássaro cauteloso.

– Não queria incomodá-la – ele se apressou em dizer. – Sou novo aqui. Estou na casa na curva do rio.

Ela se empertigou e o avaliou por cima dos óculos de aro fino.

– Diga-me, Sr. Gilbert, o que está achando de Birchwood Manor?

Foi a vez de Leonard se surpreender: ela sabia seu nome. Mas a aldeia era pequena e ele sabia por experiência própria que as notícias corriam depressa naqueles lugares. Respondeu que gostava muito de Birchwood Manor; que lera muito sobre o lugar antes de chegar, mas a realidade havia superado sua imaginação.

Ela ouviu, piscando de vez em quando, mas sem dar outra indicação de que aprovava ou desaprovava o que ele dizia. Quando Leonard parou de falar, ela apenas comentou:

– Já foi uma escola, sabia? Uma escola para moças.

– Ouvi falar.

– Foi uma grande pena o que aconteceu. Seria revolucionário. Uma nova maneira de educar as jovens. Edward dizia que a educação era a chave da salvação.

– Edward Radcliffe?

– Quem mais?

– Você o conheceu?

Os olhos dela se estreitaram um pouco.

– Sim.
Leonard precisou de todas as forças para manter a compostura.
– Sou estudante em Oxford. Estou escrevendo uma tese sobre Radcliffe e essa aldeia, a casa e sua arte. Será que a senhora se importaria de conversar comigo?
– Achei que já estivéssemos conversando, Sr. Gilbert.
– Estamos, é claro...
– Você quis dizer que gostaria de conversar comigo sobre Edward, me *entrevistar*.
– Até agora tive que confiar basicamente nas cartas dos arquivos e nos relatos escritos por seus amigos. Pessoas como Thurston Holmes...
– Argh!
Leonard hesitou ante a veemência dela.
– Aquele papagaio arrogante! Não se deve confiar em uma única palavra que tenha saído da caneta dele.
A atenção dela foi capturada por outra erva daninha e a senhora começou a removê-la com a ponta da bengala.
– Não gosto de conversar – disse, entre as investidas. – Não gosto nem um pouco. – Ela se abaixou para arrancar a erva das pedras, sacudindo-a com força para livrar as raízes da terra antes de jogá-la nos arbustos. – No entanto, posso ver, Sr. Gilbert, que vou ter que conversar com o senhor, para que não publique mais mentiras. Já houve muitas ao longo dos anos.
Leonard se pôs a agradecer, mas ela fez um gesto de imperiosa impaciência.
– Sim, sim, pode guardar tudo isso para depois. Estou fazendo isso contra minha vontade, mas vou recebê-lo na hora do chá, na quinta-feira.
Ela deu o endereço e Leonard estava prestes a se despedir quando percebeu que nem havia perguntado o nome dela.
– Ora, Sr. Gilbert – disse ela, franzindo a testa –, qual é o problema com o senhor? Meu nome é Lucy, é claro. Lucy Radcliffe.

Ele deveria ter imaginado. Lucy Radcliffe – a irmã mais nova que herdara a amada casa do irmão; que o amava demais para permitir que ela fosse vendida a alguém que talvez não se importasse tanto com o lugar quanto ele; a senhoria de Leonard. Ele voltara para casa logo após o encontro, irrompendo pela porta para a penumbra dos aposentos no final da tarde, indo direto para a mesa de mogno na sala com o papel de parede de amoreira com frutas e folhas, sobre a qual ele espalhara sua pesquisa. Teve que vasculhar centenas de páginas de anotações manuscritas, citações que havia anotado em bibliotecas e casas particulares ao longo dos anos, a partir de cartas e jornais; ideias que ele rabiscara e circulara, anexadas a diagramas e flechas.

Encontrou o que procurava tarde da noite, quando a lamparina havia queimado por tempo suficiente para que o quarto cheirasse a querosene. Entre as anotações que tirou de um conjunto de documentos mantidos na coleção particular de uma família em Shropshire, havia uma série de cartas trocadas entre Edward e sua irmã mais nova quando ele estava no colégio interno. Elas tinham ido parar naquele lugar, em um tesouro cheio de outras antigas correspondências familiares, através de uma porção de reviravoltas conjugais da filha do meio dos Radcliffe, Clare.

À época, as cartas pareceram desimportantes para Leonard; não tratavam da casa ou da arte de Radcliffe; eram cartas pessoais entre irmãos, um nove anos mais velho que a outra; ele só copiou seu conteúdo porque a família havia sugerido que sua visita era um inconveniente e ele não teria permissão para examinar novamente os documentos. Mas, ao reler as trocas – anedotas engraçadas, histórias de fadas encantadoras e assustadoras, fofocas infantis sobre os membros da família – e vê-las pelos olhos da senhora que acabara de conhecer, instável mas ainda caminhando pela aldeia para colocar flores frescas no túmulo do irmão cinquenta anos após sua morte, ele percebeu o outro lado de Edward Radcliffe.

Durante todo aquele tempo, Leonard se concentrara no artista Radcliffe, o pensador espirituoso, o autor do manifesto. Mas as longas e envolventes cartas de um garoto que era infeliz na escola a uma irmã mais nova que implorava – bastante precocemente, para uma criança de 5 anos, Leonard – por livros sobre "como nascem as estrelas" e "se é possível viajar no tempo" deram um novo aspecto ao homem. Além disso, elas haviam sugerido um mistério que Leonard tinha sido incapaz de resolver. Lucy e Edward, em mais de uma ocasião, referiram-se à "Noite da Perseguição" – sempre em maiúsculas – e à "casa com a luz", o contexto deixando claro que estavam falando sobre algo que havia acontecido com Edward.

Nos arquivos de York, Leonard ficara intrigado com a carta que Edward escrevera a Thurston Holmes, em 1861, anunciando a compra de Birchwood Manor e admitindo que não era estranho à casa; agora estava começando a pensar que as duas correspondências estavam interligadas. Ambas faziam alusão a um evento misterioso do passado, e Leonard teve a sensação de que o que havia acontecido na "Noite da Perseguição" levara à obsessão de Radcliffe por Birchwood Manor. Aquela era uma das principais perguntas que pretendia fazer a Lucy.

Leonard se levantou e acendeu um cigarro. O chão ainda estava revirado onde ela havia colhido as ervas daninhas no outro dia, e ele alisou o local com o pé. Quando devolveu o isqueiro ao bolso, a ponta dos dedos roçou a fria moeda da sorte de Tom. Ele nunca tinha ido ao túmulo do próprio irmão. Não via sentido; sabia que Tom não estava lá. Onde ele estaria?, perguntava-se Leonard. Para onde todos eles tinham ido? Parecia impossível que tudo acabasse assim. Impossível que tantas esperanças, tantos sonhos e corpos jovens pudessem ser enterrados e a terra permanecesse inalterada. Uma transferência tão poderosa de energia e matéria certamente afetara o equilíbrio do mundo em um nível essencial, elementar: todas aquelas pessoas desaparecendo de repente.

Observando dois pássaros voarem de um dos galhos de um enorme carvalho para pousar no topo da torre, Leonard assobiou para Cão. Deixaram o cemitério juntos, circulando de volta para o pedestal de pedra conhecido na região como "a encruzilhada".

O gramado verde triangular estava logo adiante, com um grande carvalho no centro e um elegante bar de dois andares chamado The Swan do outro lado da rua. Uma mulher estava na calçada, varrendo ao redor de um banco sob a janela. Ela levantou a mão para acenar para Leonard e ele retribuiu o gesto. Seguiu pela mais estreita das três ruas, passando pelo edifício memorial para chegar a uma fileira de casas geminadas. Número 6, lhe dissera Lucy Radcliffe, que era o mais distante.

Os chalés eram de pedra pálida, cor de mel. Cada um tinha um frontão central com chaminés de cada lado e belas empenas no topo. Havia janelas de guilhotina idênticas nos dois andares e um pórtico de entrada com um telhado inclinado, para combinar com o frontão, ficava acima da porta da frente. A porta em si era pintada de um lilás-azulado. Ao contrário dos jardins dos outros chalés, que estavam transbordando com um caos perfeito de flores de verão, o Número 6 continha várias espécies mais exóticas: uma ave-do-paraíso e outras que Leonard não sabia nomear e nunca tinha visto antes.

Um gato miou de um trecho de cascalho iluminado pelo sol, antes de se levantar, se espreguiçar e deslizar pela porta, que Leonard notou que estava entreaberta. Ela estava esperando por ele.

Ele se sentiu estranhamente nervoso e não atravessou a rua logo. Permitiu-se outro cigarro enquanto examinava a lista de assuntos que havia preparado. Lembrou-se de não criar muitas expectativas, pois não havia garantia de que ela teria as respostas que ele procurava; e, mesmo que tivesse, não havia certeza de que as compartilharia. Ela foi muito clara nesse sentido, dizendo ao sair do cemitério:

– Tenho duas condições, Sr. Gilbert. A primeira é que falarei apenas se você prometer me manter no mais absoluto anonimato. Não tenho interesse em ver meu nome impresso. A segunda é que posso lhe dar uma hora, não mais que isso.

Respirando fundo, Leonard destrancou o portão de metal enferrujado e o fechou cuidadosamente depois de passar.

Não ficava à vontade em simplesmente empurrar a porta e entrar sem aviso, então bateu de leve e chamou:

– Olá? Srta. Radcliffe?

– Sim? – respondeu uma voz distraída lá de dentro.

– É Leonard Gilbert. De Birchwood Manor.

– Ora, pelo amor de Deus, Leonard Gilbert, de Birchwood Manor. Vai entrar ou não?

CAPÍTULO 16

O interior do chalé estava agradavelmente escuro e levou um momento até que seu olhar alcançasse Lucy Radcliffe no meio de todos os seus tesouros. Até um minuto antes, ela esperava por ele, mas claramente tinha coisas mais importantes a fazer do que ficar sentada de prontidão. A senhora estava absorta em sua leitura, imóvel como mármore, em uma poltrona mostarda; uma figura pequena, de lado para ele, um jornal na mão, as costas curvadas enquanto olhava a página dobrada com uma lupa. Uma lâmpada estava posicionada sobre uma mesinha em meia-lua ao lado dela, lançando uma luz amarelada e difusa. Sob a fraca iluminação, havia um bule de chá e duas xícaras.

– Srta. Radcliffe – disse ele.
– O que acha, Sr. Gilbert? – Ela não tirou os olhos do jornal. – Parece que o universo está se expandindo.
– Está?
Leonard tirou o chapéu. Não viu um gancho no qual pendurá-lo, então o segurou com as duas mãos diante de si.
– É o que diz aqui. Um homem belga... um padre, dá para acreditar?... propôs que o universo está se expandindo a um ritmo constante. A menos que meu francês esteja enferrujado, e acho que não, ele até calculou a taxa de expansão. Você sabe o que isso significa, é claro.
– Não tenho certeza.
A bengala estava encostada na mesa ao lado e Lucy começou a andar pelo tapete persa gasto.
– Se aceitarmos que o universo está se expandindo a uma taxa constante, pressupõe-se que ele faz isso desde o início. Desde o *início*, Sr. Gilbert. – Ela parou, seus cabelos brancos bem penteados. – Um início. Não Adão e Eva, não é disso que estou falando. Refiro-me a um *momento*, algum tipo de *ação* ou *acontecimento* que começou tudo. Espaço e tempo, matéria e

energia. Um único átomo que, de alguma forma – ela flexionou os dedos de uma das mãos –, explodiu. Meu Deus. – Seus olhos ágeis e brilhantes encontraram os dele. – Podemos estar à beira de entender o próprio nascimento das estrelas, Sr. Gilbert… das *estrelas*.

A única luz natural na sala vinha da pequena janela da frente da casa e iluminava o rosto dela em uma expressão admirada. Era bonito e curioso, e Leonard pôde ver nela a jovem que devia ter sido.

Mas então a expressão dela vacilou. A luz sumiu de suas feições e sua pele pareceu murchar. Ela não usava pó de arroz e sua pele curtida era a de uma mulher que passara a vida ao ar livre, as linhas do rosto contando centenas de histórias.

– Ah, essa é a pior coisa de envelhecer, Sr. Gilbert. O tempo. Não resta o suficiente. Há coisas demais a saber e poucas horas para descobri-las. Algumas noites esse fato terrível me impede de dormir… Fecho meus olhos e ouço meu pulso contando os segundos… então me sento na cama e leio. Leio, tomo notas e memorizo, e então começo algo novo. Mas tudo isso é em vão, pois meu tempo terminará. Que maravilhas vou perder?

Leonard não tinha muito que dizer para consolá-la. Não que ele não entendesse as queixas, apenas tinha visto morrer muitos homens que não tiveram um quarto do tempo que ela recebera.

– Eu sei no que está pensando, Sr. Gilbert. Não precisa dizer. Pareço uma velha egoísta e irascível, e, por Deus, eu sou mesmo. Mas já sou assim há muito tempo para pensar em mudar agora. E você não está aqui para falar das minhas lamentações. Venha, sente-se. O chá está pronto, e com certeza tenho um bolinho ou dois em algum lugar.

Leonard começou reiterando sua gratidão por ela ter aceitado seu pedido de residência em Birchwood Manor, contando quanto adorava a casa e como era gratificante ter a oportunidade de conhecer um lugar sobre o qual lera e pensara tanto.

– Está ajudando bastante no meu trabalho – disse ele. – Sinto-me próximo do seu irmão em Birchwood Manor.

– Entendo o que quer dizer, Sr. Gilbert; muitos não entenderiam, mas eu sim. E concordo. Meu irmão faz parte da casa de uma maneira que a maioria das pessoas não consegue apreciar. A casa também fazia parte dele: ele se apaixonou por Birchwood Manor muito antes de comprá-la.

– Entendi que sim. Ele escreveu uma carta a Thurston Holmes na qual contou sobre a compra e deu a entender que conhecera a casa algum tempo antes. No entanto, não entrou em detalhes sobre como.

– Não, bem, ele não teria contado. Thurston Holmes era um técnico até talentoso, mas, infelizmente para todos os envolvidos, era um idiota vaidoso. Chá?

– Por favor.

Enquanto servia o chá, ela continuou:

– Thurston não tinha a sensibilidade necessária a um verdadeiro artista; Edward nunca teria contado a ele sobre a noite em que conheceu Birchwood Manor.

– Mas ele lhe contou?

Ela o encarou, com a cabeça inclinada de uma maneira que lembrava um professor em que Leonard não pensava havia anos; ou melhor, no periquito que o professor mantinha em uma gaiola de ouro em sala de aula.

– Você tem um irmão, Sr. Gilbert. Lembro-me de ter lido em sua candidatura.

– Eu tinha um irmão. Tom. Ele morreu na guerra.

– Sinto muito. Vocês eram próximos, imagino.

– Éramos, sim.

– Edward era nove anos mais velho que eu, mas as circunstâncias nos uniram quando éramos jovens. Minhas lembranças mais antigas e mais queridas são de Edward me contando histórias. Para entender meu irmão, Sr. Gilbert, você deve parar de vê-lo como pintor e começar a vê-lo como contador de histórias. Esse era seu maior dom. Ele sabia se comunicar, fazer as pessoas sentirem, verem e acreditarem. O meio em que escolhia se expressar era irrelevante. Não é tarefa fácil inventar um mundo inteiro, mas Edward conseguia. Um cenário, uma narrativa, personagens que tinham vida... ele era capaz de avivar uma história na mente de outra pessoa. Já considerou a logística disso, Sr. Gilbert? A transferência de uma *ideia*? E, claro, uma história não é uma ideia única; são milhares de ideias, todas trabalhando juntas.

Isso era verdade. Como artista, Edward Radcliffe conseguia transportar pessoas de modo que não fossem mais apenas espectadoras de seu trabalho, mas participantes, conspiradoras na concretização do mundo que ele procurava criar.

– Tenho uma excelente memória, Sr. Gilbert. Boa demais, pensei algumas vezes. Lembro-me de quando eu era bem pequena; meu pai ainda estava vivo e todos morávamos na casa de Hampstead. Minha irmã, Clare, era cinco anos mais velha que eu e perdia a paciência brincando comigo, mas Edward nos mantinha encantadas com suas histórias. Eram histórias assustadoras, mas sempre empolgantes. Alguns dos momentos mais felizes da minha vida foram passados ouvindo-o tecer suas histórias. Mas um dia tudo mudou em nossa casa e uma terrível escuridão se abateu.

Leonard tinha lido sobre a morte do pai de Edward, que foi atropelado por uma carruagem em Mayfair, tarde da noite.

– Quantos anos você tinha quando seu pai morreu?

– Meu pai? – Ela franziu a testa, mas a expressão foi logo substituída por uma risada divertida. – Não, Sr. Gilbert, por Deus. Eu mal me lembro dele. Não, não, eu estava falando de quando Edward foi enviado para o colégio interno. Foi terrível para todos nós, mas um pesadelo para ele, que tinha 12 anos na época e odiou cada minuto. Para um garoto com a imaginação de Edward, com seu temperamento franco e suas paixões deslumbrantes, que não gostava de críquete, rúgbi nem remo, preferindo, em vez disso, se enterrar em livros antigos sobre alquimia e astronomia, uma escola como Lechmere era terrível.

Leonard compreendia. Ele frequentara uma escola semelhante quando menino. Ainda tentava escapar de seu jugo.

– Foi quando estava na escola que Edward se deparou com a casa?

– Sr. Gilbert, por favor! Lechmere fica a quilômetros de distância, perto dos Lagos... Dificilmente Edward teria tido a oportunidade de esbarrar em Birchwood Manor enquanto estava na escola. Não, foi quando ele tinha 14 anos e estava passando as férias em casa. Nossos pais viajavam com frequência, então, naquele verão, "casa" era a propriedade dos meus avós. Beechworth, era como se chamava, não muito longe daqui. Nosso avô achava que Edward tinha puxado muito à nossa mãe... um espírito selvagem, um desrespeito às convenções... e decidiu que era seu dever acabar com isso, para que Edward se tornasse um Radcliffe "adequado". Meu irmão reagiu fazendo tudo que podia para contrariar o velho. Roubava o uísque dele e saía pela janela depois que éramos mandados para a cama, fazendo longas caminhadas pelos campos escuros à noite, retornando com sinais esotéricos e símbolos desenhados a carvão no corpo, e com lama no rosto e nas roupas, com pedras, gravetos e algas do rio nos bolsos. Ele era bastante incontrolável. – O rosto dela expressava admiração, então um traço sombrio a substituiu. – Uma noite, porém, ele não voltou para casa. Acordei e sua cama estava vazia, e, quando enfim reapareceu, estava pálido e muito calado. Ele levou dias para me contar o que tinha acontecido.

Leonard ficou tenso de expectativa. Depois de todas as dicas sobre um acontecimento no passado de Radcliffe que havia motivado sua obsessão por Birchwood Manor, parecia que finalmente as respostas estavam ao seu alcance.

Lucy o observava com atenção e ele suspeitou que quase nada lhe passasse despercebido. Ela tomou um longo gole de chá.

– Você acredita em fantasmas, Sr. Gilbert?

Leonard hesitou diante da pergunta inesperada.

– Acredito que uma pessoa pode ser assombrada.

Os olhos dela ainda estavam fixos nele e, por fim, Lucy sorriu. Leonard teve a inquietante sensação de que ela enxergava sua alma.

– Sim – disse ela. – Uma pessoa pode ser assombrada. E meu irmão certamente era. Algo o perseguiu até em casa naquela noite e ele nunca conseguiu se livrar daquilo.

A Noite da Perseguição. Era a isso então que os jovens Lucy e Edward estavam se referindo em suas cartas.

– Algo de que tipo?

– Edward saiu naquela noite com a intenção de atrair um fantasma. Ele havia encontrado um livro na biblioteca da escola, um livro antigo, cheio de velhas ideias e encantamentos. Sendo Edward, ele mal podia esperar para colocá-los em prática, mas no fim não teve chance de tentar. Algo aconteceu com ele na floresta. Ele leu tudo que pôde depois e chegou à conclusão de que havia sido perseguido pelo Cão Preto.

– Um espírito? – Vagas lembranças de infância ocorreram a Leonard: criaturas sinistras do folclore, encontradas em lugares antigos, onde os dois mundos se tocavam. – Como em *O cão dos Baskerville*?

– O "o que" não é importante, Sr. Gilbert. O que importa é que ele temeu por sua vida e, enquanto fugia pelos campos, viu uma luz na janela do sótão de uma casa no horizonte. Ele correu na direção dela e encontrou a porta aberta e a lareira acesa.

– E essa casa era Birchwood Manor – disse Leonard, baixinho.

– Edward disse que, assim que pôs os pés lá dentro, soube que estava seguro.

– As pessoas que moravam na casa cuidaram dele?
– Sr. Gilbert, o senhor está totalmente enganado.
– Mas achei...
– Suponho que sua pesquisa incluiu a história de Birchwood Manor, não?

Leonard confessou que não; que não lhe ocorrera que o passado da casa, antes da compra de Edward, fosse remotamente relevante.

Lucy ergueu as sobrancelhas com a mesma mistura de decepção e surpresa que ele poderia esperar se tivesse entregado seu caderno a ela e lhe pedido que escrevesse a tese em seu lugar.

– A casa, como o senhor a vê hoje, foi construída no século XVI. Foi desenhada por um homem chamado Nicholas Owen com a intenção de fornecer segurança aos padres católicos. Mas houve uma razão para eles terem escolhido construir naquele local, Sr. Gilbert, pois o terreno onde fica Birchwood Manor é, obviamente, muito mais antigo que a casa. Tem a própria história. Ninguém lhe contou ainda sobre as crianças Eldritch?

Um movimento em sua visão periférica fez Leonard se assustar. Ele olhou para o recanto mais escuro da sala e viu que o gato estava se esticando, olhos brilhantes voltados para Leonard.

– É um velho conto folclórico local, Sr. Gilbert, sobre três crianças encantadas que, há muitos anos, atravessaram de seu mundo para o nosso. Um dia, elas emergiram da floresta para os campos onde os agricultores da área queimavam restolho e foram acolhidas por um casal de idosos. Logo viram que havia algo de misterioso nas crianças, que falavam uma língua estranha, não deixavam pegadas quando andavam e, dizem, às vezes a pele delas parecia quase brilhar.

"Elas foram toleradas no começo, mas quando as coisas começaram a dar errado na aldeia, uma colheita fracassada, o parto de um bebê morto, o afogamento do filho do açougueiro, as pessoas começaram a prestar atenção nas três crianças estranhas. Por fim, quando o poço secou, os moradores exigiram que o casal as entregasse. Eles se recusaram e foram banidos da aldeia.

"A família então se acomodou em uma casinha de pedra à beira do rio e, por um tempo, viveu em paz. Mas, quando uma doença chegou à aldeia, uma multidão se formou e, certa noite, com tochas acesas, marcharam para o local. O casal e as crianças se abraçaram, cercados, seus destinos aparentemente inevitáveis. Mas, assim que os aldeões começaram a se aproximar, ouviu-se o som sinistro de um berrante ao vento e uma mulher apareceu do nada... uma mulher magnífica, com cabelos longos e brilhantes e pele luminosa.

"A rainha das fadas viera reivindicar seus filhos. E, ao fazer isso, lançou um feitiço de proteção sobre a casa e a terra do casal de velhos, em gratidão por terem protegido o príncipe e as princesas do país das fadas.

"Desde então, a curva do rio onde Birchwood Manor se encontra é reconhecida pelos habitantes locais como um local seguro. Dizem até que algumas pessoas ainda conseguem enxergar o encantamento da fada... que ele aparece para alguns poucos sortudos como uma luz, bem no alto da janela do sótão da casa."

Leonard queria perguntar se Lucy, com todo o seu evidente estudo e sua lógica científica, realmente acreditava que aquilo fosse verdade – se ela achava que Edward tinha visto uma luz no sótão naquela noite e que a casa o protegera –, mas não importava como reorganizasse as palavras em sua mente, a pergunta parecia indelicada e certamente imprudente. Por sorte, Lucy pareceu antecipar sua linha de pensamento.

– Eu acredito em ciência, Sr. Gilbert. Um dos meus primeiros amores foi história natural. A Terra é antiga e vasta e há muito que ainda não compreendemos. Recuso-me a aceitar que a ciência e a magia se opõem; ambas são tentativas válidas de entender como o mundo funciona. E vi coisas, Sr. Gilbert, escavei coisas da terra e as segurei e senti coisas que nossa ciência ainda não pode explicar. A história das crianças Eldritch é um conto popular. Não tenho mais motivos para acreditar nisso do que para acreditar que Artur era um rei que puxou uma espada de uma pedra ou que dragões já voaram pelo céu. Mas meu irmão me disse que viu uma luz naquela noite no sótão de Birchwood Manor e que a casa o protegeu, e sei que ele estava falando a verdade.

Leonard não duvidava da fé da mulher, mas também entendia psicologia, a soberania permanente do irmão mais velho. Quando ele e Tom eram mais novos, Leonard tinha consciência de que, não importava quantas vezes enganasse seu irmão ou lhe dissesse uma mentira, Tom confiaria nele de novo. Lucy era muito mais nova que Edward. Ela o adorava e ele desaparecera de sua vida. Ela podia ter 79 anos e ser inabalável agora, mas, no que dizia respeito a Edward, parte dela sempre seria aquela menina.

No entanto, Leonard fez uma anotação sobre as crianças Eldritch. Francamente, a veracidade da história era de importância secundária no que se referia à sua dissertação. Bastava que Radcliffe tivesse sido assombrado por uma ideia, que ele acreditasse que a casa possuía certas propriedades, e era fascinante poder vinculá-las a um conto popular local. Ciente de que o tempo estava passando, ele traçou uma linha sob a nota e passou para o próximo assunto.

– Queria saber, Srta. Radcliffe, se poderíamos falar agora sobre o verão de 1862.

Ela pegou da mesa uma caixa de cigarros feita de nogueira e ofereceu um a Leonard. Ele aceitou e esperou enquanto ela habilmente acendia a chama de um isqueiro de prata. Ela acendeu o próprio cigarro e exalou, acenando com a mão através da fumaça.

– Imagino que você queira que eu diga que me lembro do verão de 1862 como se fosse ontem. Bem, não lembro. Parece que foi em outro mundo. Estranho, não é? Quando penso em Edward me contando histórias quando criança, sinto o cheiro do ar úmido e enlameado de nosso sótão em Hampstead. Mas pensar naquele verão é como olhar através de um telescópio para uma estrela distante. Só consigo me ver de fora.

– Você estava aqui na época? Em Birchwood Manor?

– Eu tinha 13 anos. Minha mãe ia para o continente visitar amigos e tinha proposto me mandar para a casa dos meus avós em Beechworth. Edward me convidou para vir com ele e os outros. Fiquei empolgada por ficar perto deles.

– Como foi?

– Era verão e fazia calor, e as primeiras duas semanas se passaram como você pode imaginar: passeios de barco, piqueniques, pintura e caminhadas. Todos ficavam acordados até tarde contando histórias e discutindo sobre as teorias científicas, artísticas e filosóficas do dia.

– Mas então?

Ela o encarou.

– Como você sabe, Sr. Gilbert, tudo desmoronou.

– A noiva de Edward foi assassinada.

– Fanny Brown, sim.

– E o invasor roubou o pingente Radcliffe Blue.

– Você fez sua pesquisa.

– Havia vários artigos na biblioteca.

– Era de esperar. A morte de Fanny Brown foi amplamente noticiada.

– No entanto, pelo que vi, parecia haver ainda mais especulações sobre o paradeiro do diamante Radcliffe Blue.

– Pobre Fanny. Era uma boa garota, mas propensa a ser ofuscada... na vida e, como você destacou, na morte. Espero que não me peça para saciar as obsessões do público leitor de tabloides, Sr. Gilbert.

– De modo algum. Na verdade, estou muito mais interessado nas reações das pessoas que conheceram Frances Brown. Embora o resto do mundo pareça ter ficado fascinado pelos acontecimentos, notei que a correspondência dos amigos e colegas de Edward, de Thurston Holmes, Felix e Adele Bernard, é quase silenciosa sobre o assunto. É quase como se não tivesse acontecido.

O ligeiro lampejo de reconhecimento nos olhos dela teria sido imaginação?

– Foi um dia horrível, Sr. Gilbert. Acho que não é nenhuma surpresa que as infelizes testemunhas decidiram não tocar no assunto depois.

Ela o olhou fixamente por cima do cigarro. Suas palavras eram razoáveis, mas Leonard não conseguia afastar a sensação de que havia algo mais. Havia algo de *antinatural* na reticência deles. Não era simplesmente uma ausência de conversa sobre o dia em questão, pois, lendo as cartas trocadas logo depois do acontecido, era como se Edward Radcliffe e Frances Brown nunca tivessem existido. E foi só depois da morte de Edward Radcliffe que seu fantasma voltou à correspondência de Thurston Holmes.

Havia algo passando despercebido a respeito da amizade entre os dois, e não apenas depois que Frances Brown foi morta. Leonard se lembrou de sua visita ao arquivo Holmes em York: havia notado uma mudança anterior no teor das cartas entre os jovens. As longas e irrestritas conversas sobre arte, filosofia e vida que eles trocaram com frequência depois que se conheceram, em 1858, secaram no início de 1862, tornando-se breves, superficiais e formais. Algo havia acontecido entre eles, tinha certeza disso.

Lucy franziu a testa quando ele levantou essa questão.

– Eu me lembro de Edward voltar para casa furioso certa manhã... deve ter sido nessa época, porque foi antes de sua segunda exposição. Os nós dos dedos estavam arranhados e a camisa estava rasgada.

– Ele se meteu em uma briga?

– Ele não me contou os detalhes, mas vi Thurston Holmes no fim daquela semana e ele estava com um olho roxo bem feio.

– Por que eles brigaram?

– Não sei e não pensei muito nisso na época. Eles estavam sempre em desacordo, mesmo quando eram bons amigos. Thurston era competitivo e vaidoso. Um touro, um pavão, um galo… chame como quiser. Ele podia ser charmoso e generoso, e, sendo o mais velho dos dois, apresentava Edward a várias pessoas influentes. Ele tinha orgulho de Edward, eu acho. Gostou da glória de ter um jovem amigo tão dinâmico e talentoso. Eles chamavam muita atenção quando estavam juntos, a maneira como se vestiam, suas camisas e seus lenços soltos, seus cabelos desgrenhados e a atitude livre. Mas Thurston Holmes era o tipo de pessoa que precisava ser o amigo superior. Ele não reagiu bem quando Edward começou a receber mais elogios do que ele. Já reparou, Sr. Gilbert, que são amigos como esses que têm o hábito de se tornarem os adversários mais ferozes?

Leonard anotou essa observação sobre a amizade dos dois artistas. A firmeza com que foi comunicada explicava seu convite para aquele encontro. Lucy tinha dito, no cemitério, que os relatos de Holmes sobre Edward não eram confiáveis; que ela precisaria esclarecer as coisas, "para que não publique mais mentiras". E ali estava: ela queria que Leonard soubesse que Holmes tinha seus interesses, que era um amigo invejoso, ansioso para se sobressair ao outro.

Mas Leonard não estava convencido de que apenas a inveja profissional explicasse a briga entre os dois. A estrela de Radcliffe estava em ascensão durante 1861 e 1862, mas a exposição que fez sua fama só aconteceu a partir de abril do último ano, e a correspondência entre eles havia esfriado muito antes disso. Leonard suspeitava que houvesse algo mais em jogo e ele tinha uma boa ideia do que poderia ter sido.

– Edward começou a usar uma nova modelo em meados de 1861, não é?

Ele fingiu indiferença, mas ao abordar o assunto um eco de seus sonhos recentes o assaltou e ele sentiu o rosto quente; não conseguiu encontrar o olhar de Lucy, fingindo se concentrar em suas anotações.

– Lily Millington? Acho que era esse o nome dela.

Apesar da tentativa, ele se entregou, pois havia uma nota suspeita na voz de Lucy quando ela disse:

– Por que a pergunta?

– Pelo que li, a Irmandade Magenta era um grupo unido. Eles compartilhavam as mesmas ideias e influências, seus segredos, suas casas e até suas modelos. Edward e Thurston Holmes pintaram Diana Barker, e os três pintaram Adele Winterson. Mas Lily Millington aparece apenas nas pinturas de Edward. Pareceu-me incomum e me perguntei o porquê. Só consegui pensar em duas possibilidades: ou os outros não queriam pintá-la ou Edward se opôs a compartilhá-la.

Pegando a bengala, Lucy se levantou e atravessou lentamente o tapete para se aproximar da janela com vista para a rua. A luz ainda atravessava o vidro, mas havia mudado desde que Leonard chegara, e o perfil dela estava agora na sombra.

– Aquela interseção lá em cima, onde as estradas se encontram, é chamada de encruzilhada. Uma cruz medieval ficava no centro. Foi perdida durante a Reforma, quando os homens de Elizabeth invadiram a região, destruindo os aparatos do catolicismo, das igrejas e da arte religiosa... e os padres também, quando conseguiam pegá-los. Agora resta apenas a base da cruz. E seu nome, é claro, resistiu ao tempo. Não é extraordinário, Sr. Gilbert, que um nome, uma palavra simples, seja tudo que resta de tais acontecimentos históricos traumáticos? Coisas que aconteceram aqui, com pessoas reais, em outro momento. Penso no passado toda vez que atravesso a encruzilhada. Penso na igreja, nos padres que se esconderam e nos soldados que vieram encontrá-los e matá-los. Penso em culpa e perdão. Você já se preocupou com esses assuntos?

Ela estava sendo evasiva, evitando a pergunta sobre Lily Millington. No entanto, não pela primeira vez, Leonard teve a sensação de que, de alguma forma, ela podia ver sua alma.

– Às vezes – respondeu. As palavras se agarraram em sua garganta e ele tossiu para desobstruí-la.

– Sim, eu deveria imaginar que sim, com você tendo estado na guerra. Normalmente não dou conselhos, Sr. Gilbert, mas vivi muito tempo e aprendi que é preciso perdoar seu eu do passado ou a jornada para o futuro se torna insuportável.

Leonard sentiu uma onda de surpresa constrangida. Foi um palpite certeiro, só isso. Ela não conhecia o passado dele. Como dissera, a maioria dos homens que estiveram na guerra viu e fez coisas que logo esqueciam. Ele se recusava a se deixar distrair. No entanto, sua voz estava mais trêmula do que gostaria quando continuou:

– Tenho um trecho de uma carta que Edward escreveu para seu primo Hamish, em agosto de 1861. Posso lê-lo, Srta. Radcliffe?

Ela não se virou para ele, mas também não tentou detê-lo. Leonard começou a ler.

— "Eu a encontrei, uma mulher de beleza tão impressionante que minha mão dói ao tocar a caneta no papel. Anseio por capturar tudo que vejo e sinto quando olho para o rosto dela, e ao mesmo tempo não suporto começar. Afinal, como posso fazer justiça a ela? Há uma nobreza em seu comportamento, não de nascimento, talvez, mas de natureza. Ela não se enfeita e apela; na verdade, é de uma franqueza o jeito que ela tem de retribuir a atenção de alguém em vez de desviar os olhos. Há uma certeza, até mesmo um *orgulho*, em seus lábios que é de tirar o fôlego. *Ela* é de tirar o fôlego. Agora que a vi, qualquer outra seria uma impostora. Ela é verdade; verdade é beleza; e a beleza é divina."

— Sim — disse ela baixinho. — Esse é Edward. Eu reconheceria a voz dele em qualquer lugar. — Ela se virou e voltou devagar para a cadeira, a fim de se sentar, e Leonard ficou surpreso ao notar um brilho úmido em seu rosto. — Lembro-me da noite em que ele a conheceu. Ele estava no teatro e chegou em casa atordoado. Todos nós vimos que algo havia acontecido. Ele nos contou tudo às pressas, depois foi direto para o estúdio no jardim e começou a desenhar. Trabalhou compulsivamente e sem parar por dias. Não comeu, dormiu nem falou com ninguém. Preencheu páginas e páginas do caderno com a imagem dela.

— Estava apaixonado por ela.

— Eu poderia lhe dizer, Sr. Gilbert, que meu irmão era uma pessoa obsessiva. Que ele sempre se comportava assim quando conhecia uma nova modelo, descobria uma nova técnica ou tinha uma nova ideia. E era verdade. — A mão dela estremeceu no braço da cadeira. — E mentira. Pois foi diferente com Lily Millington, e todo mundo percebeu desde o início. Eu percebi, Thurston percebeu e a pobre Fanny Brown também. Edward amava Lily Millington com uma loucura que trazia mau agouro... e, naquele verão, aqui em Birchwood, tudo veio à tona.

— Então Lily Millington *estava* aqui. Imaginei que estivesse, mas não há menção a ela. Nem nas cartas ou nos diários de ninguém, tampouco nos jornais.

— Você leu os relatórios policiais, Sr. Gilbert? Imagino que eles guardem essas coisas.

— Está dizendo que os relatórios contam outra história?

– Sr. Gilbert, meu caro, você foi soldado na Grande Guerra. Sabe melhor do que a maioria que os relatos dos jornais para consumo público geralmente têm pouca relação com a verdade. O pai de Fanny era um homem poderoso. Tinha muito interesse em que não houvesse nenhuma sugestão na imprensa de que sua filha tivesse sido suplantada no afeto de Edward.

As conexões estavam se formando na mente de Leonard. Edward amava Lily Millington. Não foi a morte de Frances Brown que partiu seu coração e o colocou em uma derrocada incontrolável, mas a perda de Lily. Porém o que aconteceu com ela?

– Se ela e Edward estavam apaixonados, por que ele acabou sozinho? Como ele a perdeu?

Lucy sugerira que os relatórios policiais fariam referência à presença de Lily Millington em Birchwood Manor na noite do assalto e do assassinato... De repente, Leonard compreendeu:

– Lily Millington estava envolvida no assalto. Ela o traiu. Foi isso que deixou Edward louco.

Um olhar sombrio surgiu no rosto de Lucy e Leonard imediatamente foi tomado pelo arrependimento. No momento da constatação, esqueceu que estavam falando do irmão dela. Soara quase alegre.

– Srta. Radcliffe, me desculpe – disse ele. – Foi insensível da minha parte.

– De modo algum. Mas estou ficando cansada, Sr. Gilbert.

Leonard olhou para o relógio e viu, com o coração se apertando, que havia ficado mais tempo do que fora convidado.

– Claro. Não vou tomar mais seu tempo. Vou procurar os relatórios policiais, como a senhorita sugeriu. Tenho certeza de que eles vão esclarecer mais o assunto.

– Existem muito poucas certezas neste mundo, Sr. Gilbert, mas vou lhe dizer uma coisa que sei: a verdade depende de quem está contando a história.

CAPÍTULO 17

Enquanto caminhava de volta pela aldeia, ao longo da estrada tranquila, com suas margens irregulares, Leonard refletia sobre Lucy Radcliffe. Tinha certeza de que nunca havia conhecido uma mulher – uma pessoa – como ela. Ficou claro que era muito inteligente. A idade não havia diminuído seu fascínio por todas as áreas da investigação intelectual; seus interesses eram amplos e variados; sua capacidade de reter e processar informações complexas era evidentemente notável. Também era irônica e autocrítica. Gostara dela.

Também sentira pena. Ele perguntara, enquanto se preparava para ir embora, sobre a sua escola, e um olhar de profundo pesar surgiu em seu rosto.

– Eu tinha grandes esperanças, Sr. Gilbert, mas era cedo demais. Eu sabia que teria que fazer algumas concessões; que, para atrair alunas suficientes, eu teria que ceder a certas expectativas de seus pais. Pensei que seria capaz de honrar minha promessa de transformar as garotas em "jovens damas" enquanto também instigava nelas o amor pelo conhecimento. – Ela sorriu. – Não acho que seja exagero eu dizer que houve algumas que iniciei em uma estrada que, de outra forma, poderiam não ter encontrado. Mas havia muito mais canto e costura do que eu esperava.

Enquanto ela falava sobre a escola e suas alunas, Leonard percebeu que a casa tinha poucos sinais delas. Todos os indícios de alunas passando pelos corredores a caminho das aulas tinham sido apagados e seria difícil imaginar Birchwood Manor como outra coisa que não a casa de campo de um artista do século XIX. De fato, com toda a mobília de Radcliffe ainda no lugar, entrar na casa parecia, para Leonard, como voltar no tempo.

Quando ele disse isso a Lucy, ela respondeu:

– Uma impossibilidade lógica, é claro, viajar no tempo: como alguém pode estar em dois lugares "ao mesmo tempo"? A frase em si é um paradoxo. Neste universo, de qualquer forma... – Sem querer ser atraído para outro debate científico, Leonard perguntou há quanto tempo a escola tinha sido fechada. – Ah, já faz décadas. Ela morreu com a rainha, em 1901. Houve um acidente, um acontecimento muito infeliz, alguns anos antes. Uma jovem se afogou no rio durante um piquenique e, uma a uma, as outras alunas foram retiradas. Sem novas matrículas para substituí-las, bem... não havia alternativa senão aceitar a realidade. A morte de uma aluna nunca é boa para os negócios.

Lucy tinha uma franqueza que agradava a Leonard. Ela era sincera e interessante e, no entanto, enquanto refletia sobre a conversa, sentiu nitidamente que ela não compartilhara com ele nada além do que pretendia. Houve apenas um momento da entrevista em que ele sentiu que a máscara havia escorregado. Algo incomodou Leonard na maneira como ela descrevera os acontecimentos de 1862. Ocorreu-lhe naquele instante que ela parecera quase culpada ao falar da morte de Frances Brown e da consequente derrocada do irmão. Também houvera um momento estranho no qual ela refletira sobre a culpa e a necessidade de se perdoar, instigando Leonard a fazer o mesmo.

Mas Lucy Radcliffe era uma criança em 1862 e, como ela dissera, uma espectadora, não uma participante das travessuras de verão dos amigos brilhantes e bonitos do irmão. Houve um assalto, uma joia de valor inestimável foi roubada e Frances Brown foi assassinada na confusão toda. Lily Millington, a modelo por quem Edward Radcliffe estava apaixonado, desapareceu. Aparentemente, os relatórios policiais da época sugeriam que ela ajudara o ladrão. O amado irmão de Lucy nunca se recuperou. Leonard entendia o luto e o desgosto de Lucy, mas não a culpa. Ela não podia ter apertado o gatilho que matou a Srta. Brown, assim como Leonard não fora responsável pelo estilhaço que matou Tom.

Você acredita em fantasmas, Sr. Gilbert?

Leonard pensara cuidadosamente antes de responder. *Acredito que uma pessoa pode ser assombrada.* Enquanto pensava na culpa evidente, mas irracional, de Lucy, Leonard percebeu de repente o que ela quis dizer: que, apesar de falar sobre contos folclóricos e misteriosas luzes nas janelas, não estava se referindo a fantasmas de histórias de terror. Estava perguntando se Leonard era assombrado por Tom, como ela era assombrada por Edward.

Ela havia reconhecido nele um espírito afim, um companheiro de sofrimento: a culpa do irmão sobrevivente.

Ao passar pelo The Swan, Cão apareceu de algum lugar para acompanhá-lo em um passo ofegante e Leonard pegou um pequeno cartão retangular do bolso e manuseou a borda gasta. Ele encontrara a mulher que lhe dera o cartão em uma festa vários anos antes, quando ainda morava em Londres, no quarto acima da linha do trem. Ela estava sentada no canto de uma sala, nos fundos da casa, atrás de uma mesa redonda coberta por veludo roxo e com um tipo de jogo de tabuleiro em cima. A imagem dela, com um cachecol de miçangas brilhantes enrolado na cabeça, tinha sido suficiente para chamar a atenção. E havia também os cinco convidados sentados à mesa com ela, todos de mãos dadas ao redor do círculo, com os olhos fechados enquanto a ouviam murmurando. Leonard parou e se recostou à porta, observando a névoa de fumaça.

De repente, os olhos da mulher se abriram e se fixaram nele.

– Você – disse ela, apontando com a unha vermelha e longa enquanto os outros na mesa se viravam para vê-lo. – Tem alguém aqui que quer falar com você.

Ele a ignorou, mas não esqueceu suas palavras e a intensidade do seu olhar, e mais tarde, quando se viu saindo da festa ao mesmo tempo que ela, ofereceu-se para carregar sua estranha bolsa pelos quatro lances de escada. Quando chegaram ao térreo e ele lhe deu boa-noite, ela pegou o cartão do bolso e entregou a Leonard.

– Você está perdido – disse com a voz calma e fria.

– O quê?

– Você se perdeu.

– Estou bem, obrigado. – Leonard começou a descer a rua, enfiando o cartão no bolso, afastando a sensação estranha e desagradável que a mulher lhe causara.

– Ele está tentando encontrar você. – A voz da mulher, mais alta agora, seguiu-o pela rua.

Foi só quando Leonard alcançou o poste de luz seguinte e leu o cartão que as palavras dela fizeram sentido.

MADAME MINA WATERS
ESPIRITUALISTA
APARTAMENTO 2B
16 NEAL'S YARD
COVENT GARDEN
LONDRES

Logo depois, ele confidenciou a Kitty a conversa com Madame Mina. Ela riu e disse que Londres estava cheia de malucos procurando explorar a perda de suas vítimas para obter lucro. Mas Leonard lhe disse que ela estava sendo muito cínica.

– Ela sabia sobre Tom – insistiu ele. – Ela sabia que eu tinha perdido alguém.
– Ah, meu Deus, olhe em volta: *todo mundo* perdeu alguém.
– Você não viu o jeito como ela me encarou.
– Foi algo assim?

Ela ficou vesga e fez uma careta, depois sorriu e esticou o braço para pegar suas meias espalhadas no lençol, jogando-as para ele com um tom brincalhão.

Leonard as afastou. Não estava de bom humor.

– Ela me disse que ele estava tentando me encontrar. Disse que eu estava perdido.

– Ah, Lenny. – Toda a diversão se fora; ela soou cansada. – Não estamos todos?

―⁓―

Leonard se perguntou como Kitty tinha se saído em sua entrevista em Londres. Ela parecia bem ao sair naquela manhã; tinha feito algo diferente no cabelo. Ele desejou ter se lembrado de comentar. Kitty sabia como ser cínica, mas Leonard a conhecia desde antes da guerra e via todos os pontos que costuravam aquela fantasia.

Ao passar pela igreja e seguir pela rua vazia em direção a Birchwood Manor, Leonard pegou um punhado de cascalho na beira do acostamento. Sopesou as pedrinhas na palma da mão antes de deixá-las escorrer por entres os dedos enquanto caminhava. Ele notou que uma delas era clara e redonda, um pedaço de quartzo perfeitamente liso.

A primeira vez que Leonard e Kitty dormiram juntos foi em uma noite morna de outubro, em 1916. Ele estava em casa de licença e passara a tarde na sala de estar da mãe, bebendo chá de uma xícara de porcelana, enquanto as amigas dela falavam alternadamente e com igual ímpeto sobre a guerra e as perspectivas da próxima Feira de Natal da vila.

Houve uma batida à porta e a criada da mãe, Rose, anunciou a chegada da Srta. Barker. Kitty chegou com uma caixa de lenços para os esforços de guerra e, quando a mãe a convidou para tomar um chá, ela disse que não podia: havia um baile no salão da igreja e ela estava encarregada dos refrescos.

Foi a mãe quem sugeriu que Leonard participasse. Era a última coisa que ele imaginava fazer naquela noite, mas era preferível a permanecer na sala acompanhando a discussão dos méritos de servir vinho quente ao lado do xerez, então ele se levantou e disse:

– Vou buscar meu casaco.

Enquanto caminhavam juntos pela rua da vila, Kitty perguntou por Tom. Todo mundo perguntava por Tom, então Leonard tinha uma resposta pronta.

– Você sabe como ele é; nada o abala.

Kitty então sorriu e Leonard se perguntou por que nunca havia notado aquela covinha em sua face esquerda.

Ele dançou muito naquela noite. Havia certa falta de homens na vila, e ele ficou confuso (e satisfeito) por se encontrar com alta demanda. Garotas que nunca o tinham notado faziam fila para dançar com ele.

Estava ficando tarde quando viu Kitty a uma mesa, na beira da pista de dança. Ela ficou a noite toda servindo sanduíches de pepino e fatias de bolo, e seus cabelos estavam se soltando das presilhas. A música estava terminando quando ela notou seu olhar e acenou, e Leonard pediu licença a sua parceira.

– Bem, Srta. Barker – disse ele quando a alcançou –, um sucesso retumbante, eu diria.

– E estaria certo. Arrecadamos muito mais do que eu ousava esperar, e tudo isso pelo esforço de guerra. Meu único arrependimento é que não dancei nem uma vez.

– Isso é mesmo lamentável. Certamente não seria correto você passar a noite sem pelo menos um foxtrote...

Aquela covinha surgiu novamente quando ela sorriu.

A mão dele descansou na base das costas dela enquanto dançavam e Leonard percebeu a suavidade do vestido, a fina corrente de ouro em volta do pescoço, a maneira como os cabelos dela brilhavam.

Ele se ofereceu para levá-la em casa e eles conversaram de maneira fácil e natural. Ela estava aliviada que o baile tivesse corrido bem; estivera preocupada.

A noite tinha esfriado um pouco e Leonard lhe ofereceu seu casaco.

Ela perguntou sobre a frente de batalha e ele descobriu que era mais fácil falar sobre aquilo no escuro. Ele falou e ela ouviu, e, quando tinha dito o máximo que podia, comentou que tudo aquilo parecia um pesadelo, agora que estava de volta, andando com ela, e Kitty disse que, nesse caso, não faria mais perguntas. Em vez disso, começaram a relembrar a Feira de Páscoa de 1913, o dia em que se conheceram, e Kitty o lembrou de que haviam subido ao topo da colina atrás da vila, os três – Kitty, Leonard e Tom –, e se sentado contra o enorme carvalho com vista para todo o sul da Inglaterra.

– Eu disse que podíamos ver todo o caminho até a França, lembra? – perguntou Kitty. – E você me corrigiu. Você disse: "Isso não é a França, é Guernsey."

– Que idiota eu era.

– Não era, não.

– Definitivamente, eu era.

– Bem, talvez um pouco arrogante.

– Ei!

Ela riu, pegou a mão dele e disse:

– Vamos subir a colina agora.

– No escuro?

– Por que não?

Eles correram juntos morro acima e Leonard percebeu rapidamente que era a primeira vez em mais de um ano que corria sem estar temendo por sua vida; o pensamento, o sentimento, a liberdade foram emocionantes.

Na escuridão sob a árvore, no topo da colina acima da vila, o rosto de Kitty foi iluminado pela lua prateada e Leonard ergueu um dedo para traçar, muito levemente, uma linha do topo do nariz até seus lábios. Não conseguiu se conter. Ela era perfeita, maravilhosa.

Nenhum dos dois disse nada. Kitty, ainda vestindo o casaco, ajoelhou-se na frente dele e começou a desabotoar sua camisa. Ela enfiou a mão sob o tecido e a pressionou contra o coração dele. Leonard levou a mão ao rosto dela, o polegar roçando sua face, e ela se inclinou para o toque. Ele a puxou para si e eles se beijaram, e, naquele momento, a sorte foi lançada.

Depois, eles se vestiram em silêncio e ficaram sentados juntos debaixo da árvore. Ele ofereceu um cigarro e ela fumou antes de dizer, com naturalidade:

– Tom não pode ficar sabendo.

Leonard concordou, pois claro que Tom não podia saber.

– Isso foi um erro.

– Sim.

– Esta maldita guerra.

– A culpa foi minha.

– Não. Não foi. Mas eu amo Tom, Leonard. Sempre amei.

– Eu sei.

Ele pegou a mão dela e a apertou, pois sabia. Assim como sabia que também amava Tom.

Eles se viram mais duas vezes antes de Leonard voltar para a frente de batalha, mas apenas de passagem e sempre na presença de outras pessoas. E foi estranho, porque naqueles momentos ele soube que era verdade, que Tom nunca precisaria saber e que eles seriam capazes de continuar como se nada tivesse acontecido.

Só depois de voltar para a guerra, uma semana depois, e o peso do front se abater sobre ele, que Leonard começou a revirar as coisas em sua mente, sempre chegando à mesma pergunta – uma pergunta de criança, pequena e carente, que o enchia de desprezo por si mesmo: por que seu irmão parecia sempre sair por cima?

Tom foi um dos primeiros homens que Leonard encontrou quando chegou às trincheiras, seu rosto manchado de terra se abrindo em um sorriso enquanto ele inclinava o chapéu de lata.

– Bem-vindo de volta, Lenny. Sentiu saudades de mim?

Foi cerca de meia hora depois, enquanto compartilhavam uma caneca de chá, que Tom perguntou por Kitty.

– Só a vi uma ou duas vezes.

– Ela mencionou em uma carta. Boa notícia. Suponho que vocês não tenham tido nenhuma conversa especial, certo?
– Do que você está falando?
– Nada de particular?
– Não seja estúpido. Nós mal nos falamos.
– Vejo que a licença não fez nada para melhorar seu humor. Só quis dizer... – Tom não conseguia esconder o sorriso. – Kitty e eu estamos noivos. Eu tinha certeza de que ela não ia resistir a lhe contar. Prometemos que não contaríamos a ninguém até depois da guerra... o pai dela, você sabe.

Tom parecia tão satisfeito consigo mesmo, tão feliz, que Leonard não pôde deixar de lhe dar um grande abraço com tapinhas nas costas.

– Parabéns, Tom. Estou realmente feliz por vocês.

Três dias depois, seu irmão estava morto. Atingido por um estilhaço. Morto pela perda de sangue nas longas horas escuras após a explosão, deitado naquela terra de ninguém, enquanto Leonard ouvia das trincheiras (*Me ajude, Lenny, me ajude*). Tudo que conseguiram salvar dele, do Tom do muro do jardim, do Tom campeão de apneia, do Tom tão promissor, foi uma carta perfumada de Kitty e uma velha moeda de dois centavos suja.

Não, a conversa de Lucy Radcliffe sobre culpa e perdão tivera a intenção de ser gentil, mas qualquer semelhança que tivesse pensado notar entre eles fora um engano. A vida era complicada, as pessoas cometiam erros, sem dúvida. Mas eles eram diferentes. A culpa deles em relação aos irmãos mortos não era a mesma.

Kitty começou a escrever para ele na França depois da morte de Tom, e Leonard respondia. Quando a guerra terminou e ele voltou para a Inglaterra, ela foi visitá-lo uma noite em seu quarto alugado em Londres. Levou uma garrafa de gim, que Leonard a ajudou a esvaziar, e eles conversaram sobre Tom e choraram. Leonard presumiu, quando ela foi embora, que seria o fim da história. De alguma forma, porém, a morte de Tom os uniu. Eram duas luas orbitando sua memória.

No início, Leonard disse a si mesmo que estava cuidando de Kitty pelo irmão, e talvez, se a noite de 1916 não tivesse acontecido, pudesse ter acreditado. A verdade, porém, era mais complicada e menos honrosa, e ele não conseguiu escondê-la por muito tempo. Tanto ele quanto Kitty sabiam que fora a deslealdade deles naquela noite que causara a morte de Tom. Leonard sabia que isso não era inteiramente racional, mas não tornava menos verdade. No entanto, Lucy Radcliffe estava certa: ninguém podia viver sob o peso de tanta culpa. Eles precisavam justificar o efeito devastador da ação e concordaram, sem discussão, em acreditar que o que havia acontecido entre eles naquela noite na colina foi amor.

Ficaram juntos. Unidos pela dor e pela culpa. Odiando a razão de seu vínculo, mas incapazes de se deixarem.

Não falaram mais sobre Tom, não diretamente. Mas o irmão estava sempre entre eles. Estava na fina pulseira de ouro com seu pequeno e belo diamante que Kitty usava no pulso direito; estava no jeito como ela olhava para Leonard às vezes, com uma leve surpresa, como se esperasse ver outra pessoa; estava em todos os cantos escuros de todos os cômodos, em todos os átomos de ar iluminados pelo sol lá fora.

Então, sim, Leonard acreditava em fantasmas.

Ele atravessou o portão de Birchwood Manor. O sol estava se pondo e as sombras começavam a se alongar pelo gramado. Ao olhar de relance para o muro do jardim, Leonard parou. Ali, recostada no trecho ensolarado sob o bordo-japonês, uma mulher dormia profundamente. Por uma fração de segundo ele pensou que fosse Kitty, que decidira não ir a Londres, no fim das contas.

Leonard se perguntou por um momento se estava tendo alucinações, mas então percebeu que não era Kitty. Era a mulher do rio, naquela manhã: metade do casal que ele havia se esforçado para evitar.

Agora ele se via incapaz de desviar o olhar. Um par de sapatos pretos estava ao lado do corpo adormecido e os pés descalços na grama lhe pareceram uma visão erótica. Ele acendeu um cigarro. Foi a vulnerabilidade dela, supôs, que o atraiu. Sua materialização ali, naquele dia, naquele lugar.

Enquanto observava, ela acordou e se espreguiçou, e uma expressão feliz apareceu em seu rosto. A maneira como ela olhou para a casa provocou um vago reconhecimento em Leonard. Pureza, simplicidade, amor. Ele teve vontade de chorar como não fazia desde criança. Por toda a perda, a bagunça e a consciência de que, não importava quanto desejasse, nunca poderia voltar atrás e fazer com que aquele horror não tivesse acontecido; não importava o que ele fizesse na vida, a guerra, a morte do irmão e os anos perdidos desde então sempre seriam parte de sua história.

– Desculpe – disse ela então, ao vê-lo. – Não quis invadir. Eu me perdi.

Sua voz era como um sino, pura e imaculada, e ele quis correr, pegá-la pelos ombros e avisá-la que a vida podia ser brutal, que podia ser implacável, fria e cansativa.

Quis dizer a ela que nada fazia sentido, que pessoas boas morriam jovens demais, sem um bom motivo, e que o mundo estava cheio de gente que procuraria lhe fazer mal, e que não havia como saber o que a esperava no futuro, ou mesmo se havia um futuro.

No entanto...

Enquanto ele a observava e ela observava a casa, algo no modo como as folhas do bordo capturavam o sol e iluminavam a mulher fez seu coração doer e se expandir, e Leonard percebeu que também queria lhe dizer que, por alguma reviravolta estranha, era a própria falta de sentido da vida que tornava tudo tão bonito, raro e maravilhoso. Que, apesar de toda a sua selvageria – *por causa* da sua selvageria –, a guerra iluminara todas as cores. Que sem a escuridão nunca se notariam as estrelas.

Ele quis dizer tudo isso, mas as palavras ficaram presas em sua garganta. Então Leonard levantou a mão para acenar, um gesto bobo que ela não viu, porque já estava olhando para outro lado.

Ele entrou na casa e, pela janela da cozinha, observou enquanto ela pegava sua bolsa e, com um último sorriso deslumbrante para a casa, desaparecia na neblina ensolarada. Ele não a conhecia. Nunca mais a veria. No entanto, desejava poder ter dito a ela que também havia se perdido. Ele perdera o rumo, mas a esperança ainda voava para perto e para longe, como um pássaro, cantando que, se ele continuasse colocando um pé na frente do outro, conseguiria voltar para casa.

VII

Meu pai certa vez me disse que, quando viu minha mãe na janela da casa, foi como se toda a sua vida até aquele ponto tivesse sido vivida à meia-luz. Ao encontrá-la, ele disse que todas as cores, todas as fragrâncias, todas as sensações que o mundo tinha para oferecer se tornaram mais brilhantes, mais nítidas e mais verdadeiras.

Eu era criança e considerei essa história o conto de fadas que parecia ser, mas as palavras de meu pai voltaram a mim na noite em que conheci Edward.

Não foi amor à primeira vista. Tais afirmações zombam do amor.

Foi um pressentimento. Uma consciência inexplicável de que algo importante havia acontecido. Alguns momentos são assim: brilham como ouro na peneira de um garimpeiro.

Eu disse que nasci duas vezes, uma vez para meus pais e uma segunda vez quando acordei na casa da Sra. Mack, acima da loja que vendia pássaros e gaiolas na Little White Lion Street.

É a verdade. Mas não é toda a verdade. Pois houve uma terceira parte na história da minha vida.

Nasci de novo, do lado de fora do Theatre Royal, na Drury Lane, em uma noite quente de 1861, a um mês de completar 17 anos. A mesma idade que minha mãe tinha quando nasci pela primeira vez, naquela noite estrelada na casa estreita em Fulham, às margens do rio Tâmisa.

A Sra. Mack tinha razão, claro, quando disse que os dias da Garotinha Perdida e da Pequena Passageira estavam contados, e assim um novo esquema foi criado, uma nova roupa adquirida, uma nova personagem interpretada. Era bastante simples: o vestíbulo do teatro era uma colmeia de atividades. Os vestidos das mulheres eram brilhantes e generosos, a reserva dos homens liberada pelo uísque e pela expectativa; havia inúmeras oportunidades para uma mulher com dedos rápidos aliviar um cavalheiro de seus objetos de valor.

O único problema era Martin. Eu não era mais uma criança inexperiente, mas ele se recusava a abandonar o papel de cuidador que lhe fora designado. Perturbou a Sra. Mack, encheu a cabeça dela com formas extravagantes de como eu poderia me prejudicar ou até – ouvi-o sussurrando quando pensou que eu não estava prestava atenção – me "voltar contra eles", e então propôs um arranjo no qual poderia se meter no meu trabalho. Argumentei que ele estava complicando demais as coisas, que eu preferia trabalhar sozinha, mas ele aparecia em cada esquina, assistindo com um ar autoritário irritante.

Naquela noite, porém, eu havia me esquivado dele. O espetáculo terminou e atravessei rapidamente o vestíbulo e saí por uma porta lateral, chegando a um beco nos fundos do teatro. Tinha sido uma boa noite: o bolso profundo do meu vestido estava pesado e eu, feliz. A carta mais recente de meu pai informara que, após vários contratempos infelizes, a empresa de relojoaria que estabelecera em Nova York estava quase conseguindo se manter. Eu esperava que um verão frutífero o fizesse dar permissão para eu zarpar para a América. Fazia mais de nove anos desde que ele me deixara com a Sra. Mack.

Eu estava sozinha no beco, imaginando se deveria andar de volta para casa pelas vielas estreitas ou seguir pela Strand lotada, para acrescentar mais uma ou duas carteiras ao meu espólio, e foi naquele momento de indecisão que Edward atravessou a mesma porta pela qual eu havia saído, me pegando desprevenida.

Foi como a claridade súbita que vem quando a neblina se dissipa. Fiquei alerta, subitamente cheia de expectativa, e, ao mesmo tempo, não houve surpresa, pois como a noite poderia terminar sem que nos encontrássemos?

Ele se aproximou e, quando estendeu a mão para roçar minha face, seu toque foi tão leve como se eu fosse um dos tesouros da coleção do pai de Joe Pálido. Seus olhos fitaram os meus.

Não sei dizer por quanto tempo ficamos assim – segundos, minutos. O tempo havia parado.

Somente quando Martin apareceu e gritou "Pega ladrão!" o feitiço foi quebrado. Pestanejei e me afastei.

Martin deu início a seu ardil bem treinado, mas de repente perdi a paciência com sua baixeza. Não, eu disse com firmeza, esse homem não é um ladrão.

Não mesmo, disse Edward. Ele era um pintor e queria pintar meu retrato.

Martin começou a gaguejar – bobagens sobre jovens damas, sua "irmã", respeitabilidade –, mas Edward não lhe deu ouvidos. Falou de sua família, prometendo que ele e a mãe iriam à minha casa e conheceriam meus pais, para assegurar a eles que era um cavalheiro de bom caráter e que uma associação com ele não mancharia minha reputação.

A proposta foi tão inesperada, a menção a pais e a uma casa, tão pitoresca, que confesso que fiquei entusiasmada com a ideia de ser o tipo de jovem cuja modéstia podia exigir tal proteção.

Concordei e, ao sair, ele me perguntou meu nome. Ciente de que Martin estava assistindo, eu disse a primeira coisa que me veio à mente:

– Lily. Meu nome é Lily Millington.

A Sra. Mack, sempre capaz de farejar lucro, foi inspirada a agir imediatamente. Ela logo começou o processo de transformar sua sala de estar na imagem da delicadeza doméstica. Uma das crianças recém-chegadas, Effie Granger, que tinha 11 anos mas era grande para a idade, foi vestida com o uniforme preto e branco de uma criada, arrebatado por Martin de um varal em Chelsea, e recebeu um curso rápido e brutal de serviço básico. Martin e o Capitão foram instruídos nos papéis de irmão e pai íntegro e a Sra. Mack iniciou um processo de personificação, transformando-se em uma Mãe Amorosa Em Tempos Difíceis com uma dedicação que teria deixado as atrizes da Drury Lane envergonhadas.

Quando o dia auspicioso chegou, os mais jovens estavam escondidos no andar de cima, sob instruções estritas de não afastarem as cortinas de renda para espiar, se tivessem amor à vida, e o restante de nós esperou nervosamente a campainha tocar.

Edward e a mãe – a quem a Sra. Mack atribuiu depois aparência e maneiras continentais – foram recebidos, a mulher incapaz de resistir a um olhar curioso ao redor enquanto tirava o chapéu. Independentemente do que pensasse sobre "o Sr. e a Sra. Millington" e sua casa, ela tinha muito orgulho e amor pelo filho, e nele investira todas as suas aspirações artísticas; se ele achava que precisava da Srta. Millington para completar sua visão, então teria a Srta. Millington. E, se isso significava beber chá com um casal estranho em Covent Garden, ela estava mais do que disposta a fazê-lo.

Durante a reunião, fiquei sentada na ponta do sofá – uma posição que raramente me era concedida –, com Edward na outra ponta e a Sra. Mack falando, no que suponho que ela considerasse uma maneira decorosa, da minha bondade e virtude.

– Uma verdadeira garota cristã, minha Lily. Inocente como o dia.

– Fico muito feliz de ouvir isso – disse a Sra. Radcliffe com um sorriso encantador. – E assim permanecerá. O pai do meu falecido marido é o conde de Beechworth e meu filho é um cavalheiro do caráter mais nobre. Você tem minha palavra de que ele cuidará de sua filha, devolvendo-a a vocês na condição que chegou.

– Hum-hum – pigarreou o Capitão, que havia sido treinado no papel de Pai de Família Relutante ("Em caso de dúvida", dissera a Sra. Mack, "só faça grunhidos. E, não importa o que aconteça, não tire essa perna.").

A permissão acabou sendo dada, e um preço acordado, cujo pagamento, declarou a Sra. Mack, a deixava segura de que a virtude de sua filha permaneceria intacta.

E então, quando finalmente me permiti encontrar o olhar de Edward, foi acordada uma data para a primeira sessão.

———

O estúdio dele ficava nos fundos do jardim da mãe, atrás da casa dela em Hampstead, e no primeiro dia ele pegou minha mão para me ajudar a atravessar o caminho escorregadio.

– Flores de cerejeira – disse ele –, lindas, mas mortais.

Eu não tinha experiência com pintores, tendo aprendido tudo que sabia sobre arte nos livros de Joe Pálido e nas paredes da casa do pai dele. Então, quando Edward abriu a porta, eu tinha pouca ideia do que esperar.

A sala era pequena, com um tapete persa no chão e um cavalete de frente para uma cadeira simples mas elegante. O teto era de vidro, mas as paredes eram de madeira e pintadas de branco; ao longo de duas delas, corria uma bancada feita sob medida, com prateleiras embaixo, cheias de gavetas largas. A superfície estava coberta de pequenos recipientes com pigmentos, garrafas de líquidos variados e potes de pincéis de todos os tamanhos.

Edward primeiro foi acender o aquecedor no canto oposto. Ele não queria que eu ficasse com frio, disse; eu devia avisar se ficasse desconfortável. Ele me ajudou a tirar a capa e, quando seus dedos roçaram meu pescoço, senti a pele esquentar. Ele indicou que eu me sentasse na cadeira; naquele dia, faria esboços. Percebi então que a parede ao fundo da sala já estava coberta com uma variedade aleatória de desenhos a caneta e tinta.

Aqui, agora, nesta minha existência entre dois mundos, posso ver, mas não posso mais ser vista. Antes, eu não entendia como a troca de olhares é fundamental: olhar nos olhos de outro ser humano. Também não entendia como é raro ter a oportunidade de dedicar toda a atenção a outra pessoa, sem medo de ser pega.

Enquanto Edward me estudava, eu o estudei.

Fiquei viciada em seu foco. E também aprendi o poder de ser observada. Se mexesse um pouco o queixo, via a mudança refletida no rosto dele: o ligeiro estreitamento de seus olhos quando ele absorvia a nova posição da luz.

Vou lhe contar outra coisa que sei: é difícil não se apaixonar por um homem bonito que dedica toda a sua atenção a você.

Não havia relógio no estúdio. Não havia tempo. Trabalhando juntos, dia após dia, o mundo lá fora se dissolveu. Havia Edward e havia eu, e mesmo esses limites começaram a se confundir dentro do estranho envolvimento de nosso trabalho.

Às vezes ele me fazia perguntas que vinham do nada para perturbar o silêncio denso da sala e eu respondia o melhor que podia enquanto ele ouvia e pintava, a concentração fazendo uma linha suave aparecer entre suas sobrancelhas. No começo, fui capaz de contornar a verdade, mas, com o passar das semanas, comecei a temer que ele enxergasse através das minhas sombras e dos meus ornamentos. Mais do que isso, senti uma nova e problemática vontade de me expor.

Então eu dirigia a conversa para assuntos mais seguros, como arte e ciência e os tipos de coisa que Joe Pálido e eu discutíamos sobre a vida e o tempo. Isso o surpreendia, pois ele sorria, com a testa levemente franzida em confusão, e parava o que estava fazendo, me analisando por cima de sua tela. Esses assuntos também eram de grande interesse para ele, disse, e me contou sobre um ensaio que havia escrito recentemente sobre a conexão entre lugares e pessoas, a maneira como certas paisagens eram mais potentes que outras, falando no presente sobre acontecimentos do passado.

Edward era diferente de qualquer um que eu já tinha conhecido. Quando ele falava, era impossível não ouvir. Ele se comprometia totalmente com o que estivesse fazendo, sentindo ou expressando no momento. Eu me pegava pensando nele quando não estávamos juntos, lembrando algum sentimento que ele houvesse expressado, o jeito como jogara a cabeça para trás e rira livremente de uma anedota que eu tinha contado, e ansiava por fazê-lo rir daquele jeito de novo. Não conseguia mais lembrar do que eu pensava antes de conhecê-lo. Ele era a música que entra na cabeça de uma pessoa e muda o ritmo de sua pulsação, o desejo inexplicável que leva alguém a agir contra seu bom senso.

Nunca fomos incomodados, exceto brevemente, de vez em quando, pela chegada de um bule de chá quente. Às vezes era a mãe que levava a bandeja, ansiosa para espiar e avaliar o progresso de Edward. Outros dias era a empregada. E certa manhã, depois de eu ter encontrado Edward diariamente por uma ou duas semanas, quando bateram à porta e ele gritou "Entre!", ela foi aberta por uma garota de 12 anos, segurando a bandeja com muito cuidado.

Ela estava nervosa e imediatamente a achei encantadora. Seu rosto não era bonito, mas vislumbrei uma força no queixo que me fez sentir que não deveria subestimá-la; também era curiosa, seus olhos percorrendo a sala de Edward, indo de mim até os esboços na parede. A curiosidade era uma característica com a qual eu me identificava e que, na verdade, sempre me parecera um pré-requisito para a vida. Que propósito uma pessoa poderia encontrar nessa longa caminhada se não tivesse curiosidade para iluminar a jornada? Desconfiei imediatamente de quem ela era, e tinha razão.

– Minha irmã mais nova – disse Edward com um sorriso. – Lucy. E, Lucy, esta é Lily Millington, "La Belle".

⁓✿⁓

Eu conhecia Edward havia seis meses quando a pintura de *La Belle* estreou em uma exposição da Academia Real, em novembro de 1861. Disseram-me para chegar às sete horas, e a Sra. Mack fez questão que eu tivesse um vestido adequado para a ocasião. Para uma mulher tão confiante, ela ficava quase encantadoramente impressionada com a fama, ainda mais se trouxesse consigo a perspectiva de renda contínua.

– É este – disse ela, fechando os botões de pérola que corriam por minhas costas até a nuca. – Faça sua jogada, minha menina, e este pode ser o início de algo magnífico. – Ela acenou com a cabeça em direção à coleção de *cartes de visite* em seu console, membros da família real e outras pessoas conhecidas e distintas. – Você pode estar a caminho de se tornar um *deles*!

Como era de esperar, Martin não compartilhava do entusiasmo. Ele se ressentia do tempo que eu passava como modelo de Edward, parecendo considerar minha ausência durante os dias um desprezo pessoal. Eu o ouvi algumas noites na sala da Sra. Mack, reclamando da diminuição do espólio, e, como esses argumentos não influenciaram sua mãe – o pagamento pelos meus serviços de modelagem era superior aos ganhos com os roubos –, ele insistira que era um "risco" me deixar ficar "muito próxima da fonte". Mas era a Sra. Mack quem mandava na casa. Eu tinha sido convidada para uma exposição na Academia Real, um dos eventos mais importantes da cena social de Londres, e assim, seguida por Martin, fui despachada.

Ao chegar, uma multidão enchia o grande salão, homens com cartola preta brilhante e sobretudo e mulheres com vestidos de seda requintados. Seus olhos passavam por mim enquanto eu caminhava pelo mar denso e quente de pessoas. O ar estava muito abafado e zumbia com o ruído de conversas rápidas interrompidas ocasionalmente por risadas.

Eu estava começando a perder a esperança de encontrar Edward quando de repente seu rosto surgiu à minha frente.

– Você veio – disse ele. – Esperei na outra entrada, mas não a vi.

Quando ele pegou minha mão, senti uma onda quente de eletricidade me percorrer. Era uma novidade vê-lo assim, em público, depois de passar os últimos seis meses enclausurada em seu estúdio. Tínhamos conversado sobre várias coisas e eu já sabia muito sobre ele, mas ali, cercado por todas aquelas outras pessoas risonhas, ele estava fora de contexto. O novo cenário, familiar para ele mas estranho para mim, fez de Edward uma pessoa diferente da que eu conhecia.

Ele me conduziu pela multidão até onde a pintura estava exposta. Eu a vislumbrara no estúdio, mas nada poderia ter me preparado para a maneira como ficaria na parede, ampliada em virtude da exibição. Os olhos dele procuraram os meus.

– O que acha?

Eu estava estranhamente sem palavras. A pintura era extraordinária. As cores eram exuberantes e minha pele parecia luminosa, como se fosse quente ao toque. Ele havia me pintado no centro da tela, meus cabelos ondulados, meu olhar resoluto e minha expressão de uma confiança súbita, que não se repetiria. E, no entanto, havia algo mais, subjacente à imagem. Edward havia capturado naquele rosto bonito – muito mais bonito que o meu rosto de verdade – uma vulnerabilidade que tornava o todo muito requintado.

Mas minha falta de palavras não era apenas pela imagem em si. *La Belle* é uma cápsula do tempo. Sob as pinceladas e os pigmentos, há cada palavra, cada olhar que Edward e eu trocamos; ela registra cada vez que ele riu, que tocou meu rosto, movendo-o com muito cuidado em direção à luz. Cada pensamento dele está registrado, cada momento em que nossas mentes se encontraram naquele estúdio isolado no canto do jardim. No rosto de La Belle existem mil segredos, que juntos contam uma história, conhecida apenas por Edward e por mim. Vê-la pendurada na parede naquela sala cheia de estranhos barulhentos foi meio opressivo.

Edward ainda estava esperando minha resposta e eu disse:

– Ela é…

Ele apertou minha mão.

– Não é?

Edward pediu licença então, pois havia visto o Sr. Ruskin, e me disse que voltaria logo.

Continuei a olhar para a pintura e percebi que um homem alto e bonito havia se aproximado.

– O que acha? – perguntou ele, e a princípio pensei que estivesse falando comigo.

Estava tentando encontrar palavras quando outra mulher respondeu. Ela estava do outro lado dele, era bonita e delicada, com cabelos castanhos e uma boca pequena.

– A pintura é maravilhosa, como sempre. Mas eu me pergunto por que ele insiste em escolher suas modelos na sarjeta.

O homem riu.

– Você conhece Edward. Ele sempre teve uma natureza perversa.

– Ela torna o quadro vulgar. Veja como olha diretamente para nós, sem vergonha, sem classe... E esses lábios! Eu disse isso ao Sr. Ruskin.

– E o que ele respondeu?

– Ele estava inclinado a concordar, embora tenha dito que achava ter sido essa a verdadeira intenção de Edward. Algo sobre contraste, a inocência do cenário, a ousadia da mulher.

Cada célula do meu corpo se retraiu. Só queria poder desaparecer. Fora um erro ter ido; eu via isso agora. Martin estava certo. Eu tinha sido dominada pela energia que cercava Edward. Tinha me permitido baixar a guarda. Tinha pensado em nós como parceiros em um grande empreendimento. Fora muita estupidez.

Minhas bochechas ardiam de vergonha e eu queria fugir. Olhei para trás com o intuito de ver se era fácil chegar à porta. A sala estava transbordando de convidados, uns espremidos contra os outros, e o ar estava saturado, denso de fumaça de cigarro e água de colônia.

– Lily. – Edward estava de volta, seu rosto corado de animação. – O que houve? – Enquanto seu olhar avaliava o meu, insistiu: – O que aconteceu?

– Aí está você, Edward! – disse o homem alto e bonito. – Eu estava me perguntando aonde você teria ido... Estávamos apenas admirando *La Belle*.

Edward me lançou um olhar de encorajamento antes de retribuir o sorriso de seu amigo, que agora estava lhe dando um tapa no ombro. Ele colocou a mão delicadamente nas minhas costas e me conduziu adiante.

– Lily Millington – apresentou –, este é Thurston Holmes, um dos irmãos Magenta e meu bom amigo.

Thurston pegou minha mão e tocou-a com os lábios.

– Então, esta é a famosa Srta. Millington sobre quem ouvimos tanto.

Os olhos dele encontraram os meus e li neles um interesse inconfundível. Não se crescia nas vielas sombrias de Covent Garden e nas ruas úmidas ao redor do Tâmisa sem aprender a reconhecer aquele olhar.

– É um prazer finalmente conhecê-la. Já era hora de ele compartilhar a senhorita conosco.

A mulher de cabelos cor de mel ao lado estendeu a mãozinha fria e disse:

– Vejo que terei que me apresentar. Meu nome é Srta. Frances Brown. Em breve, Sra. Edward Radcliffe.

Assim que notei Edward absorto em uma conversa com outro convidado, dei uma desculpa vaga e me livrei, caminhando pela multidão até chegar à porta.

Foi um alívio escapar do salão. No entanto, quando deslizei para o ar escuro da noite fria, não pude deixar de sentir que havia atravessado mais de uma porta. Eu havia deixado para trás um mundo sedutor de criatividade e luz e agora voltava para os becos sombrios do meu passado.

Eu estava realmente em um beco, pensando nisso, quando senti um aperto no pulso. Virei-me, esperando ver Martin, que passara a noite escondido na Trafalgar Square, mas era o amigo de Edward da exposição, Thurston Holmes. Eu ouvia o barulho na Strand, mas, além de um vagabundo caído na sarjeta, estávamos sozinhos.

– Srta. Millington – disse ele –, você saiu tão de repente. Fiquei preocupado.

– Estou bem, obrigada. O salão estava muito quente. Eu precisava de ar fresco.

– Pode ser opressivo, imagino, quando não se está acostumado com a atenção. Mas temo que não seja seguro para uma jovem ficar sozinha aqui. Há perigos durante a noite.

– Agradeço sua preocupação.

– Talvez eu possa levá-la a algum lugar para uma bebida. Tenho quartos aqui perto e uma senhoria muito compreensiva.

Entendi imediatamente o que ele desejava.

– Não, obrigada. Não pretendo impedi-lo de aproveitar sua noite.

Ele chegou mais perto e colocou a mão na minha cintura, deslizando-a pelas minhas costas e me puxando para si. Com a outra mão, pegou duas moedas de ouro do bolso, segurando-as entre os dedos.

– Prometo que vou fazer valer a pena.

Eu o encarei e não desviei o olhar.

– Como eu disse, Sr. Holmes, prefiro tomar ar fresco.

– Como quiser. – Ele tirou a cartola e assentiu rapidamente. – Boa noite, Srta. Millington. Até a próxima.

A interação foi desagradável, mas eu tinha assuntos mais importantes em mente, ainda não queria voltar para a Sra. Mack. Portanto, com cuidado para não chamar a atenção de Martin, fui para o único lugar que me veio à cabeça.

Se Joe Pálido ficou surpreso ao me ver, não demonstrou: colocou o marcador de página e fechou o livro. Tínhamos conversado com muita expectativa sobre a inauguração e ele se virou para ouvir minha história triunfante. Em vez disso, assim que abri a boca para falar, comecei a chorar – eu que não chorava desde a manhã em que acordei na casa da Sra. Mack sem meu pai.

– O que foi? – perguntou ele, alarmado. – O que aconteceu? Alguém te machucou?

Respondi que não, que não era nada disso. Que eu nem sabia ao certo por que estava chorando.

– Então comece do início e conte tudo. Dessa forma, talvez *eu* possa lhe dizer por que você está chorando.

Foi o que fiz. Contei primeiro sobre a pintura: o jeito como parei diante dela e me senti envergonhada. A maneira como a imagem que Edward havia criado naquele estúdio com teto de vidro era *muito mais* do que eu. Que era radiante, que varria todas as preocupações mesquinhas da vida cotidiana, que capturava vulnerabilidade e esperança e a mulher sob seus artifícios.

– Então você está chorando porque a beleza da obra de arte a oprimiu.

Balancei a cabeça, porque sabia que não era isso.

Contei-lhe então sobre o homem alto e bonito que parou ao meu lado, e a mulher bonita, com seus cabelos cor de mel e boca perfeita, e as coisas que eles disseram e o modo como riram.

Joe suspirou e assentiu.

– Você está chorando porque a mulher disse coisas cruéis sobre você.

Balancei a cabeça outra vez, porque nunca havia me importado com a opinião de pessoas que não conhecia.

Disse-lhe então que, ao ouvi-los, fiquei com vergonha do vestido espalhafatoso que a Sra. Mack havia comprado para mim, que de início eu tinha achado extraordinário – o tecido de veludo amassado, as delicadas guarnições de renda ao redor do colarinho –, mas de repente percebi que era chamativo e brilhante demais.

Joe Pálido franziu a testa.

– Eu sei que você não está chorando porque queria um vestido diferente.

Concordei que o vestido não era o problema, que, na verdade, eu tinha me sentido extravagante demais naquele salão e fui tomada por uma raiva repentina de Edward. Eu confiava nele, mas ele me traiu, não? Ele fez com que eu me sentisse à vontade em sua companhia, em seu mundo, lisonjeada com sua atenção absoluta – aqueles olhos escuros profundos e atentos, sua mandíbula cerrada quando ele se concentrava, um toque de carência... com certeza não fora tudo imaginação minha, certo? –, apenas para me envergonhar em um salão cheio de pessoas que não eram como eu; que viam imediatamente que eu não era como elas. Quando ele me convidou para a inauguração, pensei... Bem, entendi errado. E, *claro*, havia uma noiva, aquela mulher bonita, com feições elegantes e roupas finas. Ele deveria ter me contado, permitido que eu me preparasse, que chegasse nas condições adequadas. Ele me enganou e eu nunca mais queria vê-lo.

Joe Pálido me encarou com uma expressão carinhosa e triste e eu soube o que ele ia dizer. Que a acusação era injusta. Que eu tinha sido tola e o erro foi todo meu, porque Edward não me devia nada. Fui contratada e paga para realizar uma tarefa: posar como modelo para uma pintura que ele queria exibir na Academia Real.

Mas Joe Pálido não falou nada disso. Apenas me abraçou e disse:

– Minha pobre Passarinho... Você está chorando porque está apaixonada.

Depois de deixar Joe Pálido, corri pelas ruas escuras de Covent Garden, cheias de homens de rosto corado saindo de clubes e de cânticos bêbados subindo pelas escadas dos bares subterrâneos, fumaça de charuto se misturando aos restos de carnes e frutas podres.

Minhas longas saias farfalhavam nos paralelepípedos e, quando entrei na Little White Lion Street, olhei para o céu e vislumbrei a lua nebulosa entre os edifícios; não as estrelas, porém, pois a fumaça cinzenta de Londres estava pesada demais. Entrei pela porta da frente da loja, tomando cuidado para não acordar as criaturas aladas adormecidas sob suas mortalhas, e depois subi a escada na ponta dos pés. Quando passei pela porta da cozinha, uma voz do escuro disse:

– Ora, ora, o gato fujão voltou.

Então vi que Martin estava sentado à mesa, uma garrafa de gim aberta diante dele. Um feixe opaco do luar entrava pela janela torta e um lado de seu rosto estava oculto na sombra.

– Você acha que é esperta, não é, se esquivando de mim? Perdi uma noite esperando você. Não podia trabalhar sozinho no teatro, então gastei meu tempo debaixo da maldita Coluna de Nelson vendo os almofadinhas irem e virem. O que vou dizer à mamãe e ao Capitão quando eles perguntarem por que não trouxe uma moeda para casa, como prometido, hein?

– Nunca pedi que me esperasse, Martin, e ficaria muito satisfeita se você prometesse não fazer mais isso.

– Ah, você ficaria *satisfeita*, não é? – Ele riu, mas o som foi seco. – Você ficaria muito satisfeita. Soou como uma verdadeira dama.

Ele empurrou a cadeira para trás de repente e se aproximou de mim, à porta. Martin segurou meu rosto pelo queixo e senti sua respiração quente no meu pescoço enquanto ele dizia:

– Sabe qual foi a primeira coisa que minha mãe me disse quando você veio morar conosco? Ela me levou ao segundo andar, onde você estava dormindo, e disse: "Venha dar uma olhada na sua linda nova irmã, Martin. Ela vai precisar de alguém de olho atento. Escreva o que eu digo, vamos ter que observá-la de perto." E ela tinha razão. Vejo como eles olham para você, esses homens. Eu sei o que eles estão pensando.

Eu estava cansada demais para uma discussão mesquinha, ainda mais uma que já tivéramos várias vezes. Só queria subir, ficar sozinha no meu quarto e refletir sobre as coisas que Joe Pálido dissera. Martin estava me olhando com malícia e senti repulsa, mas também tive pena dele, pois era um homem cuja paleta não tinha cores. Os limites de sua vida foram estreitados quando era menino e nunca se ampliaram. Enquanto ele segurava meu rosto com firmeza, eu disse baixinho:

– Não precisa se preocupar, Martin. A pintura está concluída agora. Estou em casa. O mundo voltou ao normal.

Talvez ele estivesse esperando que eu argumentasse, pois engoliu o que ia dizer. Ele piscou lentamente e depois assentiu.

– Bem, não esqueça. Não esqueça que você é uma de nós. Não é uma delas, não importa o que minha mãe diga quando fareja o ouro dos artistas. Isso é apenas um show, certo? Você vai se machucar se esquecer disso... e a culpa vai ser só sua.

Ele finalmente me soltou e eu me obriguei a sorrir. Mas, quando me virei para sair, ele estendeu a mão para agarrar meu pulso, me puxando de volta rapidamente.

– Você está linda nesse vestido. Virou uma mulher bonita, crescida.

Seu tom era ameaçador e eu podia imaginar como uma jovem abordada de tal maneira na rua sentiria o terror subir pela espinha ao encontrar o olhar atento dele, os lábios curvados, as intenções veladas; e ela poderia se sentir impelida a reagir. Mas eu conhecia Martin havia muito tempo. Ele nunca me machucaria enquanto a mãe estivesse viva. Eu era valiosa demais para o empreendimento dela. Então falei:

– Estou cansada, Martin. Está muito tarde. Terei muito trabalho amanhã para recuperar o atraso e preciso ir para a cama agora. Mamãe não vai gostar de nos ver cansados demais para trabalhar amanhã.

À menção da Sra. Mack, seu aperto afrouxou e aproveitei a oportunidade para me libertar e subir as escadas depressa. Deixei a vela de sebo apagada enquanto tirava meu vestido de veludo e, quando o pendurei no gancho atrás da porta, certifiquei-me de abrir a saia para cobrir o buraco da fechadura.

Passei aquela noite acordada, revirando as coisas que Joe Pálido tinha me dito, revivendo cada minuto que eu havia passado com Edward em seu estúdio.

– Ele também ama você? – perguntou Joe Pálido.

– Acho que não – respondi –, porque ele está noivo.

Joe sorriu pacientemente.

– Você o conhece há alguns meses. Falou com ele muitas vezes. Ele lhe contou sobre sua vida, seus amores, suas paixões e atividades. E, ainda assim, só hoje você soube que ele está noivo.

– Sim.

– Passarinho, se eu estivesse noivo da mulher que amo, falaria sobre ela com todo mundo. Diria seu nome em todas as oportunidades, para todos os ouvidos disponíveis deste lado de Moscou. Não posso lhe dizer com certeza o que ele sente por você, mas posso garantir que não ama a mulher que você conheceu hoje à noite.

Logo após o amanhecer ouvi uma batida à porta, no andar de baixo. As ruas de Covent Garden já estavam tomadas por carroças, carrinhos de mão e mulheres com cestas de frutas na cabeça, caminhando em direção ao mercado, e presumi que fosse o vigia local. Ele e a Sra. Mack tinham um acordo: ao fazer sua patrulha diária das ruas, dando sinais a cada trinta minutos para que as pessoas soubessem que horas eram, ele passava para bater à nossa porta para avisar a hora de acordar.

O barulho foi mais baixo do que o normal e, quando soou pela segunda vez, levantei-me da cama e puxei a cortina para espiar pela janela.

Não era o vigia de chapéu desbotado e sobretudo que estava à porta. Era Edward, ainda vestido com o casaco e o cachecol da noite anterior. Meu coração deu um salto e, depois de hesitar por uma fração de segundo, abri a janela e o chamei em um sussurro:

– O que você está fazendo?

Ele deu um passo para trás, erguendo o olhar para ver de onde vinha minha voz, e quase foi atingido por um carrinho de flores sendo empurrado pela rua.

– Lily – disse, seu rosto brilhando ao me ver. – Lily, desça.

– O que você está fazendo aqui?

– Desça, preciso falar com você.

– Mas o sol mal nasceu.

– Eu sei, mas não posso fazê-lo nascer mais rápido. Fiquei aqui a noite toda. Bebi mais café daquela barraca na esquina do que um homem jamais deveria beber, mas não posso esperar mais. – Ele colocou a mão sobre o coração e disse: – Desça, Lily, ou então serei forçado a subir.

Balancei a cabeça rapidamente e comecei a me vestir, meus dedos atrapalhados de empolgação, de modo que lutei com cada botão e puxei um fio de uma das meias. Não havia tempo para arrumar ou prender meu cabelo; corri escada abaixo, ansiosa para alcançá-lo antes de qualquer outra pessoa.

Soltei a trava e abri a porta e, naquele momento, quando nos encaramos, soube que Joe Pálido tinha dito a verdade. Havia tanta coisa que eu queria que ele soubesse... Queria contar sobre meu pai e a Sra. Mack, a Garotinha Perdida e Joe Pálido. Queria dizer a ele que o amava e que tudo até aquele momento não passara de um esboço a lápis, preliminar e sem cor, em antecipação ao nosso encontro. Eu queria dizer a ele meu nome verdadeiro.

Mas precisava escolher muitas palavras, e eu não sabia por onde começar, e então a Sra. Mack surgiu ao meu lado, com o roupão amarrado torto ao redor da generosa cintura, as marcas do sono ainda evidentes em seu rosto.

– O que está acontecendo aqui? O que você está fazendo aqui a esta hora?

– Bom dia, Sra. Millington – disse Edward. – Peço desculpas por interromper o seu dia.

– Ainda nem está claro.

– Eu sei, Sra. Millington, mas é urgente. Devo declarar à senhora minha profunda admiração por sua filha. A pintura *La Belle* foi vendida ontem à noite e gostaria de conversar com a senhora sobre pintar a Srta. Millington novamente.

– Temo que não possa liberá-la – disse a Sra. Mack, fungando. – Dependo da minha filha aqui. Sem ela, tenho que pagar minha criada para fazer tarefas extras e, embora eu seja uma senhora honrada, Sr. Radcliffe, não sou rica.

– Vou me certificar de compensá-la, Sra. Millington. Minha próxima pintura provavelmente levará mais tempo. Proponho pagar à sua filha o dobro do que paguei da última vez.

– O dobro?

– Se lhe parecer aceitável.

A Sra. Mack não era do tipo que recusava uma oferta em dinheiro, mas não havia ninguém com um faro melhor para valores.

– Não acho que o dobro seja suficiente. Não, acho que não mesmo. Talvez se sugerisse três vezes o valor...?

Percebi então que Martin havia descido as escadas e estava assistindo às negociações pela porta escura que dava para a loja.

– Sra. Millington – disse Edward, seus olhos agora fixos nos meus –, sua filha é minha musa, meu destino. Pagarei o que a senhora achar justo.

— Bem, então... Por quatro vezes o valor, eu diria que temos um acordo.
— Fechado. — Ele então arriscou sorrir para mim. — Você ainda precisa pegar alguma coisa?
— Nada.

Eu disse adeus à Sra. Mack e Edward pegou minha mão e começou a me guiar para o norte pelas ruas de Seven Dials. Não falamos, de início, mas algo entre nós havia mudado. Ou melhor, algo que estivera lá o tempo todo finalmente veio à tona.

Quando saímos de Covent Garden e Edward se virou para me olhar por cima do ombro, eu soube que não haveria volta.

Jack voltou e está tudo bem; o passado é sedutor e corro o risco de revirá-lo a noite toda.

Ah, eu me lembro do amor.

Faz muito tempo desde que Jack saiu com sua câmera e seu humor melancólico. O sol se pôs e os ruídos da noite chegaram.

Na casa anexa, ele conecta sua câmera ao computador e as fotografias são importadas rapidamente. Posso ver todas. Ele esteve ocupado: o cemitério da igreja outra vez, a floresta, o prado, a encruzilhada na aldeia, outras que são só textura e cor, sem temas imediatamente identificáveis. Nada do rio, percebo.

O chuveiro está ligado agora; suas roupas estão amontoadas no chão; o banheiro está cheio de vapor. Imagino que ele esteja começando a pensar no jantar.

Jack não vai direto para a cozinha, porém. Depois do banho, com a toalha ainda amarrada na cintura, ele pega o telefone e anda de um lado para outro, pensando. Eu o observo da beira da cama, me perguntando se ele vai decepcionar Rosalind Wheeler com seu relatório sobre o esconderijo e o diamante ainda desaparecido.

Soltando o ar e relaxando os ombros, ele se põe a digitar e depois leva o celular ao ouvido. Está batendo levemente nos lábios com a ponta dos dedos, um tique nervoso.

— Sarah, sou eu.

Ah, que bom! Muito melhor que um relatório de progresso.

– Escute, você estava enganada ontem. Não vou mudar de ideia. Não vou virar as costas e voltar para casa. Quero conhecê-las... Eu *preciso* conhecê-las.

Elas. As meninas, as gêmeas. Dele e de Sarah. (Uma coisa é certa: a sociedade mudou. Nos meus dias, a mulher teria sido excluída da vida de seus filhos se ousasse romper com o pai.)

Sarah está falando agora, sem dúvida lembrando a ele que ser pai não tem a ver com as necessidades *dele*, porque Jack diz:

– Eu sei; não foi isso que eu quis dizer. Eu devia ter dito que acho que elas também precisam de mim. Elas precisam de um pai, Sar; pelo menos precisarão um dia.

Mais silêncio. E pelo tom elevado da voz dela no outro lado da linha, audível mesmo de onde estou, Sarah não concorda.

– Sim – diz ele –, sim, eu sei. Fui um marido horrível... Sim, você tem razão, a culpa é minha. Mas faz muito tempo, Sar. Sete anos. Todas as minhas células já mudaram... Não, não estou tentando ser engraçado, estou falando sério. Eu mudei. Até tenho um hobby. Você se lembra daquela câmera antiga...

Ela volta a falar e ele assente e faz ruídos ocasionais de quem está escutando, observa o canto da sala onde as paredes encontram o teto, traçando a linha da viga com os olhos enquanto a espera termina.

Ele já está mais desanimado quando continua:

– Olha, Sar, só estou pedindo que você me dê uma chance. Uma visita de vez em quando... A oportunidade de levá-las à Legoland ou ao Harry Potter World ou aonde elas quiserem ir. Você pode definir os limites como achar melhor. Só quero uma chance.

A ligação termina sem uma resolução. Ele joga o celular na cama e esfrega a nuca, depois vai devagar ao banheiro e pega a foto das meninas.

Hoje estamos unidos, ele e eu. Nós dois nos separamos das pessoas que amamos; nós dois percorremos memórias do passado, buscando solução.

Todos os seres humanos desejam uma conexão, até os tímidos: é assustador demais pensar que estão sozinhos. O mundo, o universo – a existência – são simplesmente grandes demais. Graças a Deus, eles não podem vislumbrar como é maior do que pensam. Às vezes penso em Lucy – no que acharia de tudo isso.

Na cozinha, Jack come algum tipo de compota de feijão direto da lata.

Nem esquenta a comida. E, quando o celular toca de novo, ele corre para olhar a tela, mas fica decepcionado. Não atende à ligação.

As pessoas que me atraem... todas têm uma história.

Todas são diferentes das anteriores, mas há algo no coração de cada visitante, uma perda que os une. Entendi que a perda deixa um buraco nas pessoas e que os buracos gostam de ser preenchidos. É a ordem natural.

Esses visitantes são os que têm as maiores chances de me ouvir quando falo... E, de vez em quando, se tenho muita sorte, um deles me responde.

CAPÍTULO 18

Verão de 1940

Eles encontraram os fósforos em uma velha lata verde em uma prateleira atrás do fogão. Foi Freddy quem os descobriu, pulando de um pé para o outro com vigoroso entusiasmo e se declarando o vencedor. Essa comemoração efusiva provocou em Tip outra rodada de lágrimas cansadas e Juliet xingou baixinho enquanto lutava para acender o queimador embaixo da chaleira.

– Pronto, pronto – disse ela quando o fósforo finalmente se acendeu. – Já passou, Tippy, meu bem. Não importa. – Ela se virou para Freddy, que ainda estava pulando. – Pelo amor de Deus, Vermelho. Você é quatro anos mais velho que ele.

Freddy, estranhamente imperturbável, continuou a dançar enquanto Juliet secava o rosto de Tip.

– Quero ir para casa – disse Tip.

Juliet abriu a boca para responder, mas Beatrice foi mais rápida.

– Bem, você não vai – gritou ela do outro cômodo –, porque não restou nada! Não existe mais nenhuma "casa".

Juliet se agarrou aos últimos fios de sua paciência. Manteve-se alegre por todo o caminho desde Londres, mas parecia que ainda precisaria de mais. A grosseria adolescente de sua filha – que havia chegado pelo menos um ano adiantada, não? – teria que esperar. Ela se inclinou para o rosto assustadoramente inchado de Tip, tomando consciência, com uma súbita ansiedade, da respiração curta e dos ombros frágeis dele.

– Venha me ajudar com a ceia – disse ela. – Posso até achar um pedacinho de chocolate, se eu procurar bem direitinho.

A cesta de boas-vindas tinha sido um toque gentil. A Sra. Hammett, a esposa do taberneiro, a havia providenciado: um naco de pão fresco, uma porção de queijo e um pedaço de manteiga, morangos e groselhas em um tecido de musselina, um litro de leite e, embaixo de tudo – que alegria! –, uma pequena barra de chocolate.

Quando Tip pegou seu pedacinho e se retirou como um gato de rua em busca de um lugar calmo para lamber suas feridas, Juliet fez um prato de sanduíches de queijo para todos compartilharem. Ela nunca fora muito boa na cozinha – quando conheceu Alan, sabia cozinhar um ovo, e os anos seguintes não acrescentaram muito ao seu repertório –, mas foi um tanto terapêutico: cortar o pão, passar a manteiga, colocar o queijo, repetir.

Ela olhou para o cartão manuscrito que acompanhava a cesta. A caneta firme da Sra. Hammett, desejando-lhes boas-vindas e convidando para jantar no The Swan, na aldeia, na noite de sexta-feira. Foi Bea quem tirou o cartão do envelope, e ficou tão animada com a ideia de ver o lugar onde seus pais passaram a lua de mel que seria imprudente dizer não. No entanto, era estranho estar de volta, especialmente sem Alan. Já fazia doze anos desde que ficaram naquele quartinho com o desbotado papel de parede de listras amarelas, a janela de vitral e a vista para o rio além dos campos. Havia um belo par de cardos em um vaso quebrado sobre a lareira, ela lembrou, e um tojo que fazia o quarto cheirar a coco.

A chaleira apitou e Juliet gritou para Bea deixar a flauta de lado e preparar o chá.

Seguiram-se bufadas e esperneios, mas no fim um bule de chá chegou à mesa onde o resto da família estava reunido para comer os sanduíches.

Juliet estava cansada. Todos estavam. Tinham passado o dia inteiro em um trem lotado, viajando para oeste a partir de Londres. Sua animação havia desaparecido antes de chegarem a Reading; a viagem depois foi extremamente longa.

O pobrezinho do Tip, ao lado dela à mesa, tinha bolsas profundas e escuras sob os olhos e mal tocou no sanduíche. Ele tinha apagado, a bochecha descansando na palma da mão.

Juliet se inclinou perto o suficiente para sentir o cheiro da oleosidade no cabelo do filho.

– Está tudo bem, Tippy?

Ele abriu a boca, como se fosse falar, mas em vez disso bocejou.

– Hora de visitar a festa no jardim da Sra. Marvel?

Ele assentiu devagar, sua cortina de cabelos lisos balançando.

– Então vamos lá. Vamos para a cama.

Ele pegou no sono antes mesmo de ela começar a descrever o jardim de sua história. Ainda estavam na trilha, prestes a chegar ao portão, quando o corpo dele pesou sobre ela e Juliet soube que perdera sua atenção.

Ela se permitiu fechar os olhos, combinando o ritmo de sua respiração com a dele, saboreando a solidez de seu corpo pequeno e quente; o simples fato de ele existir; o ressonar dele fazendo cócegas em sua face.

Uma brisa leve flutuava pela janela aberta e ela também teria adormecido facilmente se não fosse pelos ecos esporádicos de risos alegres e batidas barulhentas que emanavam do andar de baixo. Juliet conseguiu ignorá-los até que a diversão descambasse, previsivelmente, para uma briga entre irmãos e ela fosse forçada a se desvencilhar de Tip e voltar para a cozinha. Mandou os dois mais velhos para a cama e, finalmente sozinha, fez um balanço.

O representante da Associação dos Historiadores de Arte que lhe deu a chave da casa tinha feito isso com um ar de quem se desculpa. Havia pelo menos um ano que a casa não era habitada, desde o começo da guerra. Alguém fizera um esforço para arrumar as coisas, mas havia certos sinais reveladores. A lareira, por exemplo, tinha uma quantidade significativa de folhagem saindo da chaminé, e os ruídos que saíram daquela caverna escura quando ela puxou as gavinhas deixaram claro que algo vivia ali. No entanto, era verão, e Juliet considerou aquele um problema para outro momento. Além disso, como o homem da associação deixou escapar quando uma andorinha saída do alto da despensa voou para cima deles, havia uma guerra em andamento e não adiantaria de nada criar caso.

O banheiro do segundo andar era básico, mas as manchas na banheira podiam ser limpas, assim como os ladrilhos mofados. A Sra. Hammett mencionara a Juliet por telefone que, embora a idosa que fora proprietária adorasse a casa, ela não tinha muito o que gastar nela, no fim da vida. E ela era "muito exigente com os inquilinos", então por muito tempo a casa ficou vazia. Sim, teriam algum trabalho pela frente, isso era certo, mas a ocupação seria útil. Incentivaria as crianças a se sentirem em casa, dando-lhes uma sensação de posse e pertencimento.

Já estavam todos dormindo, apesar da claridade da longa noite de verão, e Juliet se recostou na porta do quarto maior, nos fundos da casa. A expressão carrancuda que Bea vinha mostrando havia meses se fora. Seus braços, longos e esguios, estavam ao lado do corpo, sobre o lençol. Quando ela nasceu, a enfermeira abriu aqueles braços e pernas, declarando que ela seria uma corredora, mas Juliet dera uma olhada nos dedos finos e pálidos – de uma perfeição fascinante – e soubera que sua filha seria musicista.

Uma lembrança lhe veio à mente: as duas de mãos dadas enquanto atravessavam a Russell Square. Bea, aos 4 anos, falando rápido, os olhos arregalados, a expressão ávida, dando saltinhos elegantes para acompanhar o ritmo da mãe. Ela fora uma criança adorável – envolvida e envolvente, quieta, mas não tímida. Aquela garota tensa que tomara seu lugar era uma estranha.

Freddy, por outro lado, tinha um ar familiar tranquilizador. Estava de peito nu, a camisa jogada no chão ao lado da cama, as pernas espalhadas como se tivesse lutado com os lençóis. Não havia sentido em ajeitá-los, e Juliet não tentou. Ao contrário de Bea, ele nascera vermelho e pequeno.

– Meu Deus, você deu à luz um homenzinho vermelho – dissera Alan, olhando maravilhado para o embrulho nos braços de Juliet. – Um homenzinho vermelho muito *zangado*.

Assim, Freddy era conhecido como Vermelho desde então. Suas emoções não tinham se abrandado. Bastava ele sentir alguma coisa para que a demonstrasse. Ele era dramático, charmoso, divertido e engraçado. Era um trabalho duro; luz do sol em forma humana; estrondoso.

Por fim, Juliet olhou o pequeno Tip, agora encolhido em um ninho de travesseiros no chão ao lado da cama, como era seu hábito recente. Sua cabeça suada fizera surgir um anel úmido na fronha branca e os cabelos louros e finos estavam colados em ambos os lados da orelha visível (todos os seus filhos eram calorentos; puxaram à família de Alan).

Juliet ergueu o lençol e cobriu o peito magro de Tip, prendendo-o delicadamente sob o corpo do menino e alisando o centro, hesitando por um momento com a palma sobre o coração dele.

Será que se preocupava especialmente com Tip apenas porque ele era o mais novo? Ou seria outra coisa – uma fragilidade inata e sutil que percebia nele; o medo de não conseguir protegê-lo, de não ser capaz de consertá-lo, se ele quebrasse.

– Não caia na toca do coelho – disse Alan alegremente em sua cabeça. – A decida é fácil, mas voltar é uma batalha.

E ele tinha razão. Estava sendo sentimental. Tip estava bem. Perfeitamente bem.

Com um último olhar para seu trio adormecido, Juliet saiu e fechou a porta.

O quarto que ela ocupara era o menor, no meio da casa. Sempre gostara de espaços pequenos – algo a ver com o útero, sem dúvida. Não havia mesa, mas uma penteadeira de nogueira embaixo da janela, que Juliet havia requisitado para sua máquina de escrever. O arranjo não era chique, mas era útil, e do que mais ela precisava?

Sentou-se na ponta da cama de ferro com a colcha de retalhos desbotada. Havia uma pintura na outra parede, um bosque arborizado com um rododendro brilhante no plano principal. A moldura estava presa a um prego por um pedaço de arame enferrujado que parecia inapto para a tarefa. Algo fazia um barulho arranhado na cavidade do teto e a pintura se moveu de leve contra a parede.

A quietude e o silêncio retornaram e Juliet soltou um suspiro que não havia percebido que estava segurando. Ansiara que as crianças dormissem e ela enfim tivesse um tempo para si; agora, porém, sentia falta da certeza do barulho que elas faziam, de sua confiança essencial. A casa estava silenciosa. Isso não era comum. Juliet estava completamente sozinha.

Ela abriu a mala ao lado da cama. O couro estava gasto nos cantos, mas era uma amiga fiel, remontando aos seus dias no teatro, e ficou feliz por tê-la. Pensativa, traçou uma linha com os dedos entre duas pequenas pilhas de vestidos e blusas e considerou desfazer as malas.

Em vez disso, pegou a garrafa fina embaixo da roupa e a levou para o andar de baixo.

Pegando um copo de vidro na cozinha, foi para o lado de fora.

O ar no jardim murado estava quente, a luz, azulada. Era uma daquelas longas noites de verão em que o dia parava na transição.

Havia um portão no muro de pedra que dava para a estrada empoeirada que o homem da Associação dos Historiadores de Arte chamara de "caminho da carruagem". Juliet seguiu por ele e avistou uma mesa de jardim montada na grama no espaço entre dois salgueiros. Além dela, uma faixa de água corria alegremente. Não tão larga quanto o rio; um afluente, ela supôs. Pôs o copo em cima da mesa de ferro e serviu o uísque com cuidado, calculando a metade do recipiente. Em seguida, deu mais uma golada generosa.

– Saúde – disse ela para a noite.

Aquele lento gole inicial foi um bálsamo. Os olhos de Juliet se fecharam e, pela primeira vez em horas, ela deixou seus pensamentos se fixarem em Alan.

Ela se perguntou o que ele pensaria se soubesse que ela e as crianças estavam ali. Ele gostava daquele lugar, mas não como ela. O carinho de Juliet pela pequena aldeia às margens do Tâmisa, mais especificamente pela casa com os dois frontões, sempre o divertira. Ele dizia que ela era uma romântica com "R" maiúsculo.

Talvez ela fosse. Certamente não era do tipo minúsculo. Mesmo com Alan na França, Juliet resistira ao desejo de cobri-lo de declarações ostensivas de amor. Não havia necessidade – ele *sabia* o que ela sentia – e permitir que a ausência e a guerra a induzissem à hipérbole, a um sentimentalismo que ela teria vergonha de usar se estivessem frente a frente, era admitir falta de fé. Ela o amava mais porque a Grã-Bretanha estava em guerra com a Alemanha? Será que ela o amava menos quando ele estava assoviando na cozinha, com o avental na cintura, enquanto fritava o peixe para o jantar?

Não. Definitiva, resoluta, certamente não.

E assim, em vez de resmas de promessas e declarações de tempos de guerra, eles se honraram apegando-se à verdade.

A carta mais recente que recebera estava no bolso, mas Juliet não a pegou. Em vez disso, pegou a garrafa de uísque e seguiu a trilha gramada em direção ao rio.

A carta de Alan se tornara um tipo de totem, parte integrante daquela jornada em que ela embarcara. Ela a levou para o abrigo naquela noite, escondida dentro do exemplar de *David Copperfield* que estava relendo. Enquanto a velha senhora do número 34 batia suas agulhas de tricô e cantarolava "We'll Meet Again", e os quatro garotos Whitfield perturbavam as pessoas e gritavam como gansos, Juliet tinha lido novamente o relato de Alan sobre a cena em Dunquerque, um texto pesado, mas impressionante. Ele descrevera os homens na praia e a jornada para chegar tão longe; os aldeões pelos quais passaram, crianças pequenas e mulheres idosas com pernas curvadas, carroças empilhadas com malas e gaiolas e colchas de tricô. Todos eles fugindo da miséria e da destruição, mas sem lugar seguro para onde ir.

"Deparei-me com um garoto com uma perna sangrando", escrevera. "Ele estava sentado em uma cerca quebrada e seu olhar transmitia aquele estado terrível além do pânico, a tenebrosa aceitação de que aquele era o seu destino. Perguntei-lhe seu nome e se ele precisava de ajuda, onde estava sua família e, depois de um tempo, ele me respondeu baixinho em francês. Ele não sabia. Ele disse que não sabia. O pobre garoto não podia andar e suas faces estavam manchadas de lágrimas, e eu não podia simplesmente deixá-lo ali sozinho. Ele me fez lembrar de Tip. Mais velho, mas com a mesma seriedade de espírito do nosso caçula. No fim, ele pulou nas minhas costas, sem nenhuma reclamação ou pergunta, e eu o carreguei para a praia."

Juliet chegou ao píer de madeira e, mesmo sob a luz do sol, podia ver que ele havia se deteriorado nos doze anos desde que ela e Alan se sentaram ali bebendo chá da garrafa térmica da Sra. Hammett. Ela fechou os olhos por um instante e deixou o rumor do rio envolvê-la. A constância era animadora: não importava o que mais estivesse acontecendo no mundo, independentemente da tolice humana ou do tormento de cada um, o rio continuava fluindo.

Ela abriu os olhos e deixou o olhar vagar pelo denso bosque do outro lado, já adormecido. Não iria além daquele ponto. As crianças ficariam assustadas se acordassem e não a encontrassem.

Voltando-se para olhar na direção de onde tinha vindo, acima da escuridão suave e curvada do jardim de Birchwood Manor, conseguiu distinguir uma silhueta mais nítida: os frontões gêmeos e as oito chaminés.

Ela se sentou encostada no tronco de um salgueiro próximo, posicionando a garrafa de uísque em um tufo de grama a seus pés.

Juliet sentiu uma onda de excitação, amortecida quase imediatamente pelas circunstâncias que a levaram ali.

A ideia de voltar àquele lugar, doze anos depois que o conhecera, lhe ocorrera de repente. Eles saíram do abrigo ao alarme de retirada e os pensamentos de Juliet estavam em outras coisas.

O cheiro foi a primeira indicação de que havia algo errado – fumaça e fuligem, poeira e infelicidade –, e então elas emergiram na névoa e em um brilho estranho. Demorou um momento para perceber que a casa deles havia sumido e que o amanhecer fluía agora através de uma brecha na fileira de terraços.

Juliet não havia percebido que deixara a bolsa cair até ver suas coisas no chão a seus pés, entre os escombros. As páginas de *David Copperfield* estavam tremulando onde o livro se abriu, o antigo cartão-postal que ela usava como marcador ao lado. Mais tarde, haveria alguns pequenos detalhes para organizar e se preocupar, mas naquele momento, quando ela se abaixou para pegar o cartão-postal e a foto do The Swan na capa entrou em foco, enquanto as vozes em pânico de seus filhos ecoavam em seus ouvidos e a imensidão do que estava acontecendo com eles subia como uma nuvem quente ao seu redor, houve apenas um pensamento frio.

Um sentimento muito forte surgiu daquele lugar onde as lembranças são armazenadas e, com ele, uma ideia que não parecia nada louca, mas clara e certa. Juliet simplesmente soube que tinha que levar as crianças para um local seguro. A decisão tinha sido instintiva, animal; era tudo em que ela conseguia se concentrar, e a imagem em sépia no cartão-postal, presente de Alan, um lembrete da lua de mel, fazia parecer que ele estava de pé ao seu lado, segurando sua mão. E, depois de sentir tanta saudade dele, depois de se preocupar e se questionar enquanto ele estava longe, inacessível, incapaz de ajudar, o alívio tinha sido esmagador. Ao atravessar os escombros para pegar a mão de Tip, ela sentiu uma onda de alegria, porque sabia exatamente o que fazer em seguida.

Ocorreu-lhe mais tarde que o lampejo de certeza poderia ter sido um sintoma de loucura provocado pelo choque, mas nos dias seguintes, enquanto dormiam no chão da casa de amigos e adquiriam uma coleção heterogênea de itens essenciais, ela se decidiu. A escola estava fechada e as crianças estavam saindo de Londres em massa. Mas Juliet não podia imaginar mandar os três sozinhos. Era possível que os dois mais velhos vibrassem com a oportunidade da aventura – Bea, principalmente, saborearia a independência e a chance de morar com alguém que não fosse sua mãe –, mas não Tip, não seu passarinho.

Levou dias após o ataque aéreo para que ele a deixasse sair de vista, observando todos os movimentos da mãe com olhos arregalados e preocupados, de modo que a mandíbula de Juliet doía à noite por causa do esforço de manter um sorriso no rosto. Finalmente, porém, com muito amor e a inteligente captação de novas pedras para sua coleção, ela conseguiu tranquilizá-lo o bastante para ganhar uma hora ou mais para si mesma.

Ela deixou os três com o melhor amigo de Alan, Jeremy, um dramaturgo de certa fama, em cuja casa, em Bloomsbury, eles estavam dormindo no momento, e usou a cabine telefônica na Gower Street para ligar para o The Swan. A própria Sra. Hammett atendeu a ligação cheia de ruídos. A mulher mais velha se lembrou dela com genuíno prazer quando Juliet explicou sobre a lua de mel e prometeu sondar um lugar pela aldeia quando ela mencionou a intenção de levar seus filhos para o campo. No dia seguinte, quando Juliet telefonou de volta, a Sra. Hammett lhe dissera que havia uma casa vazia e disponível para locação.

– Um pouco precária, mas poderia ser pior. Não tem eletricidade, mas, com o blecaute, suponho que não haja em lugar nenhum. O aluguel é justo, e não há nenhuma outra opção, com os evacuados ocupando todos os quartos disponíveis deste lado de Londres.

Juliet perguntou qual era a localização em relação ao The Swan e, quando a Sra. Hammett descreveu o local, ela sentiu um arrepio. Sabia exatamente qual era a casa e não precisou pensar duas vezes. Disse à Sra. Hammett que aceitava e fizeram um breve acordo para transferir um depósito do aluguel do primeiro mês para o grupo que estava lidando com o arrendamento. Ela desligou o telefone e ficou um momento dentro da cabine. Do lado de fora, as nuvens velozes da manhã haviam se reunido e escurecido, e as pessoas estavam andando mais rápido do que o habitual, braços cruzados, cabeças baixas contra o frio repentino.

Até aquele momento, Juliet guardara segredo de seus planos. Não seria preciso muito para dissuadi-la, e ela não queria ser dissuadida. Mas agora, tendo chegado tão longe, havia certas coisas que precisavam ser feitas. O Sr. Tallisker, por exemplo, teria que ser informado. Ele era o chefe dela, editor do jornal em que trabalhava, e sua ausência seria notada.

Ela foi direto para os escritórios da Fleet Street, chegando minutos depois que a chuva começou a cair. No banheiro do primeiro andar, fez o que pôde com os cabelos úmidos e sacudiu a blusa na tentativa de secá-la. Notou que seu rosto estava cansado e pálido. Em vez de passar batom, comprimiu os lábios, esfregou-os e sorriu para seu reflexo. O efeito não foi convincente.

De fato, quando a secretária do Sr. Tallisker os deixou a sós, ele disse:
– Meu Deus. As coisas estão sombrias. – Ele arqueou as sobrancelhas enquanto ela lhe contava o que pretendia fazer, recostando-se na cadeira de couro com os braços cruzados. – Birchwood – disse ele por fim, do outro lado da vasta mesa cheia de papéis. – Berkshire, é?
– Sim.
– Não há teatro.
– Não, mas pretendo voltar a Londres a cada quinze dias... toda semana, se necessário, e fazer minhas resenhas assim.
Ele fez um ruído que não indicava encorajamento e Juliet sentiu seus planos de futuro desaparecerem. Quando ele voltou a falar, sua voz era inescrutável:
– Lamentei muito quando ouvi as notícias.
– Obrigada.
– Malditos bombardeios.
– Sim.
– Maldita guerra.
Ele pegou sua caneta e a deixou cair repetidamente sobre a superfície de madeira da mesa, como um bombardeiro soltando sua carga mortífera. Atrás das cortinas tortas, parcialmente fechadas, uma mosca batia com força contra a janela empoeirada.
Um relógio tiquetaqueava.
Alguém riu no corredor.
Finalmente, com uma rapidez e uma destreza que desmentiam seu tamanho generoso, o Sr. Tallisker jogou a caneta de lado e pegou um cigarro.
– Birchwood – disse finalmente, sobre uma corrente de fumaça. – Pode funcionar.
– Vou fazer funcionar. Posso voltar a Londres...
– Não. – Ele descartou a sugestão. – Londres, não. Nada de teatro.
– Senhor?
O cigarro se tornou um ponteiro.
– Os londrinos são corajosos, Jules, mas estão cansados. Eles precisam de uma escapada, e a maioria não vai conseguir. O teatro é bom, mas a vida ensolarada da aldeia? Isso, sim. Essa é a história que as pessoas querem ouvir.
– Sr. Tallisker, eu...

– Uma coluna semanal. – Ele estendeu as mãos para os lados, como se suspendesse um cartaz. – "Cartas do campo". O tipo de coisa que você escreveria para sua mãe. Histórias da sua vida, seus filhos, as pessoas que você conhecer. Anedotas sobre o sol e as galinhas botando ovos e os peões das aldeias.

– Peões?

– Agricultores, donas de casa e padres, vizinhos e fofocas.

– Fofocas?

– Quanto mais engraçado, melhor.

Naquele momento, remexendo-se contra o tronco áspero da árvore, Juliet franziu a testa. Ela não era engraçada, pelo menos não no papel, não para estranhos. Amarga às vezes – afiada, já tinham lhe dito –, mas humor não era a sua praia. No entanto, o Sr. Tallisker foi irredutível e, assim, o pacto faustiano foi firmado. A chance de fugir, de ir para aquele lugar, em troca de... de quê? "Ora, sua integridade, é claro", disse Alan em sua mente, um leve sorriso brilhando nos lábios. "Apenas sua integridade."

Juliet olhou para baixo. A blusa que usava não era dela e a vestia como um pedido de desculpas. Gentil da parte dos voluntários encontrar roupas para eles, claro; notável como aqueles grupos surgiam para atender às necessidades *du jour*. Ela se lembrou de uma viagem à Itália, alguns anos antes, quando ela e Alan saíram da basílica de São Pedro e encontraram chuva, e de repente os ciganos que apenas uma hora antes vendiam chapéus e óculos escuros estavam carregados de guarda-chuvas.

Um calafrio a percorreu ante a lembrança, ou talvez a causa fosse mais simples. A última luz do dia estava se dissolvendo e a noite seria fria. Naquele lugar, o calor ia embora com a luz. Quando estiveram ali em lua de mel, Juliet e Alan ficaram surpresos com o ar noturno na pele, naquele quartinho quadrado acima do pub, com seu papel de parede listrado e o assento individual à janela que eles conseguiram compartilhar. Eram pessoas diferentes na época, outras versões de si mesmos: mais leves, mais magros, com menos camadas de vida recobrindo-os.

Juliet olhou para o relógio, mas estava escuro demais. Ela não precisava ver a hora para saber que era o momento de voltar para a casa.

Apoiando-se no tronco da árvore, ela se levantou.

Sentiu a cabeça girar; a garrafa de uísque estava mais vazia do que havia percebido e Juliet levou um momento para recuperar o equilíbrio.

Quando se recuperou, algo chamou sua atenção ao longe. Era a casa, mas havia uma luz fraca lá dentro, bem no alto de um dos frontões – o sótão, talvez.

Juliet piscou e balançou a cabeça. Devia ter sido imaginação sua. Birchwood Manor não tinha eletricidade e ela não deixara nenhuma lamparina no andar de cima.

De fato, quando olhou novamente, a luz havia sumido.

CAPÍTULO 19

Na manhã seguinte, eles se levantaram com o sol. Juliet estava na cama ouvindo as crianças correrem animadas de cômodo em cômodo, exaltando a luz, o canto dos pássaros, o jardim, atropelando-se para sair. Sua cabeça era uma lama de uísque e ela fingiu dormir o máximo que pôde. Apenas quando sentiu uma presença iminente do outro lado das pálpebras ela finalmente admitiu estar acordada. Era Freddy, logo acima dela, a proximidade tornando seu rosto – já generoso – extraordinariamente grande.

Então ele abriu um sorriso alegre com um dente faltando. Sardas dançavam, os olhos escuros brilhando. De alguma forma, ele já tinha migalhas em volta da boca.

– Ela acordou! – gritou ele, e Juliet estremeceu. – *Vamos,* mãe, *precisamos* ir até o rio.

O rio. Certo. Juliet virou a cabeça lentamente e viu um céu surpreendentemente azul através da fresta entre as cortinas. Freddy estava puxando seu braço e ela conseguiu acenar com a cabeça e abrir um frágil sorriso corajoso. Foi o suficiente para fazê-lo sair correndo do quarto com um grito animado.

Era impossível explicar a Vermelho, que tinha uma fé absoluta de que o mundo contava com um suprimento interminável de diversões, mas Juliet não estava de férias; ela tinha uma reunião com a seção local dos Serviços Voluntários das Mulheres marcada para as onze, na esperança de descobrir uma história para sua primeira coluna "Cartas do campo". No entanto, o único benefício de ser acordada a uma hora tão ímpia – pois era preciso olhar pelo lado positivo – eram as muitas horas inesperadas até que o dever a chamasse.

Juliet vestiu uma blusa de algodão manchada porque estava à mão, prendeu as calças com um cinto e passou os dedos pelos cabelos. Uma ida rápida ao banheiro para jogar água no rosto e ela estava pronta. Tosco, mas servia. No andar de baixo, pegou a cesta da Sra. Hammett com pão e queijo e eles saíram da casa, seguindo o mesmo caminho que ela havia percorrido na noite anterior.

Tip, vestindo um macacão desbotado pelo menos uns três centímetros menor do que o tamanho dele, andava na frente como uma marionete, suas pernas curtas correndo enquanto perseguia o irmão e a irmã pela grama em direção à trilha que levava ao rio. Beatrice havia parado no grande celeiro de pedra no fim do caminho e estava de braços estendidos. Tip pulou neles ao se aproximar e ela o passou para trás, para que ele pudesse montar em suas costas. Aquele era o resultado de ser o mais novo de três – que sorte nascer em um grupo barulhento de pessoas maiores e ser simplesmente adorado.

Um bando de gansos recuou alarmado quando as crianças passaram correndo por eles, Vermelho rindo pela simples alegria de estar correndo com o sol em sua pele e a brisa em seus cabelos. Nem pareciam seus filhos, e Juliet ficou impressionada novamente com o contraste entre aquele lugar e Londres, a única casa que os três haviam conhecido. Era o mundo de onde eles vieram, ao qual o pai deles pertencia tão resolutamente. Lembrou-se da primeira vez que o vira, um londrino alto e magro, com um cachimbo de madeira que ele fumava de cara fechada, da maneira mais pretensiosa possível. Ela o achara arrogante na época – talentoso, mas insuportavelmente seguro de si; pomposo até, com sua maneira educada de falar e suas opiniões sobre quase tudo. Levou tempo e um incidente com a porta giratória no Claridge's para ela ver o coração que palpitava abaixo de sua ironia.

Ela alcançou as crianças e eles subiram um de cada vez as escadas de madeira cobertas de hera antes de partirem para oeste, ao longo da margem do rio. Havia um barco vermelho ancorado na margem, e isso lembrou a Juliet, vagamente, que havia uma eclusa ou um açude por perto. Ela fez uma anotação mental para levar as crianças para explorar o lugar qualquer dia. Era o tipo de coisa que Alan sugeriria se estivesse ali; ele diria que seria maravilhoso se elas vissem a eclusa em ação.

Um homem de barba e boné pontudo acenou para eles da popa do barco e Juliet assentiu. *Sim*, pensou, *era a coisa certa a fazer, vir aqui para Birchwood Manor*. Todos ficariam melhor ali; a mudança de cenário seria um bálsamo depois das coisas terríveis pelas quais tinham passado.

Enquanto os meninos saltitavam à frente, Bea havia ficado para andar ao lado dela.

– Quando vieram aqui na lua de mel, você e papai andaram por este rio?
– Sim.
– Este é o caminho para o píer?
– É.
– Meu píer.
Juliet sorriu.
– Sim.
– Por que vocês vieram para cá?
Ela olhou de soslaio para a filha.
– Para esta aldeia – explicou Beatrice. – Na lua de mel. As pessoas geralmente não vão para o litoral?
– Ah, entendi. Não sei. É difícil lembrar agora.
– Talvez alguém tenha falado deste lugar para vocês?
– Talvez.

Juliet franziu a testa, pensando. Estranho que ela se lembrasse de tantos detalhes da época, mas outros tivessem se perdido completamente. Bea tinha razão: era provável que alguém – o amigo de um amigo – tivesse feito a sugestão, possivelmente até indicado a taberna. Era assim que as coisas costumavam acontecer no teatro. Uma conversa no camarim ou nos ensaios, ou, mais provavelmente, tomando uma cerveja no Berardo's depois da apresentação.

Qualquer que fosse o caso, eles reservaram o quartinho no The Swan por telefone e saíram de Londres na tarde seguinte ao almoço de casamento. Juliet havia perdido sua caneta favorita em algum lugar entre Reading e Swindon – e era isso que ela queria dizer ao falar que algumas lembranças pareciam filmes, pois se recordava vividamente do trem. A última entrada em seu diário tinha sido uma nota feita às pressas sobre um terrier de West Highland que ela estava observando do outro lado do corredor. Alan, que sempre amou cachorros, conversava com o dono, um homem de gravata verde, que falava longamente sobre o diabetes do pobre Percival e as doses de insulina necessárias para mantê-lo bem. Juliet fazia anotações, como era seu hábito, porque o homem era interessante e se encaixava, ela tinha certeza, em uma peça que planejava escrever. Mas então foi tomada por uma onda de náusea, precisou correr para o banheiro e lidar com a preocupação surpresa de Alan, e depois a chegada a Swindon – e, com toda a confusão, sua caneta tinha sido esquecida.

Juliet chutou uma pedrinha arredondada e observou enquanto ela deslizava pela grama e desaparecia na água. Estavam quase no píer. À luz clara do dia, ela podia ver como se tornara decrépito nos últimos doze anos. Ela e Alan haviam se sentado juntos, os dedos dos pés roçando a água; Juliet não tinha certeza de que o píer ainda suportaria seu peso.

– É este?

– O próprio.

– Conte novamente o que ele disse.

– Ele ficou encantado. Disse que finalmente teria a menininha que sempre desejou.

– Ele não disse isso.

– Disse, sim.

– Você está inventando.

– Não estou.

– Como estava o tempo?

– Ensolarado.

– O que vocês estavam comendo?

– Bolinhos.

– Como ele sabia que eu seria menina?

– Ah... – Juliet sorriu. – Você ficou mais inteligente desde a última vez que lhe contei a história.

Beatrice baixou o rosto para esconder seu prazer e Juliet lutou contra o desejo de abraçar sua espinhosa menina-mulher enquanto ainda podia. O gesto, ela sabia, não seria apreciado.

Elas seguiram em frente e Beatrice pegou um dente-de-leão, soprando suavemente para enviar esporos em todas as direções. O efeito foi tão elementar e onírico que Juliet teve vontade de fazer o mesmo. Ela viu uma flor cheia e a arrancou pela haste.

– O que papai disse quando você contou a ele que estávamos nos mudando para cá?

Juliet considerou a pergunta. Sempre prometera a si mesma ser sincera com os filhos.

– Ainda não contei a ele.

– O que você acha que ele vai dizer?

Que ela claramente tinha ficado louca? Que os filhos eram crianças da cidade, assim como o pai? Que ela sempre fora uma sonhadora?... Um trinado familiar e semiesquecido ecoou acima e Juliet parou bruscamente, estendendo a mão para alertar Bea também.

– Ouça!

– O que é isso?

– Shhh… uma cotovia.

Elas ficaram em silêncio por alguns segundos, Beatrice estreitando os olhos para o céu azul, procurando o pássaro distante, Juliet observando o rosto da filha. As feições de Bea assumiam um traço específico de Alan quando ela se concentrava: o sulco leve acima do nariz aquilino, as sobrancelhas arqueadas.

– Ali! – Bea apontou, arregalando os olhos.

A cotovia apareceu, disparando em direção ao chão como uma das bombas incendiárias de Herr Hitler.

– Ei, Vermelho, Tippy, olhem.

Os meninos se viraram, seguindo o dedo da irmã em direção ao pássaro que mergulhava.

Difícil imaginar que aquela garota de 11 anos e meio tinha sido a nova vida que causara tanta comoção naquele mesmo local, tantos anos antes.

Depois do episódio no trem, Juliet conseguiu acalmar Alan. Tinha comido demais no almoço, o balanço do vagão, ela se concentrando em seu caderno em vez de olhar pela janela – mas Juliet sabia que teria que contar a verdade em breve.

A Sra. Hammett, no The Swan, a bombardeara com perguntas bem--intencionadas na primeira manhã.

– E para quando é? – dissera com um sorriso radiante enquanto arrumava o jarro de leite na mesa do café da manhã.

A expressão de Juliet devia ter deixado a situação bem clara, pois a esposa do taberneiro deu uma batidinha no nariz com o dedo e uma piscadela e prometeu que o segredo estava seguro com ela.

Eles chegaram ao píer mais tarde naquele dia, com uma cesta de piquenique da Sra. Hammett ("parte do pacote de lua de mel"), e Juliet deu a notícia enquanto dividiam uma garrafa térmica de chá e um bolinho muito bom.

– Um bebê? – O olhar confuso de Alan desceu de seus olhos para a cintura. – Aí, você quer dizer? Agora?

– Provavelmente.

– Meu Deus.
– Pois é.
Ela precisava admitir que ele aceitou bem. Até Juliet começou a relaxar um pouco, a reação tranquila dele trazendo solidez à imagem frágil daquele novo futuro que ela tentava imaginar desde que a enfermeira confirmara seus medos. Mas então:
– Vou arrumar um trabalho.
– O quê?
– Tem umas coisas que eu posso fazer, sabe?
– Eu sei. Você é o melhor Macbeth deste lado de Edimburgo.
– Trabalho de verdade, Jules. Durante o dia, quero dizer, como uma pessoa normal. Trabalho que pague.
– Pague?
– Assim você pode ficar em casa, criar o bebê, ser mãe. Posso... vender sapatos.
Ela não tinha certeza do que dissera em seguida, apenas que a garrafa térmica havia caído e o chá queimara sua coxa, e então de repente ela estava de pé na beira do píer, gesticulando loucamente e explicando que não tinha nenhuma intenção de ficar em casa, que ele não podia obrigá-la, que ela levaria a criança junto, se necessário, que o bebê aprenderia a ser feliz assim, que eles dariam um jeito. Desnecessário dizer que aquela não foi a versão da história que eles contaram a Beatrice.
Juliet ouviu as próprias palavras como se viessem de outra pessoa – sentiu-se articulada e segura –, então Alan a segurou e disse:
– Pelo amor de Deus, Juliet, sente-se!
E ela considerou, dando um passo para mais perto, antes que ele acrescentasse a frase fatal:
– Você tem que tomar cuidado, em sua condição.
Então ela sentiu as palavras dele a estrangulando e sua respiração ficou rápida, e ela soube que simplesmente tinha que fugir, dali, dele, para respirar ar puro.
Correu pela margem do rio na direção oposta da qual tinham vindo, ignorando os gritos dele lhe pedindo que voltasse e seguindo para um bosque ao longe.
Juliet não chorava, não normalmente. Não chorava desde os 6 anos, quando o pai morrera e a mãe dissera que elas estavam indo embora de

Londres para morar com a avó em Sheffield. Naquele momento, porém, no calor da raiva, com a frustração por Alan ter entendido tudo tão errado – que ele achasse que ela ia desistir de seu trabalho, ficar em casa todos os dias enquanto ele saía para ganhar a vida como... como quê? Vendedor de sapatos? –, tudo começou a girar, como se ela estivesse se desfazendo como fiapos de fumaça na brisa.

Logo Juliet alcançou as árvores e, tomada por um repentino desejo de sumir de vista, foi direto para o bosque. Havia um caminho estreito de grama achatada, do tipo feito por repetidos passos, afastando-se do rio. Ela supôs que o caminho fizesse um círculo completo para chegar ao outro lado da aldeia, de volta para perto do The Swan, mas Juliet nunca tivera muita noção espacial. Foi entrando mais e mais fundo no bosque, seus pensamentos em disparada, e, quando finalmente saiu de novo para o dia ensolarado, ela não estava nem de longe nos arredores da aldeia. Não fazia ideia de onde estava. Para piorar, foi tomada por uma onda de náusea tão forte que precisou agarrar a árvore mais próxima e vomitar...

– Uhuuuul!

Juliet deu um salto quando Vermelho correu em sua direção, os braços estendidos.

– Mamãe, sou um avião de caça e você é um alemão.

Por instinto, ela desviou o corpo para evitar a colisão com o filho.

– Mamãe – disse ele, irritado –, isso não é muito patriótico da sua parte.

– Desculpe, Vermelho – começou ela, mas seu pedido de desculpas se perdeu enquanto ele se afastava.

Bea, ela notou, já estava bem à frente, quase no bosque.

Juliet ficou decepcionada: o cais fazia parte da história da família havia mais de uma década e ela estivera ansiosa para levar a filha para vê-lo. Não tinha certeza do que esperava – não admiração, não realmente, mas alguma coisa.

– Você está triste, mamãe?

Tip estava ao seu lado, encarando-a com olhos analíticos.

Juliet sorriu.

– Com você em casa? Nunca.

– Não estamos em casa.

– Não. Tem razão. Sou uma boba.

Ele colocou a mãozinha na dela e juntos voltaram a caminhar em direção aos outros. Juliet nunca deixava de se surpreender com quão perfeitamente as mãos de seus filhos se encaixavam na dela e como ela achava aquele gesto simples reconfortante.

Do outro lado do rio, um campo de cevada brilhava em tons de amarelo. Era difícil acreditar, com o Tâmisa correndo livremente e as abelhas procurando trevos na grama, que havia uma guerra em andamento. Havia sinais na aldeia, é claro: os nomes das ruas haviam sumido, as janelas estavam entrecruzadas com fita adesiva e Juliet tinha visto um cartaz em uma cabine telefônica lembrando aos transeuntes que todos deveriam estar em busca da vitória. Eles até cobriram o Cavalo Branco de Uffington, a famosa figura feita de giz no solo de uma montanha da Inglaterra, para que o marco não se mostrasse útil aos pilotos inimigos que procuravam o caminho de casa. Mas ali, naquela curva suave do rio, parecia quase impossível acreditar.

Tip soltou um pequeno suspiro ao lado dela e ocorreu a Juliet que ele estava mais quieto que o normal. As manchas escuras da noite anterior ainda estavam sob seus olhos.

– Dormiu bem, ratinho?

Um aceno de cabeça.

– É sempre um pouco complicado em uma cama nova.

– É?

– Sim, mas só no começo.

Ele pareceu refletir.

– É complicado para você também, mamãe?

– Ah, sim. Porque sou uma pessoa grande e tudo é sempre complicado para nós.

– Mas só no começo?

– Sim.

Tip deu a impressão de que tirava algum alívio disso, o que era fofo, mas também um pouco desconcertante. Juliet não tinha pensado que ele se preocupava com o conforto dela. Olhou para os dois mais velhos afastando-se. Tinha certeza de que nenhum deles jamais havia perguntado se ela tinha dormido bem.

– Achei um graveto!

Tip soltou a mão dela e pegou um galho fino prateado quase escondido na grama.

– É mesmo. Que legal. Não é lindo?

– Muito liso.
– É salgueiro, eu acho. Talvez bétula.
– Vou ver se ele flutua.
– Cuidado para não chegar muito perto da beira do rio – disse ela, bagunçando o cabelo dele.
– Eu sei. Não vou. É fundo.
– Sem dúvida.
– Foi aqui que a garota se afogou.
Juliet ficou surpresa.
– Não, querido.
– Foi, sim, mamãe.
– Tenho certeza de que isso não é verdade.
– É, sim. Ela caiu de um barco.
– Quem caiu? Como você sabe?
– Passarinho me contou.
E ele sorriu, seu sorriso solene e preocupado de menino, e, mudando rapidamente de ideia, correu para o lugar onde seus irmãos estavam brigando com um par de gravetos longos, brandindo suas espadas vitoriosamente acima da cabeça.
Juliet o viu partir.
Ela se pegou roendo um canto da unha.
Não sabia o que era mais alarmante: a conversa dele sobre meninas mortas ou o fato de a notícia lhe ter sido dada por um amigo emplumado.
– Ele só tem uma imaginação fértil – soou a voz de Alan em sua cabeça.
– Ele está conversando com pássaros – respondeu Juliet baixinho.
Ela esfregou os olhos, a testa, a têmpora. Sua cabeça ainda doía da noite anterior e ela daria qualquer coisa para se enrolar e voltar a dormir por mais algumas horas... mais alguns dias.
Com um suspiro longo e lento, decidiu deixar a preocupação de lado. Haveria tempo para pensar mais tarde. Tip alcançara os outros e ria enquanto Vermelho o perseguia pelo campo, olhando por cima do ombro em êxtase enquanto o irmão fingia caçá-lo. Como um garoto normal ("Ele é um garoto normal", disse Alan).
Juliet olhou o relógio e viu que eram quase oito horas. Sacudindo levemente os ombros, foi em direção às crianças, que agora esperavam por ela junto ao bosque.

Quando os alcançou, acenou, sinalizando para que a seguissem em meio às árvores. E, enquanto eles continuavam a brincar de cavaleiros com espadas, Juliet pensou novamente em Alan e naquele dia, doze anos antes, quando ela se afastara dele e seguira aquele caminho pela primeira vez...

Ela não estava no centro da aldeia, isso era claro; estava na borda de um campo pontuado por grandes fardos redondos de feno. Para além disso, do outro lado de um segundo campo, havia um celeiro de pedra; mais além, ela conseguia distinguir a ponta de um telhado. Um telhado de duas águas, com uma confusão de chaminés.

Com um suspiro, porque o sol estava muito alto e muito quente, e o fogo inicial de sua raiva se reduzira a uma pilha de brasas que agora queimavam desconfortavelmente em sua barriga, Juliet começou a caminhar pela grama naquela direção.

E pensar que Alan a entendera tão mal assim; que ele imaginara, mesmo por um segundo, que ela desistiria de seu emprego. Escrever não era um trabalho, era uma vocação. Como ele não percebia isso, o homem com quem ela se comprometera a passar toda a vida, em cujo ouvido ela sussurrara seus segredos mais profundos?

Ela cometera um erro. Tudo era tão óbvio. O casamento era um erro, e agora haveria um bebê dela e de Alan, e seria pequeno, desamparado e provavelmente barulhento, não seria bem-vindo nos teatros, e ela acabaria como a mãe, no fim das contas, uma mulher cujos grandes sonhos haviam murchado para formar uma rede que a prendia.

Talvez não fosse tarde demais para anular? Fazia apenas um dia. Quase vinte e quatro horas. Talvez ainda houvesse tempo, se eles fossem para Londres aquela tarde, para conversar com o oficial que os casara e pedir o certificado antes mesmo que ele tivesse tempo de arquivá-lo no cartório. Seria como se nunca tivesse acontecido.

Sentindo, talvez, a precariedade de seu futuro, a minúscula vida dentro dela enviou outra onda de náusea: *Estou aqui!*

E era verdade. *Estava ali.* Ele ou ela, uma pessoinha, estava crescendo, e um dia, em um futuro não muito distante, nasceria. Deixar de estar casada com Alan não mudaria esse fato.

Juliet chegou ao fim do primeiro campo e abriu um simples portão de madeira para entrar no seguinte. Estava com sede; desejou ter pensado em levar a garrafa térmica.

No meio do segundo campo, chegou ao celeiro. As grandes portas duplas estavam abertas e, quando as atravessou, vislumbrou dentro dele uma grande máquina agrícola – uma debulhadora, foi a palavra que lhe ocorreu – e acima, pendurado nas vigas, um barco a remo de madeira com um distinto ar de negligência.

Quando Juliet se aproximou dos limites do campo, a plantação amarela fez uma transição dramática para o verde vibrante e suculento de um jardim rural inglês em pleno verão. O jardim ficava na parte de trás da casa e, enquanto a maior parte da cerca estava oculta por uma abundante trepadeira de espinheiro, havia um portão articulado através do qual Juliet podia ver um pátio de cascalho com um castanheiro no centro. Ao redor havia canteiros de onde caía uma profusão de folhagens e flores vivazes.

Ela contornou a cerca até chegar à ponta do campo e pegar uma estrada de terra. Diante da opção de virar à direita e voltar por onde viera, Juliet virou à esquerda. A cerca de espinheiro continuava ao longo dos limites do jardim antes de encostar em um muro de pedra que se tornava a lateral da casa. Logo depois da casa havia outro portão, este de ferro decorativo, com o topo em arco.

Do outro lado do portão, um caminho levava à porta da frente da elegante casa, e Juliet parou para absorver sua forma e seus detalhes agradáveis. Ela sempre tivera bom gosto, especialmente para a natureza arquitetônica. Às vezes, nos fins de semana, ela e Alan tomavam o trem para o campo ou pegavam emprestado o carro de um amigo e passeavam pelas ruas sinuosas das aldeias menores. Juliet tinha um caderno no qual fazia anotações rápidas sobre telhados de que gostava ou padrões de pavimentação que a encantavam. O hobby fazia Alan rir de maneira afetuosa e chamá-la de "Lady Mosaico", porque cometera o erro de chamar a atenção dele para um padrão de azulejos vezes demais.

Aquela casa era de pedra cor de líquen e tinha dois andares. O telhado – também de pedra, mas em tons mais escuros – era bastante agradável. As telhas na cumeeira eram pequenas, ganhando tamanho a cada fileira à medida que desciam em direção aos beirais. A luz do sol fazia com que parecessem cintilar e se mover, como as escamas de um peixe. Havia uma janela em cada um dos frontões, e Juliet se apoiou de leve no portão para observá-las mais de perto; por um segundo, pensou ter notado algum movimento atrás de uma delas, mas não havia nada lá, apenas a sombra de um pássaro que passava.

Enquanto estudava a casa, o portão se abriu sob suas mãos, como um convite.

Com apenas uma breve hesitação, Juliet pisou no caminho de pedra e foi imediatamente inundada por uma sensação de profundo contentamento. Era um belo jardim: as proporções, as plantas, a sensação de proteção concedida pelo muro de pedra. A fragrância também era inebriante: um toque de jasmim tardio misturado com lavanda e madressilva. Pássaros esvoaçavam entre as folhas e abelhas e borboletas pairavam sobre as flores nos amplos canteiros do jardim.

Juliet viu que o portão por onde chegara era a entrada lateral, pois outro caminho maior saía da casa em direção a um sólido portão de madeira encaixado nas pedras do muro da frente. O caminho mais largo era ladeado por rosas de pétalas macias e no final havia um grande bordo-japonês que havia crescido a ponto de alcançar o telhado do alpendre.

O gramado era de um verde profundo e brilhante e, sem pensar duas vezes, Juliet tirou os sapatos e avançou sobre ele. Sentia a grama fresca e macia entre os dedos dos pés. Celestial – essa era a palavra.

Havia um ponto especialmente convidativo à sombra do bordo-japonês, e Juliet foi se sentar. Estava invadindo a propriedade, claro, mas certamente ninguém que possuísse uma casa e um jardim como aqueles poderia ser qualquer coisa além de encantador.

O sol estava quente e a brisa brilhava, e Juliet bocejou. Ela foi atingida por uma onda de cansaço tão intensa que não teve escolha a não ser se render a ela. Aquilo vinha acontecendo muitas vezes ultimamente, nos momentos mais inoportunos – desde que descobrira o bebê.

Usando o cardigã como travesseiro, ela se deitou de costas, com a cabeça virada para a casa. Disse a si mesma que descansaria apenas alguns minutos, mas o sol estava delicioso em seus pés e, antes que ela percebesse, suas pálpebras viraram chumbo.

Quando acordou, Juliet levou um momento para lembrar onde estava. Dormira profundamente: um sono pesado e sem sonhos, de uma maneira que não fazia havia semanas.

Ela se sentou e se espreguiçou. Então percebeu que não estava mais sozinha.

Havia um homem parado na esquina da casa, perto do portão. Ele era mais velho que ela. Não muito, nem tanto em termos de idade, mas ela percebeu imediatamente que a alma dele era pesada. Ele tinha sido soldado, não havia dúvida. Ainda usavam uniformes, aqueles pobres homens destruídos. Eles eram sua própria geração.

Ele estava olhando para ela, sua expressão séria, mas não severa.

– Sinto muito – disse Juliet. – Não quis invadir. Eu me perdi.

Ele não disse nada por um momento e depois respondeu com um simples aceno de mão. Pelo gesto, Juliet entendeu que estava tudo bem, que ele não a considerava uma ameaça, que entendia a atração daquele jardim, daquela casa, a magia que lançava e o desamparo que um transeunte poderia sentir quando chamado, em um dia quente, pelo pedaço de grama fresco e sombreado embaixo do bordo.

Sem a troca de outra palavra ou olhar, o homem desapareceu dentro da casa, a porta se fechando atrás dele. Juliet observou-o e depois deixou o olhar cair nos sapatos na grama. Notou o avançar das sombras desde que chegara e conferiu o relógio. Já fazia mais de quatro horas desde que deixara Alan no píer.

Juliet calçou os sapatos, amarrou-os e depois se levantou.

Sabia que tinha que voltar; ainda não tinha certeza de sua localização em relação à aldeia; no entanto, sentia um aperto no peito, como se algo a estivesse restringindo fisicamente. Ficou parada no meio do gramado macio, olhando para a casa, e um estranho fluxo de luz fez tudo parecer muito claro.

Amor – era o que ela sentia, um amor estranho, forte e indefinido que parecia fluir de tudo que via e ouvia: as folhas iluminadas pelo sol, as sombras escuras sob as árvores, as pedras da casa, os pássaros que gritavam voando no alto. E em seu brilho ela vislumbrou por um momento o que as pessoas religiosas deviam sentir na igreja: a sensação de ser banhada pela luz da certeza que vem de ser conhecida de dentro para fora, de pertencer a algum lugar e a alguém. Era simples. Era luminoso, bonito e verdadeiro.

Alan estava esperando quando ela encontrou o caminho de volta para o The Swan. Juliet subiu correndo os degraus, dois a dois, atravessando a porta do quarto, o rosto quente com o calor do dia e a revelação que tivera.

Ele estava junto à janela com seu vislumbre torto do rio, em uma pose rígida e constrangida, como se só tivesse se aprumado quando a ouviu chegar, uma simulação de prontidão. Sua expressão era cautelosa e Juliet se lembrou do porquê: a discussão no píer, sua retirada furiosa.

– Antes que você diga qualquer coisa – começou Alan –, quero que saiba que nunca pretendi sugerir...

Juliet estava balançando a cabeça.

– Não importa, você não vê? Nada disso importa mais.

– O que houve? O que aconteceu?

Estava tudo dentro dela – a clareza, a iluminação –, mas não conseguiu encontrar as palavras para explicar, apenas a energia dourada que a infundira e que ela não podia mais conter. Correu para ele, apaixonada, impaciente, agarrando seu rosto entre as mãos e beijando-o, para que qualquer animosidade entre eles, qualquer guarda erguida, desaparecesse. Quando ele abriu a boca para falar, surpreso, ela balançou a cabeça e pressionou um dedo nos lábios dele. Nada de palavras. Palavras só estragariam as coisas.

Aquele momento.

Agora.

CAPÍTULO 20

O jardim era mais ou menos como Juliet lembrava. Um pouco mais selvagem, mas a Sra. Hammett mencionara que a mulher que era dona da casa quando Juliet a vira pela primeira vez tinha sido forçada a abrir mão da propriedade no fim da vida. "Tinha 90 anos quando morreu, no verão passado." O jardineiro ainda ia uma vez por mês, mas ele era negligente e, ela acrescentou com uma expressão de desdém, um forasteiro. A Sra. Hammett disse que Lucy se reviraria no túmulo se visse quanto ele podava as rosas no inverno.

Juliet, imaginando a perfeição do jardim em 1928, perguntou se Lucy ainda morava na casa naquela época, mas a Sra. Hammett disse que não, que ela já tinha começado seu "acordo" com a Associação dos Historiadores de Arte e se mudara para o pequeno chalé virando a esquina.

– Em uma rua cheia de chalés de um andar só. Já viu? Menos escadas, Lucy dizia. Menos lembranças, acho que era o que ela queria dizer.

– Ela tinha más lembranças de Birchwood?

– Ah, não, não foi isso que eu quis dizer. Ela amava aquele lugar. Você é jovem demais para entender, espero, mas, quando se envelhece, todas as lembranças pesam, até as felizes.

Juliet estava perfeitamente familiarizada com o peso do tempo, mas não queria falar disso com a Sra. Hammett.

O acordo com a associação, pelo que ela entendeu, permitia que a casa fosse concedida a estudantes como parte de um plano de bolsas de estudos. O homem que lhe entregou a chave na noite em que chegaram de Londres tinha ajeitado os óculos no nariz e dito:

– Não é uma casa muito moderna. Geralmente, acomodamos pessoas solteiras, não famílias, e não por longos períodos. Temo que não haja eletricidade, mas... bem, com a guerra... Tenho certeza de que todo o restante funciona...

E então o pássaro saiu voando de cima da despensa, direto para a cabeça deles, e o homem ficou na defensiva. Juliet, por sua vez, lhe agradeceu por ter ido e o acompanhou até a porta, e os dois deram suspiros de alívio quando ele desceu o caminho de entrada e ela fechou a porta. Em seguida, ela se virou e foi recebida pelos rostos de três pessoas meio perdidas à espera do jantar.

Desde então, eles estabeleceram uma boa rotina. Já fazia quatro dias, todos claros e brilhantes, e eles se acostumaram às manhãs no jardim. Bea começou a escalar o muro de pedra que corria ao redor da casa, instalando-se no local mais ensolarado, com as pernas cruzadas, para tocar sua flauta, enquanto Vermelho, que era preocupantemente menos hábil, mas não aceitava ser superado, carregava com cuidado seu seleto arsenal de gravetos até a parte mais fina do muro para treinar combate. Juliet insistia que havia maravilhosos espaços gramados onde eles podiam brincar, mas suas sugestões encontravam ouvidos surdos. Tip, graças a Deus, não estava interessado em escalar. Ele parecia contente em se sentar em qualquer área escondida de vegetação, alinhando o conjunto de soldados de brinquedo que uma senhora gentil, na reunião do Serviço Voluntário das Mulheres, mandara por Juliet.

Lar. Estranho pensar na rapidez com que começou a usar essa palavra para definir Birchwood. Era uma daquelas palavras de múltiplos significados: a descrição superficial do prédio em que alguém morava, mas também a palavra plena e calorosa usada para descrever o local de onde derivavam o conforto e a segurança essenciais. Lar era a voz de Alan no final de um dia longo e difícil, os braços em volta dela, a constatação de seu amor por ela e do amor dela por ele.

Deus, como ela sentia falta dele.

Assim como as crianças, o trabalho se provou uma distração bem-vinda. Juliet fora encontrar as mulheres do grupo local, conforme planejado, às onze horas da segunda-feira. As reuniões aconteciam no salão da aldeia, em frente ao The Swan, e ao chegar ela encontrou o que parecia um baile animado – música e risadas, conversas e cantos. Ela parou na escada e se perguntou por um momento se tinha anotado o endereço errado, mas, quando enfiou a cabeça pela porta, a Sra. Hammett acenou e a chamou para onde o grupo estava sentado em círculo no centro da sala. O salão estava coberto com bandeiras da União e pôsteres de Churchill cobriam cada parede.

Juliet havia chegado com uma lista de perguntas, mas logo virou uma folha em seu caderno e começou a fazer anotações abreviadas da conversa em curso. Apesar de tudo que planejara até tarde da noite para seus artigos, parecia que sua imaginação não era páreo para a realidade daquelas mulheres, cujas excentricidades, cujo charme e cuja sabedoria a fizeram rir e se compadecer. Marjorie Stubbs tinha um ponto de vista notável sobre as provações e atribulações da criação de porcos; Milly Macklemore ofereceu uma perspectiva reveladora sobre os muitos usos de meias com furos; e Imogen Stephens fez com que todas pegassem seus lenços quando contou sobre o recente retorno do piloto que era noivo de sua filha e estava desaparecido, dado como morto.

E embora as outras mulheres evidentemente se conhecessem bem – muitas delas mães e filhas, tias e sobrinhas, amigas desde a infância –, elas receberam Juliet no grupo com enorme generosidade. Pareciam estar tão intrigadas e empolgadas com o estilo de vida londrino e os tempos estranhos que viviam quanto Juliet estava com as experiências delas. Quando saiu da reunião, prometendo voltar na próxima, Juliet havia aprendido o suficiente para manter os leitores do jornal interessados até o ano 2000. Se a guerra fosse vencida, concluíra ela na curta caminhada de volta a Birchwood Manor, em parte seria por causa de reuniões como aquela, em todo o país, onde mulheres engenhosas e firmes mantinham a cabeça erguida e se recusavam a ceder.

E assim, inspirada por elas, Juliet passara boa parte dos três dias anteriores em sua máquina de escrever embaixo da janela do quarto. Embora não fosse o lugar mais confortável para trabalhar – a penteadeira sobre a qual pusera a máquina de escrever era bonita, mas não ideal quando se tinha pernas para acomodar –, Juliet gostou muito. Brotos de madressilva e clêmatis perfumados entravam pela janela aberta para se agarrar às faixas das cortinas e a vista para a aldeia além do pomar, em particular o cemitério no final da estrada, era restauradora. A igreja de pedra era muito antiga e os terrenos ao redor, embora pequenos, eram bonitos: muita hera caída e lápides cobertas de musgo. Ainda não tivera chance de visitar, mas estava na lista de coisas a fazer.

Às vezes, quando o dia era belo demais para se ficar dentro de casa, Juliet levava seu caderno para o jardim. Lá, ela trabalhava à sombra, deitada de bruços, com a cabeça apoiada na palma da mão, enquanto alternava entre rabiscar notas e mastigar o lápis, fazendo observações secretas das crianças. Eles pareciam estar se adaptando bem: havia risos e brincadeiras, tinham bom apetite, brigavam, lutavam, batiam e a deixavam ligeiramente louca, como sempre.

Julieta estava determinada a permanecer forte por eles. Era a piloto do pequeno avião de sua família, e não importavam a indecisão que sentisse, as perguntas que a sufocavam quando apagava a lamparina à noite e ficava acordada na longa escuridão, bem como a preocupação de que tivesse feito a escolha errada e de que isso os arruinasse, era sua responsabilidade fazê-los se sentir seguros e protegidos. A responsabilidade era muito mais pesada sem Alan. Não era fácil ser o único adulto.

Na maioria das vezes, ela conseguia se manter otimista, mas houve aquele momento infeliz na quarta-feira à noite. Ela pensara que todas as crianças estivessem do lado de fora, no prado atrás do jardim dos fundos, e ela estava sentada a sua mesa tentando terminar o artigo para o Sr. Tallisker antes do jantar. Desde a reunião de segunda-feira, ela se convencera da sabedoria de seu editor: as diversas e fascinantes damas das seções do Serviço Voluntário de Mulheres de Birchwood e Lechlade haviam fornecido uma inspiração inestimável e Juliet estava decidida a lhes fazer justiça.

Escrevera sobre a filha de Imogen Stephens, narrando o momento em que a jovem olhou pela janela da cozinha e viu que o homem que amava, sobre quem lhe disseram para perder as esperanças, estava subindo o caminho do jardim na direção dela. Os dedos de Juliet batiam mais rápido do que as teclas da máquina de escrever se moviam; ela pareceu presenciar quando a jovem tirou o avental e correu para a porta, dizendo a si mesma que não acreditasse em seus olhos, hesitando, sem querer descobrir se estava enganada, e então ouvindo a chave girar na fechadura. E, quando a filha de Imogen caiu nos braços de seu amor, Juliet foi dominada pela emoção: os meses de preocupação e espera, seu cansaço e toda a mudança; só por um minuto, ela baixou suas defesas.

– Mãe? – A voz veio de trás dela, e depois de mais perto. – Mamãe? Você está chorando?

Juliet, com os cotovelos apoiados na penteadeira e o rosto escondido nas mãos, congelara no meio de um soluço. Ela prendeu a respiração o mais silenciosamente que pôde e disse:

– Não seja bobo.

– Então o que você está fazendo?
– Pensando, é claro. Por quê? Você nunca para um instante e reflete sobre alguma coisa? – E então ela se virou, sorriu e jogou de leve um lápis na filha.
– Sua engraçadinha! Você já me viu chorar?

E havia Tip. Ela se preocupava com ele, mas sempre se preocupara. Juliet ainda não tinha certeza se havia um motivo novo com que se preocupar. Ela o amava *tanto* – não mais que aos outros, mas de maneira diferente. E ele vinha se isolando com bastante frequência. ("Ótimo", disse Alan em sua mente. "Ele é independente. É melhor assim. Ele é criativo, você vai ver, quando crescer será um artista.") Mas além das brincadeiras dele, de alinhar os soldadinhos e depois os derrubar, de levá-los em missões secretas pelo jardim e pelos cantos silenciosos da casa, Juliet tinha certeza de que já o vira falando sozinho. Ela vasculhou as árvores em busca de pássaros, mas ele dava a impressão de fazer a mesma coisa dentro de casa também. Havia um ponto específico nas escadas do qual ele parecia gostar especialmente, e uma ou duas vezes Juliet se pegou espreitando, observando.

Um dia, quando ele estava ajoelhado embaixo de uma macieira no quintal, ela se aproximou cautelosamente e se sentou ao lado dele.

– Com quem você está falando? – perguntou, em uma tentativa de parecer à vontade que soou tensa até para seus ouvidos.

– Passarinho.

Juliet olhou para as folhas.

– O passarinho está lá em cima, amor?

Tip a encarou como se a mãe estivesse maluca.

– Ou já voou? Mamãe assustou o pássaro?

– Passarinho não voa.

– Não?

– Não. Ela anda, que nem você e eu.

– Entendi.

Um pássaro terrestre. Existiam alguns desse tipo. Mais ou menos.

– Ela também canta?

– Às vezes.

– E onde você conheceu esse passarinho? Estava em uma árvore?

Tip franziu a testa levemente para os soldados, como se tentasse entender a pergunta, e depois gesticulou em direção à casa.

– Dentro de casa?

Ele assentiu sem desviar a atenção.

– O que estava fazendo lá?

– Ela mora lá. E no jardim, às vezes.

– Ah, sim.

Ele ergueu os olhos de repente.

– Sim? Você pode vê-la, mamãe?

Juliet não soube o que responder. Considerou concordar, dizer que sim, que também podia ver sua amiga imaginária, mas, embora ela estivesse disposta a aceitar que Tip havia inventado uma companhia para lhe dar conforto em um momento de grandes mudanças, alimentar a ilusão parecia um exagero.

– Não, querido – disse ela. – Passarinho é sua amiga, não da mamãe.

– Mas ela gosta de você, mamãe. Ela me disse.

Juliet sentiu um aperto no coração.

– Que bom, querido. Fico feliz.

– Ela quer te ajudar. Disse que eu devia te ajudar.

Juliet não pôde mais resistir: pegou o menininho e o abraçou com força, ciente de seus membros frágeis contra si, de quão pequeno e quente ele era, de quanta vida ainda tinha pela frente e de quanto dependia dela – *dela*, pelo amor de Deus, coitadinho.

– Está chorando, mamãe?

Droga! De novo!

– Não, querido.

– Estou sentindo você tremendo.

– Tem razão. Mas não são lágrimas tristes. Sou uma mãe de muita sorte por ter um menino como você.

Mais tarde naquela noite, quando as crianças estavam dormindo profundamente, com expressões relaxadas que as faziam parecer mais novas, Juliet escapou para o ar frio e andou ao longo do rio, parando novamente no píer para se sentar por um tempo e contemplar a casa.

Ela se serviu um copo de uísque e engoliu de uma vez só.

Ainda conseguia se lembrar da raiva que sentira naquele dia de 1928 quando disse a Alan que estava grávida.

Mas agora via que, embora tivesse pensado sentir raiva por Alan não a entender, na verdade tinha sentido medo. Uma repentina e exaustiva solidão que parecia muito com um abandono infantil. O que provavelmente explicava por que se comportara como uma criança, fugindo daquele jeito.

Ah, voltar e fazer tudo de novo, viver de novo. Aquele dia. O seguinte. O outro. A chegada de Bea em suas vidas, depois Vermelho e Tip. Todos os três crescendo e se afastando dela agora.

Juliet encheu o copo. Não havia como voltar atrás. O tempo se movia apenas em uma direção. E não parava. Ele nunca parava de avançar, não dava nem mesmo oportunidade de alguém parar para pensar. O único caminho de volta era pelas lembranças.

Quando ela voltou para o quarto no The Swan naquele dia, depois de se beijarem e fazerem as pazes, os dois se deitaram juntos na pequena cama com seus belos frontões de ferro, as mãos de Alan segurando o rosto dela, os olhos dele a fitando, e ele prometera solenemente nunca mais insultá-la com a sugestão de que ela trabalhasse menos.

E Juliet, com um beijo na ponta do nariz dele, prometeu nunca mais impedi-lo de desistir de atuar, se ele quisesse vender sapatos.

A primeira coisa que Juliet fez na manhã de sexta-feira foi ler seu artigo "Cartas do campo" pela última vez e depois enviá-lo ao Sr. Tallisker. Ela deu ao texto um título provisório, "Conselho de Guerra das Mulheres – ou Uma tarde com o Ministério da Defesa", e cruzou os dedos para que seu editor concordasse em mantê-lo.

Satisfeita com o resultado do artigo, Juliet decidiu tirar uma manhã de descanso da máquina de escrever e, por insistência das crianças mais velhas, enquanto Tip brincava com seus soldados no jardim, foi com elas até o celeiro. Havia algo que estavam desesperadas para mostrar a ela.

– Veja! É um barco.

– Ora, ora – disse Juliet, rindo.

Ela explicou às crianças que vislumbrara um barquinho a remo de madeira amarrado naquelas vigas doze anos antes.

– É o mesmo?

– Acho que sim.

Vermelho, que já havia subido na escada, estava agora pendurado nela por um braço, em um estado de empolgação alarmante.

– Podemos baixar o barco, mamãe? Diga que sim, por favor!

– Cuidado, Vermelho.

– Nós sabemos remar – disse Bea. – Além do mais, o rio não é muito fundo aqui.

Veio-lhe à mente a história da menina afogada contada por Tip.

– Por favor, mamãe, por favor!

– Vermelho – disse Juliet bruscamente –, você vai cair e acabar precisando de gesso e será o fim do verão para você.

Naturalmente, ele não lhe deu ouvidos e começou a pular no degrau da escada.

– Desça, Vermelho – disse Bea, com uma careta de reprovação. – Como a mamãe vai olhar, se você fica bloqueando a escada?

Enquanto Vermelho voltava rápido ao chão, Juliet considerou o barco lá de baixo. Alan estava logo atrás de seu ombro, a voz suave em seu ouvido, lembrando-a de que superprotegê-los só traria problemas: "Você os transformará em pessoas assustadas se for protetora demais, e então o que vamos fazer? Ficaremos de mãos atadas com crianças medrosas e preocupadas, estragando toda a nossa diversão pelo resto da vida."

– Bem – disse Juliet por fim –, acho que, se conseguirmos desamarrá-lo e se ele estiver em condições de navegar, não há razão para não deixar que o levem até o rio.

Uma grande alegria irrompeu, com Vermelho pulando na figura magra de Bea e abraçando-a, enquanto Juliet tomava o lugar dele na escada. O barco, ela descobriu, estava suspenso por um sistema de cordas e polias que, embora um pouco enferrujado, ainda funcionava. Ela soltou a corda do gancho na viga onde estava amarrada, deixou a ponta escorregar e depois a seguiu até o chão, onde começou a puxar o barco para baixo.

Juliet tivera quase certeza, tendo vislumbrado o barco doze anos antes, de que ele não estaria em condições de ser usado; mas, embora estivesse cheio de teias de aranha e com uma espessa capa de poeira, uma inspeção cuidadosa do casco não mostrou nada com que se preocupar. O barco estava seco como osso, nenhum sinal de podridão na madeira; parecia que alguém, em algum momento, havia feito alguns reparos cuidadosos.

Juliet estava passando a ponta dos dedos ao longo de uma junção onde uma tábua encontrava o casco quando algo chamou sua atenção. Algo que brilhava sob um raio de sol.

– E então, mamãe? – Vermelho estava puxando sua blusa. – Podemos levá-lo até o rio? Podemos, por favor?

O objeto estava preso no sulco entre duas tábuas, mas Juliet conseguiu arrancá-lo.

– O que é isso? – disse Bea, na ponta dos pés para espiar por cima do ombro de Juliet.

– Uma moeda. Uma moeda antiga. Dois centavos, acho.

– Valiosa?

– Acho que não. – Ela esfregou a superfície com o polegar. – Mas é bonita, não é?

– E daí? – Vermelho estava pulando de um pé para o outro. – Podemos levá-lo para o rio, mamãe? Podemos?

Suprimindo todas as preocupações maternas e os "e se" que restavam, Juliet concedeu à pequena embarcação um atestado de boa saúde e os ajudou a carregá-la até a borda do campo, antes de se afastar para assistir enquanto eles cambaleavam, um de cada lado da carga incômoda, afastando-se.

Tip ainda estava no jardim quando Juliet voltou. O sol brilhava através das fendas entre as folhas do bordo, lançando manchas de prata e ouro em seus cabelos macios e lisos. Ele estava novamente com os soldados de madeira, jogando um jogo elaborado, com uma grande coleção de paus, pedras, penas e diversos objetos dispostos em um padrão circular.

Ele estava conversando, ela notou, e, quando se aproximou, ele riu. Aquele som tornou o dia, o sol – o futuro – mais brilhante, até o momento em que ele inclinou a cabeça e ficou claro que estava ouvindo algo que Juliet não conseguia escutar. Da luz à sombra em um instante.

– Algo engraçado, Tippy? – perguntou ela, sentando-se ao lado dele.

Ele assentiu e pegou uma de suas penas, torcendo-a entre as pontas dos dedos.

Juliet espanou um pedaço de folha seca do joelho.

– Me conte, eu adoro piadas.

– Não foi uma piada.

– Não?

– Foi só Passarinho.

Juliet estava esperando por isso; no entanto, sentiu um frio na barriga.

– Ela me faz rir – continuou ele.

Juliet suspirou e disse:

– Bem, isso é bom, Tippy. Se vai passar um tempo com as pessoas, é importante escolher gente que o faça rir.

– Papai faz você rir, mamãe?

– Mais do que ninguém. Exceto, talvez, vocês três.

– Passarinho disse... – Ele parou.

– O quê, Tippy? O que ela disse?

Ele balançou a cabeça, concentrando sua atenção na pedra que estava virando em seu colo.

Juliet tentou outra tática:

– Passarinho está conosco agora, Tip?

Ele assentiu.

– Bem aqui? Sentada no chão?

Ele assentiu de novo.

– Como ela é?

– Ela tem cabelos compridos.

– Tem?

Ele levantou a cabeça e olhou para a frente.

– São ruivos. O vestido dela também é longo.

Juliet seguiu o olhar dele e se aprumou, forçando um sorriso largo no rosto.

– Olá, Passarinho – disse ela. – Prazer em conhecê-la finalmente. Sou Juliet, a mãe do Tip, e gostaria de lhe agradecer. Tippy me contou que você disse que ele deveria me ajudar, e só queria que você soubesse que ele é um bom garoto. Ele me ajuda a lavar a louça do jantar, dobra as roupas comigo, enquanto os outros dois se comportam como bichinhos selvagens. Eu realmente não podia estar mais orgulhosa.

A mãozinha de Tip tocou a dela e Juliet a apertou.

"Ter filhos é moleza", veio a voz alegre de Alan ao vento. "É como pilotar um avião com os olhos vendados e buracos nas asas."

CAPÍTULO 21

Às seis da tarde de sexta-feira, os quatro partiram juntos, descendo a estrada em direção à aldeia. Para crianças usando roupas doadas por estranhos, elas estavam bem arrumadinhas, e, às seis e meia, depois de terem parado para admirar várias vacas de pelo longo em um pasto no caminho e permitir que Tip coletasse algumas pedras que chamaram sua atenção, atravessaram o gramado triangular para chegar ao The Swan.

A Sra. Hammett lhe dissera para seguir pela entrada principal, mas virar à direita em vez de à esquerda, para a sala de jantar, e não para a taberna.

Ela já estava lá, tomando coquetéis com uma mulher alta, com cerca de 50 anos, que usava os mais maravilhosos óculos de aro de tartaruga que Juliet já vira. As duas se viraram quando Juliet e as crianças irromperam pela porta, e a Sra. Hammett disse:

– Bem-vindos, todos! Entrem, estou tão feliz que vocês tenham vindo.

– Desculpe pelo atraso. – Juliet assentiu com carinho na direção de Tip. – Havia pedras importantes a serem coletadas no caminho.

– Um garoto roubando o meu coração – disse a mulher de óculos, com um sotaque que revelava um traço americano.

As crianças ficaram relativamente quietas para as apresentações, como Juliet lhes ensinara ao longo da caminhada, e então ela as conduziu de volta para o hall de entrada, onde duas poltronas de couro pareciam oferecer o repositório perfeito enquanto esperavam o jantar ser servido.

– Sra. Wright – disse a Sra. Hammett quando Juliet voltou –, esta é a Dra. Lovegrove. A Dra. Lovegrove está hospedada conosco nas acomodações no andar de cima... outro visitante de volta à aldeia; 1940 deve ser o ano para isso!

A Dra. Lovegrove estendeu a mão.

– É um prazer conhecê-la. E, por favor, me chame de Ada.

– Obrigada, Ada. Meu nome é Juliet.

– A Sra. Hammett acabou de me dizer que você e seus filhos se mudaram para Birchwood Manor.

– Chegamos no domingo à noite.

– Eu estudei naquela casa, há muitos anos.

– Ouvi dizer que já tinha sido uma escola.

– Há muito tempo. Fechou há décadas, logo depois que saí. Foi um dos últimos bastiões dos velhos costumes sobre educação de meninas. Bastante costura, canto e, pelo que lembro, muitos livros para equilibrar na cabeça quando, na verdade, deveríamos lê-los.

– Ora, ora – disse a Sra. Hammett. – Lucy fez o melhor que pôde. E não parece tê-la atrapalhado, doutora.

Ada riu.

– Isso é verdade. E você tem razão sobre Lucy. Eu esperava revê-la.

– É uma pena.

– A culpa é toda minha. Deixei passar muito tempo. A idade chega para todos nós, até para Lucy, ao que parece. Apesar de tudo, de certa forma tenho que agradecer à escola em Birchwood pelo que fiz da minha vida. Sou arqueóloga – explicou a Juliet. – Professora da Universidade de Nova York. Antes de tudo, porém, fui um membro muito afiado da Sociedade de História Natural da escola da Srta. Radcliffe. Lucy, a Srta. Radcliffe, era uma verdadeira entusiasta. Conheci professores de universidade com instintos bem menos aguçados: ela possuía uma maravilhosa coleção de fósseis e descobertas. Sua sala de espécimes era um verdadeiro tesouro. Só era pequena, mas, claro, você sabe de qual estou falando, no topo da escada do primeiro andar.

– É o meu quarto agora – disse Juliet com um sorriso.

– Então pode imaginar como era lotado, com prateleiras nas paredes e objetos que cobriam todas as superfícies disponíveis.

– Posso – disse Juliet, pegando seu caderno, que nunca ficava longe do alcance. – E adoro a ideia de que uma única casa teve tantas encarnações; na verdade, me deu uma ideia.

Ela fez uma anotação, explicando seu trabalho com as "Cartas do campo", a cuja descrição a Sra. Hammett não resistiu a acrescentar:

– Minhas amigas e eu já fomos apresentadas, Dra. Lovegrove, nada menos do que no artigo de estreia! Você vai nos garantir exemplares, não é, Sra. Wright?

– Fiz um pedido especial ao meu editor, Sra. Hammett. Elas estarão no correio na segunda de manhã.

– Maravilha! As mulheres estão tão animadas... Agora, se escrever sobre Lucy, lembre-se de mencionar que ela era irmã de Edward Radcliffe.

Juliet franziu a testa de leve; o nome era vagamente familiar.

– O artista. Um dos membros daquela Irmandade Magenta de que tanto falam. Morreu jovem, então não é tão famoso quanto os outros, mas foi ele quem comprou a casa no rio. Houve uma espécie de escândalo. Ele e os amigos estavam passando um verão na casa, há muito tempo, quando minha mãe era apenas uma menina, mas ela se lembrou disso até o fim da vida. Uma linda jovem foi morta. Ela e Radcliffe estavam noivos, mas, depois que ela morreu, ele ficou de coração partido e nunca mais voltou. A casa ficou para Lucy no testamento.

A porta se abriu e o Sr. Hammett entrou, tirando um intervalo de suas tarefas atrás do bar e trazendo uma jovem criada com uma expressão ansiosa no rosto e uma bandeja de pratos fumegantes nas mãos.

– Ah – disse a Sra. Hammett, radiante –, o jantar está servido. Esperem só para ver o que nossa cozinheira faz com um rolo de salsicha no vapor!

O que a cozinheira deles fazia, no fim das contas, não era nada menos que um milagre. Salsichas no vapor nunca estiveram entre os pratos favoritos de Juliet, mas, servidas com um molho de "melhor não perguntar", estavam deliciosas. Outra coisa boa foi que as crianças se comportaram muito bem à mesa, respondendo a todas as perguntas de um jeito simpático, embora talvez um pouco franco demais para alguns gostos, e até retrucando com algumas perguntas interessantes. Tip conseguiu enfiar os dedinhos nas poças de cera de todas as velas, deixando um punhado de pequenas impressões digitais fossilizadas, mas eles se lembraram de agradecer quando terminaram, ninguém assoou o nariz na toalha de mesa e, quando Bea perguntou se eles tinham licença para continuar o jogo de cartas no hall de entrada, Juliet ficou feliz em dizer que sim.

– Seus filhos estão gostando de Birchwood Manor? – perguntou Ada enquanto a criada da Sra. Hammett servia chá e café. – Deve ser uma mudança e tanto, depois de Londres.

– Felizmente, eles parecem gostar da mudança.
– Mas é claro: o campo tem muito a oferecer para as crianças – disse o Sr. Hammett. – Uma criança que não se deleitasse com este nosso pedaço do mundo seria realmente muito estranha.

Ada riu.

– Sempre fui uma criança estranha.
– Você não gostou daqui?
– Acabei gostando. Mas no início, não. Nasci na Índia e fui muito feliz lá até ser mandada para a escola. Não estava disposta a gostar e não gostei: achei o campo insípido e polido. Desconhecido, em outras palavras.
– Quanto tempo você ficou na escola?
– Pouco mais de dois anos. Fechou quando eu tinha 10, e fui enviada para uma escola maior em Oxford.
– Houve um acidente terrível – disse a Sra. Hammett. – Uma garota se afogou durante um piquenique de verão. A escola só durou alguns anos depois disso. – Ela franziu a testa para Ada. – Então, Dra. Lovegrove, você devia estar lá quando aconteceu.
– Eu estava – disse Ada, tirando os óculos para limpar as lentes.
– Você conhecia a garota?
– Não muito bem. Ela era mais velha.

As outras duas mulheres continuaram conversando, mas Juliet passou a pensar em Tip. Ele lhe dissera que uma garota tinha se afogado no rio e agora ela se perguntava se ele ouvira alguma coisa sobre aquilo na aldeia. Mas ele mencionara o fato na primeira manhã em Birchwood, então não houve tempo para isso. Era possível, ela supôs, que o jovem nervoso da associação tivesse comentado. Agora, pensando melhor, o homem lhe parecera um tanto malicioso.

Mas Tip também podia estar apenas expressando os próprios medos. Ela não estava sempre lhe dizendo – especialmente a ele – para ter cuidado? Alan diria que tinha avisado: sua preocupação materna os estava transformando em gatos assustados. E talvez Tip tivesse simplesmente adivinhado: pessoas se afogavam em rios; era uma aposta segura que, ao longo da história, alguém tivesse se afogado em algum ponto do rio Tâmisa. Ela estava caçando preocupações, porque sempre se preocupava com Tip.

– Sra. Wright?

Juliet piscou.

– Sinto muito, Sra. Hammett. Meus pensamentos estavam a quilômetros de distância.

– Está tudo bem? Gostaria de mais um pouco de café?

Juliet deslizou a xícara pela mesa com um sorriso e, como muitas vezes acontecia a alguém encarando sozinho um problema, se viu desabafando às outras mulheres sobre Tip e sua amiga imaginária.

– Pobrezinho – disse a Sra. Hammett. – Não é surpreendente, depois de todas as mudanças. Ele vai ficar bem, você vai ver. Um dia desses, vai perceber que ele não menciona a "amiga" há uma semana.

– Talvez a senhora esteja certa – concordou Juliet. – Nunca tive um, sabe, e parece uma coisa incrível evocar uma pessoa inteira do nada.

– Essa amiga imaginária o deixa malcriado?

– Não, graças a Deus, Sra. Hammett. Tenho o prazer de dizer que ela tem sido uma boa influência.

– Que dádiva! – disse a anfitriã, batendo as mãos. – Ela está conosco hoje? Nunca tive um convidado imaginário.

– Felizmente, não. Ela ficou em casa.

– Bem, já é alguma coisa. Talvez seja um bom sinal, se ele só precisa dela às vezes, certo?

– Talvez. Embora ele tenha dito que a convidou para vir. Aparentemente, ela disse que não podia ir tão longe.

– Uma inválida? Intrigante. Ele contou mais detalhes sobre a criança?

– Ela não é criança, para começar. É uma dama. Não sei o que isso diz sobre mim, que ele tenha escolhido criar uma mulher adulta para passar o tempo.

– Talvez ela seja outra versão de você – disse a Sra. Hammett.

– Não, não é. Pelo que ele me diz, ela é quase o meu oposto. Longos cabelos ruivos, um longo vestido branco. Ele foi bastante específico em sua descrição.

Ada, que estava calada até aquele ponto, disse:

– Você já considerou que ele esteja falando a verdade?

Houve um momento de silêncio e então:

– Ora, Dra. Lovegrove – disse a Sra. Hammett, com uma risada nervosa –, você é uma *provocadora*. Mas a Sra. Wright está preocupada.

– Ah, eu não me preocuparia – disse Ada. – Tenho certeza de que não significa nada além de que seu filhinho é um espírito criativo que inventou a própria maneira de lidar com as mudanças em sua vida.

– Você fala como meu marido – disse Juliet com um sorriso. – E sem dúvida está certa.

Quando a Sra. Hammett disse que ia ver a quantas andava o pudim, Ada pediu licença para tomar um pouco de ar fresco e Juliet aproveitou a oportunidade para dar uma olhada nas crianças. Vermelho e Bea foram fáceis de encontrar, enfiados no espaço agradavelmente escuro embaixo da escada, envolvidos em uma rodada barulhenta de *gin rummy*.

Juliet examinou o corredor em busca de Tip.

– Cadê seu irmão?

Nenhum dos dois ergueu os olhos do leque de cartas.

– Não sei.

– Em algum lugar.

Juliet ficou parada um momento, a mão no pilar ao pé da escada, observando o corredor. Quando seu olhar varreu a subida acarpetada, por uma fração de segundo ela viu Alan parado no topo, aquele cachimbo infernal na boca.

Era a mesma escada que ela subira naquele dia para encontrá-lo esperando no quarto, pronto para retomar a discussão.

Ela não pôde resistir a subir.

Enquanto se aproximava do topo, tocando naquele corrimão familiar, Juliet fechou os olhos e se imaginou de volta àquele instante. Um eco de memória deixou o ar ao seu redor pesado. Alan estava tão perto que ela podia sentir o *cheiro* dele. Mas, quando abriu os olhos, ele, com seu sorriso torto de ironia, tinha sumido.

O patamar do primeiro andar era exatamente como ela se lembrava. Limpo e arrumado, com detalhes que mostravam cuidado, se não *au courant* talento artístico. Flores frescas no vaso de porcelana na mesa do corredor, pequenas pinturas de marcos locais emolduradas ao longo da parede, marcas de vassoura no carpete manchado. Havia também o mesmo cheiro de sabão em pó e verniz e, por baixo deles, o leve e reconfortante toque de cerveja.

Nenhum sinal, no entanto, dos passinhos suaves de um menino.

Ao descer, Juliet ouviu uma voz conhecida vindo de fora da taberna. Ela havia notado um banco sob a janela quando chegaram, então se aproximou, inclinando-se para espiar pela fenda nas cortinas e sobre o peitoril. Lá estava ele, alguns de seus preciosos paus e pedras na mão e, ao seu lado, Ada, os dois em uma conversa profunda.

Juliet sorriu e recuou silenciosamente, tomando cuidado para não incomodá-los. O que quer que estivessem discutindo, a expressão de Tip estava interessada e engajada.

– Aí está você, Sra. Wright.

Era a Sra. Hammett, seguindo a empregada, que lutava com outra bandeja pesada.

– Pronta para um pouco de pudim? Tenho o prazer de dizer que é uma receita sem ovos e com geleia de morango!

No domingo de manhã, pela primeira vez desde que chegaram, Juliet acordou antes das crianças. Suas pernas estavam tão inquietas quanto sua mente, então ela se vestiu e saiu para passear. Não foi ao rio, mas seguiu a estrada de volta para a aldeia. Ao se aproximar da igreja, notou que as pessoas entravam para o culto matinal. A Sra. Hammett a viu e acenou, e Juliet sorriu de volta.

As crianças estavam sozinhas em casa, então ela não entrou, mas escutou um pouco do sermão do banco na varanda enquanto o pastor falava sobre perda, amor e o indomável espírito humano quando se andava de mãos dadas com Deus. Era um sermão atencioso e ele era um bom orador, mas Juliet achava que haveria muito mais sermões assim até a guerra terminar.

Seu olhar percorreu o belo adro da igreja. Era um lugar tranquilo. Muita hera espalhada e muitas almas adormecidas. Lápides que falavam de velhice e juventude e da justiça cega da morte. Um anjo lindo e abandonado inclinava a cabeça sobre um livro aberto, os cabelos de pedra escurecidos pelo tempo caindo na página fria. Havia algo no silêncio daqueles lugares que inspirava reverência.

Ao som de "Nimrod", de Elgar, Juliet vagou pelo perímetro observando as lápides manchadas e contemplando os nomes e as datas, as mensagens amorosas sobre eternidade e descanso. Como era notável que a raça humana valorizasse a vida de seus membros individualmente o bastante para celebrar o breve tempo de cada um na terra antiga; e, no entanto, ao mesmo tempo, pudesse se envolver em um massacre generalizado e sem sentido.

No fundo do cemitério, Juliet parou em frente a um túmulo com um nome familiar. *Lucy Eliza Radcliffe, 1849-1939*. Ao lado, havia uma lápide mais antiga, pertencente ao irmão que a Sra. Hammett havia mencionado no jantar, Edward. Escritas sob o nome de Lucy estavam as palavras *Todo o passado é presente*. Uma frase que fez Juliet pensar, pois de alguma forma estava fora de sintonia com os sentimentos normalmente expressos.

Passado, presente, futuro – o que significavam, afinal? As pessoas tentavam fazer o melhor possível dadas as circunstâncias, lidando com elas a seu tempo. Era só isso.

Juliet saiu do cemitério, caminhando de volta pela estrada ladeada de grama em direção à casa. O sol nascente tinha queimado qualquer indício de frio da noite para o dia, e o céu estava clareando para um azul espetacular. Haveria mais pedidos de passeios de barco, isso era certo. Talvez todos almoçassem à beira do rio.

Os moradores da casa pareciam estar acordados, mesmo a distância: era estranho como dava para perceber. Claro, antes mesmo de Juliet chegar ao caminho de carruagens, foi recebida pelo som da flauta de Bea.

A Sra. Hammett lhes dera quatro belos ovos de galinha e Juliet estava ansiosa para cozinhá-los; até planejava usar manteiga de verdade. Primeiro, porém, foi ao segundo andar guardar o chapéu no quarto. Deu uma olhada nas crianças no caminho e encontrou Bea sentada de pernas cruzadas na cama, como um encantador de serpentes, tocando sua flauta. Freddy estava deitado meio para fora do colchão, a cabeça tocando o chão. Ele parecia estar prendendo a respiração. Não havia sinal de Tip.

– Onde está seu irmão? – perguntou.

Beatrice deu de ombros sem perder uma nota.

– No andar de cima? – disse Vermelho, soltando o ar afobado.

Havia um ar inconfundível de briga no quarto, e Juliet sabia que era melhor não se envolver. Aprendera que as brigas entre irmãos eram como fumaça ao vento: podia cegar em um momento, mas desaparecia no seguinte.

– Café da manhã em dez minutos – anunciou ao se retirar.

Ela jogou o chapéu na cama e deu uma espiada na antiga sala de estar no final do corredor. Não usavam muito aquela sala; estava cheia de móveis cobertos com lençóis e bastante empoeirada, mas aqueles lugares eram uma atração para as crianças.

Tip também não estava lá, mas Vermelho sugerira que ele estava no sótão. Ela correu escada acima, chamando o nome dele.

– Café da manhã, Tip querido. Venha e me ajude a fazer os ovos.
Nada.
– Tip?
Ela procurou em cada canto dos vários quartos do último andar, depois parou junto à janela que dava para o campo em direção ao rio.
O rio.
Tip não era o tipo de criança andarilha. Era tímido por natureza; não teria ido muito longe sem ela.
Isso não a acalmou. Ele era criança. Podia se distrair. Crianças se afogavam em rios.
– Tip!
A voz de Juliet soou inconfundivelmente preocupada e ela começou a descer as escadas depressa. Quase não ouviu o "Mamãe!" abafado enquanto seguia pelo corredor.
Juliet parou e prestou atenção. Não foi fácil silenciar o próprio pânico.
– Tip?
– Aqui.
Foi como se a parede estivesse falando: como se tivesse comido Tip e ele agora estivesse preso lá dentro.
E então uma rachadura apareceu na superfície diante dela e um painel foi revelado.
Era uma porta escondida, e atrás dela estava Tip, sorrindo.
Juliet o agarrou e o estreitou com força contra o peito; sabia que devia estar machucando, mas não conseguiu se conter.
– Tippy. Ah, Tippy, meu amor.
– Eu estava me escondendo.
– Eu vi.
– Ada me falou do esconderijo.
– Falou?
Ele assentiu.
– É um segredo.
– Um ótimo segredo. Obrigada por compartilhar comigo. – Foi incrível como ela conseguiu soar calma, enquanto seu coração ainda estava disparado. Juliet sentiu-se fraca. – Sente-se comigo um minuto, Tippy.
Ela o pegou no colo e a porta deslizante se fechou perfeitamente atrás dele.

– Ada gostou das minhas pedras. Ela disse que colecionava pedras também, e fósseis. E agora ela é uma arque...

– ... óloga. Uma arqueóloga.

– Sim. Isso aí.

Juliet levou Tip para o degrau no alto da escada e se sentou com ele no colo. Estava com os braços em volta dele e a face apoiada no topo de sua cabeça quente. De todos os seus filhos, Tip era o mais disposto a aceitar aqueles ataques ocasionais de amor materno. Somente quando sentiu que estava forçando até a paciência sem fim dele, Juliet disse:

– Certo. Café da manhã. E acho que chegou a hora de descobrir por que seu irmão e sua irmã estão brigando.

– Bea disse que papai não vai conseguir nos encontrar aqui quando voltar para casa.

– Ela disse?

– E Vermelho disse que papai era mágico e que poderia nos encontrar em qualquer lugar.

– Entendi.

– E eu subi as escadas porque não queria contar a eles.

– Contar o quê?

– Que papai não vai voltar para casa.

Juliet ficou tonta.

– O que você quer dizer com isso?

Ele não respondeu, em vez disso estendeu a mãozinha para pressionar levemente a bochecha dela. Seu pequeno rosto em forma de coração estava solene e Juliet entendeu imediatamente que ele sabia.

Ela estava ciente da carta em seu bolso, a última que recebera de Alan. Ela a carregava consigo para todo lado desde que chegara. Era só por isso que ainda a tinha. O telegrama de bordas pretas do Departamento de Guerra que havia chegado no mesmo dia se fora. Juliet pretendia queimá-lo pessoalmente, mas no fim não precisou. Um dos homens de Hitler cuidou disso por ela, largando a bomba bem acima da Queen's Head Street, em Islington, destruindo sua casa e tudo que havia nela.

Ela pretendia contar às crianças. Claro que sim. O problema era que – e

Juliet já pensara muito nisso – simplesmente não havia maneira aceitável de dizer aos filhos que seu pai maravilhoso, engraçado, distraído e bobo tinha morrido.

– Mamãe? – Tip pegou a mão de Juliet. – E agora?

Juliet tinha muita coisa a dizer. Era uma daquelas raras ocasiões em que os pais sabiam que suas palavras permaneceriam para sempre com os filhos. Ela queria muito estar à altura da missão. Era escritora e, no entanto, não encontrava as palavras certas. Todas as explicações que considerava e descartava prolongavam o silêncio entre o momento perfeito de resposta e o momento em que estava agora. A vida era mesmo um grande pote de cola, como Alan sempre dizia. Um pote de farinha e água, em que todos tentavam caminhar da maneira mais elegante possível.

– Não tenho certeza, Tippy – disse ela, o que não era nem tranquilizador nem sábio, mas sincero, o que já era alguma coisa. – Mas sei que vamos ficar bem.

Ela sabia o que ele perguntaria a seguir: *como* ela sabia? E o que poderia responder a isso? Porque eles *tinham* que ficar bem? Porque ela estava pilotando aquele avião e, com os olhos vendados ou não, sem dúvida ia garantir que chegassem em casa em segurança?

No fim, foi poupada de responder, porque estivera enganada: ele não perguntou nada. Com uma fé que fez Juliet querer se encolher e chorar, ele aceitou sua palavra e passou para um assunto completamente diferente:

– Passarinho disse que até na caixa mais escura há pontos de luz.

Juliet se sentiu subitamente cansada.

– É mesmo, querido?

Tip assentiu, sério.

– E é verdade, mamãe. Eu vi a luz dentro do esconderijo. Só dá para ver de dentro. Primeiro fiquei com medo quando fechei o painel, mas não precisava, porque tinha centenas de pequenas luzes lá, brilhando no escuro.

VIII

É sábado e os turistas chegaram. Estou na salinha com o retrato de Fanny pendurado na parede. Ou, como prefiro pensar, no quarto de Juliet. Fanny, afinal, dormiu aqui apenas uma noite. Eu costumava me sentar com Juliet enquanto ela trabalhava na máquina de escrever, os papéis espalhados em cima da penteadeira embaixo da janela. Eu também ficava com ela de noite, depois que as crianças dormiam, quando ela pegava a carta de Alan. Não para ler; ela não fazia isso. Apenas a segurava enquanto ficava sentada, olhando sem ver a noite longa e escura através da janela aberta.

Este também é o quarto para onde Ada foi trazida, depois de ser tirada do rio quase afogada. Naquela época, havia uma coleção de fósseis neste cômodo ao lado do quarto de Lucy, as paredes cobertas de prateleiras do chão ao teto. Lucy insistiu em assumir os cuidados de Ada, ensinando a enfermeira a fazer seu trabalho até que a mulher se recusasse a continuar. Não havia muito espaço para se locomover depois que trouxeram a cama, mas Lucy conseguiu colocar uma cadeira de madeira em um canto e ficava ali à noite, horas seguidas, observando a criança adormecida.

Era tocante ver como Lucy era carinhosa; a pequena Lucy, que tivera tão poucas pessoas próximas em sua vida depois de Edward. Ela garantiu que a cama fosse aquecida todas as noites com uma panela de latão cheia de carvão e permitiu que Ada ficasse com o gatinho, apesar da evidente reprovação daquela mulher, Thornfield.

Uma das turistas de hoje para junto à janela, esticando o pescoço para ver o pomar por cima do muro, de modo que o sol da manhã ilumina seu rosto. Isso me lembra do dia após o piquenique, quando Ada estava bem o bastante para se sentar apoiada nos travesseiros e a luz se derramava através das vidraças em quatro retângulos nítidos para cair ao pé de sua cama.

Lucy trouxe a bandeja do café da manhã e, enquanto a colocava sobre a penteadeira, Ada, pálida em meio aos lençóis de linho, disse:

– Eu caí no rio.

– Caiu.
– Eu não sei nadar.
– Não, isso está claro.

Ada não voltou a falar por um tempo. Pude ver, porém, que havia mais em sua mente, até que:

– Srta. Radcliffe? – disse ela por fim.
– Sim, menina?
– Tinha mais alguém na água comigo.
– Sim. – Lucy se sentou na beira da cama e pegou a mão de Ada. – Lamento ter que lhe contar, mas May Hawkins também caiu no rio. Ela não se saiu tão bem quanto você; ela também não sabia nadar e se afogou.

Ada ouviu isso e, em seguida, sussurrou:

– Não foi May Hawkins que eu vi.

Esperei, então, me perguntando quanto mais ela diria a Lucy; se confiaria a ela a verdade do que havia acontecido no leito do rio.

Mas ela não falou mais sobre a "outra pessoa".

– Havia uma luz azul. Estendi a mão para pegá-la, e não era uma luz. Era uma pedra, uma pedra brilhante. – Ela abriu a mão e revelou em sua palma o Radcliffe Blue, arrancado de onde estivera esperando, no meio das pedras do rio. – Vi o brilho e a segurei, porque sabia que isso me salvaria. E salvou... Meu amuleto me encontrou, exatamente quando eu precisava, e me protegeu do mal. Precisamente como a senhorita disse que seria.

Hoje o tempo está bom e claro e, portanto, a casa está movimentada, com um fluxo constante de turistas com reservas para o almoço em um dos bares próximos. Eles andam em pequenos grupos e não suporto ouvir o guia dizer a outra turma para fechar os olhos no "quarto de Fanny" e "sentir o traço fantasmagórico da colônia de rosas favorita da Srta. Brown"; então saí e estou indo para a casa anexa, onde Jack está tentando ser discreto. No início da manhã, vi, entre os papéis que ele imprimiu do e-mail recente da Sra. Wheeler, uma carta de Lucy para Ada, escrita em março de 1939. Infelizmente, o corpo da carta estava coberto e ainda não consegui ver o que diz. Espero que agora ele já tenha movido os outros papéis para o lado, para que eu possa fazer uma leitura adequada.

No corredor do andar de baixo, um grupo se reuniu em torno da pintura de paisagem pendurada na parede sul. Foi o primeiro trabalho de Edward aceito pela Academia Real, uma das pinturas referidas coletivamente como "as obras do Alto Tâmisa", uma vista tirada diretamente da janela superior desta casa. A vista em si é bonita, para o rio: um trecho de campo, uma densa área de bosques e, além, as montanhas distantes; nas mãos de Edward, porém, a cena pastoral é transmutada através de profundos tons de magenta e cinza em uma imagem de beleza desconcertante. A pintura foi anunciada como o marco de uma mudança das pinturas representacionais para a "perspectiva atmosférica".

É uma obra fascinante, e hoje os turistas dizem as mesmas coisas de sempre. Coisas como "Cores maravilhosas" e "Comovente, não?" e "Veja essa técnica!". Mas poucos deles compram cópias de pôsteres na loja.

Um dos dons de Edward era repassar suas emoções através da escolha de pigmentos e pinceladas, tornando-as visuais, com uma fluência e uma integridade alimentadas pela sua necessidade de se comunicar e ser entendido. As pessoas não compram cópias da *Vista da janela do sótão* para pendurar em cima do sofá porque é uma pintura alimentada pelo medo e, apesar de sua beleza – mesmo sem conhecer a história por trás de sua criação –, elas sentem a ameaça.

A paisagem retratada se impôs a Edward quando ele tinha 14 anos. Essa é uma idade frágil, uma época de mudanças de percepção e transição emocional, e ele era um garoto de sentimentos particularmente intensos. Sempre teve uma natureza compulsiva. Nunca o vi reagir de jeito morno a coisa alguma e, em sua infância, desfrutou de uma série de interesses e hobbies obsessivos, cada um deles "único" até o próximo. Ele era fascinado por histórias de países das fadas e teorias das ciências ocultas e, por algum tempo, ficou determinado a atrair um fantasma. A ideia lhe ocorreu com uma leitura ilícita na escola; horas passadas debruçado à luz de velas sobre tratados antigos encontrados no fundo dos cofres da biblioteca.

Foi nessa época que os pais de Edward embarcaram em uma excursão de coleta de arte no Extremo Oriente que os manteve fora da Inglaterra por um ano. Assim, quando chegaram as férias de verão, ele foi enviado não à casa em Londres onde crescera, mas à propriedade de seu avô. Wiltshire é um condado antigo e encantado, e Edward dizia que, quando a lua cheia subia alta e prateada, ainda dava para sentir a antiga magia. Embora ele se ressentisse do abandono de seus pais e do avô despótico, seu fascínio por espíritos e contos de fadas foi ainda mais alimentado pela ida à terra do gesso.

Ele pensou cuidadosamente sobre o local onde atrair o fantasma e considerou várias igrejas próximas antes de uma conversa com o jardineiro de seu avô convencê-lo a seguir o rio Cole até encontrar o Tâmisa. Havia um local, disse o velho, uma clareira em um bosque não muito distante dali, onde havia um encontro das águas, e onde fadas e fantasmas ainda andavam entre os vivos. Foi a avó do jardineiro, que entendia dessas coisas, quem lhe contou sobre o lugar secreto.

Edward me confidenciou os acontecimentos daquela noite em certa tarde chuvosa em Londres, quando estávamos juntos em seu estúdio à luz de velas. Lembrei-me dessa ocasião tantas vezes desde então que posso até ouvir sua voz, como se ele estivesse ao meu lado. Posso recontar a história daquela noite na floresta como se eu tivesse estado lá com ele quando aconteceu.

Depois de caminhar por algumas horas, ele encontrou a curva do rio e se aventurou na floresta, deixando pedras de giz que havia juntado mais cedo naquele dia como marcadores para guiá-lo de volta para casa. Ele chegou à clareira no momento em que a lua subia para o meio do céu.

A noite estava clara e quente e ele usava apenas as roupas mais leves, mas, quando se agachou atrás de um tronco caído, sentiu uma pincelada de algo muito frio contra a pele. Ele ignorou a sensação, sem dar importância, pois havia coisas muito mais interessantes acontecendo para ocupar seus pensamentos.

Um raio de luar iluminou a clareira e Edward teve uma premonição. Algo, ele sabia, estava prestes a acontecer. Um vento estranho soprou e as árvores ao redor sacudiram as folhas como finas peças de prata. Edward sentiu que havia olhos escondidos na folhagem, observando a clareira vazia, exatamente como ele. Esperando, esperando...

E então, de repente, tudo ficou escuro.

Ele olhou para o céu, imaginando se uma nuvem havia surgido do nada para cobrir a lua. E, ao fazê-lo, foi dominado por uma terrível garra de pavor. Seu sangue virou gelo e, sem saber o porquê, ele deu meia-volta e fugiu pela floresta, seguindo a trilha de giz até emergir na beira do campo.

Ele pensava seguir na direção da casa de seus avós. Havia algo atrás dele, perseguindo-o – podia ouvir sua respiração irregular –, mas, quando lançou um olhar por cima do ombro, não viu nada.

Todos os seus nervos estavam em alerta. Sua pele se arrepiava, como se tentasse deixar o corpo.

Ele correu e correu pela paisagem escura e desconhecida ao seu redor enquanto pulava cercas, rompia sebes e atravessava campos.

Durante todo o tempo, a criatura o seguiu, e, justamente quando pensou que não aguentava correr mais, Edward vislumbrou uma casa no horizonte, uma luz visível em uma janela no topo, como um farol em uma tempestade, sinalizando o caminho para a segurança.

Com o coração batendo forte, ele foi em direção à luz, escalando o muro de pedra e pulando para aterrissar em um jardim prateado pelo luar. Um caminho de lajes levava à porta da frente. Não estava trancada, e ele a abriu, correndo para dentro e fechando a porta a chave.

Edward subiu as escadas por instinto, cada vez mais alto, para longe do que o estava perseguindo pelos campos. Ele não parou até chegar ao topo, ao sótão, e não haver mais para onde ir.

Foi direto para a janela, examinando a paisagem noturna.

E ali ficou, vigilante e alerta, observando todos os detalhes da vista, até que enfim amanheceu, pouco a pouco, milagrosamente, e o mundo voltou ao normal.

Edward me confessou que, apesar de todas as histórias de mistério e terror que tinha lido, ouvido e inventado para suas irmãs, a noite na clareira da floresta, quando ele correu para se salvar e buscou refúgio nesta casa, foi sua primeira experiência de medo verdadeiro. Isso o transformou, ele disse: o terror abriu algo dentro dele que nunca mais poderia ser selado.

Agora sei exatamente o que ele quis dizer. O verdadeiro medo é indelével; a sensação não diminui, mesmo quando a causa é esquecida. É uma nova maneira de ver o mundo: a abertura de uma porta que nunca poderá ser fechada.

Então, quando olho para a *Vista da janela do sótão* de Edward, não a associo aos campos do lado de fora de Birchwood Manor, mesmo que a semelhança seja excepcional; ela me faz pensar, em vez disso, em pequenos espaços escuros e abafados, e em alguém tentando respirar, a garganta queimando enquanto luta para encontrar ar para a próxima respiração.

Os turistas podem não comprar pôsteres da *Vista da janela do sótão* para suas paredes, mas compram cópias de *La Belle*.

Suponho que eu deveria me sentir lisonjeada por pensar que meu rosto olha de cima de tantos sofás. É mesquinho da minha parte me importar, mas *La Belle* supera qualquer outro cartaz disponível na loja de suvenires, incluindo as obras de Thurston Holmes. Entendi que as pessoas apreciam a leve infâmia de pendurar uma ladra de joias – e possível assassina – em suas belas paredes.

Algumas delas, depois de lerem o livro de Leonard, comparam *La Belle* ao *Retrato da Srta. Frances Brown por ocasião de seu décimo oitavo aniversário* e dizem coisas como: "É claro que se pode ver que na verdade ele estava apaixonado por sua modelo."

É estranho estar pendurada nas paredes de tantas pessoas que não conheço, mais de 150 anos depois que conheci Edward Radcliffe e posei para ele naquele minúsculo estúdio no fundo do jardim de sua mãe.

Ter seu retrato pintado é uma das experiências mais íntimas. Sentir o peso da atenção total de outra pessoa e fitá-la nos olhos.

Já achei bastante opressivo quando Edward terminou a pintura e chegou a hora de levá-la do estúdio para a parede da Academia. E isso foi muito antes de ser possível fazer cópias infinitas, vendidas e emolduradas; antes de ter meu rosto, como interpretado por Edward em 1861, em sacolas, toalhas de chá, chaveiros e canecas, e na capa de agendas do século XXI.

Eu me pergunto o que Felix, com seu botão de lapela de Abraham Lincoln e suas previsões malucas para o futuro, pensaria de tudo isso. É exatamente como ele dizia: a câmera é onipresente. Todos carregam uma agora. Vejo-os caminhando pelos cômodos, apontando seus dispositivos para esta cadeira ou aqueles azulejos. Experimentando o mundo a distância, através das telas de seus telefones, criando imagens para mais tarde, para que não precisem se incomodar em ver ou sentir as coisas agora.

Foi diferente depois que Edward foi me procurar na casa da Sra. Mack, na Little White Lion Street. Sem falar nada, atribuímos uma permanência a nosso relacionamento que antes não existia. Edward começou outra pintura, intitulada *Bela Adormecida*; mas, se antes ele era o pintor e eu, sua modelo, agora éramos outra coisa. O trabalho havia sangrado para a vida, e a vida para o trabalho. Nós nos tornamos inseparáveis.

As primeiras semanas de 1862 foram terrivelmente frias, mas a calefação em seu estúdio nos mantinha aquecidos. Lembro-me de olhar para o teto de vidro embaçando, o céu cinzento brilhando, enquanto ficava deitada na cama de almofadas de veludo que ele montara. Meus cabelos se espalhavam ao redor, longas mechas sobre meus ombros, sobre o decote.

Passávamos juntos o dia todo e a maior parte da noite. E quando, finalmente, ele guardava os pincéis, me levava de volta a Seven Dials apenas para me buscar de novo ao amanhecer. Não havia mais nenhuma barreira em nossa conversa e, como uma agulha nas mãos mais hábeis, ela entrelaçava os vários fios de nossa vida, de modo que ele e eu ficamos presos pelas histórias que compartilhamos. Contei a ele a verdade sobre minha mãe e meu pai, a oficina com suas maravilhas, as viagens a Greenwich, a lata em que tentei capturar a luz. Falei com ele sobre Joe Pálido e nossa improvável amizade, a Sra. Mack e o Capitão, a Garotinha Perdida e meu par de luvas brancas. Confiei a ele meu nome verdadeiro.

Os amigos de Edward notaram sua ausência. Ele sempre fora inclinado a sumir durante períodos de trabalho obsessivo, deixando Londres por semanas em viagens criativas que sua família chamava carinhosamente de "escapadas"; mas evidentemente sua retirada completa, no início de 1862, foi diferente. Ele não fazia uma pausa em seus esforços nem para escrever e enviar uma carta; nunca participava das reuniões semanais da Irmandade Magenta no bar The Queen's Larder.

Era março e a *Bela Adormecida* estava quase terminada quando ele me apresentou aos outros. O encontro foi na casa de Felix e Adele Bernard, na Tottenham Court Road; uma casa com uma fachada lisa de tijolos que ocultava quartos de grande *déshabillé* boêmio. As paredes eram pintadas de vinho e do azul mais profundo, cheias de enormes pinturas a óleo e impressões fotográficas emolduradas. O que pareciam centenas de minúsculas chamas tremeluziam em candelabros elaborados, lançando sombras nas paredes, e o ar estava denso de fumaça e conversas apaixonadas.

– Então é você – disse Thurston Holmes, sem tirar os olhos dos meus, quando Edward nos apresentou outra vez.

Ele levou minha mão aos lábios, exatamente como havia feito na Academia Real. Mais uma vez senti a agitação de advertência na boca do estômago.

Eu não sentia medo de muitas coisas, na época. Crescer em Seven Dials curou a maioria dos meus receios, mas Thurston Holmes me enervava. Ele era um homem acostumado a conseguir as coisas do seu jeito, um homem que não queria nada material, mas era obcecado pelo que não podia ter. Possuía traços de crueldade, tanto casuais quanto calculados, e era especialista em explorá-los. Eu o vi desprezar Adele Bernard certa noite, com um comentário cáustico sobre um de seus primeiros esforços fotográficos, e depois se recostar, com um sorriso nos lábios, apreciando a cena com diversão.

Thurston só estava interessado em mim porque eu representava um desafio: um tesouro que ele podia tirar de Edward. Eu sabia disso na época, mas confesso que não entendi até que ponto ele iria; quão disposto ele se provaria a causar infelicidade aos outros para a própria diversão.

Às vezes, reflito sobre quanto do que aconteceu no verão de 1862 poderia ter sido evitado se eu tivesse ido com Thurston naquela noite de novembro, depois da exposição na Academia Real, ou lhe dirigido um elogio bem colocado. Mas todos nós fazemos escolhas, para o bem ou para o mal, e eu fiz a minha. Continuei a recusar os pedidos dele para me pintar; garantia que nunca ficássemos sozinhos; me esquivava de suas atenções persistentes. Na maioria das vezes, ele era discreto, preferindo me abordar em segredo. Apenas uma vez ele forçou as coisas com Edward; o que ele disse, eu não sei, mas ganhou com um olho roxo que durou até a semana seguinte.

A Sra. Mack, enquanto isso, estava feliz com os pagamentos frequentes por meus serviços como modelo, e Martin tinha pouca escolha além de aceitar de má vontade a reviravolta nos acontecimentos. Ele continuou a expressar sua reprovação sempre que tinha oportunidade, e houve vezes em que deixamos o estúdio de Edward à noite e captei movimentos com minha visão periférica, me alertando sobre a presença dele do outro lado da rua. Mas eu podia viver com as atenções insensatas de Martin, desde que ele as mantivesse a distância.

A mãe de Edward, por sua vez, incentivava nossa associação. A *Bela Adormecida* foi exibida com grande sucesso em abril de 1862 e uma multidão de potenciais patronos apareceu; ela sonhava com a glória da Academia Real e com um grande sucesso comercial, mas também estava preocupada, pois, embora o costume de Edward fosse passar imediatamente de um projeto para outro, ele ainda não havia começado outra pintura. Após a exposição, ele alternava momentos de distração, em que uma expressão distante iluminava suas feições, e períodos de rabiscos febris em seu caderno. Motivada pela qualidade do trabalho recente e sua confiança no futuro dele, a mãe o mandava para o estúdio dia e noite, enchendo-me de bolo e chá como se temesse que só assim pudesse evitar que eu voltasse para o lugar de onde viera.

Quanto a Fanny, além de um breve aceno distante na exposição da *Bela Adormecida*, só a vi uma vez, quando ela e a mãe foram tomar chá com a Sra. Radcliffe e caminharam pelo jardim para observar o artista trabalhando. Elas pararam junto à porta, atrás do ombro de Edward, Fanny se remexendo e posando em um novo vestido de cetim.

– Meu Deus – disse ela –, as cores não são lindas?

Então Edward me encarou e vi em seus olhos um sorriso tão caloroso e cheio de desejo que me deixou sem fôlego.

Você vai acreditar se eu disser que, em todos aqueles meses, Edward e eu nunca falamos de Fanny? Também não ignoramos o assunto de propósito. Parece irremediavelmente ingênuo dizer isso agora, mas Fanny não vinha à nossa cabeça. Havia muito mais sobre o que conversar, e ela não parecia importante. Amantes são sempre egoístas.

É um dos meus maiores arrependimentos, ao qual volto repetidamente em minhas ruminações, me perguntando como pude ser tão tola: minha falha em entender como Fanny relutaria em perder Edward. Fiquei cega, como ele, sabendo que para nós não havia escolha: tínhamos que ficar juntos. Nenhum de nós podia contemplar a possibilidade de que os outros não enxergassem e aceitassem essa verdade essencial.

Ela voltou!

Elodie Winslow, a arquivista de Londres, detentora das memórias de James Stratton e do caderno de desenho de Edward.

Eu a vejo no quiosque da entrada, tentando comprar um ingresso para entrar na casa e no jardim. Algo a incomoda: percebo pelo ar de frustração educada em seu rosto enquanto ela gesticula em direção ao relógio. Uma olhada no meu relógio na sala Mulberry e entendo qual é o problema.

De fato, escuto a moça dizer quando me aproximo:

– Eu *teria* chegado mais cedo, mas tive outro compromisso. Vim para cá imediatamente depois, mas meu táxi ficou preso atrás de uma máquina agrícola e as estradas são tão estreitas que ele não pôde ultrapassar.

– Mesmo assim – diz o voluntário, cujo crachá o identifica como Roger Westbury –, só permitimos a entrada de determinado número de visitantes, e o último grupo para hoje está cheio. Você terá que voltar no próximo fim de semana.

– Mas eu não vou estar aqui. Tenho que voltar para Londres.

– Lamento ouvir isso, mas sei que você entende. Temos que proteger a casa. Não podemos ter muitas pessoas andando por aqui ao mesmo tempo.

Elodie olha para o muro de pedra que cerca a casa, os frontões que assomam sobre ele. Há uma expressão de intenso anseio em seu rosto e prometo a mim mesma que Roger Westbury terá um inverno particularmente desconfortável. Ela se vira e diz:

– Imagino que não tenha problema eu comprar uma xícara de chá...

– Claro. A cafeteria fica bem ali atrás, no celeiro comprido perto do riacho Hafodsted. A loja de suvenires fica ao lado. Você pode comprar uma bela sacola ou um pôster para sua parede.

Elodie segue em direção ao celeiro e, quando está no meio do caminho, sem um pingo de hesitação, vira à direita em vez de ir para a esquerda, passa pelo portão de ferro forjado e entra no jardim murado da casa.

Ela está vagando pelos caminhos agora e eu estou indo atrás. Há algo diferente em sua atitude hoje. Ela não pega o caderno de desenho de Edward e não tem em seu rosto a expressão de completude que tinha ontem. Sua testa está levemente franzida, e tenho a nítida impressão de que está procurando algo específico. Ela não está aqui apenas para admirar as rosas.

Na verdade, está evitando as partes mais bonitas do jardim e andando ao longo do muro coberto de hera e outras trepadeiras. Ela para e vasculha sua bolsa e espero para ver se pegará o caderno de desenho.

Em vez disso, ela retira uma fotografia. Uma fotografia colorida de um homem e uma mulher sentados juntos ao ar livre em um bosque de vegetação abundante.

Elodie ergue a foto e a compara com os muros do jardim, mas evidentemente não fica satisfeita, porque abaixa a mão e continua pelo caminho, virando a esquina da casa e passando pelo castanheiro. Está se aproximando dos cômodos de Jack, e estou determinada a não deixá-la partir sem que eu descubra mais. Vejo-a olhar para a cozinha, onde ontem viu Jack raspando sua torta. Ela está dividida, reconheço os sinais. Só precisa de um pouco de incentivo, e fico muito feliz em fornecê-lo.

Vá em frente, peço a ela. *O que você tem a perder? Ele pode até deixar você olhar dentro da casa novamente.*

Elodie vai até a porta da casa anexa e bate.

Enquanto isso, Jack, que tem ficado acordado até tarde e dormido mal, está cochilando e nem se mexe.

Mas me recuso a deixá-la ir embora, então me ajoelho perto dele e sopro com toda a força em seu ouvido. Ele se senta no susto, tremendo, bem a tempo de ouvir a segunda batida.

Jack cambaleia e abre a porta.

– Oi de novo – diz ela. Não há como disfarçar que ele acabou de sair da cama, então ela acrescenta: – Lamento incomodá-lo. Você mora aqui?

– Temporariamente.

Ele não dá mais explicações e ela é educada demais para perguntar.

– Mais uma vez, lamento incomodá-lo, mas você foi muito gentil ontem. Estava pensando se você se importaria em me deixar olhar a casa de novo.

– Está aberta agora. – Ele acena em direção à porta dos fundos, indicando os turistas que acabaram de sair.

– Sim, mas seu colega na bilheteria disse que eu cheguei muito tarde para comprar um ingresso para o último grupo.

– É sério? Que pedante.

Ela sorri, surpresa.

– Sim, bem, também achei. Mas você parece menos... pedante.

– Olha, eu deixo você entrar quando quiser, mas hoje à noite não posso. Meu... colega... me informou mais cedo que vai ficar por aqui para supervisionar alguns reparos. Pior ainda, ele quer voltar amanhã de manhã para supervisionar a recolocação dos móveis em seus devidos lugares.

– Ah...

– Se você voltar ao meio-dia, deve dar.

– Meio-dia. – Ela assente, pensativa. – Tenho outro compromisso às onze, mas poderia vir direto depois.

– Ótimo.

– Ótimo. – Ela sorri de novo. Fica nervosa perto dele. – Bem, obrigada. Acho que vou curtir o jardim mais um pouco agora. Até eles me expulsarem.
– Não tenha pressa – diz ele. – Não vou deixar que façam isso.

São quase seis horas. Os últimos visitantes do dia estão sendo conduzidos ao portão quando Jack a encontra sentada em um banco de jardim junto ao muro de pedra que separa o gramado do pomar. Ele dividiu uma cerveja em dois copos pequenos e estende um para ela.
– Eu disse ao meu colega que minha prima apareceu para dar um oi.
– Obrigada.
– Pareceu que você ia gostar de ficar mais um pouco. – Ele se senta na grama. – Saúde.
– Saúde. – Ela sorri e toma um gole de cerveja. Ninguém fala por um tempo, e estou decidindo qual deles pressionar quando ela diz: – Aqui é tão bonito. Eu sabia que seria.
Jack não responde e depois de um tempo ela continua:
– Não sou sempre assim, tão... – Ela dá de ombros. – Foi um dia estranho. Tive uma reunião mais cedo e fiquei pensando nisso. Volto a Londres amanhã à tarde e acho que não fiz o que queria fazer aqui.
Quero que Jack investigue mais, pergunte o que ela queria fazer, mas ele resiste ao meu pedido e desta vez tem razão, porque ela preenche o silêncio sozinha.
– Recebi isto recentemente – diz ela, entregando-lhe uma foto.
– Bonita. Alguém que você conhece?
– Minha mãe, Lauren Adler.
Jack balança a cabeça, incerto.
– Ela era violoncelista, bem famosa.
– E ele é seu pai?
– Não. Ele era um violinista americano. Eles tinham ido tocar juntos, um concerto em Bath, e estavam voltando para Londres quando pararam para almoçar. Eu queria encontrar o lugar onde se sentaram.
Ele devolve a fotografia.
– Eles almoçaram aqui?

– Acho que sim. Estou tentando confirmar. Minha avó morou nesta casa por um tempo, quando tinha 11 anos; ela e a família tiveram que sair de Londres depois que a casa deles foi bombardeada na Blitz. A vovó Bea já faleceu, mas o irmão dela, meu tio-avô, me disse que, na semana antes de essa foto ser tirada, minha mãe foi vê-lo querendo saber o endereço desta casa.

– Por quê?

– Acho que é isso que estou tentando descobrir. Temos essa história de família... tipo um conto de fadas... que foi passada adiante. Só descobri no outro dia que era uma casa de verdade. Meu tio-avô me disse que ele tinha uma amiga aqui, alguém desta região, que lhe contou a história quando ele era menino. Ele contou à minha mãe e ela me contou. A história é especial para nós, a casa também. Mesmo agora, hoje, sentada aqui, tenho um estranho sentimento de posse. Entendo por que minha mãe queria vir, mas por que naquele dia? O que a fez visitar o tio Tip e depois vir aqui?

Então ela é sobrinha-neta de Tip, e o pequeno Tip ainda está vivo e se lembrou da história que contei a ele. Meu coração estaria aquecido, se eu tivesse um. Também sinto outras lembranças despertando quando ela fala sobre a mãe, a violoncelista, e a fotografia dos dois jovens na hera. Eu me lembro deles. Lembro-me de tudo. Memórias como joias no caleidoscópio que Joe Pálido mantinha em sua prateleira de brinquedos: gemas discretas que mudam de posição quando unidas, criando sempre padrões diferentes, mas relacionados.

Elodie está olhando a foto de novo.

– Minha mãe morreu logo depois disso.

– Sinto muito.

– Foi há muito tempo.

– Ainda assim, sinto muito. Sei que a dor não tem prazo de validade.

– Não, e tenho sorte de ter esta foto. A fotógrafa que a tirou é famosa agora, mas não era naquela época. Ela estava por aqui e os encontrou por acaso. Não sabia quem eram quando fez a foto. Simplesmente gostou da imagem.

– É uma ótima fotografia.

– Eu tinha certeza de que, se explorasse cada centímetro do jardim, viraria uma esquina e daria de cara com esse local, e talvez eu soubesse, de alguma forma, o que minha mãe estava pensando naquele dia. Por que ela queria tanto conseguir o endereço? Por que ela veio aqui?

As palavras "com ele", não ditas, flutuam no ar frio e desaparecem.

Então o celular de Elodie toca, um ruído estridente e artificial; ela olha para a tela, mas não atende.

– Sinto muito – diz ela, balançando a cabeça. – Normalmente não sou assim... tão comunicativa.

– Ei. Para que servem os primos?

Elodie sorri e termina sua cerveja. Ela entrega o copo e diz "Até amanhã".

– Meu nome é Jack, a propósito – diz ele.

– Elodie.

Então coloca a foto de volta na bolsa e sai.

—·—

Jack está reflexivo desde que ela partiu. O carpinteiro ficou aqui a noite toda, martelando descuidadamente, e, depois de uma ou duas horas incapaz de sossegar, Jack foi até a casa e perguntou se podia ajudar. Ele é de fato habilidoso. O carpinteiro ficou feliz em ter um assistente e eles trabalharam juntos, conversando amenidades, pelas duas horas seguintes. Gosto que Jack tenha acrescentado à casa algo material que permanecerá aqui quando ele se for.

Jack comeu torradas com manteiga no jantar e depois telefonou para o pai na Austrália. Dessa vez não havia aniversário para justificar a ligação e nos primeiros cinco minutos a conversa foi superficial. Quando pensei que estava prestes a desligar, Jack disse:

– Você se lembra como ele era bom em escalar, pai? Lembra aquela vez em que Tiger ficou preso na mangueira e ele subiu na árvore e o tirou de lá?

Quem é "ele" e por que Jack parece tão triste quando fala a respeito? Por que sua voz se embarga e uma ligeira mudança de postura o faz parecer uma criança solitária?

Essas são as perguntas que me ocupam.

Ele está dormindo agora. A casa está silenciosa. Sou a única presença que se move por esses cômodos, por isso vim para o quarto de Juliet, onde está pendurado o quadro de Fanny.

Em seu novo vestido verde, a jovem olha para o pintor. O retrato a captura para sempre como ela era na primavera em que conheceu Edward. Está no centro de uma sala decorada no estilo do pai. A janela ao lado dela está aberta, e tal é o olhar de Edward para detalhes, tal é a sua habilidade, que dá para sentir o ar fresco que toca o braço direito dela. Cortinas adamascadas caem dos dois lados do vidro, em tons ricos de bordô e creme, emoldurando uma vista rural atemporal.

Mas é a luz, a luz, sempre a luz, que faz suas pinturas ganharem vida.

Os críticos argumentavam que a representação de Fanny era mais do que apenas um retrato – que era um comentário sobre a justaposição de juventude e atemporalidade, da sociedade e do mundo natural.

Edward era atraído por alusões, e talvez tivesse todas essas oposições em mente quando montou o cavalete. Certamente é verdade que a pintura tinha um objetivo duplo. A vista através da janela, de um campo de verão amarelado pelo calor, é bastante comum, até que se percebe a distância – quase desaparecida atrás de um bosque – uma locomotiva puxando quatro vagões.

Não foi por acaso. A pintura de Fanny com o vestido de veludo verde foi encomendada pelo pai dela por ocasião do seu décimo oitavo aniversário, e a locomotiva sem dúvida foi uma tentativa de agradá-lo. A mãe de Edward teria pedido tal lisonja; suas ambições para o filho eram descaradas, e Richard Brown era um dos "reis das ferrovias", um homem que havia feito fortuna na produção de aço e estava ampliando seus negócios à medida que as linhas ferroviárias se espalhavam pela Grã-Bretanha.

O Sr. Brown adorava a filha. Li sua entrevista nos relatórios policiais que Leonard obteve quando estava trabalhando em sua tese. Ele ficou perturbado após a morte de Fanny e determinou que a memória dela não deveria ser manchada por qualquer conversa sobre um noivado rompido e certamente não pela menção de outra mulher na vida de Edward. O pai de Fanny era um homem poderoso. Até Leonard começar a pesquisar, o Sr. Brown conseguira arrancar completamente a minha página do livro da história. Isso mostra quão longe um pai iria por sua amada filha.

Pais e filhos. A relação mais simples do mundo e, ainda assim, a mais complexa. Uma geração passa para a seguinte uma mala cheia de peças confusas de incontáveis quebra-cabeças coletadas ao longo do tempo e diz: "Veja o que consegue fazer com isso."

Com relação a isso, estive pensando em Elodie. Algo no jeito dela me lembra Joe Pálido. Percebi quando ela chegou ontem: a maneira como se apresentou a Jack, como respondeu às perguntas dele. Ela foi atenciosa e ponderada em suas respostas, ouvindo com atenção o que ele disse – em parte, deu para notar, porque queria dar a devida atenção às palavras e perguntas dele, mas também, acho, porque ela está sempre um pouco preocupada de não estar à altura das coisas. Joe Pálido também era assim. Em seu caso, era consequência de ter um pai como o dele. Imagino que isso fosse comum naquelas famílias de primogenitura, em que os filhos eram nomeados em homenagem aos pais e esperava-se que crescessem para se encaixar em um molde: tomar o lugar do velho e continuar a dinastia.

Joe Pálido tinha orgulho do pai: era um homem importante nos círculos políticos, além de colecionador dedicado. Muitas vezes, quando eu visitava seu quarto e a família estava fora, Joe Pálido me convidava para explorar a grande casa com vista para Lincoln's Inn Fields. E que lugar maravilhoso! O pai dele viajava pelo mundo e trazia todo tipo de antiguidade: um tigre ficava ao lado de um sarcófago egípcio, que ficava embaixo de uma máscara de bronze resgatada de Pompeia, que ficava ao lado de uma variedade de esculturas japonesas em miniatura. Também havia frisos gregos antigos e pinturas renascentistas italianas, e vários Turners e Hogarths – até mesmo uma coleção de manuscritos medievais, incluindo um exemplar dos *Contos de Canterbury* que se acreditava ser anterior ao da biblioteca do conde de Ellesmere. De vez em quando, seu pai hospedava um grande homem da ciência ou da arte e Joe Pálido e eu descíamos as escadas para ouvir à porta a palestra que estava sendo ministrada.

A casa havia sido reformada para acomodar longos corredores que Joe Pálido chamava de "galerias", sustentadas por colunas e arcos entre os quais as enormes paredes eram cobertas com obras de arte emolduradas e prateleiras cheias de tesouros. Algumas vezes, ao longo dos anos, quando Joe e eu estávamos nos divertindo demais para que ele aceitasse que eu partisse para terminar o dia de trabalho, ele me permitia entrar discretamente na casa e encontrar uma pequena curiosidade que eu pudesse embolsar e apresentar à Sra. Mack como meu roubo do dia. Seria de imaginar que eu me sentisse culpada pelo roubo de tais artefatos raros e preciosos, mas, como Joe apontava, muitos deles já haviam sido roubados de seus donos originais muito antes de eu ajudá-los a seguir caminho.

Adoraria saber o que aconteceu com Joe Pálido. Será que se casou com a dama a quem se referiu naquela noite, em seu quarto, quando falou de amor não correspondido? Será que encontrou uma maneira de conquistar seu coração e fazê-la ver que não encontraria um homem mais gentil do que ele? Eu daria qualquer coisa para saber. Também gostaria de descobrir o que ele se tornou, para qual estrada canalizou sua energia, seu interesse e seu cuidado tão grandiosos. Pois Joe Pálido tinha orgulho do pai, mas estava preocupado em ter que ocupar o lugar dele. Não se engane: Joe me deixava roubar da coleção do pai em parte porque queria que eu ficasse mais tempo com ele e em parte porque tinha certo desdém pelo acúmulo de posses e riqueza. Mas havia outro motivo também. Joe me permitia surrupiar pequenos itens das prateleiras pela mesma razão que ele se recusou a usar, quando jovem, o nome dele: agradava-lhe diminuir a importância gigantesca do pai.

Joe, Ada, Juliet, Tip... A Sra. Mack sempre falava de pássaros que voltavam para o ninho, e não estava se referindo a galinhas ou a maldições. Havia um homem que aparecia regularmente para comprar pombos na loja de pássaros e gaiolas no andar de baixo, na Little White Lion Street. Ele gerenciava um serviço de mensageiros: seus pássaros eram enviados para longe e depois despachados, quando necessário, com um bilhete urgente, pois um pombo sempre voava para casa. Quando a Sra. Mack falava sobre pássaros voltando para o ninho, ela queria dizer que, quando se criavam oportunidades suficientes, uma delas acabava dando certo.

E então meus pássaros estão voltando para o ninho, e me sinto inexoravelmente atraída para a conclusão da minha história. Tudo acontece muito rapidamente a partir deste ponto.

CAPÍTULO 22

Verão de 2017

O quarto de Elodie no The Swan ficava no primeiro andar, no fundo do corredor. Havia uma janela de vitral com um assento que proporcionava um vislumbre do Tâmisa e ela estava sentada com uma pilha de livros e papéis ao lado, comendo o sanduíche que havia comprado na hora do almoço, mas decidira guardar para o jantar. Elodie estava ciente de que fazia uma semana desde que se sentara à janela do próprio apartamento, em Londres, usando o véu da mãe e vendo o mesmo rio se mover silenciosamente em direção ao mar.

Muita coisa acontecera desde então. Em consequência, ela estava escondida na pequena aldeia de Birchwood, tendo ido à casa não uma vez, mas duas, desde que chegara na tarde anterior. Aquele dia tinha sido meio frustrante: enquanto era conduzida pela bela propriedade da amiga de Penelope em Southrop, admirando educadamente os móveis finos e todos os elegantes tons de cinza possíveis, Elodie estava ansiosa para voltar à casa. Ela fugiu logo que pôde, com a promessa de voltar no dia seguinte às onze, chamou um táxi e depois teve que se controlar para não chorar de frustração enquanto viajavam a menos de 20 quilômetros por hora atrás de uma máquina agrícola.

Não conseguira chegar a Birchwood Manor antes do horário de encerramento, mas pelo menos tinha conseguido acesso ao jardim. Agradecia a Deus por Jack, que claramente não trabalhava no museu, mas parecia ter alguma função lá. Ela o conhecera no dia anterior, após chegar no trem de Londres e caminhar até a casa. Ele a deixou entrar e, assim que atravessou o limiar da porta, Elodie foi tomada pela certeza de que, pela primeira vez em muito tempo, estava exatamente onde deveria estar. Sentiu uma atração estranha para adentrar mais, como se a própria casa a tivesse convidado, o que era um pensamento ridículo, que nunca expressaria, e era sem dúvida sua imaginação justificando uma entrada que quase certamente não era autorizada.

Enquanto Elodie terminava o sanduíche, seu celular tocou e o nome de Alastair apareceu na tela. Ela não atendeu, deixando tocar. Ele só estava ligando para lhe dizer mais uma vez como Penelope estava chateada e pedir que reconsiderasse a ideia da música do casamento. Quando Elodie contou a ele, houve silêncio no outro lado da linha, tanto que ela achou, a princípio, que a conexão havia sido perdida. E então:

– Você está brincando?

Brincando?

– Não, eu...

– Ouça. – Ele deu uma risadinha abafada, como se tivesse certeza de que havia um simples mal-entendido que logo seria resolvido. – Realmente acho que você não pode desistir agora. Não é justo.

– Justo?

– Com minha mãe. Ela está muito animada com a reprodução dos vídeos. Contou a todos os amigos. Isso a deixaria arrasada, e por quê?

– Eu só... não me sinto confortável com isso.

– Bem, certamente não vamos encontrar um artista melhor. – Houve um barulho do outro lado da linha e Elodie o ouviu dizer a outra pessoa: – Já vou, um minuto. – Então ele voltou à ligação: – Olha, tenho que ir. Vamos deixar isso de lado por enquanto e conversamos quando eu voltar a Londres, ok?

E antes que Elodie pudesse dizer a ele que não, não estava ok – ela havia tomado uma decisão e não havia mais nada a ser conversado –, Alastair desligou.

Agora, sozinha no quarto de hotel silencioso, Elodie estava ciente do aperto no peito. Talvez estivesse apenas cansada e sobrecarregada. Queria conversar com alguém que concordasse que era só isso mesmo e que estava tudo bem, mas Pippa era a escolha óbvia e Elodie suspeitava que Pippa *não* diria o que ela queria ouvir. E então o que faria? Aquilo era uma confusão enorme, e Elodie não gostava de confusão. Tinha passado a vida inteira evitando, arrumando e erradicando todo tipo de conflito.

Então tirou Alastair da cabeça e pegou os artigos. Tip aparecera do nada com eles, na quinta-feira. Ele estava do lado de fora do apartamento dela, ao lado de sua velha bicicleta azul, quando ela chegou do trabalho. Tinha por cima do ombro uma bolsa de lona, que entregou a Elodie.

– Obras da minha mãe – dissera ele. – Os textos que ela escreveu quando morávamos em Birchwood.

Dentro da bolsa havia uma pasta de papelão gasta contendo páginas datilografadas e uma grande coleção de recortes de jornais. A assinatura pertencia a Juliet Wright, bisavó de Elodie. "Cartas do campo", ela leu.

– Minha mãe escreveu isso durante a guerra. Ficaram com sua avó Bea depois que Juliet morreu, e depois comigo. Pareceu que era o momento certo de repassá-los a você.

Elodie ficou impressionada com o gesto. Lembrava-se vagamente da bisavó: visitou certa vez uma mulher muito idosa, em uma casa de repouso, quando tinha cerca de 5 anos. Só se lembrava de cabelos brancos como papel. Ela perguntou a Tip como era Juliet.

– Maravilhosa. Era inteligente e engraçada... às vezes agressiva, mas nunca conosco. Parecia uma versão jornalista da Lauren Bacall na Londres dos anos 1940. Ela sempre usava calças. Amava meu pai. E amava Bea, Vermelho e eu.

– Ela nunca se casou de novo?

– Não. Mas tinha muitos amigos. Pessoas que conheceram meu pai... pessoas do teatro. E ela era uma correspondente feroz, sempre escrevendo e recebendo cartas. É assim que me lembro dela: sentada na escrivaninha, escrevendo.

Elodie o convidara para tomar uma xícara de chá; ela tinha uma lista de perguntas que haviam surgido desde que o vira em seu estúdio, no fim de semana, principalmente depois que Pippa lhe deu a foto de Caroline. Ela a mostrou a Tip, explicou quando e onde a fotografia fora tirada e observou atentamente, tentando ler a expressão dele.

– Você reconhece o lugar em que eles estão?

Ele balançou a cabeça.

– Não há muitos detalhes. Pode ser qualquer lugar.

Elodie tinha certeza de que ele estava escondendo algo.

– Acho que ela foi a Birchwood Manor com ele, no caminho de volta a Londres. A casa era especial para ela e parece que ele também era.

Tip evitou encará-la, devolvendo a fotografia.

– Você deveria perguntar ao seu pai.

– E partir o coração dele? Você sabe que ele não consegue dizer o nome dela sem chorar.

– Ele a amava. E ela o amava. Eles eram melhores amigos, os dois.

– Mas ela o traiu.

– Você não tem como saber isso.

– Não sou criança, Tip.

– Então já viu o suficiente para entender que a vida é complicada. As coisas nem sempre são o que parecem.

As palavras dele foram assustadoramente parecidas com o comentário que o pai dela fizera sobre o assunto, tantos anos antes, quando disse que a vida era longa, que ser humano não era fácil.

Eles mudaram de assunto, mas Tip insistiu, quando estava de saída, afirmando outra vez que ela deveria falar com o pai. Ele disse isso com firmeza, quase uma instrução:

– Ele pode surpreender você.

Elodie não tinha tanta certeza disso, mas pretendia fazer outra visita a Tip quando voltasse a Londres. Na quinta-feira, ela se absteve de perguntar de novo sobre a mulher de branco, sentindo que já havia forçado a barra o suficiente naquele dia; mas naquela manhã, durante o café, quando estava lendo os artigos de Juliet, algo lhe pareceu estranho.

Ela vasculhou a pasta de novo para encontrar um artigo em particular. A maioria dos textos da coluna "Cartas do campo" era de histórias sobre pessoas da comunidade local ou sobre a própria família. Alguns eram comoventes, outros, muito tristes; alguns eram ridiculamente engraçados. Juliet era o tipo de escritora que nunca desaparecia por completo da página: cada frase era distintamente dela.

A certa altura, em um artigo sobre a decisão da família de adotar um cachorro de rua, ela havia escrito: "Somos cinco morando aqui em casa. Eu, meus três filhos e uma moça de cabelos ruivos e vestido branco, criada pela imaginação do meu filho e tão vívida para ele que precisamos consultá-la sobre todas as decisões da família. O nome dela é Passarinho e, felizmente, compartilha a afeição do meu filho por cães, embora tenha especificado que prefere um cachorro mais velho, com o temperamento já definido. Por sorte é algo com que concordo plenamente, portanto ela e o Sr. Rufus, nosso recém-chegado cão artrítico de 9 anos, são bem-vindos a fazer parte da família pelo tempo que quiserem."

Elodie releu as linhas. Juliet estava escrevendo sobre a amiga imaginária do filho, mas a descrição era estranhamente semelhante à mulher na fotografia, a modelo de Edward Radcliffe; Juliet também escrevera que seu filho chamava a "amiga" de Passarinho. A carta que Elodie encontrou atrás da moldura da fotografia da modelo de Radcliffe era endereçada a James Stratton e assinada por "PB".

Embora Elodie não tivesse pensado nem por um segundo que a amiga imaginária de Tip valesse uma investigação aprofundada, ela começou a se perguntar se poderia haver outra explicação depois de ler o livro de Leonard Gilbert duas vezes desde que Pippa o entregara. Se talvez seu tio-avô tivesse visto uma foto da mulher quando criança, talvez até a própria pintura perdida. O caderno de Edward continha esboços preliminares que sugeriam que ele estava prestes a começar um novo trabalho com sua modelo, "Lily Millington". E se a pintura perdida estivesse em Birchwood Manor todo aquele tempo e Tip a tivesse descoberto quando menino?

Não fazia sentido telefonar para perguntar – ele não gostava de telefone e, além disso, o último número que tinha dele estava tão desatualizado que tinha um dígito a menos que os atuais –, mas ela o visitaria novamente no estúdio assim que possível.

Elodie bocejou e desceu do banco junto à janela, levando o livro de Leonard com ela ao cair na cama. Já que não podia ir à casa, o livro era um bom substituto. O próprio amor de Leonard por Birchwood Manor era tangível, mesmo quando ele escrevia sobre a paixão consumista de Edward Radcliffe pelo lugar.

Havia uma fotografia da casa no livro, tirada em 1928, durante o verão em que Leonard Gilbert morara lá. A propriedade era mais organizada na época; as árvores menores, a luz da foto estourada, de modo que o céu também parecia menor. Também havia fotografias anteriores: imagens do verão de 1862, quando Edward Radcliffe e seus amigos artistas ali se hospedaram. Elas não se pareciam com os retratos vitorianos habituais. As pessoas nas fotos olhavam Elodie através do tempo e a faziam se sentir estranha, como se a estivessem observando. Ela também se sentira assim na casa – havia se virado algumas vezes esperando ver Jack atrás dela.

Ela leu por um tempo, mergulhando no capítulo que descrevia o suposto papel de Lily Millington no roubo do diamante Radcliffe Blue. Elodie encontrou uma matéria posterior, publicada por Leonard Gilbert em 1938, na qual ele refutava sua teoria, com base em entrevistas adicionais com sua "fonte anônima". Mas essa reportagem não era muito citada, provavelmente porque só oferecia ao estudioso mais incertezas.

Elodie não entendia muito de joias, nunca perceberia a diferença entre um diamante inestimável e uma falsificação de vidro. Ela olhou para a própria mão, apoiada na página do livro de Leonard. Depois de colocar o solitário de diamante no dedo dela, Alastair dissera que ela nunca poderia tirá-lo. Elodie achou que ele estivesse sendo romântico, até ele acrescentar:
– Um diamante desse tamanho? Muito caro para fazer seguro!

Isso a preocupava todos os dias, o valor do anel de noivado. Às vezes, apesar do que Alastair dissera, ela o tirava antes do trabalho e o deixava em casa. Os entalhes se agarravam nas luvas de algodão que ela usava no arquivo e Elodie ficava apavorada com a possibilidade de ele cair em uma das caixas e nunca mais ser encontrado caso ela o deixasse em sua mesa. Ela ficara nervosa sobre onde escondê-lo, antes de decidir pela caixa encantada de sua infância, onde poderia se aninhar entre os alegres tesouros de quando era garotinha. Havia certa ironia na escolha, e parecia a perfeita dissimulação esconder o diamante à vista de todos.

Elodie apagou a luz de cabeceira e, enquanto observava os minutos no relógio digital passarem com lentidão interminável, sua mente vagou para o local da festa, em Southrop. Outra rodada de conversa fútil sobre o "dia mais feliz" de sua vida parecia insuportável. Ela tinha que pegar um trem às quatro da tarde: e se acabasse se atrasando de novo, olhando fotos de diferentes disposições de assentos, e perdesse a chance de olhar a casa por dentro? Não, era impossível. Elodie decidiu que arriscaria o descontentamento de Penelope e cancelaria o encontro assim que acordasse.

Enfim adormeceu, ao som do rio próximo, e sonhou com Leonard e Juliet, Edward e Lily Millington, e, de certo modo, com o misterioso Jack – cujo trabalho na casa ainda era um enigma, que intuíra sua necessidade de entrar, que tinha sido gentil sobre a morte da mãe. E por quem, embora ela nunca fosse admitir, Elodie se sentia inexplicavelmente atraída.

CAPÍTULO 23

O vento mudara na última meia hora. Ainda não dera meio-dia, mas o céu estava escurecendo e Jack tinha a sensação de que ia chover. Ele estava parado na beira do gramado e pegou sua câmera, olhando através do visor para a margem do rio distante. Era um zoom poderoso e ele conseguiu se concentrar no topo de alguns juncos que cresciam ao longo da margem. Aguçou o foco e em sua concentração o barulho do rio desapareceu.

Jack não tirou a foto. O silêncio temporário bastava.

Ele sabia que havia um rio; no resumo que recebera, havia um mapa da propriedade. Mas ele não tinha percebido que poderia ouvi-lo à noite, quando fechasse os olhos para dormir.

O rio era calmo ali em cima. Jack conversara com um sujeito que tinha um barco estreito e lhe dissera que havia uma correnteza forte após as tempestades. Jack assentiu ao ouvir a história, mas não acreditou: havia muitas eclusas e represas por toda a extensão do Tâmisa para que ele fluísse com selvageria. O rio podia já ter sido violento um dia, mas fora algemado e domado havia muito tempo.

Jack sabia um pouco sobre a água. Crescera em uma casa com um riacho do outro lado da rua. Ficava seco a maior parte do tempo e, quando enfim chegava a temporada de chuvas, enchia-se em questão de horas. Ele corria, espumava, zangado e faminto, rugindo dia e noite.

Jack e seu irmão Ben costumavam pegar uma balsa inflável para navegar nas corredeiras de curta duração, sabendo muito bem que em questão de dias o riacho retornaria ao seu fluxo estagnado.

O pai sempre os advertira sobre a balsa e sobre crianças pegas em redemoinhos, em enchentes. Mas Ben e Jack apenas reviravam os olhos e se certificavam de encher o bote *depois* de o tirarem sorrateiramente da garagem e atravessarem a rua. Eles não tinham medo do riacho. Sabiam se virar na água. Até que não souberam. Até a enchente do verão em que Ben tinha 11 anos e Jack, 9.

Ao longe, o céu se iluminou de dourado e um rugido baixo de trovões ecoou suavemente pelo rio em sua direção. Jack olhou o relógio e viu que era quase meio-dia. A atmosfera era sinistra: aquele estranho crepúsculo sobrenatural que sempre se instalava antes de uma tempestade.

Ele se virou e voltou para a casa. O carpinteiro havia deixado uma luz acesa, notou ao atravessar o gramado: podia vê-la pela janela do sótão; fez uma anotação mental de apagá-la quando abrisse a casa para Elodie.

Ela já estava esperando quando ele chegou ao caminho das carruagens e o portão de ferro surgiu à vista. Elodie acenou e depois sorriu, e Jack sentiu o mesmo tremor de interesse que sentira na noite anterior.

Ele culpou a casa. Estava dormindo mal, e não apenas por causa do horrível colchão naquela cama da casa anexa. Andava tendo sonhos estranhos desde que chegara e, embora não fosse o tipo de coisa que ele mencionaria na taberna local, havia uma sensação esquisita na casa, como se estivesse sendo observado.

E está, idiota, disse a si mesmo. *Pelos ratos.*

Mas não pareciam ratos. A sensação de ser observado parecia a Jack como o começo de um relacionamento, quando qualquer olhar era carregado de significado. Quando o meio sorriso de uma mulher podia lhe causar frio na barriga.

Ele se deu uma bronca por querer arrumar mais problemas. Estava ali para convencer Sarah de que merecia outra chance de conhecer as meninas. Era isso. E possivelmente para encontrar um diamante perdido. Se ele existisse. O que provavelmente não era o caso.

Ao se aproximar, Jack viu que Elodie carregava uma mala.

– Veio para ficar? – gritou.

Um rubor surgiu imediatamente nas faces dela. Ele gostou de vê-la corar.

– Estou voltando para Londres.

– Onde você estacionou?

– Vou de trem. Tenho que estar na estação daqui a quatro horas.

– Você deve querer dar uma olhada lá dentro, então. – Ele inclinou a cabeça em direção ao portão. – Entre. Vou abrir a casa.

Jack deveria estar fazendo as malas para ir embora, mas, depois de abrir a porta da casa para Elodie, decidiu olhar a papelada de Rosalind Wheeler uma última vez. Vai que encontrava algo que houvesse deixado passar? Rosalind Wheeler não era uma pessoa das mais agradáveis e a busca parecia inútil, mas ela o contratara para fazer um trabalho e Jack não gostava de decepcionar as pessoas.

Era uma das coisas que Sarah sempre lhe dizia, no fim:

– Você tem que parar de tentar ser o herói de todo mundo, Jack. Isso não trará Ben de volta.

Ele odiava quando ela dizia aquele tipo de coisa, mas via agora que tinha razão. Toda a sua carreira, toda a vida adulta passara caçando algo que pudesse apagar as fotos que apareceram em todos os jornais após o dilúvio: a grande imagem de Jack, de olhos arregalados e assustados, com uma manta térmica nos ombros, sendo carregado para uma ambulância à espera. E a pequena foto escolar de Ben, que o pai insistira em tirar no início daquele ano, com os cabelos do menino penteados cuidadosamente para o lado, mais limpos do que jamais ficavam no dia a dia. Seus papéis haviam sido atribuídos por aqueles artigos de jornal e construídos como uma laje de concreto: Jack, o garoto que foi salvo. E Ben, o menino-herói que dissera ao socorrista "Leve meu irmão primeiro" antes de ser arrastado.

Jack olhou de volta para a porta. Fazia meia hora desde que deixara Elodie entrar na casa e se distraíra. Ela ficara parada a seu lado enquanto ele desligava o alarme e destravava a fechadura. Quando abriu a porta, ela lhe agradeceu e estava prestes a atravessar o portal quando hesitou e disse:

– Você não trabalha para o museu, não é?

– Não.

– Você é estudante?

– Sou detetive.

– Da polícia?

– Não mais.

Ele não deu mais nenhuma informação – não parecia necessário explicar que a mudança de carreira se devera a um colapso no casamento – e ela não perguntou. Após um momento de silêncio, Elodie assentiu, pensativa, e desapareceu dentro de Birchwood Manor.

Durante todo o tempo, Jack lutou contra um desejo quase irresistível de segui-la. Não importava quantas vezes retornasse à primeira página das anotações, seus pensamentos sempre vagavam, especulando sobre o que Elodie estava fazendo, onde estava naquele momento, que sala estava explorando. Em dado momento, ele até se levantou e foi à porta da casa, até perceber o que estava fazendo.

Decidiu preparar uma xícara de chá, apenas para ter uma tarefa a cumprir, e estava mergulhando violentamente o saquinho na água quando a sentiu atrás de si.

Ele imaginou que Elodie estivesse prestes a se despedir, então, antes que ela pudesse falar, ele ofereceu:

– Chá? Acabou de ferver.

– Por que não? – Ela pareceu surpresa. Se pelo convite ou por ter aceitado, ele não sabia. – Um pouco de leite, por favor, e sem açúcar.

Jack pegou uma segunda caneca, tomando o cuidado de encontrar uma boa, que não tivesse manchas de ferrugem ao redor da base. Quando as duas canecas de chá estavam prontas, ele as levou para onde Elodie esperava, no caminho de lajes que circundava a casa.

Ela agradeceu e disse:

– Poucas coisas têm cheiro melhor do que uma tempestade se formando.

Jack concordou e eles se sentaram juntos na beira do caminho.

– Então – disse ela, depois de tomar o primeiro gole –, o que faz um detetive destravando fechaduras em um museu?

– Fui contratado para procurar algo.

– Como um caçador de tesouros? Com mapa e tudo? O X marca o lugar?

– Mais ou menos isso. Mas sem o X. Isso é o que está tornando tudo um pouco entediante.

– E o que você está procurando?

Ele hesitou, pensando no contrato de confidencialidade que Rosalind Wheeler o fizera assinar. Jack não se importava em quebrar regras, mas não gostava de quebrar promessas. Ele *gostava* de Elodie, no entanto, e tinha a forte sensação de que deveria lhe contar.

– Sabe, a mulher que me contratou poderia me matar por lhe contar.

– Fiquei curiosa.

– Mas nem se preocupa com a minha vida.

– E se eu prometer não contar a ninguém? Nunca quebro uma promessa.

Rosalind Wheeler que nada: o desejo ia matá-lo primeiro.

– Estou procurando uma pedra preciosa. Um diamante azul.

Ela arregalou os olhos.

– O Radcliffe Blue?

– O quê?

Ela abriu a bolsa e pegou um livro velho com páginas amareladas. *Edward Radcliffe: sua vida e seus amores*, Jack leu o título em voz alta.

– Vi o nome dele no cemitério da igreja.

– Esta casa era dele, e o Radcliffe Blue, como o nome sugere, pertencia à sua família.

– Nunca ouvi a joia ser chamada assim. Minha cliente disse que o diamante pertencia à avó dela, uma mulher chamada Ada Lovegrove.

Elodie balançou a cabeça; claramente não conhecia o nome.

– Edward Radcliffe tirou o Blue do cofre da família em 1862 para que sua modelo, Lily Millington, pudesse usá-lo em uma pintura. A história diz que ela o roubou e fugiu para a América, partindo o coração de Radcliffe. – Elodie virou cuidadosamente as páginas até chegar a uma imagem colorida, perto do meio do livro. Ela apontou para uma pintura chamada *La Belle* e continuou: – Esta é ela. Lily Millington. A modelo de Edward Radcliffe e a mulher que ele amava.

Ao olhar para a pintura, Jack teve uma enorme sensação de familiaridade, e então percebeu que, claro, já tinha visto a pintura muitas vezes, pois estava impressa em pelo menos metade das sacolas que via turistas carregando ao deixarem a loja de suvenires do museu, aos sábados.

Elodie entregou-lhe outra fotografia, tirada com muito cuidado da bolsa. Era da mesma modelo, mas ali, talvez por ser uma fotografia, ela parecia uma mulher em vez de uma deusa. Era linda, mas, além disso, havia algo atraente na franqueza com que encarava o fotógrafo. Jack sentiu uma estranha agitação, quase como se estivesse olhando para uma foto de alguém conhecido. Alguém de quem gostava profundamente.

– Onde você conseguiu isto?

A intensidade do tom de voz dele claramente a surpreendeu, e um leve franzir de interesse surgiu entre suas sobrancelhas.

– No trabalho. Estava em uma moldura que pertencia a James Stratton; sou eu que cuido dos arquivos dele.

Jack não sabia nada sobre James Stratton, e ainda assim a pergunta se formou e saiu de sua boca antes mesmo que ele soubesse que ia fazê-la:

– Me fale sobre ele. O que ele fez? Por que vale a pena cuidar dos arquivos dele?

Elodie considerou a questão.

– Ninguém nunca me pergunta sobre James Stratton.

– Estou interessado.

E estava mesmo muito interessado, embora não soubesse dizer o porquê. Elodie continuou confusa, mas feliz.

– Ele era um homem de negócios muito bem-sucedido. Vinha de uma família de enorme riqueza e importância... mas também foi um reformista social.

– Como assim?

– Ele liderou uma série de comitês vitorianos que tinham o objetivo de melhorar a vida dos pobres e até conseguiu fazer alguma diferença. Era bem relacionado, articulado, paciente e determinado. Era gentil e generoso. Foi fundamental para revogar as Leis dos Pobres, fornecendo moradia e protegendo crianças abandonadas. Ele trabalhou em todos os níveis... fazendo lobby com membros do Parlamento, reunindo empresários ricos para obter doações, até trabalhando nas ruas, distribuindo comida para aqueles que não podiam se sustentar. Ele dedicou sua vida a ajudar os outros.

– Ele parece heroico.

– Ele foi.

Jack sentiu a necessidade de fazer outra pergunta:

– O que levaria alguém privilegiado a abraçar essa causa com tanta dedicação?

– Quando criança, ele fez uma amizade improvável com uma garotinha que levava uma vida difícil.

– Como isso aconteceu?

– Por muito tempo, ninguém soube. Ele não menciona nenhum detalhe em seus diários. Só sabíamos dessa amizade por causa de alguns discursos que ele proferiu mais tarde na vida, nos quais fez referência a essa relação.

– E agora?

Elodie estava claramente empolgada com o que ia dizer em seguida, e Jack não pôde deixar de notar como seus olhos brilhavam quando ela sorria.

– Encontrei uma coisa outro dia. Você é a primeira pessoa a quem conto. De início, eu não sabia o que era, mas, ao ler, percebi. – Ela enfiou novamente a mão na bolsa e tirou um plástico transparente de uma pasta. Dentro dele havia uma carta escrita em papel fino, claramente velho e vincado, revelando que passara grande parte de sua vida dobrada e prensada.

Jack começou a ler:

> *Meu querido, primeiro e único, J.,*
>
> *O que tenho para lhe contar agora é o meu segredo mais íntimo. Vou embora para a América por um tempo e não sei quanto vou demorar. Não contei a mais ninguém, por razões que serão evidentes para você. Mas enfrento a jornada com grande entusiasmo e esperança.*
>
> *Não posso contar mais agora, mas não se preocupe – escreverei novamente quando for seguro.*
>
> *Ah, mas vou sentir sua falta, meu querido amigo! Como sou grata pelo dia em que subi na sua janela, o policial me perseguindo, e você me deu o taumatrópio. Quem de nós poderia ter imaginado o que viria pela frente?*
>
> *Meu querido Joe, anexei uma fotografia – algo para que se lembre de mim. Sentirei sua falta mais do que de qualquer coisa que possa imaginar e, como você sabe, não diria isso levianamente.*
>
> *Até nosso reencontro, então permaneço,*
> *Sua mais grata e sempre amorosa, PB*

Ele ergueu os olhos.

– Ela o chama de Joe. Não de James.

– Muitas pessoas o chamavam assim. Ele nunca usou seu nome verdadeiro, exceto para fins oficiais.

– E quanto a PB? Qual é o nome?

– Isso eu não sei. Mas, seja qual for, acho que a mulher que escreveu essa carta, amiga de infância de James Stratton, cresceu e se tornou a mulher na fotografia, a modelo de Edward Radcliffe.

– O que faz você pensar isso?

– Bom, encontrei a carta selada na parte de trás da moldura que continha a foto. E também Leonard Gilbert revelou que Lily Millington não era o nome verdadeiro da modelo. Em terceiro lugar...

– Gosto dessa teoria. É bem construída.

– Tem outro problema. Descobri recentemente que Edward Radcliffe visitou James Stratton em 1867. Não só isso, mas ele também deixou sua preciosa bolsa e seu caderno de desenho sob os cuidados de Stratton, para que os protegesse. Os dois homens não estavam conectados de nenhuma forma que eu soubesse e, na época, eu não fazia ideia de qual seria o vínculo entre eles.

– Mas agora você acha que é ela.

– Eu *sei* que é ela. Nunca tive tanta certeza de nada. Eu sinto. Você entende?

Jack assentiu. Ele entendia.

– Seja quem for essa mulher... ela é a chave.

Jack estava olhando a foto.

– Não acho que foi ela. Que roubou o diamante, quero dizer. Na verdade, tenho certeza disso.

– Com base em quê? Uma foto?

Jack se perguntou como explicar a súbita certeza que o havia dominado enquanto olhava a fotografia, a mulher encontrando seu olhar. Estava quase nauseado. Felizmente, foi poupado de responder quando Elodie continuou:

– Também não acho. E Leonard Gilbert também não achava, na verdade. Enquanto lia o livro dele, senti que ele não escreveu com sinceridade. E logo depois encontrei um segundo artigo que ele publicou em 1938, no qual disse que havia perguntado diretamente à sua fonte se ela acreditava que Lily Millington havia participado do assalto e ela lhe disse que tinha certeza que não.

– Então é possível que o diamante ainda esteja aqui, como a avó da minha cliente disse?

– Bem, tudo é possível, eu acho, embora tenha passado muito tempo. O que exatamente ela lhe disse?

– Que a avó dela havia perdido algo precioso e havia boas razões para acreditar que estava em uma propriedade na Inglaterra.

– A avó disse isso a ela?

– Mais ou menos. Ela sofreu um derrame e, quando começou a se recuperar, passou a falar muito sobre sua vida, sua infância, seu passado, tudo com muita urgência. Falou sobre um diamante que era precioso para ela, que deixara na casa onde tinha estudado. Acho que a história estava toda fragmentada, mas, depois que a avó morreu, minha cliente encontrou vários indícios que a convenceram de que aquela foi a maneira de sua avó lhe dizer onde procurar.

– Por que a avó não voltou para pegar o diamante? Parece meio estranho.

Jack concordou.

– E ainda não encontrei nenhum tesouro. Mas a avó definitivamente tinha uma conexão com este lugar. Quando ela morreu, deixou um legado significativo para a associação que administra o museu: foi o que lhes permitiu montá-lo. Foi por isso que minha cliente conseguiu a permissão para eu ficar aqui.

– O que ela disse a eles?

– Que sou fotojornalista e que estou aqui por quinze dias trabalhando em um projeto.

– Então ela não se importa em distorcer a verdade.

Jack sorriu ao lembrar de Rosalind Wheeler.

– Eu sei que ela acredita em tudo que me disse. E, para ser justo, havia uma evidência que parecia apoiar a teoria. – Ele enfiou a mão no bolso e tirou uma cópia da carta que Rosalind Wheeler tinha enviado por e-mail. – É de Lucy Radcliffe, que deve ter sido...

– Irmã de Edward...

– Certo. Escrita para a avó da minha cliente em 1939.

Elodie deu uma olhada rápida e depois leu um parágrafo em voz alta:

– "Fiquei muito perturbada com sua carta. Não ligo para o que você viu no jornal ou como se sentiu a respeito. Insisto que não faça o que disse. Venha me visitar, sem dúvida, mas não o traga com você. Não o quero. Nunca mais quero vê-lo. Causou grande transtorno à minha família e a mim. É seu. Ele apareceu para você, contra todas as probabilidades, e eu quis que você ficasse com ele. Pense nisso como um presente, se necessário." – Elodie ergueu os olhos. – Não menciona nenhum diamante.

– Não.

– Elas poderiam estar falando de qualquer coisa.

Ele concordou.

– Você sabe o que ela viu no jornal?

– Algo a ver com o Blue, talvez?

– Talvez, e nós provavelmente podemos descobrir, mas por enquanto estamos apenas chutando. Você estava falando sério quando disse que tinha um mapa?

Jack, percebendo e gostando do uso da palavra "nós", disse que voltaria em um minuto e foi buscar o mapa ao pé de sua cama, na casa anexa. Ele voltou e entregou a ela.

– Minha cliente montou isso com base nos relatos de Ada Lovegrove e nas coisas que ela disse após o derrame.

Elodie abriu o mapa e franziu a testa, concentrada; momentos depois, ela sorriu e deu uma risada suave.

– Ah, Jack, desculpe lhe contar, mas este não é um mapa do tesouro. É o mapa de uma história infantil.

– Que história?

– Lembra do que eu falei ontem? A história que meu tio-avô ouviu quando morou aqui na infância, que contou à minha mãe, que depois me contou?

– Sim?

– Os lugares deste mapa... a clareira na floresta, o monte das fadas, a curva do rio... são todos da história. – Elodie sorriu gentilmente e devolveu o mapa dobrado para ele. – A avó da sua cliente teve um derrame; será que estava apenas recordando uma história da infância? – Ela deu de ombros, desculpando-se. – Lamento não ter nada mais útil a oferecer. Mas é fascinante pensar que a avó da sua cliente conhecia a história da minha família.

– Acho que minha cliente não vai ficar tão feliz com a coincidência quanto ficaria com o diamante.

– Sinto muito.

– Não é sua culpa. Tenho certeza de que você não pretendia destruir os sonhos de uma velha.

Ela sorriu.

– Por falar nisso... – E ela começou a rearrumar sua bolsa.

– Você ainda tem algumas horas antes de o trem partir.

– Sim, mas devo ir. Já tomei muito do seu tempo. Você está ocupado.

– Você tem razão. Depois de terminar com este mapa, pensei em procurar a porta para Nárnia nos fundos daquele guarda-roupa no andar de cima.

Ela riu e Jack se sentiu vitorioso.

– Sabe – disse ele, arriscando a sorte –, fiquei pensando em você ontem à noite.

Ela corou de novo.
– É mesmo?
– Você ainda tem aquela foto da sua mãe?
Elodie ficou subitamente séria.
– Você acha que sabe onde foi tirada?
– Vale a pena dar uma olhada. Passei um bom tempo vasculhando o jardim em busca da porta para o país das fadas, sabe?

Elodie entregou a ele a fotografia, um traço de tensão se insinuando no canto da boca – um sinal cativante de que, contra todas as probabilidades, ela ainda esperava que ele de fato pudesse ajudá-la.

E Jack *queria* poder ajudar (*Você tem que parar de tentar ser o herói de todo mundo, Jack*).

Ele estava apenas ganhando tempo quando pediu para ver a foto – querendo impedi-la de ir embora tão cedo –, mas quando olhou para a imagem, viu a hera, a sombra de uma estrutura e o modo como a luz caía, a resposta lhe veio tão claramente como se tivessem acabado de informá-lo.

– Jack? O que foi?
Ele sorriu e devolveu a foto.
– Quer dar um passeio?

~

Elodie caminhou ao lado dele pelo cemitério da igreja e parou quando chegaram ao canto mais distante. Jack a encarou, deu um sorrisinho de incentivo e depois se afastou lentamente, fingindo interesse nos outros túmulos.

Ela soltou um suspiro, porque ele estava certo. Era a cena da fotografia. Elodie percebeu imediatamente que a foto havia sido tirada ali. Mudara muito pouco, apesar dos 25 anos passados.

Elodie esperava ficar triste. Até um pouco ressentida.

Mas não. Era um lugar bonito e pacífico, e ela ficou feliz em pensar que uma jovem cuja vida foi ceifada repentinamente passara suas últimas horas ali.

Pela primeira vez, parada naquele bosque de heras, cercada pelo zumbido do silêncio do cemitério, Elodie viu claramente que ela e a mãe eram duas mulheres diferentes. Que ela não precisava continuar sendo a personagem secundária à sombra da protagonista para sempre. Lauren tinha sido talentosa e bonita, além de um tremendo sucesso, mas ocorreu a Elodie que a maior diferença entre elas não era nenhuma daquelas coisas. Era a abordagem com relação à vida: Lauren vivia sem medo, ao passo que Elodie sempre se protegia do fracasso.

Pensou então que talvez precisasse se soltar com um pouco mais de frequência. Tentar e, sim, de vez em quando falhar. Aceitar que a vida era confusa e, às vezes, erros eram cometidos; que às vezes nem eram erros de fato, porque a vida não era linear e incluía inúmeras decisões, pequenas e grandes, todos os dias.

O que não significava que lealdade não fosse importante, porque Elodie acreditava arduamente que sim; só que – talvez, só talvez – as coisas não fossem tão preto no branco como ela sempre acreditara. Como seu pai e Tip sempre tentavam lhe dizer, a vida era longa; ser humano não era fácil.

E quem era ela para julgar, afinal? Elodie passara a maior parte do dia anterior em uma casa de festas, acenando educadamente enquanto mulheres bem-intencionadas a bombardeavam com vários tipos de *bonbonnières* e explicavam por que era melhor "não seguir por esse caminho", e durante todo o tempo ficou desejando voltar para Birchwood Manor e para um australiano que parecia pensar que podia se passar por funcionário do museu.

Ela se perguntou, no dia anterior, ao mostrar a ele a fotografia de Caroline, por que estava se abrindo tanto, de uma maneira tão incomum. Elodie se convenceu de que foi apenas o resultado de seu cansaço e da emoção do dia. Parecia uma teoria razoável, e quase acreditou nela, até hoje, quando ele surgiu na beira do campo.

– Você está bem? – perguntou ele, aparecendo ao lado dela.

– Melhor do que achei que estaria.

Ele sorriu.

– Então, a julgar pelo céu, acho que provavelmente devemos pensar em sair daqui.

A chuva – com gotas grandes e pesadas – caiu quando eles estavam saindo do cemitério da igreja.

– Nunca imaginei que chovesse assim na Inglaterra – comentou Jack.

– Está brincando? Chuva é a nossa especialidade.

Ele riu e ela sentiu um sobressalto muito agradável. Os braços de Jack estavam molhados e ela foi tomada por um desejo irresistível, uma necessidade de estender a mão e tocar aquela pele nua.

Sem uma palavra, e embora não fizesse sentido, ela pegou a mão dele e juntos começaram a correr de volta para a casa.

IX

Está chovendo e eles entraram em casa. Não é uma chuva leve, mas o começo de uma tempestade. Eu a observei se formar a tarde toda, além da beira do rio, sobre as montanhas distantes. Já houve muitas tempestades no meu tempo em Birchwood Manor. Acostumei-me à atmosfera alterada e carregada, conforme o ar é sugado pela frente.

Mas essa tempestade parece diferente.

Parece que algo vai acontecer.

Estou inquieta e cheia de expectativa. Meus pensamentos pulam de um lado para outro, repassando conversas recentes, revirando uma informação depois de outra.

Andei pensando em Lucy, que sofreu muito após a morte de Edward. Fico feliz em saber que ela enfim disse a Leonard que eu não era uma amante infiel. Pouco me importam as opiniões daqueles que eu não conheci, mas Leonard era importante para mim, e estou aliviada por ele ter sabido a verdade.

Também pensei em Joe Pálido. Por muito tempo desejei saber o que tinha acontecido com ele – como estou satisfeita, orgulhosa, de saber o que ele alcançou; que ele pôs sua bondade, influência e seu forte senso de justiça em ação. Mas, ah, que crueldade ter saído da vida dele como eu saí!

E tenho pensado em Edward, como sempre, e naquela noite tempestuosa passada aqui, nesta casa, tantos anos atrás.

Sinto mais saudade de Edward nas noites de tempestade.

Foi ideia dele que viéssemos passar o verão aqui, em sua casa, sua amada casa de duas águas à beira do rio, antes de viajar para a América. Ele me contou seu plano na noite de seu vigésimo segundo aniversário, enquanto a luz das velas dançava nas paredes escurecidas de seu estúdio.

– Tenho uma coisa para você – disse ele, e eu ri, porque era aniversário dele, e não meu. – O seu é no mês que vem – respondeu ele, dispensando meu protesto tímido. – Além disso, não precisamos de motivos para nos presentearmos, você e eu.

Insisti, no entanto, para dar meu presente primeiro, e prendi a respiração quando ele começou a desembrulhar o papel pardo.

Por uma década, eu vinha fazendo exatamente o que Lily Millington me aconselhara: mantendo uma pequena parte dos meus espólios em um local escondido. No começo, eu não sabia para que estava economizando, apenas que Lily tinha me mandado fazê-lo, e na verdade não importava o motivo, pois havia certa segurança na economia que transcendia o propósito. Porém, à medida que envelhecia e as cartas de meu pai continuavam pedindo paciência, fiz uma promessa: se ele não mandasse me buscar até os 18 anos, eu compraria uma passagem para os Estados Unidos e viajaria sozinha para encontrá-lo.

Eu faria 18 anos em junho de 1862 e economizara quase o suficiente para uma única passagem; mas, desde que conheci Edward, meus pensamentos sobre o futuro mudaram. Quando vi Joe Pálido, em abril, perguntei a ele onde procurar um presente de couro da mais alta qualidade e ele me enviou ao fornecedor de seu pai, o Sr. Simms, na Bond Street. Foi lá, naquela loja com cheiro de tempero e mistério, que fiz meu pedido.

O rosto de Edward, ao desembrulhar o presente, valeu cada centavo guardado em segredo. Ele passou a ponta dos dedos pelo couro, observando a costura fina, as iniciais em relevo, e então abriu a bolsa e enfiou o caderno de desenho dentro. Como eu esperava, coube como uma luva. Imediatamente ele pôs a alça sobre o ombro e, daquele dia até o último, não o vi sem a bolsa que o Sr. Simms havia feito sob minhas instruções.

Então ele chegou mais perto de onde eu estava, de pé junto à bancada de materiais de arte, sua proximidade fazendo com que minha respiração parasse, e pegou um envelope do bolso do casaco.

– E agora – disse ele baixinho –, a primeira metade do meu presente para você.

E como ele me conhecia, e como ele me amava, pois dentro do envelope havia duas passagens em um navio que faria a travessia do Atlântico em agosto.

– Mas, Edward, o custo...

Ele balançou a cabeça.

– A *Bela Adormecida* foi adorada. A exposição foi um grande sucesso... e tudo graças a você.

– Eu não fiz nada!

– Não – disse ele, subitamente sério –, não posso mais pintar sem você. E não vou.

Os bilhetes tinham sido emitidos em nome do Sr. e da Sra. Radcliffe.

– Você nunca precisará fazer isso – prometi.

– E, quando estivermos nos Estados Unidos, encontraremos seu pai.

Minha mente estava acelerada, planejando com antecedência, escolhendo uma opção dentre as novas e brilhantes possibilidades, considerando a melhor maneira de me livrar da Sra. Mack e do Capitão, de evitar que Martin soubesse até o último instante, quando tudo estivesse acabado.

– Mas, Edward, e Fanny?

Um ligeiro vinco surgiu entre seus olhos.

– Serei gentil com ela. Fanny vai ficar bem. É jovem, bonita e rica; terá outros pretendentes implorando pela chance de se casar com ela. Com o tempo, ela entenderá. É outra boa razão para irmos para os Estados Unidos: será mais gentil com Fanny. Isso permitirá que a poeira baixe, para ela contar a história como preferir.

Edward nunca disse uma palavra em que não acreditasse de todo o coração, e sei que ele estava convencido daquilo. Ele pegou minha mão e a beijou e, quando sorriu, seu poder de persuasão foi tão grande que acreditei que o que dizia era verdade.

– Agora – acrescentou ele, seu sorriso se alargando quando pegou um grande pacote na bancada –, a segunda metade do seu presente.

Com a mão livre, ele me levou até as almofadas no chão e colocou o presente – surpreendentemente pesado – no meu colo. Observou com atenção, quase nervoso de expectativa, quando comecei a desembrulhá-lo.

Quando cheguei à última camada de papel, encontrei o relógio de parede mais bonito que eu já tinha visto. A caixa e o mostrador eram feitos de madeira finamente trabalhada, com algarismos romanos incrustados em ouro e ponteiros delicados com flechas afuniladas.

Deslizei a mão pela superfície lisa, o brilho lançado por uma vela próxima ressaltando os veios da madeira. Fiquei impressionada com o presente. Vivendo com a Sra. Mack, eu não tinha adquirido nada de meu, muito menos um objeto de tamanha beleza. Mas o relógio era precioso para além do seu valor material. Dá-lo a mim foi a maneira de Edward demonstrar que me conhecia, que entendia quem eu realmente era.

– Gostou? – perguntou ele.

– Amei.

– E eu amo você. – Ele me beijou, mas, quando se afastou, sua testa estava franzida. – O que foi? Parece que você acabou de ganhar um problema.

E era exatamente assim que eu me sentia. Assim que recebi o relógio, minha emoção foi substituída por uma grande necessidade avarenta de proteger aquele presente precioso; não havia como eu chegar perto de Seven Dials sem que a Sra. Mack cobrasse um preço.

– Acho que eu deveria pendurá-lo aqui – falei.

– Tenho outra ideia. De fato, quero falar com você sobre algo importante.

Edward já tinha mencionado a casa à beira do rio, e eu tinha observado como sua expressão mudava, como um olhar de desejo surgia em seu rosto, o que teria me provocado ciúmes se estivéssemos falando de outra mulher. Mas, conforme ele falava sobre quanto queria que eu conhecesse sua casa, notei algo mais por trás de suas feições: uma vulnerabilidade que me fez querer abraçá-lo e acalmar qualquer sofrimento que aquela conversa evocasse.

– Tenho uma ideia para a minha próxima pintura – disse ele por fim.

– Conte-me.

E foi então que ele me revelou o que tinha acontecido aos 14 anos: a noite na floresta, a luz na janela, a certeza de que ele tinha sido salvo pela casa. Quando lhe perguntei como uma casa podia salvar um garoto, ele me contou o antigo conto folclórico das crianças Eldritch que havia escutado do jardineiro de seu avô, sobre a rainha das fadas que abençoou a terra às margens do rio e qualquer casa que estivesse sobre ela.

– Sua casa – sussurrei.

– E também sua agora. Onde penduraremos seu relógio, para que ele possa contar os dias, as semanas, os meses, até retornarmos. Na verdade – ele sorriu –, pensei em convidar todos a ir para Birchwood no verão, antes de partirmos para a América. Será uma forma de dizer adeus, apesar de eles não saberem. O que você acha?

O que eu poderia dizer além de sim?

Houve uma batida à porta então e Edward gritou:

– Pois não?

Era sua irmã caçula, Lucy, cujo olhar varreu a sala em um instante, contemplando Edward e a mim, a nova bolsa em seu ombro, o embrulho de papel no chão, o relógio. Não as passagens, porém, pois em algum momento, embora eu não tenha visto, Edward conseguiu escondê-las.

Eu já tinha notado antes a forma como ela nos olhava. Sempre observando, fazendo anotações mentais. Isso irritava algumas pessoas – a outra irmã de Edward, Clare, tinha pouca paciência com Lucy –, mas algo nela me lembrava Lily Millington, a verdadeira Lily: uma inteligência que me provocava afeto. Edward também a adorava e estava sempre alimentando sua mente faminta com livros.

– O que me diz, Lucy? – perguntou ele com um sorriso. – Gostaria de passar o verão no campo? Em uma casa à beira do rio... talvez até um pequeno barco?

– *Na...quela* casa?

O rosto dela se iluminou ao olhar em minha direção. Notei a ênfase invisível nas palavras, como se fosse um segredo.

Edward riu.

– A própria.

– Mas e se a mamãe...

– Não se preocupe com a mamãe. Eu cuidarei de tudo.

E, quando Lucy sorriu para ele, um olhar de êxtase surgiu em seu rosto, mudando completamente suas feições.

Lembro-me de tudo.

O tempo não me prende mais; experimento o tempo de forma ilimitada. Passado, presente e futuro são uma coisa só. Posso retardar memórias. Posso vivenciar os acontecimentos novamente em um estalo.

Mas os meses de 1862 são diferentes. Eles ganham velocidade, não importa o que eu faça para detê-los, rolando como uma moeda jogada do topo de uma colina, acelerando o ritmo enquanto avançam para o fim.

Quando Edward me contou sobre a Noite da Perseguição, as árvores de Hampstead estavam nuas. Os galhos estavam praticamente sem folhas e o céu estava pesado e cinzento; no entanto, uma vez contada a história, o verão de Birchwood Manor já estava chegando.

PARTE TRÊS
O VERÃO EM BIRCHWOOD MANOR

CAPÍTULO 24

Verão de 1862

Era a primeira vez que Lucy andava de trem e, na primeira meia hora desde que deixaram a estação, ela ficou sentada imóvel, tentando decidir se sentia ou não a velocidade afetando seus órgãos. Edward riu quando ela perguntou se ele estava preocupado, e Lucy fingiu que estava brincando.

– Nossos órgãos estão a salvo das ferrovias – disse ele, pegando a mão dela e apertando-a. – É com o bem-estar do campo que deveríamos nos preocupar.

– É melhor não deixar Fanny ouvir você dizer isso – respondeu Clare, que tinha o hábito de ouvir conversas alheias.

Edward franziu a testa ao comentário, mas não respondeu. O papel do pai de Fanny na expansão das linhas de trem pela Grã-Bretanha não era apreciado por Edward, que acreditava que a natureza deveria ser valorizada por si mesma, e não em termos dos recursos que oferecia à exploração. Não era uma opinião fácil de sustentar – como Thurston gostava de dizer –, para um homem que pretendia se casar com alguém cheia de dinheiro ferroviário. O amigo de sua mãe, John Ruskin, ia ainda mais longe, alertando que o avanço das linhas ferroviárias por todos os cantos escondidos do globo era uma loucura humana.

– Um tolo sempre quer diminuir o espaço e o tempo – declarara recentemente ao deixar a casa em Hampstead. – Um homem sábio quer prolongar os dois.

Pouco a pouco, Lucy parou de pensar em seus órgãos e na vandalização do campo e se viu distraída pela pura maravilha de tudo aquilo. A certa altura, outro trem que seguia na mesma direção passou por uma linha adjacente e, quando ela olhou para o outro vagão, sentiu como se estivesse parado a seu lado. Havia um homem sentado lá e seus olhares se encontraram, então Lucy começou a pensar em tempo, movimento e velocidade, e a vislumbrar a possibilidade de que eles não estivessem de fato se movendo

– de que fosse apenas a Terra que começara a girar rapidamente embaixo deles. Seu conhecimento das leis fixas da física foi subitamente esquecido e sua mente explodiu diante das possibilidades.

Ela foi dominada por um desejo feroz de compartilhar suas ideias, mas quando olhou para Felix Bernard e sua esposa, Adele, sentados do outro lado da mesa do vagão, sua empolgação diminuiu. Lucy conhecia Adele um pouco, porque, antes de se casar com Felix, ela ia a sua casa posar para Edward. Ela aparecia em quatro pinturas dele, e por um tempo foi uma de suas favoritas. Ultimamente, ela tinha ambições de ser fotógrafa. Adele e Felix discutiram sobre algo na estação de Paddington e agora estavam brigados, Adele fingindo estar interessada no *English Woman's Journal*, Felix convenientemente absorvido pela inspeção que fazia em sua nova câmera.

Do outro lado do corredor, Clare olhava para Thurston, o que vinha acontecendo bastante desde que ele lhe pedira que posasse para sua nova pintura. Todo mundo dizia que Thurston era muito bonito, mas ele lembrava a Lucy, com seus passos largos e suas coxas grossas, um dos cavalos de corrida premiados do avô. Ele não estava retribuindo as atenções de Clare, mas concentrado em Edward e sua atual modelo, Lily Millington. Lucy seguiu o olhar dele. Entendia por que os dois chamavam a atenção de Thurston. Quando eles estavam juntos, pareciam não tomar conhecimento de mais ninguém, o que fazia Lucy querer observá-los também.

Sem encontrar ninguém disponível para compartilhar seus pensamentos, Lucy os guardou para si. Decidiu que provavelmente era o melhor a fazer. Queria muito causar uma boa impressão nos amigos de Edward, e Clare disse que aquelas conversas sobre energia, matéria, espaço e tempo faziam com que parecesse maluca. (Edward, claro, dizia o contrário. Que ela tinha um bom cérebro, que isso era importante e que ela deveria usá-lo. Que arrogância, dizia ele, que a humanidade pensasse em reduzir pela metade os poderes da raça humana, ignorando as mentes e palavras da metade feminina.)

Lucy havia pedido uma tutora ou, melhor ainda, para ser mandada à escola, mas a mãe apenas a encarou, preocupada, colocou a mão em sua testa para ver se estava com febre e disse que ela era uma coisinha estranha e faria bem em colocar esses pensamentos tolos de lado. Certa vez, ela até chamara Lucy para conversar com o Sr. Ruskin, que estava tomando chá na sala, e a menina foi obrigada a ficar de pé junto à porta enquanto ele a instruía gentilmente que o intelecto de uma mulher não era para "invenção ou criação", mas para "ordenação, organização e decisões delicadas".

Graças a Deus ela tinha Edward, que a mantinha bem abastecida de livros. Lucy estava atualmente lendo um novo, *A história química de uma vela*, que continha seis das palestras de Natal para jovens que Michael Faraday dera na Royal Institution. Ele oferecia uma descrição bastante interessante de chamas e combustão de velas, partículas de carbono e a zona luminescente. Além disso, foi um presente de Edward, então Lucy estava determinada a apreciar cada palavra; mas, verdade fosse dita, o texto era meio básico. Ela estava com o volume no colo desde que deixaram Paddington, mas não conseguia abri-lo, deixando seus pensamentos pousarem no verão pela frente.

Quatro semanas inteiras em Birchwood Manor na companhia de Edward! Desde que a mãe dissera que sim, ela podia ir, Lucy estava contando os dias, riscando-os no calendário de seu quarto. Ela sabia que outras mães poderiam ter se incomodado com a ideia de a filha de 13 anos passar o verão em companhia de um grupo de artistas e modelos, mas Bettina Radcliffe era totalmente diferente de qualquer outra mãe que Lucy conhecia. Ela era uma "boêmia", de acordo com os avós, e, desde que o pai morrera, havia se tornado especialista em se infiltrar nos planos de viagem de outras pessoas. Ia passar o mês de julho em uma excursão pela costa amalfitana, terminando em Nápoles, onde seus amigos, os Potter, tinham ido morar. Longe de se preocupar com a possibilidade de Lucy ser moralmente corrompida, a mãe ficou muito agradecida a Edward quando ele sugeriu que a irmã mais nova se juntasse a ele e a seus amigos em Birchwood Manor durante o verão, pois isso significava que ela seria poupada de suportar a generosidade rancorosa dos avós.

– O que é menos uma coisa com que me preocupar – dissera ela, antes de voltar animadamente a arrumar sua bagagem.

Havia outra razão pela qual Edward queria Lucy com ele no verão. Ela foi a primeira pessoa a quem ele contou que comprara a casa. Foi em janeiro de 1861, quando ele estava viajando em uma de suas "escapadas" havia três semanas, quatro dias e duas horas. Lucy estava lendo *A origem das espécies* novamente, deitada na cama em seu quarto, com a janela de trapeira pendendo sobre a rua em Hampstead. De repente, ela ouviu o ritmo familiar do irmão andando na calçada lá embaixo. Lucy conhecia os passos de todos: o arrastado do homem gordo que trazia o leite, o claudicar e a tosse do frágil limpador de chaminés, a pressa trivial de Clare e os saltos finos da mãe. Mas o som favorito era a determinação e a promessa contidas nos passos de Edward.

Lucy não precisou olhar pela janela para confirmar. Ela jogou o livro de lado, voou pelos quatro lances de escada e atravessou o corredor, pulando nos braços de Edward no momento em que ele cruzava o limiar da porta. Aos 12 anos, Lucy era velha demais para aquele comportamento, mas ela era pequena para a idade e Edward conseguia pegá-la com facilidade. Lucy adorava Edward e fazia aquilo desde que era um bebê de colo. Odiava quando ele partia, deixando-a com ninguém além de Clare e a mãe como companhia. Ele passava no máximo um mês fora, mas sem o irmão os dias se arrastavam e a lista de coisas que armazenava em sua mente para lhe dizer crescia sem parar.

Assim que ela alcançou os braços dele, começou seu relatório, cada palavra tropeçando na anterior em sua pressa para explicar tudo que havia acontecido desde que ele partira. Em geral, Edward ouvia avidamente suas histórias antes de apresentar a Lucy o mais recente tesouro que havia adquirido para ela: sempre um livro, e sempre um agrado a seu amor por ciência, história e matemática. Daquela vez, porém, ele colocou o dedo nos lábios dela para silenciá-la e disse que o relatório que esperasse, pois era a vez dele de falar: tinha feito algo incrível e precisava contar para ela logo.

Lucy ficou intrigada, mas igualmente satisfeita. Clare e a mãe estavam em casa, mas ela fora a escolhida. A atenção de Edward era como uma luz, e Lucy se deliciava com seu calor. Ela desceu com ele até a cozinha, o único lugar em que sempre podiam ter certeza de que os outros não os incomodariam, e foi lá, sentados juntos à mesa encerada e gasta, que Edward contou sobre a casa que havia comprado. Frontões gêmeos, um jardim, o rio e o bosque. A descrição era familiar, mesmo antes de ele dizer:

– É ela, Lucy, a mesma da Noite da Perseguição.

Lucy então respirou fundo, lembranças cintilando e formigando em sua pele. Ela sabia exatamente de que casa ele estava falando. A Noite da Perseguição era uma lenda entre os dois. Lucy tinha apenas 5 anos quando aconteceu, mas a noite estava gravada em sua memória. Ela nunca esqueceria como ele estava estranho quando enfim retornou, na manhã seguinte, com os cabelos emaranhados e os olhos selvagens. Levou um dia inteiro até ele falar, mas por fim contara a ela, os dois sentados dentro do antigo guarda-roupa no sótão de Beechworth. Lucy era a única pessoa a quem Edward havia confidenciado a Noite da Perseguição; ele contara a ela seu maior segredo e isso se tornara um emblema do vínculo entre eles.

– Você vai morar lá? – perguntou ela, sua mente pulando imediatamente para a possibilidade de perdê-lo para a vida no campo.

Ele riu e passou a mão pelos cabelos escuros.

– Ainda não tenho planos além da compra. Eles dirão que foi uma loucura, Lucy, uma loucura, e estarão certos. Mas eu sei que você entende; eu precisava tê-la. Essa casa me chama desde a noite em que a vi pela primeira vez. Agora, finalmente, eu respondi.

Do outro lado do corredor, enquanto Lily ria de algo que Edward tinha dito, Lucy observava a atual modelo do irmão. Era linda, mas Lucy suspeitava que ela não teria percebido *quão* linda sem a orientação de Edward. Aquele era o dom dele, todo mundo dizia. Ele era capaz de ver coisas que os outros não viam e, através de sua arte, alterava as percepções de seus espectadores para que eles também não pudessem deixar de ver. Em sua última *Notas da Academia*, o Sr. Ruskin chamara aquilo de "enganação sensorial de Radcliffe".

Lucy viu Edward afastar uma mecha brilhante dos cabelos ruivos de Lily do rosto. Ele a prendeu atrás da orelha dela e a modelo sorriu. Era o tipo de sorriso que sugeria intimidade, e Lucy sentiu algo inesperado e trêmulo surgir dentro dela.

A primeira vez que viu Lily, ela era pouco mais que uma névoa de vermelho cintilante na estufa no fundo do jardim. Era maio de 1861 e Lucy, um pouco míope, pensou a princípio que estava vendo as folhas de um bordo-japonês através do vidro. Edward gostava de plantas exóticas e estava sempre visitando Romano, na esquina da Willow Road, fazendo esboços das filhas do italiano em troca de amostras das plantas mais recentes trazidas das Américas ou até do outro lado do mundo. Era uma de suas muitas paixões compartilhadas, pois Lucy também se deliciava com os seres vivos de lugares distantes, vislumbres maravilhosos de partes do globo muito diferentes da dela.

Foi só quando a mãe lhe disse para levar *duas* xícaras de chá em uma bandeja que ela percebeu que Edward tinha uma modelo no estúdio. Sua curiosidade foi imediatamente despertada, pois ela sabia quem devia ser. Não se podia viver na mesma casa que Edward e não ficar a par dos grandes altos e baixos de suas paixões.

Alguns meses antes, ele caíra em uma crise da qual parecia que não se recuperaria. Estava pintando Adele, mas chegara a um ponto em que esgotara a inspiração a ser tirada de seus pequenos traços.

– Não é que o rosto dela não seja agradável – explicara a Lucy, andando de um lado para outro no estúdio, enquanto ela permanecia sentada na cadeira de pau-rosa ao lado do aquecedor. – Só que o espaço entre suas lindas orelhas é vazio.

Edward tinha uma teoria sobre beleza. Ele dizia que a curva do nariz, as maçãs do rosto e os lábios, a cor dos olhos e a maneira como os cabelos se enrolavam na nuca, isso era tudo muito bom, mas que o que fazia uma pessoa brilhar, fosse em óleo sobre tela ou em uma impressão de albumina em papel, era a inteligência.

– Não estou falando de conseguir explicar o funcionamento do motor de combustão interna ou conduzir uma lição sobre como o telégrafo envia uma mensagem daqui para lá. Quero dizer que algumas pessoas têm uma luz dentro delas, uma inclinação à curiosidade, ao interesse e ao engajamento, que não pode ser fabricada e não pode ser falsificada pelo artista, independentemente de sua habilidade.

Certa manhã, porém, Edward chegou em casa ao amanhecer, uma agitação em seus passos. A casa mal tinha despertado quando ele abriu a porta, mas, como sempre, sua chegada foi registrada. A quietude do hall de entrada, sempre sensível à sua presença, começou a reverberar quando ele jogou o casaco no gancho e, quando Lucy, Clare e a mãe apareceram de camisola no topo da escada, ele estendeu os braços e declarou, com um sorriso alegre no rosto, que a encontrara, aquela por quem estivera procurando.

Houve muito alívio quando todos se reuniram na mesa do café para ouvir a história.

O destino, Edward começou, em sua infinita sabedoria, a pusera em seu caminho na Drury Lane. Ele passara a noite no teatro com Thurston Holmes, e foi lá, no vestíbulo cheio de fumaça, que a viu pela primeira vez. (Mais tarde, Lucy concluiu, durante uma discussão regada a vinho entre Edward e Thurston sobre outro assunto, que fora Thurston quem havia notado a beldade de cabelos ruivos e pernas delgadas; fora ele quem observara a maneira como a luz se refletia em seus cabelos e transformava sua pele em alabastro; quem havia percebido que ela se parecia exatamente com o tema da pintura que Edward estava planejando. Também foi Thurston quem puxou a manga da camisa de Edward, girando-o, interrompendo a conversa que estava tendo com um colega a quem devia algum dinheiro, para que seus olhos pudessem captar a mulher no vestido azul-escuro.)

Edward ficara encantado. Naquele instante, ele disse, viu sua pintura completa. Enquanto tinha essa revelação, no entanto, a mulher se virou para sair. Sem pensar no que estava fazendo, ele começou a empurrar a multidão, quase fora de si; sabia apenas que tinha que alcançá-la. Atravessou o saguão lotado atrás da mulher, deslizando pela saída lateral e ganhando a rua. E graças a Deus por isso, disse Edward, olhando para sua família ao redor da mesa do café da manhã, pois, quando finalmente a alcançou, foi bem a tempo de resgatá-la. No exato momento em que Edward estava atravessando a multidão no vestíbulo, um homem todo vestido de preto, do caráter mais deplorável, a havia notado sozinha no beco e passado depressa, arrancando de seu pulso uma pulseira que era herança.

Clare e a mãe ofegaram e Lucy disse:

– Você o viu?

– Cheguei tarde demais. O irmão dela já tinha partido atrás do sujeito, mas não o pegou. Ele voltou no momento em que a encontrei no beco: pensou à primeira vista que eu fosse o agressor, que tinha voltado para terminar o trabalho, e gritou: "Pega ladrão!" Mas ela explicou rapidamente que eu não era ladrão e a atitude dele mudou de imediato.

A mulher havia se virado então, disse Edward, e o luar iluminou as feições de seu rosto, e ele viu que estivera certo quando a vislumbrou de longe: ela era realmente a mulher que andara esperando.

– O que você fez em seguida? – perguntou Lucy quando a criada chegou trazendo um bule de chá.

– Receio não ter talento para pedidos educados – disse ele. – Simplesmente disse a ela que precisava pintá-la.

Clare ergueu as sobrancelhas.

– E o que ela disse sobre isso?

– Mais importante – emendou a mãe –, o que o irmão dela disse?

– Ele foi pego de surpresa. Perguntou o que eu queria dizer e expliquei o melhor que pude. Receio não ter sido tão claro quanto poderia, pois ainda estava um pouco deslumbrado.

– Você disse a ele que tinha exposto na Academia Real? – perguntou a mãe. – Você disse a ele que tem o apoio do Sr. Ruskin? Que seu avô tem um título?

Edward disse que ele tinha feito tudo isso e muito mais. Disse que podia até ter exagerado um pouco a posição deles, nomeando todas as terras e títulos antigos que ele até então fazia o possível para ignorar; ele até se ofereceu para que sua própria mãe, "Lady" Radcliffe, fosse conversar com os pais deles para garantir que a filha estaria em boas mãos.

– Achei importante, mãe, pois o irmão fez questão de dizer que eles precisariam falar com os pais antes de qualquer compromisso, que a reputação de uma mulher respeitável podia ser prejudicada por trabalhar como modelo de um pintor.

A reunião fora acordada e as partes haviam se despedido.

Depois disso Edward foi caminhar ao longo do rio e pelas ruas escuras de Londres, desenhando o rosto da mulher em sua mente. Estava tão apaixonado por ela que conseguira perder sua carteira enquanto andava e foi forçado a percorrer a pé todo o caminho de volta a Hampstead.

Quando os ânimos de Edward se exaltavam, ninguém podia evitar ser arrastado para sua órbita e, enquanto ele contava essa história, Lucy, Clare e a mãe ouviram com avidez. Quando ele chegou ao fim, a mãe não precisava ouvir mais nada. Disse que, sim, é claro que visitaria o Sr. e a Sra. Millington e intercederia a favor de Edward. Sua criada foi imediatamente instruída a cerzir os buracos de traça em seu melhor vestido e uma carruagem foi contratada para levá-la a Londres.

Um grito metálico, uma névoa de fumaça e o trem começou a desacelerar. Lucy encostou o rosto na janela aberta e viu que estavam entrando em uma estação. A placa dizia "Swindon", que ela sabia ser onde deveriam desembarcar. A plataforma era patrulhada por um homem de aparência meticulosa, com um uniforme adornado e um apito agudo que ele não se intimidava em usar; um número de carregadores estava surgindo, esperando os passageiros que chegavam.

Eles desembarcaram do trem, Edward e os outros homens indo direto para o compartimento de bagagens para pegar as malas e os materiais de arte, e tudo (exceto as coisas de Lucy – ela se recusava a se separar de seus livros) foi carregado em uma carruagem puxada por cavalos e enviado para a aldeia de Birchwood. Lucy supôs que todos iriam de carruagem também, mas Edward disse que o dia estava perfeito demais para ser desperdiçado; além do mais, a casa era muito mais perto do rio do que da estrada.

E ele estava certo, era um dia glorioso. O céu era de um azul lustroso, com uma claridade raramente vista em Londres, e o ar estava cheio de cheiros campestres, como grama fresca e o odor de esterco aquecido pelo sol.

Edward liderou o caminho e não se ateve às estradas, conduzindo-os por prados de flores silvestres pontilhados de botões-de-ouro amarelos, dedaleiras cor-de-rosa e miosótis azuis. Havia delicados respingos brancos de cicuta por toda parte e às vezes eles chegavam a algum riacho sinuoso e tinham que procurar pontos de apoio para atravessar.

Foi uma longa caminhada, mas eles não se apressaram. As quatro horas passaram voando, interrompidas pelo almoço, por remadas em baixios perto de Lechlade e por algumas paradas para esboços. A atmosfera era de frivolidade e risos: Felix tinha um pacote de morangos embrulhado em pano que tirou da bolsa para compartilhar; Adele teceu grinaldas de flores para que todas as mulheres – até Lucy – usassem como coroas; e Thurston desapareceu em certo momento, apenas para ser encontrado com o chapéu no rosto, dormindo profundamente na grama verde e macia sob um grande salgueiro-chorão. Quando o dia atingiu o auge do calor, Lily Millington, cujos cabelos compridos caíam pelas costas, amarrou-os em um nó cintilante e os prendeu no topo da cabeça com o lenço de seda de Edward. A pele revelada na nuca era lisa e branca como um lírio e fez Lucy desviar os olhos.

Perto da ponte Halfpenny, eles desceram os degraus até a beira da água e seguiram o rio a leste, através do prado repleto de gado e além da eclusa de St. John. Quando chegaram à orla do bosque, o sol, embora ainda fornecesse luz, já havia perdido o calor. Edward estava sempre falando sobre luz e Lucy sabia que ele diria que "tinha perdido o amarelo". Mas Lucy gostava daquele efeito. Sem o brilho do amarelo, o resto do mundo parecia azul.

Edward lhes disse que a casa ficava do outro lado da floresta. Insistiu que aquela era a melhor maneira de vê-la pela primeira vez, pois somente vindo pelo rio era possível vislumbrar as verdadeiras proporções da construção. A explicação foi razoável e os outros não questionaram, mas Lucy sabia que havia mais alguma coisa na mente dele. Dentro da floresta ficava a clareira da Noite da Perseguição. Edward os levava ao longo do caminho que ele seguira naquela noite, quando fugiu através das árvores e dos campos, sob as vigilantes estrelas de prata, e finalmente viu a luz no sótão chamando por ele.

Na floresta, todos andaram em fila única, silenciosos. Lucy estava ciente dos sons de galhos estalando sob os pés e folhas farfalhando, além dos ruídos estranhos e esporádicos na vegetação abundante ao longo da trilha isolada. Ali, os galhos das árvores não eram retos. Eles cresciam em direção à copa em fitas onduladas e seus troncos estavam cobertos de samambaias e líquens; eram carvalhos, pensou ela, com aveleiras e bétulas entre eles. A luz caía em alguns lugares e o ar parecia vivo de expectativa.

Quando enfim chegaram à clareira, Lucy quase podia ouvir as folhas respirando.

Não era difícil imaginar como aquele lugar poderia se tornar assustador na calada da noite.

Lucy nunca esqueceria a aparência de Edward, todos aqueles anos antes, quando finalmente voltou para a casa dos avós depois da Noite da Perseguição. Ela olhou para a frente, curiosa para ver como ele estava reagindo ao voltar ali, e ficou surpresa quando o viu estender a mão para pegar a de Lily Millington.

Todos atravessaram a clareira e seguiram pela floresta do outro lado.

Por fim o ar começou a se suavizar e, com uma última corrida pela margem exuberante, se viram ao ar livre.

Um prado de flores silvestres se derramava diante deles e mais além havia uma casa com dois frontões e uma esplêndida exibição de chaminés.

Edward se virou, um olhar de triunfo alegre no rosto, e Lucy se viu sorrindo também.

O estranho encantamento da floresta havia desaparecido e os outros começaram a falar animadamente, como se, tendo visto a casa, a promessa emocionante do verão enfim pudesse ser provada.

Era verdade que havia um barco a remo?, perguntaram. Sim, disse Edward, estava dentro do celeiro. Ele mandara construir um píer no rio.

Qual parte da terra era dele? Tudo isso, disse, até onde os olhos podiam ver.

Havia quartos com vista para o rio? Muitos – todo o segundo andar era tomado por quartos e havia mais no sótão.

Com um desafio declarado, Thurston começou a correr e Felix logo o acompanhou; Clare e Adele entrelaçaram os braços ao começar a atravessar o prado. Edward captou o olhar de Lucy e piscou para ela.

– Depressa, irmãzinha – disse. – Vá e reivindique o melhor quarto para si!

Lucy sorriu, assentiu e disparou atrás dos outros. Ela se sentiu livre e mais animada do que o normal, consciente do ar do campo em seu rosto e do calor remanescente do sol da tarde, da alegria de compartilhar aquele momento importante com Edward. Animada, quando alcançou o outro lado do prado, virou-se e acenou para ele.

Mas ele não estava olhando para ela. Ele e Lily estavam caminhando lentamente em direção à casa, com as cabeças próximas em uma conversa profunda. Lucy esperou para chamar sua atenção; acenou com o braço, mas sem sucesso.

Por fim, ela se virou e continuou, decepcionada, em direção à casa.

E, pela primeira vez desde que eles partiram da estação de Paddington naquela manhã, ocorreu a Lucy se perguntar onde estaria a noiva de Edward, Fanny Brown.

CAPÍTULO 25

Birchwood Manor era um daqueles lugares em que os fios do tempo afrouxavam e se soltavam. Lucy notou a rapidez com que todos entraram em uma rotina, como se estivessem na casa desde sempre, e se perguntou se era em função do clima – dias de verão infinitos –, do grupo que Edward havia reunido ou talvez até algo intrínseco à casa. Ela sabia qual seria a opinião do irmão. Desde que soubera da história das crianças Eldritch quando menino, ele estava convencido de que a terra naquela curva do rio possuía propriedades especiais. Lucy se orgulhava de ser racional, mas tinha que admitir que havia algo incomum na casa.

Edward havia escrito com antecedência para contratar uma jovem da vila, Emma Stearnes, como empregada doméstica; ela chegava cedo todas as manhãs e saía depois de preparar o jantar. Na primeira noite, quando chegaram da estação de trem atravessando o prado de flores silvestres em direção à casa, Emma estava esperando por eles. Ela seguira as instruções de Edward à risca e a grande mesa de ferro no jardim estava coberta com uma toalha de linho branco e servida com um banquete. Lanternas de vidro tinham sido suspensas dos galhos mais baixos do castanheiro e, ao cair da noite, as chamas foram acesas e as velas começaram a bruxulear. A luz ficou mais forte com a noite escura e, enquanto o vinho fluía, Felix pegou o violão. Adele começou a dançar, enquanto um coro de pintarroxos cantava à última luz do dia, e, por fim, Edward subiu na mesa para recitar a "Estrela Brilhante", de Keats.

A casa dormiu como a morte naquela noite e todo mundo acordou tarde e de alto-astral no dia seguinte. Todos estavam cansados demais, na noite anterior, para explorar adequadamente, então de manhã correram de cômodo em cômodo, exclamando sobre essa vista ou aquele detalhe. A casa havia sido construída por um mestre artesão, disse Edward, orgulhoso, olhando encantado enquanto seus amigos exploravam; cada minúcia fora incluída deliberadamente. Na opinião de Edward, aquela atenção aos detalhes tornava a casa "verdadeira" e ele adorava tudo: todas as peças de mobiliário, todas as cortinas, todas as espirais de cada uma das tábuas no chão, cortadas da floresta próxima. Seu aspecto favorito era uma gravação acima da porta em um cômodo com papel de parede de frutas e folhas de amoreira; o cômodo ficava no térreo, com grandes janelas na parede dos fundos que davam para o jardim e o faziam parecer quase parte dele. A gravura dizia "Verdade, Beleza, Luz" e Edward não parava de olhar, maravilhado, dizendo:

– Veja, esta casa foi feita para *mim*.

Nos dias seguintes, Edward esboçou a casa incansavelmente. Ele carregava sua nova bolsa de couro a todos os lugares e com frequência era visto sentado entre a grama alta do prado, com o chapéu na cabeça, olhando para a casa com uma expressão de profundo contentamento, antes de voltar sua atenção para o trabalho. Lily Millington, Lucy observou, estava sempre a seu lado.

Lucy perguntara a Edward sobre o paradeiro de Fanny. Na primeira manhã, ele a chamara e a conduzira pela mão pelos corredores, para lhe mostrar a biblioteca de Birchwood Manor.

– Pensei especialmente em você quando vi estas prateleiras – disse a ela. – Veja esta coleção, Lucy. Livros sobre todos os assuntos que possa imaginar. Cabe a você agora encher sua mente com todo o conhecimento que o mundo e seus estudiosos mais brilhantes adquiriram e publicaram. Chegará um momento, eu sei, em que as mulheres terão as mesmas oportunidades oferecidas aos homens. Como isso poderia não acontecer, se as mulheres são mais inteligentes e mais numerosas? Até lá, você deve assumir o controle de seu destino. Ler, lembrar, pensar.

Edward não fazia tais declarações sem sinceridade, e Lucy prometeu que faria o que ele disse.

– Você pode confiar em mim – respondeu solenemente. – Vou ler todos os livros de todas as prateleiras antes do final do verão.

Ele riu.

– Bem, talvez não seja necessário trabalhar tão rápido assim. Teremos outros verões. Deixe tempo suficiente para aproveitar o rio e os jardins.

– É claro. – E então, aproveitando que a conversa alcançara uma trégua natural: – Fanny vai se juntar a nós?

O comportamento de Edward não mudou, mas ele disse:

– Não, Fanny não virá. – E então ele se moveu imediatamente para apontar um recanto ao lado da lareira que sugeriu que seria perfeito para leituras secretas: – Ninguém saberia que você está ali, e posso garantir que ler escondido melhora a experiência imensamente.

Lucy deixou o assunto de Fanny de lado.

Mais tarde, desejaria ter sondado mais, ter feito mais algumas perguntas; mas, na verdade, não se importava muito com Fanny e estava feliz por ela não se juntar a eles. Na época, a resposta superficial, quase desdenhosa do irmão tinha dito tudo. Fanny era um tédio. Ela demandava a atenção de Edward e tentava transformá-lo em outra pessoa. Como noiva, era muito mais ameaçadora para Lucy do que a modelo. As modelos iam e vinham, mas casamento era para sempre. Casamento significava uma nova casa para Edward, em outro lugar. Lucy não imaginava viver sem o irmão nem como seria para ele viver com Fanny.

Lucy não tinha planos de se casar – a menos que a pessoa perfeita aparecesse. Seu marido ideal, havia decidido, seria alguém como ela. Ou Edward. E eles seriam muito felizes, os dois, sozinhos e juntos para sempre.

Edward estava certo sobre a biblioteca: parecia projetada e equipada para Lucy. As prateleiras cobriam as paredes e, ao contrário da coleção na casa de seus avós, que incluía copiosos folhetos religiosos e panfletos advertindo contra falhas de etiqueta, ali havia livros *de verdade*. Os antigos proprietários de Birchwood Manor acumularam uma quantidade enorme de material de todos os tipos de assunto fascinante e, para cobrir as lacunas, Edward tinha mandado trazer mais títulos de Londres. Lucy passou todos os momentos livres escalando a escada deslizante, examinando as lombadas e planejando as semanas de verão à frente – e ela tinha muitos momentos livres, porque desde o primeiro dia ficou à própria sorte.

Durante suas explorações iniciais da casa, cada artista estava concentrado em encontrar o local perfeito para trabalhar. Havia uma urgência extra em sua busca, pois, pouco antes de partirem para Birchwood, o Sr. Ruskin se comprometera a apoiar uma exposição coletiva de seus trabalhos no outono. Cada membro da Irmandade Magenta tinha uma nova criação em mente e o ar estava infundido com uma mistura de criatividade, competição e possibilidades. Uma vez escolhidos os cômodos, cada pintor começou a desembalar os materiais de arte que haviam chegado de carruagem da estação.

Thurston escolheu a grande sala de estar na frente da casa, porque disse que a janela voltada para o sul oferecia a luz perfeita. Lucy tentou ficar fora do caminho, em parte porque achava Thurston inexplicavelmente desconcertante e em parte porque estava com vergonha de observar os olhos sonhadores da irmã. Lucy vira Clare posando através de uma porta entreaberta e depois precisou correr pela campina a toda a velocidade apenas para se livrar da sensação desconfortável de ter espiado. Lucy vislumbrara a pintura antes de sair. Era boa, claro – mesmo que ainda em sua primeira versão –, pois Thurston era um técnico competente; mas algo lhe pareceu notável. A mulher da pintura, embora compartilhasse a posição lânguida em que Clare posava, deitada cheia de tédio na espreguiçadeira, recebera lábios que pertenciam, sem dúvida nenhuma, a Lily Millington.

Felix havia reivindicado a pequena sala de estar com painéis de madeira no térreo e, quando Edward apontou que quase não havia luz, ele concordou ansiosamente e disse que aquele era o ponto. Felix, que até então era conhecido por pintar cenas sombrias de mitos e lendas, declarara a intenção de usar a fotografia, em vez da pintura, para retratar os mesmos assuntos.

– Vou fazer uma imagem de Lady de Shalott, de Tennyson, para rivalizar com a do Sr. Robinson. Seu rio é perfeito. Tem até salgueiros e choupos. Será Camelot, você vai ver.

Desde então o grupo havia travado debates acirrados sobre se era possível produzir o mesmo efeito artístico no novo meio. No jantar, certa noite, Thurston disse que as fotografias eram um truque.

– Um truque barato, muito bom para criar recordações de entes queridos, mas não para se comunicar sobre um assunto sério.

Nesse momento, Felix tirou um botão do bolso, um pequeno distintivo de lata, e o virou nos dedos.

– Diga isso a Abraham Lincoln – falou. – Dezenas de milhares delas foram doadas. Há pessoas em todo o continente americano usando o rosto do homem, a imagem dele, em suas roupas. Antes, não saberíamos a aparência de Lincoln, muito menos o que ele pensava. Agora ele tem quarenta por cento dos votos.

– Por que seus oponentes não fizeram a mesma coisa? – perguntou Adele.

– Eles tentaram, mas era tarde demais. Quem age primeiro ganha. Mas prometo o seguinte: não veremos outra eleição na qual os candidatos não negociem com sua imagem.

Thurston pegou o distintivo de lata e o virou como uma moeda.

– Não estou negando que seja uma ferramenta política útil – disse, mantendo o distintivo na mão. – Mas você não pode me dizer que isto é arte. – Ele ergueu a palma da mão para revelar o rosto de Lincoln.

– Não, esse broche em particular, não. Mas pense no trabalho de Roger Fenton.

– As fotos da Crimeia são extraordinárias – concordou Edward. – E certamente comunicam um assunto sério.

– Mas não é arte. – Thurston serviu o resto do vinho tinto em sua taça. – Admito que as fotografias sejam ferramentas úteis para relatar notícias e acontecimentos; para atuar como o... o...

– O olho da história – sugeriu Lily Millington.

– Sim, obrigado, Lily, o olho da história... mas não é arte.

Lucy, sentada em silêncio na extremidade da mesa, saboreando uma segunda porção de pudim, adorou a ideia da fotografia como o olho da história. Muitas vezes em suas leituras sobre o passado – e nas escavações que vinha fazendo na floresta atrás da casa, onde começara a encontrar relíquias estranhas e antigas – ficou frustrada com a necessidade de extrapolar e imaginar. Que presente seria para as gerações futuras que as fotografias pudessem agora registrar a verdade! Lucy havia lido um artigo na *London Review* que se referia à "indiscutível evidência da fotografia" e dizia que a partir de agora nada aconteceria sem que a fotografia fosse usada para criar...

– Uma memória tangível e transferível dos fatos.

Lucy ergueu os olhos tão bruscamente que deixou o creme cair da colher. Foi Lily quem tirou as palavras de sua boca. Ou melhor, tirou as palavras da *London Review* da cabeça de Lucy.

– Isso mesmo, Lily – disse Felix. – Um dia a imagem fotográfica será onipresente: as câmeras serão tão pequenas e compactas que as pessoas as carregarão em faixas no pescoço.

Thurston revirou os olhos.

– E seus pescoços também serão mais fortes, suponho, os desse povo robusto do futuro? Felix, você está provando meu argumento com essa conversa de onipresença. Ter uma câmera para apontar não é ser artista. Um artista é um homem que vê a beleza em uma névoa sulfúrica, onde outros veem apenas poluição.

– Ou uma mulher – disse Lily Millington.

– Por que alguém veria uma mulher na poluição? – Thurston hesitou quando entendeu o que ela queria dizer. – Ah. Entendo. Sim, muito bem, Lily. Muito bem. Ou uma *mulher* que vê a beleza.

Clare entrou na conversa com a evidente observação de que não havia cor em uma fotografia, e Felix explicou que isso apenas significava que ele precisaria usar luz e sombra, enquadramento e composição para evocar as mesmas emoções; mas Lucy já não estava prestando muita atenção.

Não conseguia parar de olhar para Lily Millington. Nunca tinha ouvido as outras modelos dizerem algo sensato, muito menos confrontar Thurston Holmes. Lucy teria imaginado, se tivesse parado para pensar no assunto, que Edward esgotaria a inspiração que tirava de Lily, assim como havia se cansado das outras modelos antes dela. Mas vislumbrou então que Lily era diferente das outras, afinal. Que ela era um tipo completamente diferente de modelo.

Lily e Edward passavam todos os dias entocados na sala Mulberry, onde Edward havia montado seu cavalete. Ele estava trabalhando diligentemente – Lucy reconhecia o olhar de inspiração distraída que surgia em suas feições quando ele estava no processo de criação de uma pintura –, mas até então havia sido extraordinariamente discreto em relação à peça planejada. Lucy pensara a princípio que devia ser um efeito de seus contratempos com o Sr. Ruskin, após a falta de apoio dele no ano anterior, quando Edward exibiu a pintura de *La Belle*. Com a avaliação de Ruskin da obra e a reportagem do Sr. Charles Dickens, Edward ficou furioso. (Quando a resenha foi impressa, ele marchou para seu estúdio no jardim e queimou toda obra escrita por Dickens, juntamente com seu adorado exemplar de *Pintores modernos*, de Ruskin. Lucy, que fez fila na WH Smith & Son todas as semanas entre dezembro de 1860 e agosto de 1861, a fim de comprar o último capítulo de *Grandes esperanças*, teve que esconder suas cópias preciosas de *Durante o ano todo*, para que elas também não fossem sacrificadas à sua fúria.)

Agora, porém, começara a se perguntar se havia mais coisa em jogo. Era difícil dizer exatamente o quê, mas havia certa aura de segredo cercando Edward e Lily quando estavam juntos. E outro dia Lucy se aproximou do irmão quando ele trabalhava em seu caderno de desenho e, assim que ele percebeu que ela estava ao seu lado, o fechou – não antes que ela vislumbrasse um estudo detalhado do rosto de Lily Millington. Edward não gostava de ser observado enquanto trabalhava, mas era muitíssimo incomum ele se comportar de maneira tão furtiva. Parecia particularmente injustificado naquele caso, porque o que havia para ocultar em um estudo das feições de sua modelo? O desenho era como qualquer um das centenas que Lucy já vira na parede de seu estúdio – exceto pelo colar que ela estava usando. Fora isso, era exatamente igual.

Em todo caso, Edward estava muito concentrado em seu trabalho, e assim, enquanto os outros passavam os dias ocupados e Emma completamente atarefada, Lucy se apossava da biblioteca. Ela dissera a Edward que iria com calma, mas não tinha a intenção de fazer isso: a cada dia escolhia uma pilha de livros e os levava para ler lá fora. Às vezes, lia no celeiro, outras vezes, sob as samambaias no jardim, e nos dias em que estava ventando demais para Felix tentar fotografar Lady de Shalott, quando ele andava pela clareira com o dedo levantado para avaliar o vento dominante e depois voltava, frustrado, para a casa com as mãos enfiadas nos bolsos, ela se sentava no pequeno barco a remo, atracado no novo píer de Edward.

Eles estavam em Birchwood havia quase duas semanas quando ela encontrou um livro particularmente antigo e empoeirado, com a capa quase caindo. Fora empurrado para o fundo de uma prateleira da biblioteca, escondido de vista. Lucy parou na escada e abriu a página de rosto do livro, onde estava escrito, em fonte elaborada, o título *Demonologia, em forma de diálogo, dividido em três livros* e a informação de que fora impresso em "Edinbvrgh" por "Robert Walde-grave, Tipógrafo dos Reis Mageſtie", no ano de 1597. Um livro sobre necromancia e magia obscura antiga, escrito pelo rei que também lhes havia trazido a Bíblia em inglês, era mais do que levemente interessante para Lucy, e ela o colocou debaixo do braço e desceu a escada.

Ela levou vários livros naquele dia em que partiu para o rio, além do almoço, embrulhado em um pano. A manhã estava quente e clara como vidro e o ar cheirava a trigo seco e coisas secretas, lamacentas e enterradas. Lucy subiu no barco e remou correnteza acima. Embora ainda não estivesse calmo o suficiente para Felix fazer suas fotos, não ventava muito e Lucy planejava deixar o barco vagar lentamente de volta ao cais de Edward. Ela parou de remar ao se aproximar da eclusa St. John e pegou *A liberdade*. Foi só depois da uma da tarde que ela terminou com John Stuart Mill e abriu o *Demonologia*, mas não foi muito longe na explicação do rei Jaime sobre as razões para perseguir bruxas em uma sociedade cristã porque, após as primeiras páginas, Lucy descobriu que o miolo do livro havia sido cortado de modo a criar uma cavidade. Dentro havia vários papéis dobrados e amarrados com um barbante. Ela desfez o nó e abriu as páginas. A primeira era uma carta muito antiga, datada de 1586 e escrita em uma letra tão irregular e desbotada que nem sequer tentou lê-la. As outras páginas eram desenhos, desenhos da casa, Lucy percebeu, lembrando que Edward tinha lhe dito que ela fora construída durante o reinado de Elizabeth.

Lucy ficou empolgada, não porque tivesse algum interesse especial em arquitetura, mas porque sabia que Edward ficaria encantado, e qualquer coisa que despertasse o prazer dele a deixava feliz. Enquanto observava os desenhos, porém, notou neles algo incomum. Havia esboços de como seria a casa, os dois frontões, as chaminés, os cômodos que Lucy agora reconhecia. Mas havia uma camada adicional inscrita no papel mais transparente sobreposto ao primeiro. Quando Lucy o colocou por cima e alinhou as folhas, notou que mostrava dois cômodos a mais, ambos pequenos. Muito pequenos para serem quartos ou até antecâmaras. Ela não encontrara nenhum dos dois em suas explorações.

Lucy franziu a testa, levantando o papel fino e em seguida posicionando-o de modo ligeiramente diferente, tentando entender o que os cômodos poderiam ser. O barco havia parado em uma pequena enseada, com a proa voltada para a margem gramada, e Lucy dobrou a planta da casa, pegando a carta na esperança de que pudesse lançar alguma luz. Fora escrita por um homem chamado Nicholas Owen – o nome era vagamente familiar, talvez de alguma de suas leituras? A escrita era de um estilo histórico elaborado, mas ela conseguiu entender algumas palavras – proteger... padres... buracos...

Lucy arquejou quando percebeu o que a planta revelava. Ela lera, claro, sobre as medidas tomadas contra padres católicos depois que a rainha Elizabeth subiu ao trono. Ela sabia que muitas casas tinham uma câmara secreta, fosse dentro das paredes ou debaixo do piso, para abrigar padres perseguidos. Mas pensar que havia uma – talvez até duas – ali em Birchwood Manor era mais do que emocionante. E mais empolgante ainda: parecia provável que Edward não fizesse ideia dos esconderijos secretos, pois certamente, se fosse o caso, seria uma das primeiras coisas que teria dito a todos. O que significava que ela seria capaz de compartilhar com ele algo maravilhoso sobre a casa que amava: a casa "verdadeira" de Edward tinha um segredo.

Lucy se apressou a levar o barco de volta ao píer. Ela o amarrou, juntou os livros debaixo do braço e foi correndo para a casa. Embora não ficasse tão alegre com frequência e raramente cantasse, viu-se cantarolando uma das músicas favoritas da mãe enquanto corria, e fez isso com gosto. De volta à casa, ela foi primeiro à sala Mulberry, pois, embora Edward não gostasse de ser incomodado enquanto trabalhava, ela tinha certeza de que, naquelas circunstâncias, ele abriria uma exceção. A sala estava vazia. Um pano de seda estava pendurado sobre a tela e Lucy hesitou brevemente antes de decidir que não tinha tempo para desperdiçar. Em seguida, olhou no quarto que ele escolhera, no andar de cima, com vista para o bosque, mas não havia sinal de Edward. Disparou pelos corredores, espiando cada cômodo por onde passava, enfrentando até um olhar ofensivo de Clare quando verificou na sala de estar.

Na cozinha, encontrou Emma preparando a refeição da noite, mas, quando perguntada sobre o paradeiro de Edward, a empregada só deu de ombros e começou a reclamar de Thurston, que havia desenvolvido o hábito muito desagradável de subir no telhado de manhã e, usando o rifle das Guerras Napoleônicas que trouxera de Londres, mirar nos pássaros.

– É uma bagunça terrível – disse Emma. – Quer dizer, talvez se ele tivesse a chance de acertar um pato que eu pudesse assar... mas ele não tem boa mira, e de qualquer maneira só atira nos pássaros menores, que não servem para comer.

Era um lamento familiar e Edward já pedira a Thurston muitas vezes que parasse, avisando que ele poderia atirar em um dos agricultores por engano e ser acusado de assassinato.

– Vou falar com Edward assim que o encontrar – disse Lucy, em sua melhor tentativa de apaziguamento.

Elas tinham criado um tipo de vínculo, ela e Emma, durante aquela quinzena. Lucy tinha a sensação de que a empregada a tinha classificado como a única outra pessoa "normal" da casa. Enquanto os artistas e modelos entravam e saíam da cozinha em trajes folgados e com pincéis enfiados atrás da orelha, Emma parecia guardar todos os seus balanços de cabeça e *tsc-tscs* para Lucy, como se fossem espíritos afins presos em uma correnteza de loucura. Naquele dia, porém, Lucy podia dar a Emma apenas o mínimo de atenção.

– Prometo que direi a ele – repetiu, já se afastando, escapando pela porta que dava no jardim.

Mas Edward não estava em nenhum dos seus lugares favoritos ao ar livre e Lucy estava quase *morrendo* de frustração quando enfim viu Lily Millington prestes a sair pelo portão da frente, que dava para a rua. O sol cintilava em seus cabelos, de modo que ele parecia em chamas.

– Lily – chamou. A princípio, a modelo não pareceu ouvi-la, então ela gritou novamente, mais alto: – Lily!

Lily se virou, e talvez estivesse muito distraída, pois fez uma expressão de surpresa diante o som do próprio nome.

– Oi, Lucy – disse ela com um sorriso.

– Estou procurando Edward. Você o viu em algum lugar?

– Ele foi para a floresta. Disse que ia falar com um homem sobre um cachorro.

– Você está indo encontrá-lo?

Lucy notou que Lily usava botas de caminhada e carregava uma bolsa no ombro.

– Não, estou indo à aldeia, conversar com um homem sobre um selo. – Ela levantou um envelope endereçado. – Quer dar uma caminhada?

Sem chance de contar a Edward o que havia descoberto sobre a casa, Lucy concluiu que era melhor preencher a tarde com uma atividade do que ficar esperando.

Elas caminharam pela estrada, passaram por uma igreja na esquina e entraram na aldeia. A lojinha dos correios ficava ao lado de uma hospedaria chamada The Swan.

– Vou esperar aqui – disse Lucy, que tinha visto uma estrutura de pedra interessante no ponto onde as estradas se cruzavam e queria dar uma olhada mais de perto.

Lily não demorou muito, saindo dos correios com a carta na mão, um selo agora afixado no canto. O que quer que ela estivesse postando era pesado o suficiente para exigir um selo azul de 2 pennies, observou Lucy, e era endereçado a alguém em Londres.

Lily colocou o envelope na caixa de correio e elas começaram a curta caminhada de volta para Birchwood Manor.

Lucy não dominava a arte da conversa fiada, não como Clare e a mãe, e se perguntou o que se deveria dizer para preencher o silêncio em tal situação. Não que ela acreditasse que o silêncio precisava ser preenchido, geralmente não, mas algo em Lily Millington a fazia querer parecer mais adulta, mais inteligente, mais *importante* do que o normal. Por algum motivo que exigiria ser investigado mais tarde, parecia essencial dar a impressão de ser mais do que apenas a irmã caçula de Edward.

– Que clima agradável – disse ela, retraindo-se de constrangimento.

– Aproveite enquanto dura – respondeu Lily. – Hoje à noite vai chover.

– Como você sabe?

– Tenho uma capacidade rara e maravilhosa de prever o futuro.

Lucy a olhou de esguelha. Lily Millington sorriu.

– Eu me interesso por gráficos sinópticos e por acaso vi um no *The Times*, na mesa dos correios.

– Você entende de previsão do tempo?

– Apenas o que ouvi de Robert FitzRoy.

– Você conheceu Robert FitzRoy?

(FitzRoy foi amigo de Charles Darwin; comandante do *HMS Beagle*; inventor dos barômetros e o primeiro meteorologista estatístico da Junta Comercial.)

– Eu o ouvi falar. Ele é amigo de um amigo. Está trabalhando em um livro sobre clima que parece muito promissor.

– Você já o ouviu falar sobre o naufrágio do *Royal Charter* e a criação do barômetro de tempestades FitzRoy?

– Claro. É extraordinário...

Enquanto Lily Millington começava um fascinante relato da teoria por trás dos gráficos de previsão de FitzRoy e da ciência que apoiava seus óculos de tempestade, Lucy ouviu com 97% de sua atenção. Com os outros 3%, ela se perguntava se era de mais esperar que, quando Edward perdesse o interesse em sua modelo, Lucy pudesse ficar com Lily Millington para si.

—ꝏ—

Lily Millington tinha razão sobre a tempestade. Os dias seguidos de clima perfeito de verão chegaram a um fim abrupto no final da tarde, com a luz do sol desaparecendo do céu de maneira tão repentina que era como se alguém tivesse soprado a chama da lamparina do mundo. Lucy, porém, não percebeu, pois já estava sentada no escuro, escondida em uma cavidade nos veios da casa de Edward.

Passara uma tarde muito emocionante. Depois que voltaram dos correios, Lily decidiu caminhar até a floresta para se encontrar com Edward. Emma, ainda ocupada na cozinha, ficou feliz em informar que Thurston, Clare, Adele e Felix haviam resolvido tomar chá em um piquenique junto ao rio e planejavam nadar depois, e que ela mesma estava adiantada nos preparativos para o jantar e – se Lucy não quisesse mais nada – ia "voltar para casa por mais ou menos uma hora, para botar os pés de molho".

Com a casa vazia, Lucy soube exatamente como ia passar seu tempo. A emoção inicial da descoberta havia se dissipado e, em seu rastro, ficara a percepção de que seria uma loucura contar logo a Edward sobre aqueles buracos dos padres. As plantas tinham séculos de idade; era perfeitamente possível que as câmaras tivessem sido seladas anos antes ou que os planos, embora discutidos, nunca tivessem sido implementados. Como seria embaraçoso fazer um grande anúncio apenas para se descobrir que era um engano! Lucy não gostava de cometer erros. Muito melhor investigar os esconderijos secretos primeiro.

Depois que Emma foi dispensada e Lily se tornou pouco mais que um pontinho cor de fogo do outro lado do prado, Lucy pegou as plantas. A primeira câmara parecia ficar na escada principal, o que era tão improvável que Lucy de início pensou que devia estar lendo errado. Ela já havia subido a escada umas cem vezes e se sentara ali para ler na elegante cadeira de madeira curvada junto à janela em vários momentos; além de um calor agradável onde as escadas faziam a curva, ela não havia notado nada fora do comum.

Somente ao pegar a lupa na mesa de cedro da biblioteca e começar a decifrar a carta foi que encontrou as instruções que lhe faltavam. Havia um degrau falso, dizia a carta. O primeiro depois do patamar fora construído de modo a se inclinar, quando acionado corretamente, revelando a entrada de uma pequena câmara secreta. Mas que ficasse avisado, continuava a carta: o alçapão fora projetado de modo a permanecer discreto, por isso o mecanismo oculto só podia ser acionado do lado de fora.

Parecia algo saído de uma daquelas histórias para meninos, e Lucy correu para investigar, afastando a cadeira enquanto se ajoelhava no chão.

Não havia nada à vista que sugerisse que a escada não fosse comum, e Lucy franziu a testa novamente para a carta. Observou a descrição, que incluía um esboço de uma trava operada por mola, e depois sorriu para si mesma. Pressionando cada canto da elevação de madeira, ela prendeu a respiração até que por fim ouviu um clique discreto e notou que o painel havia se destacado ligeiramente da posição na base. Ela deslizou os dedos pela fenda recém-revelada e a levantou, deslizando-a para debaixo de um espaço sob o degrau de cima. Uma abertura fina e astuta foi revelada, grande o suficiente – apenas – para acomodar um homem sem excesso de peso.

Lucy só pensou por uma fração de segundo antes de deslizar para dentro da cavidade.

O espaço era pequeno: não tinha altura suficiente para ficar sentada, a menos que sua cabeça estivesse tão inclinada para a frente que seu queixo tocasse o peito, então ela se deitou. O ar ali dentro estava velho e abafado; o chão estava quente, e Lucy supôs que a chaminé da cozinha corresse ali debaixo. Ela ficou bem quieta, prestando atenção. Era surpreendentemente silencioso. Depois se virou de lado e pressionou a orelha contra a parede. Silêncio morto de madeira. Sólido, como se houvesse camadas de tijolos do outro lado.

Lucy tentou imaginar o projeto da casa, como aquilo podia existir. Enquanto fazia isso, a constatação de que estava deitada em uma câmara secreta – projetada para manter um homem escondido dos inimigos empenhados em destruí-lo, com um alçapão que podia facilmente se fechar a qualquer momento, deixando-a sozinha em um espaço escuro, afogando-se no ar denso e crepitante, sem ninguém saber o que ela havia encontrado e para onde tinha ido – começou a sufocá-la. Lucy sentiu um pânico repentino contrair seus pulmões, sua respiração ficou curta e ruidosa e ela se levantou o mais rápido que pôde, batendo a cabeça no teto da câmara na pressa de se libertar.

O segundo esconderijo ficava no corredor, e era lá que Lucy estava agora. Era uma perspectiva muito diferente: um esconderijo dentro do lambri, atrás de um engenhoso painel deslizante que podia ser aberto, felizmente, por dentro e por fora. O espaço lá dentro não era grande, mas passava uma sensação totalmente diferente da câmara: havia algo de reconfortante naquele esconderijo. Lucy notou que não estava realmente escuro, para começar, e o painel da entrada era fino o suficiente para que pudesse ouvir através dele.

Ela escutou quando os outros retornaram do rio, rindo enquanto se perseguiam pelos corredores; ela também ouviu quando Felix e Adele discutiram sobre uma piada (segundo ele) que tinha sido de mau gosto (de acordo com ela); e ouviu o primeiro grande trovão que ecoou pelo rio e tomou a casa. Lucy tinha acabado de decidir sair do esconderijo e pressionou a orelha contra o painel para se certificar de que não havia ninguém no corredor para vê-la aparecer e descobrir seu segredo. Foi quando percebeu os passos de Edward se aproximando.

Ela pensou em aparecer no caminho dele e surpreendê-lo, e estava imaginando se essa não era a maneira perfeita de lhe revelar os buracos dos padres quando o ouviu dizer:

– Venha aqui, esposa.

Lucy parou com a mão no painel.

– O que foi, marido? – Era a voz de Lily Millington.

– Mais perto.

– Assim?

Lucy se recostou no painel, ouvindo. Eles não disseram mais nada, mas Edward riu baixinho. Havia um tom de surpresa no riso, como se ele tivesse acabado de ouvir algo inesperado, mas agradável, e alguém ofegou, e então...

Nada.

Dentro do esconderijo, Lucy percebeu que estava prendendo a respiração. Ela a soltou.

Dois segundos depois, tudo ficou preto e um grande estrondo de trovão sacudiu a casa e a terra antiga por baixo.

Os outros já estavam na sala de jantar quando Lucy chegou. Um candelabro fora colocado no meio da mesa, com nove longas velas brancas soltando fumaça em direção ao teto. O vento aumentara do lado de fora e, embora fosse verão, a noite estava fria. Alguém acendera um fogo baixo, que cintilava e estalava na lareira, e Edward e Lily estavam sentados ali perto. Lucy foi até a poltrona de mogno do outro lado da sala.

– Bem, não tenho medo de fantasmas – dizia Adele, empoleirada ao lado de Clare no sofá coberto de tapeçaria que ficava contra a parede maior; era um assunto ao qual a dupla retornava com frequência. – Eles são apenas pobres almas presas procurando libertação. Acho que deveríamos tentar uma mesa girante... ver se conseguimos convidar um para se juntar a nós.

– Você tem um tabuleiro ouija?

Adele fez uma careta.

– Eu não.

Edward estava inclinado para Lily e Lucy podia ver seus lábios se movendo enquanto ele falava. Lily balançava a cabeça de vez em quando e, enquanto Lucy observava, ela estendeu a mão para roçar os dedos ao longo da borda da echarpe de seda azul do pescoço dele.

– Estou faminto – disse Thurston, rodeando a mesa. – Onde está aquela garota?

Lucy se lembrou de Emma dizendo que ia para casa descansar.

– Ela planejava voltar a tempo de servir o jantar.

– Então está atrasada.

– Talvez a tempestade a tenha detido – disse Felix, parado perto da janela, esticando o pescoço para ver algo no beiral. – Está chovendo muito. A calha já está transbordando.

Lucy olhou de novo para Edward e Lily. Era possível, claro, que ela tivesse ouvido errado o que disseram no corredor. Mais provável, porém, que simplesmente tivesse entendido errado. A Irmandade Magenta estava sempre inventando apelidos diferentes uns para os outros. Por um tempo, Adele tinha sido chamada de "bichano", porque Edward a pintou em uma cena como um tigre; e Clare já foi "rosinha", depois que Thurston cometeu um erro de cálculo infeliz com seus pigmentos e deu-lhe um rubor exagerado nas faces.

– Toda casa que se preze tem um fantasma hoje em dia.

Clare deu de ombros.

– Ainda não vi nenhum.

– *Ver?* – disse Adele. – Não seja tão antiquada. Hoje em dia, todo mundo sabe que os fantasmas são invisíveis.

– Ou translúcidos. – Felix se virou para encará-las. – Como nas fotografias de Mumler.

E em *Um conto de Natal*. Lucy se lembrou da descrição do fantasma de Marley arrastando suas correntes e cadeados; do jeito que Scrooge podia olhar através dele até os botões na parte de trás do casaco.

– Suponho que podemos criar um tabuleiro ouija – disse Clare. – São apenas algumas letras e um copo.

– Isso é verdade... O fantasma fará o resto.

– Não – disse Edward, erguendo os olhos. – Nada de tabuleiro ouija. Nada de mesas girantes.

– Ah, Edward! – Clare fez beicinho. – Não estrague a diversão. Você não está curioso? Talvez haja algum fantasma aqui em Birchwood apenas esperando para se apresentar a você.

– Não preciso de um tabuleiro ouija para me dizer que há uma presença nesta casa.

– Como assim? – perguntou Adele.

– Sim, Edward – foi a vez de Clare –, o que você quer dizer?

Por uma fração de segundo, Lucy pensou que ele ia contar tudo sobre a Noite da Perseguição e seus olhos arderam com lágrimas. Aquele era o segredo *deles*.

Mas Edward não contou. Em vez disso, contou-lhes a história das crianças Eldritch, o conto popular sobre as três crianças misteriosas que, segundo a lenda, há muito tempo apareceram no campo junto à floresta, confundindo os agricultores locais com sua pele que brilhava e seus longos cabelos cintilantes.

Lucy quase riu de alívio.

Os outros ouviram, fascinados, enquanto Edward dava vida à história: o povo da aldeia ansioso para culpar as crianças estranhas quando as colheitas foram mal e os membros de suas famílias adoeceram; o gentil casal de velhos que as acolheu, levando-as para a segurança de uma pequena cabana de pedra em uma curva do rio; o grupo enfurecido que invadiu o local uma noite, suas tochas acesas, cheios de fúria. E então, no último momento, o som sobrenatural do vento e o aparecimento da luminosa rainha das fadas.

– É isso que estou pintando para a exposição. A rainha das fadas, protetora do reino, salvadora das crianças, no exato momento em que o portal entre os mundos é aberto. – Ele sorriu para Lily Millington. – Sempre quis pintá-la e, agora que finalmente a encontrei, eu posso.

Houve muito entusiasmo dos outros e, em seguida, Felix disse:

– Você acabou de me dar uma ideia maravilhosa. Já ficou abundantemente claro, na última quinzena, que nunca chegará o dia em que uma brisa não sopre nesse seu rio. – Como se para confirmar o que ele dizia, uma grande rajada sacudiu as vidraças e fez o fogo assobiar na lareira. – Estou pronto para aposentar Lady de Shalott por um tempo. Em vez disso, sugiro que montemos uma fotografia exatamente como Edward descreveu, com a rainha das fadas e seus três filhos.

– Mas são quatro personagens e há apenas três modelos aqui – disse Clare. – Você está sugerindo que Edward faça o papel de um deles?

– Ou Thurston – disse Adele, rindo.

– Eu estava pensando em Lucy, é claro.

– Mas Lucy não é modelo.

– É ainda melhor; é uma criança de verdade.

Lucy sentiu as bochechas esquentarem com a expectativa de ser convidada a servir de modelo em uma das fotografias de Felix. Ele havia capturado imagens de todos na última quinzena, mas apenas para praticar e não com o intuito de criar arte – não para uma possível exibição na exposição de Ruskin.

Clare disse algo, mas foi abafada por um trovão tão alto que a casa tremeu. E então:

– Está resolvido – disse Felix, e as conversas se desviaram para as fantasias: como poderiam fazer guirlandas, se daria para usar gaze para ajudar a criar o efeito de brilho nas crianças Eldritch.

Thurston se aproximou de Edward.

– Você disse que havia fantasmas aqui em Birchwood Manor, mas depois nos contou uma história sobre uma rainha das fadas resgatando seus filhos.

– Eu não disse que havia fantasmas. Disse que havia uma presença... e ainda não cheguei ao fim da história.

– Continue, então.

– Ao chegar para levar seus filhos de volta ao reino das fadas, a rainha ficou tão agradecida ao velho casal humano protetor que lançou um encantamento em sua casa e em suas terras. Até hoje, diz-se que uma luz pode ser vislumbrada às vezes na janela superior de qualquer casa que fique sobre este terreno: a presença do povo Eldritch.

– Uma luz na janela.

– É o que dizem.

– Você já a viu?

Edward não respondeu de imediato e Lucy soube então que ele estava pensando na Noite da Perseguição.

Thurston insistiu:

– Você me escreveu quando comprou Birchwood Manor e me disse que a casa o atraía havia muito tempo. Eu não sabia do que você estava falando, então você disse que me contaria na próxima vez que nos encontrássemos. A essa altura, porém, já tinha outras coisas em mente.

O olhar dele se desviou por um instante, indo pousar em Lily Millington, que o encarou sem qualquer brilho de um sorriso.

– É verdade, Edward? – perguntou Clare, do outro lado da mesa. – Você viu uma luz na janela?

Edward não respondeu de pronto e Lucy quis chutar a canela de Clare com força por pressioná-lo daquele jeito. Ainda se lembrava de como ele ficara assustado depois da Noite da Perseguição, sua pele pálida e as sombras escuras sob seus olhos depois de passar a noite no sótão, de vigília, esperando para ver se o que o havia perseguido o encontraria na casa.

Ela tentou chamar a atenção dele, sinalizar que entendia, mas Edward estava concentrado em Lily Millington. Estava lendo o rosto dela, como se fossem as únicas duas pessoas na sala.

– Devo contar a eles? – perguntou.

Lily segurou a mão dele.

– Só se você quiser.

Com um leve aceno de cabeça e um sorriso que o fez parecer mais jovem, ele começou a falar:

– Há muitos anos, quando eu ainda era garoto, me aventurei naquela floresta sozinho à noite e algo aterrorizante...

De repente, ouviu-se uma batida forte à porta da frente.

Clare gritou e agarrou Adele.

– Deve ser Emma – disse Felix.

– Já era hora – respondeu Thurston.

– Mas por que Emma bateria? – perguntou Lily. – Ela nunca bate.

A batida veio novamente, mais alta daquela vez, e então se ouviu o ranger das dobradiças da porta da frente sendo aberta.

No brilho tremeluzente das velas, todos se entreolharam, esperando enquanto passos soavam no corredor.

Enquanto um relâmpago iluminava de prata o mundo exterior, a porta se abriu e uma rajada de vento entrou, lançando sombras ameaçadoras ao longo das paredes.

Ali, no limiar, trajando o vestido de veludo verde que usara para posar para o retrato, estava a noiva de Edward.

– Desculpe pelo atraso – disse Fanny enquanto um trovão ecoava atrás dela. – Espero não ter perdido nada importante.

CAPÍTULO 26

Fanny entrou na sala e começou a tirar as luvas de lã, e com ela veio uma mudança invisível, mas potente. Lucy não sabia exatamente como, mas, depois de um longo momento de suspensão, todos começaram a agir de pronto, como se seus movimentos tivessem sido coreografados. Clare e Adele iniciaram uma profunda conversa íntima no sofá (mas mantendo um ouvido atento aos acontecimentos), Felix voltou sua atenção para a calha do lado de fora da janela, Thurston comentou alto e de maneira genérica sobre sua fome e a dificuldade de encontrar boas empregadas, e Lily pediu licença, murmurando algo sobre queijo e pão para o jantar ao sair da sala. Edward, enquanto isso, foi até Fanny e começou a ajudá-la com seu casaco encharcado.

Mas Lucy não pegou a deixa. Em vez disso, ficou sentada como uma boba na poltrona, olhando de um lado para outro, em busca de alguém a quem pudesse recorrer. Não encontrando, ela se levantou sem jeito e caminhou lentamente em direção à porta, passando por Fanny, que estava dizendo:

– Uma taça de vinho, Edward. Vinho tinto. A viagem de Londres foi torturante.

Lucy se viu indo para a cozinha. Lily estava junto à grande mesa de madeira, cortando fatias de uma roda de queijo cheddar. Ela ergueu os olhos quando Lucy apareceu à porta.

– Está com fome?

Lucy percebeu que estava. Com toda a empolgação do dia – a descoberta das plantas, a busca por Edward, a descoberta dos buracos dos padres –, ela tinha esquecido completamente do chá. Então pegou a faca serrilhada e começou a cortar fatias grossas do pão.

Lily acendera a lâmpada de sebo que Emma gostava de usar e o cheiro de carne gordurosa permeava o cômodo. Não era um odor agradável, mas sua familiaridade naquela noite, enquanto a chuva caía do lado de fora e a dinâmica mudava maliciosamente ali dentro, foi um cheiro bem-vindo e Lucy experimentou uma pontada inesperada de nostalgia.

Ela se sentiu muito jovem, de repente, e só queria ser uma criança pequena outra vez, para quem tudo era preto e branco, e cuja cama estava sendo preparada pela babá, com uma panela de metal sob as cobertas para afastar o frio e a umidade.

– Quer ver um truque?

Lily Millington não parou sua tarefa de fatiar queijo e Lucy estava tão distraída que se perguntou se poderia ter ouvido errado.

Lily ergueu os olhos para ela então e pareceu observá-la; ela estendeu a mão sobre a mesa, com uma expressão levemente curiosa, e pegou algo delicadamente de trás da orelha de Lucy. Em seguida abriu a mão e revelou uma moeda de prata em sua palma.

– Um xelim! Que sorte a minha. Vou ter que verificar você com mais frequência.

– Como você fez isso?

– Mágica.

Os dedos de Lucy foram rapidamente para a pele atrás da orelha.

– Você me ensina?

– Vou pensar. – Lily pegou algumas fatias de pão da tábua de Lucy. – Sanduíche?

Ela fez um para si também e foi se sentar à ponta da mesa mais próxima da janela da frente.

– O privilégio da cozinheira – disse ela quando notou Lucy observando. – Não vejo razão para nos apressarmos. Os outros têm muito que fazer. Eles não vão morrer de fome.

– Thurston disse que estava faminto.

– Disse, foi?

Lily Millington deu uma boa mordida em seu sanduíche. Lucy foi se sentar ao lado dela, à ponta da mesa. Do lado de fora, pela janela, uma fenda entre as nuvens revelou um pequeno pedaço de céu claro acima da tempestade, onde algumas estrelas distantes brilhavam.

– Você acha que um dia saberemos como as estrelas surgiram? – perguntou Lucy.

– Acho.

– Sério? Como você pode ter tanta certeza?

– Porque um químico chamado Bunsen e um físico chamado Kirchhoff descobriram como usar o espectro produzido quando a luz solar passa através de um prisma para nomear os elementos químicos presentes no Sol.

– E as estrelas?

– Dizem que é igual. – Lily Millington também estava olhando para o céu distante, seu perfil iluminado pela luz nebulosa da lâmpada de sebo. – Meu pai me dizia que nasci com uma estrela da sorte.

– Uma estrela da sorte?

– Superstição de um velho marinheiro.

– Seu pai era marinheiro?

– Ele era relojoeiro, um relojoeiro muito bom. Consertava a coleção de um capitão aposentado em Greenwich e foi lá que encheu a cabeça de superstições marítimas. Foi em Greenwich que olhei pela primeira vez através de um telescópio.

– O que você viu?

– Tive muita sorte, pois Netuno tinha acabado de ser descoberto. Um planeta novo e antigo ao mesmo tempo.

Lucy desejou que o pai tivesse sido um relojoeiro que a levasse ao Observatório Real.

– Meu pai morreu quando eu era criança. Foi atropelado por uma carruagem.

Lily se virou e sorriu para ela.

– Então vamos torcer para que tenhamos mais sorte do que eles. – Ela inclinou a cabeça em direção à mesa. – Por enquanto, suponho que seja hora de alimentar os outros.

Quando Lucy terminou o sanduíche, Lily juntou o restante do pão e do queijo e arrumou o jantar em uma travessa de porcelana.

Sim, Lily era diferente das modelos que vieram antes, aqueles rostos bonitos que lembravam Lucy das folhas que caíam das imensas tílias no outono – o verde mais exuberante no verão, mas que durava apenas uma estação antes de partirem; substituídas no ano seguinte por uma nova safra. Lily Millington sabia de ciência e tinha visto Netuno através de um telescópio, e havia algo nela que aparecia nas pinturas de Edward. Algo que o fizera lhe contar sobre a Noite da Perseguição. Lucy tinha a sensação de que deveria odiar Lily por isso, mas não odiava.

– Onde você aprendeu a fazer mágica? – perguntou.
– Aprendi com um artista de rua francês em Covent Garden.
– Mentira.
– Verdade.
– Quando era criança?
– Sim, bem pequena.
– O que você estava fazendo em Covent Garden?
– Furtando carteiras, principalmente.

Lucy soube então que Lily estava brincando. Edward também fazia isso quando queria encerrar uma conversa. Assim que terminou o sanduíche, notou que as nuvens já estavam fechadas e as estrelas haviam desaparecido.

Quando elas voltaram à sala de jantar, Edward estava saindo, com uma vela na mão, e Fanny se apoiando pesadamente em seu outro braço.

– A Srta. Brown está cansada depois do dia de viagem – disse ele com delicadeza. – Vou levá-la para a cama.

– É claro – disse Lily. – Vou guardar o seu jantar.

– Eu sei que você não estava falando sério, Edward – disse Fanny enquanto caminhavam lentamente pelo corredor, com a voz mais rouca que o normal. – Não contei a ninguém. Você só estava confuso. É normal antes do casamento.

– Shh, tudo bem. – Edward a ajudou a subir as escadas. – Falaremos sobre isso amanhã.

Lucy não voltou para a sala de jantar; em vez disso, observou o casal desaparecer e, quando considerou seguro, subiu as escadas. Edward, ela notou, havia levado Fanny para o quarto ao lado do dela. Era pequeno, mas bonito, com uma cama de dossel e uma penteadeira de nogueira embaixo da janela.

Tudo estava calmo até Lucy ouvir Fanny comentar que a janela dava para o leste, em direção ao cemitério da aldeia.

– É apenas um tipo diferente de sono – Lucy ouviu Edward dizendo –, nada além disso. Apenas o longo sono dos mortos.

– Mas, Edward… – A voz dela ecoou pela porta aberta e pelo corredor. – Traz má sorte dormir com os pés na direção dos mortos.

Qualquer que tenha sido a resposta de Edward, foi baixa demais para ser ouvida, pois as palavras seguintes vieram novamente de Fanny:

– O seu quarto fica aqui perto? Caso contrário, ficarei com medo.

Lucy vestiu a camisola e foi para a própria janela. A trepadeira que crescia vorazmente ao longo da parede de pedra da casa havia invadido o quarto e um ramo de flores estava no peitoril úmido. Lucy as pegou uma a uma, jogando as pétalas para fora e vendo-as cair como neve.

Estava pensando em Fanny, do outro lado da parede, quando ouviu a voz de Edward no gramado lá embaixo.

– Imagino que é a você que tenho que agradecer por isso.

Tomando o cuidado de se manter fora de vista, Lucy esticou o pescoço para ver quem mais estava lá. Thurston. A chuva tinha parado e o frio no ar, aumentado. Uma lua inchada havia surgido no céu claro, mais brilhante, ao que parecia, comparada à escuridão precedente, e Lucy podia ver os dois homens perto do caramanchão de glicínias que se estendia em direção ao pomar.

– Ela disse que você lhe escreveu dizendo onde me encontrar.

Thurston tinha um cigarro entre os lábios e segurava o rifle das Guerras Napoleônicas, mirando sem o menor cuidado os adversários imaginários no castanheiro atrás da casa. Naquele momento, ele deixou o gatilho girar em torno de seu dedo, como uma pantomima de vilão, e estendeu os braços para os lados.

– De modo algum. Escrevi para sugerir uma conversa e, quando nos encontramos, *falei* a ela onde encontrá-lo.

– Você é um desgraçado, Thurston.

– O que mais eu podia fazer? A pobre garota implorou a minha misericórdia.

– Sua misericórdia! Você está se divertindo.

– Edward, você me magoa. Estou apenas sendo um bom amigo. Ela me implorou para ajudá-lo a ver as coisas com clareza. Disse que você perdeu a cabeça e se comportou de maneira inadequada.

– Conversei com ela… escrevi para ela também, explicando tudo.

– Tudo? Duvido. "Não acredito", ela ficou dizendo. "Ele não sabe quem é meu pai? O que meu pai fará com ele? O que isso faria comigo?" E também: "Por que ele está fazendo isso? Que motivo ele poderia ter para quebrar sua promessa?" – Thurston riu. – Não, acho que você não explicou *tudo*, meu querido Edward.

– Eu disse a ela o necessário, sem magoá-la demais. – A voz de Edward estava baixa, furiosa.

– Bem, não importa o que você escreveu, agora é pouco mais que uma pilha de cinzas na lareira do pai dela. Fanny se recusou a aceitar. Ela me disse que precisava ver você pessoalmente para esclarecer as coisas. Quem era eu para recusar? Você devia estar me agradecendo. Não é segredo que sua família precisa do que Fanny tem a oferecer. – Os lábios dele se curvaram em um sorriso cruel. – Suas pobres irmãs não têm muita esperança.

– Minhas irmãs não são da sua conta.

– Gostaria que você dissesse isso a Clare. Ela está fazendo de tudo para se tornar da minha conta. Estou quase disposto a dar ela o que ela precisa. De outro modo, vai estragar minha pintura com seu maldito desejo. Também ficarei feliz em cuidar de Lily, depois que você e Fanny acertarem suas diferenças.

O caramanchão estava no caminho, de modo que Lucy não viu o primeiro soco; ela só viu Thurston cambaleando para trás no gramado, a mão na mandíbula e um meio sorriso de surpresa no rosto.

– Só estou tentando ajudar, Radcliffe. Fanny pode ser um tédio, mas ela lhe dará uma casa e permitirá que você pinte. Nunca se sabe: com tempo e um pouco de sorte, ela pode até aprender a fingir não ver certas coisas.

<hr>

Lucy ficou deitada na cama depois, ruminando. A briga entre Edward e Thurston não durou muito e, quando acabou, eles seguiram caminhos diferentes. Lucy se afastou da janela e deslizou para debaixo das colchas frias. Ela sempre gostara de ficar sozinha, mas então, ao notar a sensação corroendo seu estômago, percebeu que se sentia solitária. Mais do que isso, estava insegura, o que era infinitamente pior.

O pequeno relógio de bronze na mesa de cabeceira de Lucy dizia que era meia-noite e cinco, o que significava que ela estava deitada, esperando que o sono viesse, havia mais de uma hora. A casa estava imóvel; o tempo pesado do lado de fora havia se acalmado. Alguns pássaros noturnos emergiram de seus esconderijos para pousar nos galhos do castanheiro iluminado pela lua. Lucy podia ouvi-los piando. Por que, ela se perguntou, os minutos se prolongavam e as horas se tornavam intermináveis quando estava escuro?

Ela se sentou.

Estava bem acordada e não havia sentido em fingir o contrário.

Sua mente estava agitada demais para dormir. Ela queria entender o que estava acontecendo. Edward tinha dito que Fanny Brown não iria a Birchwood Manor, e ainda assim ali estava ela. Todo mundo parecia saber o suficiente para se comportar de maneira estranha; Thurston e Edward até brigaram sob sua janela.

Quando era garotinha e seus pensamentos acelerados se recusavam a deixá-la dormir, era sempre a Edward que Lucy recorria. Ele contava uma história e respondia a qualquer pergunta que ela tivesse; ele a acalmava e geralmente a fazia rir. Lucy sempre se sentia melhor depois de vê-lo.

Decidiu ir conferir se ele ainda estava acordado. Era tarde, mas Edward não se importaria. Ele era uma coruja, muitas vezes trabalhando em seu estúdio até muito depois da meia-noite, as velas queimando nos gargalos das velhas garrafas verdes que ele colecionava.

Ela se esgueirou para o corredor, mas não viu luz vindo de debaixo de nenhuma das portas dos quartos.

Lucy ficou muito quieta, prestando atenção.

Um leve ruído veio do andar de baixo. O suave e breve arranhar de uma perna de cadeira se movendo contra o piso de madeira.

Ela sorriu para si mesma. Claro: ele estaria na sala Mulberry, com suas tintas e seu cavalete. Ela deveria ter imaginado. Edward sempre dizia que a pintura ajudava a clarear sua mente – que, sem isso, seus pensamentos o deixavam louco.

Lucy desceu as escadas na ponta dos pés, passando pela plataforma que escondia a câmara secreta, até o térreo. Como esperava, um leve lampejo de velas emanava da sala no fim do corredor.

A porta estava entreaberta e Lucy hesitou ao chegar lá. Edward não gostava de ser incomodado quando estava trabalhando, mas naquela noite, depois do que acontecera com Thurston, ele certamente ficaria tão feliz quanto ela por ter companhia. Com cuidado, Lucy empurrou a porta, apenas o suficiente para que pudesse enfiar a cabeça e ver se ele estava lá.

Primeiro, ela viu a pintura. O rosto de Lily Millington, deslumbrante, real, sobrenatural, a encarou de volta, os cabelos ruivos em chamas. Lily Millington, a rainha das fadas, era luminosa.

Lucy então notou a joia no pescoço de Lily: a mesma que ela vislumbrara ao dar uma espiada ilícita no caderno de desenho de Edward, agora representada em cor. Azul iridescente e brilhante. Assim que viu aquele tom surpreendente, ela soube o que era, pois Lucy já ouvira muito sobre o pingente Radcliffe Blue, mesmo que nunca o tivesse visto pessoalmente. E não o estava vendo "pessoalmente" agora, lembrou a si mesma; apenas a representação imaginada por Edward: um talismã no pescoço de sua rainha das fadas.

Então um barulho ecoou do interior da sala e Lucy espiou pela fresta da porta. Estava prestes a chamar Edward quando o viu no sofá e parou. Ele não estava sozinho. Edward estava sobre Lily Millington, seus cabelos úmidos caindo no rosto enquanto os dela estavam espalhados, brilhando na almofada de veludo; ele não vestia nada, nem ela; suas peles iluminadas por velas, macias, e os dois se olhando, presos em um momento que pertencia somente a eles.

Lucy conseguiu se retirar da sala sem ser vista. Fugiu de volta pelo corredor e subiu as escadas para o quarto, onde se jogou na cama. Queria desaparecer, explodir, como uma estrela, em pedaços minúsculos de poeira que queimavam e se tornavam nada.

Não entendia o que estava sentindo, por que estava sofrendo daquela maneira. Lágrimas caíram e ela abraçou o travesseiro contra o peito.

Estava envergonhada, percebeu. Não por eles, pois eram lindos. Não, Lucy estava envergonhada de si mesma. De repente, soube que era uma criança. Uma moça desajeitada que não era bonita nem desejável, que era inteligente, sem dúvida, mas, de resto, comum; que não era, ela agora via claramente, a pessoa mais especial na vida de ninguém.

O jeito que Edward olhava para Lily, o jeito que eles olhavam um para o outro – ele nunca olhara para Lucy assim, nem deveria, nem ela queria. No entanto, ao mesmo tempo, quando imaginava a expressão dele, Lucy sentia que alguma coisa frágil e importante estava desmoronando e desaparecendo dentro dela, porque entendia que sua infância juntos, sendo irmão e irmã, havia terminado e que agora eles estavam em lados opostos de um rio.

Lucy foi acordada por um barulho tremendo e seu primeiro pensamento foi de que a tempestade havia voltado com fúria. Quando abriu os olhos, porém, a luz se espalhou e ela viu que era uma manhã clara e brilhante. Também notou que estava encolhida em um emaranhado de lençóis ao pé da cama.

O barulho voltou e Lucy percebeu que era Thurston atirando nos pássaros. Os acontecimentos do dia anterior lhe voltaram depressa.

Estava com dor de cabeça. Às vezes acontecia, quando não dormia o suficiente, então desceu para buscar um copo de água. Esperava encontrar Emma na cozinha e afundar na cadeira ao lado do fogão, ouvindo a empregada contar histórias locais e fofocar sobre os outros. Mas Emma não estava lá; a cozinha estava vazia e não mostrava sinais de que alguém houvesse entrado ali desde que ela e Lily tinham preparado sanduíches de queijo, na noite anterior.

A noite anterior. Lucy balançou a cabeça na tentativa de afastar a confusão do que tinha visto no estúdio de Edward. Certamente fornecia uma explicação sobre a conversa que ela ouvira entre o irmão e Thurston. Também explicava por que Edward não queria que Fanny Brown fosse a Birchwood Manor naquele verão. Mas o que tudo aquilo significava? O que ia acontecer?

Encheu um copo com água e, ao notar uma linha de luz se esgueirando através dos azulejos por baixo da porta dos fundos, decidiu bebê-lo lá fora.

Tudo ficava melhor sob o grande céu azul, e Lucy andou descalça pela grama úmida de orvalho. Quando chegou à quina da casa, fechou os olhos e inclinou o rosto para o sol da manhã. Eram apenas nove horas, mas já havia a promessa de calor.

– Bom dia, pequena Radcliffe. – Lucy abriu os olhos e viu Thurston sentado na cadeira de ferro de Edward, sorrindo com um cigarro na boca. – Venha e sente-se com o tio Thurston. Posso até deixar você segurar meu rifle, se for uma boa garota.

Lucy balançou a cabeça e ficou onde estava.

Ele riu, levantando a arma para mirar casualmente um pardal que havia pousado por um instante no caramanchão de glicínias, e fingiu apertar o gatilho.

– Você não devia atirar nos pássaros.

– Há muitas coisas na vida que não se deve fazer, Lucy. E geralmente são as coisas de que mais gostamos. – Ele abaixou a arma. – Você tem um grande dia pela frente.

Lucy não sabia do que ele estava falando, mas não queria lhe dar o prazer de ouvi-la admitir isso. Então o encarou friamente e esperou que ele continuasse.

– Aposto que você não imaginou que posaria neste verão.

Com tudo que acontecera desde então, Lucy havia esquecido a sugestão de Felix da noite anterior, sua determinação em fazer uma foto baseada no conto das crianças Eldritch.

– A pequena e deslumbrante Lucy. Já treinou suas poses?
– Não.
– Boa menina. Natural é melhor. Tentei dizer isso a Clare. As pessoas mais bonitas são as que não fazem o esforço de ser.
– Felix pretende tirar a foto hoje?
– Houve muita conversa mais cedo sobre captura de luz.
– Cadê os outros?

Thurston se levantou e indicou o sótão com o cano da espingarda.
– Dando uma olhada no baú de roupas.

Ele enfiou a arma embaixo do braço e passou por Lucy a caminho da cozinha.
– Emma não está.
– Foi o que ouvi dizer.

Lucy se perguntou o que mais ele ouvira.
– Você sabe onde ela está?
– Em casa, de cama, doente. Um mensageiro veio de manhãzinha, alguém da aldeia... Ela não virá hoje e nós temos que nos virar.

Lucy encontrou os outros no sótão, onde, como Thurston dissera, estavam ocupados tirando roupas do grande baú, experimentando vestidos esvoaçantes, prendendo-os com fitas na cintura e conversando animadamente sobre a melhor forma de tecer guirlandas para seus cabelos. A novidade de ser incluída deixou Lucy tímida e ela ficou parada no canto, perto do topo da escada, enquanto esperava ser convidada a se aproximar.

– Precisamos garantir que eles combinem – disse Clare para Adele.
– Mas que não sejam iguais. Cada uma das crianças Eldritch devia ter um tipo diferente de magia.
– É mesmo?
– Poderíamos mostrar isso através do uso de diferentes flores. Eu usarei uma rosa; você pode usar uma madressilva.

– E Lucy?

– O que ela quiser. Não sei... uma margarida, talvez. Algo condizente. Você não acha, querido?

– Sim, sim, maravilhoso! – respondeu muito animado Felix, que mal estava prestando atenção.

Ele estava junto à janela, segurando um pedaço de gaze fina contra a luz, estreitando primeiro um olho e depois o outro enquanto considerava seu efeito. Lily não estava presente, Lucy percebeu. Nem Fanny, nem Edward.

Adele pegou Clare pela mão e juntas eles passaram por Lucy em uma corrida empolgada.

– Vamos, sua molenga. – Clare chamou do meio da escada. – Você precisa fazer uma guirlanda também.

Algumas rosas estavam um pouco emaciadas depois da chuva da noite anterior, com as pétalas delicadas espalhadas pela grama, mas havia tanta abundância que elas ainda tinham muitas opções.

Ao longo da parede de pedra que margeava o pomar, havia uma série de arbustos de margarida e Lucy escolheu uma seleção de flores cor-de-rosa, brancas e amarelas, mantendo os caules longos o suficiente para poder se sentar em um pedaço de grama seca depois e trançá-los. A guirlanda não duraria muito, mas Lucy ficou feliz com seu progresso. Nunca tinha feito algo assim antes e, em qualquer outro contexto, consideraria a ocupação um desperdício frívolo de tempo. Mas aquilo era diferente. Lucy hesitara sobre participar da fotografia de Felix, mas estava começando a ficar animada. Ela nunca teria admitido – nem era capaz de explicar o sentimento para si mesma –, mas fazer parte da fotografia fez com que se sentisse mais uma *pessoa real* do que antes.

Lily se juntara a elas no jardim e estava sentada em silêncio, tecendo a própria guirlanda; Lucy, olhando furtivamente de onde estava sentada de pernas cruzadas, junto das margaridas, notou uma leve ruga entre suas sobrancelhas. Thurston também pegara seu caderno de desenho e canetas e estava ajudando Felix a montar as placas de vidro e colódio, pronto para carregá-las com a câmera e a tenda para a floresta. Apenas Edward e Fanny estavam ausentes, e Lucy se perguntou se eles estavam tendo a "conversa" que Edward havia prometido enquanto a conduzia para a cama na noite anterior.

Felix disse que a luz seria melhor no meio do dia, quando o sol estivesse mais forte, e tudo foi feito de acordo com a vontade dele.

Pelo resto da vida, Lucy se lembraria da aparência dos outros, vestidos com suas guirlandas e fantasias enquanto seguiam pela grama alta em direção à floresta. Flores silvestres salpicavam a grama e farfalhavam quando a brisa leve soprava calorosamente sobre elas.

Passaram pelo celeiro com a máquina de debulhar e já estavam chegando ao rio quando o grito veio de trás deles:

– Esperem por mim. Quero estar na fotografia.

Eles se viraram e viram Fanny correndo na sua direção. Edward estava atrás dela, um olhar tempestuoso no rosto.

– Quero estar na foto – repetiu ela, aproximando-se. – Quero ser a rainha das fadas.

Felix, com o tripé de madeira equilibrado no ombro, balançou a cabeça, confuso.

– Preciso que Lily seja a rainha das fadas; tem que ser a mesma da pintura de Edward. Quero que sejam obras combinadas. Qual a melhor forma de demonstrar que a fotografia e a pintura estão no mesmo nível? Mas Fanny pode ser uma das princesas.

– Estamos noivos, Edward. Eu deveria ser a rainha das fadas da sua história.

Lily olhou para Edward.

– É claro que ela deveria.

– Não pedi sua opinião – disse Fanny com um sorriso. – Você é paga para ficar parada, com um olhar perdido. Eu estava conversando com meu noivo.

– Fanny – disse Edward, com uma nota de cautela controlada em sua voz –, eu te disse…

– Vou perder a luz perfeita – alertou Felix com certo desespero. – Preciso de Lily como rainha, mas, Fanny, você pode ser a criança de mais destaque. Clare e Adele, uma de cada lado.

– Mas, Felix…

– Adele, já chega. A luz!

– Lucy, entregue sua guirlanda a Fanny para que possamos começar – disse Clare.

Em uma fração de segundo, Lucy viu os rostos de Clare, Edward, Lily, Felix e Fanny, todos olhando para ela, e então, sem dizer uma palavra, começou a correr.

– Lucy, espere!

Mas Lucy não esperou. Ela jogou a guirlanda no chão e continuou correndo, como uma garotinha, todo o caminho de volta para a casa.

―∽―

Lucy não foi para o quarto, a biblioteca ou a cozinha, onde poderia ter comido a metade restante do manjar que Emma havia feito na sexta-feira. Em vez disso, foi ao estúdio de Edward na sala Mulberry. Mesmo ao abrir a porta, não tinha certeza do motivo de ter ido para lá; só sabia que, de alguma forma, parecia o único lugar para onde ir. Lucy estava aprendendo rapidamente que sabia muito menos sobre as próprias motivações do que sobre o funcionamento do motor de combustão interna.

Ao entrar, ela se viu perdida. Estava sem fôlego por correr e envergonhada por fugir. Sentia-se rejeitada, mas ao mesmo tempo se irritou por ter deixado os outros verem sua decepção. E estava cansada, muito cansada. Havia muita emoção e coisas demais para compreender.

Como nenhuma opção melhor lhe veio à mente, ela se sentou no chão, sentindo pena de si mesma, e se encolheu como um gato.

Cerca de dois minutos e meio depois, enquanto varria o chão da sala com os olhos, sua atenção recaiu sobre a bolsa de couro de Edward, encostada na perna do cavalete.

A bolsa era nova. Lily lhe dera em seu aniversário e Lucy ficou com inveja quando viu quanto ele a amava. Ela também ficou confusa, pois uma modelo nunca dera um presente a Edward antes, muito menos um presente tão precioso. Ela entendia mais claramente agora, depois do que vira na noite anterior.

Lucy percebeu que já tinha se cansado de se martirizar. Esse impulso foi substituído por outro mais forte: a curiosidade. Ela se endireitou e foi pegar a bolsa.

Destravou a fivela e a abriu. Via o atual caderno de desenho de Edward e seu porta-canetas de madeira, e também algo mais, que não estava esperando. Era uma caixa de veludo preto, do mesmo tipo que a mãe mantinha em sua penteadeira em Hampstead para proteger as pérolas e os broches que o pai lhe dera.

Ela pegou a caixa e, com um arrepio, levantou a tampa. As primeiras coisas que viu foram dois pedaços de papel. Eles tinham sido dobrados juntos, mas se abriram quando a tampa foi erguida. Eram passagens da Cunard para o Sr. e a Sra. Radcliffe, partindo para Nova York no dia 1º de agosto. Lucy ainda estava considerando as implicações dessa descoberta quando as passagens caíram no chão.

Assim que viu a grande joia azul embaixo, Lucy soube que estava esperando encontrar o Radcliffe Blue naquela caixa de joias. Edward não havia imaginado a gema no pescoço de Lily: ele a havia retirado do cofre no banco. E sem permissão, ela tinha certeza, pois não havia a menor chance de o avô ter permitido uma quebra tão terrível de protocolo.

Lucy tirou o pingente da caixa e o segurou, passando a corrente fina por cima da mão. Percebeu que estava tremendo um pouco.

Ela olhou de volta para a pintura de Lily Millington.

Lucy não era o tipo de garota que ansiava por babados, rendas e joias brilhantes, mas nas últimas duas semanas se tornara mais consciente do que nunca da distância entre ela e a beleza.

Levou o colar até o espelho acima da lareira.

Por um momento, olhou fixamente para seu rosto pequeno e liso, e então, com um ligeiro aperto dos lábios, levantou a corrente fina e a colocou no pescoço.

O pingente, frio em sua pele, era mais pesado do que ela imaginara.

Era maravilhoso.

Lucy virou a cabeça para um lado e para o outro, lentamente, observando o modo como a luz se refletia nas facetas do diamante e jogava brilhos em sua pele. Ela se avaliou de perfil, de um lado e de outro, e depois em todas as outras posições, assistindo às luzes dançarem. *Ser bonita deve ser assim*, pensou.

Sorriu timidamente para a garota no espelho. A garota sorriu de volta.

E então o sorriso da garota sumiu. No espelho atrás dela estava Lily Millington.

Lily nem piscou. Não brigou com ela nem riu, apenas disse:

– Vim a pedido de Felix. Ele insiste que você esteja na fotografia.

Lucy não se virou, apenas falou com o espelho.

– Ele não precisa de mim, não com Fanny. Já são quatro.

– Não, são quatro de *vocês*. Decidi não participar da fotografia.

– Você só está tentando ser gentil.

– Faço questão de nunca tentar ser gentil. – Lily estava diante dela agora e olhava atentamente para Lucy, franzindo a testa. – Mas o que é isso?

Lucy prendeu a respiração, esperando a bronca que sabia que viria. Lily estendeu a mão e roçou a lateral do seu pescoço.

– Ora, ora, olha só – disse ela baixinho, abrindo os dedos para revelar outro xelim prateado na palma da mão. – Bem que achei que você se tornaria uma amiga valiosa.

Lucy sentiu a pontada das lágrimas. Parte dela queria abraçar Lily. Ela estendeu a mão para soltar o colar.

– Você já pensou se vai me contar como faz isso?

– Tudo depende dessa parte aqui da sua mão – disse Lily, apontando a pele entre o polegar e o indicador. – Você precisa segurar a moeda com firmeza, mas com o cuidado de mantê-la escondida.

– Como você coloca a moeda ali sem que ninguém veja?

– Bem, essa é a arte, não é?

Elas sorriram uma para a outra e então foram tomadas por uma onda de compreensão mútua.

– Agora, para o bem de Felix, que está ficando mais nervoso a cada minuto, sugiro que você vá logo para o bosque.

– Minha guirlanda, eu a joguei fora.

– E eu a peguei. Está pendurada na maçaneta.

Lucy olhou para o pingente Radcliffe Blue, ainda em sua mão.

– Eu deveria guardar isso.

– Sim – disse Lily, e então, quando pés apressados soaram de repente no corredor: – Ah, céus... deve ser Felix.

Mas o homem que chegou à porta da sala Mulberry não era Felix. Era um estranho, alguém que Lucy nunca tinha visto. Um homem de cabelos castanhos e um sorriso úmido que fez Lucy desprezá-lo imediatamente.

– A porta estava destrancada. Pensei que não teria problema eu entrar.

– O que você está fazendo aqui? – disse Lily, soando tensa.

– Estou de olho em você, é claro.

Lucy olhou para um e depois para o outro, esperando uma apresentação. O homem parou em frente à pintura de Edward.

– Muito bom. Muito bom mesmo. Ele é bom. Tenho que admitir.

– Você tem que sair daqui, Martin. Os outros voltarão em breve. Se o encontrarem aqui, provavelmente causará uma confusão.

– "Provavelmente causará uma confusão." – Ele riu. – Ouça só essa dama esnobe. – Sua expressão de alegria sumiu de repente e ele disse: – Sair? Acho que não. Não sem você. – Ele estendeu a mão para tocar a tela e Lucy ofegou diante do sacrilégio. – Esse é o Blue? Você estava certa. Ela ficará muito satisfeita. Muito satisfeita mesmo.

– Eu disse um mês.

– Disse. Mas você trabalha rápido, é uma das melhores. Quem pode resistir aos seus encantos? – Ele assentiu para a pintura. – Parece que vocês estão adiantados, querida irmã.

Irmã? Lucy se lembrou então da história de como Edward conhecera Lily Millington. O irmão que estava com ela no teatro, os pais que precisaram ser convencidos de que a filha não arriscaria sua honra se posasse para a pintura. Aquele homem horrível era mesmo o irmão de Lily? Por que, então, ela não disse? Por que não o apresentou a Lucy? E por que Lucy agora estava tomada pelo medo?

O homem notou as passagens no chão e as pegou.

– América, hein? A terra de novos começos. Gosto de como isso soa. Muito esperto. Muito esperto mesmo. E uma data de viagem tão próxima.

– Vá, Lucy – disse Lily. – Vá e junte-se aos outros. Vá logo. Antes que apareça alguém procurando você.

– Não quero...

– Lucy, por favor.

Havia uma urgência no tom dela, e Lucy, mesmo relutante, saiu da sala, mas não voltou para a floresta. Ficou do outro lado da porta, escutando. A voz de Lily era baixa, mas Lucy pôde ouvi-la dizer:

– ... mais tempo... América... meu pai...

O homem começou a rir e disse algo tão baixo que Lucy não conseguiu escutar.

Lily fez um ruído então, como se tivesse sido atingida e estivesse sem fôlego, e Lucy estava prestes a entrar para ajudar quando a porta se abriu e o homem, Martin, passou por ela, arrastando Lily pelo pulso e murmurando:

– Blue... América... novos começos...

Lily Millington viu Lucy e balançou a cabeça, indicando que deveria se esconder.

Mas Lucy recusou. Ela os seguiu pelo corredor e, quando chegaram à sala de estar e o homem a viu, ele começou a rir.

– Olhe, aí vem a cavalaria. A cavaleira de armadura brilhante.
– Lucy, por favor – disse Lily. – Você tem que ir.
– É melhor ouvi-la. – O homem sorriu. – As meninas que não sabem quando ir embora não costumam se dar bem no final.
– *Por favor*, Lucy.

Havia um olhar de medo nos olhos de Lily. Mas Lucy de repente foi tomada por toda a incerteza dos últimos dias, a sensação devastadora de que ela era jovem demais para ser útil, de que não se encaixava, de que decisões eram tomadas acima e ao redor dela, mas nunca para incluí-la, e agora aquele homem que ela não conhecia estava tentando levar Lily e, sem entender o porquê, Lucy não queria que isso acontecesse, e ela viu que aquela era sua oportunidade de bater o pé em uma situação, qualquer situação, que lhe importasse.

Ela vislumbrou o rifle de Thurston na cadeira em que fora deixado após o café da manhã e o agarrou de repente, segurando-o pelo cano, e o acertou com a maior força possível na cabeça do estranho.

Ele levou a mão à lateral do rosto, em choque, e Lucy o atingiu novamente e depois o chutou com força nas canelas.

Ele cambaleou e depois tropeçou em uma perna da mesa, caindo no chão.

– Rápido – disse Lucy, a pulsação latejando em seus ouvidos –, ele vai se levantar logo. Temos que nos esconder.

Ela pegou Lily pela mão e a levou a meio caminho da escada. No patamar, Lucy afastou a cadeira curvada e, enquanto Lily observava, pressionou a elevação de madeira para revelar o alçapão. Mesmo naquele momento de pânico assustador, Lucy conseguiu sentir uma pontada de orgulho pela surpresa de Lily.

– Rápido – repetiu. – Ele nunca vai encontrar você aí.
– Como você...?
– Depressa.
– Mas você tem que entrar também. Ele não é gentil, Lucy. Não é um homem bom. Ele vai machucá-la. Especialmente agora que levou a pior.
– Não tem espaço, mas há outro lugar. Vou me esconder lá.
– É longe?

Lucy balançou a cabeça.

– Então entre e não saia. Está me ouvindo? Não importa o que aconteça, Lucy, fique escondida. Fique segura até que Edward venha encontrá-la.

Lucy prometeu que faria isso e depois selou Lily dentro da câmara.

Sem desperdiçar outro momento, ciente de que o homem estava se reerguendo na sala de estar lá embaixo, ela correu para o topo da escada e pelo corredor, deslizando o painel para trás e entrando. Depois fechou a porta e se escondeu na escuridão.

O tempo passava de maneira diferente no esconderijo. Lucy ouviu o homem chamando por Lily e também ouviu outros barulhos, muito distantes. Mas não ficou com medo. Seus olhos começaram a se ajustar e, em algum momento, Lucy notou que não estava sozinha e que não estava realmente escuro; havia milhares de pequenas luzes, do tamanho de alfinetes, brilhando de dentro da fibra das tábuas de madeira.

Enquanto esperava, abraçando os joelhos contra o peito, Lucy se sentiu estranhamente segura em seu esconderijo e se perguntou se o conto de fadas de Edward poderia conter alguma verdade, afinal.

X

Ainda ouço a voz dele às vezes, aquele sussurro no meu ouvido. Ainda me lembro do cheiro de queijo e tabaco de seu almoço.
– Seu pai não está na América, Passarinho. Nunca esteve. Foi pisoteado por um cavalo no dia em que deveria embarcar. Foi Jeremiah que levou você para nós. Pegou você do chão, ferida, deixou seu pai para ser enterrado e a levou para minha mãe. Aquele foi seu dia de sorte. O dia de sorte de Jeremiah também, pois ele está se dando bem desde então. Ele disse que você era uma coisinha brilhante, e você o ajudou muito mesmo. Realmente achou que ele estava mandando todo aquele dinheiro para o outro lado do oceano?

Ele não poderia ter me machucado mais se tivesse enfiado o joelho no meu peito. E, no entanto, não questionei o que ele disse. Não duvidei de sua afirmação nem por um segundo, pois soube, assim que ele falou, que era verdade. Era a única coisa que fazia sentido, e tudo na minha vida até então entrou subitamente em foco. Por que mais meu pai deixaria de mandar me buscar? Fazia onze anos desde que eu tinha acordado no quarto acima da loja de pássaros e gaiolas, cercada pela Sra. Mack e pelos outros. Meu pai estava morto. Estivera morto o tempo todo.

Martin então agarrou meu pulso e começou a me puxar em direção à porta da sala Mulberry. Ele estava sussurrando que tudo ficaria bem, que ele consertaria tudo, que eu não ficaria triste porque ele tinha uma ideia. Pegaríamos o Blue, ele e eu, e, em vez de levá-lo para Londres, ficaríamos com ele, com o diamante e as passagens também, e navegaríamos para a América. Afinal, era a terra de novos começos, como diziam as cartas que Jeremiah me trazia todos os meses.

Ele quis dizer, é claro, as cartas que a Sra. Mack lia em voz alta, as notícias da América, as notícias do meu pai, todas inventadas. Foi uma decepção de tirar o fôlego. Mas que moral eu tinha para esbravejar? Eu era uma ladra, uma impostora, uma mulher que assumira um nome falso sem pestanejar.

Ora, eu havia enganado a Sra. Mack pouco mais de duas semanas antes, quando lhe falei da minha intenção de ir com Edward para o campo. A Sra. Mack nunca teria me deixado ir de bom grado, não para Birchwood Manor durante o verão, e não para a América. Ao longo dos anos, eu me tornei a pessoa mais rentável e, em minha curta vida, havia uma coisa que eu tinha aprendido com certeza: as pessoas se acostumam à riqueza rapidamente, e mesmo que não tenham feito nada para ganhá-la, uma vez que a recebem, consideram-se merecedoras.

A Sra. Mack acreditava que tinha direito a tudo que eu era e que eu tinha e, portanto, para poder sair de Londres com Edward, eu disse a ela que tudo aquilo fazia parte de um esquema. Eu disse a ela que, dentro de um mês, eu voltaria com riquezas que ela nunca vira.

– Que tipo de riqueza? – perguntou a Sra. Mack, que nunca aceitava generalizações.

E, como as melhores farsas sempre brincam com a verdade, contei a eles sobre os planos de Edward para me pintar e sua ideia de incluir o inestimável Radcliffe Blue.

Estava escuro na câmara e era muito difícil respirar. Estava estranhamente silencioso.

Pensei em Edward e me perguntei o que estava acontecendo com Fanny na floresta.

Pensei em Joe Pálido e na carta que lhe enviara da aldeia dizendo que ia para a América; que ele não teria notícias minhas por algum tempo, mas que não se preocupasse. E pensei na foto que eu havia anexado para ele "lembrar de mim", a fotografia que Edward havia tirado com a câmera de Felix.

Pensei em meu pai e no peso da mão dele segurando a minha, a felicidade suprema que sentia quando era pequena e partíamos juntos em nossas viagens de trem para visitar um relógio quebrado.

E pensei em minha mãe, que era como a luz do sol na superfície de minhas lembranças, brilhante e quente, mas instável. Lembrei-me de estar com ela um dia na beira do rio que corria atrás de nossa casa em Londres. Deixei cair um pedaço de fita que adorava e fui forçada a assistir, impotente, enquanto a correnteza a levava. Chorei, mas minha mãe me explicou que era a natureza do rio. O rio, ela disse, é o maior coletor de todos; antigo e sem discriminação, levando sua carga em uma viagem só de ida para o mar sem fim. *O rio não lhe deve bondade, Passarinho*, disse ela, *então você deve ter cuidado.*

Percebi que podia ouvir o rio naquele buraco negro, que sentia sua corrente me embalando para dormir...

E então ouvi outra coisa, passos pesados nas tábuas do piso acima e uma voz abafada:

– Estou com as passagens. – Era Martin, logo acima do alçapão. – Cadê você? Só precisamos do Blue e então podemos sair daqui.

E então houve outro barulho, uma porta batendo no andar de baixo, e eu soube que havia mais alguém na casa.

Martin correu em direção ao ruído.

Vozes se ergueram, um grito.

E então um tiro.

Momentos depois, mais gritos – Edward chamando.

Procurei por uma trava para abrir o alçapão, mas, não importava onde meus dedos roçassem, não encontravam nenhuma. Eu não conseguia me sentar; não conseguia me virar. Comecei a ficar assustada e quanto mais entrava em pânico, mais curtas ficavam as minhas respirações, mais o ar travava no fundo da minha garganta. Tentei responder, mas minha voz era pouco mais que um sussurro.

Estava quente, muito quente.

Edward chamou de novo; ele me chamou, sua voz aguda de medo. Ele chamou Lucy. Parecia muito longe.

Passos rápidos lá em cima, mais leves que os de Martin, vindos do corredor no andar de cima, e, em seguida, um tremendo baque que fez as tábuas do assoalho estremecerem.

Caos, mas não para mim.

Eu era um barco em uma correnteza suave, o rio se movendo levemente embaixo de mim, e, quando fechei os olhos, outra lembrança veio. Eu era um bebê, ainda tão tinha feito 1 ano, deitada em um berço em um quarto no andar de cima da casinha à beira do rio, em Fulham. Uma brisa quente flutuava pela janela e trazia consigo os sons dos pássaros matinais e os cheiros secretos de lilás e lama. A luz girava em círculos no teto, acompanhando as sombras, e eu as observava dançar. Estendi a mão para agarrá-las, mas elas sempre escorregavam por entre meus dedos...

CAPÍTULO 27

Primavera de 1882

– Uma boa casa antiga. Um pouco negligenciada por dentro, mas tem boa estrutura. Deixe-me abrir a porta e você pode ver por si mesma o que quero dizer.

Lucy não fez a si mesma ou ao advogado de Edward a descortesia de fingir que nunca estivera em Birchwood Manor; tampouco confirmou o fato. Ela não disse nada e esperou o homem virar a chave na fechadura.

Era uma manhã no início da primavera e o ar estava fresco. Alguém vinha cuidando do jardim – não perfeitamente, mas com atenção suficiente para impedir que a grama crescesse demais nas trilhas. A madressilva tinha uma camada promissora de botões e as primeiras flores de jasmim ao longo da parede e ao redor da janela da cozinha estavam começando a se abrir. Elas estavam atrasadas. As ruas de Londres já estavam perfumadas, mas, como Edward dizia, as plantas da cidade eram sempre mais precoces do que suas primas do campo.

– Lá vamos nós – disse o Sr. Matthews, da Holbert, Matthews & Sons, quando a fechadura cedeu com um ruído profundo e gratificante. – Vamos entrar.

A porta se abriu e Lucy sentiu uma tensão no fundo do estômago.

Depois de vinte anos de ausência, de tantos pensamentos, de ficar tentando *não* pensar, finalmente havia chegado o momento.

Ela recebera a carta cinco meses antes, apenas alguns dias após finalmente terem notícias da morte de Edward em Portugal. Tinha passado a manhã no museu em Bloomsbury, onde se voluntariara para ajudar a catalogar as coleções doadas, e estava em casa apenas por tempo suficiente para ter se sentado com um bule de chá quando sua empregada, Jane, trouxe a correspondência da tarde. A carta, escrita em papel timbrado com relevo dourado, começara expressando o mais profundo pesar do remetente por sua perda, antes de passar a notificá-la, no segundo parágrafo, de que ela havia sido nomeada como beneficiária no testamento de seu irmão, Edward Julius Radcliffe. Para encerrar, o remetente convidava a Srta. Radcliffe a marcar uma hora em seus escritórios para discutir o assunto.

Lucy leu a carta novamente e parou nas palavras "seu irmão, Edward Julius Radcliffe". *Seu irmão*. Ela se perguntou se havia muitos beneficiários que precisavam ser lembrados de sua relação com o morto.

Lucy não precisava. Embora fizesse muitos anos desde que vira Edward, e apenas em um encontro muito breve e frustrante em um prédio sujo em Paris, havia vestígios dele por toda parte. Suas pinturas cobriam quase todas as paredes da casa; a mãe insistira que nenhuma fosse removida, mantendo até o fim a esperança de que ele voltasse e retomasse de onde havia parado – que talvez não fosse tarde demais para ele "fazer fama", como Thurston Holmes e Felix Bernard tinham feito. E assim os belos rostos de Adele, Fanny e Lily encaravam Lucy – paradas, pensativas, personagens –, observando cada movimento enquanto ela tentava seguir com a vida. Aqueles olhos que pareciam segui-la. Lucy sempre teve o cuidado de não encará-los.

Quando recebeu a carta dos Srs. Holbert e Matthews, Lucy escrevera de volta para marcar uma reunião ao meio-dia daquela sexta-feira. Enquanto a primeira nevasca de dezembro caía levemente do outro lado da janela, ela se pegou sentada a uma grande mesa no escritório de Mayfair do Sr. Matthews, ouvindo o velho advogado lhe dizer que Birchwood Manor – "uma casa de campo em uma pequena aldeia perto de Lechlade" – agora era dela.

Quando a reunião terminou, ele a despachou para Hampstead com a orientação de informar quando desejasse visitar a casa, para que ele pudesse providenciar que seu filho a acompanhasse a Berkshire. Lucy, na época sem intenção de visitar Berkshire, dissera que aquilo era pedir demais. Mas era "tudo parte do serviço, Srta. Radcliffe", assegurara Matthews, indicando um grande painel de madeira na parede atrás dele no qual se lia em letras cursivas douradas:

HOLBERT, MATTHEWS & SONS
Realizando os desejos de nossos clientes
na morte como na vida.

Lucy havia saído do escritório com os pensamentos em um redemoinho incomum.

Birchwood Manor.

Que presente generoso; que espada de dois gumes.

Nos dias e semanas seguintes, nos momentos mais sombrios das noites, Lucy se perguntava se Edward lhe deixara a casa porque, em algum nível, talvez devido à profunda conexão que eles já tinham compartilhado, ele soubesse. Mas não, Lucy era racional demais para acreditar em uma ideia tão ilógica. Para começar, não havia nada certo para se saber; nem Lucy tinha certeza. Além disso, a lógica de Edward tinha sido clara: ele havia especificado em uma carta manuscrita anexada ao seu testamento que a casa deveria ser usada por Lucy para estabelecer uma escola que oferecesse educação para meninas tão brilhantes quanto ela. Garotas que buscassem o tipo de conhecimento que, de outra forma, lhes era negado.

E, assim como em vida Edward possuíra um dom que lhe permitia conquistar as pessoas para o seu modo de pensar, na morte também suas palavras tinham influência. Afinal, embora Lucy tivesse prometido a si mesma, nos escritórios de Holbert, Matthews & Sons, que venderia a casa, que nunca mais colocaria de bom grado os pés dentro dela, quase imediatamente após sair, a visão de Edward invadiu seus pensamentos e começou a enfraquecer seu julgamento.

Lucy tinha caminhado para o norte através do Regent's Park e seu olhar encontrara uma garotinha depois da outra, todas obedientes ao lado de suas babás e desejando, certamente, fazer mais, ver mais, saber mais do que lhes era permitido atualmente. Lucy teve uma visão de si mesma conduzindo um grupo de garotas de bochechas rosadas com espíritos questionadores e vozes animadas, garotas que não se encaixavam nos moldes que lhes eram atribuídos, que desejavam aprender, melhorar e crescer. Nas semanas seguintes, pensou em pouca coisa além disso: ficou obcecada com a ideia de que tudo em sua vida a levara àquele ponto, que não havia nada mais "certo" do que abrir uma escola na casa de duas águas na curva do rio.

E então, ali estava ela. Levou cinco meses para chegar àquele ponto, mas estava pronta.

– Preciso assinar alguma coisa? – perguntou quando o advogado a levou para a cozinha, onde a mesa quadrada de pinheiro ainda estava no lugar.

Lucy meio que esperava ver Emma Stearnes entrando pela porta da sala, balançando a cabeça em perplexidade por qualquer comportamento estranho que testemunhara no outro cômodo.

O advogado pareceu surpreso.

– Que tipo de coisa?

– Não tenho certeza. Nunca herdei uma casa. Presumo que exista uma escritura de posse, não?

– Não há nada para assinar, Srta. Radcliffe. A ação, por assim dizer, está feita. Os trabalhos foram finalizados. A casa é sua.

– Bem, então... – Lucy estendeu a mão. – Obrigada, Sr. Matthews. Foi um prazer conhecê-lo.

– Mas, Srta. Radcliffe, você não gostaria que eu lhe mostrasse a propriedade?

– Não será necessário, Sr. Matthews.

– Mas tendo vindo até aqui...

– Acredito que eu possa ficar aqui hoje, certo?

– Bem, sim, como eu disse, a casa é sua.

– Então, obrigada por me acompanhar, Sr. Matthews. Agora, se me dá licença, tenho muito a fazer. Vai haver uma escola, sabe? Vou abrir uma escola para jovens promissoras.

Mas Lucy não deu logo continuidade aos preparativos para a escola. Havia algo mais urgente a fazer. Uma tarefa tão terrível quanto essencial. Durante cinco meses, ela a revirou em sua mente. Mais tempo que isso, para ser sincera. Por quase vinte anos, ela estivera esperando para descobrir a verdade.

Ela fechou a porta atrás do jovem Sr. Matthews, cujo semblante deixava claro seu desânimo, e observou cada passo de sua retirada por trás da janela da cozinha. Somente quando ele cruzou o caminho do jardim e trancou o portão de madeira, Lucy deixou escapar o ar que estava prendendo. Ela se afastou da janela e ficou por um momento com as costas contra o vidro, observando o cômodo. Por mais estranho que parecesse, tudo era exatamente como ela lembrava. Era como se tivesse apenas saído para uma caminhada até a aldeia, sido raptada e retornado duas décadas depois do esperado.

A casa estava silenciosa, mas não parecia imóvel. Lucy se lembrou de uma história que Edward lia para ela, de um livro de Charles Perrault, *La Belle au bois dormant*, sobre uma princesa amaldiçoada dormindo em seu castelo por cem anos. Foi a inspiração para sua pintura *Bela Adormecida*. Lucy não era sentimental, mas quase podia imaginar, parada junto à janela da cozinha, que a casa sabia que ela estava de volta.

Que estivera esperando.

De fato, Lucy teve uma sensação muito desconcertante de que não estava sozinha.

Ela se lembrou, no entanto (mesmo quando os pelos dos braços se arrepiaram), de que não era uma pessoa influenciável e que começar a ser vítima da superstição agora seria um deslize profundamente lamentável. Sua mente estava lhe pregando peças; a razão era clara.

Preparando-se para cumprir seu objetivo, ela atravessou o corredor e subiu a escada central.

A cadeira de madeira curvada estava exatamente onde a vira pela última vez, no canto do patamar onde as escadas faziam a curva. Ela estava inclinada em direção à grande janela de vidro com vista para o jardim dos fundos e, além dele, para o prado. A luz do sol se derramava através do vidro e incontáveis partículas de poeira pairavam em correntes invisíveis.

A cadeira estava quente quando Lucy se sentou suavemente na beirada. O patamar também. Lembrou que sempre fora assim. Na última vez que se sentara ali, a casa estava cheia de risos e paixão, a criatividade fazia o ar vibrar.

Mas não naquele dia. Eram apenas Lucy e a casa. Sua casa.

Ela deixou o ar daquele lugar antigo se assentar em torno dela.

Em algum lugar lá fora, no vasto verde, um cachorro latia.

Mais perto, na sala Mulberry, no andar de baixo, o relógio de parede estava contando as horas. O relógio de Lily Millington, ainda funcionando. Lucy supôs que o advogado, Sr. Matthews, tivesse se certificado de dar corda. Ela ainda se lembrava de quando Edward o comprara.

– O pai de Lily era relojoeiro – informara ele, levando o pacote para uma sala, em Hampstead. – Vi isso na parede de um colega em Mayfair e troquei por uma encomenda. Vou surpreendê-la.

Edward sempre fora generoso com presentes. Ele adorava a satisfação de escolher bem. Livros para Lucy, um relógio para Lily – e foi ele quem deu o rifle a Thurston.

– Um Baker genuíno, carregado por um membro do 5º Batalhão do 60º Regimento durante as Guerras Napoleônicas!

Impossível acreditar que ela estava sentada ali agora porque Edward estava morto. Que ela nunca mais o veria. De alguma forma, sempre supôs que um dia ele voltaria para casa.

Eles não se viram muito depois do verão em Birchwood Manor, mas Lucy sabia que ele estava por aí. De vez em quando chegava um bilhete, rabiscado no verso de um cartão, geralmente implorando algumas libras para pagar uma dívida que ele havia feito em suas viagens. Ou então chegava a notícia de que alguém o vira em Roma, Viena, Paris. Ele estava sempre em movimento. Lucy sabia que ele viajava para escapar de sua dor, mas às vezes se perguntava se ele também acreditava que, andando rápido na frequência suficiente, talvez pudesse reencontrar Lily Millington.

Pois ele nunca havia perdido a esperança. Não importavam as evidências em contrário, ele jamais aceitara que ela fazia parte de uma farsa – que ela não o amava com tanta devoção quanto ele a amava.

Quando se encontraram pela última vez, em Paris, ele disse:

– Ela está em algum lugar por aí, Lucy. Eu sei disso. Posso sentir. Você não?

Lucy, que não sentia nada, apenas pegou a mão de seu irmão e a segurou com força.

Depois de entrar no esconderijo do corredor, a próxima coisa de que Lucy se lembrava era de abrir os olhos em uma sala iluminada que ela não reconhecia. Estava em uma cama que não era a dela. Estava com dor.

Lucy piscou, observando o papel de parede com listras amarelas, a janela de vitral, as cortinas pálidas penduradas em ambos os lados. O quarto tinha um cheiro ligeiramente adocicado – madressilva, talvez, e tojo também. Sua garganta estava seca.

Ela devia ter emitido algum som, pois Edward apareceu subitamente ao seu lado, derramando água de uma pequena jarra de cristal em um copo. Ele tinha uma aparência horrível, mais desgrenhado do que o normal, com um rosto cansado e expressão ansiosa. Sua camisa de algodão pendia frouxa dos ombros, dando a impressão de que ele não trocava de roupa havia dias.

Mas onde ela estava, e quanto tempo fazia que estava ali?

Lucy não sabia que havia falado em voz alta, mas, enquanto a ajudava a beber, Edward respondeu que estavam hospedados por alguns dias na hospedaria da aldeia.

– Que aldeia?

Os olhos dele observaram os dela.

– Ora, Birchwood. Você realmente não lembra?

A palavra era vagamente familiar.

Edward tentou tranquilizá-la com um sorriso pouco convincente.

– Deixe-me chamar o médico. Ele vai querer saber que você acordou.

Ele abriu a porta e falou baixinho com alguém do outro lado, mas não saiu do quarto. Voltou a se sentar no colchão ao lado de Lucy, segurando a mão dela e acariciando sua testa levemente.

– Lucy – disse ele, com uma expressão agoniada –, tenho que perguntar, tenho que perguntar sobre Lily. Você a viu? Ela voltou para casa para buscá-la, mas ninguém a viu desde então.

Os pensamentos de Lucy estavam confusos. Que casa? Por que ele estava perguntando sobre Lily? Estava falando de Lily Millington? A modelo dele, com o vestido branco comprido?

– Minha cabeça – disse ela, percebendo que doía de um lado.

– Pobrezinha. Você caiu, estava apagada até agora, e aqui estou eu fazendo perguntas. Me desculpe, eu só... – Ele passou a mão pelos cabelos. – Ela se foi. Não a encontro, Lucy, e estou terrivelmente preocupado. Ela não iria embora assim.

Lucy teve uma lembrança então, de um tiro no escuro. Foi alto e houve um grito. Ela correu e depois... Lucy arquejou.

– O que foi? Você viu alguma coisa?

– Fanny!

A expressão de Edward assumiu um ar sombrio.

– Foi terrível, uma coisa terrível. Pobre Fanny. Um homem, um invasor... não sei quem era... Fanny saiu correndo e eu fui atrás dela. Ouvi o tiro quando estava perto do castanheiro e corri para dentro, Lucy, mas era tarde demais. Fanny já estava... E então vi as costas do homem, que passou correndo pela porta da frente em direção à estrada.

– Lily o conhecia.

– O quê?

Lucy não sabia exatamente o que queria dizer, apenas que tinha certeza de que estava certa. Havia um homem e Lucy sentira medo, e Lily Millington estava lá.

– Ele entrou na casa. Eu o vi. Voltei para casa e o homem entrou, e ele e Lily conversaram.

– O que eles disseram?

Os pensamentos de Lucy estavam confusos. Lembranças, imaginações, sonhos... era tudo igual. Edward fizera uma pergunta e Lucy sempre gostara de dar a resposta certa. Então ela fechou os olhos e mergulhou naquele mar de barulho e cores em turbilhão.

– Falaram sobre a América – disse ela. – Um barco. E algo sobre o Blue.

– Ora, ora, ora...

Quando abriu os olhos, Lucy descobriu que não estava mais sozinha no quarto com Edward. Dois outros homens tinham entrado enquanto ela estava concentrada na pergunta do irmão. Um deles vestia um terno cinza, tinha costeletas e um bigode que se enrolava nas extremidades e estava carregando um chapéu-coco preto nas mãos. O outro usava um casaco azul-marinho com botões de latão na frente, um cinto preto em sua cintura redonda e um chapéu e tinha um distintivo prateado na frente. Era um uniforme de policial, Lucy percebeu.

De fato, os dois eram policiais. O homem mais baixo, de uniforme azul, pertencia ao condado de Berkshire e fora contatado porque Birchwood Manor estava sob sua jurisdição. O sujeito de terno cinza era inspetor da Polícia Metropolitana de Londres e fora trazido para prestar assistência na investigação a pedido do Sr. Brown, pai de Fanny, que era rico e importante.

Foi o inspetor Wesley, da Polícia Metropolitana, quem falou e, quando os olhos de Lucy encontraram os dele, o homem repetiu:

– Ora, ora, ora... – E acrescentou: – Bem como eu suspeitava.

O que ele suspeitava, como contaria a ela nos dias seguintes – depois que uma investigação minuciosa foi feita e descobriram que, assim como Lucy sugerira, o diamante Radcliffe Blue havia sumido –, era que Lily Millington participara de tudo.

– Uma grande farsa – anunciou por trás do bigode, os polegares enfiados nas lapelas dos dois lados do casaco. – Um esquema escandaloso e descarado. Os dois tramaram tudo com bastante antecedência, veja você. O primeiro passo foi que a Srta. Lily Millington virasse modelo de seu irmão, obtendo acesso ao Radcliffe Blue. O segundo passo, uma vez conquistada a confiança de seu irmão, era os dois fugirem com o prêmio. E tudo poderia ter terminado aí se a Srta. Brown não os pegasse em flagrante e pagasse o preço com sua jovem e inocente vida.

Lucy ouviu aquela descrição, tentando entender tudo. Era verdade o que tinha dito a Edward: ela ouvira Lily e o homem conversando sobre a América e o Blue, e se lembrava agora de *ver* passagens de navio. Ela também vira o pingente, claro – um belo diamante azul, a joia da sua família. Lily o estava usando. Lucy tinha uma imagem clara em sua mente, de Lily com um vestido branco, o pingente no pescoço. E agora Lily, o diamante e os bilhetes tinham sumido. Fazia sentido que estivessem juntos em algum lugar. Havia apenas um problema.

– Meu irmão conheceu Lily Millington no teatro. Ela não o procurou para se tornar sua modelo. Ele a resgatou quando ela estava sendo assaltada.

O lábio superior do inspetor estremeceu de prazer com a oportunidade de influenciar ouvidos inocentes com histórias do lado mais sombrio da vida.

– Outra manobra, Srta. Radcliffe – disse ele, erguendo um dedo lentamente –, tão desonesta quanto eficaz. Outro ato duplo e enganoso, os dois juntos. Vimos como eles trabalham e, se há algo que chama a atenção de um cavalheiro respeitável como seu irmão, é a visão de uma mulher bonita que precisa de ajuda. Ele não pôde fazer nada a não ser reagir... Qualquer cavalheiro teria feito o mesmo. E enquanto ele estava ocupado ajudando a mulher a se recuperar, distraído com a prestação de cuidados e preocupações, o companheiro, parceiro de crime dela, voltou, acusou seu irmão de ser o ladrão que acabara de sair com o bracelete da irmã dele e, em toda a confusão que se seguiu – ele esticou os braços com grande efeito dramático e triunfante –, enfiou os dedos no colete de seu irmão e embolsou seus objetos de valor.

Lucy se lembrou do relato de Edward da noite em que ele conheceu Lily Millington. Ela, Clare e a mãe – até a criada deles, Jenny, que estava ouvindo enquanto servia o bule de café da manhã – trocaram um olhar carinhoso e de entendimento quando ele lhes disse que tivera que fazer a pé o caminho para casa porque tinha ficado tão atordoado com o rosto da jovem, tão empolgado com as perspectivas que se apresentavam, que perdera a carteira. A distração diante da inspiração estava tão de acordo com a natureza de Edward que nenhuma delas pensou em questioná-lo – sem mencionar que sua carteira estaria tão vazia como sempre, então recuperá-la não era lá muito importante. Mas, segundo o inspetor Wesley, a carteira não havia sido perdida; fora roubada de Edward por aquele homem, Martin, no exato momento em que o artista acreditava estar socorrendo Lily Millington.

– Escreva minhas palavras – disse o inspetor –, porque eu como meu chapéu se estiver errado. Um homem não passa trinta anos percorrendo a podridão e a imundície das ruas de Londres sem aprender uma coisa ou duas sobre os elementos desprezíveis da natureza humana.

No entanto, Lucy testemunhara o olhar de Lily para Edward, a forma como eles agiam quando estavam juntos. Não podia acreditar que tudo fora uma farsa.

– Ladrões, atrizes e ilusionistas – disse o inspetor quando Lucy disse o que pensava. – Tudo farinha do mesmo saco. Grandes impostores, todos trapaceiros.

Vendo pelo prisma da teoria do inspetor Wesley, Lucy compreendeu que as ações de Lily Millington podiam não ter sido exatamente o que pareciam. E Lucy tinha visto Lily com o homem. Martin. Foi assim que ela o chamou. "O que você está fazendo aqui?", dissera ela. "Você tem que sair daqui, Martin. Eu disse um mês." E o homem, Martin, respondera: "Disse, mas você trabalha rápido, é uma das melhores." Ele segurava um par de passagens e dissera: "América… a terra de novos começos."

Mas Lily não saíra da casa com Martin. Lucy sabia que não, pois havia trancado Lily Millington no esconderijo. Ela certamente se lembrava do orgulho ao revelar a câmara secreta.

Lucy tentou dizer isso, mas o inspetor Wesley falou apenas:

– Já sei sobre o buraco do padre. Foi onde você se escondeu, Srta. Radcliffe, não a Srta. Millington. – Ele a lembrou da pancada em sua cabeça e disse que ela deveria descansar, chamando o médico: – A menina está confusa novamente, doutor. Temo que a tenha exaurido com minhas perguntas.

Lucy estava mesmo confusa. Porque era impossível que Lily tivesse permanecido todo aquele tempo no esconderijo da escada. Fazia quatro dias desde que Martin chegara a Birchwood. Lucy se lembrava da sensação de estar naquela pequena cavidade, lembrava como era difícil respirar, como o ar havia acabado rápido, como ficara desesperada para escapar. Lily Millington já teria gritado por socorro. Ninguém poderia ter ficado lá tanto tempo.

Talvez Lucy tivesse entendido errado, afinal? Talvez ela não tivesse trancado Lily. Ou, se tivesse, talvez Martin a tivesse libertado e eles tivessem fugido juntos, como disse o investigador. Lily não contara a Lucy que passara a infância em Covent Garden, que aprendera o truque das moedas com um ilusionista francês? Ela não dissera ser uma ladra? Lucy presumira na época que ela estivesse brincando, mas e se Lily *estivesse mesmo* trabalhando com aquele homem, Martin, o tempo todo? O que mais poderia significar quando ela lembrou a ele que tinha dito que precisava de um mês? Talvez fosse por isso que ela estava tão ansiosa para Lucy voltar para a floresta, para deixá-los sozinhos...

Sua cabeça doía. Ela fechou os olhos com força. A pancada devia ter confundido suas lembranças, como dissera o inspetor. Ela sempre valorizara a precisão, desdenhando dos que faziam abreviações ou aproximações e não percebiam que aquilo fazia diferença; portanto, tomou a decisão solene de não dizer mais nada até ter certeza absoluta de que as coisas de que se lembrava eram verdadeiras e corretas.

Edward, muito naturalmente, recusou-se a aceitar a teoria do inspetor.

– Ela nunca teria me roubado e me deixado. Íamos nos casar – disse ele ao inspetor. – Eu a pedi em casamento e ela aceitou. Terminei o noivado com a Srta. Brown uma semana antes de virmos para Birchwood.

Então foi a vez de o pai de Fanny intervir:

– O rapaz está em choque – disse Brown. – Ele não está raciocinando direito. Minha filha estava ansiosa pelo casamento e discutia planos para a ocasião com minha esposa na manhã em que partiu para Birchwood. Ela certamente teria me dito se seu noivado tivesse sido rompido. Ela não falou nada nesse sentido. Se tivesse dito, eu teria acionado meus advogados, posso garantir. Minha filha tinha uma reputação impecável. Havia cavalheiros com muito mais a oferecer do que o Sr. Radcliffe fazendo fila pela sua mão, mas ela queria se casar com ele. Eu não permitiria que um noivado rompido manchasse o bom nome da minha filha. – E então aquele grande homem desmoronou, soluçando: – Minha Frances era uma mulher respeitável, inspetor Wesley. Ela me disse que desejava passar o fim de semana no campo, onde seu noivo estava hospedando um grupo em sua nova casa. Tive o prazer de lhe emprestar meu cocheiro. Eu nunca teria permitido que ela participasse do fim de semana se não estivessem noivos, e ela não teria pedido.

Essa lógica bastou para o inspetor Wesley e seu colega de Berkshire, principalmente quando foi confirmada por Thurston, que teve uma discreta conversa com o inspetor para informá-lo de que ele era o confidente mais próximo de Edward e que seu amigo nunca tinha dito uma palavra sobre romper o noivado com Fanny Brown, muito menos em engatar um segundo noivado com sua modelo, a Srta. Millington.

– Eu o convenceria do contrário se tivesse me dito – afirmou Thurston. – Fanny era uma jovem maravilhosa e uma boa influência. Não é segredo que Edward sempre teve a cabeça nas nuvens; ela conseguia colocar os pés dele de volta no chão.

– Era sua a arma usada no assassinato, não era, Sr. Holmes? – perguntou o inspetor.

– Infelizmente, sim. Apenas uma peça decorativa. Um presente do Sr. Radcliffe, por sinal. Estou tão chocado quanto todos que tenha sido carregada e usada dessa forma.

O avô de Lucy, ao ficar sabendo do desaparecimento do Radcliffe Blue, deixara a propriedade de Beechworth e ficou mais do que satisfeito em completar a descrição de Edward.

– Mesmo quando criança – disse o velho ao inspetor –, era cheio de ideias e inclinações malucas. Muitas vezes, na época em que estava se tornando um homem, eu me desesperei. Não poderia ter ficado mais feliz ou mais aliviado quando ele anunciou seu noivado com a Srta. Brown. Edward parecia enfim ter se colocado no caminho certo. Ele e a Srta. Brown teriam se casado, e qualquer sugestão de Edward em contrário sinaliza nada mais do que uma triste perda de seus sentidos. O que é perfeitamente natural diante de acontecimentos tão terríveis, sobretudo para alguém com seu temperamento artístico.

O Sr. Brown e lorde Radcliffe estavam certos, disse Thurston, sobriamente; Edward estava em choque. Ele não apenas amara e perdera a noiva, a Srta. Brown, como também era obrigado a aceitar ser o responsável pelos terríveis acontecimentos, tendo levado Lily e seus comparsas para seu grupo de amigos.

– Ele bem que foi avisado – acrescentou Thurston. – Eu mesmo disse a ele há alguns meses que notei que faltavam alguns itens de valor no meu estúdio depois que ele e sua modelo foram nos visitar. Ele me deixou com o olho roxo por sugerir uma coisa dessas.

– Que tipo de itens foram levados, Sr. Holmes?

– Ah, meras ninharias, inspetor Wesley. Nada com que se preocupar. Eu sei como você está ocupado. Estou satisfeito por poder oferecer uma pequena ajuda para esclarecer esse assunto perturbador. Pensar no meu amigo sendo enganado por dois charlatães... bem, isso faz meu sangue ferver. Eu me censuro por não ter juntado as peças mais cedo. Temos sorte de o Sr. Brown ter nos mandado o senhor.

O último prego no caixão foi martelado quando o inspetor chegou certa manhã e anunciou que Lily Millington nem sequer era o nome verdadeiro da modelo.

– Meus homens em Londres têm feito perguntas e investigado os registros de nascimentos, mortes e casamentos, e a única Lily Millington que eles conseguiram encontrar foi uma criança pobre que foi espancada até a morte em uma taberna em Covent Garden em 1851. Tinha sido vendida por seu pai quando criança para uma dupla de criadores de bebês e ladrões. Não é de admirar que não tenha sobrevivido.

E assim tudo foi resolvido. Até Lucy teve que aceitar que o inspetor estava certo. Todos tinham sido enganados. Lily Millington era uma mentirosa e uma ladra; o nome dela nem era Lily Millington. E agora a modelo infiel estava na América com o Radcliffe Blue e o homem que atirara em Fanny.

A investigação foi encerrada e o inspetor e o policial deixaram Birchwood, cumprimentando o Sr. Brown e o avô e prometendo entrar em contato com seus colegas na cidade de Nova York, na esperança de que pelo menos recuperassem o diamante.

Sem saber o que mais fazer, presa no campo, onde o período preguiçoso do verão chegara a um fim abrupto e a chuva já caía, a Irmandade Magenta retornou brevemente a Birchwood Manor. Mas Edward estava arrasado e sua desolação e sua raiva permeavam até o ar. Ele e a casa eram um só, e os quartos pareciam assumir o odor fraco, mas podre, de sua dor. Incapaz de ajudá-lo, Lucy ficou fora do caminho. Mas a angústia dele era contagiante e ela se viu incapaz de se contentar com qualquer coisa. Também estava atormentada, com uma apreensão incomum sobre as escadas onde tudo acontecera, então passou a usar a escadaria secundária, do outro lado da casa.

Finalmente, Edward não aguentou mais: ele arrumou suas coisas e chamou uma carruagem. Duas semanas após a morte de Fanny, as cortinas foram fechadas, as portas foram trancadas e duas carruagens puxadas a cavalo trovejaram por Birchwood Manor, levando-os embora.

Lucy, sentada no banco de trás da segunda carruagem, virou-se enquanto se afastavam, observando a casa ficar cada vez mais distante. Por um segundo, pensou ter visto uma das cortinas no sótão se mexer. Mas era apenas a história de Edward, ela sabia: a Noite da Perseguição passando em sua mente.

CAPÍTULO 28

De volta a Londres, tudo havia mudado. Edward partiu quase imediatamente, viajando para o continente sem deixar um endereço para contato. Lucy nunca soube o que aconteceu com a última pintura de Lily Millington. Depois que ele partiu, ela pegou a chave escondida do estúdio e entrou, mas não havia sinal do quadro. Na verdade, todos os vestígios de Lily se foram: as centenas de esboços e estudos tinham sido arrancadas das paredes. Era como se Edward já soubesse que nunca mais pintaria no estúdio do jardim de Hampstead.

Clare, por sua vez, também não ficou muito tempo. Tendo desistido de perseguir Thurston Holmes, casou-se com o primeiro cavalheiro rico que a cortejou e logo estava alegremente recolhida em uma casa de campo grande e sem graça, pela qual sua avó previsivelmente se apaixonou. Ela teve dois bebês em rápida sucessão, pequenas coisinhas gordas com bochechas fofas e queixo leitoso, e algumas vezes, ao longo dos anos, quando Lucy ia visitá-la, falava de modo vago sobre ter um terceiro, se ao menos o marido se dignasse a passar mais de uma semana por mês em casa.

Em 1863, ano em que Lucy completou 14 anos, restavam apenas a mãe e ela em casa. Tudo parecia ter acontecido tão rapidamente que uma ficou tão atordoada quanto a outra. Quando se pegavam sozinhas em alguma sala, as duas pareciam surpresas, então uma delas – em geral Lucy – arranjava uma desculpa para sair, poupando a ambas o trabalho de inventar uma justificativa para a falta de conversa.

Lucy, enquanto crescia, evitou o amor. Tinha visto o que ele podia fazer. Lily Millington abandonara Edward e isso acabara com ele. Então ela evitou o amor. Quer dizer, evitou a complicação de entregar seu coração a outro ser humano. Em vez disso, Lucy se apaixonara profundamente pelo conhecimento. Ela o adquiria com sofreguidão, impaciente com a própria incapacidade de absorver novas informações mais rápido. O mundo era tão abundante: para cada livro que lia, cada teoria que entendia, mais dez se ramificavam diante de seus olhos. Algumas noites, ficava acordada, imaginando a melhor maneira de dividir sua vida: simplesmente não havia tempo suficiente para garantir que aprenderia tudo que queria saber.

Certo dia, quando tinha 16 anos e estava examinando as coisas em seu quarto para que uma nova estante de livros pudesse ser transferida do escritório, ela encontrou a pequena mala que levara para Birchwood Manor no verão de 1862. Ao voltar, ela a empurrara para o fundo do armário debaixo do assento da janela, querendo esquecer todo o episódio, e passara os três anos seguintes sem pensar naquilo. Mas Lucy era uma garota sensata e, apesar de não ter esperado esbarrar na mala, agora que tinha esbarrado concluiu que não fazia sentido evitar lidar com o que havia ali dentro.

Ela abriu a mala e ficou satisfeita ao ver sua edição de *A história química de uma vela* no topo. Por baixo, havia mais dois livros, um dos quais ela se lembrava de ter encontrado na prateleira superior de Birchwood Manor. Lucy o abriu delicadamente, porque a lombada ainda estava pendurada por apenas alguns fios, e viu que as cartas permaneciam lá; os desenhos dos buracos dos padres, exatamente onde ela os colocara.

Ela deixou os livros de lado e pegou a peça de roupa que estava guardada no fundo da mala. Lucy se lembrou de tudo imediatamente. Era o vestido que estava usando naquele dia, sua fantasia para a foto que Felix ia tirar no rio. Alguém devia tê-la despido depois que ela caíra, pois, quando acordou no quarto listrado de amarelo da hospedaria, estava de camisola. Lucy se lembrou de guardar o vestido na mala depois, enrolando-o e empurrando-o para o fundo. Ele lhe dera uma sensação desagradável, na época, então ela o segurou à sua frente agora, testando para ver se ainda a assustava. Não. Com certeza não. Sua pele não esquentou, o coração não acelerou. No entanto, não queria guardá-lo; daria a Jenny para cortar e usar como pano de limpeza. Antes, porém, porque era algo que ela havia aprendido a fazer quando jovem, verificou os bolsos, esperando encontrar nada além de fiapos e o revestimento interno do tecido.

Mas o que era aquilo? Um item redondo e duro no fundo de um bolso.

Mesmo enquanto dizia a si mesma que era uma das pedras do rio que coletara em Birchwood Manor, Lucy sabia que não era. Seu estômago se embrulhou e ela foi dominada por uma onda instantânea de medo. Não precisava olhar. Ao tocá-lo, uma corda pareceu ser puxada e uma cortina levantada, e agora a luz brilhava no palco empoeirado de sua memória.

O Radcliffe Blue.

Ela se lembrou.

Era Lucy quem o estava usando. Ela voltou para a casa, de birra, porque não era mais necessária para a fotografia, e enquanto explorava o estúdio de Edward, encontrou o pingente de diamante. Desde que caminharam juntas até a aldeia, Lucy se via pensando em Lily Millington, vendo-a através dos olhos de Edward, desejando ser mais parecida com ela. E, segurando o colar, percebeu uma forma de sentir – por um momento – como seria ser como Lily Millington. Ser observada por Edward e adorada.

Lucy ainda estava se olhando no espelho quando Lily apareceu atrás dela. Ela tirou o cordão do pescoço e estava prestes a colocá-lo de volta na caixa quando o homem, Martin, chegou e tentou levar Lily com ele. Lucy enfiou o pingente no bolso. E lá estava, exatamente onde o colocara.

Lucy havia acreditado na história do inspetor sobre Lily Millington, mas, uma vez que encontrou o Radcliffe Blue, o ponto no centro da tapeçaria foi cortado e o restante da imagem tão cuidadosamente bordada começou a se desfazer. Era simples: sem o roubo da herança, não havia motivo. E, embora as autoridades de Nova York tivessem verificado que um casal viajando com os nomes de "Sr. e Sra. Radcliffe" havia chegado e se registrado no porto, qualquer um poderia ter usado aquelas passagens. A última pessoa que Lucy vira em posse delas foi aquele homem horrível, Martin. Edward o vira fugindo da casa. Ele podia ter usado um dos bilhetes e vendido o outro, ou podia ter vendido os dois.

Havia também a questão da câmara secreta na escada. Para Lily ter fugido com Martin, ela precisaria ter revelado onde estava escondida, e ele, encontrado o modo de abrir o alçapão. Lucy precisara de instruções e, mesmo assim, tinha sido difícil. Teria levado tempo para que ele encontrasse Lily e mais tempo ainda para resolver o quebra-cabeça da fechadura. Mas Fanny chegou muito rápido, e Edward logo depois. Simplesmente não houve tempo suficiente para Martin libertar Lily.

Além disso, Lucy vira como Lily olhara para Martin com medo genuíno;

ela também vira como Lily olhara para Edward. E Edward amava Lily completamente; não havia dúvida disso. Ele se tornou um fantasma depois que ela desapareceu.

O fato de Lily ter desaparecido não estava em questão. Ninguém teve um vislumbre dela desde aquele dia em Birchwood Manor. Lucy tinha sido a última pessoa a vê-la, ao trancar Lily no esconderijo.

Agora, de volta a Birchwood Manor, vinte anos depois, Lucy se levantou e entrelaçou os dedos, flexionando as mãos em um antigo gesto de ansiedade. Ela deixou os braços caírem suavemente ao lado do corpo.

Não havia sentido naquilo; não adiantava nada postergar agora. Se ia começar uma escola naquele lugar, e sentia muito fortemente que deveria fazer isso, então tinha que saber a verdade. Não mudaria seus planos. Não havia como voltar atrás e não fazia sentido desejar que as coisas tivessem acontecido de maneira diferente.

Lucy moveu a cadeira para o lado e se ajoelhou, fitando os degraus da escada.

Realmente era um projeto engenhoso. Não havia como alguém descobrir se não soubesse que estava lá. Durante a Reforma, quando padres católicos foram caçados pelos homens da rainha, aqueles lugares deviam ter proporcionado grande conforto e segurança. Ela havia pesquisado desde então e descobrira que as vidas de seis homens foram salvas por aquele exato buraco de padre.

Preparando-se, Lucy pressionou as bordas da elevação e abriu o alçapão.

CAPÍTULO 29

Lucy deu uma olhada dentro da câmara secreta e fechou o painel novamente. As emoções, reprimidas por tanto tempo, a dominaram e ela soltou um único grande soluço de pesar: por todos os anos desde que encontrou o diamante, durante os quais carregou sozinha o segredo do que havia feito; por Lily Millington, que tinha sido gentil com ela e que amava seu irmão; e, acima de tudo, por Edward, cuja fé ela havia destruído, deixando-o sozinho no mundo ao acreditar na história do inspetor.

Quando enfim conseguiu voltar a respirar, Lucy desceu as escadas. Sabia em seu coração o que encontraria dentro do esconderijo. Mais importante, ela sabia em sua cabeça. Lucy se orgulhava de ser uma mulher racional: assim, fora preparada com um plano. Havia pensado em cada uma das eventualidades, da distância segura de Londres, e elaborara um conjunto claro de tarefas. Pensou que estaria preparada. Mas era diferente estar ali; a mão de Lucy tremia demais para escrever a carta que planejara para Rich Middleton, na Duke Street, Chelsea. Ela não contava com aquilo, com o modo como suas mãos tremeriam.

Então foi caminhar até o rio para acalmar os nervos. Chegou ao píer antes do que esperava e seguiu em direção à floresta. Sem querer, Lucy percebeu que estava seguindo, inversamente, o exato caminho que percorrera naquele dia, da sessão de fotos até a casa.

No bosque estava a clareira onde Felix planejara fazer a fotografia. Ela podia imaginar todos em suas fantasias. Quase podia se ver, com 13 anos e sentindo o choque da injustiça, disparando pelo campo de flores silvestres em direção à casa, para em breve encontrar o pingente de diamante, tirá-lo de sua caixa de veludo e colocá-lo no próprio pescoço, depois mostrar a Lily Millington o esconderijo e lançar aquela sorte terrível. Mas não, ela se recusava a ver seu fantasma de 13 anos correndo. Em vez disso, voltou ao rio.

Quando descobriu o Radcliffe Blue em sua mala, ela soube imediatamente que precisava escondê-lo. O problema era decidir onde. Considerou enterrá-lo em Hampstead Heath, jogá-lo pelo ralo ou no lago de patos no Vale de Health – mas sua consciência mostrou falhas em todas as ideias. Sabia que era irracional imaginar que um cão astuto pudesse de alguma maneira identificar o local exato em que havia enterrado a joia, desenterrá-la e depois carregá-la para casa; ou que um pato pudesse comê-lo, digeri-lo e depositá-lo na margem para que uma criança de olhos de águia o encontrasse. Era igualmente irracional acreditar que, se algo tão improvável assim acontecesse, o diamante poderia ser rastreado até ela. Mas a culpa, Lucy aprendera, era a menos racional das emoções.

E, na verdade, que a herança redescoberta chamasse a atenção para Lucy era apenas parte de sua preocupação. O que mais lhe importava, e importava mais a cada ano, era quanto sofrimento teria sido por nada se o cenário oficial fosse agora refutado. Lucy não suportava pensar que a perambulação de Edward podia ter sido evitada; que, se ela tivesse contado a verdade antes, ele poderia ter sofrido pela perda de Lily, mas então a teria deixado descansar e seguido com sua vida.

Não, o diamante tinha que continuar escondido para que seguissem acreditando na história. Tudo já tinha ido longe demais para que qualquer outra coisa fosse aceitável. Mas Lucy saberia. E ela carregaria sozinha aquele conhecimento. Como não era possível voltar no tempo para mudar as coisas, a culpa e o isolamento eternos pareciam uma punição adequada.

Ela pretendia colocar o pingente na caixa com todo o resto, mas então, de repente, parada à beira do Tâmisa, um rio tão diferente ali do que era em Londres, sentiu necessidade de se livrar dele quanto antes. O rio era o lugar perfeito. A terra renunciava facilmente a seus segredos, mas o rio levaria seu tesouro ao mar insondável.

Lucy enfiou a mão no bolso e retirou o pingente Radcliffe Blue. Uma pedra tão brilhante. Tão rara.

Segurou-o contra a luz uma última vez. Então o jogou no rio e voltou para a casa.

A caixa chegou quatro dias depois. Lucy havia feito o pedido em Londres antes de partir, dizendo ao homem que escreveria para informar quando e onde o item deveria ser entregue. Ela considerara a possibilidade de que o pedido fosse desnecessário, o dinheiro desperdiçado, mas as probabilidades, concluiu, não estavam a seu favor.

Ela escolheu um fabricante de caixões e coveiro chamado Rich Middleton, da Duke Street, Chelsea, dando-lhe instruções específicas sobre as dimensões incomumente pequenas, juntamente com uma breve lista de outras especificações.

– Tripla cobertura de chumbo? – perguntou ele, coçando a cabeça sob a cartola preta esfarrapada. – A senhorita não vai querer tudo isso. Não para o caixão de uma criança.

– Não falei nada sobre uma criança, Sr. Middleton, e não pedi sua opinião. Eu lhe passei minhas exigências; se não puder atendê-las, fecharei negócio em outro lugar.

Ele levantou as mãos rosadas e de aparência suave.

– O dinheiro é seu. Se quer tripla cobertura de chumbo, é o que terá, senhorita...?

– Millington. Srta. L. Millington.

Foi uma escolha ousada e um sentimentalismo incomum, mas ela não podia usar seu nome verdadeiro. Além disso, Edward estava morto e fazia vinte anos que Fanny fora baleada. Ninguém estava procurando Lily Millington, não mais.

Quando ele terminou de anotar os detalhes, Lucy pediu que ele os relesse. Satisfeita, solicitou ao Sr. Middleton que fizesse a conta para efetuar um pagamento.

– Vai precisar de cortejo? Algumas carpideiras?

Lucy respondeu que não.

O pequeno caixão, quando chegou a Birchwood Manor, foi trazido de má vontade por um carregador ferroviário que lutou para tirá-lo do carrinho. Estava empacotado em uma caixa de madeira e não havia indicação externa do que ele estava entregando; o homem foi mal-educado o suficiente para perguntar.

– Uma fonte para os pássaros – disse Lucy. – É de mármore.

Uma gorjeta generosa foi dada e o humor do homem melhorou consideravelmente. Ele até concordou em deixar a caixa mais perto de seu destino, o canteiro do jardim ao lado do portão da frente. Foi onde ela encontrou Lily no dia em que estava procurando Edward para lhe contar sobre os esconderijos secretos e a viu saindo para postar uma carta.

– Quero poder vê-la do maior número possível de janelas – disse Lucy ao carregador, embora daquela vez não tivesse sido questionada.

Quando ele se foi, ela abriu a caixa para inspecionar o conteúdo. Suas primeiras impressões foram de que Rich Middleton havia feito um ótimo trabalho. O chumbo era essencial. Lucy não tinha como saber quanto tempo a caixa permaneceria escondida, mas, tendo passado a vida lendo obsessivamente sobre os tesouros do passado, sabia que o chumbo não se corroía. Ela queria esconder as coisas, certamente, esperava que elas permanecessem ocultas por muito tempo, mas não conseguia destruí-las. Por isso, Lucy especificou que a tampa deveria poder ser selada com segurança. Com muita frequência, arqueólogos descobriam vasos que haviam sobrevivido aos séculos, mas, ao abri-los, viam que o conteúdo havia perecido. Ela não queria que ar ou água entrassem. O caixão não podia vazar ou enferrujar, nem rachar com o tempo. Pois um dia seria encontrado, disso ela tinha certeza.

Lucy passou horas cavando. Encontrou uma pá no celeiro e a carregou até o jardim. Seus músculos doíam, desacostumados ao movimento repetitivo, e precisou parar de vez em quando para descansar. Percebeu, porém, que parar só tornava mais difícil recomeçar, então se forçou a continuar até que a cavidade estivesse funda o suficiente.

Enfim chegou a hora de encher o caixão. Primeiro, Lucy anexou o exemplar de *Demonologia*, que continha a carta de Nicholas Owen e as plantas de Birchwood Manor explicando sobre os buracos dos padres. Ela subiu ao sótão e ficou feliz em encontrar o baú de roupas ainda no mesmo lugar. O vestido branco que Lily usava ao posar para Edward ainda estava entre elas, e Lucy embrulhou cuidadosamente os ossos do buraco do padre dentro dele; então colocou o embrulho delicadamente dentro do caixão. Vinte anos não haviam deixado muito para trás.

Por último, mas não menos importante, ela colocou uma carta que escrevera (papel de algodão, não ácido) contando o que sabia sobre a mulher cujos restos mortais agora estavam dentro do caixão. Não tinha sido fácil descobrir a verdade, mas encontrar informações sobre o passado era o que Lucy fazia de melhor, e ela não era o tipo de pessoa que desistia de uma investigação.

Precisou confiar em quase tudo que Lily Millington havia lhe contado e em tudo que Edward relatara, bem como nos detalhes, que voltaram ao longo do tempo, do que Martin dissera naquela tarde em Birchwood Manor.

Pouco a pouco, ela montou a história: a casa acima da loja de pássaros na Little White Lion Street, os aposentos à sombra de St. Anne's, os primeiros anos passados junto ao rio; remontando ao nascimento de uma menina, em junho de 1844, fruto de uma mulher chamada Antonia, filha mais velha de lorde Albert Stanley, com um homem chamado Peter Bell, um relojoeiro, que morava no número 43 da Wheatsheaf Lane, em Fulham.

Lucy selou a tampa no momento em que o sol estava começando a deslizar por trás dos frontões. Percebeu que estava chorando. Por Edward e por Lily; e também por si mesma e pela culpa da qual nunca se livraria.

O carregador estava certo – o caixão era muito pesado –, mas os anos passados na natureza haviam deixado Lucy forte. Ela também estava determinada, então conseguiu arrastá-lo para o buraco. Em seguida o cobriu com terra, que assentou com firmeza por cima.

Quaisquer inclinações religiosas latentes que o Sr. Darwin não tivesse matado foram superadas pelas experiências de vida de Lucy, portanto ela não fez uma oração sequer sobre a cova. No entanto, o momento exigia alguma cerimônia e ela pensara muito em qual seria a melhor maneira de marcar o local.

Decidiu plantar um bordo-japonês em cima. Já o havia adquirido, uma linda muda com casca pálida e galhos elegantes, longos e uniformes, finos, mas fortes. Era uma das árvores favoritas de Edward; as folhas ficavam vermelhas na primavera, mudando, no outono, para uma cor mais bonita, de cobre brilhante, como os cabelos de Lily Millington. Não, não Lily Millington, ela se corrigiu, pois aquele não era seu nome verdadeiro.

– Albertine – sussurrou Lucy, lembrando-se daquela tarde suave em Hampstead em que viu o vermelho cintilante na estufa no fundo do jardim e a mãe a instruiu a levar duas xícaras de chá "na melhor porcelana". – Seu nome era Albertine Bell.

Passarinho, para os que a amavam.

Lucy estava focada no pedaço de terra achatada no jardim perto do portão da frente, então ela não percebeu, mas, por algum estranho truque do crepúsculo, no momento em que pronunciou as palavras, a janela do sótão pareceu brilhar por um breve instante. Quase como se uma lâmpada tivesse sido acesa lá dentro.

XI

Eu já falei. Não entendo a física disso e não há ninguém aqui para perguntar.

De alguma forma, sem entender como ou por quê, eu me vi fora do esconderijo e na casa outra vez. Movendo-me entre eles como antes, mas também totalmente diferente de antes.

Quantos dias se passaram? Não sei. Dois ou três. Eles não estavam mais dormindo aqui quando voltei.

Os quartos estavam desertos à noite e, durante o dia, um ou outro vinha para buscar uma peça de roupa ou algum outro objeto pessoal.

Fanny estava morta. Ouvi os policiais falando sobre a "pobre Srta. Brown", o que explicava o tiro, mas não a pancada.

Também os ouvi falando do Radcliffe Blue e das passagens para a América.

Os policiais também falaram de mim. Coletaram tudo que podiam a meu respeito. A respeito de Lily Millington.

Quando entendi a linha de raciocínio deles, fiquei horrorizada.

O que Edward pensava? Teriam exposto a ele aquela teoria? Ele a aceitara?

Quando ele finalmente voltou à casa, estava pálido e distraído. Ficou parado à escrivaninha da sala Mulberry, olhando para o rio, virando-se para olhar o relógio às vezes, os minutos passando. Não comeu nada. Não dormiu nem um instante.

Não abriu o caderno de desenho e parecia ter perdido todo o interesse em seu trabalho.

Fiquei com ele. Eu o segui aonde quer que fosse. Chorei, gritei, implorei e implorei, deitei-me a seu lado e tentei lhe dizer onde eu estava, mas minhas habilidades nessa área só se desenvolveram com o tempo. Naquela época, no começo, isso me exauria.

E então aconteceu. Todos eles foram embora e eu não pude impedi-los.

As carruagens desapareceram pela estrada e eu fiquei sozinha. Por muito tempo, fiquei sozinha. Evaporei, voltando ao calor e à quietude da casa, deslizando entre as tábuas do chão, assentando-me com a poeira, desaparecendo no longo e escuro silêncio.

Até que um dia, vinte anos atrás, fui atraída pela chegada da minha primeira visitante.

E quando meu nome, minha vida, minha história foram enterrados, eu, que um dia sonhei capturar luz, descobri que havia me tornado a própria luz capturada.

PARTE QUATRO
LUZ CAPTURADA

CAPÍTULO 30

Verão de 2017

O dia nasceu com o tipo de claridade elétrica reservado para manhãs que sucedem noites de tempestade. A primeira coisa que Jack notou foi que ele não estava na terrível cama da casa anexa, mas em algum lugar ainda menos confortável. No entanto, sentia-se muito mais leve do que de costume.

O emaranhado exuberante de papel de parede verde e roxo lhe informou onde estava: amoras maduras e uma gravura acima da porta que dizia "Verdade, beleza, luz". Ele dormira no chão da casa.

Após uma agitação no sofá a seu lado, percebeu que não estava sozinho.

Como um caleidoscópio entrando em foco, ele se lembrou da noite anterior. A tempestade, o táxi impossibilitado de ir buscá-la, a garrafa de vinho que ele havia comprado por capricho na Tesco.

Ela ainda estava dormindo, delicada, com os cabelos escuros e curtos contornando as orelhas. Era como uma daquelas xícaras de chá de lugares chiques, que Jack tinha talento para quebrar.

Ele caminhou na ponta dos pés pelo corredor e entrou na cozinha da casa anexa para fazer chá.

Quando levou as duas canecas fumegantes de volta, ela estava acordada e sentada, o cobertor enrolado em volta dos ombros.

– Bom dia – disse ela.

– Bom dia.

– Não voltei para Londres.

– Percebi.

Eles tinham conversado a noite toda. Verdade, beleza e luz – a sala, a casa tinha em si algum tipo de mágica. Jack contou a ela sobre as meninas e Sarah. Sobre o que aconteceu no banco, pouco antes de deixar a força policial, quando entrou contra as ordens e saiu com sete reféns resgatados e um tiro no ombro. Todos os jornais disseram que ele era um herói, mas tinha sido a gota d'água para Sarah.

– Como pôde fazer isso, Jack? – dissera ela. – Você não pensou nas bebês? Nas meninas? Você podia ter morrido.

– Havia bebês no banco também, Sarah.

– Mas não eram seus. Que tipo de pai é você, se não consegue ver a diferença?

Jack não teve resposta. Pouco tempo depois, ela fez as malas e disse que estava voltando para a Inglaterra para morar mais perto dos pais.

Ele também contou a Elodie sobre Ben, cuja morte completara 25 anos na sexta-feira, e como aquilo havia destruído seu pai. Elodie, por sua vez, contou sobre a morte da mãe (também 25 anos antes) e sobre o próprio pai, que fora igualmente destruído pela dor, mas com quem ela decidira finalmente conversar quando voltasse a Londres.

Ela contou sobre a amiga Pippa, como se sentia em relação ao trabalho e como sempre achou que isso fazia dela uma pessoa meio estranha, mas que agora não se importava.

Por fim, como eles pareciam ter conversado sobre todo o resto e a omissão era notável, ele perguntou sobre o anel em seu dedo, e ela contou que estava noiva, prestes a se casar.

Jack sentiu uma decepção desproporcional, considerando que a conhecia havia quarenta horas. Tentou manter uma postura casual. Deu os parabéns e perguntou como era o sortudo.

Alastair (Jack nunca conhecera um Alastair de quem gostasse) trabalhava com finanças. Ele era legal. Era bem-sucedido. Até engraçado, às vezes.

– O único porém – disse ela – é que acho que ele não me ama.

– Por quê? Qual o problema com ele?

– Acho que ele pode estar apaixonado por outra pessoa. Acho que ele pode estar apaixonado pela minha mãe.

– Bem, isso é... incomum, dadas as circunstâncias.

Ela sorriu a contragosto.

– Mas você o ama? – perguntou Jack.

Ela hesitou.

– Não – respondeu enfim, parecendo surpreender a si mesma. – Não, acho que não.

– Bem, você não está apaixonada por ele e acha que ele está apaixonado pela sua mãe. Por que vão se casar?

– Já está tudo organizado. As flores, os convites...

– Ah, bem, então nesse caso é diferente. Sobretudo os convites. Não é fácil devolver. – Ele lhe entregou uma caneca de chá. – Quer dar uma volta no jardim antes do café da manhã?

– Você vai fazer café da manhã para mim?

– É uma das minhas especialidades. Pelo menos é o que dizem.

Eles saíram pela porta dos fundos, sob o castanheiro, e atravessaram o gramado. Jack desejou ter levado seus óculos escuros. O mundo tinha sido lavado, tudo tão brilhante quanto uma foto superexposta. Quando fizeram a curva no jardim da frente, Elodie arquejou.

Ele seguiu o olhar dela e viu que o antigo bordo-japonês havia caído com a tempestade e agora estava tombado sobre o caminho, com as raízes retorcidas apontando para o céu.

– Meus colegas do museu não vão ficar felizes – disse ele.

Os dois então foram fazer uma inspeção mais minuciosa.

– Olhe – Elodie disse. – Acho que tem algo lá embaixo.

Jack se ajoelhou e enfiou a mão no buraco, espanando a terra macia com a ponta dos dedos.

– Talvez seja o seu tesouro – disse ela com um sorriso. – Bem debaixo do seu nariz esse tempo todo.

– Você não disse que era uma história de ninar?

– Posso ter me enganado.

– Acha que devemos desenterrá-lo?

– Acho que sim.

– Mas não antes de tomarmos café.

– Sem dúvida – concordou ela. – Porque ouvi dizer que é sua especialidade e estou com uma expectativa bem alta, Jack Rolands.

CAPÍTULO 31

Verão de 1992

Tip estava em seu estúdio quando recebeu a notícia. Um telefonema da vizinha deles: Lauren tinha morrido, um acidente de carro em algum lugar perto de Reading; Winston estava abalado; a filha estava levando.

Ele refletiu sobre isso depois. *Levando*. Parecia uma coisa estranha de se dizer sobre uma menina de 6 anos que acabara de perder a mãe. No entanto, ele sabia o que a mulher, a Sra. Smith, quisera dizer. Tip só vira a menina algumas vezes e pensava nela como a pessoinha que se sentava à frente dele nos poucos almoços de domingo, tentando observá-lo discretamente, de olhos arregalados e curiosos. Mas ele tinha visto o suficiente para saber que ela era diferente de como Lauren tinha sido naquela idade. Muito mais introvertida. Lauren exalava uma energia infinita desde que nascera. Como se tivesse uma voltagem um pouco mais alta que a de todos os outros. Era uma garota fascinante – certamente um sucesso –, mas não era confortável ficar em sua companhia. Como se a luz estivesse sempre acesa.

Depois que recebeu a notícia, Tip desligou o telefone e se sentou à bancada. Sua visão se embaçou quando ele olhou para o banquinho do outro lado. Lauren se sentara ali na semana anterior. Queria falar sobre Birchwood Manor, perguntando a ele exatamente onde ficava.

– O endereço, você quer dizer?

Ele dera o endereço e perguntara por que o queria, se estava pensando em visitar. Ela assentiu e disse que tinha algo muito importante a fazer e queria que fosse no lugar certo.

– Eu sei que era apenas uma história infantil, mas de alguma forma isso moldou a pessoa que sou hoje. – Ela se recusou a falar mais, então eles mudaram de assunto, mas, quando estava saindo, ela disse: – Você estava certo, sabia? O tempo torna o impossível possível.

Ele leu no jornal sobre a apresentação dela em Bath, alguns dias depois, e, quando viu quem eram os outros solistas, percebeu o que ela quis dizer.

Lauren estava planejando se despedir de alguém que já havia significado muito para ela.

Ela se sentara naquele mesmo banquinho, seis anos antes, quando voltou de Nova York. Lembrava-se dela no dia da visita, quando percebeu imediatamente que algo havia acontecido.

De fato: ela havia se apaixonado, disse, e ia se casar.

– Parabéns – respondera ele, mas a expressão de Lauren deixou claro que não era um anúncio comum.

As duas partes da frase se encaixavam de uma maneira um pouco mais complicada do que ele imaginara.

Ela havia se apaixonado por um dos outros jovens músicos convidados a fazer parte do quinteto, um violinista.

– Foi instantâneo – dissera ela. – Foi intenso, completo e valeu todos os riscos e sacrifícios, e eu soube na hora que nunca mais amaria outro homem desse jeito.

– E ele...?

– Foi recíproco...

– Mas...?

– Ele é casado.

– Ah...

– Com uma mulher chamada Susan, uma pessoa adorável e doce que ele conhece desde que era criança e que não suportaria magoar. Ela o conhece muito bem, é professora da escola primária e faz uma deliciosa torta de chocolate e manteiga de amendoim, que levou para a sala de ensaios e compartilhou com todo mundo antes de se sentar em uma cadeira de plástico e ficar nos ouvindo tocar. E, quando terminamos, ela chorou, Tip... chorou porque a música a comoveu... Então não posso nem odiá-la, porque eu nunca poderia odiar uma mulher que é levada às lágrimas pela música.

Podia ter terminado aí, mas havia uma terceira parte na história.

– Estou grávida.

– Entendo.

– Não foi planejado.

– O que você vai fazer?

– Vou me casar.

E foi então que ela contou a proposta de Winston. Tip vira o rapaz algumas vezes: um músico também, embora não como Lauren. Um bom rapaz, perdidamente apaixonado por ela.

– Ele não se importa...

– Com o bebê? Não.

– Eu ia dizer com você estar apaixonada por outra pessoa.

– Fui muito honesta com Winston. Ele disse que não se importava, que havia diferentes tipos de amor e que o coração humano não tem limitações. Disse que talvez eu até mude de ideia com o tempo.

– Ele pode estar certo.

– Não. É impossível.

– O tempo é um animal estranho e poderoso. Ele tem o hábito de tornar o impossível possível.

Mas não, ela foi inflexível. Nunca poderia amar outro homem da mesma maneira que amava o violinista.

– Mas também amo Winston, Tip. Ele é um homem *bom*, um homem gentil; é um dos meus melhores amigos. Eu sei que não é o comum...

– Pela minha experiência, isso não existe.

Ela estendeu a mão para apertar a dele.

– O que você dirá à criança? – perguntou Tip.

– A verdade, se e quando ela perguntar. Winston e eu concordamos com isso.

– Ela?

Então Lauren sorriu.

– É só uma intuição.

Ela. A garota, Elodie. Tip se pegava a observá-la de vez em quando, do outro lado da mesa, no almoço de domingo, levemente confuso porque reconhecia nela algo que não conseguia identificar; ela o lembrava de alguém. Percebeu então, no súbito foco da morte da mãe, que ela o lembrava de si mesmo. Era uma criança cujas águas calmas mascaravam suas profundezas.

Tip foi até a prateleira onde guardava seu pote de coisas e tirou a pedra, sentindo seu peso na palma da mão. Ainda se lembrava da noite em que aquela mulher, Ada, lhe contara a história. Eles estavam sentados na frente da taberna em Birchwood; era verão e anoitecia, então não havia muita luz, mas o suficiente para ele lhe mostrar algumas das pedras e paus que havia coletado. Seus bolsos estavam sempre cheios naquela época.

Ela pegou uma por uma e olhou com atenção. Também gostava de colecionar coisas quando tinha a idade dele, dissera; agora era arqueóloga, o que era uma versão adulta da mesma coisa.

– Você tem uma favorita? – perguntou ela.

Tip disse que sim e entregou um pedaço particularmente liso de quartzo em formato oval.

– Já encontrou algo bonito assim?

Ada assentiu.

– Uma vez, quando eu era só um pouco mais velha do que você é agora.

– Eu tenho 5 anos.

– Bem, eu tinha 8. Sofri um acidente. Caí de um barco no rio e não sabia nadar.

Tip se lembrava de ter ficado alerta ao escutar aquilo; teve a sensação de ter ouvido aquela história antes.

– Afundei na água, até o fundo.

– Você pensou que ia se afogar?

– Pensei.

– Uma garota *se afogou* no rio ali.

– Sim – concordou ela, solene. – Mas eu não.

– *Ela* salvou você.

– Salvou. Justo quando senti que não conseguia mais prender a respiração, eu a vi. Não claramente, e apenas por um momento, e então ela se foi e eu vi a pedra, brilhando, cercada pela luz, e de alguma maneira eu soube, como se uma voz tivesse sussurrado no meu ouvido, que, se eu estendesse a mão e a agarrasse, eu sobreviveria.

– E você sobreviveu.

– Como você pode ver. Uma mulher sábia me disse uma vez que certos objetos trazem boa sorte.

Ele gostou da ideia e perguntou a ela onde conseguir um. Explicou a ela que o pai havia acabado de morrer na guerra e que estava preocupado com a mãe, porque agora era seu trabalho cuidar dela e ele não sabia ao certo como fazer isso.

Então Ada assentiu sabiamente e disse:

– Vou visitá-lo amanhã, tudo bem? Tenho uma coisa que gostaria de lhe dar. De fato, sinto que pertence a você, que essa coisa sabia que você estaria aqui e encontrou uma maneira de chegar até você.

Mas tinha que ser um segredo entre eles, dissera Ada, e então perguntou se ele já havia encontrado a câmara escondida. Quando Tip disse que não, ela contou sobre um painel no corredor e os olhos do menino se arregalaram de emoção.

No dia seguinte, ela lhe dera a pedra azul.

– O que eu faço com isso? – perguntou ele quando estavam sentados juntos no jardim em Birchwood Manor.

– Mantenha em segurança, e ela fará o mesmo por você.

Passarinho, que estava sentada ao lado dele, sorriu, concordando.

Tip não acreditava mais em amuletos ou boa sorte, mas também não desacreditava. O que ele sabia era que a ideia da pedra tinha sido suficiente. Muitas vezes, quando menino – em Birchwood, mas sobretudo depois que eles se mudaram –, ele a segurara na mão e fechara os olhos, e as palavras de Passarinho voltavam à sua mente: ele se lembrava das luzes no escuro e de como se sentia quando estava na casa, como se estivesse protegido, e que tudo ficaria bem.

Pensando em Lauren e na menininha agora sem mãe, Tip teve uma ideia. Ele tinha um monte de carrinhos no estúdio, todos cheios de objetos que encontrara em passeios: coisas que o atraíram, por um motivo ou outro, porque eram honestas, bonitas ou interessantes. Ele escolheu algumas das melhores, arrumando-as à sua frente na bancada, devolvendo algumas para os carrinhos, trocando-as por outras, até que ficou satisfeito com a seleção. E então começou a misturar o barro.

Menininhas gostavam de caixas encantadas. Já vira muitas delas nos mercados aos sábados, fazendo fila nas barracas de artesanato, procurando pequenas caixas para guardar seus tesouros. Ele faria uma para ela, a filha de Lauren, e a decoraria com todos os itens mais significativos, incluindo a pedra azul, pois havia encontrado uma nova criança para ela proteger. Não era muito, mas era tudo que ele conseguiu pensar em fazer.

E talvez, apenas talvez, se ele fizesse do jeito certo, quando desse o presente a ela, fosse capaz de imbuí-la da mesma ideia poderosa, a mesma luz e o mesmo amor que a pedra tinha quando lhe foi dada.

CAPÍTULO 32

Verão de 1962

Ela estacionou o carro e desligou o motor, mas não saltou; chegara cedo. A onda de lembranças a perseguira o dia todo, ameaçando estourar, e agora que ela tinha parado, a onda a inundou e se espalhou em um turbilhão cintilante. De repente, Juliet foi tomada por uma lembrança visceral da noite em que chegaram de trem, os quatro, cansados e famintos, sem dúvida traumatizados após serem arrancados de Londres.

Foi um dos períodos mais terríveis de sua vida – a destruição de sua casa, a perda de Alan – e, no entanto, de certa forma, Juliet teria dado qualquer coisa para voltar àquela época. Passar por aquele portão, entrar em Birchwood Manor e saber que veria Tip, com 5 anos, o cabelo caindo como uma cortina; Bea, uma pré-adolescente ranzinza e orgulhosa demais para aceitar um abraço; e Vermelho, apenas Vermelho, irreprimível, com aquelas sardas teimosas e o sorriso desdentado. O barulho, as brigas, as perguntas incessantes. O tempo entre o presente e aquela época, a impossibilidade de voltar, mesmo que por um minuto, provocava uma dor física.

Ela não esperava que fosse assim. Que sua conexão com a casa apertasse tanto seu peito. Não era um peso sobre ela; era uma grande pressão repentina *dentro* dela, empurrando suas costelas em seu desejo de escapar.

Fazia 22 anos que Alan morrera, 22 anos que ele não viveu, durante os quais ela seguiu em frente sem ele.

Ela não ouvia mais a sua voz.

E agora ali estava ela, seu carro estacionado do lado de fora de Birchwood Manor. A casa estava vazia, ela percebeu isso imediatamente. Exibia a aura da negligência. Mas Juliet não poderia amá-la mais.

Sentada no banco do motorista, ela pegou a carta na bolsa e a leu rapidamente. Era curta e objetiva, diferente do estilo habitual dele. Pouco mais do que a data daquele dia e a hora.

Juliet ainda tinha todas as cartas que ele enviara. Gostava de saber que estavam todas lá, em caixas de chapéu, no fundo de seu guarda-roupa. Beatrice gostava de provocá-la sobre seu "amigo por correspondência", embora desde o nascimento de Lauren ela não tivesse mais tanta energia para implicâncias.

O relógio no painel do carro avançou um minuto. O tempo estava passando no ritmo de uma lesma.

Juliet não gostava muito da ideia de ficar sentada dentro do Triumph por mais quarenta minutos. Ela se olhou no espelho retrovisor, verificou o batom e depois, com um suspiro decidido, saltou do carro.

Seguiu a trilha sinuosa em direção ao cemitério, piscando para afastar a imagem fantasmagórica de Tip parando no caminho para procurar pedaços de quartzo e cascalho. Ela virou à esquerda em direção à aldeia e, ao chegar à encruzilhada, ficou satisfeita ao ver que o The Swan ainda estava lá.

Após um minuto de hesitação, reuniu coragem para entrar. Já fazia 34 anos desde que ela e Alan haviam chegado de Londres no trem, Juliet fazendo o possível para ocultar sua gravidez. Quase esperava que a Sra. Hammett viesse à porta para cumprimentá-la, que começasse a conversar como se tivessem jantado juntas na noite anterior, mas havia uma nova jovem atrás do bar.

– A hospedaria mudou de dono há alguns anos – disse ela. – Sou a Sra. Lamb. Rachel Lamb.

– A Sra. Hammett... ela já...?

– Acho que não. Ela foi morar com o filho e a nora, descendo a rua.

– Perto daqui?

– Bem perto. Sempre aparece por aqui para me dar conselhos. – Ela sorriu para mostrar que estava falando com carinho. – Pode pegá-la antes da soneca do meio-dia, se você se apressar. Ela é bem pontual com a soneca.

Juliet não tinha pensado em visitar a Sra. Hammett, mas seguiu as instruções de Rachel Lamb mesmo assim e logo chegou à casa de campo com a porta vermelha e a caixa de correio preta. Ela bateu e prendeu a respiração.

– Sinto muito, você quase a pegou acordada – disse a mulher que atendeu. – Mas ela já está dormindo profundamente e não ouso acordá-la. Ela fica bem irritada quando não tira suas sonecas.

– Será que você pode dizer que passei aqui? – pediu Juliet. – Talvez ela não se lembre de mim. Tenho certeza de que recebeu muitos hóspedes, mas foi gentil com minha família e comigo. Escrevi um artigo sobre ela. Ela e suas amigas da Sociedade de Mulheres Voluntárias.

– Ah, ora, você deveria ter dito! Juliet do campo! Ela ainda tem uma cópia emoldurada na parede ao lado da cama. Seus quinze minutos de fama, ela diz.

Elas tiveram um bate-papo agradável por mais alguns instantes e, em seguida, Juliet disse que precisava ir, que encontraria alguém em breve, e a nora da Sra. Hammett disse que tudo bem, que tinha que fazer algumas compras.

Juliet estava quase indo embora quando notou a pintura na parede acima do sofá. Um retrato de uma jovem impressionante.

– Linda, não é? – disse a nora da Sra. Hammett.

– Inebriante.

– Herança do meu avô. Foi encontrada no sótão depois que ele faleceu.

– Que descoberta.

– Ele era um baita acumulador. Levamos semanas para limpar o sótão... A maioria das coisas era lixo meio roído por ratos. E ele já tinha herdado a casa do pai.

– Ele era artista?

– Policial, das antigas. Quando se aposentou, suas velhas caixas de anotações foram levadas para o sótão e esquecidas. Não sei de onde esse retrato veio. Está inacabado... dá para ver pelas bordas, onde a cor não está certa e as pinceladas são ásperas... mas tem algo na expressão dela, você não acha? A gente não consegue parar de olhar.

Juliet ainda estava pensando na mulher da pintura quando começou a caminhada de volta para Birchwood Manor. Não lhe era familiar, não exatamente, mas a essência da pintura lembrava alguma coisa. Tudo em seu rosto, sua expressão, irradiava luz e amor. Por algum motivo, isso a fez pensar em Tip, em Birchwood Manor e naquela tarde ensolarada de 1928 quando ela brigou com Alan, se perdeu e se reencontrou ao acordar no jardim sob o bordo-japonês.

Não era surpresa, claro, que ela pensasse naquele dia agora. Juliet e Leonard trocavam cartas havia quase vinte anos, desde que ela escrevera para pedir que ele contribuísse para um artigo de "Cartas do campo" que ela pretendia escrever, mas nunca concluíra, sobre as muitas vidas vividas em uma casa. Ele acabara recebendo a carta tarde demais e, quando escreveu de volta, ela já retornara a Londres e a guerra estava no fim. Mas eles mantiveram contato. Ele também gostava de escrever, dissera, se dava melhor com as pessoas no papel.

Eles haviam compartilhado tudo. Todas as coisas que ela não conseguia escrever em suas colunas, a raiva, a tristeza e a perda. E, em turnos, eles contaram um ao outro suas vivências: as coisas belas, as engraçadas, as verdadeiras.

Mas nunca tinham se encontrado pessoalmente desde a tarde de 1928. Hoje seria a primeira vez.

Juliet não contara a ninguém o que ia fazer. Seus filhos sempre a incentivavam a sair para jantar com um ou outro pretendente, mas aquilo, hoje, ele, era impossível explicar. Como poderia fazê-los entender o que ela e Leonard haviam vivido, os dois, naquela tarde, no jardim de Birchwood Manor?

E assim, aquele permaneceu seu segredo; aquela jornada de volta para a casa.

Os frontões gêmeos apareceram e Juliet se pegou andando mais rápido, quase como se estivesse sendo puxada em direção à casa. Ela pôs a mão no bolso para verificar se a moeda de dois centavos ainda estava lá.

Ela a guardara durante todo aquele tempo. Agora, finalmente, poderia devolvê-la.

XII

Jack e Elodie foram passear juntos, os dois.
    Ela disse algo sobre querer ver pessoalmente a clareira na floresta e ele ficou muito feliz em oferecer seus serviços de guia.
Então aqui estou eu, sentada mais uma vez no ponto quente na curva da escada, esperando.

Uma coisa eu sei com certeza: estarei aqui quando eles voltarem.

Também estarei aqui quando eles se forem e meus próximos visitantes chegarem.

Posso até contar minha história outra vez algum dia, como fiz com o pequeno Tip e, antes dele, com Ada, tecendo fios da Noite da Perseguição de Edward, das coisas que meu pai me contou sobre minha mãe fugindo de casa, da história das crianças Eldritch e sua rainha das fadas.

É uma boa história, sobre verdade, honra e crianças corajosas fazendo justiça. E uma história poderosa.

As pessoas valorizam pedras brilhantes e amuletos da sorte, mas esquecem que os talismãs mais poderosos de todos são as histórias que contamos a nós mesmos e aos outros.

Então estarei esperando.

Quando eu estava viva e a sociedade teve seu primeiro período de obsessão – pelo espiritualismo e pelo desejo de se comunicar com os mortos –, havia a suposição de que fantasmas e aparições ansiavam por libertação. Que "assombramos" porque estamos presos.

Mas não é assim. Não quero ser libertada. Sou desta casa, esta casa que Edward amava; eu *sou* esta casa.

Eu sou cada nó em cada pedaço de madeira.

Eu sou cada prego.

Eu sou o pavio da lamparina, o gancho para um casaco.

Eu sou a fechadura complicada na porta da frente.

Eu sou a torneira que pinga, o círculo vermelho de ferrugem na pia de porcelana.

Eu sou a rachadura no azulejo do banheiro.
Eu sou a chaminé e a calha escurecida.
Eu sou o ar dentro de cada cômodo.
Eu sou os ponteiros do relógio e o espaço entre eles.
Eu sou o barulho que se ouve quando se acha que não está ouvindo nada.
Eu sou a luz na janela que você sabe que não pode estar lá.
Eu sou as estrelas no escuro quando você está sozinho.

NOTA DA AUTORA

Compartilho a ansiedade de Lucy Radcliffe sobre a quantidade de assuntos a serem estudados e apreendidos dentro dos limites de uma vida, portanto uma das melhores coisas de ser escritora é ter a oportunidade de explorar assuntos que me fascinam. *A prisioneira do tempo* é um livro sobre tempo e atemporalidade, sobre verdade e beleza, mapas e criação de mapas, fotografia, história natural, propriedades restauradoras da caminhada, irmandade (ter três filhos fez essa saltar para o topo da lista), casas e a ideia de lar, rios e o poder de um lugar, entre outras coisas. Foi inspirado por arte e artistas, incluindo os poetas românticos ingleses, os pintores pré-rafaelitas, fotógrafos como Julia Margaret Cameron e Charles Dodgson e designers como William Morris (com quem eu compartilho uma paixão por casas e que chamou minha atenção para algumas das formas únicas como os edifícios de Cotswolds imitam o mundo natural de onde saíram).

Lugares que emprestaram fios para a trama deste romance incluem Avebury Manor, Kelmscott Manor, Great Chalfield Manor, Abbey House Gardens em Malmesbury, Lacock Abbey, Uffington White Horse, Barbury Hill Fort, Ridgeway, a zona rural de Wiltshire, Berkshire e Oxfordshire, as aldeias de Southrop, Eastleach, Kelmscott, Buscot e Lechlade, o rio Tâmisa e, claro, Londres. Se você quiser visitar uma casa com legítimos buracos de padres, o Harvington Hall, em Worcestershire, mantém sete projetados por Saint Nicholas Owen. Além disso, fica em uma ilha cercada por um fosso.

Se você está ansioso para ler mais sobre a Londres do século XIX e as ruas frequentadas por Passarinho e James Stratton, algumas fontes úteis incluem: *London Labour and the London Poor*, de Henry Mayhew (que fornece informações sobre ocupações esquecidas, como "os cegos que vendiam agulhas de alfaiate nas ruas" e "agitadores" ou "escritores de cartas e petições"); *Victorian London: The Life of a City 1840–1870*, de

Liza Picard; *The Victorian City: Everyday Life in Dickens' London*, de Judith Flanders; *The Victorians*, de A. N. Wilson; *Inventing the Victorians*, de Matthew Sweet; e *Charles Dickens*, de Simon Callow, sendo esta uma biografia profundamente afetuosa de um dos maiores vitorianos e londrinos. Seven Dials ainda é uma área movimentada de Covent Garden, mas, se você o visitar hoje, encontrará mais restaurantes e menos lojas que vendem pássaros e gaiolas do que quando a Sra. Mack gerenciava seu empreendimento. A Little White Lion Street foi renomeada Mercer Street em 1938.

Fui inspirada por vários museus enquanto escrevia *A prisioneira do tempo*, o que parece adequado, dado o foco do romance na curadoria e no uso de estruturas narrativas para contar histórias coesas sobre o passado desarticulado. Alguns dos meus favoritos incluem: o Museu de Charles Dickens, a Watts Gallery em Limnerslease, o Museu Sir John Soane, o Fox Talbot Museum, o Victoria and Albert Museum, o Museu Britânico e o Observatório Real, em Greenwich. Fiquei emocionada por assistir às seguintes exposições e sou grata às galerias e aos curadores que disponibilizaram tais obras: "Julia Margaret Cameron", no Victoria and Albert Museum, 2015-16; "Painting with Light: Art and Photography from the Pre-Raphaelites to the Modern Age", no Tate Britain, 2016; "Victorian Giants: The Birth of Art Photography", na National Portrait Gallery, 2018.

Um agradecimento especial a minha agente Lizzy Kremer e todos da DHA; minhas editoras Maria Rejt e Annette Barlow; Lisa Keim e Carolyn Reidy, da Simon & Schuster; e Anna Bond, da Pan Macmillan. Agradeço também às muitas pessoas da A&U, da Pan Macmillan e da Atria, que desempenharam um papel vital em transformar minha história neste livro e enviá-la tão belamente para o mundo. Isobel Long generosamente forneceu informações sobre o mundo dos arquivistas e sou grata a Nitin Chaudhary – e seus pais – pela assistência nos termos do punjabi na história de Ada. Todos os erros são obviamente meus, intencionais ou não. Por exemplo, tomei a liberdade de situar uma exposição da Academia Real em novembro de 1861, embora, durante o século XIX, a exibição anual da academia fosse inaugurada em maio.

Entre aqueles que ajudaram de maneiras menos específicas, mas não menos importantes, enquanto eu escrevia *A prisioneira do tempo*, estão: Herbert e Rita, amigos preciosos que partiram, ainda em meus pensamentos; minha mãe, meu pai, minhas irmãs e meus amigos, especialmente os Kretchie, Patto, Steinie e Brown; cada uma das pessoas que leram e gostaram de um dos meus livros; minhas três luzes no escuro, Oliver, Louis e Henry; e, acima de tudo, por razões demais para contar, meu copiloto de vida, Davin.

CONHEÇA OUTRO LIVRO DA AUTORA

A casa do lago

A casa da família Edevane está pronta para a aguardada festa do solstício de 1933. Alice, uma jovem e promissora escritora, tem ainda mais motivos para comemorar: ela não só criou um desfecho surpreendente para seu primeiro livro como está secretamente apaixonada. Porém, à meia-noite, enquanto os fogos de artifício iluminam o céu, os Edevane sofrem uma perda devastadora que os leva a deixar a mansão para sempre.

Setenta anos depois, após um caso problemático, a detetive Sadie Sparrow é obrigada a tirar uma licença e se retira para o chalé do avô na Cornualha. Certo dia, ela se depara com uma casa abandonada rodeada por um bosque e descobre a história de um bebê que desapareceu sem deixar rastros.

A investigação fará com que seu caminho se encontre com o de uma famosa escritora policial. Já uma senhora, Alice Edevane trama a vida de forma tão perfeita quanto seus livros, até que a detetive surge para fazer perguntas sobre o seu passado, procurando desencavar uma complexa rede de segredos de que Alice sempre tentou fugir.

Em *A casa do lago*, Kate Morton guia o leitor pelos meandros da memória e da dissimulação, sem deixá-lo entrever nem por um momento o desenlace desta história encantadora e melancólica.

CONHEÇA OS LIVROS DA AUTORA

A casa do lago

O jardim esquecido

A prisioneira do tempo

Para saber mais sobre os títulos e autores da Editora Arqueiro, visite o nosso site. Além de informações sobre os próximos lançamentos, você terá acesso a conteúdos exclusivos e poderá participar de promoções e sorteios.

editoraarqueiro.com.br